도둑맞은 이름들

한국 근대문학과 식민지 모더니즘

지은이

최현희 崔賢熙, Choe Hyonhui

한국외국어대학교 한국학과 교수. 성균관대학교 국어국문학과, 영어영문학과를 졸업하고, 서울대학교 국어국문학과에서 현대문학 전공으로 석사를, 미국 어바인 캘리포니아대학 동아시아어문학과에서 일제 말기 한국 모더니즘 문학과 전체주의 문화론에 대한 연구로 박사학위를 받았다. 일본 도쿄외국어대학 총합국제학연구원 외국인연구자, 카이스트 인문사회과학부 초빙교수, 서울대 대학원 비교문학 전공 강사 등을 지냈다. 『동아시아 예술 담론의 계보』 등을 공저했고, 『미래가 사라져갈 때』 등을 공역했으며, 한국 근대문학에 관한 논문을 다수 발표했다.

도둑맞은 이름들 한국 근대문학과 식민지 모더니즘

초판인쇄 2023년 1월 11일 **초판발행** 2023년 1월 21일

지은이 최현희 **펴낸이** 박성모 **펴낸곳** 소명출판 **출판등록** 제1998-000017호

주소 서울시 서초구 사임당로14길 15 서광빌딩 2층

전화 02-585-7840 **팩스** 02-585-7848 **전자우편** somyungbooks@daum.net **홈페이지** www.somyong.co.kr

값 40,000원 ⓒ 최현희, 2023

ISBN 979-11-5905-748-9 93810

한국연구원
동아시아
심포지아
13
EAS 013

도둑맞은 이름들

한국 근대문학과 식민지 모더니즘

최현희

The Purloined Names
: Modern Korean Literature and Colonial Modernism

책머리에

이 책은 2013년 어바인 캘리포니아대학 동아시아어문학과에 제출한 나의 박사논문 「식민지인의 도둑맞은 이름—식민 말기 한국의 "문화", 1937~1945The Purloined Name of the Colonized – "Culture" in Late Colonial Korea, 1937~1945」을 근간으로 한다. 이 책과 위 논문은, 전체 논의가 세 부분으로 되어있고, 셋이 각각 모더니즘 문학의 도입, 전체주의 정치로의 함몰, 모더니즘적 정치성의 타진을 주제로 한다는 점에서 동일하다.

모더니즘이 시작되며 '한국'은 글로벌한 세계 속에서 로컬한 하나의 민족의 이름으로 발명되었다. '한국'이라는 이름의 인위성은 모더니즘 문학 속에서 극적으로 드러났고 그렇게 된 이상 전체주의 정치의 자장에 빨려 들어가는 길은 너무도 손쉽게 열려버렸다. 전체주의는 무엇보다 집단적 정체성에 붙은 임의의 이름을 전체라는 보편자로 등치시켜버리는 조작술이기 때문이다. 그러나 그 조작술사들이 '한국'이라는 이름을 완전히 훔쳐가버린 듯해도 '한국'이 식민지인의 이름으로 근대에 발명된 것이라는 사실은 사라지지 않는다. '한국'은 한국인에게서 완전히 탈취된 후에야 겨우, 식민지인의 보편적 이름으로 그 메시지를 올바르게 전달할 수 있게 된다. 도둑맞았으나, 도둑맞았다는 그 사실 때문에 오히려 정확히 그 메시지를 전달하는 이름인 '한국'을, 식민지기 한국 근대문학과 문화에서 구제하려는 비평. 이 책과 나의 2013년 박사논문은 그런 비평을 시도한 결과물이다.

이 생각은 서울대 박사과정을 수료한 2005년, 이상李箱의 글쓰기에 나타난 아방가르드 미학과 그 정치성을 연구하면서 시작되었다. 2008년 캘리포니아에서 새로 시작한 박사과정에서는 식민지기 한국 모더니즘 문학을 식민주의와 전체주의라는 사회정치적 맥락 속에서, 또 출판문화론과 필름 및 영화이론이라는 매체론적 맥락 속에서 연구했다. 이를 정리하여 낸 2013년의 박사논문에서 내가 다룬 인물은 이상, 최재서, 문예봉이었다. 귀국하여 지속한 연구에서 나는 이 이름의 목록에 최남선, 최명익, 임화, 강경애, 미키 기요시를 추가했다. 이상 연구는 출판문화론과 모더니즘적 매체론의 측면이 강화되었고, 식민지 한국에 국한되었던 시야는 일본, 미국, 간도로 넓혔으며, 통상적 모더니즘 개념으로 포획되지 않는 식민지기의 저자들도 모더니즘적 시각에서 연구함으로써, '식민지 모더니즘'이라는 개념에 이르렀다.

여기까지 쓰고 보니, 이렇게 길고 복잡하게 이 책의 17년에 걸친 형성 과정을 서술하는 게 머리말에서 할 일인가 싶다. 책의 본문에 썼으면 됐을 말을 이렇게 길게 하는 건, 야심차게 붙인 제목을 과연 이 책이 감당할 만한가 하는 의문이 지금도 떠나지 않기 때문이다. 내가 써놓은 4백 쪽을 넘는 글이 과연 그 모호함과 부정확성을 뚫고 뜻을 옳게 펼 수 있을까 하는 조바심이 나는 것이다. 그래서 이렇게 긴 시간 동안, 이렇게 복잡하게 생각하며 이 책을 썼다고 강조하여 뻔히 예상되는 질타를 조금 줄여보고자 하는 것인지 모르겠다. 그런 노력에도 불구하고 이 책은, 복잡하게 뒤엉킨 사정을 가로질러 과할 정도로 대담한 분절을 한다거나, 간단한 사태를 불필요하고 추상적인 논리의 곡예술로 어렵게 드러낸다는 평을 들을 것이다. 사실 따지고 보면 이 책은 그런 일을 한 게 맞으므로, 그런 평을 들어도 억울해할 필요는 없겠다. 그러니 무슨 평가든 다 받아들이면서 이 책 이후의 연구를 해나가야겠다.

이 책에 모인 연구들을 하는 동안 나는 여러 곳에 있었다. 서울대 중앙도서관 4층의 정기간행물실, 어바인 랭슨도서관 2층의 대학원생 열람실, 도쿄외대 부속도서관 1층의 잡지 코너가 먼저 떠오른다. 그리고 그 도서관들 인근의 카페와 거기서 내가 자주 앉던 자리, 서울, 어바인, 도쿄에서 내가 살았던 오피스텔,

아파트, 유학생 숙소도 떠오른다. 물론 그런 정규적인 자리가 아닌 곳에서도 노트 정리와 집필은 필요할 때마다 생각날 때마다 이뤄졌다. 박사논문을 마무리하던 2013년 여름에는 어쩌다 보니, 팜스프링스 어느 호텔 풀장 주변 라운지체어에 앉아 논문의 핵심적 부분을 쓰기도 했다. 학위를 마친 후 한국에 돌아와 카이스트와 한국외대에서 근무하면서 학교 연구실과 아파트에 안정적인 집필 공간이 마련되었다. 그러나 대학원 시절 그렇게 떠돌던 습성이 남았는지 어엿하게 마련된 연구 공간을 제쳐두고 이런저런 카페와 도서관을 전전하는 생활을 몇 년간 했다. 진짜 내 자리에 혼자 앉아 있다 보면, 어쩐지 공부도 집필도 잘되지 않았기 때문이다. 집과 학교에 마음먹고 마련해 놓은 나만의 책상에 완전히 정착한 건 비교적 최근의 일이다.

그 여러 장소들을 떠올리니, 2012년 봄 도쿄 신주쿠역 서쪽 출구 부근의 육교를 한 친구와 걷던 때가 유독 또렷하게 기억난다. 그때 나는 도쿄외대에서 외국인연구자 신분으로 박사논문을 위한 자료 수집을 하고 있었다. 친구는 서울에서 박사후 연구 프로젝트를 진행 중이었는데, 그 일환으로 도쿄를 며칠 방문하게 되었다. 그것을 기회로 우리는 오랜만에 만날 수 있었다. 신주쿠역 인근 도토루에서 시작한 근황 이야기는 곧 각자의 연구에 대한 토론으로 이어졌다. 오후에 시작된 대화는 저녁으로 이어졌고 우리는 카페를 나와서 저녁 먹을 장소를 찾아 신주쿠역 주변의 인파를 헤치며 걸었다. 흑백 딱 두 색상으로 차려입은 직장인들이 이루는 기이할 정도로 고요한 인산인해 가운데서 우리는 한국어로 식민지 한국문학에 대해 이야기했다. 친구와 나는 문득, 그 대화가 그 순간 그 장소에서, 우리 둘 사이에서 일어나고 있다는 게 얼마나 맥락 없는 일인지를 깨달았다. 대체 왜 우리는 여기서 이러고 있단 말인가, 싶었던 것이다.

대화는 각자의 연구에서 미끄러져, 우리의 연구가 얼마나 아무 곳에서나 아무 때나 일어나고 있는지, 우리의 대화가 얼마나 의외의 장소에서 일어나고 있는지 하는 이야기로 흘러갔다. 우리가 하는 연구란, 계통 없어 보이는 텍스트와 사건과 인물들을 엮어 맥락을 만들어 주는 일인데, 그 일을 하는 우리 자신의 삶은 얼마나 맥락 없이 여기저기로 휘둘리는가. 우리가 아무리, 우리가 연구하는 사건과 인물들 사이의 연결선을 그럴 듯하게 이어간다 해도 지금 여기서 체험하는 이 거대한 우발성에 비춰보면 그 선들이란 얼마나 근거가 희박해지는가. 대략 그런 이야기를 했던 듯하다. 이런 식의 논리를 따라가다 보면 모든 사유와 행위의 의미가 시간의 끝에 가서야 결정될 수밖에 없으니 결국 아무것도 행할 수 없다는 허무주의에 이를 게 분명하다. 그러나 우리는 명약관화한 그 논리의 전개에, 의외로 현혹되지 않았다. 어떤 유의미한 행위도 할 수 없도록 주어진 시간이 우리의 삶을 채울 뿐이라면, 무엇을 하든 궁극의 의미는 아닐지라도 최소한 나만의 의미는 만들 수 있는 것 아닌가. 우리는 그런 전도顚倒의 논리를 억지로 수행했다.

이 책에서 내가, 도둑맞았으나 바로 그 점 때문에 그 본질적 메시지를 전달하는 데 성공하는 이름들을 주제화한 것은 그러한 전도적 논리의 연장선상에서였다. 그것을 짓거나 부르는 자의 의도와는 전혀 상관없이 자기만의 의미의 자리를 끝내 지키는 이름들을 불러보기. 그 이름은 그 자체로는 사실 아무 의미가 없어 허무하지만, 그럼에도 끝내 사라져버리지 않는다는 점에서 자기만의 존재성을 띤다. 의미가 있기 때문이 아니라 의미가 전혀 없음에도 불구하고 남는 이름들, 그 이름에 내재한, 모든 맥락과 연결선들을 거부하는 우발성을 가리켜 보이기. 그게 이 책에서 행한 모든 연구들의 목표였다. 혹은 이렇게 말할 수도 있겠다. 여기 모인 연구들이 행해졌던 때와 장소에, 딱히 그럴 이유도 없는데 어쩌다 보니 내가 있었다. 책의 머리말을 쓰는 지금, 2012년 봄 신주쿠역 육교에서의 대화가 떠오르는 건 이런 사정 때문이다.

오랜 시간 여러 장소에서 쓰인 책인 만큼 많은 사람들과의 마주침이 이 책을 또 채우고 있다. 서울대 대학원에서 공부하는 동안 문학 연구자로서 나를 새롭게 태어나게 해준 선생님들의 지도를 받았다. 석박사 과정 내내 지도교수를 맡아주신 조남현 선생님, 미숙한 내 연구에서 늘 장점만 보아주셨던 신범순 선생님, 두 분의 은혜는 잊을 수 없을 것이다. 권영민 선생님 덕분에 한국 밖에서 이뤄지고 있는 연구에 눈을 뜰 수 있었던 점도 기억해두고 싶다. 새삼스러운 감사의 말씀을 올린다.

캘리포니아 어바인에서 공부하는 동안 서석배 선생님의 가르침을 받을 수 있었던 일은 아무리 생각해 봐도 행운이라는 말 외에는 묘사할 말이 없다. 선생님은 나의 학자로서의 자질 중 가장 취약한 점이 최선의 장점이 될 수 있도록 이끌어주셨고 내가 스스로 내지르기 주저한 논점들을 끝까지 밀고 가도록 독려해주셨다. 김경현 선생님은 영화 이론이라는 새로운 분야에 과감히 뛰어들게 해주셨고 내 연구의 기이한 지점들을 보고 기발하다고 추켜세워주셨다. 에드워드 파울러Edward Fowler, 버트 스크럭스Bert Scruggs 선생님은 일본문학과 대만문학과의 대립 속에서 한국문학을 볼 수 있도록 내 시야를 틔워주셨다. 특히 파울러 선생님은 내가 제출한 무슨 글이든, 언제나 엄밀하면서도 관대한 자세로 세세히 지도해주셨다. 한국으로 돌아온 탓에 어바인의 선생님들을 뵐 일이 거의 없어졌다. 이 책으로 감사의 마음을 전할 수 있으면 좋겠다.

어바인에서 박사과정을 밟는 동안, 서영채 선생님이 방문학자로 체재하신 적이 있었다. 그때 선생님과 지젝의 책을 한 줄 한 줄 읽어나가는 세미나를 했다. 지젝에서 시작한 수업은 그와는 상관없는 끝없이 심층적인 차원으로 내려가곤 했고 그때 나눈 대화 가운데 내 어수선한 연구가 갈피를 잡아갔다. 그때뿐 아니라 서영채 선생님은 내가 귀국한 후에도 여러 면에서 도움을 주셨다. 캘리포니아대학 박사과정 중 1년 동안 일본에서 연구할 수 있는 기회가 있었다. 도쿄외대에 머무는 동안 요네타니 마사후미米谷匡文 선생님이 행정적으로 또 학문적으로 많은 도움을 주셨다. 요네타니 선생님께 제대로 감사를 표한 적이 없어 지금도 마음의 빚으로 남아 있다. 또 도쿄에 머무는 동안 여러 학술 모임에 빼놓지 않고 나를 불러 주신 와타나베 나오키渡辺直紀, 최태원 선생님의 배려도 잊히지 않는다. 두 분 덕분에 도쿄의 한국학계에서 활동하는 많은 분들을 만날 수 있었고, 내 도쿄 생활이 갈피를 잡을 수 있었다. 선생님들께 깊이 감사드린다.

미국에서 돌아와 서울 학계에 적응하는 동안 황호덕, 천정환, 김예림, 김종욱, 박진숙, 정종현 선생님은 여러 학회에 나를 초대해 발표하고 토론할 수 있는 기회를 주셨다. 내가 하는 연구가 그분들의 부름에 대한 적절한 응답이 되기를 바랄 뿐이다. 특히 황호덕 선생님은 틈날 때마다 저간의 연구를 엮어 책으로 내라고 독려해주셨고 초고 검토의 수고까지 맡아주셨다. 카이스트의 이상경, 시정곤, 전봉관 선생님은 학위과정을 갓 마치고 귀국한 내가 다시 시작할 수 있는 자리를 마련해 주시고 내 연구를 지속할 수 있도록 도와주셨다. 한국외대 한국학과라는 신생학과의 초임교수로 어리둥절하고 있던 나를 이끌어주신 반병률 선생님, 학과를 함께 꾸려가며 그야말로 희로애락을 함께하고 있는 김태우 선생님에게 내가 얼마나 고마움을 느끼는지도 꼭 적어두고 싶다. 동료로서 언제나 열린 마음으로 내 푸념과 한탄을 들어주시는 한국외대 국제지역대학 교수님들이 있어 내 직장 생활이 한결 덜 팍팍하다. 이 분들께 모두 감사의 말씀을 드릴 수 있어 다행이다.

긴 공부의 길에 같이 가는 친구들이 있어, 또 다행이다. 대학원에 입학한 때부터 지금까지 그대로 공부하는 자리에 함께 있어주는 박슬기, 김지영, 김예리, 권희철, 이정숙에게 고마움을 전한다. 박슬기는 내 공부 얘기라면 만사 제치고 들어주고 그에 대한 가장 적확한 코멘트를 해주는 친구이다. 이 정도에서 멈춰도 되지 않을까 싶을 때 더 하라고, 그게 거기서 멈춰서는 안 된다고 일깨워주는 그는, 말 그대로 나의 외우畏友이다. 김지영은 오랜 시간 서로 떨어져 있지만 가장 사소한 문제까지도 더불어 이야기할 수 있을 만큼, 마음의 거리는 가장 가까운 친구이다. 김예리와 권희철은 무슨 일이든 거리낌 없이 같이 할 수 있는 동료 연구자이자, 무슨 이야기든 맘 놓고 할 수 있는, 쿵하면 짝하고 잘 맞는 친구들이다. 김예리와 함께 하는 동아시아 / 모더니즘 세미나가 없었다면, 권희철에게 이 책의 초고에 대한 전반적 코멘트를 들을 수 없었다면, 이 책의 원고는 몇 년 더 어둠 속에 있었을 것이다. 이정숙은 가끔 대화해도 내 모호한 얘기에서 중요한 게 무엇인지 알려주곤 하는 드문 친구이다. 학부 시절부터 지금까지 이어져 온 허지영과의 우정도 말해두고 싶다. 그와 대화하면 언제나, 어지러운 문제들이 또렷하게 정돈되곤 한다. 이런 친구들이 내게 있어 다행이고, 그들에게 고맙다 말할 수 있어 다행이다.

마지막으로 감사의 말씀과 더불어, 이 책을 부모님께 드리고 싶다. 내 부모님은 자식이 공부하는 사람이라는 것을 자랑스러워할 뿐 아니라 진심으로 좋아하는 분들이다. 대학을 졸업하고 기약 없는 대학원 공부의 길을 떠도는 내내 한 번도 의심이나 아쉬움의 말씀을 하신 적이 없다. 내가 대학에서 강의를 하거나 글을 써서 발표하면 아무리 사소한 것이라도 그 자체로 좋아해주셨고 공부하는 데는 아무리 큰돈이 들어도 당연히 드는 돈이라고 생각해주셨다. 그런 부모님 밑에서 자랐으니 공부를 좋아하는 내가 된 것인지 모르겠다. 내가 좋아서 하는 일을 부모님도 좋아해주는 게 얼마나 큰 행운인지 이 나이가 되니 어렴풋이 알게 되었다. 오랜 동안 형체 없던 내 공부가 이 책을 만나 모양을 얻었으니, 그게 부모님께 기쁨이 되면 좋겠다.

이 책의 4, 6, 9장은 일한문화교류기금日韓文化交流基金의 2011년도 방일訪日 펠로우에 선정되어 도쿄외국어대학 총합국제학연구원에서 연구한 덕분에 시작될 수 있었다. 이 책 전체의 원형이 된 박사논문을 작성하는 데는 어바인 캘리포니아대학 인문대의 박사논문 펠로우십이 직접적인 도움이 되었다. 위 기관들의 돈독한 지원에 감사드린다. 이 책의 가치를 높게 보아주시고 동아시아 심포지아 총서로 출판하도록 허락해주신 박진영 선생님과 박성모 사장님, 총서를 후원하는 한국연구원, 성균관대 비교문화연구소, 소명출판에도 감사한다. 끝으로 난삽하고 복잡한 원고가 책의 꼴을 갖추게 해주신 편집부와 이주은 선생님에게도 감사를 표하고 싶다.

2022년 겨울
최현희

차례

제2부 식민지 모더니즘의 양극단—미학화와 극화劇化

제3부 식민지도 근대도 아닌…… —'한국'이라는 이름

한국 근대문학과 식민지 모더니즘

1. 식민지 모더니즘의 개념과 맥락

이 책은 한국 근대문학에 나타난 식민지성과 모더니즘의 관계를 검토하고자한다. 주지하다시피 한국 근대문학은 식민지성과 착종된 상태로 시작되었고 19세기 말부터 20세기 중엽에 이르는 반세기 동안 그 조건하에서 전개되었다. 한반도가 공식적으로 식민지 상태였던 기간은 1910~1945년이지만, 반#식민의 개념이 식민화 직전 시기의 한국에 적용 가능하다 보면 19세기 말부터, 식민 지배에서 해방된 1945년 이후를 후(기)식민postcolonial 시대라 본다면 20세기 후반까지, 사실상 한국의 근대 전체가 식민지성에 대한 고려 없이는 논의가 불가능하다. 한국 근대문학을 총체적으로 사유하든 그 세목을 논의하든 문제되는 주제가 근대성 혹은 식민지성과 어떻게 길항하는가, 또 그 주제 안에서 근대성과 식민지성 양자는 어떻게 길항하는가 하는 질문은 상수인 것이다. 다소 도식적으로 말하면 한국 근대문학은 근대성과 식민지성이라는 양극 사이의 무한 진동으로 구성된 장이라고도 할 수 있다. 모더니즘을 넓게 보아 근대성

modernity 지향이라 한다면 한국 근대문학은 모더니즘과 식민주의의 변증법으로 짜인 담론장이라 할 수도 있다. 이 책은 식민지 모더니즘colonial modernism이라는 용어로 그러한 변증법을 포괄적으로 기술해 보려는 시도이다.

식민지 모더니즘은 모더니즘이 식민지에서 전개될 때 나타나는, 여러 모더니즘들 중의 하나가 아니다. 다시 말해 보편적 모더니즘이 시간적·논리적으로 우선 존재하고 나중에 그것이 식민지라는 특수한 맥락에 이입되면 '식민지' 모더니즘이 나타난다는 식으로 생각해서는 안 된다는 것이다. 또 어떤 보편적 모더니즘이란 없고 복수의 모더니즘들만 존재하는데 그중 하나가 식민지 모더니즘이라고 보아서도 안 된다. 우선 전자는 모더니즘에 관한 유럽 혹은 서양 중심주의적 관점이라는 점에서 지양될 필요가 있다. 19세기 말과 20세기 초의 서유럽이 모더니즘의 고향이라는 이해 방식이 상식화되어 있으나, 이는 사실 2차 세계대전 이후 소위 신비평New Criticism 영향하에서 전개된 영어권 문학비평에서 이데올로기적으로 만들어진 "모더니즘적 패러다임"에 의한 것이다.[1] 모더니즘에 있어 서양이 독점적으로 기원의 지위를 점할 수 없다는 사실은, 애초에 모더니즘의 원형이라고 상정되는 경향들을 비서양적·비20세기적 요소들이 추동시켰다는 점이나, 비서양 혹은 비20세기에 모더니즘적 경향들이 나타날 때 그러한 '원형'과 상충하는 지점들이 다수 노정되었다는 점이 논증되면서 증명되어 왔다. 이런 점에서 사실 모더니즘을 논할 때 우리가 주목할 것은 20세기

---

1   모더니즘적 패러다임을 이루는 개념들의 형성 과정에 대해서는 Astradur Eysteinsson, *The Concept of Modernism*(Ithaca : Cornell University Press, 1990)의 1장 「The Making of Modernist Paradigms(모더니즘적 패러다임의 창출)」을 참조할 만하다. 영미 문학비평에서의 패러다임 정립 과정에 관해서는 특히 1절 "질서를 향한 열정"과 2절 "역사의 밖에서"가 중요하다. 아이스테인손의 이 책은 모더니즘을 현재와 단절된 과거 역사의 한 사건으로서 보지 않고 현재적 담론에 의해 사후적으로 구성되는 이데올로기적 개념으로 본다. 이런 식의 구도 설정은 1990년대 이후 영미권 모더니즘 연구가 '모더니즘'을 고립된 과거의 한 사건이 아니라 역사적·미학적 현대성(modernity)의 담론적 정립 과정에 접근하는 창구로서 활용하는 방향으로 나아가는 데 실마리를 제공했다.

초 서양적 근대성의 세계적 전파 과정이 아니라 모더니즘을 통해 20세기의 서양 중심적 근대성이 그 무한한 복잡성을 억압하면서 글로벌한 헤게모니를 장악해 간 과정임이 드러난다. 20세기의 어느 시점에 일어났다가 멈춘 단선적 전파와 수용이 아니라, 무한한 "차용borrowing의 장기 지속"[2]으로 모더니즘을 보아야 하는 것이다.

이런 관점에서 모더니즘을, 20세기에 국한되지 않는, 적어도 16세기까지 거슬러 올라가는 때부터 전 세계에 걸쳐 산발적으로 나타나는, 그 계통을 확정할 수 없는 경향들의 일차원적 묶음으로 보는 입장이 나타난다. 예컨대 20세기 전반기, 특히 1930년대 식민지 조선의 경성京城을 중심으로 나타난, 모더니즘적 경향으로 묶을 수 있는 일군의 텍스트를 '1930년대 한국 모더니즘'이나 '경성 모더니즘'으로 묶고 다른 모더니즘들과의 차이에 집중하는 입장이 있을 수 있다.[3] 이 입장을 취함으로써 특수한 개별 모더니즘이 서양 중심주의적 모더니즘론에서 자연스럽게 전제되는 모더니즘 패러다임에서 일탈하는 지점들이 부각되고, 그 결과 모더니즘의 본질적 복수성이 확인된다. 즉 모더니즘은 '모더니즘들'로만 존재할 수 있는 것, 나아가 모더니즘은 사실 '모더니즘'이라는 이름만 있을 뿐 그 내용은 실체가 없는 허위의식 같은 것이 된다. 그렇다면 그 모더니즘들을 각각의 실체에 부합하는 명명을 하지 않고 군이 모더니즘으로 통칭하는 행위 자체가 모더니즘을 창출하고 지속시키는 수행은 아닌가 하는 의문이 제기된다. 모더니즘 패러다임으로 환원되지 않는 면들이 부각됨으로써 서양 중심주의에 대한 비판이 개시된다는 의의는 있으나 '모더니즘'은 그러한 비판까지 포

---

2   Laura Doyle, "Modernist Studies and Inter-Imperiality in the Longue Durée", Mark Wollaeger and Matt Eatough eds., *The Oxford Handbook of Global Modernisms*, Oxford : Oxford University Press, 2012, pp.671~672.

3   박상준, 『1930년대 한국 모더니즘과 이상, 최재서』, 소명출판, 2018; 권은, 『경성 모더니즘-식민지 도시 경성과 박태원 문학』, 일조각, 2018.

괄하는 유연한 개념이 됨으로써 오히려 서양중심주의를 강화하는 역설적 결과가 나타날 수도 있는 것이다.

이 지점에서 모더니즘을 그 내용에 대한 분석을 통해 귀납적으로 규정하고자 하는 방향에서 벗어날 필연성이 제기된다. 모더니즘은 그 내적 자질을 객관적으로 준별하는 방식으로는 규정될 수 없고, 20세기 서양이 자기에게 속하지 않는 요소들까지도 포괄할 수 있게 만드는 이데올로기로서 볼 필요성이 제기되는 것이다. 요컨대 자기에 비자기를 포괄할 수 있게 해주는, 주체가 자기 유연성 resilience을 극대화하는 하나의 수사적 전략으로 볼 필요가 있다. 모더니즘이란 서유럽을 중심으로 '서양'에서 시작되어 이러저러한 비서양 지역들에 전파되었다고 보는 보편적 모더니즘, 혹은 모든 모더니즘들의 모델이 되는 이상적理想的 모더니즘이란 없다는 것이 이 책의 기본 입장이다.[4] 그렇다고 해서 이 책이 어떤 특정 시기 한국의 모더니즘을 다른 모더니즘들과 근본적으로 구별시키는 지점을 부각시키는 데 그 목표가 있는 것도 아니다. 대신 모두가 고유한 개별 모더니즘들을 다른 어떤 용어가 아니라 '모더니즘'으로 부를 수 있게 되는 지점에 주목한다. 그렇게 했을 때 모더니즘에 본질적으로 연루된 서양 중심주의가, 그 유사물로 대체되어 이름만 바꾼 채 지속되거나 중심성을 다양성으로 대체하여 그 이름을 유지하거나 하는 결과를 피할 수 있다.

모더니즘을 통해 서양중심주의가 힘을 유지하는 것은 서양의 침해할 수 없는 근원적 근대성 덕분이 아니라, 근대성을 서양에 본질화시키는 모더니즘 때문이

---

[4] 모더니즘이란 서유럽에서 시작되어 세계 각지로 전파되었다고 보는 입장에는 모든 모더니즘들의 이상형이 전제되어 있으며 이때 이상형은 서유럽에서 19세기 말과 20세기 초에 전개된 미학적 운동으로서의 모더니즘이다. 이러한 모더니즘 개념의 유럽 중심주의를 비판하는 차원에서 보편적 모더니즘을 부정하고 주로 세계체제 주변부에서 나타나는 특수한 모더니즘들만 인정하는 관점이 나온다. 이때 개별 사례들의 특수한 국면들을 여전히 '모더니즘'으로 통칭해야 하는 근거는 간과된다. 그리하여 근대성의 보편성을 지역적 사례의 특수성이 보족하여 완전케 하는, 현 상황에 대한 모더니즘적 세계상은 유지된다.

라는 점을 끊임없이 지적해야 한다. 또 모두가 고유한 개별 모더니즘들의 통칭으로서 '모더니즘'이 끝내 유통되는 것은 서양 중심주의 때문이라는 점도 계속해서 지적되어야 한다. 그런 의미에서 진정으로 새로운, 또 올바른 정치성을 띤 모더니즘론은 비서양의 주변부성이 서양의 중심성과 정확히 동등한 지분을 갖고 근대 세계상의 구성에 관여되어 있음을 비판적으로 드러내야 한다. 그리고 그러한 주변부성의 지분은 그 자체로 분석되어 정립적으로 기술될 수 없으며 다만 중심성이 생성되는 모더니즘의 원장면primal scene에만 존재했다고 상정되는 것, 중심성에 대한 반정립으로서만 접근 가능한 것이다. 달리 말하자면 근대 세계에서는 어느 때든 보편성으로서의 단일한 근대성과 특수성으로서의 복수의 근대성들이라는 이분법으로 현재 세계에 대한 사유는 환원된다. 이 책에서 말하는 '모더니즘'은 사유의 그러한 환원에 무의식적으로 종속되어 있거나 그러한 환원을 의식적으로 지향하는 경향을 칭한다고 할 수 있다. 모더니즘을 이렇게 취급하면 그 개념의 "악명 높은 정의에 대한 저항"[5]에서 벗어나면서 그 용어를 통해 생산적 논의를 산출할 수 있는 길이 열릴 수 있다.

즉 모더니즘을 그 구체상을 정리함으로써 정의하고자 하지 않고 그 정의에 대한 저항이 어떻게 가능했는지, 그 저항이 어떠한 미학적·정치적 효과를 낳았는지를, 이 책은 한국 근대문학을 통해 검토하고자 하는 것이다. 이 책은 모더니즘이란 무엇인가 사유하지 않고 모더니즘의 이름으로 한국 근대문학에 대한 어떠한 사유가 가능한지를 검토하려는 시도라고 할 만하다. 모더니즘을 그 문면의 뜻에 입각하여 정의한다면 무엇보다 과거, 현재, 미래라는 형식 이외의 시간성을 상정하지 않고, 그 형식들 중 현재만을 절대적으로 특권화하여 거기에 자기의 주체성을 모두 거는 입장으로 보인다. 현재의 특권화는 동시에 무한

---

5 Sara Blair, "Modernism and the Politics of Culture", Michael Levenson ed., *The Cambridge Companion to Modernism : Second Edition*, Cambridge : Cambridge University Press, 2011, p.155.

한 시간 속의 상대적인 한 점을 자기의 순간으로 절대화하는 것이며, 따라서 거기에는 주체와 그 순간의 세계 사이의 거리가 없다. 즉 이 절대화는 세계에 대한 주체의 해석과 주체적 입장에 부합하는 세계의 재탄생을 하나로 만든다.[6] 이 책은 이런 맥락에서 모더니즘이 일단 도입되면 그 이외의 모든 다른 입장들도 그 입장의 한 버전으로 환원되어 버린다는 점에 주목한다. 그렇기 때문에 모더니즘은 언제나 이미 그 안에 자기를 부정하고 초극하는 입장들까지 포함하며, 바로 이 이유에서 모더니즘은 그 보편적 이상형도 없고 완전히 고유한 개별자들에 붙은 이름만은 아닌 상태로 존재할 수 있는 것이다.[7]

그 경우 '근대성modernity'은 그렇다면 그 자체로 고유한 수사修辭적 효과로 고려되어야 할 것이다. 혹은 문채文彩, trope라고 할 수도 있을 것이나, 이는 고대 이래 정리되어온 전통적 문채들과는 그 구조를 완전히 달리하는 것이다. 근대성이라는 문채는 자기지시적, 나아가 수행적인데, 그것이 나타남이란 곧 새로운 부류의 문채의 등장을 의미하기 때문이며, 그것은 자기 자신의 존재에 대한 기호라는 점에서 자기를 지시하는 기표이자, 그 형식이 바로 내용인 기표이다. 그렇다면 문채로서의 '근대성'이란 그 자체로 근대성의 기호라 할 것이다. 따라서 근대성 개념 자체가 근대적이며, 그것은 자기주장들의 극화劇化이다. 달리 말하자면 근대성의 이론이라 할 만한

---

6 모더니즘은 주체의 세계에 대한 해석의 관점이며 이 해석은 현실에 대하여 이차적인 추상적 사상 차원의 문제가 아니라 완전히 새로운 삶의 형식을 창출하는 것이다. 쉽게 말해 모더니즘은 애초에 정돈된 입장으로서가 아니라 유동하는 현실 속에서의 삶과 직결되어 있고 그런 점에서 그 정의는 본질적으로 불가능하다. Michael Bell, "The Metaphysics of Modernism", ibid, p.10.

7 Fredric Jameson, *A Singular Modernity*, London : Verso, 2011, p.215. 이 책의 결론 「절대적으로 현대적이어야 한다!」에서 프레드릭 제임슨은 "'모던'이라는 단어가 지배하는 개념적 장 내부에서는 급진적 대안, 체계적 전환은 이론화될 수도 상상될 수도 없다"고 한 바 있다. 이는 모더니티가 그 안에 자기를 붕괴시킬 수 있는 요인을 포함하는 데서 나아가 그것을 본질로 한다는 점에 주목한 발언이다. 제임슨에게 "절대적으로 현대적"이기를 요구하는 모더니즘이란 그런 의미에서, 즉 사실상 그 외부를 허용치 않는 정치적 의도를 띤다는 점에서 '이데올로기'에 해당한다.

것은 (…중략…) 그것이 문제로 삼는 테마와 내용에 자기의 수사적 구조를 투영한 것에 불과하다고 할 수도 있다. 즉 근대성 이론은 문체 그 자체의 투영에 지나지 않는 다. (…중략…) 그것은 현재 시간 안에서의 약속에 집중하며 현재 안에서 미래를 보 다 직접적으로 소유하는 방법을 제공하는 데 집중하는 듯하다. (…중략…) 그것은 유토피아적 전망의 이데올로기적 왜곡이며 길게 보아 유토피아적 전망을 치워버리 고 다른 것으로 대체시키는 즉각적인 약속 같은 것을 구성한다고도 할 수 있다.[8]

여기서 프레드릭 제임슨은 근대성이란 개념적으로 실체가 없으며 순수하게 형식적이라는 점을 강조하고 있다. 근대성을 추구한다는 것은 주체가 자기를 실질적으로 변화시키는 과정이 아니라 "자기를 지시하는 기표"의 형식성을 "극 화"하는 과정이라는 것이다. 이때 근대는 주체가 그 안에서 살고 있는 조건이나 환경이 아니라 현재 직전까지의 과거 및 미래의 자기 전체를 현재의 자기에 집 중시키는 수행이 띠는 형식이다.[9] 이런 의미에서 제임슨은 "근대성이란 하나의 개념이 아니라 서사 범주"라 하고 "주체성을 통해 근대성을 서사화하는 것은 불가능"하며 "오직 근대성의 상황들만이 서사화될 수 있"다고 한다.[10]

쉽게 말해 내가 모던해지기 위해 이러저러한 자질들을 획득해 나가며 그런

---

8   Ibid, pp.34~35. 이 책에서 외국어 문헌에서 직접 인용하는 경우는 모두 필자의 번역이다.
9   모더니즘에 대한 개념적 정의는 대개 그 정의를 하고 있는 글쓰기 주체의 현재성에 대한 매개 없는 직접적 감각으로 대체되어 버린다. 모더니즘은 "여전히 우리의 현재 감각에 긴밀하게 엮여 들어가 있으며 여전히 우리를 놀라게 하고 우리의 감각을 교란시키는 힘이 있음을 우리는 알고 있다"는 식의 서술은 많은 모더니즘론의 서장에서 대부분 발견된다. Malcolm Bradbury and James McFarlane eds., *Modernism : A Guide to European Literature 1890-1930*, London : Penguin Books, 1991, p.12. 이는 주체가 자기 인식을 현재에 대한 절대화와 완전히 일치시키는 결단이라는 형식 적 차원으로 근대성을 보는 관점으로 이어진다. 모더니즘에서 추구되는 모던함이란 언제나 내가 생각하는 현재적 나에 대한 인정을 통해 사후적으로 나를 "놀라게"하는 것이지, 그것이 애초에 어떤 충격적 자질을 가지고 있기 때문이 아니다. 이런 점에서 근대는 주체의 외적 조건이 아니라 현재의 절대화에 부수되는 "수사적 효과"라는 것이다.
10   Fredric Jameson, *A Singular Modernity*, p.94.

자질들이 일정 기준 이상 축적되면 모던한 주체로 재탄생한다는 식의 논리는 불가능하다. 대신 이러저러한 기표들이 나를 하나의 주체로서 구성한다는 점이 인정되어야 한다. 그러나 이 구성의 정당성은 현재라는 임의의 한 순간에 아무런 외적 근거 없이 이뤄지는 나만의 결단에 전적으로 걸려있으며, 이 결단에 의해 현재 이전과 이후의 모든 시간들이 현재적인 한 순간 속에 말려들어간다. 내가 모더니스트로서 현재적이고자 한다는 것, 즉 근대성의 실행자로서 그 주체성을 규정하고자 한다는 것은 현재적 조건에 나를 맞추어 가는 방식으로는 성취되지 않으며 현재와 빈틈없이 하나가 된 수행성으로 나를 대체함으로써 이뤄진다.[11] 따라서 근대성이라는 '개념' 자체의 내적 자질들이 기술되면 그것은 이미 현재적이지 않고 과거적이며, 근대성은 오직 내가 주체로서 생성 중인 상황들을 서사화하는 방식으로 접근 가능하게 된다.

한국 근대문학에서 근대성 추구로서의 모더니즘을 논한다 할 때 모더니즘을 식민지성과 관련시켜 논할 필요성이 여기서 확인된다. 한국에서 근대성 추구는 식민지적 조건하에서 이뤄졌다는 사실도 중요하지만 동시에 식민지성으로부터의 탈피가 근대적 상황에서 이뤄졌다는 점도 중요하다. 모더니즘이 근대성이라는 이상 실현의 추구 과정이 아니라 현재적 세계에 대한 자기화 수행의 무한 반복이라고 보면 식민지 한국에서의 근대성 추구는 '한국'이라는 맥락에 한정된, 특수한 여러 모더니즘들 중의 하나이면서 동시에 바로 그러한 점에서 보편적 모더니즘이 된다. 이상적 근대성 혹은 근대의 원본에 미달되거나 그것과 다른 여러 한국적 근대성의 면들은 '한국'을 글로벌 근대에서 분리시키면서 동시에 '한국적 자기'를 수행하는 주체를 탄생시킨다는 점에서 글로벌 근대에 식민

---

11 니클라스 루만은 이러한 '대체'를 "스스로를 'modern'이라고 지칭하는 사회가 자기 기술의 문제를 시간도식을 통해서 해결하고자 한다는 것"이라고 표현한 바 있다. Niklas Luhmann, 김건우 역, 『근대의 관찰들』, 문학동네, 2021, 11면.

지 한국을 직접 접속시킨다. 여기서 한국 근대의 근본적 식민지성이 글로벌 근대에서의 한국의 특수성과 보편성을 동시에 규정하는 한국 근대 고유의 상황이라는 점이 인식된다. 따라서 식민지성과 근대성 사이에서의 무한 진동으로 한국 근대문학을 환원하는 논리에서 탈피하여 한국 근대문학에 대한 제3의 어떤 개입을 사고해 보기 위해서 식민지 모더니즘이라는 문제가 부상한다. 식민지 모더니즘은 그 무한 진동 안에 한국 근대문학을 위치시키는 것을 멈추고 그것을 한국 근대문학을 생성시키는 원칙으로서 봄으로써 한국 근대문학을 통한 새로운 이론적 개입의 가능성을 타진해 보려는 시도라고 할 수 있다.

식민지 모더니즘은 식민지 현실의 부정성과 그것에 대립하며 또 초극하는 이념적 근거로서의 이상적理想的 근대성이 식민지 현실과 동시적으로 공존하는 상태를 포착한다. 다시 말해 현재적이기를 지향하나 현재의 현실은 그 이상에 언제나 미달하는 과거적 현실이며, 그러한 현 상태를 벗어난다는 것이 영원히 요원하게 남겨진다는 점에서 미래가 이미 현실에 도래해 있는 장소가 식민지이다.[12] 식민지가 그러한 장소인 것은 어떤 내재적 자질 때문에, 혹은 식민지인이 식민지적 주체로서 행위하기 때문이 아니다. 그것은 식민자가 제국이라는 구조 속에 식민지인의 위치를 그렇게 지정해 두는, 식민주의에 입각한 지배를 하고 있기 때문에 발생하는 일이며, 식민지인은 일단 제국의 구조에 편입된 이상 그러한 지배를 벗어날 수 있는 길은 없다. 그런 의미에서 식민지인의 제국 내에서의 행위를 통해 주체성을 재구성한다는 것은 불가능하며, 식민지인의 모더니즘

---

12 호미 바바(Homi K. Bhabha)는 *The Location of Culture*(London : Routledge, 2005, p.51)에서 식민주의 극복을 위해서는 식민본국과 식민지 사이의 '문화적 차이'를 언표(enunciation)하는 데서 시작해야 함을 강조한다. 그리고 이 언표는 필연적으로 "문화적 재현과 그것에 대한 권위주의적 발화의 레벨에서, 과거와 현재, 전통과 근대성의 이분법적 구분을 문제화한다"고 한 바 있다. 즉 식민지를 식민본국의 과거로 표상하는 식민주의 담론을 극복하기 위해서는, 그러한 표상이 구사되는 '방식'의 층위에 초점을 맞추어야 하며 그렇게 할 때 드러나는 것이 식민주의 담론 내에 존재하는 시간성의 형식들 사이의 모순적인 겹쳐짐이라는 것이다.

추구는 그 주체의 의식적 의지와는 반대로 근대성의 실현이 아니라 식민지성의 사후적 확인으로 귀결될 운명에 처해 있다. 식민지 모더니즘은 그러한 필연적 귀결을 추수하지 않고 그러한 귀결을 맞기까지의 복잡한 과정에 초점을 맞춤으로써 식민주의와 모더니즘을 하나의 틀 속에서 연동시켜 고찰하기 위해 제안된다. 그 고찰을 통해 근대성 지향과 식민지성에 대한 추인, 양자 사이에서 무한히 오가는 진동을 하나의 근본 동력으로 삼는 식민지 한국 근대문학론에 새로운 방식의 개입을 실천하고자 하는 것이다.

식민지 모더니즘 개념에 의거해 보면 식민지 한국은 더 이상 '근대적 식민지'이거나 '식민지적 근대사회'이기를 멈추고 근대 자체의 식민지성을 탐문할 수 있는 장으로서 부상한다. 그러한 탐문은 근대성과 식민지성의 대립에서 전자에 특권을 부여하고, 근대성이라는 이상을 향해 무한히 수렴해간다는 점에서 근대적이지만 그 수렴의 무한한 지연 때문에 본질상 식민지에 그치는, '근대적 식민지'로 한국을 규정하는 식민주의colonialism를 해체한다. 이 해체는 식민지성이 근대성의 은폐된 진리이며 근대성을 역설적으로 구성시키는 힘이 되는 차원을 개시함으로써 수행된다. 또 식민지 모더니즘은 근대성과 식민지성의 상호의존적 발생을 강조하여 근대 세계 일반의 식민지성을 강조하는 식민적 근대성 colonial modernity[13]론 역시 해체한다. 근대 세계체제는 식민본국metropole과 식민지의 상호규정으로 생성되고 유지되었다고 전제하는 식민적 근대성론은 식민

---

13 이 책은 '식민성'과 '식민지성'을 구분한다. '식민(植民)성'이라고 하면 식민본국의 관점에서 식민지를 본다는 의미가 강한 반면, '식민지성'은 식민지의 관점에서 자기를 본다는 의미가 강하기 때문이다. 두 단어를 영어로 옮기면 모두 coloniality가 될 수밖에 없으며, 식민본국/식민지의 제국 체제에 대한 구조적 연루의 동등성을 강조하는 관점에서는 식민성과 식민지성의 구분은 사실상 무의미해진다는 점에서 보면 이러한 구분은 불필요해 보일 것이다. 그러나 식민성 개념으로 식민본국과 식민지를 뭉뚱그리다 보면 식민지인의 제국 체제에 대한 무의식적 공모가 강조되고, 식민지인조차 그 존속에 기여하는 제국이기에 그 영속성을 의문에 부칠 가능성은 희미해져 버리는 의외의 결과를 낳을 수 있다. 그러한 결과를 회피하기 위해서는 제국 체제 내 주체의 보편적 자질로서의 식민성이 아니라 그 체제 내에 실존하나 본질상 주변부적/외부적일 수밖에 없는 식민지인의 주체성, 식민지성에 방점을 찍어야 할 필요성이 있는 것이다.

본국 / 식민지로 구성된 제국 체제의 외부를 상상할 수 있는 가능성을 허용치 않는다. 이는 결국 식민주의에 대한 비판이 아니라 식민지성에 대한 편벽된 비난으로, 나아가 근대 세계체제 주변부의 근본적 식민지성에 대한 현실적 승인이라는 정치적 허무주의로 귀결될 가능성이 높다. 식민지 모더니즘은 식민지를 근대성이 완전히 전개된 장소로 재구再構함으로써 식민지성의 역설적 중심성을 부각시키고, 그리하여 식민지성과 근대성의 상극이라는 틀 자체를 의문에 부치는 효과를 낳을 것이다.

세계 질서를 변화시키는 탈식민화는 분명히 완전한 무질서의 상태이다 (…중략…) 탈식민화는, 식민지적 상황에서 배태되고 배양되었기에 그 본성상 서로 대립적일 수밖에 없는 두 세력의 만남이다. 두 세력의 첫 만남은 폭력적이었다. 그리고 양자의 병존 — 즉 이주민에 의한 원주민의 착취 — 은 총검과 대포의 힘을 바탕으로 가능했다. 이주민과 원주민은 서로를 잘 알았다. 사실 이주민이 '그들'을 잘 안다고 말하는 것은 옳다. 원주민을 만들어낸 것도 계속 만들어내고 있는 것도 이주민이기 때문이다. 이주민이 살 수 있고 재산을 지닐 수 있는 것은 식민지 체제 덕분이다.

탈식민화는 결코 은근슬쩍 전개되지 않는다. (…중략…) 탈식민화는 새로운 인간의 창조인 셈이다. 그러나 이 창조는 어떤 초자연적 힘의 소산이 아니다. 그동안 식민화되었던 '사물'이 스스로를 해방시키는 과정을 통해 인간으로 탈바꿈하는 것이다. 그러므로 탈식민화에서는 식민지적 상황을 철저히 의문시할 것이 요구된다.[14]

위에서 프란츠 파농은 탈식민화를 식민지 모더니즘적 시각에서 기술하고 있다. 뒤집어 말하자면 식민지 모더니즘을 통한 한국 근대문학에 대한 검토는 파

---

14 Frantz Fanon, 남경태 역, 「폭력에 관하여」, 『대지의 저주받은 사람들』, 그린비, 2019, 33~34면.

농이 말하는 "탈식민화"를 목표로 하고 있다고 할 수 있다. 파농은 탈식민화가 "식민지적 상황에서 배태되고 배양"된, "본성상 서로 대립적일 수밖에 없는 두 세력 사이의 만남"이라고 규정한다. 식민지의 탈식민화란 식민 지배 유산의 축출과 식민화 이전에 존재했던 고유문화로의 회귀로 구성된다는 상식적 논리에 비춰보면 이는 이해되지 않는 논리이다. 상식적 탈식민화론은 식민지배를 현재적 현실로 또 식민지인의 문화적 고유성을 과거적인 것으로 고정시킨다는 점에서, 식민자에 의한 식민지인에 대한 일방적인 "사물"화와 동일한 논리를 취하며, 이 점을 인식한 후에야 파농의 논리는 이해 가능해진다. 파농은 식민화란 식민자에 의해 식민지인에게 일방적으로 강요된 규율만으로는 작동하지 않으며 식민지적 상황, 혹은 제국 체제 속에서 식민자를 생성시키고 그 지위를 유지시키는 식민지인의 체제 내속적 연루를 전제로 성립한다는 점을 인식하고 있는 것이다. 따라서 그는 탈식민화는 "완전한 무질서의 상태"에서 "새로운 인간"을 "창조"하는 과정, 식민자도 식민지인도 지금까지는 전혀 모르는 영역으로 진입하며 재탄생하는 과정이라고 강조한다. 이는 식민지적 상황을 식민자 / 식민지인의 무의식적 공모 속에서 보되, 식민지인이 "인간으로 탈바꿈"할 수 있는 조건을 탐색하는 입장에서 볼 때에 가능할 것이다.

2. 한국 근대문학과 식민지 모더니즘

대략 20세기 전반기 동안 전개된 한국 근대문학을 식민지 모더니즘을 통해 전반적으로 검토하는 것이 이 책의 목표이다. 식민지 모더니즘은 앞에서 말했듯 한국 근대문학이 식민지성과 근대성 사이의 길항을 원칙으로 형성되고 전개되었다는 인식에서 기원한 개념이다. 구체적으로 식민지성은 곧 한국 근대문학에서 모든 '한국'적인 것의 형성과 관련되며, 근대성은 '근대'적인 것의 형성과 관련된다. '문학'은 양자의 합류, 교섭, 충돌이 일어나는 장, 요컨대 식민지성과 근대성의 착종 자체라 할 것이다. '한국'은 식민지 한국의 문화적 총체성에 붙은 필연적인 이름으로서 존재한다. 이때의 필연성은 한국의 식민지성을 추인하고 사후적으로 확인될 뿐이며, 이런 점에서 '한국'이라는 이름은 한국이라는 장소를 식민지화하는 수행으로서 존재한다. 그리고 그러한 수행이 한국을 근대 세계의 한 정당한 부분으로 실존할 수 있게 하는 점에서 '한국'은 주체로서의 한국인이 식민자에게 도둑맞은 이름이다. 한편 '한국'은 역설적으로 식민지 한국인이 근대 세계의 한 개별자이자 동시에 그 자체로 독특한singular 한국으로 존재할 수 있게 한다는 점에서 언제나 그 내재적 메시지를 전하는 데는 실패하지 않는 이름이다. 그런 점에서 한국인은 '한국'이라는 이름을 식민자에게 도둑맞았다는 바로 그 점 때문에 무엇으로도 환원되지 않는 '한국성'의 육화로서 자기를 정체화할 수 있었다고도 할 수 있다.

이때 '도둑맞음'은 자크 라캉이 에드가 앨런 포의 「도둑맞은 편지The Purloined Letter」1844에 대한 세미나에서 기표의 연쇄로 주체성을 환원시키는 맥락에서 규정한 용법을 따른다. 포의 작품에서 '도둑맞다'에 해당하는 영어 단어는 purloin인데 라캉은 이 단어의 어원과 조어법을 검토한 결과 그 의미가 "소유권을 누군가에게 탈취당했다"보다는 "그 도착이 지연되었다"에 가깝다고 한다. 라캉은 여기서 「도둑맞은 편지」에 나오는 '도둑맞은 편지'가 사실은 "이 이야기의 '진짜 주체'"라고 하는 자기만의 해석으로 나아갈 실마리를 잡는다. 이 이야기에서 일어나는 모든 사건은 황실의 "어떤 최고위층 인사"에게 배달된 편지가 D 장관에게 도난당한 데서 시작된다.[15] D 장관은 그 편지에 저 황실 인사의 명

---

15 Edgar Allan Poe, 김진경 역, 『도둑맞은 편지』, 문학과지성사, 1997, 17면.

예를 위태롭게 할지 모를 비밀이 담겨 있음을 짐작하고 그 편지를 교묘히 훔쳐 낸다. D 장관이 자기 수중에 들어온 편지를 어떻게 이용할지 모르기 때문에 편지는 D 장관에게 엄청난 권력을 부여한다. 황실의 명령을 따르는 경시청장 G 는 몰래 D 장관의 집을 샅샅이 수색하지만 편지는 발견되지 않는다. 이 이야기를 경시청장에게서 전해 들은 주인공 뒤팽은 D 장관의 입장에서 편지의 소재를 추리해 본다. 그리고 그 추리에 따라 손쉽게 그 편지를 발견하여 회수하고 이를 경시청장에게 건네준다.

이 설정을 검토해 보면 알 수 있다시피 이야기의 모든 사건들은 편지 때문에 일어나지만 정작 편지가 무슨 내용인지는 전혀 서술되지도 않고, 또 이야기 속 모든 사건들이 이야기 내에서 지니는 의미는 편지의 내용과 전혀 관련이 없다. 편지가 수신인이 아니라 그 정적政敵에게 있다는 점, 그 사실을 수신인이 알고 있다는 점, 그리고 수신인이 알고 있다는 점을 정적이 알고 있다는 점 때문에 편지는 높은 가치를 갖는다. 편지는 그 자체의 내용 때문이 아니라 발신인도 수신인도 아닌 제3자에게 가 있다는 사실 때문에, 그리고 그 사실을 모두가 알고 있다는 점 때문에 이 이야기 내에서 의미를 갖게 된다. 수신인에게 도달하여 발신인이 원래 의도하였던 의미 효과를 발생시키지 못했다는 점 때문에 편지는 「도둑맞은 편지」라는 이야기를 발생시키는 의미, 즉 이 이야기에 고유한 어떤 의미를 띤다. 라캉은 이 지점에서 그 자체로는 아무런 내재적 자질도 없지만 바로 그러한 점 때문에 무한히 대치displacement될 수 있고 또 그 점 때문에 상호주체성intersubjectivity의 근거가 되는 기표의 연쇄를 발견한다.[16] 발신자가 수신자에게 전달하고자 한 의미가 아니라 편지가 제3자에게 '도둑맞았다'는 사실이 「도둑맞은 편지」라는 이야기 내의 사건들을 생성시킨다. 뒤집어 말하면 편지의

---

16 Jacques Lacan, trans. Bruce Fink, "Seminar on "The Purloined Letter"", *Écrits*, New York : W. W. Norton and Company, 2005, pp.20~21.

내용을 끝내 아무도 모른다는 사실 자체가 이 이야기 자체를 창출한다고도 할 수 있다. 따라서 편지는 그 무한한 대치 가능성 덕분에 의미를 띠고 자기를 「도둑맞은 편지」의 "편지"로 실현시킬 수 있는 것이다. 요컨대 '편지'는 그 의도된 도착이 무한히 지연됨으로써, 즉 '도둑맞음'으로써 자기의 편지로서의 독특성을 실현하게 되고, 또 주체가 된다.

어떤 기표(예컨대 '한국')를 어떤 대상의 고유명으로 삼는다면 대치될 수 없는 어떤 의미가(즉 한국의 규정성들의 집합이) 그 기표와 필연적으로 연동된다. 이는 식민지 한국인들의 본질적인 과거성pastness에서 '한국'의 의미의 고정화의 근거를 찾고자 했던 식민주의 지배의 핵심 원리와 관련된다. 그러나 그렇게 고정화함으로써 실상 식민화는 '한국'을 결국 근대 세계에 포함되면서도 존재의 정당성은 획득하지 못한 한 영역으로 남겨 둔다. 그리하여 역설적으로 그 이름을 주체성에 대한 물음을 시작할 수 있는 독특한 장소place로, 또 '한국인'을 그러한 장소의 점유자holder로서 생성시키는 것이다. 한국인은 '한국'을 식민자에게 도둑맞았고 그 사실을 알고 있으며, 식민자는 이를 통해 '한국'을 근대 세계에서 완전히 자기의 통제 아래 둘 수 있게 된다. 그러나 자기를 자기 고유의 이름으로 부를 수 없는 조건하에 놓인 식민지 한국인은 바로 그 조건 덕분에 '한국'이라는 자기 이름 자체를 자기의 독특성singularity을 "사라지지 않게 하고 포착하려는 의지를 지시"하는 장소들[17] 중 하나로 부여받았다. 식민지 한국인은 식민자가 강요하는 근대성에서 벗어나는 '한국'적인 것이 어떻게 하면 근대적 주체로서의 자기가 될 수 있는지를 근본 문제로 부여받았다고 할 수 있다. 이것이 곧 "자기 자신의 존재에 대한 기호"[18]로서의 근대성에 함축된 수사적 전도顛倒성을 재전도하는 식민지 모더니즘이라는 문제인 것이다.

---

17 Sylvain Lazarus, 이종영 역, 『이름의 인류학』, 새물결, 2002, 51면.
18 Fredric Jameson, *A Singular Modernity*, p.34.

이 책은 한반도가 일본의 공식적 식민지였던 1910~1945년의 기간을 포함한 20세기 전반기 동안 한국 근대문학의 공시共時적 정의가 형성되어 현재까지 이어지고 있다고 본다. 이는 역사적 사실에 대한 단순한 지적이 아니라 한국 근대문학에서, 현재 우리가 '한국'과 '근대'를 가치 개념으로 대할 때 빠질 수밖에 없는 난국을 명확히 하기 위한 시도이다. 한국 근대문학에 대한 논의들은 현재도 그 가치판단의 최종심급으로 한국성과 근대성을 취하며 양자 사이의 진자운동을 그 핵심 동력으로 삼는다. 한국 근대문학에서 '문학'은 때에 따라, 한국의 근대성, 근대 안에서의 한국성의 존재에 근거를 제공하는 기능을 맡는다. 여기서 시선을 달리하여 문학을 한국적인 것과 근대성이 나타나는 수동성의 영역으로 보지 않고, 양자가 그러한 현행성currency를 지닐 수 있도록 만드는 주체성의 영역으로 볼 필요성이 제기된다. 한국 근대문학을 식민지 모더니즘으로 볼 필요성 역시 여기서 확인된다. 한국 근대문학은 근대성을 지향하고(모더니즘적이고), 이때 그 지향성은 본질적으로 비근대적인 식민지적 한국성의 제약 때문에 영속화된다(한국인은 자기의 자기성 때문에 언제나 근대성을 추구하는 과정 중에 있으며 이는 종결될 수 없다). 즉 그러한 모더니즘의 한국 근대문학에서의 절대성은 한국의 식민지성 때문에 실현된다고 할 수도 있다. 이 책에서 문학은 식민지성과 모더니즘의 이와 같은 상호 생성과 절대화가 일어나고 있는 현장으로 취급된다.[19] 그런 의미에서 이 책은 식민지 모더니즘으로 본 한국 근대문학으로 '한국'이라는 이름의 근대적 인간들의 집합이 생성되는 논리를 포착하려는 시도라 할 만하다.

19　황호덕, 「점령과 식민-식민지, 어떻게 볼 것인가」, 『벌레와 제국』, 새물결, 2011, 70면. 여기서 황호덕은, 식민지를 제국적 권력이 일방적으로 적용되는 균질한 공간이 아니라 "근대의 폭력과 생명정치, 지배 테크놀로지, 국가 구성에 관한 전쟁 모델과 언어 모델, 민족과 국가, 자본주의와 국가경제 등을 근원으로부터 질문할 수 있는 장소(topos) 그 자체"로 볼 것을 권하고 있다. 이때 "장소 그 자체"로서의 "식민지"란 '근대'를 주어진 현 상태나 강요/추구되는 이상형, 어느 편으로도 환원시키지 않고 그 역동적 사건성 가운데서 볼 수 있게 해 주는 계기로서 읽힌다. 이 "장소 그 자체"로서의 식민지를 포착하는 개념으로 이 책은 '식민지 모더니즘'을 제기한다.

식민지에서의 모더니즘은 식민본국metropole에서의 그것이 띠는 양가성을 이중으로 복잡하게 한다. 식민지인이 '모던'하고자 할 때 현재까지의 자기에 대한 전면적 부정과 현재 이후의 비非자기에 대한 전면적 긍정이 추구된다. 과거-현재-미래라는 근대적 시간성의 틀에서 자기는 과거에, 비자기는 미래에 배정되고 현재는 자기와 비자기가 착종되는 규정 불가능한 순간으로 남는다. 그리하여 식민지인은 미래를 지향함에도 자기의 경계를 벗어날 수 없으며 자기 전통에 자기를 확고히 정체화하고자 해도 미래를 준거점으로 삼을 수밖에 없다. 식민지인은 근대성을 추구하면 할수록 그 이상에 대한 자기의 미달을 자기의 본질로서 자각할 수밖에 없으며, 결여 상태를 그대로 긍정한 자기 정립도 다른 근대나 대안 근대로 회수되어 버린다. 이는 식민자가 모던하고자 할 때는 순전한 자기로 현재를 가득 채우고 그 현재로 과거와 미래를 뒤덮어 버리기만 하면 되는 것과는 사정이 완전히 다르다.[20] 식민지인의 모더니즘은 자기의 현재를 향하여 끊임없이 무너져 내리는 과거-미래에 압사할 것임이 분명한데도 그 잔해 더미 아래 기어코 자기를 밀어 넣는 수행이다. 반면 식민자의 모더니즘은 현재의 자기로 과거와 미래를 눌러서 요철이라곤 하나도 없는 완전한 평면을 만드는 수행이다.

따라서 식민자의 모더니즘은 자기의 현재를 과거와 미래를 향해 끝없이 펼쳐내어 영원히 자기를 살도록 만드는 수행이라 할 만하다. 식민자는 모더니즘을 추구할 때 영원히 현재적이기 위해 과거에서는 현재를 찾고 미래로는 현재를

---

20 식민자가 이렇게 할 수 있는 것은 식민지인이 식민본국이 운영하는 제국을, 자기가 영구히 따라잡아야 할 이상형으로 지목하고 있기 때문이다. 식민자는 식민지인을 이처럼 지속적으로 "아직 아님(not yet)"의 수사에 종속시켜 놓음으로써 언제나 모던한 주체로서, 그리하여 식민지를 지배할 자격이 있는 주체로서의 지위를 유지하는 것이다. 이러한 논리에 대해서는 Dipesh Chakrabarty, *Provincializing Europe*(Princeton : Princeton University Press, 2006)을 참조할 수 있다. 이는 제국과 식민지가 동시에 "사로잡음/사로잡힘의 테크놀로지"에 연루된 상태로 서로를 생성시키는 수행 상태 있다는 틀로 식민지성을 파악할 것을 제안하는 논리와도 상통한다. 이는 차승기, 「문학이라는 장치」, 『비상시의 문/법』, 그린비, 2016에서 찾아볼 수 있다.

밀고 나가는 방식을 취한다. 이렇게 함으로써 그는 늘 현재적일 수 있으나 그 현재는 그것에 대립하는 어떤 시간성도 없는 것이라는 점에서 사실 모더니스트 식민자는 시간의 형식을 상실하는 것이다. 한편 모더니스트 식민지인의 현재는 언제나 과거와 미래의 뒤엉킴으로만 존재한다는 점에서 시간성이 없는 지점이 며 모든 시간성이 그 매순간 임재臨在한다는 점에서 시간성이 최대로 발현된 지 점이기도 하다. 이런 점에서 식민지인의 모더니즘은 식민자의 그것이 띠는 양 가성을 이중화한다. 식민자는 자기의 "문화적 패권"을 "정당화하기 위한" "실증 주의적 양식들"을 지니는 반면 식민지인은 자기 자신에 대한 "제노포비아적이 며, 제한적이며, 패배주의적인 문화 정치"에 포박되어 있다. 이러한 상황을 효 과적으로 드러내고 후자를 후진적인 것으로 기각해버리지 않고 그 가능성을 도 출해 내기 위해서는 "세계를 그 총체성 속에서 이해하는 어떤 담론이나 지식체 계의 무능함을 드러내는 글쓰기의 새로운 형식들"에 주목하는,[21] 식민지 모더 니즘의 방법론이 요구되는 것이다.

> 자기 이해를 향한 이러한 아프리카인의 투쟁이, 아마도 무의식적으로 그렇게 된 것이겠으나, 그 특유의 다소간의 순진함을 특질로 한다는 것에는 의심의 여지가 없다. 이 투쟁과 순진함은 (…중략…) 권력, 평화, 안식이라고는 모두 박탈당한 채로 실존할 수밖에 없는 상황 때문에 생기는 어두운 면이다. (…중략…) 그러나 해방과 동화라는 쌍생아적 기획에 본질적으로 내재한 긴장 때문에 다음과 같은 결과가 나타난다. 아프 리카 근대성의 가능성에 대한 논의는, 아프리카 주체가 "전통적" 아프리카의 삶에 대 한 완전한 동일시와 근대성에 대한 자기 함몰과 그 안에서의 자기 상실, 양자 사이에 서 균형을 성취할 수 있는 가능성에 대한 끝없는 탐구로 환원되어 버리는 것이다.[22]

---

21 Mara de Gennaro, *Modernism after Postcolonialism*, Baltimore : Johns Hopkins University Press, 2020, pp.2·8.

위의 인용에서 아킬레 음벰베는 식민지 아프리카인이 근대성을 성취할 수 있는지 물을 때 처할 수밖에 없는 딜레마에 대해 서술하고 있다. 식민지인은 보편적인 것으로 간주되는 근대성에 도달하기 위해서 어떤 '투쟁'을 거쳐야 한다. 아프리카인의 경우 근대성은 유럽으로부터 주어진 것이기에 유럽의 식민주의적 지배를 전면적으로 승인하지 않는다면, 그에게 주어진 근대성 성취의 방법은 다음의 방법밖에는 없다. 아프리카인은 자기를 유럽과 질적으로 구별하여 자기를 "해방"하는 동시에 근대성에 부합하는 본질적 자질을 증명하여 근대성에 자기를 "동화"시키는 양가적 운동을 수행해야 하는 것이다. 이런 '투쟁'에는 어떤 순진함이 발견되는데 그것은 근대성에 대한, 그리고 자기를 다른 모두와 구분시켜주는 특질에 대한 전적인 믿음이 동반될 때에만 그 투쟁은 지속된다는 의미에서 그렇다. 즉 식민지인은 근대성을 그저 믿어야 하며 그 근대성이 지배하는 세계에는 자리가 없는 자기도 또 믿어야 한다. 자기의 주체성을 확보하기 위해서 영악하거나 현명하게 행위할 수 없고, 아무런 근거 없이 자기를 믿고 또 순진하게도 자기를 부정하는 자기의 적까지도 믿어야만 하는 상황에서 식민지인은 벗어날 수 없다.

식민지인이 근대성을 추구하는 경우에 대해 논할 때에도 비슷한 딜레마가 나타난다. 식민지인이 자기 "전통"에 대한 "완전한 동일시"와 "근대성에 대한 자기 함몰과 그 안에서의 자기 상실, 양자 사이에서 균형을 성취할 수 있는 가능성에 대한 끝없는 탐구"에서 벗어난다는 것은 불가능해 보인다. 식민지인이 자기 현재 속에서 과거의 '전통적' 자기와 미래의 '근대적' 자기(이자 비자기), 양자를 얼마나 어떻게 종합하는가를 묻는 것에서 벗어나기란 불가능해 보이는 것이다. 여기서 식민지인의 근대성을 향한 '투쟁'을 자기 전통과 식민자의 근대성

---

22 Achille Mbembe, "Introduction : Time on the Move", *On the Postcolony*, Berkeley : University of California Press, 2001, pp.11~12.

사이의 상극으로 보지 않고 식민지성의 발현을 근대성의 추구 자체로 보는 관점이 도입될 필요성이 부상한다. 식민지인은 근대성을 추구할 때 합리적이고 이성적인 주체일 수 없고 순진한, 그리하여 그 주체성이 의심되는 주체로 남아야 한다. 식민지인은 현재를 사는 주체가 되고자 하지만 그의 주체성은 현재에 직접 닿아있지 못하고 끝없이 부정되는 자기적 과거와 끝없이 단언되는 비자기적 미래, 그 사이에 있음으로서만 남는 것이다. 식민지인은 단순히 현재를 사는 것마저도 '투쟁'의 형식을 띠어야 한다. 그런 의미에서 식민지성은 현재성을 추구하는 지향성으로서의 모더니즘을 그 자체로 실현하고 있다고 할 수 있다. 이렇게 보면 모더니즘은 식민지성의 실존의 매순간마다 최대치로 수행되고 있는 것이며, 여기서 식민지성을 근대성과의 착종을 통해서가 아니라 모더니즘의 역설적 수행 상태로 보는 관점, 즉 식민지 모더니즘의 관점이 그 정당성을 얻는 것이다.

그런 의미에서 식민지 모더니즘은 20세기 전반기 한국의 식민지성을 그 최대한의 다층성 가운데 포착하고자 하는 개념이라고 할 수 있다. 다시 말해 모더니즘의 식민지 한국에서의 발현 양상을 포착하기 위한 개념이 아니며, 식민지 모더니즘이라는 구^句의 방점은 그 앞쪽에 찍혀 있다는 말이다. 식민지 한국인은 근대성을 적대시함으로써 식민주의의 물샐 틈 없는 포획으로부터 벗어나고자 할 때조차 모더니즘으로부터 벗어날 수 없는 운명이었다. 자기의 과거적 전통에 완전히 자기 전부를 건다 해도 그것은 근대 세계를 지배하는 국민국가nation-state의 원칙에 종속되는 결과를 낳는다. 반대로 식민지 한국인이 근대성 가운데 자기를 투신시킴으로써 식민주의를 자기화하고 그리하여 결국 식민주의로부터 벗어나고자 한다 해도 결과는 크게 다르지 않다. 전통을 완전히 부정하고 근대 이후의 세계를 꿈꾼다 해도 그것은 모든 것을 현재 가운데서 분쇄시켜 우발성 contingency이 지배하는 미래를 향해 열어놓는 근대적 시간관에의 종속으로 귀결되는 것이다.[23] 따라서 식민지 한국인은 어떠한 방향으로 모더니즘을 추구하든 그 식민지성에서 벗어날 수 있는 길이 차단되어 있다고 할 수 있다.

그렇다면 식민지성은 무한한 다면성, 즉 그 안에 자기정립적인 요소와 더불어 정립을 지속적으로 해체하는 요소를 동시에 포함하고 있으며 그러한 내적 모순을 본질로 한다고 할 만하다.[24] 이 지점에서 식민지성을 그 자체로, 즉 식민지성의 양가성ambivalence을 드러내는 입장을 취하지 않고, 그것을 식민지 모더니즘이라는 개념으로 포착하고자 하는 이유가 설명되어야 할 듯하다. 모더니즘은 말 그대로 '모던'하고자 하는 태도, 언제나 현재성을 띠고자 하는 태도, 근대성을 추구하는 이념이라고 할 수 있다. 이때 과거-현재-미래의 시간성이 상정되며 현재가 절대화된다. 언제나 현재적이려면 현재 직전까지의 과거는 시간으로서의 본질을 상실한 채 '전통'이라는 캡슐에 함축되어 안정화되어야 하고 미래는 현재 속에서 끊임없이 도래하는 것으로서 영원히 불안정한 상태로 환원되어야 한다. 이런 맥락에서 보면 모더니즘은 식민지성의 논리와 놀라울 정도로 일치한다. 식민지성은 식민화 이전 자기의 과거로부터 식민화된 상태인 현재를

---

23 루만의 용어를 빌리자면, 식민지 모더니즘은 "단지 과거와는 다를 수 있다는 것만을 지금 알 수 있"을 뿐인 "미래"에 대한, "더 이상 국지화될 수 없는 경계가치"인 '현재'에 대한 충실성이라고 할 수 있다. 식민지인은 근대성을 추구할 때 자기에게 어떤 미래가 도래할지 알지 못한 채로 현재에 전적으로 투신하며, 그리하여 '현재'는 과거-미래에서 떨어져 나와 그 자체로 절대화된 "시간 안에서 배제된 삼자"가 되고 체계의 "경계"로 식민지인을 밀고가는 "가치"가 된다. 식민지 모더니즘이 "체계이론적 이해"의 바깥의 어떤 "고유가치"를 지향하는가 하는 질문이 여기서 제기될 수 있다. 루만은 미래를 현재와의 차이에 의존하지 않고 그 "고유가치"에 따라 윤곽을 그리는 것보다, 그러한 "고유가치"를 부상시켜 체계에 '파국'을 야기할 수 있는 점이 "근대 사회의 특징"임을 강조한다. 식민지 모더니즘은 근대성/식민지성의 연루에 대한 "체계이론적 이해를 엄격하게 따르면"서 "안정성의 다른 형식으로의 급작스러운 이행으로서 파국을 야기"하려는 시도에서 나온 개념이라고 할 수 있다. Niklas Luhmann, 『근대의 관찰들』, 33~34면.

24 1937~1945년간 한국문학의 동양론을 대상으로 하여 "제국적 주체성(imperial subjectivity)" 개념을 제시하고자 한 정종현의 시도는 식민지성의 (자기모순을 내포할 정도의 극단적) 다층성에 초점을 맞춘 것이라 할 수 있다. "제국적 주체성"은 (제국적) 보편성을 지향하되 식민지적 조건 때문에 주변부적일 수밖에 없는 식민지인의 난국이 극적으로 드러난 상태를 가리킨다. 이 책의 '식민지 모더니즘'은 그러한 난국에 초점을 맞춘다는 점에서 정종현의 논의와 궤를 같이한다. 정종현, 『동양론과 식민지 조선문학』, 창비, 2011, 29~30면.

완벽하게 분리시키며 동시에 식민화를 무한히 자기에게 부과시킴으로써 미래가 현재에 임재하게 만드는 데 그 본질이 있기 때문이다. 식민지성은 현재의 절대화가 순간적이지 않고 일정한 지속성을 띨 때 정립된다고 할 수 있다. 달리 말하면 식민지라는 공간을 식민본국이라는 미래가 영원히 강제적으로 부과되는 현재로 구체화시킬 때 식민지성은 현실화하는 것이다.

이런 맥락에서 식민지성에서 모더니즘은 탁월한 방식으로, 그 어떤 실현 사례보다도 완전하게 자기 전개를 이룬다고 할 수 있다. 이런 점에서 식민지성에 대한, 그 양가성에 충실한 분석은 모더니즘을 통해 볼 때 가장 분명하게 이뤄질 수 있는 것이다. 이 관점에서 한국 근대문학을 봄으로써 얻는 효과 중 첫째는 근대성의 입장에서 한국성과 식민지성의 본질적 연루를 상정하는 틀을 해체할 수 있다는 점이다. 식민지 모더니즘이라는 문제 틀로 보면 한국 근대문학에 나타난 언제나 근대성을 따라잡는 과정 중에 있는 한국은(즉 그 본질상 식민지적인 한국은) 그 자체로 이미 근대가 완전히 전개된 상태의 지속에 해당한다. 따라서 식민지 한국은 근대성의 미달태가 아니라 근대적 세계가 매 순간 성립하는, 근대성 그 자체로 보이게 된다. 둘째로 한국 근대문학을 통해 지역적 특수성과 글로벌한 보편성을 지루하게 오가는 근대적 세계상을 해체적으로 분석할 수 있는 실마리를 잡을 수 있다. 한국 근대문학에서 '한국'이라는 특수성의 반복적 확인이나 보편적 '근대' 세계로의 합류 가능성 측정, 어느 한편으로 환원되는 것 이외의 길은 차단당한 상황을 그대로 기술함으로써 그러한 환원 없는 세계상에 대해 물을 수 있게 된다는 것이다. 요컨대 식민지 모더니즘은 새로운 세계상을 생산하는 도구로서가 아니라 그러한 도구도 있을 수 있지 않을까 하는 문제를 생성시키는 장이다.

식민지 모더니즘에서 '모더니즘'은 근대 세계체제의 생성과 유지에 직접적으로 연루된 이데올로기이다. 모더니즘은 특정 역사적 시기에 나타났다가 소멸한 예술 운동이 아니라, 현재까지 일반적으로 통용되는 시공간을 획정하여 세계를 형성시키고 지속시키는 담론이다. 그 세계에서는 다른 시간성에 대하여 현재가, 다른 장소에 대하여 서양이, 다른 가치에 대하여 미적인 것이 절대화되어 있으며 이 절대화는 위 삼자의 상호규정과 형성에 의해 공고화되어 있다. 그러한 절대화가 구체적으로 나타난 것이 19세기 말부터 20세기 초 서유럽을 중심으로 일어났던 역사적 모더니즘 운동이라고 할 수 있으며 이 운동이 20세기 후반 미국을 중심으로 제도화됨으로써 공고화되면서, 현재 우리가 아는 '모더니즘'에 대한 상이 형성되었다고 할 수 있다. 그리고 이 '모더니즘' 상이 역으로 실재했던 모더니즘적 운동들을 하나의 '모더니즘'으로 구성하고 그렇게 구성된 '모더니즘'이 근대 세계체제를 지속시키는 이데올로기로서 작동하는 것이다. 이런 점에서 보면 식민지 모더니즘 개념은 '이데올로기로서의 모더니즘'을 역사화하는 데 그 이론적 역점을 둔 신모더니즘론과의 연계가 뚜렷하다고 할 수 있다. 한국 근대문학사에서의 모더니즘에 대한 일반적 기술을 신모더니즘론적 관점에서 분석할 필요가 여기서 도출된다고 하겠다.

3. 신모더니즘론의 맥락에서 본 식민지 모더니즘

한국문학사에서 모더니즘은 대개 시대로는 1930년대, 작가로는 이상李箱, 김기림, 박태원 등 구인회九人會 계열 인물들과 연동되어 언급된다. 간혹 1950년대의 소위 '언어파' 시인들, 1960년대의 김수영과 최인훈 등을 모더니즘으로 규정하는 경우도 있으나 이 규정은 1930년대-모더니즘의 연동만큼 강력하지는 않은 듯하다.[25] 시야를 세계로 확대하여 예술사 일반에서 '모더니즘'이 언제 시작되어 언제 전성기에 도달하는지를 살펴보아도 사태는 유사하다. 통상 모더니즘은 19세기 중엽 기존의 모든 미학적 '전통'에 저항하려는 경향에서 시작되어 다다이즘과 초현실주의가 등장하고 바우하우스가 활동하는 1920~1930년대의 소위 전간기戰間期에 절정을 이룬다고 생각된다. 이런 맥락에서 보면 1930년대 한국문학에 나타난 모더니즘은 모더니즘의 세계적 절정기와 연결되어 있는 셈이다. 나아가 이는 대략 1920~1930년대 동안 모더니즘 문학과 예술의 급격한 도입을 보인 중국 및 일본의 사례와 맞물리는 현상이기도 하다. 이 시기 동아시아에는 상하이와 도쿄를 비롯한, 식민지를 거느린 유럽 제국들의 메트로폴리스에 상응하는 대도시가 형성된다. 또 경제적 차원에서도 산업화가 급속히 이뤄짐에 따라 모더니즘 예술의 물적 기반이라 할 '도시 문화'가 형성되는 것이다. 식민지 한국의 수부首府 서울도 이러한 대세에서 벗어날 수 없었고, 따라서 1930년대 한국-모더니즘 문학이라는 도식은 역사적 정당성을 인정받을 만하다.

이 맥락에서 구사되는 '모더니즘'이라는 용어에 함축되어 있는 바는 둘이다. 첫째 모더니즘은 20세기 초 서유럽을 토대로 한다는 것, 둘째 '한국 모더니즘'의 경계를 설정하는 데 '20세기 초엽 서유럽에서 기원한 모더니즘'과의 유사성이 기준이 된다는 것이다. 모더니즘이 아무 시대에나 나타날 수 있는, 어떤 추상적인 미학적 태도라고 한다면 20세기 초라는 특수한 시기에만 나타날 리는 없다. 즉 물려받은 전통이 아니라 현재의 상황에 충실하고자 하는 미학적 입장이라고 모더니즘을 정의한다면, 예술사상 나타난 모든 혁명적 결절점마다 모더니즘이 나타난다고 봐야 할 것이다. 그러나 위에서 정리한 바, '한국 모더니즘'

---

25 1930년대 한국문학을 '모더니즘'으로 규정하는 관점이 나타나고 공고해져 가는 과정에 대한 연구사적 고찰은 박상준, 『1930년대 한국 모더니즘과 이상, 최재서』의 2장 「모더니즘 소설 범주화, 특성화의 계보」를 참조할 수 있다. 여기서 박상준은 '1930년대 모더니즘 소설'이 한국 근대문학에서 너무나도 자연스럽게 받아들여지지만 그 범주가 사실은 역사적으로 '만들어진' 것이며, 현재도 그 형성 과정은 완전히 마무리되지 않았다는 점을 강조한다. 그렇지만 1930년대 나타난 일군의 작품들을 '모더니즘'으로 범주화하는 것 자체는 문제 삼지 않으며 그 개념을 실증적으로 한국적 맥락에 충실하게 명료하게 해야 한다는 방향으로 논의를 전개한다. 즉 여기서도 1930년대와 모더니즘의 연동은 의문에 부쳐지지 않는 셈이다.

에 대한 일반적 인식에서 발견되는 '모더니즘'은 1930년대라는 특정 시기와 본질적으로 연동되어 있다는 점에서 그것은 문학사의 특수한 한 시대를 의미하는 듯하다. 한편 '한국 모더니즘'은 반드시 서유럽 모더니즘과의 관련성 하에서만 규정된다는 점에 주목하면, '모더니즘'을 시대 개념이 아니라 미학적 태도 개념으로 볼 수도 있다.[26] 한국과 서유럽의 모더니즘들은 둘 다 모더니즘으로 칭해진다는 점에서 일반적 '모더니즘'이 있고 그것이 역사적 맥락에 따라 다르게 구체화된다고 보게 되는 것이다.

이런 식의 용법으로부터 일반적으로 통용되는 '모더니즘'의 정의가 도출된다. 모더니즘은 20세기 초 유럽에서 발생하여 한국 등지로 전파되어 간, 문학사와 예술사상의 한 시대를 규정하는, 특정 가능한 일련의 미학적 태도들로 구성된 개념이다. 이때 모더니즘의 '미학적 태도들'에는, 전통적인 재현 모델의 위기에 대한 자의식에서 파생되는바, 즉 예술의 자율성, 새로움, 난해성, 형식주의, 파편화, 정통성에 대한 반대 등의 이념이 포함된다.[27] 이 이념에 따르면 무엇보다 모더니즘은 미학적인 것과 그 외의 것 사이의 분할을 함축하고 있다. 이 분할을 기반으로 하여 현재적 현실에 대한 직접적 개입과는 본질적으로 구분되는 간접화된 재현으로서 예술을 설정하고 그러한 예술 고유의 가치로서의 미학적인 것the aesthetic을 추구하는 경향이 모더니즘이라는, '일반적' 정의가 나온다. 그러한 '일반적' 정의를 통해 미학성과 다른 가치들의 구별이 자연화되고 그 과정에 모더니즘은 적극적으로 개입한다. 즉 모더니즘은 이미 구분되어 있는 미학과 기타 가치들 중 전자를 추구하는 경향이 아니라 그러한 구분을 창출하고 영속화시키는 이데올로기인 것이다. 그렇다면 여기서 다음과 같은 새로

---

26 Eric Hayot, "Chinese Modernism, Mimetic Desire, and European Time", Mark Wollaeger and Matt Eatough eds., *The Oxford Handbook of Global Modernisms*, p.150.

27 Sean Latham and Gayle Rogers, *Modernism : Evolution of an Idea*, London : Bloomsbury, 2015, p.61.

운 정의를 해볼 수 있다. 즉 모더니즘은 그 자체가 미학성 추구 경향의 극단화 가운데 직접적 현실과 간접화된 재현 사이를 가르는 수행성으로 주체를 대체한다.[28] 그러한 수행을 하는 주체의 여러 태도들 중 하나로 모더니즘을 환원할 때, 즉 모더니즘을 주체를 생성하는 수행성이 아니라 독립된 주체가 취하는 여러 태도들 중의 하나로 볼 때 '일반적' 모더니즘의 정의는 성립한다.

한편 '시대' 개념으로서 모더니즘을 규정할 때, 거기에는 시공간의 특정한 분할이 함축되어 있으며 그 분할의 작위성을 은폐하는 데 모더니즘이 직접 개입되어 있음을 유의해야 한다. 시간적 분할이라는 측면에서, 모더니즘에는 과거에서 현재와 미래를 분리시키는 논리가 전제되어 있다. 무엇보다 모더니즘은 자기 등장 이전의 모든 과거를 일거에 부정하고 자기 이후의 모든 미래를 규정하는, 절대적이며 영원한 현재를 그 특유의 시간성으로 한다. 현재의 우리가 문학과 예술을 생각할 때 그 본질로 상정하는 자질들이 모두 모더니즘에 포함된다는 점에서, 모더니즘은 예술사상 그 전과 후의 시대를 가르는 절대적 기준으로 남아 있다.[29] 그런 점에서 모더니즘은 우리가 우리의 시간을 과거와는 질적으로 구분되는 현재로 보는 한 영원히 현전한다. 예술사와 문학사를 전근대와

---

28 김예리는 기존의 1930년대 한국 모더니즘론을 비판적으로 평가하는 자리에서, 모더니즘론이 "내면성"과 "진정성"을 기준으로 한 가치 판단으로 기우는 경향을 지적한 바 있다. 외적 현실과 분열된 개인적 주체의 자기 내면에 대한 탐닉을 강조하다 보면 모더니즘이 그러한 방향을 취하게 만든 현실적 조건이나 모더니즘이 띠는 정치성을 간과하게 된다고 주장하는 셈이다. 김예리, 『이미지의 정치학과 모더니즘—김기림의 예술론』, 소명출판, 2013, 13~14면. 이 비판을 이어받아 이 책은 모더니즘이 자기를 그러한 비정치적, 탈현실적 맥락에서 보게 하는, 즉 그에 대한 연구도 모더니즘화하는 논리에 주목한다.

29 아이스테인손은 "'모더니즘'은 '모던'으로 기능하지 못하는 것, 즉 "전통"에 대한 변증법적 대립을 나타낸다"고 한 바 있다. 그가 '모더니즘은 이전까지의 전통에 대한 대립'이라는 식의 간단한 정의를 피하고, 위와 같이 표현한 것은 '모던'이 '전통'에 대한 반발 결과 나타나는 것이 아니라 '모던'과 '전통'이 '모더니즘적 패러다임' 속에서 동시적으로 발명된다고 보기 때문이다. 즉 아이스테인손은 현재 모더니즘으로 간주되는 19세기 말부터 20세기 초의 사조는, 모더니즘에 속한다고 평가되는 작가들의 이론과 실천이 아니라, 그들을 "모더니즘적 패러다임" 속에서 사후적으로 재구성하는, 역사적 모더니즘 '이후의' 비평 담론에 기반을 두고 있다고 보는 것이다. Astradur Eysteinsson, *The Concept of Modernism*, p.8.

근대 및 그 이후로 분할하는 우리의 관습, 그리하여 역사적 모더니즘의 시대가 현대 예술의 정점이며 모더니즘 이후의 예술에서 진정으로 새로운 것의 등장은 언제나 모더니즘을 참조로 하여서만 기록하는 습관, 그리고 '문학성'이나 '미학적인 것'에 대한 본질론이 언제나 모더니즘 작품을 사례로 하여 전개되는 현상 등을 보면 이는 분명해 보인다.

한 가지 또 주목할 점은, 모더니즘이 현대적 시간성에 초래한 이러한 분할은 동시에 공간적 분할을 함축한다는 것이다. 그것은 넓게 보아 19세기 말부터 20세기 초의 서양을 '중심'으로 하고 세계의 나머지 지역을 '주변'으로 하는 분할이다. 앞에서 지적한 1930년대-한국 모더니즘이라는 강력한 연동성에는, 모더니즘이 1930년대 직전 시기 서유럽에서 탄생하여 그 외부의, 한국을 포함한 지역으로 전파되어 나갔다는 점이 전제되어 있다. 이 논리는 '중심서양: 주변이외 지역'의 이분법을 함축하며 이를 위의 시간적 분할과 연결지어 보면 '(보편적이며 절대적인) 서양: (서양을 기준으로 해서만 규정될 수 있는) 나머지 지역들'이라는 분할이 나타난다. 이런 관점에서 보면 모더니즘은, 그 자체가 서양중심주의와 사실상 일체를 이루는 것으로 드러난다.[30] 이때 모더니즘은 예술사의 자연스러운 자기 전개 과정이 그 극점에 도달하여 나타난 이념이 아니라, 서양 제국의 전 세계를 향한 제국주의적 팽창 과정에 부수된 이념이다.[31]

"근대성"의 서사들은 오늘날 거의 보편적으로 어떤 하나의 "유럽"을 근대적인 것의 기본 아비투스로 지시한다. / 이때의 유럽은 "서양"과 마찬가지로 어떤 상상적 통일체로서 나타난다. 그러나 그 점을 보여준다고 해서 그 매력이나 힘은 감소되지

---

30 Richard Begam and Michael Valdez Moses eds., *Modernism and Colonialism : British and Irish Literature 1899-1939*, Durham and London : Duke University Press, 2007, p.5.

31 Peter Kalliney, *Modernism in a Global Context*, London : Bloomsbury, 2016, p.27.

않는다. 유럽의 지방화라는 기획은 어떤 부가적 움직임을 포함해야 한다. 첫째 유럽이 스스로에게 "근대적"이라는 술어를 갖다 붙인 것이 글로벌 역사 내에서 유럽 제국주의의 이야기의 핵심적 부분이라는 점이 인식되어야 한다. 둘째 어떤 한 버전의 유럽을 "근대성"과 등치시킨 것은 유럽만 참여하여 한 일이 아니라는 점이 이해되어야 한다. 즉 탁월한 근대화 이데올로기로서의 제3세계 민족주의도 그 과정에 동등한 파트너로 참여했던 것이다.[32]

하이퍼리얼한 유럽, 현재 모든 역사적 상상을 끌어당기는 중력의 원천인 유럽을 대체하고자 하는 역사들은 폭력과 이상주의 사이에 존재하는 이 연결을 찾아내기 위해 끊임없이 노력해야 한다. 그러한 연결은 시민권과 근대성의 서사들이 "역사" 속에서 자기가 머물 자연스러운 터전을 찾도록 해주는 과정의 핵심에 위치해 있다.[33]

근대성 추구는 곧 세계의 유럽화, 유럽의 글로벌 차원에서의 보편화였다는 점, 이는 제국주의적 "폭력"과 근대성 추구라는 "이상주의" 사이의 "연결"을 '자연'화함으로써 이뤄졌다는 점이 위의 인용에서 설명되고 있다. 그렇다고 해서 유럽적 근대성을 여러 가능한 근대성들 중의 하나로 '상대화'하는 것이 그러한 자연화를 해체시키는 방법은 아니라는 점 역시 위에서 발견되는 중요한 논점이다. 제아무리 유럽의 일방적, 폭력적 보편화 과정이 모더니즘의 역사였다는 점이 폭로된다 해도 '근대적 유럽'의 "매력이나 힘은 감소되지 않는다." 즉 비서양 민족nation들이 근대화를 성공적으로 수행함으로써 유사 서양이나 명예 서양이 되고자 하는 운동은 근대 세계 내에서는 필연적으로 나타날 수밖에 없는 것이다. 디페쉬 차크라바티는 서양 근대의 보편성에는 비서양에 대한 "폭력"이

---

32 Dipesh Chakrabarty, *Provincializing Europe*, p.43.
33 Ibid., p.45.

필연적으로 동반되며 그러한 제국주의의 폭력성이 비서양 민족들의 자기 민족주의를 근거로 한 근대화 가운데 자연화됨을 지적한다. 서양적 근대를 단순하게 상대화하기만 해서는 결국 그러한 폭력의 무한한 반복을 그칠 수가 없다는 것이다. 이 지점에서 행할 수 있는 이론적 개입은, 그러한 서양에 의한 비서양의 주변부화에 비서양이 자기의 이름을 걸고 암묵적으로 공모하고 있다는 역설을 "찾아내기 위해 끊임없이 노력"하는 것밖에는 없다. 그러한 노력이 우리의 맥락에서는 식민지 모더니즘의 시각으로 식민지를 보는 것이다.

이때 모더니즘의 역사화라는 과제가 어떤 필연성을 띠며 부상한다.[34] 이 역사화란 모더니즘을 그것이 탄생한 사회정치적 환경 속에서 이해함으로써 서양 모더니즘을 그에 상응하는 다른 모더니즘들에 대하여 상대화시키는 차원에서 그치지 않는다. 모더니즘을 그것을 탄생시킨 예술 외적 현실의 단선적 반영으로만 본다면, 모더니즘의 역사화를 성취했다고 할 수 없다. 또 서양 모더니즘이 그 물적 배경을 이루는 역사적 상황의 반영이라는 점에서 세계 다른 지역의 유사한 상황에서 나타난 다른 모더니즘들과 동등한 레벨에 놓인다고 보는 상대화 전략도 모더니즘의 역사화로 이어지지는 않는다. 이를 모더니즘과 제국주의 관계라는 측면에서 설명해 보자. 모더니즘 문학과 예술은 주지하다시피 19세기 말과 20세기 초에 걸친 시대에 유럽의 메트로폴리스에서 나타났고 번성했다. 이를 그 도시들을 수도로 삼았던 유럽 제국이 식민지 수탈로 막대한 부를 축적한 결과라고 이해하거나, 유럽의 고도화된 자본주의 경제의 면들인

---

[34] 모더니즘의 역사화란 모더니즘을 문학적 형식과 사회적 언어 사이의 역동적 관계로부터 파생하는, 전적으로 역사적인 현상으로 이해하려는 경향을 말한다. 최근 모더니즘 연구에는 "지역적 모더니즘(들)에 대한 연구"를 지향하는 움직임이 분명한데 이는 지역별로 고유한 모더니티에 대한 대응으로서의 복수의 모더니즘들을 인정하는 시각의 산물이다. 그런 점에서 모더니즘의 역사화는, 서양으로부터 이외 지역으로의 전파 모델이 아니라 여러 지역들 사이의 트랜스내셔널한 순환 모델을 근간으로 하는 기획이다. Arthur M. Mitchell, *Disruptions of Daily Life : Japanese Literary Modernism in the World*, Ithaca : Cornell University Press, 2020, pp.30~31.

급속한 기술 발전과 그를 바탕으로 한 생활 세계 전반의 변화가 예술에 반영되어 나타난 현상이라고 이해할 수 있다. 그러나 이는 위에서 지적했듯 모더니즘을 단순한 반영론 모델에, 즉 예술은 현실 안에서 태어나고 현실을 반영한다는 모델에 입각하여 본 것에 불과하다. 여기서 모더니즘과 그 환경은 이분법적으로 이해된다.

모더니즘을 역사화하라는 명령의 완수는 양자를 일원론적으로, 양자 사이의 영향 관계를 쌍방향적으로, 순환적으로 보는 시각이 확립되어야 가능해진다. 이는 20세기로의 전환기 동안의 유럽 메트로폴리스의 근대 물질문명의 번영, 그리고 그 도시들을 수도로 한 유럽 제국의 유럽 바깥 지역에 대한 식민 지배를 성립·유지시키는 데 모더니즘이 분명히 행위성을 띠고서 개입했음을 인식하는 것에서 시작된다. 모더니즘은 근대 대도시라는 물적 토대의 상부구조에서의 기계적 반영이 아니라 서양 메트로폴리스의 근대 세계 내에서의 중심성을 생성시키고 '자연'화시켜 영속시키는 힘이다. 나아가 모더니즘을 추구하는 행위 가운데서 근대 세계에서 가능한 주체성이 그 권위를 부여받는다는 점에서 모더니즘은 본질적으로 '서양적'인 것이다. 동시에 그러한 권위의 유지는 모더니즘에 대한 비서양의 주변부로서의 공모를 필수로 한다는 점에서 모더니즘에는 필연적으로 '비서양적'인 면이 내재되어 있다. 서양 모더니즘을 여러 모더니즘들 중의 하나로 상대화하면 그러한 서양의 식민주의적 중심성이 허위적으로 해소되어 버릴 위험성을 안게 되고, 따라서 모더니즘의 역사화는 이행 불가능해진다.

1990년대 이후 영미 비평계에서 미학적 모더니즘 연구와 사회정치적 모더니티 연구가 화학적으로 결합하는 현상, 소위 신모더니즘론New Modernist Studies 경향에 드는 연구들이 등장하게 된 것은, 이러한 모더니즘의 역사화라는 과제를 의식한 결과라고 할 수 있다.

"신모더니즘론"은 단일한 접근법이나 논리 구조가 없으며, 대화에 참여하고 있는 수많은 학자들의 집단적인 작업을 의미한다. 이 대화들은 분류가 쉽지 않고 아마 완전한 정리는 불가능한 듯하지만 중요한 특징들을 공유하고 있긴 하다. "신모더니즘론"에서 가장 눈에 띄는 점은, 복수의 매체들 전반에 걸쳐 또 전 세계에 걸쳐 나타나는 문화적 표현 형식들을 괄호 치거나 유리시키려 하지 않고 종합하려는 시도를 지향한다는 점이다. 예컨대 자율성·난해성 같은 근본 개념들의 경우, 모더니즘을 포괄적으로 정의할 때 더 이상 본질적 지위를 지니지 못하게 되고, 20세기의 글로벌 모더니티가 만들어낸 당혹스러울 정도로 다양한 역사적·문학적·문화적 힘들에 대한 여러 복합적·다면적 반응들 중의 하나로 취급된다. 그리하여 비평가들은 이제 점점 더 복수의 "모더니즘들"을 언급하게 되는데, 이는 매우 이질적인 역사적 환경들 가운데서 생성된 것이지만 일련의 창조적 충동들이 서로 연결되어 있는 혼합물에 의하여 느슨하게 하나로 묶여 있는 것이다.[35]

위의 인용은 영국 블룸스버리 출판사에서 2015년부터 나오고 있는 '새로운 모더니즘들New Modernisms' 총서의 첫 권, 『모더니즘-개념의 진화』에서 온 것이다. 여기서 신모더니즘론의 근간은 모더니즘을, "20세기의 글로벌 모더니티가 만들어낸 당혹스러울 정도로 다양한 역사적·문학적·문화적 힘들에 대한 여러 복합적·다면적인 반응들 중의 하나로" 인식하는 관점이다. 동시에 신모더니즘론은 "복수의 매체들 전반에 걸쳐 또 전 세계에 걸쳐 나타나는 문화적 표현 형식

---

35 Sean Latham and Gayle Rogers, *Modernism : Evolution of an Idea*, pp.149~150. 2015년에 출판된 이 책은 새로운 모더니즘들(New Modernisms)이라는 총서 전체를 개괄하면서 모더니즘 개념사를 다룬다. 이 책에 이어, 1990년대 이후 새로이 출현한 모더니즘론들에 대한 개괄적 연구를 시도한 책이 10권 가까이 출판되었다. 위 책의 4장은 그러한 후속 연구들이 서있는 맥락을 짚어주고 있는데, 이를 통해 신모더니즘론 등장 이후 모더니즘 연구의 범위가 얼마나 확대되어 왔는지를 개략적으로 파악할 수 있다. 4장에 나오는 소제목들을 나열해 보면, 모더니즘과 젠더·섹슈얼리티, 모더니즘의 인종, 글로벌한 맥락에서의 모더니즘, 모더니즘의 인쇄문화, 모더니즘과 대중매체, 모더니즘과 법, 모더니즘·전쟁·폭력, 모더니즘·과학·테크놀로지, 모더니즘과 환경 등이 있다.

들을 괄호 치거나 유리시키려 하지 않고 종합하려는 시도"에 그 핵심이 있음이 지적된다. 이는 곧 신모더니즘론이 단순히 '모더니티=외적 현실'의 모더니즘 작품에서의 반영 양상의 추적이 아니라, 양자를 일원론적으로, '종합'적으로 보는 데 그 초점이 있음을 지적하는 것이다. 이 책의 제목이 모더니즘 개념의 변화가 아니라 '진화'를 언급하는 것은, 모더니즘이 시간의 흐름에 따라 다르게 정의되어 온 과정을 보는 게 위 책의 목적이 아니라, 모더니즘이 그 환경과 상호 순환하는 영향 관계에 놓여 있었음을 보는 게 목적임을 분명히 한 것이다.

신모더니즘론은 "복수의 매체들 전반에 걸쳐 또 전 세계에 걸쳐 나타나는 문화적 표현의 형식들을……종합하려는 시도"라는 표현을 보면, 모더니즘의 역사화가 근대 이후 일반화된 인간의 감각 및 인식론에 있어 매체론적 전회를 도입하며 그러한 인식론에 자연스레 전제되어 있는바, '글로벌global / 지역적local' 이분법의 해체를 함축한다는 점이 드러난다. 위에서 모더니즘의 역사화는 모더니티와 모더니즘의 관계를 단선적으로 보지 않고 "종합"하는 데서 성취된다고 했다. 이는 모더니즘 예술 작품의 의미를 모더니티라는 외적 현실에 대한 자율적 예술가의 내적 진실에 입각한 대응이라는 틀 속에서 찾지 않고, 모더니즘 작품을 모더니티의 발생과 지속을 가능케 하는, 모더니티를 직접 구성하는 요소로 보는 입장을 의미한다. 구체적인 하나의 모더니즘 작품은 그것이 생산된 맥락 가운데서만 그 의미가 물어질 수 있다는 뜻이다. 달리 말하자면 모더니즘 작품의 의미는 그것이 생성되는 환경적 요소들의 상호 작용으로 설명되어야 하며, 그런 작용을 떠난 어떤 '자율성'의 영역은 존재치 않는다는 것이다.

이는 어떤 매체에 어떤 '메시지'가 담겼다면 그 '메시지'는 해당 매체에서 자유롭게 존재할 수 없으며, 언제나 매체 자체와 연동되어 있을 수밖에 없다는 테제와 연결된다. 이 테제를 극단적으로 밀고 나가 현대 매체론을 정립시키는 데 기여한 이론가가 마셜 매클루언H. Marshall McLuhan일 것이다. 그는 궁극적으로는

'매체 그 자체'가 메시지라고 주장하는 지점에 이르렀으며, 이는 매체론적 전회라 칭해질 만하다. 이 전회의 요체는 '매체가 메시지'로 요약할 수 있는데, 이때 '메시지'란 '매체'와는 질적으로 구분되는, 물질세계로부터 자유로운 정신적인 무언가 혹은 추상적인 '의미'가 아니다. 매클루언은 '매체가 메시지'라고 할 때의 '메시지'란 '다른 매체'에 지나지 않는다고까지 한다.[36] 이 맥락에서 초점은 어떤 매체가 전달하는 의미가 아니라 무한한 수의 매체들이 형성하고 있는 무한한 복잡계로서의 네트워크에 맞춰지게 된다. 신모더니즘론이 모더니즘에 대한 궁극적 이해는 "20세기의 글로벌 모더니티"를 구성하는 "여러 복합적이고도 다면적인 반응들 중의 하나"로 모더니즘을 위치시키는 데서 시작된다고 할 때, 매체론적으로 상정된 그러한 네트워크가 전제되어 있다. 이 점에서 신모더니즘론의 등장은 모더니즘 연구의 매체론적 전회로 칭해질 만하다.[37]

이처럼 신모더니즘론은 모더니즘의 작품 자체보다는 그것이 나온 맥락을 중시하며, 이때 '맥락'이란 작품에 반영될 / 된 어느 특정 시점에 고정된 외적 현실이 아니라, 복수의 '맥락들'이 서로 중첩되고 교환되고 길항하는 관계들의 무더기를 가리킨다. 이런 관점을 취하면 모더니즘의 생성에 있어 그것이 나온 구체적 맥락이 결정적인 중요성을 띠는 동시에 그 맥락 자체의 의미는 특수한 모더니즘들 속에서 결정지을 수 없는 것으로 나타난다. 예컨대 한국문학사상 대표적 모더니즘 작품이라 할 이상李箱의 1936년 단편소설 「날개」는 1930년대 후반 식민지 한국의 사회정치적 환경의 산물이며 「날개」의 의미는 그 환경을 이

---

36 Peter Kalliney, *Modernism in a Global Context*, p.125.
37 신모더니즘론은 모더니즘 연구의 '매체론적 전회'과 연동되어 있다고 할 수 있지만, 트랜스내셔널 리즘적 전회, 모더니즘 연구의 공간적·행성적(planetary) 전회와 관련되어 있다고 할 수도 있다. Susan Stanford Friedman, "World Modernisms, World Literature, and Comparativity", Mark Wollaeger and Matt Eatough eds., *The Oxford Handbook of Global Modernisms*, pp.499~500. 또 매체론적 전회는 모더니즘론의 유물론적 전회, 문학으로 좁히자면 인쇄문화(print culture)적 관점으로의 전회로도 부를 수 있을 것이다.

루는 하나의 요소에 불과하다. 그런 의미에서 「날개」는 여러 모더니즘들 중 하나인 '한국 모더니즘'의 한 사례이며, 이 모더니즘은 한국의 1930년대 후반 모더니티와 직접 연동되어 있다. 그러나 한편 '한국 모더니즘'은 「날개」를 포함하는데, 「날개」는 다만 한국 모더니티의 반영이기만 한 게 아니라 한국 모더니티가 한 부분을 이루는 "20세기의 글로벌 모더니티"의 반영이기도 한 것이다.

따라서 한국 모더니즘의 한 작품인 「날개」를 이해하기 위해서는 「날개」를 창구로 하여 한국 모더니티와 글로벌 모더니티의 뒤엉킴을 드러내는 방향으로 나아가야 한다. 「날개」는 그 뒤엉킴이 실천되는 현장일 뿐 그것의 의미를 결정 짓는 역할을 하지 못한다. 오히려 「날개」는 그 뒤엉킴에 개입해 들어가는 행위성으로서 존재하며 그 복합성과 다층성을 한층 더 복잡하게 만들 뿐이다. 이런 관점에서 보면 모더니즘은 서양에서 기원하여 기타 지역으로 전파되어 간 것이 아니라 '서양 : 나머지'의 이분법이 그러한 전파 모델을 사후적으로 구성한 것임이 드러난다. 「날개」에 나타난 모더니즘은 당시 한국 모더니티가 실천되는 현장성으로서만 의미가 있으며, 이때 '한국 모더니티'란 이미 '한국'과 나머지 세계가 시작도 끝도 없는 순환 관계 속에 처해 있는, 글로벌 모더니티의 한 부분일 뿐인 것이다. 요컨대 실제 모더니즘 작품에서 우리가 확인할 수 있는 것은 "접촉지대에서 일어나는 충돌들"의 흔적일 뿐이다.[38] 이런 의미에서 신모더니즘론의 매체론적 전회는 글로벌 / 로컬local 대립을 역동적으로 이해하는 논리와 연결되어 있다.

신모더니즘론의 매체론적 전회, 글로벌 대 로컬 이분법의 교란이라는 시각은 한국을 포함하는 동아시아 모더니즘에 대한 연구 분야에서도 활발하게 나타났

---

38 Laura Doyle and Laura Winkiel, "Introduction : The Global Horizon of Modernism", Laura Doyle and Laura Winkiel eds., *Geomodernisms : Race, Modernism, Modernity*, Bloomington : Indiana University Press, 2005, p.3.

으며 그 성과들은 2000년대부터 현재까지 폭넓게 출판되고 있다. 한국 내 한국 문학 학계에서 이러한 흐름은 1990년대 이후 '근대성'에 대한 문화론적, 매체론적, 일상사적 고찰들과 연결되는 것으로 보인다. 그러나 여전히 한국학계에서 모더니즘 연구는, 근대성에 대한 '신모더니즘론적' 연구 경향과는 유리되어 있는 듯하다. 미학적 모더니즘 연구와 근대성의 양상들에 대한 연구 사이에 일정한 '분할'이 유지되고 있는 것이다. 모더니즘을 핵심 키워드로 하며 그 재정의를 시도하는 최근의 연구들을 보면 한국 모더니즘을 '한국적' 근대와의 본질적 관련하에서 서양적·일반적 모더니즘과 구분하고자 하는 논법이 발견된다.[39] 여기에는 기본적으로 모더니즘을 물적 토대에 대한 미학적 반응으로 취급하며 후자의 전자에 대한 정합성을 지향하는 입장이 깔려있다. 이처럼 근대성이라는 물적 토대와 모더니즘이라는 미학적 반응 사이의 '분할'을 당연시하는 관점에서 신모더니즘론을 본다면, 그것은 모더니즘을 모더니티로 환원시켜버림으로써 결국 '모더니즘'의 개념으로서의 존재 이유를 무화시켜 버리는 시각은 아닌가 하는 의문을 제기할 수 있다. 나아가서는, 그러한 '분할'을 유지할 모종의 필요성을 제기할 수도 있을 것이다.

그러나 신모더니즘론이 주목하며, 우리에게도 시사점을 던져주는 지점은, 신모더니즘론이 던지는 다음과 같은 질문이다. 모더니즘의 그 환경으로부터의 초월성(으로 보이는 자질들)을 고수하고자 하는 태도가, 사실은 모더니즘의 근본 강령이라 할 '새로움의 추구'에 본질적으로 역행하는 것은 아닌가? 다시 말해 모더니즘을 근대성의 세계로부터 분리하여 이해하려는 방식은 결국 모더니즘의 '새로움'을 박제하는 것이며, 그리하여 모더니즘의 삶을 보존하는 게 아니라 결국 죽이는 것 아닌가? 또 모더니즘과 근대성을 분리하여 이해하는 방식은 미학

---

39 권은, 『경성 모더니즘』, 25~26면; 박상준, 『1930년대 한국 모더니즘과 이상, 최재서』, 40~41면.

적 자율성이라는 모더니즘의 핵심 이념에 모더니즘을 대상으로 하는 연구자 스스로 무반성적으로 걸려든 결과가 아닐까? 나아가 그러한 분리를 유지시키는 데 무의식적으로 동참함으로써 그 연구자는, 미학적 자율성과 구성적으로 연동된 '한국'의 글로벌 모더니티 내에서의 주변부성을 긍정하는 데 동참하게 되는 것 아닐까?

다음 절에서는 1990년대부터 이어진 신모더니즘론적 경향의 동아시아 모더니즘 연구의 사례들을 간략하게 검토한다. 이 사례들은 모두 미학적 자율성, 실험성, 난해성을 핵심 가치로 하는 작품들로 구성되어 있는 모더니즘을 글로벌 혹은 그 모더니즘이 생산된 지역의 모더니티에 연동시켜 분석하고 평가하는 경향을 띤다. 그 분석에서 모더니즘 연구는 미학적인 것과 사회정치적인 것 사이에 그어진 경계선을 넘나들면서 미학성에 침윤되어온 기존의 모더니즘론을 갱신하는 한편 모더니즘과 모더니티의 관계를 역동적으로 볼 수 있는 틀을 제시하고 있다. 이때 그 관계의 역동성은 미학적 모더니즘이라는 본질적으로 서양적인 이념이 서양에서 비서양으로 일방적으로 전파되는 양상을 띠지 않고, 모더니즘적 미학성을 서양 특유의 것으로 본질화함으로써 근대 세계에서 서양의 중심성을 강화하는 데 근대 세계의 주변부인 동아시아가 은연중에 동원되는 방식으로 구체화된다. 따라서 동아시아 모더니즘의 신모더니즘론적 경향의 연구를 검토함에 있어서는 글로벌과 로컬 사이의 대립과 교섭에 내셔널한 것이 개입되는 양상에, 혹은 내셔널의 개념이 글로벌 대 로컬 대립항의 역학 속에서 차지하는 위치에 초점을 맞추어야 하는 것이다. 이러한 사례를 검토함으로써 모더니즘과 모더니티 연구의 분할 상태에 있는 현단계 한국 내 모더니즘 연구에 대한 문제 제기가 좀더 구체화될 수 있다. 또 한국 근대문학의 모더니즘 연구가 한국 특유의 근대성에 대한 고려보다 근대 세계에서의 '한국'의 위치를 지정하는 식민주의 담론에 대한 고려에 중점을 두어야 할 필요성이 제기될 것이다.

4. 글로벌global, 로컬local, 내셔널national

모더니즘의 본질적 에토스가 "글로벌한 야심"[40]이라는 점은 상식화되어 있다. 모더니즘이 근대 세계에 대한 미학적 반응이라고 본다면 근대성이란 무엇보다도 일원화된 세계 시장을 조건으로 한다는 점에서, 모더니즘의 글로벌함 혹은 그에 대한 지향성은 그 물적 토대가 확실해 보인다. 그러나 세계의 단일 시장화는 세계 전역에서 동시에 일어난 일이 아니라 유럽에서 시작하여 그 지역의 헤게모니를 전제한 채, 많은 경우 폭력적으로 강제되며 발생했다. 따라서 서양 이외 지역에서 모더니즘은 글로벌한 것이면서 동시에 유럽이라는 외부 지역의 침입이었고 또 자기 지역의 특수성과 글로벌=서양적인 것 사이의 역동적 길항의 연속이었다. 이런 맥락에서 보면 현재 통상적으로 받아들여지는 모더니즘의 개념, 즉 늘 새로움을 추구하며 어떤 지역적=특수적인 것이든 전통이라는 이름으로 묶어낸 후 과거로 속으로 추방시켜 버리는 미학적 보편주의로서의 모더니즘은, 진정한 '글로벌함'의 추구가 아니라 유럽 버전의 지역적 근대성을 강제하고 그 강제의 부당성을 은폐하는 이데올로기가 되어 버린다. 이 지점에 비판적으로 착목한 탈식민주의 이론가들이 "유럽의 지방화"나 '글로벌'을 대체하는 "행성적planetary"의 이념을 내세우는 것이다.[41] 그리고 그러한 이념에 기반을 둔 모더니즘 개념의 갱신은 신모더니즘론을 지탱하는 주요 경향으로 확고하게 자리매김되어 있다.

스수메이는 『근대의 유인誘引―반半식민지 중국의 모더니즘 글쓰기, 1917~3

---

40 Peter Kalliney, *Modernism in a Global Context*, p.123.
41 Dipesh Chakrabarty, *Provincializing Europe : Postcolonial Thought and Historical Difference* 중에서 "Introduction : The Idea of Provincializing Europe"(서론―유럽을 지방화한다는 것의 개념)과 Gayatri C. Spivak, *Death of a Discipline*, New York : Columbia University Press, 2003의 3장 "Planetarity" 참조.

7』2001에서 전간기戰間期 중국 모더니즘을 논의하기 위한 틀로, "중국 모더니즘의 글로벌한 맥락과 지역적 맥락" 양자의 쌍방향적 순환과 중첩이라는 모델을 제시한 바 있다. 우선 스수메이는 중국을 포함한 모든 비서양 모더니즘들이 하나의 전체로서의 근대를 배경으로 한 것이 아니며(즉 서양적 모더니즘의 변이형들이 아니며) 서양과는 "다른 근대성, 국가성nationhood, 내셔널리즘을 배경으로 하여 나오고, 그중 다수는 식민주의 및 제국주의의 역사와 밀접하게 연동되어 있다"고 한다.[42] 여기서 강조되는 것은, 중국 모더니즘을 논할 때 미학적 모더니즘의 중국적 맥락에서의 계승과 변형에 초점을 맞추어서는 안 되며 오히려 "지역적인 것과 글로벌한 것이 교차하는 맥락 안에서 사유"하고 "중국의 행위성agency이라는 문제"를 "역사적 특수성과 차이 속에서 변증법적으로 배치"해야 한다는 점이다.[43] 요컨대 중국이라는 비서양 지역에서의 모더니즘을 논할 때, 그 초점은 서양적=보편적 모더니즘의 중국적=특수적 적용이 아니라, 그러한 이분법 자체의 담론적 구성 과정에 맞춰지는 것이다. 그러한 초점 이동을 전제한 상태에서 보면 글로벌 근대성 내에서 중국은 서양과 '등가적'으로 대립하는 자율적 통일체가 아니라 서양과의 '차이' 속에서만 역사적으로 특수한 위치가 지정되는 변수에 해당한다. 간단히 말해 중국의 글로벌 근대로의 편입을 "유럽을 지방화하는" 입장에서 보는 것이 중국 모더니즘론의 본령이라고, 스수메이는 주장하는 셈이다.

이런 맥락에서 강조되는 것은 중국이 서양화=근대화 과정에 돌입하면서 자기를 (서양이 보편성을 참칭하고 있는) 글로벌 근대 안에 어떻게 정위하고 있는가, 요컨대 자기를 특수화함으로써 서양 중심적 보편주의에 공모하며 자기를 서양

---

42 Shu-mei Shih, *The Lure of the Modern : Writing Modernism in Semicolonial China, 1917-37*, Berkeley : University of California Press, 2001, p.3.

43 Ibid., p.5.

적 보편의 보충물로 제공하는 담론을 어떻게 만들어냈는가 하는 질문이다. 그리고 역으로 서양 측에서, 그처럼 '특수한 자기'와 '자기화되는 보편'으로 분열되어 있는 중국을 어떻게 활용하는가 하는 질문 역시 강조된다. 중국의 한자와 한시 전통을 곡용함으로써 모더니즘 문학의 대표 작가로 정전화되는 영국 시인 에즈라 파운드Ezra Pound의 사례를 들면서 스수메이는, 파운드에게 "중국은 자유롭게 취하고 재배열될 수 있는 시적 자료들로 이뤄진 보물 창고"였다고 지적한다.[44] 또 "중국의 타자성은 고독한 서양인 여행자의 이미지를 예각화시켰는데, 그러한 여행자란 서양 모더니즘이 공인하고 있는바, 소외의 서사를 상징하는 주인공"인 것이다.[45] 여기서 스수메이는, 서양 모더니즘의 구성에 있어 "서양과는 본질적으로 다른, 서양에 등가적으로 대립하는 통일체"로서의 중국이 사실상 핵심적 역할을 수행했음을 지적하는 셈이다. 모더니즘의 형성에 있어 중국은 수용자의 위치에만 있었던 것이 아니라, 서양과 '등가적' 레벨에서의 주체로 참여한 것은 아니되 분명한 "행위성"을 띤 채 참여하고 있었던 것이다.

이상의 논리는, 위에서 지적했듯 모더니즘의 방향을 "서양에서 나머지 지역으로의 영향"에서 "서양과 이외 지역의 글로벌 근대 내에서의 상호적 순환"으로 전환시킨다. 이 구도에서 보면, 서양이나 이외 지역들이나 모두 근대의 한 부분으로, 근대성 구성에 정식 참가자로 참여하든 동원된 형태로 참여하든 모두 각자 그 어느 다른 참가자에게도 환원되지 않는 본질적 역할을 수행하고 있는 셈이다. 즉 어느 지역의 모더니즘이든 그 고유의 순환의 양상에 따른 지역성을 띠게 마련이며 근대는, 그 앞에 무수한 지역적 한정사가 붙은 무수한 '모더니즘들'로 구성되는 것이다. 이런 점에서 '동아시아 모더니즘'처럼 광역 지역권의 이름이 붙거나, '중국 모더니즘'처럼 현존하는 국가의 이름이 붙거나, '상하

---

44 Ibid., p.9.
45 Ibid., p.8.

이 모더니즘'처럼 도시의 이름이 붙은, 이론상 무한한 수의 다양한 층위의 '모더니즘들'이 연구 대상으로 떠오른다. 간단히 말해 '중국에서의 모더니즘'이 아니라 '중국 모더니즘'으로 모더니즘 연구의 초점은 이행한다. 이때 '중국 모더니즘' 연구는 모더니즘의 중국에서의 수용과 변형을 추적하는 게 아니라, 근대 속에서 중국을 둘러싼 글로벌한 차원에서의 다층적·다방향적 자기 정위 과정을 추적하는 것을 목표로 한다.[46] 여기서 '중국'이라는 한 민족의national 이름은 그것을 통해 글로벌한 근대 속에서 자기의 지역적인local 위치를 지정하고자 하는 행위와 직접 관련된다. 즉 '중국'은 어떤 내적 자질을 공유하는 개인들의 집단적 고유명이 아니라 글로벌한 근대 속에 지역성이 식민지 모더니즘을 통해 그 위치를 확인하는 순간을 표시하는 행위에 해당한다.

한국의 일제 말기 모더니즘적 상상력에 대한 연구서『미래가 사라져갈 때－식민 말기 한국의 모더니즘적 상상력』2014에서 자넷 풀은 "모더니즘은 전 세계적 [현상]이기도 하지만 동시에 특정한 위치성과 상황성이 각인 되어 있"다고 한 바 있다.[47] 즉 모더니즘들마다 고유한 위치를 자각하고 그 위치에 의해 규정된 모더니즘은 다른 어떤 모더니즘들과도 다르다는 시각에 따라서 해석해야 한다는 입장이다. 여기서 유의할 점은, 서양 이외 지역에서의 모더니즘들, 예컨대 동아시아 모더니즘(들)에 대한 실제 연구를 보면, '일방적 영향 관계' 모델에서 '다층적·다방향적 순환 상태' 모델로의 전환이 그리 단순하게 일어나지 않는다는 점이다. 구체적으로 말해 신모더니즘론 경향의 동아시아 모더니즘 연구

---

46 이 전환은 모더니즘을 서양과 그 외 지역 사이의 시차로 설명하는 데서 벗어나 모든 지역들 사이의 동시적 순환 관계로 설명한다는 점에서 "모더니즘의 공간화"라고 부를 만하다. Susan Stanford Friedman, "World Modernisms, World Literature, and Comparativity", p.500. 프리드먼은 "모더니즘을 행성적(planetary) 차원에서 읽기 위한" 비교의 전략으로 "수정(혹은 재고, Re-Vision), 재발견, 순환, 콜라주"를 든다.

47 Janet Poole, 김예림·최현희 역,『미래가 사라져갈 때－식민 말기 한국의 모더니즘적 상상력』, 문학동네, 2021, 27면. 참고로 이 책의 원서는 Janet Poole, *When the Future Disappears : The Modernist Imagination in Late Colonial Korea*, New York : Columbia University Press, 2014이다.

는, '서양'에 대립하는 '동아시아'를 하나의 균질적 통일체로 정립하는 방향을 취하지 않는다. 즉 '서양: 동양'의 대립항의 설정이 아니라 '서양의 중심성: 동양의 주변부성'의 설정이 이뤄진다. 여기서 '동양'의 복권 및 '서양'의 여러 지역들 중의 하나로의 격하가 아니라, 다만 주변부성의 글로벌 근대 내에서의 역설적 본질성을 동양의 입장에서 수동적으로 인정하는 것이 그러한 연구들의 목표로 드러난다.

이는 다케우치 요시미竹内好가 일본 패전 직후 정립한 입장, 동양을 서양에 대한 저항성이자 패배 그 자체로 간주하는 입장과 연결된다고 할 만하다.[48] 이 다케우치의 입론에 근거를 두고, 일본 모더니즘론을 글로벌 근대의 서양중심주의 비판과 연결시키는 논리를 윌리엄 가드너의 1920년대 일본 모더니즘에 대한 연구『광고탑-일본 모더니즘과 1920년대의 근대성』2006에서 발견할 수 있다. 가드너는 기본적으로 모더니즘의 확산 과정을, 타자와의 마주침을 통해 타자를 자기 갱신의 근거로 전유한 유럽이 그 외부 지역을 침략하는 과정과 동일시한다. 또 일본 모더니즘은, 일본이 끊임없이 자기를 갱신하는 과정에서 도달 불가능한 모방의 대상으로 유럽을 정립하는 과정이라고 본다. 다시 말해 그는 일본 모더니즘이 유럽 모더니즘과 본질적으로 다른 이유가 일본 특유의 근대에 대한 반응이나 적응 과정에 있다고 볼 수 없음을 강조한다. 즉 일본 모더니즘은, 유럽 모더니즘이 타자와의 마주침을 통해 자기의 과거를 주체적으로 초극하는 형식으로 자기 갱신을 실현하는 것과는 달리, 자기의 미래를 향하여 완전히 수동적으로 떠밀려 가는 형식으로 자기 갱신을 한다는 점에서, 일본 특유의 모더니즘으로 정립되는 것이다.

---

48 竹内好,「근대란 무엇인가」, 서광덕・백지운 편역,『일본과 아시아』, 소명출판, 2004, 21면. 참고로 이 글은 1948년에 발표되었다. William O. Gardner, *Advertising Tower : Japanese Modernism and Modernity in the 1920s*, Cambridge : Harvard University Asia Center, 2006, p.14.

그렇다면 일본 모더니즘론의 틀은 '글로벌 : 지역적'의 대립으로부터 '글로벌 : 지역적의 대립에 의한 내셔널의 구성 과정'으로 그 초점이 이동하게 된다. 이론상 '글로벌'의 대립항으로서 '지역적'은 '글로벌' 범주가 커버하나 여전히 그 글로벌함의 보편성에 포함되지 않는 어떤 특수성을 띠는 여하한 크기의 영토든 다 될 수 있을 것이다. 그러나 대부분의 경우 그 영토를 구획하는 단위가 현존하는 국민국가로 지정된다는 것은 분명한 사실이다. 혹자가 상하이 모더니즘을 논한다 해도 그때 상하이는 '중국' 근대성을 대표할 만한 지역으로 지정된 것이다. 상하이와 그 외 중국 지역의 차이에 의해 상하이에 부여되는 특수성은, 중국과 (유럽이 헤게모니를 쥔) 글로벌 모더니티의 차이에 의해 중국에 부여되는 특수성에 비해볼 때 비본질적인 것으로 상정된다. 윌리엄 가드너의 연구는 기본적으로 국민국가 일본의, 나아가서는 제국주의 국가 일본제국의 수도 도쿄의 근대성을 일본 모더니즘을 규정하는 환경으로 전제하고 있다. 그럼에도 그가 도쿄 모더니즘이 아니라 일본 모더니즘이라는 틀을 고수하는 이유는, 도쿄 모더니즘이, 수도와 지방, 나아가서는 일본제국의 소위 '내지'와 '외지' 사이의 비대칭적·비균질적 관계를 근간으로 하는 '일본적 근대성'을 그 환경으로 하기 때문이다. 그리하여 도쿄라는 극히 한정된 지역에서 소수의 전위적 예술가, 이론가들이 전개한 모더니즘은 일본, 일본제국, 글로벌 제국주의 질서와 연동된다는 것이다.[49]

이런 관점에서 가드너는 일본 모더니즘이 자기를 정위하는 "글로벌한 상황"을 (1) 서양이 헤게모니를 쥔 근대 세계로의 일본의 편입, (2) 서양 근대문학의 번역, 적용, 저항의 복잡한 과정, (3) 확장되어 가는 일본제국의 아시아-태평양에서의 위치 정립, 이상의 세 방향의 힘들이 얽히는 장이라고 지적한다.[50] 이 세 힘

---

49 Ibid., pp.12~13.
50 Ibid., p.47.

중 가장 중요한 것은 (1)이며 (2), (3)은 (1)이 추동하여 파생된 힘들이라고 할 수 있다. 예컨대 (2)의 과정을 통해 전개되는 일본 모더니즘은 근대가 시작된 이래로 일본 문학에서 지속되어온 지향성의 한 양상에 불과하며, 따라서 유럽 제국과 동등한 근대 국민국가이자 제국으로서 자기를 정립하기 위한 일본 내셔널리즘에 궁극적으로 귀속된다.[51] 그렇다고 해서 가드너가 일본 모더니즘을 '일본 내셔널리즘'의 한 부문으로 완전히 종속시켜 버리는 것은 아니다. 그는 일본 모더니티스트들의 서양 동시대 아방가르드 예술 수용이 완전히 추종으로만 일관하지는 않음을 강조한다. 하기와라 교지로萩原恭次郎의 아방가르드 시 작품들을 일별한 후, 가드너는 서양 문학에 대한 추종이 모더니즘에서는 옥시덴탈리즘적 사물화의 지경으로까지 나아감을 논증한다. 서양 추종이 서양의 사물화로 급진화되는 양상에서 그는, '서양의 동양에 대한 오리엔탈리즘의 아이러니한 전복'의 면모를 지적한다. 서양만이 합리적인 발전의 모델로서 정립되어 있는 상황을 감안한다면, 이 지점에서 일본의 근대 이후의 내셔널리즘적 발전 모델에 대한 소극적 저항의 가능성을 읽어낼 수 있다는 것이다.[52] 또 다수의 모더니스트들은 인쇄 매체라는 작품의 발표 환경을 자각적으로 인식하면서, 다양한 비언어적 실험을 작품화하는데 여기서는 또한 '언문일치'를 통해 근대 일본어의 균질화를 추진하는 관官 주도 내셔널리즘에 대한 반발이 내재되어 있다는 것이다.[53]

모더니즘을 네이션 단위로 구획하는 것의 문제성에 초점이 맞춰지는 경향은 동아시아 모더니즘 연구의 공통적 특징이라고 할 만한다. 2005년 시점에서 중국 모더니즘에 관한 최근 경향을 정리한 글에서 슝솅 이본 창은 1917~1937 국민당 치하 모더니즘을 논한 스수메이의 연구2001, 1960~70년대 대만에서

---

51 Ibid., p.50.
52 Ibid., p.59.
53 Ibid., p.54.

번성한 미국 영향하의 모더니즘에 대한 창 자신의 연구1993, 문화혁명 이후 변혁 시기에 중공에서 나타난 모더니즘에 대한 장쑤동의 연구1997 등을 대표적 연구로 열거한다. 시대도 다르고 번성한 장소도 다른 이 세 번의 중국 모더니즘들을 관통하는 공통성으로 창은 정부가 서구의 도움을 얻어 자본주의 모델에 따라 근대화를 개시했을 때 나타났다는 점을 꼽는다.[54] 즉 저 세 모더니즘들은 모두 '전통 중국 문명' 대 '근대 서양 문명' 둘 중 어느 편이 '중국'의 미래를 위하여 더 유효한가 하는 공적 영역에서의 논쟁을 맥락으로 하여 출현했다는 것이다. 이 맥락에서 모더니즘은 한편으로는 '서양 문명'을 중국이 따라잡기 위해서 성취해야 하는 문학적 모델로 나타나는데 이때 모더니즘은 '중국'을 모더니티 내에서 유럽과 대등한 주체로 올리면서 동시에 열등한 타자로 격하시킨다.[55] 다른 한편으로 모더니즘은 자유주의 이념, 자본주의 경제, 개인주의, 코스모폴리타니즘, 친서양적 외교술과 연동되면서 중국의 관 주도 내셔널리즘에 대한 자유주의 지식인들의 저항적 실천과 연동되기도 한다.[56]

중국 모더니즘론이 언제나 '중국'이라는 네이션의 구성 과정을 구명하는 데로 빠지는 경향을, 에릭 헤이엇은 '중국 모더니즘'에서 어느 것이 '중국적'이고 어느 것이 '모더니즘적'인가 하는 구분에만 몰두하는 경향이라고 정리한 바 있다.[57] 그리고 이는 본질적으로 "유럽중심적 이야기로서의 역사"가 "문학의 네이

---

54 Sung-sheng Yvonne Chang, "Twentieth-Century Chinese Modernism and Globalizing Modernity : Three Auteur Directors of Taiwan New Cinema", Laura Doyle and Laura Winkiel eds., *Geomodernisms*, p.135. 참고로 창이 열거하고 있는 세 권은 Shu-mei Shih, *The Lure of the Modern : Writing Modernism in Semicolonial China, 1917-1937*, 2001 ; S. Y. Chang, *Modernism and the Nativist Resistance : Contemporary Chinese Fiction from Taiwan*, 1993 ; Xudong Zhang, *Chinese Modernism in the Era of Reforms : Cultural Fever, Avant-Garde Fiction, and the New Chinese Cinema*, 1997이다.

55 Sung-sheng Yvonne Chang, "Twentieth-Century Chinese Modernism and Globalizing Modernity", Laura Doyle and Laura Winkiel eds., *Geomodernisms*, p.138.

56 Ibid., pp.136·139.

57 Eric Hayot, "Chinese Modernism, Mimetic Desire, and European Time", Mark Wollaeger

션 단위 체계와 세계문학 체계 전체 안에서 필수적인 한 부분으로 통합되어 있"기 때문에 필연적으로 일어나는 일이라고 주장한다.[58] 즉 글로벌 모더니즘의 한 사례로서 동아시아의 모더니즘들을 논하고자 한다면, '글로벌'이라는 획정은 이미, 유럽을 중심으로 하여 그 외 지역이 네이션을 단위로 분할되어 있는 '세계문학'을 전제로 하므로, 무엇을 이야기하든 결국 어떤 네이션의 모더니즘이 세계문학 차원의 모더니즘에 이탈하는가 합류하는가 하는 문제 틀을 벗어날 수는 없다는 것이다. 헤이엇은 한 걸음 더 나아가 모든 모더니즘론에서 "유럽 모더니즘에 대하여 외부 지점이란 존재치 않는다"는 정식화를 제시하기까지 한다.[59] 이는 앞에서 지적한바, 동아시아 모더니즘론에 있어 나타나는, 동아시아성이란 곧 주변부성이라는 도식을 상기시키는 정식화이다. 또한 이는, 동아시아 모더니즘론에서의 '글로벌 : 지역적' 대립항의 '글로벌 : 내셔널' 대립항으로의 대체 경향과도 관련되는 정식화라고 할 수 있다.

헤이엇의 이러한 정식화는 중국 모더니즘은 근본적으로 '중국적인 것'에 대한 내셔널리즘적 추구에 종속될 수밖에 없다고 주장하거나 나아가 그 종속을 정당화하는 것은 아니다. 오히려 중국적인 것에는 이미 유럽과 그 외 지역들 사이의 비대칭적 상호 규정이 언제나 / 이미 포함되어 있음을 강조함으로써 모더니즘이 내셔널리즘과 역동적·비고정적 관계 속에 있음을 드러내고, 내셔널한 것이 글로벌 모더니티의 유지에 있어 글로벌한 것보다 오히려 더 근본적인 범주임을 드러내고 있다고 볼 수 있다. 이를 '내셔널'을 경유한, '글로벌 : 지역적'의 위계질서에 대한 해체라고 볼 수 있을 듯하다. 이는 1930년대 한국 모더니즘에 나타난 '재현의 위기'에 대한 고찰을 통하여, 현재도 지속되고 있는 문학

   and Matt Eatough eds., *The Oxford Handbook of Global Modernisms*, p.149.
58 Ibid., p.152.
59 Ibid., p.153.

과 문학사에 대한 "제국적 방식의 앎"에 대한 비판을 시도하는 크리스토퍼 핸스컴에게서도 나타나는 바이다. 핸스컴은 한국 식민지기 모더니즘을 본격적으로 분석하기에 앞서, 글로벌화globalization 시대에조차 "제3세계의 문학은 세계를 벗어나는 것으로는 간주되지 못하고 세계의 희생자로 간주되기만 한다"고 한 레이 초우의 테제를 제시한다. 핸스컴이 보기에 이 테제는, 현재도 제3세계 문학은 언제나 자기가 처해 있는 현실 앞에서 무력하고 그 논리에 완전히 종속된 언어만을 구사하는 것으로 취급되며, "이때의 현실이란 보통 내셔널한 현실"로 고정되어 있는 상황을 묘파한 것이다.[60]

이 테제를 한국 식민지기 모더니즘에 적용해 보면 이렇다. 현재 우리는 글로벌화 시대를 살고 있지만, 1930년대 한국 모더니즘을 현재에 해석할 때에도 그 글로벌한 층위는 무시한 채 그것이 당시 한국의 특수한 상황, 즉 '내셔널'한 맥락을 얼마나 잘 반영하고 있는지에만 초점을 맞춘다. 그것의 글로벌 모더니티에 대한 반응이라는 측면이 아예 무시되지 않는 경우에도, 한국의 모더니티는 기껏해야 "식민적 모더니티colonial modernity"의 사례로 다뤄질 뿐이다. 반면 당시 '제국'의 지위에 있던 네이션주로 유럽 제국의 수도에서 전개된 모더니즘을 볼 때에는, 그 '내셔널'한 차원은 제쳐둔 채 글로벌한 층위를 중시한다. 이 구도에서 한국 모더니즘은 1930년대 제국주의 위계질서로 통합되어 있는 글로벌 모더니티의 "희생자"로 간주된다. 핸스컴은 이를 "제국주의적 방식의 앎"이라고 부르는데, 이는 식민지와 식민본국 사이의 시간적 지체를 전제하면서 전자의 후자에 대한 모더니티의 성취도에 있어서의 열등함을 영속화시키는 논리를 포함하고 있기 때문이다. 그리고 핸스컴은 그러한 "제국주의적 방식의 앎"의 전

---

60 Christopher P. Hanscom, *The Real Modern : Literary Modernism and the Crisis of Representation in Colonial Korea*, Cambridge : Harvard University Asia Center, 2013, p.36. 핸스컴이 인용한 레이 초우의 테제에 대해서는 Rey Chow, *The Age of the World Target : Self-Referentiality in War, Theory, and Comparative Work*, Durham : Duke University Press, 2006 참조.

적인 지배를 전도시켜, 식민지 한국의 모더니즘을 구제하는 방향을 취한다. 그는 '언제나 / 이미 과거에 머무는 식민지 : 현재의 유일한 주체이면서 미래에도 영원히 주체일 식민본국'이라는 "식민주의 담론의 핵심을 이루는 모순"이, 한국의 식민지기 모더니스트들이 "경험주의에 대한 비판"과 "언어와 언어의 현실과의 관계가 띠는 한계와 가능성의 수사화修辭化"를 통해 공격 대상으로 삼고 있던 바라고 주장하는 것이다.[61]

5. 한국이라는 이름의 근대적 생성, 한국 근대문학

프레드릭 제임슨의 『단일한 근대성』은 두 개의 부로 구성되어 있는데 제2부의 제목은 "이데올로기로서의 모더니즘"이다. 제임슨이 모더니즘을 이데올로기로 간주하는 것은 "근대modern의 이데올로그들이 제안하고 배열한 모든 논의들은 이 특수하게 한정된 역사적 의미에서 예술의 자율성 그 자체에 대한 정당화라는 문제 주변을 맴돌고 있다"고 보기 때문이다.[62] 여기서 제임슨은 미학적인 것의 자율성을 (주로 20세기 초 유럽에서 전개된) 역사적 모더니즘 운동의 핵심 이념으로 한정하지 않고, 근대에 나타난 모든 이데올로그들이 현실화시키고자 한, 글로벌한 차원에서의 근대화를 추진하는 모든 운동의 핵으로 격상시키고 있다. 모더니즘 예술가나 이론가가 아니더라도 누구든 근대성의 글로벌화를 주장한다면 미학적인 것의 자율성을 무의식적으로라도 그 논리의 한 축으로 삼지 않을 수 없다는 것이다. 혹은 근대성의 글로벌화에 저항하고자 한다 하더라도 그가 '근대의 이데올로그'인 한 미학적 자율성에 대한 옹호이든 반대이든 어떤

---

61 Christopher P. Hanscom, *The Real Modern*, p.37.

62 Fredric Jameson, *A Singular Modernity*, p.161.

한 입장을 취하고 그것을 자기 논리의 한 축으로 할 수밖에 없다는 것이다.

이런 식의 구도에 따르면, 모더니즘은 20세기 유럽에서 탄생하여 다른 지역으로 시차를 두고 전파되어 갔다는 식의 도식은 성립할 수 없다. 모더니즘의 전파 모델은, 유럽에서는 미학적 자율성이 20세기 초에 고도로 정립되었고, 기타 지역은 이를 전범으로 삼아 미학적 자율성을 점차로 현실화시켜 간다는 식으로 구체화된다. 그러나 유럽 이외의 지역에서 우리가 확인하게 되는 바는 모더니즘이 하나의 "기획으로서" "다양한 내셔널한 상황들 속에서 계속해서 새로운 모습으로 재부상하는" 모습이다. 모더니즘은 "이웃들과 맺는 문화-횡단적 친연 관계cross-cultural kinship가 언제나 명확하지만은 않은, 특수하고 고유한 내셔널한 문학적 사명이나 강령" 같은 것으로 나타났던 것이다.[63] 여기서 제임슨은 모더니즘론에서의 '전파 모델'을 전면적으로 부정하고, 모더니즘을 내셔널한 맥락에서 "문화-횡단적"으로 읽는 방법을 제안하는 셈이다. '전파 모델'은 어떤 '보편적' 모더니즘 상을 전제하는데 이는 오직 모더니즘의 "어떤 경험적 육화물이나 현실화와도 관련이 없는 개념적 구성일 뿐"이며 모든 특수한 모더니즘들에 대한 분석은 각각 내셔널한 차원에서 역사적으로 결정된 모더니즘들의 차이 속에서 인식되도록 해야 한다는 것이다.[64]

이러한 맥락에서 최근 한국에서 나온 모더니즘론에서 나오는 다음과 같은 언급은 우리에게 시사점을 던져준다. 여기서 문학적 모더니즘 연구를 통해 모더니티 연구를 문화-횡단적 방법으로 갱신할 수 있는 가능성을 엿볼 수 있다.

> 모더니즘 소설은 주변부의 위치를 중심과 주변부의 역학을 통한 모더니티의 작용 속에서 파악하려 했다는 점에서, 중심과 주변부의 관계를 제국과 식민지 혹은 지

---

63 Ibid., p.180.
64 Ibid., p.182.

배와 피지배 관계로 환원시키고 이 문제를 해결하는 혁명의 길을 전망한 프롤레타리아 문학과 입장을 달리했다. 대체로 주변부 모더니즘 소설에서 모더니티와 그것의 작용은 정치적으로 통어하거나 변혁할 수 있는 것이 아니었다. 또 모더니즘 소설은 주변부가 별도의 지역이 아니라 중심과 분리되지 않는, 흉내 내기를 통해 증식된 공간임을 인식한 점에서, '민족의 강토疆土'를 구획하고 근대화에 의해 교란되지 않은 특별한 문화자원(흔히 '민족정신'을 표상하고 또 그것의 소산으로 여겨진)에 눈을 돌려 본질화하려 한 대항 민족주의 문학과도 구분된다. 민족주의 문학은 주변부를 중심으로부터 떼어냄으로써 중심과 주변부의 역학을 외면하거나 주관적으로 그것의 전도를 기대했다. 그러나 민족의 구획이나 주변부의 역전逆轉이라는 주제는 모더니즘 소설에서 발견되지 않는다.[65]

이 인용은 1930년대 한국 모더니즘 소설을 '주변부 모더니즘'과 '분열'을 키워드로 재독하고자 한 신형기의 2010년 저서에서 온 것이다. 신형기는 식민지 한국의 문학적 모더니즘을 '주변부 모더니즘'으로 명명함으로써 '글로벌한 유럽 : 지역적인 한국'의 이분법에 전제된 위계질서를 전복시키려는 지향성을 보여준다. 즉 그는 유럽적 입장에서의 '글로벌'한 차원이 아니라 진정으로 글로벌한 차원, 스피박의 용어로는 행성적 또는 지구적planetary 차원에서, 차크라바티의 용어로는 '유럽을 지방화시키는 관점'을 지향한다. 이런 맥락에서 보면, 유럽적인 것이 글로벌한 게 아니라 오히려 언제나 / 이미 주변부화되어 있는 한국적인 것이야말로 글로벌하다. 한국의 주변부성은 "지역적 과거의 절단된 단면 위에 지구적 당대성이 엇갈려 놓이는, 다른 시간과 공간이 불균등하게 공존하는 상황"으로 설명된다.[66] 여기에는, 유럽성과 글로벌함의 일치 덕분에 '엇갈림'과

---

65 신형기, 『분열의 기록-주변부 모더니즘 소설을 다시 읽다』, 문학과지성사, 2010, 14~15면. 참고로 이 책에 수록된 글들은 2004~2009년에 발표되었다.

'불균등'을 보이지 않는 중심부 모더니즘보다, '분열'을 원리로 하는 한국이라는 주변부의 모더니즘이, 모더니즘다운 모더니즘이라는 논리가 함축되어 있다.

다시 위의 인용으로 돌아가서 보면, 신형기는 "모더니즘 소설"을 "프롤레타리아 문학"과 "대항 민족주의 문학"과 구분하고 있다. 이 부분의 서술에서 신형기는 '모더니즘' 앞에 '한국'을 누락하고 있다. 여기서 앞 절까지의 논의를 통해 신모더니즘론의 맥락에서 이뤄져 온 동아시아 모더니즘 연구에서 우리가 추출한 에토스, 즉 '글로벌 : 지역적'의 분할의 '내셔널'을 경유한 횡단을 상기할 필요가 있다. 그 에토스에 따라 위의 신형기의 입장에 다음과 같은 질문을 던져볼수 있다. 신형기는 모더니즘을 마르크시즘 및 민족주의와 구분함으로써 규정하고 있지만, 그러한 규정은 식민지 한국이라는 "내셔널한 상황"에서만 성립한다는 점을 간과하고 있는 것은 아닐까? 모더니즘 문학에 나타나는 글로벌 모더니티의 본질적 "불균등성"은 "제국과 식민지 혹은 지배와 피지배 관계"나 "근대화에 의해 교란되지 않은 특별한 문화자원"의 "본질화"와 대립된다기보다는, 지배 : 피지배, 근대화 : 본질화 등의 대립이 중첩되며 교차하는 과정의 산물로 읽어야 하지 않을까? 그리고 그 중첩과 교차 양상의 고유함을 '한국'이라는 내셔널함과 연결시켜 읽어야 하지 않을까? 그렇게 했을 때 한국 모더니즘 문학에 대한 논의가 모더니즘을 창구로 하여 글로벌 모더니티의 힘을, 즉 모든 것을 자기 내부로 영토화해 버리는 복합적이고 다방향적 힘을 그려볼 수 있는 길로 나아가게 되지 않을까? 모더니즘을, 프롤레타리아 "혁명"으로부터 또 복수 인간들의 집단적 뭉쳐짐으로부터 구분시키는 것은, 모더니즘의 미학적인 것의 자율성에 대한 자연화라는 이데올로기성을 승인하고 탈정치화를 촉진하는 의외의 결과를 낳을 수 있지도 않을까?

---

66 위의 책, 16면.

신형기 모더니즘론은 식민지기 한국 모더니즘을 서양 모더니즘의 파생형으로 취급하지 않는다. 그렇다고 해서 한국 모더니즘이 서양의 그것과 동등한 보편성을 띤다고 주장하는 방향으로 나아가지도 않는다. 신형기는 한국 모더니즘의 본질적 주변부성이 중심과 주변부의 대립을 그 생성적 원리로 하는 모더니즘의 본질을 역설적으로 체화하고 있다고 보는 데서 출발한다. 여기서 우리는 신모더니즘론의 중심적 에토스 중 하나, 즉 모더니즘을 근대 세계에서 나타난 전통 : 모던=비서양 : 서양의 이분법을 자연화시키는 이데올로기로 보는 에토스를 읽어낼 수 있다. 한편 신형기 모더니즘론에는 모더니즘을 프롤레타리아문학, 민족문학과 구분시키려는 에토스도 작동하고 있다. 이는 모더니즘을 집단성 : 개인성=정치성 : 미학성의 도식에서 개인성과 미학성의 차원에 한정시키고자 하는, 즉 미학적 자율성의 영역을 글로벌 모더니티의 세계에서 분리시키는, 신모더니즘론 이전의 모더니즘론의 영향력이 여전히 강고함을 알려준다.

위에서 이 책은 한국 근대문학을 식민지 모더니즘으로 보겠다는 입장을 제시한 바 있다. 식민지 모더니즘은 '한국'의 근대 세계에서의 독특성이 형성되는 과정을 문학을 통해 보게 한다. 모더니즘 앞에 붙은 '식민지'는 우선, 한국이 20세기 전반기 동안 실제로 식민지라는 사실에서 기원한다. '한국 모더니즘'이라 하지 않고 굳이 '식민지 모더니즘'이라고 한 것은, 모더니즘의 한국적 특수성을 살피다 보면 궁극적으로 '한국적' 면은 사라져 버리고 오히려 모더니즘의 서양적 보편성이 도드라지며 자연스러워지게 되기 때문이다. '식민지'는 '서양 모더니즘' 대 '복수의 모더니즘들'이라는 대립에서 후자를 택함으로써 모더니즘론의 서양중심주의에서 탈피하고자 했던 기존 연구들을 지양하려는 입장에서 채택된 술어이다. '식민지 모더니즘'은 식민지에서의 모더니즘이 아니라 식민지인들이 자기의 식민지성을 모더니즘을 통해 극복하고자 할수록 근대성의 진리로 식민주의가 공고해지는 역설을 포착하기 위한 개념이다. 한국 근대문학은 식민지 모더니즘을 통해서 식민주의를 통해 근대적 주체로 탄생하는 '한국'이 형성되는 현장이며, 이것은 식민지 한국의 특수한 사례에서 그치지 않고 근대 세계라는 글로벌한 층위와 거기 속하거나 속하지 않는 로컬한 층위가 내셔널한 ('한국'이라는) 층위의 형성 과정 가운데 어떻게 연결되는지를 보여주는 현장이 될 것이다.

이어지는 논의는 3부로 구성되어 있는데, 제1부는 최남선의 잡지 『소년』1908~1911을 재독하는 글로 시작된다. 여기서 『소년』은, 근대성을 지향하는 입장에서 하나의 세계상이 창출되는 데 '한국'의 구성이 발생하는 순간을 포착하는 장으로 다뤄진다. 지금까지 『소년』은 한국 민족nation이 근대적 형식으로 재현되는 장 혹은 민족적 정체성nationhood이 문화적으로 구성되는 장으로 간주되어 왔다. 요컨대 민족주의nationalism가 전개되는 장이었던 것이다. 이 책은 『소년』이 민족의 재현이 일어나는 장소임을 지적하는 데 그치지 않고 『소년』이라는 매체가 자기 지시적 수행의 효과를 통해 '한국'의 기원이 되었다는 입장을 취한다. 즉 '한국'의 재현 양상과 세목이 아니라 자기를 어떤 내셔널한 통일체와 동일시하는 명명이 『소년』이라는 근대적 출판문화의 한 부분에서 하나의 독특한 사건으로서 발생했다는 사실에 초점을 맞추는 것이다. 이 분석을 통해 모더니즘이 현실에 대한 미학적 자율성을 지향하는 텍스트뿐 아니라 사회정치적 맥락에서의 근대성을 정립하는 텍스트에서도 그 생성적 차원에서 작동하고 있음을 알 수 있다. 그리고 그러한 작동은 근대 세계에서 비서양적 지역성이 내셔널한 차원에서 어떻게 구성되는가 탐문하는 식민지 모더니즘의 관점으로 볼 때 적확하게 포착된다는 점 역시 알 수 있다.

제1부의 나머지 논의는 '이상李箱과 모더니즘'을 주제로 한다. 이상은 한국 근대의 식민지적 한계에도 불구하고 문학적 근대성을 최상급으로 실현한 작가로 호명되곤 한다. 이 책의 이상론은 한국 모더니즘의 대표로서의 이상의 위상이란 미학적인 것을 현실로부터 분리시키는 전통적 모더니즘론의 영향하에서 형

성되고 유지된다는 점을 비판적으로 조명하는 데 그 목표가 있다. 우선 제2장 「날개」1936론은 본래 이상 글쓰기의 의도가 현실에 직접 작용하는 미학으로 '문학'을 창조하는 데 있었음을 지적하는 데서 분석의 실마리를 잡는다. 이어 「날개」의 궁극적 의미는, 미학적으로 자율적인 영역의 확보하는 데 있지 않고, 근대 세계 안에서 직접적으로 자기를 스스로 지시하는 수행성으로 남는 데 있음을 주장한다. 즉 이상 모더니즘의 핵심은 식민지 근대의 초극이 아니라 그 조건에 대한 자기 방기를 주체의 적극적 실천으로 극화하는 데 있다는 것이다. 이어지는 제3장의 논의는 「오감도 시 제1호」1934를 통해 그러한 수행을 '모더니즘적 미학화'에 대립하는 '아방가르드적 실천'으로 해석해 본다. 이 실천은 자기지시의 무한한 반복 이외의 가능성을 적극적으로 모른 체하는 역설적 주체성을 생성시킨다는 점에서 모더니즘의 래디컬한 실현이면서 동시에 정치적으로는 퇴행이며 따라서 본질상 양가적 의미를 띤다. 제3장의 후반부에서는 최재서의 이상론 「리얼리즘의 확대와 심화」1936에서 이상 모더니즘의 위와 같은 양가성에 대한 해소 욕망을 발견하면서 마무리된다. 이 욕망은 한국의 식민지적 근대를 미학적인 것으로 완전히 대체하는 방법으로, 즉 정치의 미학화라는 방법으로 극복하고자 하는 지향성이라고 할 수 있다.

제1부는 『소년』을 통해 '한국'이라는 민족적 정체성의 모더니즘적 기원을 조명하는 데서 시작하여 이상李箱 문학과 그에 대한 최재서의 평론을 통해 모더니즘이 식민지 근대에 대하여 지니는 본질적인 양가성을 지적하는 데로 나아간다. 이상의 모더니즘 문학은 식민지 근대라는 조건에 대하여 철저하게 종속되는 수행의 주체성으로 역설적인 초월의 가능성을 타진한다. 그러나 최재서의 사례에서 보듯, 이 가능성은 자기를 방기하는 적극성에 내재된 역설적 가능성에 그치며 자기실현을 의도하는 적극성으로 손쉽게 해소될 수 있을 것처럼 보이기도 한다. 모더니즘의 양가성은 식민지 한국의 근대라는 조건하에서 이상과

최재서를 통해 양극단의 반대 방향으로 전개되어 나가기 시작한 것이다. 제2부는 이상론에서 식민지성과 근대성을 일거에 초극하고자 하며 미학에 정치성을 요구했던 최재서가 이상론 이후 밟아 나간 행로를 검토하는 것으로 시작된다. 1936년에 위의 이상론을 발표한 후, 1937년부터 1945년까지의 일제 말기 동안 최재서는 문학을 통해 정치를 미학화하는 방향을 취한다. 구체적으로 최재서는 '한국'이라는 식민지의 이름을 '일본'이라는 식민본국이자 제국의 이름으로 대체하는 수행으로 식민지적 자기를 글로벌한 현재성으로 재탄생시키고자 한다. 그는 '한국'이라는 이름을 '일본'으로 바꾸기만 하면 그 순간이 이전과 이후의 세계를 본질적으로 가르는 결정적 분기점이 되리라 보았다. 이 순간에는 자기의 본질적 식민지성이 '한국'이라는 이름을 스스로 부르는 수행과 완벽히 일치하며 그리하여 '한국'을 '일본'으로 대체하면 자기의 재탄생뿐 아니라 세계사적 전환이 발생하게 된다. 이 순간에 대한 최재서의 자기 투신은 식민지성이라는 조건이 근대성에 대한 지향성과 일치함을 글쓰기 과정을 통해 현시한다는 점에서 식민지 모더니즘의 완벽한 문학적 체현에 해당한다.

최재서의 이러한 식민지 모더니즘의 문학적 체현은 일제 말기 동안, 소위 '근대의 초극'론자들에게서도 동일한 논리로 나타난다. 제5장에서 다룬 일제 말기 한국과 일본에서의 아메리카니즘 담론, 제6장의 전반부에서 다룬 미키 기요시의 협동주의에 관한 전체주의 담론은 그러한 사례에 해당한다. 제6장의 후반부이자 제2부의 마지막 부분에서 다루는 최명익의 「무성격자」1937는 식민지 모더니즘의 극화劇化 사례라는 점에서 최재서가 빠진 함정을 경계할 수 있는 지침을 암시해준다. 「무성격자」는 최재서 식의 정치의 미학화가 사실은 '한국'이든 '일본'이든 어떤 이름으로 환원될 수 없는 주체성의 영역을 모른 체하는 데 핵심이 있음을 드러낸다. 이 작품에서는 인간적 주체로서가 아니라 '무성격자'로, 즉 식민지 근대성의 체현자로 살아오던 인물들이 그때까지의 삶을 멈추기로 한 순간이 포착된다. 그 순간 '이름'을 식민자에게 도둑맞았다는 사실이 식민지인에게 모더니즘을 극화하는 주체로 화할 수 있는 계기가 된다. 「무성격자」는 그런 의미에서 식민자의 미학주의에 맞서는 식민지인의 문학주의의 완벽한 사례가 된다.

제3부는 식민지 모더니즘에서 모더니즘이 회수하지 못하고 남겨진 채 자기를 주장하는 것들, 즉 식민지인의 문학에서 '한국'이 식민자가 호명하는 이름을 초과하는 사례들을 다룬다. 제7장에서는 우선 임화가 1930년대 후반기 전개한 리얼리즘론에서 현재의 절대화라는 모더니즘적 계기를 도출한다. 이때 '현재'란 시간 속의 한 점을 고유하게 공유하는 타자들의 존재가 나의 글쓰기를 통해 사후적으로 확인되는 계기라는 점에서 임화를 문학주의적 주체론자로 다시 자리매김한다. 이 논의는 비슷한 시기 전개된 신문학사론에서 임화가 지향하는 한국조선 민족의 개념이 임화 자기의 글쓰기 가운데 나타나는 타자들의 커뮤니티임을 밝히는 논증으로 이어진다. 임화의 '민족'은 비자기적인 서양이 '한국'의 근대성을 전체적으로 지배하고 있는 상황을 인식하고 이 조건을 초극하기 위한 방법으로 자기의 근대적 주체화나 비자기로의 자기 해소가 아니라 끝없는 글쓰기를 통한 익명의 타자들의 제시를 내세운다. 이를 통해 '한국'이 식민지성으로 환원되거나 근대성으로 수렴되어 버리지 않고 식민지 모더니즘의 문학적 극화 가운데, 진정으로 현재적인 대안성을 구현하는 틀로 재탄생하는 장면을 그려볼 수 있다.

제8장은 강경애가 식민지 한국의 외부 간도間島에서 여성 작가로서 전개한 글쓰기를 살펴본다. 이 장의 분석은 「인간문제」1934와 「소금」1934이라는 두 소설, 그리고 이 소설의 출판, 검열, 재출간을 둘러싼 복잡한 사정까지 포괄하며 진행되는데, 이 분석을 통해 식민지성의 극복을 여성주의와 계급주의로 환원하고자 하는 태도가 의문에 부쳐진다. 이 글은 강경애 문학에서 지향되는 여성성이나 계급의식은 그러한 이데올로기적 환원을 거부하는 데 그 궁극적인 의의가 있다

고 본다. 즉 강경애 문학은 식민지적 주변부성을 끝내 고수하는 수행으로 주체성을 대체하고 있으며 그런 의미에서 한국 근대문학 내에 식민지성으로도 또 근대성으로도 환원되지 않는 영역, '간도적 글쓰기'의 영역을 마련한다. 이 영역에서는 식민지 모더니즘으로는 포괄되지 않는, 즉 한국 근대문학의 언어로는 설명도 이해도 되지 않는 문제가 반복적으로 물어진다.

제9장은 일제 말기 한국 최고의 영화 스타 문예봉이 스타로서의 자기의 이름 때문에 완전히 다른 주체로 태어나는 순간을 기술한다. 일제 말기 한국 영화계는 소위 '조선영화령' 체제로 화하는데, 이는 '한국조선'을 문화 내에서 완전히 식민본국 '일본'에 통합시키는 것을 목표로 한다. 이 체제에서 식민지인은 자기의 식민지성의 총화로 '한국문화'를 설정하고 그 이름을 '일본문화'로 교체하는 방식으로 자기 주체성을 현재화할 수 있게 되었다. 이는 최재서가 자기 이름을 일본식 이름으로, '한국'을 '일본'으로 교체하는 수행을 근대 초극의 실현과 등치시킨 것과 동일한 논리를 깔고 있다. 조선영화령 체제에서 문예봉은 대중의 동의를 통해 '한국'을 대표하는 스타로 부상하는데 그 대표성은 그녀가 '한국성'의 어떤 본질적인 자질들을 지니고 있기 때문에 부여되는 것이 아니다. 이 체제에서 '한국'은 오직 근대에서 식민지 한국의 주변부성의 이름일 뿐으로 거기에는 어떤 내용도 담겨 있지 않은 것이다. 한국을 대표하는 스타 '문예봉'은 그런 의미에서 식민자에게 도둑맞은 이름일 뿐이며, 그 체제로 환원되지 않는 인간 문예봉과는 아무런 상관없이, 그저 익명의 대중의 임의의 처분에 맡겨진 채로 존재한다. 9장의 마지막은 스타 문예봉을, 그 이름을 차용한 기생과 동일시하여 희롱하는 익명의 식민지인들을 제시한다. 이들을 통해 '한국'이 식민지 근대에서는 도둑맞은 이름들 중 하나임을, 그리고 그 도둑맞았다는 사실이 노골적으로 드러나는 순간, 그 이름으로 끝내 환원되지 않는 삶이 남겨져 있음을 확인하게 되는 것이다.

제1부

'한국'의 모더니즘적 기원과 죽음

제1장
해석자의 과거, 편집자의 역사
최남선의 『소년』과 '한국'의 기원

1. '문학'과 '근대' 사이에서─『소년』의 역사성

표준적 문학사의 견지에서 잡지 『소년少年』의 의의는 신체시新體詩 「해海에게서 소년에게」의 발표지라는 데 있다. 이 작품이 속한 양식인 신체시가 근대적 자유시 형성에 얼마나 실체적 기여를 했는지는 논란의 여지가 있으나 적어도 근대화 혹은 계몽이라는 당대 시대정신의 형상화라는 점에서 이만큼 적확하고도 문제적인 텍스트는 찾아보기 어렵다.[1] 1908년 11월부터 1911년 5월까지 통권 23호를 지속한 『소년』지[2]에 수록된 다양한 양식의 글들 역시 이러한 맥락에서 그 의의가 지적되어 왔다. 「해에게서 소년에게」가 근대적 문학 양식을 지향하

---

[1] 신체시를 비롯한 최남선의 시적 실험 전반에 대한 연구사 정리 및 비판은 박슬기, 「최남선의 신시(新詩)에서의 율(律)의 문제」, 『한국근대문학연구』 21, 2010, 191~197면을 참조하였다. 이 논문은 최남선 신시의 근대성이란 그 계몽적 내용의 참신한 형식화에 있는 것이 아니라, "인쇄된 문자"로 시적 리듬을 창출하는 것의 근본적 불가능성을 시 텍스트 생성 과정을 통해 생생하게 보여준 데 있다는 주장을 담고 있다.

[2] 『소년』지의 창간 및 23호까지의 출간 과정에 대해서는 박진영, 「신문관의 대장정과 젊은 편집자의 초상」, 『책의 탄생과 이야기의 운명』, 소명출판, 2013, 175~185면.

는 최남선의 작가 의식을 보여준다면, 역사, 지리, 과학 등 문학 이외의 분야에 관한 글들은 그가 조국 대한제국의 근대화에 얼마나 전력을 쏟았는지를, 나아가서는 '근대'가 『소년』지를 포함한 구한말의 담론 공간을 얼마나 절대적으로 규정지었는지를 보여준다. 요컨대 「해에게서 소년에게」를 그 창간호 권두시로 실은 『소년』지는 문학 '형식'과 그것을 채우는 '내용'인 시대정신 양면에서, 명실공히 '근대'의 시작을 알린 매체이다.

이러한 독법에서 『소년』지를 채우고 있는 비문학적 글쓰기들은, 문학적 '형식'이라는 시대의 정화精華에 이르는 과정으로서 그 의의가 인정된다. 문학주의적이라고 불릴 만한 이 독법은 2000년대 중엽 발생한 문학 연구상의 전회 이후 효력을 상실한 것처럼 보인다.[3] 근대시, 근대소설처럼 현재 우리가 당연한 것으로 받아들이고 있는 형식들이란, 근대 전환기의 담론적 복합성으로부터 우연히 선택된 것에 지나지 않는다는 관점이 대세를 점한 것이 2000년대 이후 문학 연구의 경향이다. 이 관점의 문학 연구에서는, 현행 문학 형식이 어떠한 담론적 과정을 거쳐 정론화되었는지가 중요하다.[4] 즉 근대문학 형식 자체는, 거기 이르는 과정의 복합성을 기술하기 위한 지표로서만 의의가 인정된다. 문학에서 담론으로의 이 같은 전회 이후 문학 연구는, 문학 '자체'가 아니라 그 '주변'으로 초점을 옮긴다. 근대라는 하나의 전체 안에서 문학의 위치를 지정하는 과정, 즉 문학의 제도화institutionalization를 역동적으로 파악하는 것이 중요해지는 것이다.

이때 키워드로 부상하는 것은 매체, 독자, 제도라고 할 수 있다. 매체는 문학 작품이 발표되는 물질적 장이면서 동시에 편집을 통해 작품의 소통 상황을 결

---

3   2000년대 중엽 이후 한국 근대문학 연구상 나타난 '문학'으로부터 '담론'으로의 전회에 관해서는 최현희, 「(탈)식민의 역사주의에서 언어적 전회로」, 『상허학보』 42, 2014, 9~14면 참조.
4   『소년』을 비롯한 신문관 출판물이 형성하는 역동적 담론장으로부터 근대문학 개념 자체의 유동성과 역사성을 재구한 논의로 이경현, 「1910년대 신문관의 문학 기획과 한국 근대문학의 형성」(서울대 박사논문, 2013)을 들 수 있다.

정짓는다는 점에서 문학 개념 형성에서 결정적 지위를 점한다. 한편 매체의 발행 및 유통은 출판 시장에서의 판매와 관련 법령의 규제, 요컨대 시장과 국가를 그 조건으로 한다. 독자는 시장에서 문학이 실린 매체를 구입함으로써 자신의 요구를 반영시키고 매체는 그 요구에 부응한다. 문학을 둘러싼 이 쌍방향적 소통의 과정에서 소통의 규약을 확립하기 위해 제도화가 발생한다. 어떤 글이 문학이며, 문학이란 어떠해야 하는지 판단하는 기준이 확립되어 가는 것이다. 그리고 이 과정에는 불온한 작품을 검열하는 소극적 방법과, 권장할 만한 작품을 생산하도록 뒷받침하는 적극적 방법을 통하여, 국가 역시 참여한다. 매체와 독자는 이를 소극적으로 회피하기도 하고 때로는 적극적으로 내재화하기도 한다. 매체는 문학을 출판하고, 독자는 그것을 사서 읽고, 매체는 그 독자의 요구를 반영하여 출판하고, 독자는 그것을 통해 문학이 무엇인지 알게 되고, 매체는 그러한 독자의 문학에 대한 기대를 반영하기도 하고 계도하기도 하여 출판하고, 국가는 반국가적 문학을 검열하고, 매체는 검열을 교묘히 회피하거나 내재화하고, 독자는 검열을 우회하여 매체의 본의를 읽어내고, 국가는 문학을 문화 및 교육 정책을 통해 자기의 기구에 통합시키고, 매체는 그것에 부응하는 척하면서 자기의 의도를 우회적으로 드러내고, 독자는 국가 기구화된 문학을 외면하거나 과잉 동일화하여 국가 정책을 혼란에 빠뜨리고······.

문학주의에서 담론주의로의 전회 이후 『소년』지를 대상으로 한 연구들이 밟아온 궤적은, 이러한 담론적 복합성과 역동성을 드러내는 방향을 보여준다. 예컨대 『소년』지를 "'근대지식'의 창출과 확산을 통해 '국민'을 형성하려는"[5] 당대 잡지 매체의 전형적 사례로 지목할 때, 초점은 『소년』지가 '근대'라는 현실

5　한기형, 「근대잡지와 근대문학 형성의 제도적 연관-1910년대 최남선과 다케우치 로쿠노스케 (竹內錄之助)의 활동을 중심으로」, 한기형 외, 『근대어, 근대매체, 근대문학-근대 매체와 근대 언어질서의 상관성』, 성균관대 출판부, 2006, 273면.

을 반영하는 차원이 아니라, '근대'가 현실화하는 데 개입하는 차원에 맞춰진다. 이는 『소년』을 쓰고 출판한 주체에게 근대란, 그저 주어진, 그리하여 수동적으로 적응해야 할 외적 현실이 아니었으며, 『소년』을 만드는 과정 중에 형성되어간, 적극적으로 창조해야 할 내적 현실이었음을 함축한다. 이 관점을 취할 때 『소년』지라는 텍스트는, '근대'라는 이름이 붙은, 무한한 담론의 역동적 움직임이 남긴 흔적으로 환원된다. 『소년』이 '근대지'의 창조자 / 전파자 중 하나로 해석될 때, 『소년』은 '지'를 통해 '근대'를 현실화하는 데 참여한 행위자들 중 하나로 상정된다. 이러한 독법에 따르다 보면 결국, 그 의미의 원천으로서의 '근대'만을 남긴 채 『소년』지 자체는 무화시켜 버리는 수행에 참여하게 되고 만다. 근대지近代知가 단순히 근대라는 현실의 외부에 존재하는, 근대를 대상으로 한 '지'가 아니라, '근대'가 현실화하는 데 적극적으로 참여할 뿐 아니라 나아가서는 '근대'의 존재 자체를 가능케 하는 것이라면, '근대'란 이론상 무엇이든 될 수 있다. 요컨대 '근대'의 존재성은 아무것이나 '근대'라고 명명하는 수행에 온전히 달려 있다. 우리가 해석하고 있는 텍스트 『소년』지가 '근대지'라면 그러한 해석 과정은 결국 『소년』 자체가 아니라, 무언가를 '근대'라고 이름 붙이는 해석자의 욕망만을, 나아가서는 '근대'라는 텅 빈 이름만을 남긴다.

담론주의적 경향의 한국 근대문학 연구에서, 텍스트의 결여는 대체로 보편적 현상이다. 이것은 문학 자체로부터 그 주변으로 초점이 이동하여 나타난 당연한 결과로 보일 수도 있지만, 담론주의 자체의 기반을 스스로 무너뜨리는 현상이 될 수 있다. '문학'으로부터 시선을 돌렸지만 그 '주변'이란 애초에 '문학'을 기준점 삼아 구성된 것이므로, '주변'에 대한 자료가 축적될수록 '문학'만이 또렷해지고 주변은 그 무한의 복합성 속에서 흐릿해지는 것이다. 『소년』지가 다양한 분야의 지식들을 배치하는 가운데 문학을 끼워 넣음으로써 그 근대적 이념을 형성하는 과정을 보여준다고 할 때, 이 본질적으로 비체계적이며 무정형적인 체계에 의미를 부여하는 특권적인 한 점으로서 '근대'가 부상하며, 동시에 '문학'은 그 체계의 증명하기 어려운 '근대'성을 증명하는 표지로서 자리하는 것이다. 결국 남는 것은 '문학' 개념의 역동성 속에서 복합적으로 드러나는 '근대'가 아니라, 아무 내용 없는 텅 빈 개념이기에 역설적으로 체계성의 근거를 이루는 '근대(＝문학)'이다. 그것은 본질상 내용이 없기에 어떤 것에든 붙일 수 있는 이름이며, 본질상 비체계적인 것에 그것을 붙이는 순간 체계성을 가장할 수 있게 된다. 이리하여 『소년』지는 비로소 역사로 기록될 수 있게 된다. 그 해석자가 처한 유동하는 현재로부터 분리되어 체계적으로 기술될 수 있는 과거의 대상이 되는 것이다. 이는 역사 서술historiography을 위하여 『소년』지라는 과거를 '근대'의 서사에 맞추어 넣는다는 점에서, 역사주의라 불릴 만하다.

> 역사주의는 과거의 영원한 이미지를 제시한다. 반면 역사적 유물론historical materialism은 과거와 더불어 어떤 한 주어진 경험, 즉 그 자체로 고유한 경험을 제시한다. 구성적 요소로 서사시적 요소를 대체하는 것은 이러한 경험의 조건을 이룬다. 역사주의의 "옛날 옛적에"에 묶여 들어가 있는 거대한 힘들은 이 경험 안에서 해방된다. 역사와 더불어 경험을 작동시키는 것(이때 역사는 모든 현재에 있어 원천적인 것이다)은 역사적 유물론의 사명이다. 후자는 역사라는 연속체를 폭발시키는 현재의 의식을 향하고 있다.[6]

여기서 역사주의란, 사가史家가 자기 현재와 관련이 없는 것으로 과거를 고정하는 것에서 출발한다. 역사가 쓰이기 위해서는 우선 그 대상이 역사서술 자체

---

6 Walter Benjamin, trans. Howard Eiland and Michael W. Jennings, eds. Howard Eiland and Michael W. Jennings, "Eduard Fuchs, Collector and Historian", *Walter Benjamin : Selected Writings 3, 1935-1938*, Cambridge : The Belknap Press of Harvard University Press, 2002, p.262.

로부터 분리될 필요성이 있는 것이다. 유동하며 흐르고 있는 현재의 시간으로부터 분리되었기에 과거는 불변하는 것, 즉 "영원한 이미지"로 제시된다. 과거가 불변성, 영원성을 갖도록 하는 역사서술의 요소가 바로, 위 인용의 "서사시적 요소"이며, 우리의 맥락에서 그것은 『소년』지에 대한 담론주의적 해석에서 최종심급을 이루는 '근대'에 해당한다. 그러나 역사주의의 영향은 과거에만 국한되는 것이 아니다. '근대'라는 서사 속에서 과거를 고정시키는 역사 서술을 할 때, 사가는 '근대'적인 것을 판단하는 행위를 자기 현재 속에서 수행한다. 이때 '근대'는 사가의 대상인 과거와 그가 사는 현재를 한 줄로 엮어 "역사라는 연속체"를 만들어내며 동시에 그 연속체에 붙은 이름이 된다. 이것을 "폭발시키"기 위해서 필요한 것은, 과거를 대상으로 삼지 않고 "과거와 더불어" "그 자체로 고유한 경험을 제시"하는 것이다. 이는 '근대'든 무엇이든, '서사시적 요소'를 포기하는 것에서 출발하며, 이는 곧 '구성적 요소'를 찾는 것이다.

『소년』지를 해석하는 경우라면 『소년』지가 궁극적으로 '무엇'을 의미하는가를 알아내는 것을 포기하고 『소년』지가 자기를 '어떻게 구성하는가'에 초점을 맞추어야 하는 것이다. 다시 말해 『소년』지가 끝내 '근대'로 완전히 환원되지 않고 『소년』지로 남도록 하는 것, 『소년』지 자체의 차원에 집중해야 한다. 이를 위해 이하, 제2절에서는 역사주의로부터 이탈하는 『소년』지의 차원, 즉 "역사적 유물론"으로만 접근 가능한 『소년』이라는 매체의 물질성materiality을 구명하고자 한다. 제3절에서는 이에 따라 개시되는 주체의 존재 양식을 '편집자'와 '산만한 대중'으로 구분하여 설명한다. 이는 역사주의로부터 탈피하여 『소년』지의 역사성을 구제하면서 궁극적으로는 텍스트주의의 역사성historicity을 강조하고자 하는 기획이다. 즉 이 글에서는 『소년』지라는 과거의 텍스트가 그 자체로 남는 차원에만 집중하는 것을 텍스트주의로 명명하는 셈이며, 그것이 『소년』지에 대한 현재의 해석이 역사성을 운위할 수 있는 유일한 방법임을 주장하고자 한다.

2. 『소년』의 지도―기원으로서의 매체의 물질성

창간호의 권두를 「해에게서 소년에게」가 장식하고 있다는 사실에서 단적으로 드러나듯, 『소년』지 전반에는 '바다의 상상력'이라 부를 만한 것이 관통하고 있다.[7] 이는 우선 세계적 동시성의 관념과 연관되어 있다. 현 세계를 구성하고 있는 국가들이 무역을 통하여 서로 긴밀한 관계를 맺고 있으며 이 층위에서 보면 대한제국이라는 한 나라의 국민이라는 점은 그가 세계인임을 이미 보증하는 셈이다. 바다는 이러한 무역이 이뤄지는 통로이자[8] 국경에 따라 구획된 국민적 정체성이 세계인의 정체성으로 곧장 전환되는 물리적 근거를 이룬다. 이 점에서, 바다의 상상력은 현 세계의 국가들에 관한 지식의 총체로서의 지리학에 관한 『소년』지의 담론과 뗄 수 없는 관계를 맺고 있다.

> 지리 모르는 식신殖産은 야만인의 식산이니 식산이라고 족히 칭도稱道할 것이 되지 못하느니라. 내가 먹으려 하는 것을 내가 스스로 경작하고 내가 방적紡績한 것으로써 내 몸을 가려 한 평생을 지내려 할진댄 이는 1억 9천 7백만 방리方哩 되는 지구에 생래生來한 특권을 방기한 자이라, 우리는 세계민Weltmann이니 사람의 누구든지 제 각금 이 세계를 자기의 속지를 만들 수 있으니, 카슈미르의 목거리로 추위를 막고 러시아의 밀가루로 주림을 다스리고 남아메리카의 우피牛皮로 나의 신을 짓고 파리・리옹의 장공匠工으로 내 의차衣次를 짰고 북아메리카의 석유로 등을 밝히고 인도의 커피로 목을 축여 오대륙의 토양으로써 내 몸의 분자가 되게 함은 내가 할 수

---

7 이에 대해서는 「교남홍조(嶠南鴻爪)」, 『소년』 2-8, 1909.9 등의 사례를 들 수 있을 것이다.
8 「해상 대한사」 첫 회 연재분의 끝에 최남선은 바다에 관련된 격언을 나열해 놓았는데 여기서 "대양을 지휘하는 자는 무역을 지휘하고 세계의 무역을 지휘하는 자는 세계의 재화를 지휘하나니 세계의 재화를 지휘함은 곧 세계 총체를 지휘함이오"라는 구절을 확인할 수 있다. 「바다란 것은 이러한 것이오」, 『소년』 1-1, 1908.11, 37면.

도 있는 일이요 나의 하기도 할 일이니라.[9]

위의 인용에서 주목되는 것은 무엇보다도 해상 무역을 통해 성립한 세계 시장에 대한 뚜렷한 자각이다. 그러나 여기서 더 나아가 주목할 점은, 세계를 남김없이 전체적으로 지배하고 있는 시장에 참여하는 것과 나의 정체성을 확립하는 것이 '동시적으로' 발생하고 있다는 점이다. 이 "지구에 생래한" 이상 세계 각국에서 생산된 상품을 소비하는 것은 운명적이라는 진술은 일견, 당시 세계 질서에 대한 단순한 기술로 읽힌다. 나아가서는, 뒤늦게 만국공법 체제에 편입된 대한제국이 이제라도 신속히 세계 시장에 적응하여 독립 유지의 기반을 닦아야 한다는 의도를 읽어낼 수도 있다. 그러나 이러한 독법은, 적응할 의무를 진 주체와(즉 대한제국과) 그가 적응해야 할 주어진 현실이(즉 근대 세계가) 분열되어 있음을 전제할 때에만 가능하다. 이 독법은, 현 세계에서 국가들은 그 영토 안에서 나는 특산물들을 바다로 가지고 나아가 무역하며 살고 있으므로, 우리 대한제국도 빨리 그 체제에 참여해야 한다는 관념을 전제한다. 그러나 위의 인용에서 드러나는바, 『소년』지는 영토를 가진 국가와 국가들이 교섭하는 바다의 분열을 전제하고 있지 않다. 요컨대 국가의 '안'으로서의 영토와(시급히 근대화되어야 할 대한제국과) '밖'으로서의 국제사회는(이미 근대인 세계는) 어디까지나 동시 발생하는 것으로 상상되는 것이다. '나'는 대한제국민으로 태어나 세계인이 되는 것이 아니라, 태어나는 순간 이미 세계인이며, 대한제국민이 되어야 하는 것은 세계인인 이후에 오는 의무이다.

이 점은 특히 강조되어야 하는데, 왜냐면 『소년』지의 지리 담론이 근대 국가로서의 "신대한新大韓"을 획정하기 위한, 최남선의 내셔널리즘이 표현된 결과라

---

[9] 「지리학 연구의 목적」, 『소년』 2-10, 1909.11, 85면. 이하 『소년』에서 인용하는 경우 현대어로 바꾸어 표기하며 한자는 필요한 경우에만 표기한다.

는 해석을 의문에 부치기 때문이다. 『소년』지의 지리 담론은 통상, 경도와 위도의 구획이 만들어내는 균질적 평면으로 세계를 환원함으로써, 신대한을 이상理想으로 하는 내셔널리즘이 실현되는 데 있어 필수적인 '세계에 대한 과학적 지식'을 축적하기 위해 전개된 것으로 해석된다.[10] 또한 그렇게 하여 마련된 평면 위에서 신대한의 내포와 외연이 시각화되며, 그 결과 (내적으로) 신대한의 자기 정체성이 확립되고 (외적으로) 타국 / 타자와 교류할 필요성이 제기된다는 것이다. 이러한 시각화의 실물인 지도地圖를 『소년』지가 집요하게 강조하는 것은 따라서, 출판 매체를 통한 내셔널리즘의 전파라는 의미를 갖게 된다. 요컨대 『소년』지의 지도들은, 최남선의 내셔널리즘 전파라는 의도가(저자의 의도), 인쇄된 이미지를 통하여(매체), 앞으로 신대한을 책임질 국민들인 소년들에게 전달 / 주입되는(독자의 수용) 창구인 것이다. 이런 관점에서 보면 『소년』지가 소년들에게 바다로 나아가 모험할 것을 독려하는 것이나 자국의 영토를 벗어나 해외 식민지를 개척한 영국을 모범적 근대 해상 국가로 명명하는 것[11]은 내셔널리즘이 확대될 때 필연적으로 제국주의화할 수밖에 없음을 나타내는 표지로 읽힌다.[12] 또한 『소년』지가 폐간이 가까워질수록 바다의 상상력보다는 '태백太白' 기호를 중심으로 한 국토 사상의 구축으로 기울어지는 것은, 내셔널리즘의 현실상 패퇴를 반영한 것으로 읽힌다.[13]

이때 중요한 것은 저자가 독자에게 전달하고자 하는 '의도'이며, 결국 매체는 그 의도를 투명하게 실어 나름으로써 소임을 다하는 것, 즉 그 자체로는 의미가

---

10 소영현, 「청년과 근대-『소년』을 중심으로」, 『한국 근대문학연구』 6-1, 2005, 55면.

11 「세계적 지식-현 세계상에 속지(屬地) 갑부는 브리튼국(國)」, 『소년』 2-6, 1909.7, 62~64면.

12 이종호, 「최남선의 지리(학)적 기획과 표상」, 육당연구학회, 『최남선 다시 읽기-최남선으로 바라본 근대 한국학의 탄생』, 현실문화, 2009, 228~230면.

13 권용선, 「국토 지리의 발견과 철도 여행의 일상성」, 권보드래 편, 『『소년』과 『청춘』의 창-잡지를 통해 본 근대 초기의 일상성』, 이화여대 출판부, 2007, 100면; 윤영실, 「최남선의 근대적 글쓰기와 민족 담론 연구」, 서울대 박사논문, 2009.

없는 것에 지나지 않는다. 그러나 여기서 『소년』지에 실린 지도가 '소년'에게 '신대한'을 의미할 수 있기 위해서는, 그 지도의 저자인 최남선의 내셔널리즘적 의도보다도, 지도의 독자 '소년'이 이미 '신대한'으로 존재하고 있는 것이 결정적임을 파악해야 한다. 다시 말해 최남선이 『소년』지를 통해 창출하고자 했다고 상정되곤 하는 '소년'은, 『소년』지라는 매체에 실린 지식을 주입받고 그것을 실천하여 '구대한'을 '신대한'으로 바꾸어가는, 『소년』지 외부에 있는 주체가 아니다. '소년'은 『소년』지 안에 만들어진 세계에만 존재하는 자이며, 극단적으로 말하자면 『소년』지 자체에 해당한다. 나아가 『소년』지 자체가 바로 이미 '신대한'의 완전한 실현에 해당한다. 만약 『소년』의 독자 소년이 『소년』지 밖에 존재한다면, 최남선의 '신대한' 이데올로기는 실현될 수도 있고 안 될 수도 있다. '신대한'이 현실화되기 위해서는 '신대한의 소년'이라면 하나도 빠짐없이 모두 『소년』지에 실린 지도를 기정 현실로 받아들여야 한다. 그렇다면 중요해지는 것은, 『소년』지에 저자의 어떠한 '의도'가 실리는지가 아니라, 『소년』지가 그 예상 독자 모두에게 읽힐 수 있는 가능성이다. 즉 지도에 그 저자의 어떠한 의도가 담기는가가 중요한 것이 아니라, 지도가 독자 모두에게 읽힐 수 있는가가 중요한 것이다.

토형兎形 이야기 났으니 말이오마는 일본 지리가 고토小藤 박사는 우리나라도 토兎에 비하여 그렸으니 (…중략…) 이 또한 방불하다 아니치 못할지로되 이보다 낫게 비유한 것을 하나 말하오리다.

이것은 최남선의 안출按出인데 우리 대한반도로써 맹호猛虎가 발을 들고 허우적거리면서 동아 대륙을 향하여 나는 듯 생기 있게 할퀴며 달려드는 모양을 보였으니 제일, 고토 박사의 토유兎喩는 외위선外圍線을 많이 개획改劃하였으나 최 씨는 항용 지도에 있는 대로 아무쪼록 철처凸處는 철한 대로 요처는 요한 대로 그대로 온전하게 그렸으되 복잡하게 내형을 강작強作하지도 않고 공교하게 또 윤당允當하게 안출하였으며 그 포유包有한 의미로 말하여도 우리 진취적 팽창적 소년 한반도의 무한한 발전과 아울러 생왕生旺한 원기의 무량한 것을 남겨짐 없이 넣어 그렸으니 또한 우리 같은 소년의 보는 데 얼만큼 마음에 단단한 생각을 줄 만한지라 가히 쓸 만하다 하겠소. 이 외에 최 씨의 대한 지리 중에는 그럴 듯한 의상도擬像圖가 많으나 한 번에 다 벗길 수 없는 즉 후일 또 기회를 타서 어서 등사하옵시다 (…중략…)

또 한 가지 말씀할 것은 우리나라 전체 외위나 또 13도 중 어느 도의 외위든지 무슨 물건으로 의상하면 좋겠다는 생각을 통기하시거나 또 그려 보내시면 후하게 사례할 터이니 한 번 생각에 아니 나거든 두 번, 두 번에도 아니 되거든 네 번 다섯 번 궁구하여 한성 남부 사정동 59통 5호 신문관新文館 내 봉길이게로 기별하시오. 사례만 할 뿐 아니라 그 도본과 화성대함華姓大啣을 본지에 게재하여 다 같이 그 묘상을 보겠소.[14]

「봉길이 지리 공부」라는 제목으로 창간호에 실린 이 글은 지도상에 나타난 한반도의 형체를 "대륙을 향하여" "달려드는" '맹호'로 해석한 유명한 이미지를 포함하고 있다. 최남선이 자기 독자들에게 내셔널리즘적 열정을 불러일으키기 위해 이 같은 지도를 그렸을 것이라는 점은 분명해 보인다.[15] 주목할 것은 여기서 그가, 지도상 한반도의 윤곽선을 따라 맹호를 그려 넣은 자기의 의도를 읽어 내 주기를 바라기보다는, 한반도=맹호라는 이미지가 "지도에 있는 대로" "윤당하게 안출"된 것임을 강조하고 있다는 점이다. 즉 '지도' 상의 한반도는 이미 그 자체가 '맹호'라는 것이다. 이는 '신대한'이 '맹호'와 같은 기상을 갖기를 바

---

14 「봉길이 지리 공부」, 『소년』 1-1, 1908.11, 67~68면.
15 이에 대한 황성신보의 열렬한 호응이 있었음을 최남선은 다음 호에 기록해 두고 있기도 하다. 「지도의 관념」, 『소년』 1-2, 1908.12, 15~16면.

라는, 지도 제작자 최남선의 의도보다도, 그러한 의미가 주입되기 전의, 가치 중립적 '지도 자체'가 더 중요하다는 점을 암시한다. 즉 지도가 현실과 일치하며, 나아가 지도 자체가 이미 현실이라는 차원이 전제되지 않으면, 최남선은 자기가 그린 한반도＝맹호가 지도를 그대로 반복한 것이라고 주장할 수 없는 것이다. 다시 말해 지도상의 한반도가 그 외곽선을 따라, 어떤 사람에게는 '토끼'로 해석될 수도, 또 누군가에게는 '맹호'로 해석될 수도 있는 차원, 다시 말해 어떤 의도를 실든 그것이 '지도'가 제시하는 이미지와 일치하는 한 '현실'로 인식될 수 있도록 하는 차원이 열렸다는 점이 결정적인 것이다.

이 '지도 자체'의 차원은 분명히 『소년』지라는 매체의 물질성materiality의 차원을 지시하고 있다. 여기에는 매체에 수록되는 내용에 따라 의미가 창출되는 것이 아니라 그 내용이 매체에 실렸다는 사실에 의미는 자동적으로 부수되는 논리가 함축되어 있다. 지도에 임의의 의도를 담기 전에, 즉 최남선의 경우라면 지도상 나타난 한반도의 외곽선을 근거로 '신대한'의 "진취적 팽창적" 기상을 담기 전에, 지도를 있는 그대로 받아들이는 것 자체가 이미 내가 사는 현실이라는 전제가 성립되어야만, 내셔널리즘의 고양이든 무엇이든, 지도의 '의미'가 비로소 나타날 수 있는 것이다. 이 전제의 차원은, 지도가 그것이 표상하는represent, 지도 외부의 현실 세계와 분열되어 있지 않고, 지도가 출현시키는present 세계만이 현실인 차원이라는 점에서, '지도 자체'의 차원이라 명명된다(이러한 이유에서, 앞에서 지적한 바, '세계'와 '나'는 동시 발생한다고 볼 수 있다). 이 차원에서 지도의 저자와 독자, 나아가서 그들이 송신하고 수신하는 의미는 모두, '지도 자체'가 출현시킨 세계에 이미 부수되어 있다. 이 시점에서 중요해지는 것은, 지도에 어떤 의미를 담고 그것을 받아들이는 사실보다는, 지도가 그러한 소통의 매체로서 출현했다는 사실이다.

이 시점에서 이 글이 취하고 있는 담론적 전략에 새삼 주목할 필요가 있다.

위의 인용에 드러난바, 이 글은 '봉길이'라는 허구적 인물이 '최남선'이 고안한 한반도=맹호 이미지를 독자들에게 직접 전달하는 형식을 취하고 있다. 이때 주목해야 할 점은 소통이 『소년』지면상에서 '직접적으로' 이뤄지고 있다는 점이다. 최남선이라는 자연인自然人 저자가 '봉길이'라는 서술자의 목소리로 독자에게 발화하고 있지만, 그 서술자가 나서서 '최남선'이라는 이름을 부르고 있음에 주의를 기울여 보자. 이 글이 허구적 형식을 완미하게 갖추고 있다면, 허구 세계의 외부에서 그것을 창조하고 있는 최남선의 존재는 드러나지 않을 것이다. 여기서 서술자 봉길이가 말하고 그 목소리를 듣는 내포 독자implied reader의 층위와, 자연인 / 저자 최남선이 『소년』을 출판하고 또 현실상의 독자가 그것을 사서 읽는 층위가 혼재되어 있음을 간취할 수 있다. 동시에, '최남선'이라는 이름과 『소년』지의 출판사로 현실상 독자들이 살고 있는 세계에 정확한 위치를 점하고 있는 '신문관'의 이름이, 허구 세계의 봉길이의 목소리로 불려지고 있다는 점에 주목할 필요가 있다. 이는 한반도=맹호가 현실인 '지도 자체'의 차원이 '직접적으로(im-media-tely, 즉 매체media를 통하지 않고)' 자연인 최남선과 『소년』의 실제 독자가 사는 현실 세계를 출현시키고 있음을 드러내고 있기 때문이다. 이와 관련하여 또한 주목을 요하는 지점은, 봉길이가 '신문관'의 실제 주소로, 내포 독자에게 지도상에 나타난 대한제국 13도를 "무슨 물건으로 의상하면 좋겠다는 생각을 통기하거나 또 그려 보내시"기를 바라는 순간이다. 이는 이 글의 내포 독자가 이미 '지도 자체' 차원에 부수되어 있다는 점과, 이 글이 실린 매체 『소년』지가 이미 한반도=맹호의 현실 속에서 읽히고 있다는 점이 함축되어 있는 순간이다.[16] 나아가서는 『소년』지가 그것을 '통한' 신대한의 이상 전달

---

16 베네딕트 앤더슨은 내셔널리즘의 성립에 있어 근대적 지도 제작술의 핵심적 역할을 지적한 바 있는데, 여기서 그는 지도에 인쇄된 국가의 형상이 다수의 개인들이 공통된 민족적 정체성을 갖는 데 기여했음을 강조한다. 그러나 한편 또 주목할 것은, 앤더슨이 이러한 정체성 확립 과정이 현실이 되기 위해서는 지도를 기계적으로 복제할 수 있는 시대가 열려야 함을 우선적으로 지적하고

과 그 실천을 위해 존재하는 것이 아니라, 『소년』지 '자체'가 이미 '신대한의 현실'임을 드러내는 순간이다.

따라서 『소년』지를 '신대한주의'라 명명할 만한, 저자 최남선의 내셔널리즘을 실어나르는 매체로 읽는 독법은, 『소년』지가 출현시키고 있는 세계를 객관적/필연적 현실로 받아들이고, 그 세계가 이미 현실화되었을 때에만 존재 가능한 내셔널리즘을, 『소년』지라는 텍스트의 심층적 의미로 제시하는 것이다.[17] 이러한 맥락에서 보면, 『소년』지의 해석에 있어 정당한 초점이 되어야 하는 것은, 『소년』지 자체, 즉 『소년』지라는 매체의 물질성이다. 왜냐면 『소년』지의 심층적 의미로서의 '신대한주의'란, 『소년』지가 출현시키고 있는바, 한반도=맹호가 현실인 세계를 전제하지 않고서는 존재할 수 없기 때문이다. 그리고 그 세계가 성립될 수 있는 유일무이한 근거는 『소년』지의 존재 자체이기 때문이다. 이 지점에서 『소년』지의 출판물로서의 본질에 주의할 필요가 생긴다. 위에서 『소년』지 해석상의 초점은 거기 담긴 저자의 의도가 아니라 그것이 『소년』으로 읽힐 수 있는 가능성의 차원에 맞춰져야 함을 지적한 바 있다. 『소년』이 아무나 사서 읽을 수 있는 매체이며, 독자가 그 메시지를 자기 지식으로 수용할 수도 있고 안 할 수도 있으며, 나아가서는 그것을 실천하여 신대한을 실현할 수도 있고 안 할 수도 있다고 보면, 『소년』의 심층적 의미로서의 '신대한주의'는, 오직 그 저자 최남선의 의도의 층위에만 남겨질 뿐이다. 그러나 한반도=맹호 지도

있다는 점이다. 다시 말해 지도가 민족적 정체성을 상상시킬 수 있는가보다도, 지도가 불특정 다수, 즉 대중(the masses)에게 똑같이 전달될 수 있는가가 관건인 셈이다. Benedict Anderson, "Census, Map, Museum", *Imagined Community : Reflections on the Origin and Spread of Nationalism*, London : Verso, 2006, p.163.

17 근대문학을 전근대문학으로부터 구분하는 기준으로 '내면' 혹은 '깊이감'을 상정하는 논법에 대하여 가라타니 고진은 비판적인 시각을 표한 바 있다. 근대문학 작품의 깊이감이란, 텍스트의 표층을 구성하고 있는 요소들이 아니라, 그 요소들의 심층적인 구성 원리를, 작품의 궁극적인 의미로 상정하는, 본질상 우연적인 '배치'의 산물에 지나지 않는다는 것이다. 柄谷行人, 박유하 역, 「구성력에 대하여」, 『일본 근대문학의 기원』, 민음사, 1997, 180~181면.

를 통해 드러난바, 『소년』은 그 지도를 실었다는 사실만으로 이미 '소년'들이 살고 있는 '신대한'을 실현했다. 여기서 『소년』의 성공의 관건은, 신대한의 소년이 될 후보자들에게 '신대한'의 사상을 온전히 주입하는 것이 아니라, 『소년』으로서 출판되는 것에 온전히 달려있다.

이제 논의는 따라서, 『소년』지가 어떤 사상을 어떤 독자에게 어떻게, 얼마나 계몽하고 교육했는가가 아니라, 『소년』지가 그 물질성 속에서 어떠한 주체를 창출하는가에 그 초점을 맞추어야 한다. 이 절에서 분석한 한반도=맹호 지도를 다시 예로 들면, 그 지도 제작자 최남선의 의도와 그 이미지를 본 독자들이 수용한 바에 초점이 맞춰져서는 안 된다. 그 지도가 출판된 이상, 저자의 의도나 독자의 수용으로 환원될 수 없는, 무한한 해석 가능성을 지니게 되었음에 주목해야 한다. 그리고 이때의 해석이란 한반도=맹호로부터 내셔널리즘이 되었든 무엇이든 간에 그 지도의 궁극적이고도 '심층적'인 하나의 의미, 제1절에서 나온 용어를 다시 사용하자면, '서사시적 요소'를 읽어내는 것이 아니다. 그것은 한반도=맹호가 개시한 '지도 자체'의 차원에 충실하는 것, 즉 그 지도가 출현시키는 세계를 사는 것이다. 이 삶은 지도 나아가 『소년』이라는 매체가 만들어내는 허구의 세계를 나의 현실로 오해하는 것이 아니라, 매체를 그대로 반복하는 수행으로서의 해석에 매진하는 것이다. 이때 해석은 따라서 매체의 물질성에의 투신이며, 이 가운데서 매체는 그 '복제가능성reproducibility'을 실현한다. 이는, 다시 제1절의 용어를 사용하자면, 『소년』지를 "어떤 한 주어진 경험, 즉 그 자체로 고유한 경험"으로 제시하는 것을 의미한다.

3. 『소년』의 사진-편집자로서의 '신대한 소년'

동시대의 다른 잡지들에 비해볼 때 『소년』이 매체의 시각성에 유독 민감했다는 것은 익히 알려진 사실이다. 앞 절에서 살펴본, 맹호 형상의 한반도 지도 외에도 『소년』에는 다양한 지도가 수록되어 있으며, 기사의 이해를 돕거나 독자의 상상력을 불러일으키려는 목적에서 수록된 삽화들이나, 권두에 실리곤 하는 사진들, 그리고 다채로운 표지 및 본문 디자인까지를 고려하면, 『소년』지의 시각성 강조는 분명해 보인다. 이는 다른 감각들에 비해 시각을 강조하고, 보는 것을 아는 것으로, 그리고 아는 것을 사는買 것으로 등치시킨 근대의 시대상을 반영한 것으로 해석된다.[18] 내용적으로 보면, 『소년』지에 수록된 사진의 경우, 서구 주요 도시의 랜드마크, 한국 각 지방의 명승지, 근대 국가를 수립하는 데 기여한 지도자와 영웅들, 오지 탐험가를 대상으로 하고 있다. 이는 외적으로는 당시 세계 문명의 기준이 되는 서양 근대에 도달하고 내적으로는 국민적 정체성을 확립하여, 세계로 향하는 신대한의 진취성을 고양시키기 위한 의도의 표현으로 해석되곤 한다.

이러한 해석 논리는 '시각적 이미지＝현실＝보는 행위＝지식＝실천'의 등식을 전제하고 있으며, 또 이 등식에 드러난 항들의 심층에는 '신대한 소년의 창출'이라는 최남선의 내셔널리즘이 깔려 있다고 할 수 있다. 여기서 주의할 점은

---

18 윤세진, 「『소년』에서 『청춘』까지, 근대적 지식의 스펙터클」, 권보드래 편, 『『소년』과 『청춘』의 창』, 35면. 한편 박슬기는 『소년』지에 다수 수록된 최남선의 산문시를 분석하면서 독특한 활자 배치 방식에 주목한 바 있다. 그의 연구에 따르면, 노래하거나 읽는 수용 방식으로는 리듬을 구현할 수 없는 작품들에서 발견되는, 순수하게 시각적인 효과들은, 음성이 아닌 글쓰기의 차원에서 최남선이 리듬을 추구했음을 보여주는 증거이다. 그리고 이처럼 상실되어 버린 음악성을 부정적 방식으로 되살려내는 방법을 통하여, 최남선의 산문시는 근대자유시의 기원을 이룬다는 것이다. 이는 『소년』지가 그 텍스트의 의미를 통하여 근대의 기원을 이루지 않고, 매체로서 그 어떤 것도 전달하지 못하고 그 물질성의 차원에 철저히 스스로를 국한시킨다는 점에서 역설적으로 근대의 기원에 해당한다는, 본장의 논지와 상통하는 바가 크다. 박슬기, 「한국 근대시의 형성과 최남선의 산문시-'읽는 시'의 율적 가능성」, 『한국근대문학연구』 26, 2012, 61~62면.

이 등식의 타당성을 검증할 수 있는 방법은 본질상 없다는 것이며, 이 등식에 어떤 의미가 있다면 그것은 그 심층이 아니라 그 표층에 있다는 것이다. 앞 절에서 분석한바, 지도의 의미는 그 저자의 의도 차원이 아니라 '지도 자체' 차원에 존재하는 것처럼, 사진 같은 시각적 이미지의 의미는, 그것을『소년』지에 수록한 최남선의 의도가 아니라 사진이 현실인 차원, 즉 '사진 자체'의 차원에 있다. 창간호 권두에 실린 사진 셋 중 맨 앞의 것인 "일본에 어유학御遊學하옵시는 아我 황태자 전하와 태사太師 이토 히로부미伊藤博文 공公"의 경우를 보자. 여기서 이토가 상징하는 한국에 대한 제국주의적 침탈과, 대한제국 황태자로 상징되는 일본에서 근대를 배울 수밖에 없는 당시 한국의 처지를 읽어내는 해석의 근거는, 그 사진을『소년』창간호에 싣고 근대화의 열망을 담은 내용들로 이후의 지면들을 채워가는 최남선의 의도에 있다. 즉 "황태자와 이토" 사진은 궁극적으로 "근대 세계의 어엿한 일원으로서의 신대한"이라는 의미를 갖는 것이며, 이 것은 곧 최남선의 의도라는 것이다.

그러나 이렇게 하여 발견된 의미란, 사진 텍스트의 심층에 선험적으로 존재하고 있다가 발견되는 것이 아니다. 애초에 이 사진이, 그것을 보고 그것을 통하여 무언가를 알고 그 앎을 실천하여 산다는, '배치' 없이는 존재할 수도 생각할 수도 없다.[19] 이런 관점에서 보면, 사진의 의미는 그것을 찍고 잡지에 수록하는 저자의 층위에 존재하는 것이 아니다. 나아가서는 거기서 어떤 의미를 읽어내어 지식을 얻고 또 그것을 실천하는 감상자의 층위에 존재하는 것도 아니다. 사진 텍스트의 의미란 그 대상의, 왜곡되거나 수정되지 않은 현실이라고 할 때, 그것은 오직 '사진 자체'의 층위에만 근거를 둘 수 있다. 저자가 무슨 의미를 불어넣든, 또 독자가 무슨 의미를 읽어내든, 사진의 의미는 그 안에 포착된 대상

---

19 柄谷行人,「구성력에 대하여」, 181면.

의 이미지가 어떤 가감도 없는 현실이라는 데 있으며, 그 현실의 현실성은 본질상 검증될 수 없다. 검증을 시도한다면, 그 이미지의 물질적 형상이 사진이 포착한 대상과 일치하는지를 따져야 할 것이다. 그러나 사진의 이미지는 대상의 시각적 형상과 일치할 수는 있어도 그 외에는 어떤 일치도 원칙상 불가능하다. 이러한 시각적 형상의 일치에 의거하여 사진을 대상의 현실과 등치하는 것은, 따라서 위에서 든 등식 '시각적 이미지=현실=봄=지식=실천'에 완전히 달려 있는 것이다. 그 이후의 연쇄적인 등식을 필연적으로 초래하는, 등식의 가장 앞부분인 '시각적 이미지=현실'은, 사진 텍스트 바깥의 '실제 현실'을 살아가는 저자나 독자의 차원과는 엄격히 분리되어 있다.[20] 이는 사진 텍스트 자체의 층위에서만, 즉 '사진 자체'의 층위에서만 존재하는 것이다. 따라서 사진이 그 대상의 현실을 표상하는 것이 아니라, 사진 속에서 그 대상의 현실이 출현하는 것이다. 그렇기 때문에 사진은 그것을 찍고 보는 주체로 하여금 자기가 살고 있는 현실을 명료히 인식하도록 하는 것이 아니라, '사진 자체'의 층위로 들어와 무엇인지 알 수 없는 현실을 매 순간 새로이 출현시키도록 한다.

사진이 출현시키는 이 주체성의 층위에서 보면, 텍스트의 저자와 독자가 구분되지 않고, 나아가서는 매체 자체와 매체를 통해 메시지를 송수신하는 주체의 층위가 구분되지 않는다. 이 층위를 가리켜 이 글에서는 '매체의 물질성materiality'으로 명명한 셈이며, 여기서 가능한 주체성은 매체로부터 자기의 실제 현실에 소용이 닿는 의미를 해석해내는 것이 아니라, 매체의 물질성을 그대로 반복하

---

20 지그프리트 크라카우어는 사진이 현실성을 그 본질로 갖는 것은, 사진가와 사진 감상자가 사진에 찍힌 대상으로부터 소외되어 있기 때문이라고 지적한 바 있다. 즉 사진가와 감상자가 살고 있는 세계, 즉 인간적 감각으로 걸러져 인식되는 주체성의 세계와는 아무런 상관이 없기 때문에, 사진은 객관성을 갖는다는 것이다. 인간적 주체성을 소외시킴으로써 성취되는 사진의 이러한 객관성은, 역설적으로 사진의 본질적 '결정불가능성'을 초래한다. 사진에 포착된 대상의 현실로부터 인간은 완벽히 소외되어 있기에, 그것이 어떤 의미가 있는지 결정할 수 없게 되는 것이다. Siegfried Kracauer, *Theory of Film : The Redemption of Physical Reality*, Princeton : Princeton University Press, 1997, pp.15~20.

는 과정으로 대체된 주체성이다. 매체의 텍스트성의 심층에 깔린 의미를 찾아내(어 그 의미를 내 실제 현실에서 실천하)는 것이 주체적이라는 논리는, 매체를 해석하면서 거기 실린 현실상의 주체적 의도에(즉 '서사시적 요소'에) 초점을 맞추고 나아가서는 그 의도의 차원과 해석자를 동일시함으로써, 주체성subjectivity을 확보하지 못하고 결국 '현실에의 종속성subjection'으로 귀결된다. 그리고 이는 이미 일어나서 완료되어 "옛날 옛적에"에 묶여져 들어간 고정체인 역사를 사후적으로 뒷받침하는 데서 텍스트 해석을 그치도록 함으로써, 결국 텍스트의 역사성을 구제하지 못한다. 이 지점에서 요구되는 것은 따라서, 매체가 텍스트로 자기를 '구성하는 요소'를 제시하는 것, 즉 텍스트가 '서사시적 요소'로 환원되지 않는 순간을 포착하여 나열하는 것이다. 이는 해석자에게 텍스트의 궁극적 의미를 찾기 위한 집중력concentration이 아니라 의미로부터 이탈하는 순간들을 나열하는 산만함distraction을 필요로 한다.

대중은 예술 작품을 향한 일체의 관습적 행동들이 오늘날 새로이 태어나도록 하는 모태이다. 양은 질로 변모하였다. 엄청나게 증가한 참여자는 다른 종류의 참여를 낳았다. 이 새로운 양식의 참여가 처음에는 그리 권장할 만한 것이 아닌 것으로 나타났다는 점 때문에 관찰자는 오해를 해서는 안 된다. 아직도 많은 사람들이 사태의 이 표피적 측면에만 정확히 그 공격을 집중시키는 데 열정적으로 나서고들 있다. (…중략…) 명백히 이것은 본질상, 예술은 그 관람자로 하여금 집중력을 요하는데, 대중은 정신분산산만함을 찾는다는 데에 대한, 케케묵은 탄식이다. 그것은 뻔한 얘기이다. 문제는 이 뻔한 얘기가 필름의 분석에 있어 어떤 토대를 제공할 수 있느냐이다. 이것은 좀더 자세한 분석을 요한다. **산만함과 집중력은 안티테제를 이루며, 이는 다음과 같이 정식화된다. 예술 작품 앞에서 집중하는 사람은 그것에 흡수된다. (…중략…) 반면 산만한 대중은 예술 작품을 그들에게 흡수시킨다.**[21]

주의할 것은 이 태도가, 내가 읽어내고 싶은 것을 아무것이나 나열하는 것을 의미하지 않는다는 점이다. 그렇게 된다면 결국, 매체는 해석자의 자의성을 실어나르는 순수한 도구에 그칠 것이다. 텍스트와 그 역사성을 구제하는 해석 전략으로서의 산만함이란, 어디까지나 궁극적 의미를 찾는 집중력의 안티테제로 그친다는 점에 유의해야 한다. 즉 "예술 작품"의 진지한 감상자가 텍스트의 표면에 나타난 기호들을 관통하는 원리를 추적하여 발견한 의미가, 텍스트를 그러한 의미의 표상representation으로 환원하는 '배치'의 결과에 불과함을 드러내는 것, 그것이 해석 전략으로서의 산만함의 본질이다. 산만함은, 매체의 물질성을 자기의 현실로 반복하는 것, 즉 텍스트를 복제 가능성 속에 열어두는 것을 함축하며, 이는 텍스트가 끊임없이 새로운 의미를 가질 수 있게 한다는 점에서 그 역사성을 구제하는 행위인 것이다. 그러한 행위를 하는 주체를 위의 인용에서는 '산만한 대중'으로 명명하고 있는 셈인데, 그는 자기만의 것을 생산하지도 않고 무언가로부터 자기만의 것을 읽어내지도 않으며, 오직 자기에게 주어진 텍스트를 그 매체의 물질성 속에서 반복함으로써 복제 가능성을 실현한다. 그렇게 함으로써 그는 텍스트를 자기 세계에 공적으로 내놓는publish 역할을 수행한다는 점에서, '편집자editor'로 명명될 수 있을 것이다.

그렇다면 이제는, 『소년』에서 저자나 독자가 아닌, 편집자적 주체성이 어떻게 구성되고 있는지를, 즉 『소년』이 그 텍스트성의 층위에서 어떻게 해석자의 의미 추구를 좌절시키고 있는지를 기술하는 것이 필요하다. 이 문제의식은, 요컨대 『소년』의 주체 최남선은 '편집자'인가, 라는 질문으로 모아진다. 그러나 이에 답하기에 앞서 다음과 같은 의문점을 우선 짚고 넘어가는 것이 필요해 보

---

21 Walter Benjamin, trans. Edmund Jephcott and Harry Zohn, "The Work of Art in the Age of Its Technological Reproducibility : Second Version," *Walter Benjamin : Selected Writing 3, 1935-1938*, p.119. 강조는 필자.

인다. 『소년』으로부터 '최남선'이라는 이름의 편집자를 추출해 내는 것은 결국 텍스트로부터 '근대'로 환원되지 않는 의미소들을 모아 거기에 '편집자'라는 이름을 붙이는 것은 아닌가? 요컨대 산만함이라는 전략을 가지고 『소년』이라는 텍스트에 집중하는 역설적 상황을 초래하는 것은 아닌가? 이러한 역설적 난국에 빠져들지 않기 위해서는, 『소년』지상의 최남선의 주체성을 그 텍스트의 내용을 통해서가 아니라 형식을 통해서 구명해야 한다. 그것은 최남선이 자기를 '무엇으로' 제시하는지가 아니라 '어떻게' 제시하는지에 초점을 맞추는 방법론이며, 이 경우 최남선의 편집자적 주체성은 그가 출판publish하고 있는 『소년』의 존재성으로 온전히 환원되는 것으로 드러난다. 즉 『소년』의 주체로 온전히 환원되는, 다시 말해 『소년』지에 인쇄된 '최남선'이라는 이름으로 최남선이 완전히 환원되는 순간이, 곧 최남선의 편집자성editorship이 증명되는 순간이다.[22] 이 순간을 포착함으로써 현재의 해석자는 『소년』의 텍스트로서의 구성적 요소를 드러내게 되는 것이다.

『소년』이 창간 1주년을 맞는 1909년 11월, 최남선은 다음과 같은 기념사를 남겨 놓고 있다.

여러 가지 곤란과 싸우고 여러 가지 장해障害를 겪으면서 1년 동안 이를 부지해온 희망은 무엇이더뇨. 일언一言으로 폐폐蔽하면 우리 보천하普天下 (1) **소년** 형제에게 신대한新大韓에 들어가는 우리들의 행복이 어떻게 큰 것을 말하고자 함이러니라. 그러면 나는 이 1년이란 도막에 서서 한번 그 동안 공과功果를 고시考試하여 보리로다.

---

22 "문학적 자본이란 매우 분명하게, 그 비물질성(its very immateriality)으로서 존재한다. 문학적 자본이란 [일단 누군가가 문학의 저자로 정립이 되면 그의 이름을 달고 출판되는 모든 것에 문학성이 있는 것으로 상정되는] 믿음을 영속화시켜주는, 객관적으로 측정 가능한 효과들을 갖는다는 점에서 [비물질성의 상태로] 존재하는 것이다." Pascale Casanova, trans. M. B. DeBevoise, "Principles of a World History of Literature", *The World Republic of Letters*, Cambridge : Harvard University Press, 2004, p.17.

먼저 본지는 한 집필인의 손으로서 된 것과 이것이 반년이 넘은 뒤까지도 겨우 3, 40의 독자에게 읽힘을 말하리라. (…중략…) 그러나 우리는 남에게 대하여 자랑코자 하는 일이 있노라. 무엇이뇨. 바쁘고 몸 아파 하는 외로운 (2) **소년**의 총망 중 만드는 것에 한 사람이라도 독자란 것이 생기고 생긴 독자가 거의 다 이때까지 계독繼讀하고 또 하나 (…중략…) 이만한 독자를 가지고도 항상 믿고 바라는 정을 변치 않고 1년 동안 그런대로라도 계독해온 발행인과 집필인의 순심純心이 그 둘이니, 합하여 말하면 **주려는 사람이나 받는 사람이 온전히 성의誠意로 수응酬應하였다** 함이라. 슬프다 이러한 세상에 새벽 별보다 보기 어려운 성의를 이 잡지의 집필인과 독자 사이에 보니 이 어찌 남에게 자랑할 만한 일이 아니리오. (…중략…) 집필인 나로 독자 당신에게 물어도 무엇이 유익하였다 할 것이 별로 없을 것이요 독자 당신으로 집필인 나에게 물어도 또한 그렇다고 할밖에 없고 오직 집필인으로 말하면 **정직한 일을 가지고 진실하게 노역勞役하는 쾌락의 방료를 임시臨時 임시 맛본 이익이 독자의 얻을 수 없는 것을 얻음이며** 지어至於 신대한이란 것을 가르치려 하고 또 그 일을 만드는 우리 (3) **소년**의 정신과 그 일을 담임한 우리 (4) 소년의 행복을 말하려 함에는 나는 힘쓰지 아님이 아니나 힘쓴 만큼 드러난 공과功果는 있을 것 같지 아니 한지라.[23]

여기서 가장 강조되는 것은 『소년』지의 지난 1년 동안의 성과란, 그 독자들을 "신대한에 들어가"도록 한 기여가 아니라, 그러한 메시지의 송수신자가 공히 다한 "성의"에 있다는 점이다. 표면적으로 이 글과 『소년』지의 '집필인' 최남선이 취한 가시적 목표는 '소년'의 '신대한화'에 있지만,[24] 창간 1주년을 맞는

23 「제1기(朞) 기념사」, 『소년』 2-10, 1909.11, 5~7면. 강조는 원문, 원문에는 방점으로 강조가 되어 있다. 그 외 이탤릭 강조는 필자.

24 이는 『소년』의 거의 매호 첫머리에 실려 있는 다음과 같은 간행 취지문에도 명료하게 드러나 있는 바이기도 하다. "나는 이 잡지의 간행하는 취지에 대하여 길게 말씀하지 아니하리라 그러나 한마디 간단하게 할 것은 '우리 대한으로 하여금 소년의 나라로 하라 그리려 하면 능히 이 책임을 감당하도록 그를 교도하라' 이 잡지가 비록 적으나 우리 동인(同人)은 이 목적을 관철하기 위하여

시점에서 최남선은 그 목표의 달성 여부를 따지지 않고, 『소년』지가 "계속해서 출판되고 있다"는 사실에 주목하고 있는 셈이다. 이렇게 보면 저자 최남선이 '소년' 독자들에게 『소년』을 통하여 전달하고자 한 메시지는 "정직한 일을 가지고 진실하게 노역하는" 것, 즉 어떠한 일에든 "성의"를 가지고 최선을 다하자는 것이 될 것이다. 그리고 일의 목표 달성 여부나 그 과정 중 얻을 수 있는 부수적 "쾌락"에 집중하지 않고, 오직 일 자체에만 노력을 기울이다 보면 "신대한에 들어가"는 "행복"이 성취되리라는 것이다.

이 지점에서 주목할 것은 '소년'이 『소년』의 예상 독자 혹은 『소년』이 '구대한'의 소년들 사이에 널리 읽힘으로써 창출될 독자[25]로 전제되어 있다는 점이다. 이는 위 인용에 나오는 네 "소년" 중 (1)에는 대응되는 개념이라 할 수 있다. 그러나 문맥을 볼 때, (2)의 "소년"은 '신대한'의 메시지를 송신하는 저자이다. 이는 (1)의 "소년"이 등장할 때 이미 "우리 보천하 소년 형제"라는 맥락이 주어져 있다는 점에서, 저자가 자기 역시 '신대한 소년'의 일원임을 언급했기에 가능한 전환이다. 그렇다면 "소년"에 『소년』의 목표 독자와 『소년』의 저자가 모두 포함되어 있는 셈이며, 이는 『소년』을 통해 "신대한이란 것을 가르치려" 한 저자 최남선이 '신대한'이라는 이름의 미래 공동체를 얼마나 열망하고 있었는지를 증명한다. 그러나 '신대한의 소년'이 현재는 없는 미래의 존재라면, 『소년』을 만드는 (2)의 "소년"의 위 텍스트 상의 존재에 의해 『소년』지 자체가 '신대한'이 되어 버린다. 다시 말해 『소년』을 출판하고 있다는 점에서 (2)의 "소년"이 '신대한'의 현실상 근거가 된다면, 이 "소년"이 등장하는 『소년』지 자체야말로 '신대한'에 해당하는 것이다. 그렇기 때문에 『소년』은 어떠한 목표를 위

온갖 방법으로써 힘쓰리라 소년으로 하여금 이를 읽게 하라 아울러 소년을 훈도하는 부형(父兄)으로 하여금도 이를 읽게 하여라"가 그것이다.

25 권보드래, 「'소년', '청춘'의 힘과 일상의 재편」, 권보드래 편, 『『소년』과 『청춘』의 창』, 160면.

한 수단으로서, 어떠한 의미를 실어나르기 위한 매체로서 쓰이지 못하고, 오직 "주려는 사람이나 받는 사람이 온전히 성의로 수응하"는 과정 가운데서 "임시 임시 맛본 이익"으로 남는 것이다. 그럴 때에만 현재에는 존재치 않기 때문에 "얻을 수 없는" "독자"를 "얻음"이 가능하다.

그 결과 (3)과 (4)의 "소년"에는 집필인, 독자, 『소년』지가 모두 뒤섞여 들어가 있는 것으로 나타난다. 집필인-소년은 "신대한이란 것을 가르치려 하고 또 그 일을 만"들며, 독자-소년은 그 "신대한"을 배워 "행복"을 느끼며, 매체-소년은 그렇게 "힘쓴 만큼 드러난 공과"가 무엇인지를 판단하는 근거가 된다. 여기서 이렇게 "소년의 행복"이 불리는 순간은, 이 텍스트를 쓴 "나" 최남선이 "우리 소년" 속에서 온전히 『소년』으로 그 존재성이 환원되는 순간, 즉 독자의 "계독繼讀"에 힘입어 계속되는 『소년』의 출판 자체로 환원되는 순간이다. 이때 『소년』지의 궁극적 의미로 지목되어온 '신대한'(혹은 '신대한주의'를 통해 성취되어야 할 '근대')은 오직 『소년』지라는 매체의 물질성 층위에만 근거를 두고 있음이 드러난다. 결국 『소년』지를 해석하고 있는 현재의 우리에게 『소년』지가 갖는 의미는, 근대인인 우리가 살고 있는 이 현재가, 우발적인 배치가 낳은 사후적 효과에 불과하다는 것을 알려주는 데 있다. 그리고 '신대한'이든 '근대'든 어떤 '서사시'도 불가능해져 버린 이 차원에서, 즉 텍스트의 심층이란 없고 오직 텍스트성만 존재하는 차원에서만 역사성의 성취가 가능하다는 것을 알려주는 데 있다. 여기서 『소년』지의 편집자 최남선이, 1920년대 이후 조선학의 태두로서 자기를 정위하기 시작할 때, 다시 말해 '신대한'에 어떤 궁극의 의미를 부여하는 '저자'로 자처하기 시작할 때,[26] 도리어 역사성을 상실했음을 지적해볼 수도 있겠다.

---

26 황호덕은 『소년』과 『청춘』을 거친 후, 단군론과 불함문화론으로 나아간 최남선의 역사학을 "존재-신화론"으로 규정한다. 본장의 맥락에서 이를 정리해보면, 『소년』지 편집자 시절의 최남선에게 텍스트성의 층위에만 존재했던 '신대한'이 1920년대에 이르러 절대적 현실성으로 전도되어 버린 셈이다. 즉 최남선은 1920년대 이후에는, "과거와 현재와 미래를" "한번에 취하"는 것을 가능케 하는

4. 해석과 편집―『소년』의 현재성

사실상 최남선의 1인 출판물인 『소년』은 한국이 자주적 근대화에 실패하고 식민지 상태로 떨어지는 결정적 시기를 규정짓는 매체로 인식되어왔다. 내셔널리즘과 근대 물질문명에 대한 지향을 양대 사상적 축으로 하여 대한제국의 국제 정치적 위상으로부터 국민 각자가 일상생활에서 취해야 할 태도에 이르기까지 근대 사회의 전 영역에 대한 최남선의 의견이 펼쳐지는 공간이 『소년』이다. 최남선이 이처럼 거의 초인적으로까지 보이는 역량을 발휘할 수 있었던 데는 물론, 『소년』지를 펴낸 출판사 신문관이 당시 문화 운동의 허브였다는 점이 크게 작용했다.[27] 그러나 현재 우리가 『소년』을 읽을 때, 최남선의 의도가 어떻게 반영되었는지, 당시 문화 운동의 흐름이 어떻게 그 흔적을 남기고 있는지 주목한다면, 『소년』은 그것이 산출된 『소년』 자기의 '현재'로부터 차단되어 버릴 것이다. 최남선이 대한제국의 독립과 융성을 욕망했으며 그 실현 수단으로 『소년』을 이용했다는 사실에는 이의를 제기하기 어려울 것이다. 그러나 『소년』이 실제로 그러한 의도를 구현했는지는, 엄밀히 말해 별개의 문제이다. 우리에게는 최남선의 의도를 파악할 수 있는 길은 없으며 오직 『소년』지라는 인쇄물이 눈앞에 놓여 있을 뿐이기 때문이다. 나아가 『소년』이 '신대한주의'라 할 만한 사상을 그 독자에게 주입하고자 했다는 가치평가는 '신대한주의'가 얼마나 다층적이고 복합적인 것으로 드러나든, 결코 증명될 수 없는 것이다. 『소년』이 저자 최남선과 독자 신대한 소년의 내셔널리즘을 재현하고 있다는 주장은, 『소

"방법"으로 '신대한'을 취급하기 시작하는 것이며(이 시기 최남선에게 그것은 '신대한'이 아니라 '조선', '밝', '단군' 등의 기호로 나타난다), 이에 따라 최남선은 현실의 모든 존재에 의미를 부여하는 원천에 관한 담론인 '존재―신화론'의 저자가 된다. 그러나 현실과는 관계없는 텍스트성의 차원에 머물던 최남선의 '신대한'은 "현실에 접근하는 것에 비례해 그 빛을 잃어" 갈 운명이었다. 황호덕, 「사숭이라는 방법, 육당의 존재―신화론」, 육당연구학회, 『최남선 다시 읽기』, 379면.

27 권두연, 「신문관의 '문화 운동' 연구」, 연세대 박사논문, 2011 참조.

년』의 해석자가『소년』이라는 텍스트에서 자기의 현재를 읽어내려 할 때에만 가능하다. 즉 네이션을 이루는 성원들이 출판물을 통해 통일된 정체성을 지니도록 하는 내셔널리즘이야말로 모더니티의 결정적 표지이며, 우리는 여전히 근대 세계를 살고 있다는 점이 전제되지 않는다면, 『소년』의 궁극적 의미가 내셔널리즘과 그것을 복합적으로 형성하는 근대지近代知일 수 없는 것이다.

그러나 이 글의 분석에서 드러났듯, 『소년』의 내셔널리즘이란 네이션이라는 상상적 복합체를 형성하는 다층적 지知들의 합산 과정에서 형성되는 것이 아니었다. 『소년』의 지향점이 내셔널리즘이라면 그것은, 시간의 흐름에 따른 그 어떤 축적 과정도 거치지 않고 네이션이, 『소년』의 출판이라는 사건이 발생하는 순간 갑자기 등장했기 때문이다. 그리고 최남선은 그러한 사건의 주체였다는 점에서 내셔널리스트였던 것이며 동시에 역사상 최초의 근대인으로 자리매김된다. 최남선은 『소년』에서 자기가 아는 모든 것을 다 나열하는 무척이나 산만한 편집자 역할을 수행했고 그 결과『소년』을 읽는 이라면 누구나 다 끌어들일수 있는 장을 마련했다. 『소년』이 지속되는 한 최남선은 근대적 주체인 셈이다. 결국『소년』은 근대적 주체성의 본질적 자기지시성을 알려주며, 매체론이 취해야 할 이론적 거점을 마련해 준다. 매체론이란 매체의 물리적 특성에 대한 기술이 아니라, 텍스트의 저자나 독자로 환원되지 않는 텍스트만의 차원, 즉 텍스트성으로의 귀환이어야 하는 셈이다. 이 귀환의 궁극적 귀결점을, 이 글에서는 매체의 물질성이라고 불렀다. 이때 물질성이란 현재의 그 어떤 해석도 좌절시키는 텍스트의 형식을 취하며, 그 좌절을 통하여 현재의 해석자의 주체성을 변화시키는 데 개입한다. 이때 해석은 그것을 낳는 텍스트가 생산되는 순간을 해석자의 현재 가운데 반복하는 행위가 되며, '해석'과 (텍스트의) '생산'은 둘 다 모두, 동시적으로 현재의 '편집'이 된다.

제2장
인쇄물 「날개」와 모더니즘적 글쓰기
이상李箱 문학에 나타난 내재적 초월

1. 작가 이상의 출판 이력—'소설' 「날개」 해석의 방법론

「날개」는 이상李箱, 1910~1937의 대표작으로 꼽힐 뿐 아니라 식민지 한국 모더니즘 문학의 대표작이기도 하다. 하지만 이 작품은 작가가 생존시 발표한 다른 작품들과 상당히 이질적이다. 시는 차치하고 소설로 장르가 분류되곤 하는 이상의 작품들에 비해볼 때도 「날개」는 현격히 높은 '가독성'을 띠고 있는 것이다. 작가의 작품 목록상 「날개」가 보이는 이질성은 이상의 출판 이력을 전반적으로 놓고 볼 때 더욱 두드러진다. 「날개」 발표1936.9에 이르기까지 대부분의 이상 작품은 문단의 주요 발표 매체라 할 신문, 문학잡지, 종합잡지에 발표된 경우가 희소하다. 반면 「날개」가 발표된 매체인 『조광朝光』조선일보사, 1935~1945[1]은

---

1   「날개」가 실린 『조광』 1936년 9월호를 보면 "서반아 정국의 금후 동향" "극동을 억압하려는 소련의 해군" 등 세계 정세 분석 기사, "마라톤왕 손·남 양군의 전첩기(戰捷記)" 등 시사 관련 기사, "명작 상의 가을 풍경"과 같은 문화 관련 기사, "현대문화와 전기(電氣)"와 같은 과학 상식 기사, 노천명, 안석영, 박태원, 유치진 등의 문학 작품 등 실로 다양한 분야에 걸친 기사가 수록되어 있음을 쉽게 파악할 수 있다.

대중성을 본령으로 하는 1930년대 종합지들 중 하나였다. 매체사적 측면에서 보았을 때 1930년대는 『개벽』1920~1926지가 이끌었던 전대前代의 정론지 시대가 마감되고 『삼천리』1929~1942가 그 시작을 알린 대중종합지 시대이다. 조선일보사에서 나온 『조광』은 『신동아』동아일보사, 1931~1936, 『중앙』조선중앙일보사, 1933~1936과 더불어 신문사가 이끈 1930년대 잡지계를 주도한 매체였다. 『조광』은 위의 두 잡지들에 비하여 높은 대중성을 띠면서도[2] 문학란文學欄 구성에 있어서는 예술성을 추구하는 경향을 보였다.[3] 『조광』이라는 출판 지면은, 「날개」가 갖는 양면적 의의, 즉 본격 모더니즘high modernism 작품으로서의 문학사적 의의와 독자 대중에게 대표적 모더니즘 작품으로 받아들여진다는 독서사회사적 의의를 암시해주고 있는 것이다.

「날개」라는 작품 자체가 아니라 그것이 공간空刊된 물질적 방식에 초점을 맞추는 것은 「날개」 발표와 그 정전화에 이르기까지 작가 이상이 어떠한 출판 이력을 밟아 왔는가를 볼 때 그 의미가 잘 드러난다. 1929년 경성고등공업학교 건축과를 졸업한 이상은 1929~1933년의 기간 동안 총독부 기수技手직을 맡았으며 1929년 12월 『조선과 건축』 표지 도안 공모에서는 1, 3등을 차지하였다. 주지하다시피 이상의 글쓰기가 최초로 활자화된 것은 1930년 2~12월 『조선朝鮮』에 연재된 「12월 12일」이다. 1931~1933년의 기간에 이상은 『조선』, 『조선과 건축朝鮮と建築』에 다수의 작품을 발표하였지만 당대 문단의 반응은 거의 없었다.[4]

---

2 정혜영, 「1930년대 종합대중잡지와 '대중적 공유성'의 의미」, 『현대소설연구』 35, 2007, 145면; 최수일, 「잡지 『조광』의 목차, 독법, 세계관」, 『상허학보』 40, 2014, 135면.

3 유석환, 「경쟁하는 잡지들, 확산되는 문학 2」, 『한국문학연구』 53, 2017, 434면.

4 이상 작품에 대한 한국 문단 최초의 비평은 김기림, 「현대시의 발전」, 『조선일보』, 1934.7.12~22이다. 이상은 총독부 사임 직후인 1933년 6월 종로1가에 제비 다방을 개업하였고 이곳을 기반으로 형성된 구인회 회원들과의 네트워크를 바탕으로 1933년 7~10월의 기간 동안 정지용 주선으로 『가톨릭청년』에 한국어 시를 발표한다. 김기림의 위 평론은 이상이 연작시 「오감도」를 연재하며 문단의 화제 인물로 부상한 1934.7.24~8.8 기간의 직전 시기에 나온 것으로, 이상의 구인회

이는 이상 작품 특유의 난해성과 실험성에도 그 원인이 어느 정도 있겠지만 발표 지면의 성격 자체가 더 중요한 원인이라고 할 수 있다. 「12월 12일」, 「지도의 암실」1932.3, 「휴업과 사정」1932.4 등이 발표된 『조선』은 총독부 기관지였으며 「이상한 가역반응」1931.7, 연작시 「조감도」1931.8, 연작시 「삼차각설계도」 1931.10, 연작시 「건축무한육면각체」1932.7 등이 실린 『조선과 건축』은 재조在朝 일본인 건축가 모임인 조선건축회의 기관지였던 것이다.[5] 총독부에 소속된 건축 기수라는 사회적 지위 덕분으로 이상은 이 두 잡지에 쉽게 작품을 냈지만 당시 조선 문단의 문인들 중 이 매체들에 관심을 가질 만한 인사는 거의 없었다고 할 수 있다.

총독부 사직 후 이상은 1933년에 정지용이 주재하던 『가톨닉청년』에 「꽃나무」, 「이런 시」1933.7, 「거울」1933.10 등의 한국어 시를 발표한다. 이어 이상은 1934년 7~8월에 「오감도烏瞰圖」 15편을 이태준 주관의 『조선중앙일보』 학예면에 발표하며 문단의 주목을 받게 된다. 이상 사후死後 발표된 박태원의 회고문에 드러나듯 「오감도」 연작의 발표는 구인회九人會 멤버 이태준과 박태원의 후원에 거의 전적으로 힘입은 것이었다. 실질적으로 이상의 본격적 문단 데뷔를 알린 「오감도」 연재는, 그러나 곧장 독서 대중의 격렬한 비난에 부딪힌다.[6] 이 사건에 따른 충격 및 신병의 악화에 때문에 약간의 소강기를 거친 후 이상은 1935년말 경성에 돌아온다. 이때 그는 구본웅의 출판사 창문사에서 편집 일을 맡아 보면서 구인회 동인지 『시와 소설』을 편집하여 1936년 3월에 출판한다.

내부에서의 평판이 확고해졌음을 알려준다. 또한 김기림의 이 글은, 김기림이 구인회에 가담하면서 본격적으로 모더니즘 시론가로서의 자의식을 갖기 시작한 시기를 대표하는 글이기도 하다. 조영복, 「김기림의 언론 활동과 초기 글들의 성격」, 『한국시학연구』 11, 2004, 361~362면.

5 이 매체의 성격과 거기 실린 이상의 모더니즘 작품의 관련성에 관여는 Travis Workman, "Modernism without a Home", *Imperial Genus : The Formation and Limits of the Human in Modern Korea and Japan*, Berkeley : University of California Press, 2016, pp.229~240 참조.

6 박태원, 「이상의 편모(片貌)」, 『조광』, 1937.6, 303면.

이후 이상은 『조선일보』에 연작시 「위독」1936.10.4~10.9을 발표하는 한편, 9월에 「날개」를 발표하는데[7] 이 중 「날개」는 최재서가 「리얼리즘의 확대와 심화」『조선일보』, 1936.10.31~11.7에서 "인간 예지가 아직까지 도달한 최고봉"으로까지 극찬한다.[8] 최재서가 이상을 이토록 고평한 점은 특히 강조되어야 하는데, 왜냐면 이는 이상의 문학적 명성이 구인회라는 이너 서클을 벗어나 전문단적인 것이 되었음을 표시하기 때문이다.[9] 「날개」 이전의 이상의 명성은 정지용, 김기림, 박태원, 이태준 등으로 구성된 구인회의 범위를 넘지 않았으나 최재서의 「날개」 비평 이후에는 전 문단적 차원으로 확대되는 것이다.[10]

---

7 「날개」 이전의 이상 작품 중 신문, 종합잡지에 출판된 것은 연작시 「오감도」(『조선중앙일보』, 1934.7.24~8.8), 시 「소영위제(素榮爲題)」(『중앙』, 1934.9), 수필 「산책의 가을」(『신동아』, 1934.10), 시 「지비(紙碑)」(『조선중앙일보』, 1935.9.15), 수필 「산촌여정」(『매일신보』, 1935.9.27~10.11), 연작시 「위독」(『조선일보』, 1936.10.4~10.9), 단편소설 「지주회시」(『중앙』, 1936.6) 등이다. 이 중 「오감도」, 「소영위제」, 「지비」, 「지주회시」는 이태준이 학예 관련 지면을 맡아 본 조선중앙일보사 관련 매체에서 나온 것이며, 「위독」과 「날개」는 김기림이 학예부를 담당한 조선일보사 운영 매체에서 나온 것이다. 이를 보면 구인회의 중심인물이었던 이태준과 김기림은 이상의 사적 삶에서 중요할 뿐 아니라 이상의 작가로서의 공적 삶에서도 중추적인 역할을 했음을 파악할 수 있다.

8 최재서, 「「천변풍경」과 「날개」에 관하여 ─ 리얼리즘의 확대와 심화」, 『문학과 지성』, 인문사, 1938, 101~102면. 시기적으로 보면 이상이 도달한 모더니즘에 대한 최상급을 동원한 평가는 김기림의 「현대시의 발전」(『조선일보』, 1934.7.12~7.22)이 최초의 사례이다. 여기서 김기림은 이상을 "가장 우수한 최후의 모더니스트"(김학동 편, 『김기림 전집』 2, 심설당, 1988, 58면)로 칭한다. 김기림과 최재서의 이상론에 관해서는 최현희, 「'이상(李箱)'의 이데올로기적 기원 ─ 김기림과 최재서의 이상론」, 『한국현대문학연구』 32, 2010 참조.

9 최재서의 이상론이 「날개」를 '리얼리즘의 심화'로 규정하자 리얼리즘 개념을 이론적 거점으로 삼아왔던 비평가들, 임화, 한효, 박승극, 김용제 등이 반박에 나서며 여기에 백철, 김문집이 가세하면서 이상의 명성은 확고해진다. 신형기, 「「날개」의 비평적 재해석 ─ 최재서의 관점을 중심으로」, 『현상과 인식』 7-4, 1983 참조. 이상의 이 같은 부상은 최재서 특유의 리얼리즘 개념이 좌파 문학운동 진영에 불러온 파장으로 해석될 가능성이 높은 것이 사실이다. 그러나 또 한편으로 「날개」가 그러한 부수적 파장을 낳을 수 있었던 기폭제가 될 수 있었던 이유가 「날개」가 여타 이상 작품과는 달리 가독성을 지녔기 때문이라는 점 역시 무시할 수 없다.

10 임화는 「방황하는 문학정신 ─ 정축(丁丑) 문단의 회고」(『임화 문학예술 전집 3 ─ 문학의 논리』, 소명출판, 2009, 원래 발표 지면은 『동아일보』, 1937.12.12~12.15)에서 이상을 "어쨌든 조선 작가론 제일류의 재능의 소유자"라고 칭한 바 있다. 나아가 임화는, 이상의 재능이란 곧 지성을 가지고서 현상적 세계의 부조리함을 아이러니 수법으로 폭로한 데 있다고 상술하는데, 이는 최재서의 「날개」론의 핵심 논지를 거의 그대로 반복한 것이다. 1937년 말의 이 평론 이후 1938년 상반기가 되면 임화는 1930년대 말 자기 문학론의 정수가 담긴 「세태소설론」, 「본격소설론」, 「통속소설론」의 집필로 나아가는데, '내성(內省)소설'로서의 이상 소설에 대한 해석이 그 전사(前史)를

그러나 이상은 이처럼 자신의 문단적 지위를 확인하자마자 1936년 10월 말에서 11월 초 사이에 경성을 떠나 뚜렷한 목적 없는 도쿄행에 오른다. 이상의 도쿄행은 그 동기가 불분명하여 현재까지도 이상에 관한 작가론적 연구에 있어 논란의 한 원인이 되고 있다. 그러나 다음의 인용들을 통하여, 이상이 「오감도」 발표가 불러온 스캔들 직후 경성을 떠나 요양을 한 후 1935년말 다시 경성에 귀환하여 「날개」 발표 시점인 1936년 9월경까지의 문단 활동을 어떻게 자평하고 있었는지는 알 수 있다. 아래의 인용들은 모두, 일본 도호쿠제국대학에 유학 중이던 김기림에게 보낸 사신私信의 부분이다.

(1) 구인회는 인간 최대의 태만에서 부침 중이오. 팔양이 탈회했소―. 잡지 2호는 흐지부지오. 게을러서 다 틀려먹을 것 같소. 내일 밤에는 명월관에서 영랑 시집의 밤이 있소. 서울은 그저 답보 중이오.

자조 편지나 하오. 나는 아마 좀 더 여기 있어야 되나 보오.

참 내가 요새 소설을 썼소. 우습소? 자― 그만둡시다. 1936년 6월경으로 추정[11]

(2) 졸작 「날개」에 대한 형의 다정한 말씀 골수에 스미오. 방금은 문학 천 년이 회신에 돌아갈 지상 최종의 걸작 「종생기」를 쓰는 중이오. 형이나 부디 억울한 이 내출혈을 알아주기 바라오! (…중략…)

요새 『조선일보』 학예란에 근작시 「위독」 연재 중이오. 기능어, 조직어, 구성어, 사색어로 된 한글 문자 추구 시험이오. 다행이 고평을 비오. 요다음쯤 일맥의 혈로가 보일 듯하오. 1936년 10월 초로 추정[12]

─────────────

이룬다는 점은 주목할 만하다. 임화 소설론의 수립 과정에서 이상 해석이 점하는 지위에 대한 고찰은 추후의 과제로 남긴다.

11 이상, 권영민 편, 『이상 전집 4－수필』, 태학사, 2013, 166~167면.
12 위의 책, 167~168면.

(3)『조선일보』모씨 논문 나도 그 후에 얻어 읽었소. 형안이 족히 남의 흉리를 투시하는가 싶습디다. 그러나 씨의 모랄에 대한 탁견에는 물론 구체적 제시도 없었지만— 약간 수미愁眉를 금할 수 없는가도 싶습니다. 예술적 기품 운운은 씨의 실언이오. 톨스토이나 국지관菊池寬 씨는 말하자면 영원한 대중 문예(문학이 아니라)에 지나지 않는 것을 깜빡 잊어버리신 듯합디다.

그리고「위독危篤」에 대하여도—.

사실 나는 요새 그따위 시밖에 써지지 않는구려. 차라리 그래서 철저히 소설을 쓸 결심이오. 암만해도 나는 19세기와 20세기 틈사구니에 끼어 졸도하려 드는 무뢰한인 모양이오. 완전히 20세기 사람이 되기에는 내 혈관에 너무도 많은 19세기의 엄숙한 도덕성의 피가 위협하듯이 흐르고 있소그려. 1936년 11월 29일로 추정[13]

동인지『시와 소설』출간1936. 3 직후의 상황을 전하고 있는 (1)은 구인회의 지리멸렬한 활동 현황과 더불어 한 편의 "소설" 창작 소식을 전하고 있다. 편지 작성 시점을 고려할 때 이는「날개」일 확률이 높은데,[14] 여기서 "우습소?"라는 코멘트가 주목을 끈다.「날개」에 바로 이어 창작한 연작시「위독」을 두고 이상이, (3)

---

13 위의 책, 172면.

14 『조광』1936년 9월호에 실린「날개」와 거의 동시에 발표된 이상 소설은「지주회시」(『중앙』, 1936.6)와「봉별기」(『여성』, 1936.12)이다. 이상의 생애에서 이들 작품을 창작하던 때 즈음하여 일어난 중요한 사건은 1936년 6월의 변동림과의 결혼이다. 이 세 작품은 모두 '나'와 '아내'의 오해와 배신을 거듭하는 복잡한 관계를 다루고 있다. 세 작품 중「봉별기」는 '금홍'이라는 아내의 이름이 노출되어 있으며 표기법에 있어「지주회시」와「날개」와는 달리 국한문 혼용체를 취하고 있다. 구성상의 정교함에서「봉별기」는 다른 두 작품에 비하여 난숙함이 떨어지며 분량 역시 절반에도 못 미친다. 이를 종합하면「봉별기」는, 생활과는 구분되는 문학 혹은 소설이라는 의식 없이 쓰인 작품으로 볼 수 있다.「지주회시」는 여러 모로「날개」와 연계하여 해석할 만한 작품이지만 벽자(僻字)가 세 자나 나오는 그 제목이나 대부분의 경우에 있어 무시된 띄어쓰기 등의 형식상 특질로 볼 때 평이한 가독성을 띠는「날개」와는 상당히 이질적이며, 오히려「휴업과 사정」이나「지도의 암실」과 같은 초기작과 가까운 면모를 보인다. 본문의 (1)의 문맥을 보면 여기서 언급된 '소설'은 이상이 '소설'을 쓴다는 자의식을 가지고, 기존의 자신의 글쓰기와는 다른 실험을 해본 결과인 것으로 보인다. 결국 (1)에서 이상이 '우스워한 소설'은「날개」일 확률이 높은 것이다.

에서 보듯 "그따위 시"라고 비하하는 것까지 고려해 본다면, 이상에게 「날개」는 그야말로 '우스운' 글이다. 「위독」을 연재하고 있던 시점에 쓴 (2)를 보면 이상은, "한글 문자 추구 시험"이라는 목적의식을 분명히 갖고 이 연작에 임하고 있었다. 그러나 「날개」까지 발표하고 도일渡日한 후의 시점에 나온 (3)을 보면 이상은 「위독」의 '실험'이 결국 실패했다고 생각하고 있으며, '시'쓰기에 실패한, 즉 "20세기" 도달에 실패한, "19세기"의 인간이 돌아갈 글쓰기로 '소설'을 생각하고 있음이 드러난다. 결국 "소설"이란 "그따위 시"에 불과한 「위독」과도 레벨을 달리하는 수준 이하의 '우스운' 글이며, 「날개」는 그러한 소설의 하나인 것이다.

　「날개」에 대한 이상의 이러한 위상 규정에서 이 '소설'을 읽는 방법론을 암시받을 수 있다. 독자인 현재의 우리에게 「날개」는 분명 문학 작품이지만 저자 이상에게 그것은, (3)에 나오는바, "문학이 아니"다. 20세기가 (3)의 편지를 쓰고 있는 이상의 현대modern라는 점을 고려한다면, 이상이 추구하는 "문학"이란 모더니티를 체화한 "완전히 20세기[적인] 사람"만이 쓸 수 있는 것이다. 이상은 작가로서 자기의 소명이 모더니티의 실현에 있음을 알지만 동시에 그 불가능성을 절감하고 있다. 그렇기 때문에 그는 자기의 역사적 위상을 "19세기와 20세기 틈사구니에 끼어 졸도하려 드는 무뢰한"으로 규정한다. 이러한 구도에 따르면 그 본질상 '문학'은 20세기적 / 현대적이고, '비현대적인 문학'이란 존재할 수조차 없는 것, 형용모순의 수사법으로서만 존재할 만한 것이 된다.

2. 인쇄물 「날개」의 삶―모더니즘적 글쓰기의 내재성

　그렇다면 문학도 아니고, 19세기적 / 비현대적 / 비문학적 "대중문예"도 아닌 「날개」란 무엇인가? 그것은 19세기적 비문학으로부터 20세기적 문학으로 이

행하고자 하는 지향성이다. 이 지향성을 가리키는 이상의 용어가 '소설'인 것이며, 이런 맥락에서 '소설' 「날개」는 하나의 완결된 '문학 작품'으로서가 아니라 문학 작품에 도달하고자 하는 '수행적 행위'로서 읽어야 함을 알 수 있다. 이때 유의할 점은 '소설'이 문학성 / 현대성을 지향한다고 할 때 그 지향성에는 본질적으로 하나의 역설이 함축되어 있다는 것이다. 즉 '소설'은 문학성이라는 텔로스를 전제할 때에만 그 의미가 드러나지만 그 텔로스는 도달 불가능성으로 남아야만 한다는 역설이 그것이다. '소설'이 문학성을 획득하게 될 때 그것은 더 이상 '소설'이기를 그치고 '문학'의 영역에 귀속되어 버릴 것이기 때문이다. 이 역설은 '소설'로서의 「날개」를 모더니즘적 글쓰기의 실천 행위로 보아야 함을 암시한다.[15]

　모더니즘은 모더니티를 추구하지만 모더니티란 본질상 의도적 추구 행위를 통해서는 성취될 수 없는 것이라는 점에서 근본적으로 역설에 처해있다. 모던함이란 내가 살고 있는 현시대의 모두에게 현재적이라 인정되는 자질이라는 점에서, 언제나 / 이미 비결정성의 다른 이름에 불과하다. 현시점에 있어 모던하다고 대부분이 인정하는 어떤 자질도 곧 현재가 될 미래 속에서 금세 비非모던한 것이 되고 마는 것이다. 따라서 모더니즘은 모던함에 대한 의식적 추구라기보다는 특정 지향성 자체의 끝없는 무의식적 지연으로 정의된다. 이 역설로부터 우리는 모더니즘 문학의 핵심을 이루는 전환, 즉 작품으로부터 글쓰기로의 전환을 이끌어낼 수 있다.[16] 모더니즘 문학은 저자가 자기의 의도를 작품으로 형상화하여 독자에게 전달한다는 해석학적 모델을 근본적으로 부정한다. 모더

---

15 글쓰기 행위를 통하여 이상(理想)으로서의 (제국의) 모더니티와 현실로서의 식민지 근대성 사이의 분열 자체를 육화하는, 이상의 수행을 일러 신형기는 "공포를 증언하는 박제로 남"기로 규정한 바 있다. 신형기, 「이상, 공포의 증인」, 『분열의 기록』, 문학과지성사, 2010, 73면.

16 Astradur Eysteinsson, "The Making of Modernist Paradigms", *The Concept of Modernism*, Ithaca : Cornell University Press, 1990, pp.44~49.

니즘 문학을 쓰는 저자의 의도가 모더니티에 있다면 그것은 독자가 특정 해석 코드를 통하여 투명하게 전달받을 수 있는 것으로서 형상화될 수 없다. 왜냐면 모더니티는 특정한 누군가의 의도를 통해 실현되는 것이 아니라 그 누구에게도 소유되지는 않지만 모두가 함께 사는 삶의 스타일이기 때문이다.

따라서 모더니즘 문학은 특정 저자의 의도가 담긴 채 독자에게 그 의도가 읽혀지기를 기다리는 완결된 작품으로서가 아니라 저자와 독자 그 누구의 소유도 아닌 제3의 것으로, 모두에 의해 지속되는 '글쓰기'로서만 존재하는 것이다. 요컨대 모더니즘 문학에서는, 문학 작품에 대한 일반적인 독서법의 모델 즉, "예술가저자의 지식 혹은 영감을 관객독자에게 전수하는 것"으로 작품을 이해하는 모델에 대한 부정이 모든 것의 출발점을 이루는 것이다.[17] 그리고 이로부터 우리는 모더니즘 문학의 근대세계에 대한 근본적 내재성을 도출할 수 있다. 저자 혹은 독자 어느 편에도 완전히 귀속되지 않는 문학 작품의 의미는 결국, 작품을 둘러싼 글쓰기 행위가 발생하고 있는 세계 속에, 그리고 그 세계의 구조와 경계가 끊임없이 다시 설정되는 시간 가운데 존재하는 것이다. 이러한 글쓰기 과정에서, 작품은 그 저자에도 독자에도 환원되지 않는, 자신만의 제3의 삶을 사는 것이다. 따라서 모더니즘적 글쓰기는 곧 문학 작품이 '인쇄물'이라는 자신만의 신체를 가지고서 근대세계를 사는 삶과 등치된다.

"문학"이 되지 못한 "소설"로 규정된 「날개」는 이런 점에서 보면, 모더니티를 향한 영원한 과정으로서의 글쓰기로 읽어야 함을 알 수 있다.[18] 그리고 이 글쓰

---

17 Jacques Rancière, trans. Gregory Elliott, *The Emancipated Spectator*, London : Verso, 2011, p.14.

18 김미영은 「날개」를 분석한 결론으로 이상(李箱)의 "문학은 이렇게 기성문단의 '외부'란 존재를 가시화함으로써 기존 장이 제시한 논의가 세계와 인간에 대한 하나의 관점이나 해석에 불과함을 시위하고 있"다고 한 바 있다. 김미영, 「미국영화 「날개(Wings)」를 패러디한 이상의 소설 「날개」 고찰」, 『한국현대문학연구』 38, 2012, 206면. 즉 김미영은 저자가 문학 작품을 통해서 자신의 의도를 전달한다는, 제도화된 모더니즘 해석법으로는 이상 문학의 의의를 간파할 수 없으며, 모더니즘이라는 개념 자체를 '제도화된 문학'에 대한 저항적 퍼포먼스로서 파악하는 포스트모더니즘

기는 이상이라는 특정 개인이 의도적으로 수행함으로써 완결되는 것이 아니라, (3)에서 드러나듯, 최재서 같은 독자들이 「날개」를 글쓰기가 아닌 문학 작품으로 읽음으로써 영원히 지속되는 것이다. 최재서는 「날개」의 현대성을 십분 인정하고도 거기에 현대성을 넘어서는 미래성이 없음을 아쉬워했다. 최재서는 「날개」를 현단계 '인간 예지의 최고봉'으로 보지만 '현재'를 넘어서 '피안彼岸, 혹은 미래'으로 우리를 안내할, 작가 이상만의 '모럴'이 없음을 지적한 것이다.[19] 독자로서 최재서는 저자 이상이 재현한 근대세계의 현재상을 인식하면서 동시에 그 인식의 한계 지점에서 현재를 초월하는 미래상을 읽어내고자 했다. 즉 최재서는 「날개」로부터 「날개」의 세계 내재성을 초월하는 영역을 그 저자 이상의 정신으로부터 읽어내고자 한 셈이나, 이는 결국 실패하고 말 시도였다. 그러나 이 해석 과정에서 「날개」는, 현세계의 한계까지 나아갔으며 그리하여 다시 쓰여야 하는 작품임이 드러나게 되고 결국 무한히 지속되는 글쓰기 과정 속으로 밀려들어간다.

최재서의 이런 평가를 읽은 후 이상은, 위의 인용 (3)에서 드러난바, 문학이 영원한 과정으로 존재치 않고 그 안에 특정한 목표를 지향할 경우 "문학"이 아니라 "영원한 대중 문예"에 그치게 됨을 지적하고 있다. 이전까지 「날개」를 "우습"게 여겼던 이상은 「날개」의 "문학"으로서의 속성을 옹호하는 한편 문학의 미달태로서 "소설"을 규정하는 것이다. 최재서가 요구하는바, 근대세계에 대한 초월성이 작품에 드러난다면 이는, 이상이 보기에는 "문학이 아니라" "영원한

적 해석학의 맥락에서 이상 작품을 읽어야 함을 주장하고 있는 셈이다. 이는 김윤식이 이상에게 "문학"이란 "글쓰기 행위, 미술 그리기 행위, 온몸으로 살면서 이것저것 저지르는 행위"를 동시적으로 의미하며 "이 셋은 삼위일체이지 각각 분리되는 것이 아니었다"고 한 지적과도 상통한다. 김윤식, 「서울과 동경 사이」, 『이상 연구』, 문학사상사, 1987, 163면. 본서의 3장 2절은 「오감도 시 제1호」를 중심으로 한 이상의 글쓰기를, 아방가르드론의 관점에서 문학 작품과 현실 사이의 경계를 붕괴시키는 퍼포먼스로 분석한다.

19 최재서, 「「천변풍경」과 「날개」에 관하여」, 112~113면.

대중 문예"에 그치고 마는 것이다. 그런데 이상은 이 지점에서 자신의 앞으로의 진로를 다음과 같이 밝히는 아이러닉한 태도를 취한다. 그는 자기 안에 "19세기의 엄숙한 도덕성의 피가 위협하듯이 흐르고 있"음을 느끼면서 "차라리 그래서 철저히 소설을 쓸 결심"한다. 이 지점에서 이상은 20세기적 / 현대적 문학의 이상을 현대 가운데 실현하기 위해서는 오히려 문학의 미달태로서의 소설을, 어떤 '문학적' 가면도 쓰지 않은 채 그대로 쓰는 수행만이 가능함을 암시하고 있는 것이다. 이상李箱 모더니즘의 이상理想으로서 존재하는 "문학"은, 이 맥락에서는 당대적 삶 속에는 존재하지 않는 것이라는 점에서 모더니즘에 역행하는 것이 되고, 오히려 「날개」와 같은 "소설"이 모더니티를 지향하는 당대인들^{완전히} ^{20세기 사람}들이 쓸 수 있는 유일한 글이라는 점에서 모더니즘을 충족시키는 것이 된다.

「날개」의 "문학"성, 즉 문학 작품으로서의 완결성은 "문학"에 도달하려 했으나 결국 실패한 흔적으로서만 확인될 뿐이며, 그러한 흔적 남기기는 "소설"로서 「날개」를 쓴 작가의 의도가 독자에게 전달되지 못하고 실패했을 때에만 추적 가능해진다.[20] 이 이중二重의 실패는 '우스운 소설' 「날개」를 "20세기" "문학"으로 무의식중에 격상시키고 있는 이상의 (3)에서의 코멘트를 통하여 적실히 성공했음을 확인할 수 있다. 최재서의 「날개」론에 대한 반박을 담고 있는 (3)에서 이상은, 20세기 문학을 추구하지만 동시에 그 목표 도달의 근본적 불가능

---

20 이상의 「지도의 암실」에 대한 분석에서 조연정은, 이상 문학의 의미란 "작가의 고정된 인식"에 있지 않고 "언어의 지시 체계 자체에 대한 해체적 인식을 보여주는 것"에 있다고 지적한 바 있다. 즉 이상 작품 해석은 "이제까지 축적되어온 무수한 주석들이 오류일 가능성을 언제나 열어둔 채로, 그것들을 해체해 나가는 과정을 되밟"는, 끝없는 다시 읽기(쓰기)의 과정이며 그런 점에서 읽은 「지도의 암실」은 "독서 불가능성"을 "말그대로 몸소 보여주"는 수행에 해당한다고 결론 내린다. 조연정, 「'독서 불가능성'에 대한 실험으로서의 「지도의 암실」」, 『한국현대문학연구』 32, 2010, 194~195면. 조연정이 지적한 바 이상 문학의 의의로서의 '독서 불가능성'의 실험이란 결국, 끝없는 해석의 연쇄가 형성하는 "사회적 혹은 심리적 세계" 속에서 작품이 직접적으로 개입해 들어가 스스로의 독자적 삶을 사는 것을 의미한다고 할 수 있다.

성을 자각하면서, 19세기 소설로서의 「날개」가 그러한 불가능성에 대한 근본적 철저성을 고수했다는 점에서 성공했음을 무의식중에 / 비주체적으로 인정하고 있는 것이다. 이때 「날개」는 그 저자 이상의 문학 작품 창조의 실패와 그 독자 최재서의 소설로서의 해석 실패 사이에서 자기 자신만의 삶의 영역을 확보한다. 즉 「날개」는 그 저자도 독자도 성취하지 못한, 근대세계에 대한 내재성을 획득하고 있는 셈이다. 이런 점에서 보면 「날개」는, 그것이 탄생한 시점의 세계에 대한 이차적 재현물로서 존재하는 것이 아니라, 철저히 세계 내재적인 삶을 살고 있는 하나의 신체이다.

「날개」에 대한 최재서의 비평과 그에 대한 이상의 반응 가운데서 도출되는, 이상 특유의 '소설' 개념은 「날개」의 저자 이상의 자기 예술에 대한 미학적 자의식이라는 틀로는 포착되지 않는다. 위에서 분석했듯, 이상의 '소설' 개념은 예술가가 근대세계에 대하여 자율적 주체성을 추구하는 과정에서 획득되는 것이 아니라, 그러한 추구의 실패가 저자와 독자에 의해 무의식적으로 / 비주체적으로 인정될 때에만 가능하다는 역설을 핵으로 한다. 이 지점에 주목한다면 모더니즘 작품으로서 「날개」는 근대세계에 대하여 미학적 자율성을 지닌다는 점에서(혹은 그러한 자율성을 추구하는 주체적 정신의 산물로서) 그 의의가 있는 것이 아니라 근대세계에 내재적인 물질성의 차원에서(혹은 자율성 추구의 실패를 철저히 비주체적 방식으로 수용하는 개별 인간 곁에서 별도의 삶을 살고 있는 짝패 같은 것으로서) 그 의의가 있음이 드러난다. 따라서 「날개」에 대한 모더니즘적으로 가장 적절한 비평 방식은 그것을 작품으로서 해석하는 과정을 그 해석 과정을 산출한 근대세계의 문화적 환경 속으로 방기해 버리는 방법론일 수밖에 없다.

본장의 '인쇄물'로서의 모더니즘 문학 작품이라는 테제는 이러한 맥락에서 고안된 것이다. 이 개념은 모더니즘으로부터 예술가적 자율성의 정화精華를 봄으로써 결국 근대세계로부터 모더니즘을 구출하고 그리하여 모더니즘의 근대 대중문화mass culture와의 양가적 관계성을 일면적으로밖에 파악하지 못하도록 하는 기존의 모더니즘 문학론을 극복하고자 하는 의도에서 나온 것이다. 20세기 초 문화사에서 모더니즘 예술은 대중사회의 출현에 대한 반발에서 출발하지만, 제2차 세계대전 후의 모더니즘 재부흥과 포스트모더니즘 부상 가운데서 대중성을 띠게 된다. 이는 20세기 초의 모더니즘이 지닌 역설적 대중성의 결과이며, 따라서 모더니즘을 그것을 산출한 문화적 환경의 한 부분으로 보아야 할 필요성이, "모더니즘의 [예술가적 자의식이라는 사적인 면이 아니라] 공적인 면"을 보아야 할 필요성이 도출되는 것이다.[21]

이러한 문제 의식하에서 본장은, 우선 1절에서 「날개」의 당대 문화적 콘텍스트를 검토하였고 그에 이어진 2절에서는 「날개」가 그 콘텍스트에 어떻게 직접적으로 개입하여 그것을 변형시켰는지를 드러내었다. 「날개」를 모더니즘 문학작품으로 칭할 수 있다면 그것은 그 저자나 독자의 주체적 의도가 「날개」의 의미를 규정하기 때문이 아니라 양자의 의도로는 환원되지 않는 「날개」 그 자체만의 차원을 끝내 고수하기 때문이다. 이 차원을 저자 이상의 용어를 빌려 '소설'로 칭하였지만 '소설'의 의미 규정이 완결되어 버렸다고 볼 수는 없다. 다시말해 「날개」의 '소설'성은 그 저자의 미학적 주체성으로 환원되지 않는 것이다. 이는 이상의 「날개」의 '소설'성에 대한 인정이 「날개」의 독자 최재서에 대한 비판 가운데서 비주체적으로 이뤄졌다는 점을 통하여 증명된다. 이는 저자와 독자라는 인간 주체들과는 유리된, 「날개」만의 인쇄물로서의 삶의 차원을 분명히 가리킨다.

---

21 제2차 세계대전 이후 본격화된 20세기 초 모더니즘 문학에 대한 연구는 미학적 자율성에 초점을 맞춘 연구가 주류를 이루었으나, 1980년대 이후 포스트모더니즘의 부상 가운데 모더니즘이 대중문화의 내부로 영토화되는 현상이 나타나면서, 20세기 초 모더니즘이 당대의 대중사회와 어떻게 적극적으로 또 무의식적으로 소통하면서 자기를 정위하여갔는지에 초점을 맞추는 방향으로 변모한다. 이에 대해서는 Mark S. Morrison, *The Public Face of Modernism : Little Magazines, Audiences, and Reception 1905-1920*, Madison : University of Wisconsin Press, 2000, pp.5~11 참조.

그렇다면 이 지점에서 이제 이어져야 할 논의는, 「날개」의 '소설'성을 확인하기 위하여 모더니즘 문학에 대한 현시점의 일반적 독법을 시도하면서 그 독법의 실패를 수행하는 것이다. 실패가 분명히 예정되어 있는 해석을 성공적으로 수행하는 모순 가운데 「날개」의 인쇄물로서의 삶은, 혹은 어떠한 최종적 의미 규정도 거부하는 그것 특유의 물질성은, 그 해석 행위를 통하여 현재 가운데 재활성화될 터이다. 요컨대 「날개」는 작가 이상의 의도도 최재서 같은 독자의 의도도 관여할 수 없는 차원에 존재하지만, 동시에 그 실존은 오직 각각 실패하는 작가와 독자 양자 사이에서만 확인할 수 있다. 그리고 그 두 실패들은 「날개」가 없었더라면 애초에 일어날 수 없는 사건이며, 실패를 겪는 두 주체는 「날개」의 "문학"적 성공을 완전히 보증한다. 「날개」는 따라서, 이상과 최재서가 살고 있는, "자기에 대해 말하고 있지 않은 체하면서 정작 자기에 대해 말하고 있는 사회적 혹은 심리적 세계"와 직접적immanent으로 연관되며 그 세계 내에서 자기만의 삶을 산다.[22] 이런 맥락에서 「날개」가 작품이 아닌 인쇄물, 즉 그것이 나온 세계에 대한 추상적 재현의 결과물이 아닌 세계 내에서 물질적 삶을 산 신체라는 사실을 유념하면서 그 해석을 시도해 보고자 한다.[23] 「날개」가 세계 내재적 immanent으로 산 삶은, 「날개」의 의미를 근대 세계의 충실한 재현 혹은 그에 대

---

22 Pierre Bourdieu, trans. Susan Emanuel, "Flaubert, Analyst of Flaubert : A Reading of *Sentimental Education*", *The Rules of Art : Genesis and Structure of the Literary Field*, Stanford : Stanford University Press, 1996, p.3.

23 모더니즘 작품은 그것이 지향하는 모더니티의 비결정성에 의해 본질적으로 규정되는데, 이는 모더니즘 문학의 작가라면 자기 작품을 해석학적 환원불가능성이 실현되는 장으로 남겨두어야 함을 의미한다. 여기에는 모더니즘 작가란 세계의 외부에서 모더니티를 재현하는 자가 아니라 모더니즘적 행위로 근대세계를 무한히 확장하는 자임이 함축되어 있다. 이를 애런 재프는 "모더니즘적 자기생성 (modernist self-fashioning)"이라고 명명하며 이는 모더니즘 작품 자체가 아니라 그 작가가 자기에게 "작가성(authorship)"을 부여하는 장으로서, 작품 아닌 "다른 것들 읽기(reading other things)"를 통해 파악할 수 있다고 한 바 있다. Aaron Jaffe, *Modernism and the Culture of Celebrity*, Cambridge : Cambridge University Press, 2005, pp.6~9. 본장이 「날개」를 물질적 인쇄물로서 보는 것이, 그리고 그러한 인쇄물로서의 「날개」가 근대세계 속에서 살아간 자신만의 삶을 보는 것이, 「날개」의 모더니즘을 파악하는 중요한 방법이 됨을 주장하는 것은 이러한 맥락에서이다.

한 비판으로 읽어내는 모든 시도들의 실패 속에서제3절, 그리고 나아가 「날개」가 그 실패들 사이의 공간에 스스로를 위치시키는 전략 속에서제4절 증명될 것이다.

3. 「날개」의 잔혹한 낙관주의－외제적 해석의 불가능성

「날개」의 도입부에서 주인공 '나'의 삶은, "33번지"의 "18 가구" 중 "일곱째 칸"의 방, 그 중에서도 "해가 영영 들지 않는 윗방"198~199면[24]에 철저히 한정되어 있다. 가끔 아랫방으로 가서 아내의 물건들을 가지고 장난을 쳐보기도 하지만 이는 일시적 일탈에 불과하다. 또 이불 속에서 "아무 제목으로나 제목을 골라서 연구하"200면기도 하지만 그것은 어떤 실질적인 성과도 남기지 못한 채 "내 방에 담겨서 철철 넘치는 그 흐늑흐늑한 공기에 다 비누처럼 풀어져서 온데 간 데가 없"200면어져 버리는 것이다. "윗방"에 국한된 삶을 자기의 전부로 받아들이는 '나'의 태도는 심지어 "이런 방을 위하여 이 세상에 태어난 것만 같아서 즐거"198면운 느낌마저 들 정도로 심화되며 자기의 현 상황을 "절대적인 상태"199면로 기술하는 데까지 이른다.

나는 그러나 그런 이불 속의 사색생활에서도 적극적인 것을 궁리하는 법이 없다. 내게는 그럴 필요가 대체 없었다. 만일 내가 그런 좀 적극적인 것을 궁리해내었을 경우에 나는 반드시 내 아내와 의논하여야 할 것이고 그러면 반드시 나는 아내에게 꾸지람을 들을 것이고 ― 나는 꾸지람이 무서웠다는 이보다도 성가셨다. 내가 제법 한 사람의 사회인의 자격으로 일을 해보는 것도, 아내에게 사설 듣는 것도,

---

24 이상, 「날개」, 『조광』 1936.9, 198~199면. 이하 여기서 인용하는 경우 본문 안에 페이지 번호만 적는다. 현행 맞춤법에 의거하여 원문을 수정하여 인용하되, 필요한 경우에는 원문을 그대로 따른다.

나는 가장 게으른 동물처럼 게으른 것이 좋았다. 될 수만 있으면 이 무의미한 인간의 탈을 벗어버리고도 싶었다.

나에게는 인간사회가 스스로웠다. 생활이 스스로웠다. 모두가 서먹서먹할 뿐이었다. 200~201면

위 인용에서 우선 주목할 것은 "인간 사회"를 대하는 '나'의 감정이 "스스로"움, "서먹서먹"함으로 나타난다는 점이다. 이미 "윗방"에서 "절대적인 상태"를 누리고 있는 '나'에게, 바깥 세계인 "사회"란 순수한 "무의미"일 뿐이며, '내'가 '나'이기 위해서는 도리어 "벗어버"려야 할 거추장스러운 "탈" 같은 것에 불과하다. 요컨대 '나'는 "이 세상에 태어난" 이유를 이미 다 알고 그에 충실한 삶, 즉 자기 존재의 본질을 실현하는 삶을 이미 살고 있다. 하지만 이때 유의할 점은, 이러한 "절대적인 내 방"199면이 사실은 아내의 "아랫방"에 대하여 '상대적으로만' 존재할 수 있다는 점이다. "무의미한 인간의 탈을 벗어버리고" 싶으며, 게으를 수 있는 최대치로 게으름을 피우는 것을 좋아하는 '나'의 삶이 지속될 수 있으려면, "성가시"게도 '나'를 "꾸지람"하는 아내가 '내' 방의 아랫방에 살고 있어야 하는 것이다. '나'의 백치와도 같은 철저한 수동성은 '내'가 "적극적인 것을 궁리해 내었을 경우" 필연적으로 '나'를 "꾸지람"할, '나' 아닌 타자, '아내'가 있어야만, '나'의 본질일 수 있다.

'나'와 아내 관계의 이러한 역학은 순수한 정신과 세속적 물질성의 대립으로 손쉽게 환원되지 않는다. 혹은 '나'의 개인적 욕망이 아내로 대표되는 사회적 법의 작용에 의해 방해받는다는 식으로 해석하는 것 역시 타당하지 않은 듯하다. '나'의 "절대적인 상태"는 아내에 의해 위협받는 것이 아니라 애초에 아내에 의해서만 가능하기 때문이다. 만약 아내가 없다면 '나'는 '내'가 누리는 즐거움이 "절대적"임을 애초에 인식할 수조차 없었을 것이다. 아내는 '내' 삶과 내

용content적으로 대립하지 않고 '내' 삶이라는 내용이 지속될 수 있게 그 틀을 잡아주는 형식form의 원천이 된다. '나'의 현 상황이 '나'의 전부일 수 있게끔 해주는 것이 아내의 존재이며, 뒤집어 말하자면, 현재 상태에 '내'가 고착되어 있도록 아내가 강제하기 때문에 '나'는 윗방에 유폐된 채 누리는 즐거움을 '절대적'이라고 느낄 수 있는 것이다. '내'가 "이 방이 가운데 장지로 말미암아 두 칸으로 나뉘어 있었다는 그것이 내 운명의 상징"199면이라고 하는 것은 바로 이러한 맥락에서만 이해될 수 있다.

'나'의 운명은 따라서 비극적tragic이기보다는 잔혹하다cruel고 규정할 수 있다. 왜냐면 '나'의 삶을 가능케 하는 유일한 조건이 사실 나의 행복을 근본적으로 위협하지만, 내가 내 운명을 실현하며 내 삶의 이유를 실천하며 살기 위해서는 그것을 지속적으로 추구할 수밖에 없기 때문이다. 간단히 말해 '나'는 현 상황을 벗어날 가능성을 아내로부터 끊임없이 금지당해야만 현 상황을 절대적으로 유지할 수 있게 된다. 따라서 '나'는 자기를 위해서, 아내에 의한 자기만의 것의 금지를 추구해야만 하는 것이다. 자기가 이미 처해 있는 조건임에도 불구하고 거기에 처하기를 끊임없이 욕망하는 상태란, 어떤 해결이나 종결의 가능성도 없는 현재의 불행을 끝없이 추구하는 것에서 절대적 행복을 추구해야 한다는 점에서 잔혹하다고 규정된다. 만약 내 욕망의 대상이 나의 삶과는 너무 이질적이어서 내 것이 될 가능성이 전혀 없는데도 내가 그것을 추구한다면 그것이야말로 순수히 비극적인 상황일 것이다.[25] '내'가 윗방에서의 나의 삶을 "행복이니 불행이니 하는 그런 세속적인 계산을 떠난"199면 상태라고 하고 그 상태를 한없이 즐기는 것은, 욕망 충족으로서의 행복 대對 욕망 좌절로서의 불행과 같은 이분법으로는 이해할 수 없는, 잔혹한 상황 속에서 삶의 궁극적 의미를 찾는

---

25 Lauren Berlant, "Cruel Optimism", eds. Melissa Gregg and Gregory J. Seigworth, *The Affect Theory Reader,* Durham : Duke University Press, 2010, p.94.

낙관주의, 잔혹한 낙관주의cruel optimism가 표명된 것이라 할 수 있다.

'나'와 아내의 관계를, 잔혹한 낙관주의로 규정한다는 것은 다음과 같은 의미를 갖는다. 양자의 관계를, '욕망의 주체인 나'와 '가지려 하나 영원히 가질 수 없는 대상'의 관계가 아니라, '나의 삶'과 '그것에 지속성을 부여하는 형식' 사이의 관계로 보는 것이다. 이는 '나' 대 아내, 정신 대 물질, 개인 대 사회, 욕망 대 법으로 이어지는 일련의 이분법을 통해 「날개」를 읽을 때는 드러나지 않는 「날개」의 층위, 즉 「날개」가 근대 자본주의 현실과 직접적으로 연관되는 층위를 드러낸다. 이 층위에 주목할 때 「날개」의 주인공 '나'가 돈을 대하는 다분히 역설적인 태도를 이해해 볼 수 있는 길이 열린다. '나'는 돈을 전혀 사용할 줄 모르는 것처럼 보이지만201~204면, 자신의 궁극적 욕망의 대상(처럼 보이는) 아내와의 하룻밤을 돈을 주고 구매하는 장면에서 보듯, 돈의 정확한 사용법을 아는 것[26]처럼 보이기도 한다206~207면. 곧 이어 '나'는 아내에게 돈을 써버린 것을 후회하면서 "하늘에서 얼마라도 좋으니 왜 지폐가 소낙비처럼 퍼붓지 않나"209면고 하는데 이는 자본주의 체제에서는 돈으로 살 수 있는 욕망의 대상보다도 아직 쓰지 않은 돈이 더 가치 있는 것이라는 점을 '내'가 정확히 알고 있음을 드러내는 부분이기도 한 것이다.

앞 절에서 지적한바, 모더니티는 주체에 대하여 물질적 외부성으로 존재하지 않으며 주체의 세계에 대한 내재성을 전제로 할 때에만 성립하는 개념이다. 주체가 자기 지성을 작동시킴으로써 자기 세계를 객관적으로 인식하여 진실에 도달한다는 이념 자체가 불가능한 세계가 근대 세계인 것이다. 근대 자본주의 현실이란, 진실에 닿을 가능성을 지닌, 세계와 객관적 거리를 취하는 주체성 대[對] 주체적 지성의 작용을 방해하는 세계의 물질성이라는 틀로 짜이지 않았다. 그

---

26 송민호, 「이상 문학에 나타난 '화폐'와 글쓰기」, 『한국학보』 28-2, 2002, 145면.

것은 "우리가 위험을 감수하고서 무시해 버리는 사회적 현실"[27]로서 존재하는데, 이 말은 방금 제시한 저 상식적인 틀 자체가 우리가 자기의 주체성을 유지하기 위해 고안한 환영이며, 나아가서는 그러한 환영의 지속성과 나의 주체성을 등치시키는 것 자체가 근대 자본주의의 현실에 해당한다는 말이다. "이 자본주의의 현실은 그런 점에서 [속류 유물론의 관점에서 보듯 물질적 토대 이외의 모든 것을 이데올로기적 허위로 돌린다는 점에서] 진실하지도 않고 [속류 이데올로기 비판론의 관점에서 보듯 소외와 착취라는 반인간주의적 현실 인식을 방해한다는 점에서] 거짓도 아니며 [우리가 살고 있는 세계가 우리의 세계일 수 있도록 한다는 점에서] 다만 현실적일 뿐이다."[28]

「날개」의 '나'는 아내의 손님들이 아내에게 주고, 다시 아내가 나에게 주곤 하는 돈의 의미를 모른다. 아내가 '내'게 준 "오십 전짜리 은화"를 받고 '나'는 "그것이 좋"다고 느끼지만 "그것을 무엇에 써야 옳을지 모"201면른다. 심지어 '나'는 "그것이 좋"다는 느낌마저 "다만 고것이 내 손가락에 닿는 순간에서부터 고 벙어리 주둥이에서 자취를 감추기까지의 하잘것없는 짧은 촉각이 좋았달 뿐이지 그 이상 아무 기쁨도 없다"203면고 한다. 첫 번째 외출에서, '나'는 "은화를 지폐로 바꾸"어 "5원이나 되"는 돈을 쥔 채로 거리로 나서지만 "그것을 주머니에 넣고" "목적을 잃어버리기 위하여 얼마든지 거리를 쏘다"닐 뿐 "돈은 물론 한 푼도 쓰지 않"으며 "벌써 돈을 쓰는 기능을 완전히 상실한 것 같"204면다고 느끼기까지 한다. 이는 '내'가 화폐와 상품을 교환한다는 지극히 기초적인 자본주의 현실의 원리에 무지하다는 점, 다시 말해 그러한 교환을 통해 내 소유가 된 상품이 내 삶의 "목적"임을 모르는 주체라는 점을 드러낸다.

그러나 '나'의 이러한 면모를, 자본주의 현실에 대한 저항이나 그 질서에 대

---

27 Fredric Jameson, "The Play of Categories", *Representing Capital : A Reading of Volume One*, London : Verso, 2011, p.26.

28 Ibid., p.26. 괄호 안의 첨언은 필자.

한 역행으로 이해할 수는 없다. 그 현실은 화폐-상품의 교환이 주체적 행위가 아니고 또 내가 소유한 상품이 내 주체성의 본질이 아님을 전제하고, 그러한 행위는 나의 진실한 주체성을 회복하는 데 오히려 방해가 되는 것이기에 철저히 무의미하며 그렇기 때문에 그 행위를 무한히 반복할 수 있도록 만드는 형식이기 때문이다.[29] 유의할 점은, 사실 자본주의 현실에서는 교환 행위 이외의 어떤 것도 불가능하기 때문에, 오직 교환을 통해 내 삶을 형식적으로만 지속한다고 여기면서 무언가 내용이 있는 것은 따로 추구해야 한다는 점이다. 또 문제는 그 내용이 있는 '무언가'가 교환 질서 바깥에 있다고 여기는 것 자체가 역설적으로 자본주의 현실을 나의 유일한 세계로 만들어 버린다는 점이다. 즉 돈의 용법을 전혀 모르는 것을 본질로 하는 '나'의 모습이야말로 역설적으로 교환가치만이 통용되는 근대 자본주의 현실을 영속화하는 데 핵심적인 것이다.

따라서 '나'의 "돈을 쓰는 기능을 완전히 상실한" 면모란, 교환 행위를 완전히 비주체적인 행위로 돌리면서 교환 질서 외부를 지향하는 면모라기보다는, 교환 행위의 무의미성이 '나'에게 육화된 면모로 보아야 한다. 즉 '나'는 교환 행위에 나의 내용 전체를 철저히 의탁한 나머지 자본주의 현실이 내 삶에 부여한 지속성의 형식을 나의 내용으로 전도시켜 버린 것이다.[30] 상품의 무내용성이 나의

---

29 발터 벤야민, 「보들레르 작품에 나타난 제2제정기의 파리」, 김영옥·황현산 역, 『발터 벤야민 선집』 4, 길, 2010, 108면. 여기서 벤야민은 마르크스가 언급한 "상품의 영혼"에 대해 그것은 "영혼의 왕국에서 만날 수 있는 모든 영혼들 중에서도 가장 민감한 영혼일 것"이라고 설명한다. "왜냐면 이 영혼은 모든 사람에게서 그 손과 집에 밀착하고 싶은 구매자를 발견하기 때문이다." 이 글의 맥락에서 보면, 상품의 영혼이란 다음과 같은 상황을 가리킨다고 할 수 있다. 즉 화폐와 교환하여 상품을 소유하게 된 구매자는 상품의 물질적 가치(예컨대 배를 채워주고 몸을 가려주는 등 생존에 도움이 되는 가치)를 소유하는 것이 아니라, 그러한 자기의 물리적 생명을 넘어 불멸하는 영혼을 소유하게 된다. 그러나 이는 구매자가 상품의 영혼을 자기 것으로 만드는 아니라 구매자 자체가 "모든 사람에게서 그 손과 집에 밀착하고 싶은 구매자를 발견하"는 "상품의 영혼"이 되어버리는 것을 의미한다. 즉 상품은 세계를 이루는 "모든 사람"을 '자기에 관해서만 의미를 갖는' "구매자"로 만들어 버림으로써, 자기의 세계 내에서의 불멸을 확보하며, 구매자들의 삶이 영원히 지속될 수 있도록 만드는 형식으로서의 "영혼"이 되는 것이다.

30 김예리는 이상 시에서 "거울"의 의미를 분석한 바 있는데, 거울에 비친 상(像)을 기표로 그 상이

삶을 지속시키는 형식의 원천이 되지만 나는 그 지속성 자체를 내 삶의 "목적"으로 해버렸기 때문에, "목적을 잃어버리기 위하여 얼마든지 거리를 쏘다"닐 수 있게 된다. 그러나 거기에는 어떤 의미도 없는 쏘다님 자체만이 남을 뿐이며 따라서 "나는 금시에 피곤하여 버"204면리고 마는 것이다.

한 시간 동안을 나는 이렇게 초조하게 굴지 않으면 안 되었다. 나는 이불을 획제쳐버리고 일어나서 장지를 열고 아내 방으로 비철비철 달려갔던 것이다. 내게는 거의 의식이라는 것이 없었다. 나는 아내 이불 위에 엎드러지면서 바지 포켓 속에서 그 돈 오프원을 꺼내 아내 손에 쥐어준 것을 간신히 기억할 뿐이다.

이튿날 잠이 깨었을 때 나는 내 아내 방 아내 이불 속에 있었다. 이것이 이 삼십삼드十三번지에서 살기 시작한 이래 내가 아내 방에서 잔 맨처음이었다.206면

정신이 한결 난다. 나는 지난밤 일을 생각해 보았다. 그 돈 오프원을 아내 손에 쥐어주고 넘겨졌을 때에 느낄 수 있었던 쾌감을 나는 무엇이라고 설명할 수가 없었다. 그렇나 내객들이 내 아내에게 돈 놓고 가는 심치며 내 아내가 내게 돈 놓고 가는 심리의 비밀을 나는 알아내인 것 같아서 여간 즐거운 것이 아니다. 나는 속으로 빙그레 웃어보았다. 이런 것을 모르고 오늘까지 지내온 내 자신이 어떻게 우스꽝스러워 보이는지 몰랐다. 나는 어깨춤이 났다.207~208면

첫 번째 외출에서 돌아온 '나'는 "윗방"에서 벗어나 "거의 의식이라는 것이

지시하는 바를 기의로 볼 수 있다면, 이상 시에서는 기표와 기의 사이의 대응 관계가 아니라 기표를 실어 나르고 있는 "거울─표면의 물질화"가 부각된다는 점에 주목한다. "재현될 수 없고, 상징화될 수 없는 공백으로서의 거울─표면"이 "이상 텍스트를 구성하고 구현하는 지점"이라는 김예리의 관점은, 이상의 「날개」에 나오는 '교환성에 의한 주체성의 완전한 대체'로부터 「날개」라는 텍스트 자체의 생성 원리를 읽어내는 본장의 입장과 상통하고 있다. 김예리, 「이상 시의 공백으로서의 '거울'과 지도적(地圖的) 글쓰기의 상상력」, 『한국현대문학연구』 25, 2008, 116~117면.

없"는 채로 아내가 있는 아랫방으로 건너간다. 그리고 여태 자기는 쓸 줄 모르는 것이라 했던 "돈 5원을 꺼내 아내 손에 쥐어 주"고는 "무엇이라고 설명할 수가 없"는 "쾌감"을 느낀다. 그리고 이 "쾌감"은 "내객들이 내 아내에게 돈 놓고 가는 심리며 내 아내가 내게 돈 놓고 가는 심리"와 같은 것임을 깨닫고 "즐거운" 감정을 느낀다. 이 감정의 강렬함은 여태까지 윗방만을 자기의 절대 공간으로 여기고 돈 쓰는 법을 모르는 자신에 만족했던 "내 자신"을 "우스꽝스러워 보이"게 만들기까지 한다.

이 장면은 '나'의 잔혹한 낙관주의를 여실히 증명하는 한편 '나'의 수동성이 사실은 '능동적 수동성'임을 드러낸다는 점에서 주목을 요한다. 위에서 분석했듯 '내'가 윗방에 유폐된 삶을 "절대적 상태"로 여길 수 있었던 것은 윗방을 내 전체의 내용으로, 그 외부를 내 삶이 윗방에만 머무르도록 하는 지속성의 형식으로 삼았기 때문이다. 그러나 '내'가 윗방의 절대성을 온전히 받아들인다는 사실에는 이미 그 외부의 형식성을 순전히 형식적인 것으로만 받아들이지 않고 내 삶의 내용으로 받아들였다는 사실이 함축되어 있다. 이것이 바로 돈을 쓸 줄 모르면서도 거리에 나서서는 즉각 극단적 피로감에 빠져드는 '나'의 모습이 의미하는 바였다. '나'는 여기서는 한 걸음 더 나아가, 돈을 아주 적확하게 사용한다. 그는 무엇보다도 자기가 원하는 것, 자기의 궁극적 욕망의 대상인 아내와 화폐를 교환하는 것이다.

이 장면은 욕망의 주체인 '내'가 화폐와 대상으로서의 아내를 교환하는 것처럼 보이지만, 사실 '나'와 아내가, 나아가서는 아내에게 돈을 주는 내객들을 포함한 이 세계의 인간들 모두가, 상품화되고 또 상품의 유일한 본질인 자본의 양태으로 화하는 순간이다. '나'라는 인간의 내용은, 위에서 지적했듯, 이미 무한히 지속되는 교환이라는 형식이므로, '내'가 교환의 수단인 화폐를 아내와 교환하는 행위는, 아내를 그 수단을 통해 나만의 것으로 만들 목적으로 하는 행위가 아니라, 교환 자체에만 소용이 되는 것으로 '나'와 아내를 동시에 추락시키는 행위인 것이다. 그 결과 세계의 모든 것은 세계 내에서의 교환 자체로 모두 환원되어 버리고 교환에는 아무런 장애가 없어지며 그 교환의 무한한 횟수를 포착하는 자본의 총량 역시 무한해진다.

'내'가 돈을 건내고 아내를 소유하게 되는 것은 인간의 상품화를 의미하지만 이는 자본주의 현실의 비인간성에 맞서 인간의 귀환을 도모해서는 안 된다는 점을 암시하는 장면이다. 인간(성)만은 돈으로 살 수 없다는 테제는 자본주의에 대한 저항의 근거가 되는 것이 아니라 역으로 자본주의의 영속성의 근거가 된다. 인간 주체로서 자본주의 현실 속에서 자기의 본질을 실현하는 길은 그 현실 너머에서만 가능하다면, 자본주의의 현재적 현실성을 변화시킬 여지는 사라져 버리기 때문이다. 「날개」의 '나'는 자본주의 현실에 맞서 나라는 인간의 영원한 본질, 나만의 내용을 찾지 않고 나의 전체를 그 현실에 철저히 내재적인 것으로 승인한다.[31] 그 순간 세계의 모든 것이 교환 자체로 화하고 나는 모두와 하나가 되는 기쁨을 누리는 것이다. 이런 점에서 '나'의 철저한 수동성은 사실은 세계의 본질을 적극적으로 실현시키는 능동성을 본질로 하는 수동성이며, 이런 점에서 '능동적 수동성'으로 불릴 수 있는 것이다. '내'가 아내에게 돈을 주고 아내와 잠을 잔 후 누리는 기쁨은 "보다 큰 완전성으로의 이행, 행위 능력의 증가"[32]에 따른 필연적 감정이다.

그러나 이 기쁨은 일시적인 것에 그치는데, 왜냐면 '나'의 능동적 수동성이 본질상 여전히 수동적이기에 '나'의 "절대적 상태"에 균열을 가져오고 말 것이

---

31 이수정은 「날개」론에서 누가 누구를 가두는지도 알 수 없고 거기서 벗어나는 길도 알 수 없는 "'겹'으로 된 어항"이라는 이미지를 추출하고 거기서 "서로를 '돈'으로 가두는" 근대 자본주의적 질서의 절대성을 읽어낸 바 있다. 이수정, 「이상의 「날개」에 나타난 '어항'의 의미 연구」, 『한국현대문학연구』 15, 2004, 288면.

32 Gilles Deleuze, 박기순 역, 『스피노자의 철학』, 민음사, 2001, 79면.

기 때문이다. 「날개」의 마지막 장면은 이 균열을 보여주고 있으며 그 어떠한 봉합의 가능성도 없는 극단적 분열 상황 가운데 마무리된다.

> 우리 부부는 숙명적으로 발이 맞지 않는 절름발이인 것이다. 나나 아내나 제 거동에 로직을 붙일 필요는 없다. 변해할 필요도 없다. 사실은 사실대로 오해는 오해대로 그저 끝없이 발을 절뚝거리면서 세상을 걸어가면 되는 것이다. 그렇지 않을까?
>
> 그러나 나는 이 발길이 아내에게로 돌아가야 옳은가 이것만은 분간하기가 좀 어려웠다. 가야 하나? 그럼 어디로 가나?
>
> 이때 뚜ー하고 정오 사이렌이 울었다. 사람들은 모두 네 활개를 펴고 닭처럼 푸드덕거리는 것 같고 온갖 유리와 강철과 대리석과 지폐와 잉크가 부글부글 끓고 수선을 떨고 하는 것 같은 찰라, 그야말로 현란을 극한 정오다.
>
> 나는 불현듯이 겨드랑이가 가렵다. 아하 그것은 내 인공의 날개가 돋았던 자국이다. 오늘은 없는 이 날개, 머릿속에서는 희망과 야심의 말소된 페이지가 딕셔너리 넘어가듯 번뜩였다.
>
> 나는 걷던 걸음을 멈추고 그리고 어디 한번 이렇게 외쳐보고 싶었다.
>
> 날개야 다시 돋아라.
>
> 날자. 날자. 날자. 한번만 더 날자꾸나.
>
> 한번만 더 날아보자꾸나.214면

여기서 '나'와 아내의 관계는 "숙명적으로 발이 맞지 않는 절름발이"로 비유된다. 위에서 분석한바, '나'는 삶의 내용이며 '아내'는 내 삶에 지속성을 부여하는 형식이라는 점에서 본질상 둘은 서로 다르다. 동시에 양자는 자본주의 현실성 속에서 하나의 세계를 가득 채우고 있다는 점에서 한 몸을 이룬다. '내'가 그 세계를 나의 전체로 완전히 받아들였다고 해서, 즉 내 삶의 형식을 내용으로 전도시키는 데 성공했다고 해서, 형식의 형식성이 사라지는 것은 아니다. '나'와 아내가 자본주의 현실을 가득 채우는 교환 자체로 화했다고 해서, "로직을 붙일 필요"가 사라지는 것은 아니다. "제 거동에 로직을 붙일 필요는 없"다고 말하는 것 자체가 이미 그 "거동"이 "로직"에 어긋나는 것임을 함축하고 있는 것이다. 그렇기에 '나'와 아내는 "그저 끝없이 발을 절뚝거리면서 세상을 걸어가"야 하며, '나'는 자기의 수동성이 능동성에 이르지 못하고 능동적 수동성에 그치고 있음을 느끼면서 "그렇지 않을까?"라는 질문을 던질 수밖에 없는 것이다.

여기서 "날개"는 그러한 상황에서 벗어나고자 하는 희망의 은유라기보다는 그 상황에 대한 철저한 내재성의 회복을 꿈꾸는 소망을 의미한다. "날개"는 '내'가 살고 있는 이 "회탁의 거리"214면로부터 벗어나 날아오를 수 있는 수단, 혹은 "질풍신뢰의 속력으로 광대무변의 공간을 달리고 있"는 "부지런한 지구 위에서" "한시 바삐 내릴"203면 수 있게 해줄 수 있는 수단으로 생각될 수 있다.[33] 그러나 주목할 것은 이 '날개'는 "인공의 날개"이며 "오늘은 없"지만 이미 한 번 "돋았던 자국"이 있는 날개라는 점이다. 이 세계를 떠날 수 있는 수단은 이미 내게 주어졌지만 그것은 어떤 이유에선지 지금은 없으며 그것은 또한 나의 의지와는 상관없이 주어진 것이 아니라 내가 만들었던 "내 인공의 날개"이다.[34]

---

[33] 권희철은 「날개」의 마지막 장면에 나오는 '날개'를, "죽음과 같은 잠에서" "깨어나"기 위한 방법으로 해석한 바 있다. 즉 '날개'는 파편화된 근대 세계에서 완전히 잊혀버린 기원적 합일 상태에 대한 무의식적 그리움을 상징한다는 것이다. 권희철, 「신성한 결혼을 위한 연금술적 격검술－이상 문학에서의 '사랑'을 위한 주석」, 『한국현대문학회 학술발표회자료집』, 한국현대문학회, 2009, 100면. 본장은 '날개'가 근대적 파편성에 대한 안티테제이면서 동시에 근대에 대한 사후(事後)적인 대응책으로서가 아니라 근대에 선재하는 원형적인 레벨에서 제시되고 있다는 점에 동의한다. 그러나 본장은 '날개'의 근대에 대한 대응책으로서의 의미보다는, 그것이 근대에 선행하고 있으며 나아가서는 이미 근대 세계의 빠져나갈 길 없는 절대성을 구성하는 힘으로서 이미 근대에 내재하고 있었다는 점에 주목한다. 본장은 '날개'의 근대에 대한 본질적 내재성에 초점을 맞추는 셈이다. 그러나 이러한 '날개'의 내재성이 「날개」라는 작품으로 하여금 모더니티에 대한 역설적 비판성을 갖도록 한다는 점에 유의해야 할 것이다.

[34] 강헌국 역시 '날개'가 '인공의 날개'로 규정되는 점에 주목하지만 그 의미가 현실을 초극하고자 하는 "희망과 야심"에 있다고 본다는 점에서 본장의 논지와는 다른 방향을 취한다. 강헌국, 「돈,

나는 내가 만들었던 날개를 가지고서 이 세계를 떠나지 않았고 오히려 과거 어느 시점에 날개를 없앴고 오늘을 살고 있는 것이다. 결국 '나'는 이 세계로부터 탈출하기 위해 날개를 필요로 하는 것이 아니라 이 세계를 향해 탈출해 왔음을 상기하기 위하여 날개가 필요한 셈이다.

'내'가 "날개야" 하고 날개를 부르는 순간은 따라서, 아직 내가 이 세계의 현실성을 완전히 받아들이지 못하고 있음을 드러내는 순간이며, 날개를 향하여 "다시 돋아라"고 명령하는 순간은 나의 세계 내재성을 철저히 하겠다는 다짐을 하는 순간이다. 그러나 여전히 "인공의" 무언가를 수단으로 하여서만 그것을 꿈꿀 수 있다는 점에서 이 순간은 또한, 그 다짐이 좌절될 필연성을 표시하는 순간이기도 하다.[35] 그리고 이 순간은 동시에 「날개」로부터 근대 자본주의 의 현실성을 초월하는 지점을 읽어내려는 해석, 즉 「날개」를 그것이 재현하는 근대세계에 외재하는 가치 혹은 최재서의 표현으로는 "모럴"을 읽어내려는 해석의 좌절이 일어나는 순간이기도 하다. 「날개」는 이 지점에서, 자기를 넘어선 읽기의 가능성을 완전히 차단하고 있는 셈인데, 이는 다음 절에서 분석될, 인쇄물로서의 「날개」가 자기를 해석적 기도의 실패들 사이에 위치시키는 전략을 통해서 재확인될 점이다.

성, 그리고 사랑-「날개」 재론」, 『한민족어문학』 62, 2012, 202면.

35 박상준은 「날개」의 마지막 장면에서 '내'가 외치는 "날개"는 현실로부터의 탈출과 상승 욕망이 형상화된 것이라기보다는, "성적 정체성 찾기"에 실패한 자의 "완전한 패배"가 드러난 것으로 해석한다. 박상준, 「잃어버린 정체성을 찾아서-「날개」 연구 1」, 『현대문학의 연구』 25, 2005, 24~25면. "날개」의 "인공성"에 주목한 필자 역시 궁극적으로 「날개」가 "실패담"이라는 위의 해석에 동의한다. 나아가 본장은 박상준이 추후 연구를 위해 지적한바 "작품의 효과를 결정짓는 데 있어 일정한 역할을 하는 서술상의 특징들"과 "모더니즘 미학상의 몇몇 특징들"에 주목하였다. 즉 「날개」가 "실패담"이라 할 때 "실패"를 '담론화'하는 전략이 어떻게 "실패" 자체를 구제하여 모더니즘적 효과를 창출하는지에 주목한 것이다.

4. 작품과 해석의 내재적 겹침—모더니즘의 잔혹한 글쓰기

「날개」의 결말부가 이른 이 지점에서 우리는 앞에서 지적한바, 「날개」라는 인쇄물의 신체적 삶으로 돌아갈 필요가 있다. 「날개」의 마지막 장면에 나오는 "날개야"라는 돈호법에서 우리는 밖으로의 나아감이 아니라 안으로의 펼쳐져 접힘을 읽어내었다. 「날개」의 주인공 '나'가 '날개'를 부르면서 "날자"고 청유하는 순간은, 앞 절의 분석에 따르면, 철저한 내재성을 지향하는 순간이었다. 여기서 한 걸음 더 나아가기 위해, '내'가 부르고 있는 이 '날개'가 작품의 제목이라는 점을 상기할 필요가 있다. "날자 날자 날자 한번만 더 날자꾸나 / 한번만 더 날아보자꾸나"고 외치는 「날개」의 결구는 바로 앞에서 겨드랑이의 날개 자국을 떠올림과 동시에 "머릿속"으로는 "희망과 야심의 말소된 페이지가 딕셔너리 넘어가듯 번뜩"임을 느끼는 장면과 맞물리면서 「날개」라는 인쇄물의 물질성을 상기시킨다. 「날개」의 '나'의 이야기가 본격적으로 서술되기 전 나오는 총 6절에 걸친 다소 긴 에피그래프 역시 이러한 연결을 정당화한다, 박스 안에 들어간 채로 인쇄되어 본문과는 구분되는 외양을 띤 이 에피그래프는 「날개」의 본서사와 뚜렷한 연결점을 찾기 어렵다.

「박제剝製가 되어버린 천재天才」를 아시오? 나는 유쾌愉快하오. 이런 때 연애戀愛까지가 유쾌愉快하오.

육신肉身이 흐느적흐느적 하도록 피로疲勞했을 때만 정신精神이 은화銀貨처럼 맑소. 니코틴이 내 횟虫배 앓는 뱃속으로 스미면 머리속에 의례히 백지白紙가 준비準備되는 법이오. 그 위에다 나는 위트와 패러독스를 바둑 포석布石처럼 늘어놓소. 가공可恐할 상식常識의 병病이오.

나는 또 여인女人과 생활生活을 설계設計하오. 연애기법戀愛技法에마저 서먹서먹해진, 지성智性의 극치極致를 홀깃 좀 들여다본 일이 있는 말하자면 일종一種의 정신분일지精神奔逸者 말이오. 이런 여인女人의 반半 —— 그것은 온갖 것의 반半이오 —— 만을 영수領受하는 생활生活을 설계設計한다는 말이오. 그런 생활生活속에 한발만 들여놓고 흡사恰似 두 개의 태양太陽처럼 마주 쳐다보면서 낄낄거리는 것이오. 나는 아마 어지간히 인생人生의 제행諸行이 싱거워서 견딜 수가 없게끔 되고 그만둔 모양이오 굿바이.

굿바이. 그대는 이따금 그대가 제일 싫어하는 음식飮食을 탐식貪食하는 아이러니를 실천實踐해 보는 것도 좋을 것 같소. 위트와 패러독스와······

그대 자신自身을 위조僞造하는 것도 할 만한 일이오. 그대의 작품作品은 한번도 본일이 없는 기성품旣成品에 의依하여 차라리 경편輕便하고 고매高邁하리다.196면

「날개」라는 작품의 세계 외부에 위치하는 이 에피그래프에도 "머릿속"의 "백지가 준비되"어 있다. 그리고 그 종이 위에는 "위트와 패러독스"가 전개되는데 이 수사법은 바로 다음 절에서는 곧 "제일 싫어하는 음식을 탐식하는 아이러니를 실천해 보는 것"과 동등한 것으로 제시된다. 이 에피그래프에서의 '나'를 작가 이상으로 보고 에피그래프 전체를 「날개」에 형상화된 작가의 의도로 본다면, 「날개」의 수사적 방법론은 "위트와 패러독스"이며 「날개」의 작가 이상은 "아이러니"를 실천하는 주체가 될 것이다. 나아가서는 "여인의 반만을 영수하는 생활"이란 「날개」의 아내가 '나'의 삶의 형식의 원천으로서만 소용이 되는 상황을 가리키는 표현이며,[36] 결국 '나'는 "인생의 제행이 싱거워서 견딜 수가

---

36 김윤식은 「날개」의 에피그래프를 분석하면서 이것은 "「날개」의 독법 및 창작방법론의 제시인데, 이러한 창작방법론이 그 나름의 의미를 띠는 것은 소설 공간에 머물 수 있었다는 점에 있다"고 한 바 있다. 이어 그는 "연애라는 범주에서 벗어나지 않았음이 곧 소설적 공간을 가리킴이다"고 덧붙인다. 김윤식의 맥락을 볼 때, 여기서 "연애라는 범주"란 어떠한 초월성도 인정하거나 개입시

없게끔 되고 그만 둘" 수밖에 없는 것이다. 이는 「날개」의 본서사가 도달한 지점, 즉 철저히 현재 세계에 내재적일 수밖에 없으면서 또 동시에 그 내재성을 "다시" 애타게 욕망하는 순간을 암시한다. 근대세계 속에서 "인생의 제행"을, 가능한 모든 행위를 해보며 살아온 '나'는 세계의 한가운데("그야말로 현란을 극한 정오"214면)서 더 가운데를 향하여 "날자"고 외치지만 그것은 새로운 행위가 아니라 이미 "한번" 해본 행위를 "다시"하는 것에 지나지 않는 것이다. 「날개」 본서사 전체를 함축하는 에피그래프에서 이는 "그만둔 모양이오"라는 구절로 지시된다.

여기 바로 이어 에피그래프의 '나'는 누군가를 향하여 "굿바이"라는 인사를 건내는데, 그것은 이어지는 문장에 나오는 "그대"를 향한 것이다. 그 담화 정황상 이 "그대"는 현재 이 에피그래프를 읽고 있는 독자에 해당한다. 하지만 바로 다음에 나오는 "위트와 패러독스와…… / 그대 자신을 위조하는 것도 할 만한 일이오. 그대의 작품은 한번도 본 일이 없는 기성품에 의하여 차라리 경편하고 고매하리다"에 이르면 이런 구분은 혼란에 빠진다. "위트와 패러독스"는 「날개」의 방법론인데 그것과 맞먹는 동등한 방법인 자기 위조를 실천할 주체로 독자가 호명되는 것이다. 그렇다면 여기서 자기 위조를 통해 나오는 "작품"은 사실은 독자의 것일 수도 있지만 그 방법이 결국 「날개」의 그것과 동등하다는 점

키지 않은 채 '생활'상의 자기를 둘로 분열시켜 그렇게 분열된 양자 사이의 갈등에만 집중하는 '소설 공간'을 의미한다. 그렇게 분열된 양자의 갈등이 「날개」에서는 '나'와 '아내'의 갈등으로 나타나 있는 것이다. 그리고 이 갈등은 다만 소설 '내' 세계에서의 '인물들 사이의 갈등'에만 그치지 않는데, 그러한 갈등 관계에 어떠한 외부성도 개입될 수 없다는 점에서, 이 갈등은 '소설 공간'과 '생활' 공간 사이의 갈등이기도 한 것이다. 김윤식이 보기에 이 두 번째 갈등이 「날개」의 "소설 공간"과 '생활' 공간 사이에 놓여 있는 에피그래프의 존재로 나타나 있는 것이다. 이는 본장의 핵심 논지, 즉 「날개」의 에피그래프는 「날개」의 소설 '내' 세계를 절대화함으로써 오히려 「날개」가 그 '외부' 세계 속에서 살아가는 신체성을 지니고 있음을 감지하게 한다는 논지와 상통한다. 그런 점에서 김윤식은 「날개」의 에피그래프를 작가 측의 "창작방법론"이자 독자 측의 "독법"이라고 지적한 것이다. 김윤식, 「「날개」와 「날개」에 대하여 – 소설적 허위와 삶의 진실」, 『이상 소설 연구』, 문학과비평사, 1988, 89면.

에서 이상의 것, 나아가서는 「날개」 자체일 수도 있게 된다. 더군다나 이 혼란상은 그 방법이 자기 위조이기에 그것을 통해 나온 작품의 귀속은 본질상 확정할 수 없다는 점에서 더욱 심화된다.

「날개」의 마지막 부분에서 '내'가 부른 '날개'는 「날개」라는 작품 안의 상징인가, 아니면 「날개」 자체[37]인가? 만약 '날개'가 「날개」라면 '나'는 작가 이상인가 아니면 「날개」의 주인공 '나'인가? 「날개」의 에피그래프에서 "굿바이"라는 인사를 받는 "그대"는 「날개」의 독자인가 아니면 작가 이상이 위조한 자기인가? 정확히 답하기 어려운 이 일련의 질문들 속에서 우리에게 확실하게 남는 것은 오직 「날개」가 인쇄된, 우리가 손으로 넘겨볼 수 있는 종이들뿐이다. 이 지점에서 이상은 「날개」라는 작품의 작가로서가 아니라 저 종이에 인쇄된 '이름'으로 온전히 환원되며 동시에 독자인 우리는 "작품을 작품 자체로, 그 익명의 현전으로, 있는 그대로의 격렬한 비인칭의 긍정으로 돌려주기 위해 작가를 무효화시키는 놀이"를 행하면서 "누구라도 될 수 있는 유일하지만 투명한 독자"가 된다.[38] 에피그래프가 그것에 이어 나오는 '나'의 서사에 대해 점하는 불분명한 지위를 확인하면서 독자는, 「날개」의 궁극적 의미를 확인하기 위해서라도, 끊임없이 「날개」가 인쇄물로서 세계 내재적으로 사는 삶을 상기하게 된다. 이 과정에서 「날개」의 작가는 작품의 의미의 원천으로서의 지위를 상실하고 오직 「날개」라는 인쇄물에 찍힌 '이름'으로 환원되고 동시에 독자는 「날개」가 실존하는 차원에서는 그 존재성을 상실하는 "투명한 독자"가 된다.

「날개」라는 작품으로부터 독자로서의 나의 해석법을 적용하여 작가 이상의 의도를 읽어냄으로써 '이상'이라는 이름에 어떤 내용을 채워 넣지 말고, 「날개」

---

37 이수정은 소설의 마지막 장면과 에피그래프를 연결시키면서 '날개'란 책 모양을 하고 독자 앞에 펼쳐져 있는 「날개」로 볼 수 있다고 지적한 바 있다. 이수정, 앞의 글, 294면.

38 Maurice Blanchot, 이달승 역, 「작품과 소통」, 『문학의 공간』, 그린비, 2010, 282면.

가 인쇄된 종이들로 「날개」의 작품성을 완전히 환원하여 나의 물질적 신체 옆에 놓아야 한다. 그것이 「날개」가 "날개야"라는 돈호법 속에서 자기를 부르는 순간 닫혀 버린 삶의 가능성을 정확히 읽어내면서 동시에 실천하는 길이다. 「날개」는 이처럼 자기를 인쇄물로 환원시킴으로써, 우리로 하여금 어떤 초월적이고도 영원한, 신적神的인 것에 대한 지향 속에서 우리가 우리 자신의 삶으로부터 분리되지 않도록 "필연성과 힘"³⁹을 감각하게 한다. 바로 이러한 점에서 「날개」는 독자가 자신의 자의적 해석에 따라 「날개」의 세계 내재적 실존을 초월하지 않도록 하면서, 자기의 글쓰기 과정에 말려들도록 만드는, 모더니즘의 잔혹한 글쓰기의 차원에 이르고 있다. 이를 잔혹한 글쓰기라고 명명하는 것은, 3절의 「날개」 분석에서 나오는 비극성 대 잔혹성의 대립항에 근거를 둔다. 즉 「날개」는, 현재적 세계의 내재성으로 자기를 끝없이 환원시키는 행위를 통해서만 세계의 인식도 그 초월도 비로소 가능하다는 역설을, 그 작품 내적 해석의 차원에서의 궁극적 무의미성을 통해서뿐 아니라 그러한 해석 자체의 근본적 무화를 통하여 작품의 물질적 실존의 차원에서도 실천하고 있는 것이다.

---

39 Jacques Derrida, trans, Alan Bass, "The Theater of Cruelty and the Closure of Representation", *Writing and Difference*, Chicago : University of Chicago Press, 1978, pp.238~243.

제3장
이상의 죽음과 식민지성의 초극
아방가르드의 순간, 도래하는 전체주의

아, 그러나 인제는 다 틀렸다. 봐라. 내 팔. 피골이 상접. 아야아야. 웃어야 할 터
인데 근육이 없다. 울려야 근육이 없다. 나는 형해形骸다. 나, 라는 정체는 누가 잉크
지우는 약으로 지워버렸다. 나는 오직 내-흔적일 따름이다.

—이상, 「실화」(1939)

1. 모더니즘의 시간과 아방가르드의 순간

근대성 개념의 정의를 시작하면서 마테이 칼리네스쿠는 그 용어의 다의성과
어원학적 변천의 복잡성에도 불구하고 하나의 전제만은 명확하다고 지적한다.
그는 근대성은 "역사적 시간"이라는 불가역적인 단일한 시간선線을 전제할 때
에만 사유 가능하다고 한다. 이때 불가역적이란 말은 그 흐름을 역행하는 것이
나 그것에 평행하는 다른 선들은 허용되지 않는다는 뜻이다.[1] 우리가 어떤 대상
을 '근대적모던'이라고 평가한다면 그것이 바로 '우리 자신의' 시간에 귀속된다

고 보는 것이다. 이 판단은 우리가 살고 있는 이 시간을, 과거와 완전히 단절된 현재로 만드는 수행이며, 동시에 그 현재를 미래를 향해 무한히 연장하는 수행이기도 하다. 저 판단의 순간, 현재가 아닌 시간에 존재하는 그 무엇이든 우리와는 완전히 상관없는 것이 되므로, 현재의 한계는 우리로서는 알 수 없는 것, 불가능 자체가 되는 것이다. 현재의 끝을 알 수 없는 한, 지나간 과거란 현재와 접점을 완전히 상실하고 도래해야 할 미래란 영원히 지연될 수밖에 없으며, 우리가 아는 한 우리는 사실상 영원히 현재를 살아야만 한다.

이러한 시간성을 지향하고 유지하고자 하는 입장을 모더니즘이라 한다면 거기에는 다음과 같은 이중의 역설이 함축되어 있다. 우리가 아는 한 우리는 이미 언제나 현재만 살 수 있다면, 현재를 사유할 수 있는 것으로 만들어 주는 과거와 미래는 사유할 수 없는 것이다. 그렇다면 우리의 사유는 사유할 수 없는 것을 배경으로 해서만 가능한 것이 된다. 이것이 첫째 역설이다. 이 역설에서 필연적으로 나오는 둘째 역설은, 그것은 첫째 역설로부터 연역되지만 동시에 첫째 역설은 둘째 역설이 있어야 또 성립된다는 것이다. 첫째 역설이 둘째 역설에 논리적으로 선행하지만, 오히려 첫째 역설이 존재하려면 둘째 역설이 전제되어야만 한다. 둘째 역설은 이런 것이다. 우리가 현재를 사유하는 한에 있어서만 현재는 현재로서 존재할 수 있는데, 그렇게 하기 위해서는 사유 불가능으로서의 과거·미래가 있어야만 한다. 그런 의미에서 모더니즘의 시간성은 이중의 역설을 본질로 한다.

우리가 모더니즘에 대한 분석을 시도하는 때에 맞닥뜨리게 되는 무수한 역설들의 연쇄는 근본적으로 바로 이러한 이중화된 역설에서 기원한다. 위에서 언급한 칼리네스쿠의 저서부터가 근대성의 본질을 규정하겠다는 시도에서 출발

---

1 Matei Calinescu, *Five Faces of Modernity : Modernism, Avant-Garde, Decadence, Kitsch, Post-mo dernism*, Durham : Duke University Press, 1987, p.13.

하지만 결국에는 포스트모더니티로 귀결되고 있다. 어떠한 형식을 취하든, 모더니즘의 현상에 대한 개념적 분석을 시도하는 경우 그것은 모더니즘 자체의 내적 자질들을 나열하고 그것들 사이의 공통점을 추출하는 과정을 밟아나가게 되지 않는다. 그러한 항들을 합계하고 그 평균을 내는 셈법을 따라 구해질 수 없는 값이라는 점, 그 자체가 모더니즘의 본질로서 드러나는 것이다. 요컨대 모더니즘을 정의하려는 시도는 언제나 모더니즘이란 궁극적으로 자기 자신에 대한 부정으로 환원되고 만다는 결론으로 나아간다. 설사 모더니즘이 자기만의 어떤 스타일을 확립하려는 움직임이 있다고 할지라도, 그것은 오로지 결국 부정되기 위해서 가설假設되는 것에 불과한 것이다. 모더니티가 하나의 통일체라면 "그것은 역설적인 통일체, 반통일의 통일체이다".[2]

이상李箱 텍스트가 한국 근대문학이 도달한 정점이라고 볼 때, 그것은 이상이 가장 한국적이라든가 가장 문학적이라든가 하는 의미가 아니다. 어떤 점에서 이상은 가장 비한국적이며 문학이라는 범주의 핵심을 이루는 사례이기보다는 문학의 경계를 이루는 사례에 해당한다. 그러나 이상의 근대성은 의심할 수 없는 것인데, 무엇보다도 이상은 한국 근대문학이 도달한 가장 높은 수준의 모더니즘을 체현하고 있는 자로 평가되고 있는 것이다. 이상이 활발한 문필 활동을 펼쳤던 1930년대에 이미 그는 근대 문학의 최첨단을 달리고 있다거나 근대인이 도달할 수 있는 최고의 문학적 지점에 도달했다는 평가를 들었다.[3] 그러나 이처럼 이상에게 내려지는 모더니즘의 체현자라는 평가는 결코 최종적인 것이 될 수 없다. 위에서 서술한바, 모더니즘의 본질이 자기부정에 있는 것이라면, 이상이 모더니즘에 충실하면 할수록 그의 비非모더니즘적 면모가 강화되기 때문이다.

---

2   Marshall Berman, *All That Is Solid Melts into Air : The Experience of Modernity*, New York : Penguin, 1988, p.15.
3   김기림, 「모더니즘의 역사적 위치」, 『인문평론』, 1939.10, 80~85면; 최재서, 「「천변풍경」과 「날개」에 관하여-리얼리즘의 확대와 심화」, 『문학과 지성』, 인문사, 1938, 98~113면.

무엇이 모던한가에 대한 판단은 우리가 사유할 수 없는 것을 배경으로 해서만 가능하다는 점에서 보면, 이상 텍스트의 근대성의 핵심을 향하여 접근할수록 우리에게 분명해지는 것은 비근대적인 것의 개념이다. 여기서 우리가 간과해서는 안 되는 점은 이상 텍스트의 근대성 혹은 비근대성이란 이상 텍스트 자체로부터 연원하는 것이 아니라는 사실이다. 그것은 어디까지나 이상 텍스트를 해석하여 거기서 어떠한 가치를 이끌어내려는 해석자의 사유를 통해서만 가능한 개념이다. 사유 불가능성 자체인 비근대성을 배경으로 하여(이때 비근대성이 사유 가능한 것으로서의 근대성의 배경을 이룬다고 하여 근대성에 논리적·시간적으로 선행하여 존재하지 않는다는 점을 유념해야 한다. 굳이 그 순서를 정해야만 한다면, 양자는 동시에 존재한다) 근대성이 사유될 수 있다면, 이상 텍스트의 근대성이란, 자신의 사유 행위를 통하여 근대성과 비근대성을 존재하도록 만드는 해석자 없이는 사유될 수조차 없는 것이다.[4]

그런 의미에서 보면 이상 텍스트가 한국 근대 문학사상 근대를 문제 삼을 때, 하나의 '정점'을 이룬다는 명제의 함의는 단순한 수사법 층위에서 그치는 것이 아님이 분명해진다. 이는 곧 이상 텍스트와 그것을 둘러싼 해석이 정확히 위에

---

4 이상 텍스트의 근대성을 사유하면서 동시에 그것을 존재케 하는 해석자란 "언어의 기능 (…중략…) 보다 정확하게 표현한다면 문장의 기능"을 활용하여, 자기 "정체성"을, 과거와 미래를 자기의 "현재와 시간적 통일성을 이룰 경우 나타나게 되는 효과"로 창출하는 주체에 해당한다. 즉 그는 "상호 연관성이 없는 일련의 순수한 현재들"의 경험으로 이상 텍스트의 근대성을 해석하면서 그 텍스트의 "순수한 물질적 기표만을" 경험하는 수행으로 자기를 탄생시킨다. 그 객관적 사유와 주체적 실천이 한 몸을 이룰 때에 근대성은 성립하며 모더니즘은 이를 지향한다. 그런 점에서 모더니즘은 "문장의 기능"과 일체가 된 주체의 탄생이면서 동시에 "표현 불가능한 생동감과 압도적인 감각의 물질성을 가지고 주체를 삼켜버린다." 이상 텍스트에 대한 해석이 어떤 현실적 지시 대상이나 관련 텍스트와 "고립된 기표의 힘을 극적으로" 드러내는 경향을 띠는 것은 이런 맥락에서 이해할 만하다. 이런 점에서 모더니즘을 보면 그것은 근대성 지향이면서 동시에 자기의 임계 지점들을 통해 자기를 실현한다는 점이 드러난다. 프레드릭 제임슨의 포스트모더니즘론에서 이상 텍스트의 아방가르드적 순간을 기술할 수 있는 위와 같은 개념과 논리가 발견되는 것은 이런 맥락을 이해하면 납득된다. Fredric Jameson, 임경규 역, 『포스트모더니즘, 혹은 후기자본주의 문화 논리』, 문학과지성사, 2022, 82~83면.

서 지적한 모더니즘의 이중의 역설을 그대로 예시하고 있다는 점에서 그러하다. 근대성이란 그것으로부터 벗어나는 것을 배경으로 해서만 사유될 수 있으며, 동시에 그러한 사유가 사유의 대상 그 자체와 동시적으로 존재하게 된다는 것이 '이중의 역설'이 의미하는 바였다. 가장 근대적인 작품으로서의 이상 텍스트란, 근대-비근대의 기준으로 그에 대한 최종적 가치 평가를 시도하는, 해석자를 통해서야 비로소 존재할 수 있게 되는 것이다. 이 지점에서 지적해둘 또하나의 중요한 점은, 이상 텍스트가 해석자를 통해서 비로소 존재-사유 가능하게 되었다고 해서, 해석자의 존재-사유가 텍스트의 그것에 선행하지는 않는다는 점이다. 애초에 이 해석자란 이상 텍스트에 대한 해석자로서 등장하는 자이며, 텍스트를 해석하는 한에서만 겨우 존재 의미가 있을 뿐이다. 그것은 마치 근대성을 판단하는 우리가 (그 판단 대상에 대한 객관적 거리 없이) 완전히 그 근대 안에 존재할 때에만 그 판단을 사유할 수 있게 되는 것과 마찬가지이다.

김윤식이 이상의 죽음을 기술하는 가운데 "이상의 진짜 비극은 이 시간과의 싸움에서 졌다는 사실에서 말미암는다"[5]고 주장하는 것 역시 이러한 맥락에서 이해해야 한다. 식민지 한국의 수도 경성京城에서 태어나 평생을 살다가 공교롭게도 제국의 수도 도쿄에 가서 생을 마감한 이상은, 그토록 가고파 했던 도쿄이건만 도착하는 순간부터 "실망"을 느낀다.[6] 이 심리적 메커니즘을 구명하고자 하는 자리에서 김윤식은 '도쿄'라는 메트로폴리스의 의미를 무엇보다도 '근대'에 철저히 일치시킨다. 정확히 한국이 일본에 의해 식민화된 해인 1910년에 서울에서 태어난 이상에게, 도쿄란 '근대' 그 자체 외의 아무 것도 아니었다는 것이다.[7] 김윤식이 보기에, 이상이 별다른 이유도 없이 그토록 도쿄행을 바랐던 것

---

5   김윤식, 『이상 연구』, 문학사상사, 1987, 169면.

6   이상, 「사신 6」, 김주현 편, 『증보정본 이상 문학 전집 3 – 수필 · 기타』, 소명출판, 2009, 261면. 이하 이 책은 '전집 3'으로 칭한다. 이 글은 도쿄에 도착한 이상이 당시 센다이의 도호쿠제국대학에 재학 중이던 김기림에게 보낸 편지이며 작성 일자는 1936년 11월 14일이다.

은 그의 모더니티 지향이 운명적이었음을 증명한다. 심지어 "동경東京은 절대절명한 것, 신성한 것, 완벽한 것이어야 했"던 것이다.[8] 그러나 그러한 도쿄에서 이상은 "실망"을 맛볼 뿐 아니라 나아가서는 결국 자기 육체의 죽음을 맞고 말았다. 이 결말을, 김윤식은 "시간과의 싸움에서 졌다는 사실"이라고 규정한다.

이러한 해석의 논리적 흐름은 평전식 서술을 지향하고 있는 이 저술의 성격상 자연스러운 것으로 보인다. 이상을 해석하는 이 비평가는 이상이 남긴 텍스트와 그의 생애사적 사건들을 종합적으로 검토하여 하나의 아귀 맞는 스토리를 직조해내고 있다. 그러나 문제는 그처럼 '육체'를 가지고 하는 "온몸으로 살면서 이것저것 저지르는 행위"와 '텍스트'를 낳는 "글쓰기 행위"[9]가 하나의 서사로 연결되는 곳이 도쿄=근대성이며 그 완벽한 합일의 순간은 '육체'의 죽음이 초래했다는 점이다. '모더니즘'이 운위될 때 언제나 전범으로서 이상이 등장하는 것은 그가 이러저러한 근대성의 조건들을 만족시켰기 때문이 아니라, 그 스스로 근대성 그 자체가 되었기 때문이다. 이상에게 도쿄=근대성으로 나아가는 것은 어떤 합리적인 이유들 때문이 아니라 단 하나의 운명 때문이었던 것이며, 따라서 이상은 근대가 지속되는 한, 다시 말해 그를 해석하는 우리가 근대인인 한, 영원히 죽지 못한다. 여기서의 "해석하는 우리"란 비평가 김윤식을 이른다.

만약 김윤식이 도쿄=근대성을, 근대 한국인으로서는 절대 벗어날 수 없는 "절대 절명한 것"으로 설정하지 않았다면(이것을 가리키는 김윤식 특유의 용어가 "현해탄 콤플렉스"라고 할 수 있다),[10] '모더니즘의 전범으로서의 이상'이란 성립할 수 없다. 그러나 김윤식이 그렇게 할 수 있었던 것은 이상이 다른 곳이 아닌 도쿄에서 죽었다는 사실 그 자체 때문이다. 만약 이상이 도쿄에서 1937년이라는 시점에

---

7   김윤식, 『이상 연구』, 150면.
8   위의 책, 151면.
9   위의 책, 163면.
10 위의 책, 11면.

죽지 않았다면, 이상은 도쿄=근대성이 근대 한국인의 절대적 조건임을 증명하는 증거가 될 수 없다. 이것을 자기 자신의 문제로 받아들이는 (김윤식과 같은) 근대 한국인들에게 이상은, 영원히 내가 사는 현재를 함께 살고 있다는 점에서 "시간과의 싸움에서 진" 것이다. 영원히 살아남는 것이, 지금 내가 사는 현재 너머의 다른 시간으로 이행하는 것이 아니라, 현재 속에서 "박제된"[11] 채로 끝없이 지연되는 것에 불과하다면, 언제나 현재라는 시간의 범위 내에 머무른다는 점에서, 다시 말해 현재라는 시간보다 '못하다'는 점에서 "시간과의 싸움에서 진" 것이다. "시간과의 경쟁에서 [이상은] 여지없이 패배하였으며, 그 순간 그는 흔적만 남기고 말았다. 이것이 동경에서 맞은 그의 죽음의 본질이다."[12]

이제 주목할 것은 이상이 시간과의 싸움에서 패배한 "그 순간" 남겼다고 하는 "흔적"이 무엇인가 하는 점이다. 이때의 "그 순간"이란 이상이 도쿄에서 육체적 생을 마감한 순간을 의미하며, 그런 점에서 보면 그때 이상이 무언가 "흔적" 같은 것이라도 남겼을 리가 없다. 도쿄에서 이상이 죽음으로써 근대 한국인은 영원히 그를 기준으로 하여 '근대'의 정도를 측정할 수밖에 없는 운명에 처하게 된다. 그러한 한국인의 운명이 발현된 것이 김윤식의 '이상 연구'일 것이다. 그러나 이상의 그 죽음의 순간은 이 틀 속에서 어떤 것으로도 환원되지 않는 절대적 단독성이라는 가치를 갖는다. 이상과 근대 한국인이 근대 속에서 영원히 함께 머무는 이 모든 일은 그가 도쿄에서 죽은 그 순간에 기원한다. 이상이 근대성의 화신일 수 있는 것도, 그의 육체적 생명이 '이상'이라는 텍스트로 화하여 영원히 살게 되는 것도, '이상'을 해석하는 자들이 그와 함께 머무를 때에만 근대인일 수 있는 것도, 그와 함께 머무름으로써 그를 근대성 자체로 만드는 것

---

11 이상, 「날개」, 김주현 편, 『증보정본 이상 문학 전집 2 – 소설』, 소명출판, 2009, 262면. 이하 이 책은 '전집 2'로 칭한다.
12 김윤식, 『이상 연구』, 171면.

도, 그리하여 "'이상'=근대성 자체=그에 대한 사유=우리의 존재'라는 등식이 성립하게 되는 것도, 모두 그가 도쿄=근대성에서 죽은 그 순간으로 소급되는 것이다. 그 등식이 성립하는 "그 순간"은 따라서 등식의 항들 사이의 연결에 그 어떤 재봉선도 남기지 않는 매끈한 평면이 도입되는 순간이지만, "그 순간" 자체는 그 평면에 편입되지 못한 "흔적"으로 남을 수밖에 없다.

나는 방금 이상에 따옴표를 쳐 '이상'으로 표시했다. 그것은 최고의 모더니스트 이상과 더불어 우리의 사유와 존재가 가능하게 되는 "그 순간" 문제되는 이상을 가리킨다. 다시 말해 '이상'은 모더니즘의 이중의 역설이 있는 그대로 드러나는 "그 순간"의 표지이다. 그리고 이 '이상'이라는 표지가 바로 이상이 "그 순간" 남긴 "흔적"에 해당한다. 나는 '이상'이 표지가 되는 그 순간을, 이중의 역설을 통하여 영원한 현재라는 시간성을 고수하는 모더니즘의 시간에 맞세워, 아방가르드의 순간으로 칭하고자 한다.

역사적 모더니즘의 한 분파로 생각되기도 하는 아방가르드는 그것과 더불어 "사회적 부분 체계로서의 예술이 자기비판의 단계에 접어들게 된다"[13]는 점에서 모더니즘 안에 머물면서도 동시에 거기서 벗어나는 순간을 창출한다. 페터 뷔르거에 따르면 하나의 예술 사조로서의 아방가르드는 그 전형적 스타일이라는 측면에서 보았을 때 하나의 모순을 초래하고 만다. 뷔르거 자신을 비롯한 대다수의 예술사가들에 의하여 아방가르드의 대표작으로 꼽히는 마르셀 뒤샹 Marcel Duchamp의 「샘」1917의 예에서 드러나듯이, 아방가르드에 전형적인 스타일이란 단적으로 말해서 '스타일 없음'으로 규정될 수 있다. 공장에서 갓 나온 변기를 미술관에 가져다 놓고 '샘'이라는 제목을 붙여서 생산된 뒤샹의 이 작품은, 예술 작품과 그 외의 것 사이의 구분을 완전히 무화시키는 것에서 역설적으

---

13 Peter Bürger, 최성만 역, 『전위 예술의 새로운 이해』, 심설당, 1986, 37면.

로 예술 작품의 지위를 얻는다. 다시 말해 그것이 '작품화'되는 것은 그것이 작품으로서 갖추어야 할 그 어떤 내적 자질도 스스로 방기해 버렸기 때문이다. 예술 작품이 스스로 예술적 스타일을 의식적으로 포기한다는 역설은 예술의 '자기비판'을 의미하는 것이지만, 이 자기비판은 언제나 순간적으로만 그리고 모더니즘의 시간성 속에서만 나타날 수 있는 것에 그친다.

모더니즘의 시간성이란, 우리가 아는 한 우리는 다만 영원히 현재를 살 수밖에 없다는 점에서, '영원한 현재'로 요약될 수 있다. 이 '현재'는 끝을 모르며 그것을 벗어나는 것조차도 결국 자신으로 환원해 버린다는 점에서, 어떠한 비판적 거리든 애초에 차단해 버리는 것을 본질로 한다. 그러나 역설적으로 이 블랙홀 같은 '현재'가 존재할 수 있는 것은 그것이 자신의 중핵으로, 아방가르드라는 '자기비판'의 지점을 갖고 있기 때문이다. 자기로부터 벗어나며 심지어는 자기와 모순을 이루는 것들까지를 자기화하기 위해서는, 그리하여 '영원'해지기 위해서는, '현재'는 자기를 정립하면서 동시에 자기를 근본적으로 비판하는 것을 본질로 삼아야 하는 것이다. 모더니즘은 예술사상의 사조적 특질로 '극단적으로 이질적인 것들의(비동시적인 것들의) 동시성'을 취한다. 모더니즘의 이러한 모순적 스타일이 성립되기 위해서는 필연적으로 '스타일 없음'을 스타일로 하는 아방가르드를 동반해야만 하는 것이다. 모더니즘의 스타일이 양립할 수 없는 스타일들의 공존일 수 있기 위해서는, 그리하여 모든 예술사상의 스타일들을 그 휘하에 회집시킬 수 있기 위해서는, 어떠한 스타일로의 집중도 허용하지 않는, 순수 부정성만을 스타일로 삼는 아방가르드를, 그 중핵으로 해야만 하는 것이다. 이를 테면 아방가르드는 모더니즘이라는 블랙홀의 표면 저 너머의, 모든 것이 수렴되어 파괴되어 버리는 이론적 한 지점과도 같은 것이다. 모더니즘이라는 블랙홀은 그 특이점이 없이는 성립될 수 없는 것이다.

그렇다면 이제 이상의 텍스트를 읽는 우리가 유념해야 할 것은 이런 것이다.

'이상'이란 어떤 하나의 "흔적"에 지나지 않는다고 할 때, 이 말은 곧 그 "흔적"을 그 자리에 남긴 무언가를 고려해야만 한다는 뜻이다. '이상'이 아방가르드의 순간을 표시한다면, 그것은 언제나 모더니즘의 시간을 염두에 둔 채로 추적되어야만 하는 것이다. 여기서 나아가 또 하나 유념해야 하는 것은 "흔적"을 남긴 그 무엇, 즉 모더니즘이 그 "흔적"에 앞서 존재하는 '원본'에 해당하는 것이 아니라는 점이다. 모더니즘은 아방가르드 없이는 존재할 수 없다는 점에서, 즉 "흔적"을 남기지 않는 '원본'이란 존재할 수 없다는 점에서, '원본'의 원본성이 위기에 처한다. 그 위기의 정도는 '원본'과 그 '흔적' 사이의 위계 관계를 완전히 붕괴시킬 정도로 근본적이다. 모더니즘의 이중의 역설에 비추어볼 때, 이러한 위기 상황은 '이상'이라는 "흔적"이 만들어지는 "그 순간"으로, 다시 말해 이상이 도쿄에서 물리적 생을 마감하는 바로 그 순간으로 우리를 돌려보낸다. 다시 말해 '이상'을 기술함으로써 우리는, 벗어날 길 없어 보이는 '영원한 현재'라는 매끄러운 평면에 남겨진 단 하나의 "흔적"을 스케치하게 된다.

2. '이상'이라는 흔적

아방가르드의 순간이란 모더니즘의 시간이 남긴 "흔적"이라는 테제에서 우선 지적되어야 하는 것은 그것이 다만 두 개의 문예사조 사이의 관계에만 관한 것이 아니라는 점이다. 위에서 누차 강조되었듯, 이 "흔적"을 통해서 예술과 해석과 삶이 분절되는 방식에 관한 진실이 드러난다. 이상 텍스트가 아방가르드의 순간을 만들어내는 것은 김윤식(과 같은 비평가들)이 거기서 자신을 포함한 근대 한국인의 운명을 송두리째 발견해내었기 때문이며, 그리하여 결국 우리의 삶은 예술 작품과 그 해석이 만들어내는 일종의 해석 공동체의 선행 조건이 아니라 그 공동체의 존재 이후에야 오는 것으로 분절된다. 이 분절 방식이 문제적인 것은 그 논리를 통하여서만, 엄밀하게 부정적으로, 현 상태 '너머'를 감지할 수 있기 때문이다.

아방가르드의 작품은 모더니즘을 "인용"한다, 아방가르드가 다른 모든 스타일들을 인용하듯이. 그러나 그것에는 그러한 인용을 인용이라고 표시해 주는 어떤 표기 수단도 박탈되어 있다. 이것이 고전적인 이중 구속double bind이다. 근대성을 넘어서 가는 것은 근대의 시간성 안에 머무는 것이다. 반면 근대 안에 머무는 것은 (일시적이라 할지라도, 다른 가능성들 중 하나로서) 그것을 "넘어서"가는 것이다. 포스트모더니즘의 정치적·역사적 문제 틀은 따라서 아방가르드 안에서, 근대성 그 자체의 숭고한 "내재하는 저 너머"로서 추적되는 것이다.[14]

이런 맥락에서 보면, 아방가르드의 순간에 부정적으로 나타나는 '너머'는 "내재하는 저 너머"라고 명명될 수 있다. 그것은 실체로서의 모더니즘의 시간성과 구분되는 또 다른 실체로 존재하지 않고, 오로지 실체의 "흔적"으로서만 존재한다. 그리고 이 흔적을 가능케 하는 실체가 실체성을 획득하는 것은, 그리하여 그것이 "정치적·역사적 문제 틀"로서 작동하면서 우리의 삶을 규제하게 되는 것은, 그 "흔적"이 남겨지는 순간으로 완전히 환원되어 버린다. 그렇다면 이 "흔적"을 기술하는 행위는, 단순히 '현실'을 보는 '이론'의 논리를 분명히 하는 차원에 그치지 않는다. 그것은 그러한 현실과 이론의 대립이 생성되는 순간으로 우리 자신을 환원시킴으로써 "이중 구속"을 깨뜨리고 근대를 "넘어서" 갈 수 있는 지점을 확보하는 데 이른다.[15]

---

14 Andrew Hewitt, *Fascist Modernism : Aesthetics, Politics and the Avant-Garde*, Stanford : Stanford University Press, 1993, p.190.

이상 텍스트를 읽을 때 거기서 근대와 탈근대의 길항을 끌어낸다거나 어느 한쪽의 우세를 판단하려 하는 해석법들은, 이러한 맥락에서 보면, 작품을 해석으로부터, 그리고 그 결과 도출되는 가치를 삶으로부터 유리시키는 오류를 범하고 있다.[16] 그러나 이러한 판단이 구체성을 획득하기 위해서는 이상의 텍스트가 본질적으로 그러한 유리를 거부하는 것을 본질로 한다는 점이 확정되어야만 할 것이다. 나아가 이상 텍스트에 대한 해석이 그러한 오류를 범하고 있음에도 불구하고, 자신의 오류성을 스스로 드러내 보인다는 바로 그 사실 때문에, 결국 다시 "내재하는 저 너머"로 귀환하고 만다는 점을 보여야 한다. 이 맥락에서 이상이 스스로 표명해 놓은 예술의 근대적 존재 방식에 대한 관점을 살펴볼 필요가 있다. 이를 통해 내가 드러내고자 하는 것은 이상이 자신의 예술 행위가 그에 대한 해석이나 현실과 연결되고 또 각각 분절되는 방식에 대해서 '자기반성적'인 인식을 명료하게 내비치고 있었다는 점이다. 물론 나는 그러한 그의 '작가적 의식'이 그가 생산한 '작품들'에 투명하게 '표현'되어 있다고 주장하려는 것은 아니다. 이상의 '자기반성적 인식'은 그의 '작품들'을 매개로 하여 표현되었다기보다, '그 자체가' 작품이며, 작품은 다시 그 자기반성이 직접적으로 체현된 것이다. 예술의 존재 방식에 대한 이상의 사상은 이런 맥락에서, 아방가르드적 자기반성, 아방가르드의 순간을 이루는 것이다.

---

15 '현실 대 이론'의 틀로부터 '실체 대 내재하는 저 너머'의 틀로의 이행은 아감벤에게 있어 "잠재성과 실현 간의 관계라는 새로운 접합을 향한 길"로 구상되기도 한다. 『호모 사케르』에서 아감벤은, "정치철학에서 제1철학으로 옮겨 가"는 것이야말로 현대의 정치가 빠져 있는 모든 곤경의 원천이라 할, 민주주의 대 전체주의의 이분법으로부터 벗어나는 유일한 길임을 논증한다. 내가 '내재하는 저 너머'라고 부른 것이 아감벤에게 있어서는 "잠재성"으로 지칭된다고 할 수 있는데, 여기서 '아방가르드의 순간'이 전체주의라는 정치적 개념의 역사성을 고찰하는 데 있어 논리적 기반을 제공한다는 점을 암시받을 수 있다. 이에 대해서는 이어지는 논의에서 좀 더 자세하게 다루기로 한다. Giorgio Agamben, 박진우 역, 『호모 사케르-주권 권력과 벌거벗은 생명』, 새물결, 2008, 108~110면.

16 박슬기, 「「질주」의 이중적 계보학-이상 문학의 내적 원리로서」, 신범순 외, 『이상의 사상과 예술』, 신구문화사, 2007, 303면.

이상은 『매일신보』에 발표한 수필 「조춘점묘」에서 '골동벽骨董癖'에 대해 비판적인 관점을 보이고 있다.

> 가끔 아는 이에게서 자랑을 받는다. 내 이조李朝 항아리 좋은 것 우연히 싸게 샀으니 와보시오, 다. 싸다는 그 값이 결코 싸지도 않을 뿐 아니라 가보면 대개는 아무 예술적 가치도 없는 타작駄作인 경우가 많다. 그야 오늘 우리가 미츠코시백화점 식기부食器部에서 살 수 없는 물건이니 볼 점이야 있겠지 하지만 그 볼 점이라는 게 실로 하찮은 것이다.
>
> 항아리나 보랭이는 말할 것 없이 그 시대에 있어서 의식적으로 미술품으로 만들어진 것은 아니다. 간혹 꽤 미술적인 요소가 풍부히 섞인 것이 있기는 있으되 역시 여기餘技 정도요 하다못해 꽃을 꽂으려는 실용이라도 실용을 목적으로 된 것임에 틀림없다. 이것이 오랜 세월을 지하에 파묻혔다가 시대도 풍속도 영 딴판인 세상인世上人 눈에 띄니 우선 역설적으로 신기해서 얼른 보기에 교묘한 미술품 같아 보인다. 이것을 순수한 미술품으로 알고 와자지껄들 하는 것은 가경可驚할 무지다.[17]

이 글에서 이상이 특히 문제 삼고 있는 것은 조선 시대 이전, 즉 전근대에 생산된 도자기를 마치 "순수한 미술품"처럼 취급하고 감상하면서 거기서 어떤 "예술적 가치"를 찾는 태도이다. 골동품은 현재 우리로서는 찾아볼 수도 없고 구입할 수도 없는 것이기 때문에 신기한 느낌을 준다. 그 때문에 우리는 골동품이 무언가 '예술적'이라고 착각한다. 나아가 이상은 '골동벽'이란 결국 "가경可驚할 무지無智"의 소산에 지나지 않는다고까지 비판한다. 이상은 골동품 애호가들이 지고의 예술 작품인 양 떠받들고 있는 전근대의 도자기들이란 결국 미술품

---

17 이상, 「조춘점묘(早春点描)」, 『전집』 3, 78면. 산문의 경우 발표 당시 표기를 따르지 않고 가급적 현대 표기법에 맞게 고쳐서 인용하였다.

으로 감상되고자 하는 목적하에 만들어진 것이 아니라, 어디까지나 실용적인 목적에서 만들어진 것이라고 본다(이상은 실용적인 목적에서 만들어진 도자기들의 예술성은 도자기 자체의 속성이 아니라, 감상자들이 부여한 속성임을 강조하고 있다). 말하자면, 여기서 이상은 '예술 작품'의 본질을 이루는 것, 즉 '미'가 작품이 아니라 그것을 감상하는 자에 의해서 규정되어 버리는 현상을 비판하는 것이다.

근대가 되자 골동품이 대단한 "예술적 가치"가 있는 듯보이는 것은 다만 '지금 우리가 살고 있는 시대'가 아닌 시대에 만들어졌기 때문이다. "미츠코시백화점 식기부"와 같은 우리의 현실적 삶의 범위가 아닌, 완벽한 외부 영역에서 나왔다는 그 사실 때문에 골동품은 '미'의 화신으로 재탄생된다. 이에 대한 이상의 비판적인 지적은 "역설적으로" 근대의 예술미가 존재하는 방식에 대한 이해를 돕는다고 할 수 있다. 근대에 있어 예술미라고 하는 것은 작품 자체에 내재되어 있는 것이 아니라 결국에는 우리 삶의 범위를 넘어서는 '저 너머'에서 나오는 것으로 되어버렸다는 점이, 이상의 서술을 통해서 간취되는 것이다. 이렇게 '미'라는 것이 '우리의 앎에 있어서는 불가능한 것'으로 정립되어 버리면, 어떤 작품이 예술인가 아닌가 하는 판단은 사실상 완전히 임의에 달린 것이 되고 만다. 누구도 '미'에 관한 한 최종적 판결을 내릴 수 없다면, 역설적으로 아무나 아무렇게 '미'의 기준을 정하고 그에 의거하여 작품의 가치를 매길 수 있게 되는 것이다.

그러나 이 좋은 것을 쉬쉬 하는 패쯤은 양민良民이다. 전혀 5전에 사서 100원에 파는 것으로 큰 미덕을 삼는 골동가骨董家가 있으니 실로 경탄할 화폐 제도의 혼란이다. 모씨는 하루는 이런 이야기를 한다. 요전에 샀던 것 깜빡 속았어. 그러나 5원만 밑지고 겨우 다른 사람한테 넘겼지. 큰일 날 뻔했는걸, 한다. 우선 골동을 모르고 고가에 샀다가 그것이 위조라는 것을 알자 산 값에서 5원만 밑지고 딴 사람에게 팔아

먹었다는 성공 미담이다.

　재떨이로 쓸 수도 없다는 점에 있어서 우선 '제로'에 가까운 가치밖에 없는 한 개 접시를 위조하는 심사를 상상키 어렵거니와 (⋯중략⋯) 그러나 이 가짜 항아리 접시나 보랭이는 속은 사람이 또 속이고 또 속은 사람이 또 속이고 해서 잘하면 몇백 년도 견디리라. 하면 그 동안에 선대에는 이런 위조 골동품이 있었다네 하고 그것마저가 유서 깊은 골동품이 되고 말 것이다.[18]

　여기서 이상은 골동품의 가격이 형성되는 과정에 대한 신랄한 비판을 가하고 있다. 현실 생활에 있어서는 가치가 "제로"인 골동품 하나가 일단 위조되고, 그 위조품이 높은 가격에 팔린다. 그것을 산 사람은 그것이 위조임을 알고 폐기하는 것이 아니라, 자기가 산 가격과 거의 같은 가격에 판매하고 안심한다. 여기까지 보면 이상이 골동품의 가치가 판단되는 어떤 확고한 기준을 상정하고 있는 듯보인다. 일단 '현재'의 생활에 있어 사용 가치가 "제로"라 할지라도 그것이 '과거'의 산물이라면 어떤 진품성＝유일무이성이 있으며 따라서 그 가치는 클 수 있다. 그러나 이상은 여기서 한발 더 나아간다. 이상은 '과거'의 것을 흉내 내어 "위조"한 '현재'의 것이 어떠한 가치를 띨 수 있는지 묻는다. 일단 그것이 "위조"를 진품으로 알고 산, "속은 사람이 또 속이고 또 속은 사람이 또 속이고 하"는 체계 속으로 들어오면, 그 가치는 '진품성'을 가진 '과거'의 산물과 동등하게 매겨질 수 있게 된다. 그리고 그것이 지속되기만 한다면 언젠가 그것은 '과거'가 될 것이며, 결국 위조와 사기의 연쇄 끝에 그 나름의 '진품성'을 획득하게 될 것이다. 결국 골동품의 가치 판단 기준이 되는 '진품성'이란 순전히 '과거성'에 달린 것이라고 할 수 있다. '원본'은 아무리 시간의 흐름 속에서 조작과

18　위의 글, 79~80면.

손상이 가해져도 끝내 그 '진품성'을 유지하는 것이 아니라, 바로 현재를 과거로 만드는 시간의 흐름 자체가 '진품성'을 만들어내는 것이다.

위의 인용에서 우리가 읽어내야 하는 것은 여기서 그치지 않는다. 이상이 상정한 "몇백 년" 후의 시간, 즉 현재의 위조품이 과거의 것이 되어 원본성을 획득하게 되는 시간이란 결코 오지 않을 시간이라는 점을 알아채야 한다. 속고 속이는 연쇄 속에서 위조 골동품은 이미 원본의 가치를 획득했기 때문이다. "몇백 년"의 시간이 흘러 "위조 골동품"의 위조성이 드러나는 순간에조차 위조품의 가치는 "제로"로 돌아가는 것이 아니라 "유서 깊은 골동품"의 그것으로 오히려 격상된다. 이는 곧 골동품의 가치가 '위조될 수 있는 가능성'에 전적으로 달려 있음을 의미한다. 다시 말해 '과거'의 산물로서의 골동품의 '원본성'이란 곧 '위조될 가능성'이라는 뜻이다. 골동품의 가치는 그것이 우리가 사는 '현재'와는 완전히 이질적인 '과거'에서 왔기 때문에 측정 불가능할 정도로 높아지는 것이다(골동품에 관한 한 '적정한' 시장 가격이란 존재하지 않는다. 말 그대로 '부르는 게 값'이다. 그렇지 않다면 위조 골동품이 진품과 거의 동등한 가격에 팔릴 수가 없다). 그러나 현재가 과거가 되는 미래의 시간이 도래했을 때, 골동품은 그것이 현재에 과거의 것으로서 취급받았다는 사실 그 자체 때문에 과거의 산물이 되어 다시 높은 가치를 부여받는다. 골동품이란 결국 현재 우리가 그것을 과거의 것으로 취급하기 때문에 과거의 산물이 되는 것이다(원본이나 위조품이나 우리가 그것을 과거의 것으로 여기기만 한다면 동등한 가치를 갖는다). 우리의 현재를 과거로 만드는 미래가 도래한다 해도, 여전히 현재는 지속되고 있는 것이다. 그렇다면 과거란 다만 현재의 범위 안에 있는 것에 지나지 않으며, 위조 골동품이 "유서 깊은 골동품"이 되는 미래 역시 현재 안에 있을 뿐이다. 이리하여 이상이 말하는 "몇백 년" 후의 미래, 즉 현재가 과거가 되는 시간 역시 여전히 현재를 벗어나지 않는 것이다.

그렇다면 우리가 골동품에서 발견하는 어떤 미적인 것은 골동품 자체에 내재하지 않고 우리가 영원한 현재를 살고 있기 때문에 생기는 것이다. 지금까지 분석한바, 이상은 끝없는 위조의 연쇄 속에서 위조품이 원본의 지위를 갖게 되는 상황을 비판적으로 본다. 그러나 한편 그에게서는 또 그러한 상황이 전격적으로 개선될 가능성이 없다는 어떤 좌절감 같은 것도 발견된다. 위조와 사기의 연쇄가 끊기는 어떤 미래에 대한 예상도, 이상은 하지 않는다. 이상은 "역설적으로"나마 위조와 원본의 구분이 붕괴되는 '현재'의 상황을 명료히 인식하고 있었던 셈이다. 그리고 이 인식은 이상이 자신의 예술 행위를 통하여 아방가르드의 순간을, 영원한 현재에 "흔적"으로서 남길 수 있는 데 기반을 제공하게 된다. 어떤 골동품의 가치, 즉 그것에 내재하는 것으로 상정되는 미의 본질은, 현재를 사는 우리로서는 닿을 수 없는 과거성이다. 그것은 본질상, 우리에게는 불가능한 것이므로 우리로서는 그것을 합리적으로 판단할 수 없다. 그것이 위조품이라 하여도 우리는 원천적으로 진위를 가를 수 없다. 그리고 그 구분 불가능성 자체가 우리의 현재를 영원하게 만든다. 그리고 또 역으로, 우리가 영원한 현재를 살고 있기 때문에 과거의 산물로서의 골동품은 미적인 가치, 원본성을 지니는 것이다. 그리고 원본이 그 복제품과 구분되지 않아야만 우리는 현재를 살 수 있다.

본질적으로 골동품의 원본성이란 무한한 복제 가능성에 전적으로 달렸다면, 그 연쇄로부터 벗어날 수 있는 유일한 방법은, 그 연쇄 자체를 통째로 위조하는 방법밖에는 없다. 만약 위조의 연쇄 너머에 있는 어떤 순수한 원본성을 제시하려 한다면, 끝없는 위조가 펼쳐지는 '위조 극장'의 무수한 순간들 중 하나로 환원되어 버리고 말 것이다. 왜냐면 이 극장이란, 원본성이란 그 연쇄와는 다른 차원에 있다는 바로 그 이유로 원본성을 멋대로 참칭하는 무한한 위조를 낳으며 지속되기 때문이다. 따라서 위조의 연쇄를 끊는 유일한 방법은, "내재하는 저 너머"로서의 극중극劇中劇, 즉 그 연쇄가 펼쳐지고 있는 무대의 한가운데에서 '위조 자체'를 수행하는 방법밖에는 없다. '골동벽'이 근대의 특유한 현상으로서 등장하는 것은 우리가 살고 있는 현재가 영원한 것이 되어 버렸기 때문이다. 우리의 삶과 앎의 범위를 넘어선 저 너머에서 온 것은, 논리상 모두 우리의 합리적 판단력으로는 결정할 수 없는 무한한 가치를 지니게 된다(저 너머의 것의 가치는 간단히 말해, "제로" 분의 일이다.) 저 너머에서 왔기에 현재의 우리로서는 절대로 복제할 수 없는 것이지만 원본 자체가 우리의 앎 저 너머에 속해 있으므로, 역설적으로 그 것은 누구나 아무렇게나 복제할 수 있는 것이 되어버린다. 따라서 위조의 연쇄를 끊는 것은 원본성이 저 너머에서가 아니라 우리의 현재에 "내재하는 저 너머"에서 오는 것임을, 즉 복제가능성 그 자체임을 그대로 수행하는 것뿐이다.

골동벽이라는 현상은 모더니즘의 시간성-아방가르드의 순간과 불가분의 관계를 맺고 있다. 골동품이란 우리가 영원한 현재를 살고 있다는 그 사실의 물질화라고 할 수 있다. '과거'의 산물이라는 특질밖에 없는 물건이, 측정할 수 없는 가치를 지니기 위해서는, 우리가 아는 한 우리가 영원히 현재를 살고 있어야만 하는 것이다. 그리고 우리가 영원한 현재를 살기 위해서는 우리는 골동품의 가치를 합리적으로 측정할 수 없어야 하는 것이다. 근대인인 우리가 골동품을 위조하고 서로를 속여 멋대로 가격을 정해 팔고 있다는 사실은, 모더니즘 작품은 합리적으로 이해할 수 있는 그 어떤 스타일도 갖지 못한다는 사실과 완벽히 같은 말이다. 우리로서는 전혀 무엇을 의미하는 것인지 이해할 수 없는 어떤 대상이 있다면 그것은 최상급의 모더니즘 예술 작품이다. 골동품이 무한한 가치를 지니기 위해서는 우리가 살고 있는 영원한 현재 저 너머에서 와야 하는 것처럼, 모더니즘이 '미적인 것'을 제시하기 위해서는 우리가 사는 영원한 현재를 반영해야 한다(이때의 반영은 있는 그대로의 모사가 아니라, 거울이 세계를 비추듯, 뒤집힌 형식으로 재현하는 것이다). 우리는 저 너머의 것인 무언가를 만들어 내고(모더니즘 예술 작품을 생산하고) 저 너머의 무언가를 발굴해 낸다('현대'가 아닌 '과거'의 것에 무한한 가치를 부여한다)는 점에서, 근대인이다. 우리를 근대인으로 만드는 이 두 행위,

모더니즘 예술 행위와 골동품을 발굴하고 멋대로 가격을 붙여 유통시키는 골동벽은, 사실 완전히 한 몸을 이룬다. 그리고 아방가르드의 순간은 그 행위란 복제의 연쇄라는 것을 그대로 수행하는, '복제가능성 그 자체'의 복제를 통해, '저 너머'가 사실은 "내재하는 저 너머"로서만 가능하다는 것을 수행하는 순간이다.

예술사에서 문제되는 협의의 '모더니즘'의 본질은 '극단적으로 이질적인 것들의(상충하는 시간성들의) 동시성'으로 규정된다.[19] 그것은 근대적인 예술이 모든 것을 빨아들여 자기화하는, 영원한 현재가 그대로 상연되는 극장이 되었음을 의미한다. 근대적 의미에서 예술 작품이 어떤 미적인 것이 표현되는 매체로 생각되며, 이때 미란 우리의 생활로부터 동떨어진 것이라는 식의 관념의 바탕에는 그러한 메커니즘이 있다. 모더니즘의 예술 작품이 미라는 지고의 가치를 표현하는 어떤 특유의 스타일을 갖지 못하는 것은, 근대가 되어 미가 영원한 현재로부터 완벽히 분리된 과거의 것으로 상정되기 시작했기 때문이다. 근대를 사는 우리에게 그 과거는 본질적으로 사유 불가능한 것이며 따라서 그것을 예술 작품에 재현하기 위한 어떤 합리적인 스타일을 확립할 가능성은 원천적으로 차단되어 있다. 그렇다면 어떤 한 모더니즘 예술 작품이 예술인가 아닌가를 최종적으로 판정하는 것 역시 원천적으로 불가능하다. 결국 무엇이든 근대에는 예술이 될 수 있게 되는데, 바로 그런 점에서 예술은 역설적으로 모든 것을 빨아들이는 영원한 현재를 그대로 상연하는 극장이 되는 것이다.

아방가르드는 이와 같은 모더니즘 단계의 예술이 있기 때문에 나타날 수 있

---

19 팀 암스트롱은 모더니즘 작품에는 이질적인 것, 상충하는 것들의 공존이 결정적인 요소로 내재해 있다고 한 바 있다. "그렇다면 모더니즘은, 스스로의 불완전성과 겹쳐지고, 충돌하며, 그것을 등록하는, 시간성의 관념들을 통하여 작동하는 것이다 (…중략…) 시간성의 역동화는 모더니즘의 결정적인 특징들 중 하나인데, 그 역동화란 과거·현재·미래가 위기의 관계 속에 존재하는 것을 말한다." 여기 나오는 "시간성의 역동화"는 영원한 현재를 뜻하며, 영원한 현재란 그에 대립되거나 그와 갈등하는 다른 시간성들까지 지속적으로 자기에게 통합시킨다는 의미에서 영원한 것이다. Tim Armstrong, *Modernism : A Cultural History*, London : Polity Press, 2005, p.9.

다. 모더니즘 예술이 아무런 특유의 스타일이 없음에도 불구하고 끝내 예술로서의 지위를 유지하고자 했다면 아방가르드 예술은 스타일 없음을 의식적으로 받아들이면서 예술 자체를 의문에 부치고자 한다. 미를 재현하는 어떤 합리적 방법도 알지 못하면서도 여전히 예술이란 미의 재현물이라는 시각을 고수하는 것은 모순이다. 아방가르드는 이 모순을 그대로 받아들여 반성적으로 전복한다. 미란 현실 속에서 합리적으로 살아가는 우리로서는 전혀 알 수 없는 것이라면, 미를 제대로 재현하려면 미가 드러나는 가장 탁월한 매체라고 하는 예술 작품 자체의 제작 방식을 완전히 비합리적으로 그대로 드러내면 된다. 이런 의미에서 아방가르드는 모더니즘 단계를 전제로 하여 나타난다고 할 수 있다. 아방가르드의 가장 탁월한 예로 꼽히는 뒤샹의 「샘」으로 돌아가 보자. 이 '작품'은 우리가 전혀 알 수 없는 것이기는커녕 우리가 현실 속에서 실제로 생산하여 사용하고 있는 것이라는 점에서 너무나 잘 아는 물건이다. 그것이 그 어떤 예술적 가치를 더하는 조작을 가하지 않은 채 그대로 예술 작품이 되어버리는 과정에서 우리는 미란 우리의 현재로부터 완전히 유리된 어떤 곳에 존재하는 것이 아니라는 점을 깨닫는다. 그렇다면 예술 작품과 그 외의 일상적 사물들 사이의 경계에는 무엇이 있는가?

'작품' 자체만을 놓고 본다면 그 경계를 가르는 것은 전혀 분명해지지 않는다. 「샘」이 예술 작품이 되는 것은 우리가 그것을 예술 작품이라고 생각하기 때문이다. 그렇다면 「샘」은 우리가 생각하는 대로 존재하는 어떤 것이다. 이렇게 하여 「샘」은 그 자체로 우리가 아는 한 우리는 영원한 현재를 살 수밖에 없다는 사실에 대한 반성의 순간을 그대로 포착한 것이 된다.

다다이스트들은 그들 작품의 상품적 가치보다는 관조적 침잠의 대상으로서의 작품의 무가치성을 보다 더 중시하였다. 그리고 그들은 무엇보다 그들의 소재를 근본적으로 격하시킴으로써 이러한 무가치성에 도달하고자 했다. 그들의 시는 외설적인 문구나 언어의 온갖 폐기물들을 담아놓은 "말의 샐러드"이다. 마찬가지로 그들은 그림에도 단추나 승차권 같은 것들을 몽타주에 넣었다. 이러한 수단을 통하여이들 그림이 도달하고자 하는 것은 그들이 만들어낸 작품의 아우라를 가차 없이 파괴하는 일이고, 또 생산의 수단을 빌려 그들의 작품에 복제의 낙인을 찍는 일이다.[20]

여기서 벤야민은 다다이즘에 있어 "소재"의 "무가치성"을 지적한다. 벤야민은 아방가르드에 있어 예술 작품의 물질적 현전 자체는 그 어떤 예술적 가치도 없다는 점을 지적하고 있는 것이다. 예술 작품이 갖는 원본성을 가리키는 벤야민 특유의 용어가 "아우라"인데, 아방가르드에서 작품의 "아우라"는 "생산의 수단" 그 자체를 통하여 해당 작품이 한갓 "복제"에 불과한 것이라는 사실이 드러남으로써 무화되어 버린다. 아방가르드 예술 작품의 "생산의 수단"이란 예술가의 천재적인 기교가 아니라 다만 우리의 생활 속에서 무언가를 만들어내는 여느 기술에 지나지 않는다. 아방가르드 작품에서는 "생산의 수단 자체"가 누구라도 다 알 수 있게 여지없이 투명하게 드러난다. 뒤샹의 「샘」을 보고 그 누구도 "저걸 어떻게 만들었지? 나는 흉내낼 수도 없겠다"고 생각하지 않는다. 거기에 "복제"의 낙인이 찍혀 있다는 것은 그 작품은 무엇보다도 '복제될 수 있는 가능성'을 그 본질로 갖고 있다는 말이다(나라도 변기를 들어다 미술관에 가져다 놓는 것쯤은 할 수 있겠다). 즉 벤야민이 '복제 가능성'이라는 용어로 함축하고자 한 것은, 기술 발전과 더불어 누구든 쉽게 어떤 특정 예술 작품의 복제품을 똑같이 만들어낼 수 있게 되었다는 것이 아니다. 그는 이 시대의 예술 작품은 그 외의다른 대상들과 구분되지 않는 것을 본질로 하게 되었다는 것을 의미하고자 한

---

20 Walter Benjamin, 최성만 역, 「기술 복제 시대의 예술 작품」, 『발터 벤야민 선집 2 ─ 기술 복제 시대의 예술 작품, 사진의 작은 역사 외』, 길, 2008(제2판), 88면.

것이다. 그리고 아방가르드는 그러한 상황 자체를 '작품'을 통해서 반성적으로 재현 혹은 체현하고 있을 뿐이다.

이런 맥락에서 아방가르드 예술 작품은 그 제작 기법이 작품의 표면에 그대로 드러나는 것을 특징으로 하게 된다. 벤야민이 지적한 대로 "생산의 수단" 그 자체가 작품의 궁극적인 의미가 되어버리며, 그렇게 누가 보아도 투명하게 드러나 보이는 스타일 상의 '비밀' 덕분에 누구라도 '복제'할 수 있는 대상이 되어버리는 것이다. 아방가르드 작품은 그 현전 자체로 예술 작품과 그로부터 의미를 도출하려는 해석을 하나로 뒤섞어 버린다. 나아가 작품의 생산자인 예술가와 그 해석자인 비평가로 구성된 이 해석 공동체는 다른 누군가가 아닌 우리가 그것을 받아들일 수 있는 한 존재한다는 점에서, 아방가르드 작품의 '예술 작품'으로서의 존재 자체는 우리가 살고 있는 '영원한 현재'에 의해 성립된다. 동시에 그런 것마저 존재하고 있다는 점에서 아방가르드 예술 작품은 우리의 현재가 영원할 수 있는 단 하나의 준거점이 된다. 이런 관점에서 보면 아방가르드 예술 작품이란 본질적으로, 해석과 삶으로부터 분리되어 자율적으로 존재하지 않고, 자율성의 이념에 대한 부정 그 자체로서 존재한다.

1936년 10월 말 혹은 11월 초에 도쿄에 도착한 이상은[21] 11월 14일에 센다이仙台에서 유학중인 김기림에게 편지를 보내 "실망"감을 표출한다. 이는 이미 앞에서 지적된 바이다. 첫 편지로부터 정확히 보름 후인 11월 29일 다시 김기림에게 보낸 편지에서 이상은 다음과 같이 적고 있다.

생生, 그 가운데만 오직 무한한 기쁨이 있는 것을 너무도 잘 알기 때문에 이미 ヌキサシナラヌ程 [빼도 박도 못할 정도로] 전락하고 만 자신을 굽어 살피면서

---

21 김연수, 「이상의 죽음과 도쿄」, 『이상 리뷰』 1, 2001, 294면.

생에 대한 용기, 호기심 이런 것이 날로 희박하여가는 것을 자각하오.

이것은 참 제도濟度할 수 없는 비극이오! 아쿠타가와芥川나 마키노牧野 같은 사람들이 맛보았을 성싶은 최후 한 찰나의 심경은 나 역亦 어느 순간 전광電光 같이 짧게 그러나 참 똑똑하게 맛보는 것이 이즈음 한두 번이 아니오. 제전帝展도 보았소. 환멸이라기에는 너무나 참담한 일장一場의 ナンセンス[난센스]입디다. 나는 그 ペンキ[페인트]의 악취에 질식할 것 같아 그만 코를 꽉 쥐고 뛰어나왔소. (…중략…)

오직 가령 자전字典을 만들어냈다거나 일생을 철鐵 연구에 바쳤다거나 하는 사람들만이 エライヒト[훌륭한 사람]인가 싶소.

가끔 진짜 예술가들이 더러 있는 모양인데 이 생활 거세去勢 씨들은 당장에 ドロネズミ[시궁창의 쥐]가 되어서 한 이삼 년 만에 노사老死하는 모양입니다.[22]

여기서 우선 눈에 띄는 것은 "생"과 "예술"의 대립이다. 이상에게 "생"이란 "무한한 기쁨"의 유일한 원천이며, "예술"은 그러한 "생"으로부터 동떨어진 "생활 거세"자들에게나 어울리는 것에 지나지 않는다. 왜 "진짜 예술가들"은 그러한 "생"의 "무한한 기쁨"을 성취하지 못하고 "시궁창의 쥐" 신세로 "전락"하고 마는가? 그것은 예술이 본질적으로 '삶'과는 완전히 무관한 가치를 추구하는 장으로 분절되어 있기 때문이고, 따라서 그러한 가치를 있는 그대로, "진짜"로 추구하다 보면 "생활 거세자"가 되지 않을 수 없기 때문이다. 이 맥락에서 아쿠타가와 류노스케나 마키노 신이치 같은 예술가들이 결국 도달한, 동기가 명확하지 않은 자살이라는 결말은 생활로부터의 유리를 극단까지 밀어붙여 결국 삶을 자발적으로 끝내 버린 사례에 해당한다.[23] 그리하여 이 자살이라는 결말은 역설

---

22 이상, 「사신 7」, 『전집』 3, 264~265면.

23 아쿠타가와 류노스케(芥川龍之介, 1892~1927)는 근대 일본문학에서 그 이름 자체가 "순문학"의 상징이 되어 있는데 이는 그가 일본 근대 단편소설의 아버지로 평가되기 때문이기도 하지만 일본 최고 권위의 문학상이 그의 이름을 따왔기 때문이기도 하다. 아쿠타가와 상은 연 2회, 신인작가가

적으로 이들의 예술이 "진짜"였음을 증명해주는 더할 나위 없는 근거가 된다.

자살 이후 그들의 작품이 비교할 수 없는 예술적 가치를 지닌 것으로 소급되어 격상되는 이 역설은 그대로 모더니즘의 시간성의 역설이며, 그러한 점에서 정확히 아방가르드의 순간을 가리키고 있다. 어떤 합리적인 이유 없이 행해진 자살은 그들의 삶 자체가 우리로서는 이해할 수 없는 행로를 따라 전개되어 왔었다는 근거가 된다. 그들이 죽음을 맞는 순간은 그들이 보통의 우리들과는 다른 천재적 예술가로 "박제"되는 순간에 해당한다. 이 순간은 아무런 의미도 없던 것이 지고의 의미가 있는 것으로 전도되는 순간이다. 그 순간만 통과하면 생기는 영원하고도 완벽한 그 의미에는, 그것을 위기에 처하게 할 하나의 '흔적'이 남겨져 있다. 그 흔적은 어떻게 해도 그 '순간 자체'를 그 영원함에서 지워버릴 수 없기 때문에 남겨지는 것이다. 아쿠타가와와 마키노는 "최후의 한 찰라"에 자신의 예술이 완벽해지는 동시에 자기의 삶에 영원한 의미가 생기는 것이, 결국 그 "찰라"에 온전히 달려 있음을 감지한 것이다. 이상은 그 "찰라"가 있고서야만 삶이 "무한한 기쁨"의 원천이 될 수 있음을 "어느 순간 전광과 같이 짧게 그러나 참 똑똑하게 맛보"고 있다. 그렇기 때문에 그는 "제전"에 걸려 있는 최신 유행 사조와 고전적 미술 기법을 총동원한 작품들을 보고 "난센스"라고 판단할 수밖에 없다. 아무리 예술이 세련되고 정교한 스타일을 동원한다 할지라도 그 "최후의 한 찰라"를 통과하지 않는다면 그것은 합리적으로 설명될 수 없는 것, 하나의 "난센스"에 지나지 않는 것이다. 오히려 철저히 합리적 필요에

쓴 최고의 순문학 소설에 수여되며, '대중문학' 분야 최고 문학상인 나오키 상과 함께 일본 문단에서 최고 권위의 문학상으로 인정받는다. 널리 알려져 있다시피 아쿠타가와는 35세 때인 1927년에 자살로 생을 마감하였는데, 아쿠타가와 상은 1935년에 그의 친구이자 『분게슌주(文藝春秋)』의 편집인이었던 기쿠치 칸이 제정하였다. 아쿠타가와는 만년에 원인이 명확하지 않은 정신 질환을 앓았다고 전해지며, 유서에도 "어렴풋한 불안"이 언급되어 있다. 마키노 신이치(牧野信一, 1896~1936)의 자살은 1936년 3월 24일에 일어났고 이는 이상이 위의 편지를 작성하기 8개월 전의 일이다. 마키노가 자살 즈음에 작성한 글에는 자기 생활의 역겨움에 대한 자학적 고백이 가득했다고 한다.

의한 작업, "자전" 편찬이나 "철 연구"가 "훌륭한" 축에 든다.

이미 그 "순간"을 의식해 버린 자에게, 이제 예술 작품이 "난센스"를 벗어나 의미를 담기 위해서 필요한 것은 의식적으로 어떠한 의미도 재현하지 않는 방법이다. 이 방법은 무작정 아무런 소재나 멋대로 나열하는 식으로는 실현되지 않는다. 그것은 예술 작품으로부터 어떤 지고의 의미를 찾으려고 하는 해석에 대한 의식적 부정으로서만 실현될 수 있는 것이다. 그리고 이 부정은 예술 작품의 "생산의 수단 자체"가 그대로 작품화되는 것을 통해서만 실현될 수 있다. 이런 맥락에서 살펴볼 텍스트가 「오감도 시 제1호」인데, 이 '작품'은 그 "생산의 수단 자체"가 작품이 되고, 그에 대한 해석이 다시 작품을 이룬다는 점에서 아방가르드의 순간이 현상하는 탁월한 예가 된다.

오감도烏瞰圖

이상李箱

시제일호詩第一號

십삼인十三人의아해兒孩가도로道路로질주疾走하오.
(길은막달은골목이적당適當하오.)

제일第一의아해兒孩가무섭다고그리오.
제이第二의아해兒孩도무섭다고그리오.
제삼第三의아해兒孩도무섭다고그리오.
제사第四의아해兒孩도무섭다고그리오.
제오第五의아해兒孩도무섭다고그리오.
제육第六의아해兒孩도무섭다고그리오.

제칠第七의아해兒孩도무섭다고그리오.

제팔第八의아해兒孩도무섭다고그리오.

제구第九의아해兒孩도무섭다고그리오.

제십第十의아해兒孩도무섭다고그리오.

제십일第十一의아해兒孩가무섭다고그리오.

제십이第十二의아해兒孩도무섭다고그리오.

제십삼第十三의아해兒孩도무섭다고그리오.

십삼인十三人의아해兒孩는무서운아해兒孩와무서워하는아해兒孩와그러케뿐이모혓
소.(다른사정事情은업는것이차라리나앗소)

그중中에일인一人의아해兒孩가무서운아해兒孩라도좃소.

그중中에이인二人의아해兒孩가무서운아해兒孩라도좃소.

그중中에이인二人의아해兒孩가무서워하는아해兒孩라도좃소.

그중中에일인一人의아해兒孩가무서워하는아해兒孩라도좃소.

(길은뚫닌골목이라도적당適當하오.)

십삼인十三人의아해兒孩가도로道路로질주疾走하지아니하야도좃소.[24]

　이 작품에서 우선 주목되는 것은 '오감도 시 제1호'라는 제목이다. 지금까지
의 해석에서도 이 제목의 의미는 상세하게 논의된 바 있다. 그러한 논의에서는
특히 '조감도'의 '조鳥'에서 한 획을 빼서 '오烏'자로 변환시킨 점에 주목했다.

24　이상, 「오감도 시 제일호」, 김주현 편, 『증보정본 이상 문학 전집 1 – 시』, 소명출판, 2009, 86~87
　　면. 이하 『전집』 1로 표시. 이 작품의 최초 발표 지면은 『조선중앙일보』 1934년 7월 24일이다.

'위에서 굽어본 모양으로 그린 그림'이라는 뜻의 이 '조감도'는 경성고등공업학교에서 건축을 공부하고 조선총독부에서 기수직을 맡은 바 있는 이상의 이력과 연관지어 해석되곤 했다. 경성고공이라는 식민지 관립 직업학교에서 건축공학을 공부하고 이어 식민지 경영의 기반 시설을 닦는 총독부 기구에서 일했다는 이상의 이력은 이 '조감도'를 근대의 기술 지배, 식민지 근대성의 냉정한 작동의 상징으로 해석하는 근거가 되는 것이다.[25] 그리고 이상이 '조감도'의 '조'를 '오'로 바꾼 것은, 이 시의 화자가 온통 검은색으로 된 까마귀의 시선에서 "도로"를 "무서워하"며 "질주하"는 "13인의 아해"들을 내려다보고 있음을 의미한다. 즉 '조→오'의 변환은 총천연색인 구체적 현실성의 세계를, 엑스선으로 육체를 투시하듯, 투시하여 흑백으로 된 추상적 도식성의 세계로 변환하는 것에 상응한다.[26] 그리고 그러한 변환을 통해서 막혔는지 뚫렸는지 알 수 없는 "골목"을 "13인의 아해"들이 아무런 목적도 없이 질주하는 상황이 드러난다. 아해들의 공포는 13이라는 숫자와 검은색의 까마귀가 풍기는 불길한 느낌과 정확히 대응하는 것이다.

이러한 해석법에 따르면 이 작품은 근대적인 것과 반근대적 혹은 탈근대적인 것 사이의 길항, 근대 도시라는 환경에 압도된 주체의 공포, 그러한 공포를 처리하는 방법론으로서의 '투시하는 시선'을 형상화한 것이 된다. 흥미로운 점은, 이렇게 이 작품으로부터 '의미'를 추출하는 해석자들은 대부분 자신의 해석법에 스스로 의문을 제기하는 데로 나아간다는 것이다. 그것은 이 시가 텍스트 자체의 구성만을 보아서는 의미가 결정될 수 없는 기호들로 가득 차 있기 때문이다. 예컨대 "13인의 아해"가 무엇을 의미하는지 확정된다는 것은 원천적으로 불가능하다.[27] 그럼에도 불구하고, 위에서 정리한바, 해석자들은 작자 이상의 전기

---

25 박현수, 『모더니즘과 포스트모더니즘의 수사학』, 소명출판, 2003, 116~117면.
26 김윤식, 『이상 문학 텍스트 연구』, 서울대 출판부, 1998, 47~48면.

자료, 그의 다른 작품들과의 공통점, 당대의 역사적 맥락 등을 고려하여, 이 작품을 '근대적인 것과 탈근대적인 것 사이의 길항'이라는 틀로 환원시키고 있다.

물론 어떤 텍스트를 '해석'한다는 행위는 그처럼 텍스트를, 그것을 산출한 여러 층위의 지평에 놓고 맥락을 따져보는 것이다. 그러나 그러한 해석이 이 작품에 적용되면 조금 경우가 달라진다. 왜냐면 이 텍스트를 이루는 기호들은 "13인의 아해"에 대한 여러 해석들이 천차만별의 결과를 보여주듯이 어떠한 해석적 환원도 거부하는 특징을 지니고 있는 것이다. 그렇다면 그 모든 해석법들에서 텍스트를 환원시킨 그 지평들은 사실은 해석자 자신의 임의에 의해 선택된 것에 불과하다는 한계를 갖는다. "13인의 아해"를 어떤 특정 지시대상의 알레고리로 보지 않고 '불길하고 공포스러운 느낌'의 매개로 본다 해도,[28] 그 역시 여전히 거기서 어떤 의미를 끌어내려는 해석 행위라는 점에서 그 한계를 벗어나지 못한다. "13"이라는 숫자가 풍기는 그 느낌이라는 것도 결국 해석자가 갖는 느낌일 뿐인 것이다. 근대를 하나의 전체로서 대면하고 그것에 대응하고자 한 예술가로 이상을 생각하는 근거는 이 시 텍스트 자체에서는 발견되지 않는다.

다시 이 시의 제목 '오감도 시제1호'로 돌아가 '오감도'보다 '시제1호'에 초점을 맞춰 보자. 주지하다시피 이상은 『조선중앙일보』에 '오감도'라는 큰 제목으로 15편의 시를 연재했으며 각각의 작품들에는 시 제1호부터 시 제15호라는 식의 일련번호가 붙어 있을 뿐이다. 시 작품에 아무런 제목 없이 번호만을 붙이는 것은 사실상 제목이 없다는 뜻이다. 이는 해당 작품이 특정할 만한 대상을 다루고 있지 않으며 대상이 있다 하더라도 언어로는 포착할 수 없음을 뜻한다.

---

27 이승훈 편, 『이상 문학 전집 1 - 시』, 문학사상사, 1989, 18면. 주석자인 이승훈은 여기서 "13인의 아해"를 알레고리적으로 해석하는 기존의 독법 열 가지를 나열하면서, 결국 그것이 "어떤 지시적인 의미를 나타내지 않는다"고 결론을 내리고 있다.

28 신형철, 「이상 시에 나타난 시선의 정치학과 거울의 주체론」, 신범순 편, 『이상 문학 연구의 새로운 지평』, 역락, 2006, 281면.

'무엇'을 형상화했는지 알 수 없는 시를 이상이 목표로 하고 있었음이 제목에서 부터 표 나게 드러나고 있는 셈이다. '무엇'을 시적 형상화를 통해서 표현한 것이 아니라 그러한 시적 형상화 과정 자체, 즉 작품의 "생산 수단" 자체가 그대로 시가 되는 것이 이 '작품'을 구성하는 원리인 것이다. 그렇다면 그 숫자 앞에 붙어 있는 '시'라는 단어는 왜 필요했을까?

이 작품은 『조선중앙일보』에 1934년 7월 24일부터 8월 8일까지 총 15회에 걸쳐 연재된 연작시의 첫째 작품이다. 1929년에 경성고공을 졸업하고 곧바로 조선총독부 기수로 취직하여 1933년까지 근무하는 동안 이상은 상당량의 작품을 발표했다. 그러나 그 지면은 대부분 『조선朝鮮』, 『조선과 건축朝鮮と建築』과 같은, 한국의 문단과는 상관없는 총독부와 조선건축회의 기관지에 국한되어 있었다. 그리고 이 시기의 작품들은 이상의 최초 발표작인 「12월12일」1930을 제외하고는 대부분 일본어로 발표되었으며, 「이상한 가역반응」, 「삼차각설계도」, 「건축무한육면각체」 등은 숫자와 공식, 도형 등으로 채워져 있었다. 다시 말해 1930~1933년의 기간 동안 이상의 작품들은 '읽을 수 없는 작품'들이었다. 1933년에 기수직을 사임한 이상은 정지용의 주선으로 『가톨닉청년』에 한국어 시를 발표하게 되는데 이 지면에 발표한 네 편의 작품들은 이전까지의 작풍과는 상당한 격차를 보여준다. 『가톨닉청년』에 발표된 시는 총 4편인데, 「꽃나무」, 「이런 시」, 「一九三三, 六, 一」, 「거울」이다. 『조선과 건축』 시절에 발표한 작품들의, 과학·공학 용어들로 점철된 제목들과 비교해 보면 제목만으로도 상당한 격차가 있음을 알 수 있다. 이후 이상의 대표작이 된 「거울」을 비롯한 네 편의 작품들은 숫자, 도표, 공식 등을 전혀 사용하지 않고 한글로(일부 한자 혼용) 표기되어 있으며, 문장 역시 매우 명료하게 작성되어 있다.

이상이 『가톨닉청년』에 시를 발표하면서 급격한 작풍의 변화를 보인 것은 한국 문단 인사들과 한국어 문학의 독자들, 즉 '한국문학'이라는 해석 공동체에게 읽힐 가능성을 염두에 두었기 때문이라고 할 수 있다. 이렇게 일종의 탐색전을 치른 이상은 1934년이 되자 박태원, 김기림, 이태준 등과의 친교를 시작한다. 당시 식민지 한국의 모더니즘 문학에 있어 중추적인 역할을 한 이들과 어울리면서, 이상은 이제 완전히 '한국문학'이라는 '해석 공동체'의 일원이 된다. 그리고 당시 『조선중앙일보』의 학예부장을 맡고 있던 이태준의 호의로 드디어 7월 24일, 「오감도 시 제1호」가 신문 지상에 등장한다. 이상이 총독부 소속 엔지니어에서 한국의 문인으로 변신하는 그 지점에 놓인 것이 이 「오감도 시 제1호」인 것이다. 총독부 기관지나, 문인은커녕 문학 애호가들조차도 보지 않는 잡지에 「만필漫筆」이나 싣고 있던 이상은, 공식적으로 시인이 되는 순간 자신이 발표하는 작품을 굳이 "시"라고 말하고 있다. 그것은 역설적으로 이 작품이 구태여 "시"라고 표시해주지 않으면 '해석 공동체'에서 통용되는 "시"로는 받아들여질 수 없는 것이라는 사실을 나타낸다. 이상은 시가 아닌 것을 시라는 범주에 포함시킴으로써 시 양식 자체 혹은 예술 작품이라는 개념 자체, 나아가 그것이 포함되어 있는 예술의 범주를 의문에 부치고 있는 것이다.[29]

이를 염두에 둘 때에야 당대의 독자들이 「오감도」 연작에 보낸 반응의 본질을 이해할 수 있다. 당대의 독자들은 「오감도」를 '문학 작품'으로 보고 그것을 해석하려고 하지 않고 "미친놈의 잠꼬대"라는 식의 극언을 통해 무조건적 거부감을 드러냈다.[30] 그러나 이런 식의 수용 방식이 오히려 이 '작품'에 가장 알맞은, 최선의 독법이라고 보아야 한다. 이 '작품'은 작자 스스로가 '시'라고 제목을 붙여놓지 않고서는 '시'라고 불릴 수 없는 텍스트이다. 이것은 하나의 작품이 생산되고 향유되는 소통의 코드, 즉 작자가 어떤 의미를 작품으로 재현하고 그 재

---

29 이어지는 논의의 「오감도 시 제1호」의 분석은 최현희, 「'이상'의 아방가르드 시학」, 『인문논총』 57, 2007, 374~378면의 분석을 수정·보완한 것이다.
30 김용직, 「이상, 현대열(現代熱)과 작품의 실제」, 『이상』, 문학과지성사, 1977, 12면.

현 양식에 익숙한 독자는 그것을 해석하여 의미를 찾아낸다는 코드를 깡그리 무시하는 것만이 목표인 텍스트이다. 따라서 텍스트 자체의 해석이 아니라 텍스트가 초래한 스캔들을 그대로 기술하는 것만이, 이 텍스트를 해석하는 유일한 합리적 방법인 것이다. 그리고 이 스캔들이 단순히 시 텍스트를 생산하고 해석하는 해석 공동체의 차원에만 그치는 것이 아님을 유념해야 한다. 예술 작품에 내재한 의미의 원천이 되는 '예술미'란 우리가 살고 있는 현재가 영원히 지속되는 한에서만 가능하다는 점에서, 이 스캔들은 영원한 현재 안의 "내재적 저너머"가 감지되는 순간에 해당하기 때문이다.

그런 의미에서 당시의 해석 공동체가 보인 반응을 '시대를 앞서 간 천재 예술가의 작품을 이해하지 못한 결과'라고 보아서는 안 된다. 또 이상이 「오감도 작자의 말」에서 자신의 작품을 이해해 준 사람이 거의 없다는 사실에 대단한 실망감을 드러낸 것을 근거로 하여,[31] 이상이 이 작품이 가져온 아방가르드적 순간까지 의도한 것으로 보아서는 안 된다. 이상이 한 것은 시라는 예술 작품일 수 없는 것을 '시'라는 제하에 공시함으로써 예술미의 근대적 존재 방식을 묻는 퍼포먼스를 행한 것까지이다. 그리고 당대의 독자들은 그에 대해 가장 적절한 반응을 보였다. 이 퍼포먼스에서 우리가 읽어내야 하는 것은 작품의 실패도 그에 대한 지금까지의 해석의 실패도 아니다. 「오감도 시 제1호」라는 작품을 통하여 작자가 전달하려고 한 의미가 적절히 재현되어 있는가, 혹은 당대의 독자들을 포함하여 지금까지의 해석자들은 그 재현 방법, 즉 형식을 파악하여 그 의미를 정확히 파악하였는가, 하는 식의 질문은 이 작품 앞에서는 아무 소용이 없다. 이 작품을 해석하는 유일한 길은 그것을 '작품'으로 상정하고 해석공동체에서 통용되는 방법을 따라 해석을 시도하다가 궁극적으로 좌절되는 과정을 그대

---

31 이상, 「오감도(烏瞰圖) 작자의 말」, 『전집』 3, 219~220면.

로 기술하는 것이다.

이 텍스트의 첫 행은 13명의 아이가 도로를 향해 질주한다는 정보를 전달한다. 이어 2행에서 제시되는 정보는 특이하게 괄호로 묶여 있다. 이는 두 행이 각각 전달하는 정보가 층위를 달리한다는 점을 암시한다. 이 점을 해석해 보기에 앞서 우선 이 두 행을 비롯한 이 시의 모든 문장이 하오체 종결형을 취하고 있음을 주목할 필요가 있다. 하오체는 화자가 자기에 비하여 청자를 상대적으로 높이는 높임법이라는 점, 불특정 다수의 독자를 잠재적 청자로 하는 인쇄물의 문장은 대개 높임법 없이 구사된다는 점을 고려하면 이 텍스트의 담화 전체가 명확히 청자의 존재를 전제하고 있음을 알 수 있다. 이 텍스트를 읽는 독자는 높임법 없이 구사되는 보통 시 작품과는 달리 이 시의 화자가 자기에게 전달하고자 하는 메시지뿐 아니라 자기에게 일으키고자 하는 효과도 고려하면서 읽어야 한다. 요컨대 시가 기술하는 바뿐 아니라 시가 어떠한 행위를 수행하며 그것이 독자 자신에게 어떠한 행위를 사회적으로 요구하고 있음을 감지하며 읽어야 하는 것이다. 이런 맥락에서 1행과 2행이 전달하는 정보의 질의 차이는 곧 그 두 행을 통해 화자가 독자에게 수행하도록 요구하는 행위가 질적으로 상이하다는 것을 의미한다.

이제 1행은 괄호 없이, 2행은 괄호에 묶인 채로 제시된다는 점을 생각해보자. 이처럼 괄호 없는 문장이 먼저 나오고 이어 괄호로 묶인 문장이 연속되어 나오는 경우라면 전자는 독자가 직접 전달 받는 메시지이며 후자는 전자를 해석할 때 붙는 단서로 받아들여진다. 여기에 이 시 전체가 화자가 잠재적 청자인 독자에게 어떤 행위를 하도록 사회적으로 강제한다는 맥락을 고려해야 한다. 그럴 경우 1행은 화자가 독자에게 직접 전달하는 정보, 독자가 그에 대해 즉각적으로 해석하는 행위로 돌입할 것을 요구하는 정보라면, 2행은 1행을 해석하는 데 있어 참고하면 되는 정보에 그친다. 이렇게 분리되어 있는 두 해석상의 층위는 희곡의 대사와 지문 사이의 구별을 연상시킨다. 희곡을 읽을 때 독자는 연극화되었을 경우를 상상하면서 대사는 관객으로 상상된 자기의 귀에 직접 들리는 말로 지문은 그 대사의 분위기와 맥락으로 읽어야 한다. 그렇다면 이 시의 1~2행은 13인의 아이가 질주하는 이미지를 떠올리되 그들이 달려가는 도로는 막다른 골목이라는 점을 염두에 두기를 바란다는 주문이다. 이 두 행은 전체 텍스트를 읽어 나가는 방법론을 제시해주는 부분에 해당한다. 독자는 이 텍스트를 화자와의 사회적 관계 가운데 그의 요구에 부응하면서, 마치 희곡을 읽을 때 연극의 상연을 상상하면서 읽듯이 읽어가야 한다. 동시에 13인의 아이의 질주는 종국에는 실패할 수밖에 없는 절망적인 질주라는 느낌을 지니고 그 독해는 시작되어야 한다.

이어지는 3~15행에서 화자는 이 질주하는 13인의 아이가 느끼는 무서움을 건조하게 전달한다. 이 13번의 반복은 일상 언어의 용법에서 보면 매우 비경제적이다. '13인의 아해는 모두 무섭다고 그리오'라고만 해도 그 내용 자체는 온전히 전달될 수 있는 것이다. 그러나 이 텍스트는 언어적으로 읽어서는 안 되고 연극적으로 읽어야 한다는 요령이 모두冒頭에 암시되어 있다는 사실을 상기할 필요가 있다. 따라서 독자는 이 13번의 반복을 순차적으로 하나씩 읽어나가서는 안 되고, 지금 바로 눈앞에서 13명의 아이가 동시에 질주하고 있는 광경을 떠올려야 한다. 즉 3~15행은 그 순서대로 한 문장씩 읽어나가는 것이 아니라, 마치 새가 높은 곳에서 어떤 구역을 단번에 내려다보듯, 그 전체를 하나의 단위로서 한 번에 보아야 하는 것이다. 3~15행의 13개의 문장은 '무섭다고 하며 막힌 도로를 달려가는 아이'를 지시하는 것이 아니라 그 '아이' 자체에 직접 상응된다고 할 수도 있다. '무서워 하며 달려가는 13인의 아이'를 언어로 전달하고자 한다면 '13인의 아이가 무서워하며 막힌 도로를 달려가오'라는 문장을 말하면 되지만, 그것을 연극화하려면 13명의 배우를 무대에 올려 동시에 그들이 달려가는 장면을 연출해야 할 것이다. 3~15행은 그러한 연극의 장면을 관객이 보듯, 읽지 않고 '보아야' 한다.

이렇게 3~15행의 언어적으로는 무의미하나 그 자체로 수행적 효과를 발생시키는 반복을 이해하고 나면 다음과 같은 질문이 뒤따르게 된다. 이 아이들은 도대체 무엇을 무서워하고 있는 것인가? 그리고 왜 그것을 감수하고 도로를 질주하는가? 사실 이 질문은 당연해 보이지만 이 시의 소통 상황을 고려해 본다면 애초에 무의미한 것이기도 하다. 1~2행 분석에서 드러났듯 이 시는 화자가 청자에게 어떠한 상황을 가정해보라는 요구의 형식을 취한다. 즉 이 시에 묘사되는 상황이란 화자의 담화에 대한 청자의 반응이라는 차원에만 존재할 뿐이다. 따라서 13인의 아이가 무서워하며 질주한다는 말에서 해석해야 할 어떤 감춰진 의미의 층위란 없는데, 왜냐면 그 말이 가리키는 상황은 화자가 청자에게 하는 말로 창조된 가상의 사회적 장에만 존재할 뿐이기 때문이다. 그러나 여기서 구사되는 말이 화자와 청자 사이에만 있을 뿐 아니라 양자가 없어도 존재할 일반적인 사회를 구성하기도 하므로, 위의 질문은 당연한 것이기도 하다. 그러나 그 질문에 대한 답을 모색해 보기도 전에 16행에서는 전자에 대한 대답이 주어진다. 13인의 아이는 무서운 아이와 무서워하는 아이로 구성되어 있다는 것, 즉 그들 모두가 서로를 무서워하고 있다는 것이다. 16행의 끝에 붙인 지문에서 화자는 "다른 사정은 업는 것이 차라리 나앗소"라고 함으로써 그들이 왜 서로를 무서워하는지 알 필요가 없다는 주문을 하고 있다. 이 아이들의 무서움은 다만 그들 서로에 대한 것, 즉 그들 안에 한정되어 있을 뿐이다. 그들 밖에서 그 공포의 원천을 찾으려는 시도는 애초에 하지 않는 것이 좋겠다는 주문이다. 해석자는 그저 눈앞에 펼쳐진 공포의 질주 장면을 아주 냉정하게, 그 어떤 해석의 지평에도 소환시키지 않고 그 자체로만 관찰하면 되는 것이다.

17~20행에서 전달되는 것은 행여 해석자가 찾을지 모르는 해석의 가능성을

아예 차단하려는 의도이다. 13인의 아이들이 서로를 무서워하고 있는 중이라 해도, 그들 중 누군가는 유달리 무서운 아이일 수도 있고 또 누군가는 무서움을 타는 아이일 수도 있을 것이다. 16행까지 제시된 정보에 따르면 13인의 아이들은 "무서운 아해"와 "무서워하는 아해"로 구성되어 있다는 것은 드러났지만 그들 중 누가 전자이고 누가 후자인지는 드러나지 않았다. "다른 사정은 없는 것이 차라리 나았소"라고 화자는 이미 말해 놓은 상태이지만, 이제 이 13인의 아이들의 집단의 내부로 시선을 돌려 그들 사이에서 어떤 변별점을 찾으려는 해석의 시도가 있을 수 있다. 17~20행은 13인의 아이 중 누가 무서운지 누가 무서워하는지 상관없다고 말함으로써 그러한 해석마저 차단시켜 버리고자 한다. 이제 이 텍스트의 결말을 이루는 21~22행은 지금까지의 모든 과정마저도 무위로 돌려 버리고자 하는 의도의 소산이다. 해석자는 지금까지 애써 상상하면서, 해석의 시도가 계속해서 좌절되는 과정을 감수하면서 이 마지막 두 행에 이르렀다. 여기서 독자가 대면하게 되는 것은 맨 처음 이 텍스트에 설정된 기본 상황 자체가 사라져 버리는 순간이다. 막힌 골목을 향해 무서운 질주를 하는 13인의 아이를 상상했던 해석자는 자신의 모든 해석적 노력을 이 텍스트가 그 자체로 거부하고 있다는 것을 깨닫게 된다.

 이렇게 보면 「오감도 시 제1호」는 '해석의 시도가 좌절되어 가는 과정' 자체가 작품을 구성하는 유일한 원리가 되고 있다고 할 수 있다. 작품의 의미를 찾는 해석이 시도되고 그 결과 작품의 궁극적인 의미를 드러내는 어떤 유일한 합리적인 해석법도 합의되지 않는다. 작품의 외부로부터 끌어당겨져 작품에 적용된 해석의 방법론들이 좌절되는 순간 남는 것은 그 모든 외적 논리들에 괄호를 치고 순수하게 작품 자체의 전언에만 집중하는 방법이다. 위에서 시도된 해석은 바로 그러한 맥락에서 이 작품을 읽는 합리적 방법으로 정당화될 수 있다. 그러나 작품 자체로부터 전달되는 전언은 자기 자신의 '작품성'에 대한 부정 외에는 아무 것도 없다. 유의해야 할 것은 그러한 자기비판적 부정이라는 전언은 이 작품을 하나의 완결적 작품으로 가정하고 해석하려고 시도할 때에만 전달된다는 것이다. 그렇다면 이 '작품'은 해석자에게 자기 자신의 생성 원리를 그대로 노출하는 것을 지나쳐, 완전히 떠넘기는 지경으로 나아가고 있는 것이다. 해석자는 이 작품을 해석하려고 시도하면서 자기도 모르게 이 작품을 '복제'하고 있는 셈이다. 이 '복제'의 과정을 다 거치고 난 해석자는 이 작품 자체가 자기의 해석 행위로서만 존재할 수 있음을 깨닫게 되며, 그럼에도 불구하고 이것이 예술 작품일 수 있는가 하는 의문에 빠진다. 예술 작품이라면 필시 어떤 심오한 '의미'가 담겨 있을 것이라고 보고 '근대라는 압도적 현실과의 길항'이라는 구도로 이 '작품'의 '의미'를 환원해 버리는 순간, 이 '작품'이 초래한 자기비판적 순간은 닫혀 버린다.

아방가르드의 순간에 개시되는 가능성들을 폐색시키는 이와 같은 작동이 「오감도 시 제1호」가 발생시킨 스캔들을 은폐해버리는 것만은 아니다. 오히려 그러한 작동이 없다면 이 작품으로 초래된 스캔들은, 그 지평을 넓힌 해석 공동체의 내부로 환원되어 버릴 것이기 때문이다. 전대미문의 '작품'을 '해석'하여 그것을 '합리적'으로 이해할 수 있는 독법을 정당화함으로써 이 작품 이전까지 존재해왔던 해석 공동체는 전혀 타격을 입지 않은 채, 어떤 대상의 예술성을 판단하는 권리를 독점하게 될 것이다. 그러나 지금까지 존재해왔던 해석 공동체(들)은 이 작품의 '의미'를 '근대라고 하는 우리의 시대 전체와의 길항'으로 규정 지음으로써, 오히려 역설적으로 이 '작품'이 만들어내는 아방가르드의 순간의 가능성을 전폭적으로 열어주고 있다. 다시 말해, 지금까지 지속된 해석법을 통해서 드러난 바는 다음과 같다. 「오감도 시 제1호」의 작자 이상은 우리가 살고 있는 이 시간 전체와 대결하는 자이다. 이상이 그러한 자격을 획득하는 것은 우리로서는 해석할 수 없는 작품을 생산해냈기 때문이다. 이상 작품 분석의 시작과 끝을 여는 핵심어는 언제나 "난해성"이다. 우리가 합리적으로 이해할 수 없다는 점에서 이상의 작품은 바로 우리가 사는 현재라는 전체와 대결하는 것이다. 그렇다면 우리가 사는 이 현재는, 우리가 아는 한, 영원한 것일 수밖에 없다. 이 '영원한 현재'는 우리가 "난해"한 나아가 불가해한 이상의 작품을 근대라는 전체에 대한 대립항으로 제시하는 순간 성립하는 것이다. 바로 이런 점에서 아방가르드의 순간은 그때 개시되는 가능성들을 완전히 폐색시키는 한에서만 열리는 가능성이다.

"흔적"으로서의 '이상'은 이 폐색 / 개방의 순간을 표시한다. 이상이 근대 전체와 대결하고 있다면, '이상'은 그러한 구도가 생성되는 순간을 표시한다. 이상과 근대를, 우리로서는 뚫고 들어갈 수 없는 두 개의 대극적對極的 전체로 생성시키는 것은, 다름 아닌 우리이다. 우리가 잘 알고 또 그 안에서 살고 있는 시간을 근대로, 이상의 순간을 비근대로 놓음으로써, 우리는 이상을 근대성의 화신으로 만들면서 동시에 우리의 현재를 영원토록 연장하고 있다. 그러나 우리의 그러한 해석 행위가 없으면 그러한 구도를 붕괴시키는 '이상'이라는 아방가르드의 순간은 불가능하다. 이상은 우리로서는 알 수 없는 어떤 이유에서 도쿄행을 선택했고, 거기서 죽었다. 그의 죽음 이후, 우리는 그 죽음을 근대와의 대결 끝에 전사戰死한 것으로 해석한다. 그리고 그가 남긴 작품들은 그 대결의 일지가 된다. 이상의 작품이 아방가르드의 순간일 수 있는 순간이 이상이 도쿄에서 죽은 순간이다. 말하자면, 이상이 도쿄에서 죽었기 때문에, 즉 우리가 그 죽음을 가지고서 이상의 작품을 비근대라는 전체로 설정하고 우리의 근대와 대결시켰기 때문에 '이상'이 아방가르드의 순간이 된 것이다. '이상'이라는 아방가르드의 순간을 실체화한 것이, 위에서 살펴본 김윤식의 경우라면, 다음 절에서 살펴볼 최재서는 이상의 죽음 이전에 '이상'을 발견한 해석자, '이상'의 기원을 이루는 이상론의 저자라 할 만하다.

3. '이상' 만들기 혹은 이상과 함께 머물기

이상이 우리와 더불어 영원히 살고 있다는 테제는 단순히 우리가 근대를 살고 있으며 이상의 작품들이 근대를 가장 잘 반영하고 있기 때문에 제시된 것이 아니다. 우리가 근대 이외의 시간이란 알지 못하며 바로 그러한 이유로 영원한 현재로서의 근대를 살 수밖에 없는 운명이라는 점에 위의 테제는 걸려있다. 근대인으로서의 우리가 처해있는 저 운명은 거기서 벗어날 길이 차단되어 있다는 점에서 운명이지만, 그 탈출의 길을 막고 있는 것은 다른 누가 아닌 우리 자신이라는 점에서 운명이 아니다. 위에서 모더니즘의 이중의 역설이라고 부른 것은 우리가 처한 / 만든 이 상황을 가리킨다. 근대성이란 이러저러한 내적 자질을 가진 것이 아니라 궁극적으로 자기 자신에 대한 부정을 중핵으로 하는 것이라고 할 때, 근대인으로서 우리는 바로 그 부정을 통하여 자기의 현재를 무한히 연장하고 있는 셈이다. '내가 이렇게 살고 있을지라도 나의 본질은 이렇지 않다.' 이것이 근대인의 정체성을 단적으로 드러내는 문장이다. 그렇게 본질적인 것이 내가 사는 현재의 '저 너머'에 그 위치가 지정되면서 역설적으로 내가 사는 현재는 영원히 연장되고 마는 것이다.

그리고 우리가 그러한 운명에 처하게 된 것은 한국 근대 문학사상 가장 근대적인 작가 이상이 근대 그 자체인 도쿄에서 죽었기 때문이다. 이때 이상이 '가장 근대적'이라는 것은 그의 작품이 근대성의 여러 자질들을 다수 지니고 있다는 뜻이 아니다. 무엇이 근대적인가를 판명하는 일은, 그것이 우리가 사는 현재의 것인가 아닌가, 즉 그것이 우리의 합리적 사유의 범위에 포함되는 것인가 아닌가를 판단하는 일임을 상기하자. 그러므로 어떤 대상이 모던하다는 것은 우리가 그것을 우리 자신의 것으로 받아들였음을 의미한다. 우리는 해당 대상의 근대성을 판명하는 사유를 통해서 그 대상을 모던한 것으로 생산해내는 것이다. 우리가 사는 현재는 결국 우리가 이렇게 자기반영적으로 만들어낸 것들로 가득 차있다. 이상이 근대성이 최대로 실현된 대상이라는 말은 우리가 '이상'이라는 이름에 우리의 모든 것을 비추어 우리가 아는 이상을 만들어냈다는 뜻이다. 그러므로 이상이 도쿄에서 죽음을 맞은 그 순간 '도쿄'는 근대성 그 자체, 우리가 벗어날 수 없는 운명적인 것으로 다시 태어난다. 그리고 그렇게 도쿄=근대성이 성립하는 순간, 이상은 '이상'이 될 수 있다. 동시에, 그 죽음의 "순간" 우리의 현재는 영원해지고 이상은 우리와 영원히 함께 살게 된다.

'이상'이라는 단 하나의 "흔적"만을 갖는 완전히 평평하고 매끄러운 이 영원한 현재라는 평면의 도입 과정을, 우리는 김윤식의 이상 연구에서 발견할 수 있었다. 지금까지 우리는, 근대를 우리의 운명으로 영원히 못 박아 버리는 그의 해석이 아방가르드의 순간으로서의 이상 텍스트의 가능성을 최대로 실현하는 행위임을 검토해온 셈이다. '도쿄=근대성=이상'이라는 김윤식의 도식은 이중의 역설이라는 근대성의 본질을 성립시키는 데 중핵이 되는 아방가르드의 순간을, 온전히 근대성의 영원성 / 운명성을 향하여 정향시킨 것에 해당한다. 그리고 그러한 김윤식의 도식을 통해서 역설적으로 모던한 우리가 살고 있는 이 영원한 현재가 전적으로 아방가르드의 순간에 달려 있다는 점이 그대로 드러나 버린다. 어떤 하나의 유일한 합리적 해석을 거부하는 것을 그 형식이자 내용으로 삼는 이상의 텍스트가, 김윤식의 저 도식을 통하여 우리의 현재를 규정하는 단 하나의 운명의 가장 탁월한 표징으로 고정된다. 도쿄에서 죽은 이상을 '이상'으로 만드는 김윤식의 이와 같은 해석을 통하여 우리는 영원한 현재에 이상과 함께 머물게 된다.

이러한 해석에는 분명히 그 기원이 있어야 한다. 김윤식이 이상을 우리의 현재로 실체화하기 위해서는 이상의 죽음의 "순간" 이전에 이상을 '이상'으로 만들 수 있는 길이 열려 있어야 한다. 이상의 작품에서 우리의 현재의 경계를 발견하고 그리하여 그 궁극적인 의미를 우리의 현재 '저 너머'의 부정적인 드러남에서 찾는 해석이 김윤식의 해석 이전에 있어야 한다. 김윤식의 저 도식은 그 '저 너머'를 말 그대로 '저 너머'로 완전히 넘겨버린 결과 성립하는 것이다. 앞절에서 우리는 이상 텍스트에서 '저 너머'란 "내재하는 저 너머"로서만 존재하는 것임을 증명했다. 김윤식은 그 "내재하는 저 너머"를 도쿄=근대성=이상이라는 도식을 제시함으로써, 우리의 현재로부터 완전히 '저 너머'로 넘겨버렸다. 그렇다면 애초에 그렇게 넘겨질 '저 너머'가 이상에게 내재하고 있음을 드러내는 해석이 김윤식에 앞서 있어야 한다. 김윤식 해석의 기원은 필연적으로 이상의 도쿄에서의 죽음 이전에 나타났어야 한다. 이상이 죽는 그 "순간"이 우리의 현재를 영원한 것으로 만드는 결정적 순간에 해당하려면, 그 "순간"에 앞서 우리의 현재가 영원하지 않을 수도 있다는 점이 드러나 있어야 한다. 그 점을 드러내는 해석은 이상을 '이상'으로 만드는 것, 즉 우리가 '이상'이라는 이름을 통하여 현재를 영원한 것으로 만들 수도 아니면 순간으로 만들 수도 있다는 점을 보여준다는 점에서 '이상'의 기원이 되는 것이다.

이상이 활발한 문필 활동을 했던 1930년대에 이미 근대 문학의 최첨단을 달리고 있다는 평가를 받았다는 점이 앞에서 지적된 바 있다. 여기서 다음과 같은 의문이 제기될 수 있다. 만약 현재 우리가 살고 있는 시대가 근대라면, 그리고 그러한 이상에 대한 당대의 평가를 수용한다면, 이상 이후의 시대는 근대 '이후'가 되는 것인가? 이상이 생존해있던 때에 이미 근대가 정점을 지나쳤다면, 근대인인 우리는 우리가 사는 현재를 자기모순의 시간으로 받아들일 수밖에 없게 된다. 이미 '과거'가 되어버린 시대를 우리는 우리의 '현재'라고 부르고 있는 것이다. 그러나 이상이 생존해 있던 당시라면 문제는 달라진다. 이상과 근대의 물질적 현존을 생생하게 공유하고 있던 때, 근대성의 최고봉으로서의 이상의 존재는, 우리가 다른 시간을 살 수 있는 가능성들의 저장고에 해당할 수 있었던 것이다. 그리하여 이상 당대에 이상을 '가장 근대적'인 예술가로 규정짓는 해석이 '이상'의 기원에 해당할 수 있는 것이다. 이때의 '기원'은 우리가 사는 현재와 모순되는 것조차 현재화하여 영원한 현재를 우리의 운명으로 만드는 것이라는 점에서 말 그대로 기원이다.[32] 한편 우리가 여기서 이 '기원'을 그 자체로 사유하는 것은 그 '기원성originality'이란 오직 우리의 해석 행위로 어떤 절대적 기원성을 복제하는 것을 통해서만 가능해짐을 드러내며, 따라서 기원 이전의 시간 혹은 기원으로부터 뻗어 나온 우리의 영원한 현재 '저 너머'의 시간을 암시하려는 시도이다.

최재서의 평문 「「천변풍경」과 「날개」에 관하여 ─ 리얼리즘의 확대와 심화」[33]는 이런 맥락에서 '이상'의 기원을 이루는 글로 보인다. 이 글은 이상의 평판작 「날개」『조광』, 1936.9를 해석하면서 거기서 근대성의 최대치를 발견하고 동시에 그 초극을 요구하고 있다. 여기서 최재서는 이상과 더불어 식민지 한국의 모더니즘 문학을 대표하는 작가 중 하나이자 구인회의 멤버였던 박태원의 「천변풍경」과 이상의 「날개」를 나란히 논의한다.[34]

---

32 이때 '기원'은 가라타니 고진(柄谷行人), 박유하 역, 『일본 근대문학의 기원』, 민음사, 1997에 나오는 용법에 의거한다. 가라타니의 '기원'은 우리가 살고 있는, 어떤 틈도 흠도 찾을 수 없는 평면에 외부성을 도입하는 사건을 의미한다. 그는 일본 근대문학의 기원에서 "풍경의 발견"이라는 계기를 제시하는데, 이때 '풍경'이란 하나의 인식론적 좌표로 그것은 산출되자마자 바로 억압되어 버린다는 의미에서의 '기원'에 해당한다. 이 인식론적 좌표로서의 '풍경'이 도입된 사정에 대해서는 현재의 우리는 알 수가 없는데, 왜냐면 일본 근대문학이라는 평면 위에 있는 우리에게 그것은 나타나자마자 억압되어 버렸기 때문이다. 그리고 그처럼 '풍경'이 과거 어느 시점에 도입되었다는 점을 기술하는 가라타니 자신도 일본 근대문학의 장 안에서 그러한 기술을 하고 있기 때문에 '풍경'이 도입된 구체적 사정을 객관적으로 서술할 수는 없다고 인정한다. 이는 가라타니의 초점이 일본 근대문학을 분석하여 그 개념의 내적 자질들을 밝히는 데 있지 않고 일본 근대문학이라는 개념이 어떻게 실체적인 것으로 사유될 수 있게 되었는가를 밝히는 데 있기 때문이라고 할 수 있다. 즉 그의 초점은 일본 근대문학이 우리의 세계에 '기원'한 순간을 포착하는 데 있는 것이다. 가라타니의 논의는 그리하여 일본 근대문학이 우리가 벗어날 수 없는 완전한 평면임을 밝히며 동시에 그 기원은 순전히 우발적(contingent)임을 드러낸다. 그는 일본 근대문학이라는 평면을 벗어날 수 없음을 드러냄으로써 역설적으로 그 외부에 대한 가능성을 생성시킨다고 할 수 있다.

33 참고로 이 글은 원래 『조선일보』에 1936년 10월 31일부터 11월 7일까지 연재되었다.

34 최현희, 「'이상'의 이데올로기적 기원 ─ 김기림과 최재서의 이상론」, 『한국현대문학연구』 32, 2010.

이 두 작품은 그 취재에 있어 판이하다. 「천변풍경」은 도회의 일각에 움직이고 있는 세태인정을 그렸고 「날개」는 고도로 지식화한 소피스트의 주관 세계를 그렸다. 그러나 관찰의 태도와 묘사의 수법에 있어서 이 두 작품은 공통되는 특색을 가지고 있다. 즉 그들은 될 수 있는 대로 주관을 떠나서 대상을 보려고 하였다. 그 결과 박 씨는 객관적 태도로써 객관을 보았고 이 씨는 객관적 태도로써 주관을 보았다. 이것은 현대 세계문학의 2대 경향, 리얼리즘의 확대와 리얼리즘의 심화를 어느 정도까지 대표하는 것이니 우리에게 대단히 흥미 있는 문제를 제공한다.[35]

여기서 최재서는 이 두 작품을 동렬에 놓고 다루어야 하는 이유를 지적한다. 두 작품이 대상을 관찰함에 있어 공통적으로 "객관적 태도"를 취하고 있다는 것이다. 이어 최재서는 이러한 태도는 근대 문학의 유일한 경향이라 할 "리얼리즘"의 핵심에 해당한다고 본다.[36] 두 작품이 각각 다루고 있는 대상이, 하나는 "세태인정"이라는 "객관"이고 다른 하나는 "주관 세계"라는 점에서 구분된다는 점은 부차적인 문제에 지나지 않는다. 리얼리즘이란 어떤 현실을 작품에 그대로 반영하는 것이라면, 그것은 예술 작품을 현실이라는 원본에 대한 가능한 하나의 복제품으로 보는 태도를 의미한다. 최재서의 논리에 의하면 복제품으로서의 예술 작품이 현실을 정확히 복제했는가를 판명하는 기준은 복제된 내용이 아니라 복제의 "태도"에 있다. 다시 말해 작품에 재현되어 있는 현실과 그것의 원본이 되는 현실이 서로 맞아 떨어지는가 하는 것은 한 작품의 리얼리즘의 성취도를 평가하는 기준이 되지 못한다. 중요한 것은 원본과 복제품이 정확하게 일치하는지

---

35 최재서, 「「천변풍경」과 「날개」에 관하여」, 98~99면.
36 최재서는 다른 글에서도 '리얼리즘'이 근대문학의 유일한 의미 있는 경향이라는 관점을 고수하고 있다. "현대 조선문학의 경향이 대체로 보아 리얼리즘에 있다 함에는 이론이 없을 듯하다 (…중략…) 세계문학의 조류라든가 조선의 정세를 들출 것도 없이 이것은 당연한 일이다." 최재서, 「빈곤과 문학」, 『문학과 지성』, 120면.

여부가 아니라, 원본을 복제하는 자의 "태도"가 "객관적"인지 여부이다.

최재서는 위 인용에서 "객관"과 "주관"을 엄격하게 분리하는 듯하다. 상식적으로 객관이란 우리의 사유 대상이 되는 것, 다시 말해 우리 '저 너머'에 있는 것이며, 주관이란 그러한 사유를 하는 우리의 주체성, 다시 말해 우리에게 내재하는 것으로 생각된다. 최재서의 위 진술 역시 그러한 상식에 부합하는 듯하다. 그에 비춰볼 때 최재서의 진술은 가능한 한 우리의 주체성의 간섭을 최소화하여 '저 너머'에 있는 것을 그대로 드러내는 것이 '현실'을 최대한 객관적으로 묘사하려는 리얼리즘의 원칙에 부합한다는, 평이한 설명으로 보인다. 이러한 상식적 논리가 성립하기 위해서는 "객관"이란, 우리와 질적으로 다른 것, 우리로서는 알 수 없는 어떤 것이어야 한다. 그렇다면 이 객관적 현실에 대한, 리얼리즘적 예술이 도달할 수 있는 최대치의 성취는, 우리의 모든 "지식"을 활용하여도 합리적으로 이해할 수 없는 작품에서 실현될 것이다.

최재서가 리얼리즘의 기준을 '현실과 작품의 내용상의 정합성'이 아니라 "객관적 태도"에서 찾고 있는 것은 이러한 맥락에서 이해해야 한다. '현실'을 우리의 외부로서만 존재하는 것으로 규정하는 것과 우리의 "주관"이 그러한 "객관"의 세계와는 질적으로 구분되는 존재로 규정되는 것은 동시적으로 발생한다. 이때 '동시적'이라는 말은 그 두 개의 규정이 시간선 위의 어느 한 점에서 함께 일어난다는 뜻이 아니다. 이 두 규정은 서로가 서로를 상호적으로 규정하고 있으며 두 규정을 통해서 개념화되는 객관과 주관이라는 개념은 서로가 서로의 부정성으로서만 존재하며, 바로 그렇기 때문에 두 개념이 성립하고 나면 이 둘 외에는 어떤 것도 존재하지 않게 된다(모든 것은 객관적인 것 아니면 주관적인 것 둘 중의 하나이다. 이도 저도 아닌 것이나 그 둘 다가 아닌 것이란 '존재할 수 / 사유될 수'조차 없다. 그것들은 폐제된다). 그리고 또 바로 그러한 이유에서, 이 양자의 동시적 상호 규정은 양자를 이론적으로 정의하는 데서 그치는 것이 아니라 양자를 무로부터 생성시켜 실체화하는 작용인 것이다(저 먼 영원의 과거로부터 존재해온 두 실체가 먼저 있고, 우리는 그것을 사유하는 이론을 나중에 만드는 것이 아니라, 우리의 이론이 그 대상이 되는 실체를 발명한다).[37]

그렇다면 최재서가 리얼리즘의 기준으로 내세우는 "객관적 태도"에서 우선 초점은 "태도"에 맞춰진다. 상식적인 리얼리즘 규정에 따르면, 예술적 리얼리즘의 성취도는 현실과 작품의 내용적 합치를 기준으로 측정된다. 그러나 현실이란 원천적으로 인간의 주관적인 인식 활동, 최재서의 용어로는 "지성"의 작용을 통해서는 예술 작품에 그대로 복제될 수가 없다. 현실은 우리로서는 절대로 도달할 수 없는 것, 주관 측에서 보면 불가능한 것을 본질로 하기 때문이다. 그럼에도 불구하고 리얼리즘을 추구하는 경우, 그것을 검증할 수 있는 유일한 통로는 예술 작품의 생산 원리, "생산 수단 그 자체"밖에는 없다. 최재서가 사용하고 있는 "태도"라는 용어는 정확히 그러한 지점을 가리키고 있다고 볼 수 있다. 그렇다면 "객관적 태도"란 무엇인가? "객관"이란 주관의 "태도"가 어떠하든 도달될 수 없는 것, 이해할 수 없는 것, 불가능한 것을 본질로 한다는 점을 상기해 본다면, "객관적 태도"라는 표현은 그 자체로 하나의 모순이다. 그러나 객관

---

37 최재서는 인간 주체성과 객관적 세계 사이의 좁힐 수 없는 간극을 전제하고 있는 듯 보이며 이는 T. E. 흄(Hulme)의 세계관을 연상시킨다. 흄은 "유기적, 생명력 있는 세계"와 "비유기적, 기하학적 세계" 사이의 단절을 전제로 한 불연속적 세계관을 설파한 바 있다. 주지하다시피 흄은 1920년대 영미 문단에 나타난 일련의 모더니즘적 경향에 가장 큰 영향력을 끼친 이론가이며, 영미 문단의 최신 비평 경향을 소개하며 한국과 일본 문단에 이름을 알리기 시작한 최재서도 흄을 중요하게 다뤘다.(崔載瑞, 「T. E. ヒュームの批評的思想」, 『思想』 151, 1934.12) 흄의 1920년대 모더니즘 문학에 대한 영향은 그의 휴머니즘 비판 논리에서 유추 가능하다. 그는 인간이 자기로서는 이해할 수 없는 "비유기적, 기하학적 세계"까지도 자기의 "유기적, 생명력 있는 세계"의 논리로 재단하는 태도를 일러 휴머니즘이라 부른다.(T. E. Hulme, ed. Herbert Read, *Speculations : Essays on Humanism and the Philosophy of Art*, London : Kegan Paul, Trench, Trubner and Company, 1936, pp.4~6) 즉 흄은 인간이 자기성을 유지하기 위해 외부성을 폐제시켜 버린다는 점에서 휴머니즘을 비판하고 있는 것이다. 리얼리즘적 재현의 맥락에서 주관과 객관을 규정하는 최재서의 논리에서는 인간적 주체와 대상의 객관성 사이의 간극에 대한 강조가 나타나며 이런 점에서 양 차원의 혼동을 혹독하게 비판한 흄의 논리와의 상동성이 보인다.

과 주관이 동시적으로 서로를 규정 / 발생시키고 있는 차원에서 본다면 이것은 "지성"의 산물로서의 예술 작품에서 리얼리즘의 성취도를 측정하려 할 때 적용될 유일한 정당한 기준이다. 원천적으로 절대 현실적일 수 없는 예술 작품이 리얼하기 위해서는, 자기가 생산되는 원리 자체를 통하여 리얼한 예술 작품이란 존재할 / 사유될 수 없다는 점을 드러내는 것 외에는 방법이 없다.

통상적으로 식민지 한국의 모더니즘 문학을 대표하는 작품으로 생각되는 두 작품을 들어 최재서가 "리얼리즘의 확대와 심화"를 논하는 것은 이러한 맥락에서 이해될 것이다. 그에게 리얼리즘이란 객관적 현실의 반영이라는 상식적 차원, 혹은 마르크스주의 미학에서 논의되는 차원의 리얼리즘이 아니다. 마르크스주의에서의 리얼리즘 역시 토대로서의 현실과 그것과는 본질상 유리된 상부구조로서의 예술이라는 대립항을 대원칙으로 삼는다는 점에서 상식적 리얼리즘 개념과 크게 다르지 않다. 반면 최재서의 "리얼리즘" 개념은 객관과 주관이 대립하는 차원의 심층에 존재하는 잠재성의 층위와 관련되는 것으로 볼 수 있다.[38] 그가 "리얼리즘"이 성취될 수 있는 유일한 방법을 "객관적 태도"에서 찾은

---

38 이때 잠재성은 아감벤의 용법을 따른 것으로, 주어진 현실로서의 객관성을 완전히 우발적인 것으로 만들고 그리하여 주체의 현실에 대한 개입의 가능성을 복원하는 것이다. 주체성이 수동적으로 구성되는 조건으로 현실의 객관성이 전제되면, 인간 주체의 가능성이란 실천과 이론이라는 두 양식으로 분할되게 된다. 아감벤의 용어법으로는 프락시스(praxis) 대 포이에시스(poiesis)의 대립이 이 분할에 상응한다. 그가 이 대립항을 제시할 때 염두에 둔 것은, 인간이 비실용적 활동을 한다면 그는 현실에서 무용한 존재라는 도식이 근대를 규정하고 있다는 점이다. 즉 아감벤은 근대에는 "프락시스"가 오직 "인간을 동물과 동등하게 만드는, 필연성에 대한 복종"으로 한정된다는 점을 비판적으로 보는 것이다. 이 도식에서 탈피하기 위하여 그는 "포이에시스"를 "탈은폐로서 이해되는, 진리의 한 양식"으로 복원하여 그 힘을 살려야 한다고 주장한다. 최재서의 리얼리즘론에 대한 분석의 맥락에서 보면, "객관적 태도"가 아감벤의 "포이에시스"와 상통한다 볼 수 있다. 최재서는 "객관적 태도"를 통해 주체성과 관련 없는 객관성의 영역을 그대로 드러내는 것이 아니라, 근대적 인간의 활동에 내재된 분할을 그대로 드러내는 데 초점이 있기 때문이다. 인간 주체가 외적 현실에 개입해 들어갈 수 있는 유일한 방법이란 정지 상태의 관찰뿐임이 드러나면, 그러한 분할의 역사성은 자연스럽게 드러날 수밖에 없다. 동시에 그러한 근대 특유의 분할이라는 틀로부터 벗어나는 것은 이처럼 순수한 극적(劇的) 행위화를 통할 수밖에 없음이 드러난다. 아감벤에게 이러한 행위가 "포이에시스"에 해당하는 것이며, 근대의 근원적 모순을 극복하는 유일한 방법으로 복권되어야 할 존재 양식이 그것이다. Giorgio Agamben, trans. Georgia Albert, *The Man*

것을 보면, 그에게는 엄격하게 분리된 객관과 주관의 이념과 현실과 작품의 내용상의 합치라는 상식적 리얼리즘의 이념이 양립할 수 없는 것이었음이 드러난다. 이러한 인식을 갖고 있었기 때문에 최재서는 다음과 같이 박태원의 작품에 비해서 이상의 작품이 우수하다는 평가를 하게 된다.

소설가는 이 카메라를 가지고 자신의 심리적 타입에 따라 외부 세계로 향할 수도 있고 또 자기 자신의 내면적 세계로 향할 수도 있다. 전자의 경우에 있어서 사태는 비교적 단순하나 후자의 경우에 있어선 대단히 미묘하다. 그것은 관찰자와 피관찰자가 동일인 내에 있기 때문이다. 그나마도 자기의 생활과 감정을 그대로 솔직하게 토로하는 신변소설가라든가 자서전적 시인의 경우면 별로 문제는 없을 것이다. 그러나 「날개」의 작자와 마찬가지로 자기 자신 내부에 관찰하는 예술가와 관찰당하는 인간(생활자로서의)을 어느 정도까지 구별하여 자기 내부의 인간을 예술가의 입장으로부터 관찰하고 분석한다는 것은 병적일는지 모르나 인간 예지가 아직까지 도달한 최고봉이라 할 것이다. 이것은 자의식의 발달, 의식의 분열을 전제로 하는 것이니 물론 건강한 상태는 아니다. 그러나 의식의 분열이 현대인의 스테이터스 쿼현상이라면 성실한 예술가로서 할 일은 그 분열 상태를 정직하게 표현할 일일 것이다.[39]

여기서 최재서는 이상의 「날개」를 "인간 예지가 아직까지 도달한 최고봉"으로 극찬한다. 그는 이 작품이 "객관적 태도"가 그 주체 "자기 자신의 내면세계로 향"한 사례에 해당한다고 보고 이러한 평가를 내린다. 그리고 그것을 객관적이지 못한 태도로 자기의 내면을 "토로"하는 이류 예술가들의 사례와 엄격히 대립시키고 있다. 위에서 지적했듯 "객관적 태도"란 상식적으로 보았을 때, 그

without Content, Stanford : Stanford University Press, 1999, pp.68~72.
39 최재서, 「「천변풍경」과 「날개」에 관하여」, 101~102면.

러한 태도를 취할 주체 자신에 대해서는 성립할 수 없다. 최재서 스스로도 "이 씨이상는 주관을 객관적으로 보았다는 말은 독자에 기이한 감을 줄는지도 모르겠다"[40]고 인정하고 있을 정도이다. 주관 대 객관의 대립이 유지되는 가운데 주체가 객관적이려면 철저히 대상화되는 길밖에 없을 것이다. 그렇다면 그 대상화의 결과 주관적인 것은 완전히 소거되어 버리는 결과가 생긴다. 주체임을 지키면서 객관적으로 되기 위해서는 따라서 주체성을 두 부분으로 "분열"시키는 것이 필수적이다. 그런 맥락에서 보았을 때에야 주체의 "의식"의 분열을 "정직하게 표현"하는 것이야말로 리얼리즘의 강령에 비춰 보았을 때 최고의 경지에 해당되는 것으로 보인다.

최재서는 이러한 "의식의 분열"을 "현대인의 현상"으로 보았고 이상은 그것을 그대로 표현한 "성실한 예술가"로 규정한다. "의식의 분열"이라는 개념으로 근대인의 정신의 본질을 규정하는 것은 역시나 매우 상식적인 것으로 비칠 수 있다. 그러나 여전히 우리는 그러한 "스테이터스 쿼현상"에 대한 최상의 예술적 대응은 "객관적 태도"라고 하는 최재서의 입장을 곱씹어 볼 필요가 있다. 우리가 지금 살고 있는 근대의 현실에 가장 "성실"하게 대응하는 방식은 그것을 최대로 "정직하게 표현"하는 것이라고 최재서는 말한다. 여기서 최재서에게 이 "스테이터스 쿼"가 예술을 통해서 극복될 수 있는 것이 아니라는 점에 주목해야 한다. 더군다나 그것을 "정직하게 표현"하는 데서 그치고 만, 이상의 예술이 지금까지 인간이 도달한 최고의 수준이라고 평가했다는 점을 상기해 보면, 최재서에게 근대의 현실은 '저 너머'를 상상할 수 없는 영원한 현재에 해당한다는 점을 알 수 있다.

우리의 삶이 현 상태의 바깥으로 넘어갈 수 없다면 사실 우리의 의식뿐 아니

---

40 위의 글, 99면.

라 우리가 살고 있는 이 영원한 현재 역시 분열되어 있는 것이 된다. 최재서가 "의식의 분열"이라는 말로 표현하고자 한 것은 우리의 사유가 사유될 수 없는 것을 필연적으로 포함하고 있는 상태이다. 주관-객관의 대립에 함축되어 있는 것은 온전히 우리의 것, 즉 우리가 우리의 자유 의지대로 마음껏 활용할 수 있는 무언가로서의 주관과 우리가 어찌해 볼 수 없는 바깥의 것으로서의 객관이다. 그러나 우리의 의식은 그 자체로 존재하는 것이 아니라 우리로서는 불가능한 것, 최재서의 용어를 쓰자면 우리의 "지식"으로는 포착 불가능한 것을 배경으로 하여서만 존재하는 것이다. 그렇다면 의식은 그 자체에 우리만의 것과 우리 '저 너머'의 것을 함께 갖추고서야 성립할 수 있다. 최재서의 용어법에서 우리가 주목해야 하는 바는 그러한 "의식의 분열"이 근대만의 특징적인 현상으로 규정되어 있다는 점이다. 우리가 살고 있는 이 시간을 규정하는 것은 우리의 의식임을 최재서는 지적하고 있는 셈이다. 다시 말해 우리가 '객관적 현실'이라고 부르는, 우리 바깥의 것 자체가 성립하기 위해서는 우리의 의식이 분열되어 있어야 함을 최재서는 인식하고 있었던 것이다.

위 인용에서 최재서는 "관찰자와 피관찰자", "예술가와 관찰 당하는 인간(생활자로서의)"라는 대립을 제시하고 있다. 이때 전자는 완전하고도 절대적인 자유 의지에 따라 행동하는 자들이고 후자는 우리로서는 어쩔 수 없는 현실의 논리에 철저히 종속되어 있는 자들이다. 이 대립들은 주관-객관의 대립과 완벽히 일치한다. 그렇다면 '객관'이란 것 역시 우리 자신의 양태들 중 하나일 뿐이며 우리 자신이 아닌 다른 어떤 것이 아니다. 분열된 의식의 두 부분 중 하나는 우리의 자유 의지가 철저히 관철되는 부분이고 다른 한 부분은 그것이 완전히 좌절되는 부분이라면, 후자가 바로 우리의 현실인 셈이다. 우리의 의지가 틈입할 수 있는 가능성이 완전히 차단된 영역으로서 현실을 본다면, 이때 현실이란 우리의 의식 없이는 애초에 성립할 수 없는 것이 된다. 그리고 이 현실이란 우리의 모든 것을 포함하고 있는 "스테이터스 퀴"라면 거기에는 우리의 자유 의지가 끝까지 관철되는 영역, 우리 '저 너머'의 것으로 다 환원되지 않는 우리만의 것, "의식"이 포함되어 있을 수밖에 없다. 이런 관점에서 보면 현실은 우리와는 상관없이 존재하는 불가능의 영역과 온전한 우리만의 영역으로 분열되어 있는 셈이 된다. 그렇다면 "의식의 분열"이 우리의 시대인 근대의 본질적 특질이라는 최재서의 말은 곧 우리가 영원한 현재를 살 수밖에 없음을 의미한다. 우리만의 것과 우리 아닌 것이 서로가 서로를 낳는 이 시스템의 바깥이란 사유조차 할 수 없게 폐제되어 있다.

이 영원한 현재에 대응할 수 있는 유일한 방법으로 최재서가 제시하고 있는 것은 "스테이터스 퀴"에 대한 "정직한 표현"이다. 그리고 이상의 예술은 그러한 대응법의 탁월한 사례이다. 이 "정직한 표현"을 할 수 있으려면, 위에서 나타났듯이, "객관적 태도"를 우선 가져야 한다. 근대의 객관적 현실을 예술가가 작품화할 수 있는 유일한 방법은 자기 작품의 "생산 수단"을 작품 그 자체로 하는 것이다. 이때 객관적 현실이란 예술가의 근대인으로서의 "생활"에 관한 모든 것이며 따라서 그것은 그가 의식적으로, 자기의 의지대로 어찌해 볼 수 없는 것에 해당한다. 그것은 '작품화'는커녕 접근해볼 수조차 없는 것이다. 그러나 그러한 현실의 불가능성은 예술가를 포함한 근대인 전체가 그것을 불가능으로 보고 있기 때문에 실체화된 것에 불과하다. 그렇다면 현실의 예술 작품화는 그러한 실체화를 애초에 가능케 한 예술가 자신의 "의식의 분열"을 작품화하는 것으로 아무런 변환 과정 없이 대체될 수 있는 것이다. 따라서 현실을 작품화하는 유일한 정당한 방법은, 현실을 의식하는 것 자체가 작품이 되면서 동시에 그러한 작품화 과정 자체가 현실을 이루는 방법뿐이다. 이 차원은, "생산 수단"이 다만 작품의 생성 과정에만 작용하지 않고 작품 자체가 되는 차원, 따라서 작품의 모든 의미론적 층위들이 작품의 형식으로 환원되는 차원을 가리키고 있다. 예술가가 자기를 작품화했을 뿐인데 작품에 나타나는 것은 현실이 된다. 동시에 작품은, 현실에 대한 "정직한 표현"에 그칠 뿐인데 결국 그것을 표현한 자의 의식의 드라마가 된다.

최재서가 이상 예술을, 예술가의 경우에서만이 아니라, 근대인 전체가 도달할 수 있는 최고의 경지로 규정하는 것은 이런 맥락에서 이해된다. 그가 보기에 이상 예술의 승리는 위에서 보듯이 "관찰자와 피관찰자가 동일인 내에 있기 때문"에 가능하다. 이 말은 「날개」에 형상화되어 있는 주인공 "나"라는 인물이 예술가 이상의 분열되어 있는 자아들 중 하나이며 그 분신을 이상이 객관적 태도로 관찰했음을 의미한다.

> 이 남자를 [「날개」의 주인공을] 의사가 진찰한다면 무어라고나 적당한 병명을 붙여줄 것이다. 그러나 우리는 생활전生活戰의 패배자라고 기술하면 그만일 것이다. 그러나 만일에 그가 여기서 그쳤다면 이상의 예술은 영원히 구救치 못할 패배아였을 것이다. 패배를 당하고 난 현실에 대한 분노, 이것이 즉 이상의 예술의 실질이다. 그리고 현실에 대한 분노를 그는 현실에 대한 모독으로써 해소시키려 하였다. 이 현실 모독은 어떠한 형식을 가지고 나타났는가?
>
> 그는 풍자, 위트, 야유, 기소譏笑, 과장, 패러독스, 자조 기타 모든 지적 수단을 가지고 가족 생활과 금전과 성性과 상식과 안일安逸에 대한 모독을 감행하였다. 주인공과 그의 아내와의 생활은 결코 정상한 의미의 부부 생활이 아니다. 다만 아내가 폭군이고 남편이 비겁할 뿐만은 아니다. 도저히 상식으로 판단할 수 없는 모든 삽화를 통하여 아내의 권력은 확대되고 남편의 지위는 희화화되어 부부 생활의 가치 전도를 실행하였다.[41]

---

41 위의 글, 109면.

위의 인용에 따르면, 「날개」라는 작품 속의 "나"는 "생활"과 철저히 분리되어 있다는 점에서 "생활전生活戰의 패배자"라고 불릴 수 있다. "생활"이라는 용어는 현실에 종속되어 있는 우리 삶의 면을 가리킨다고 보면 "생활전의 패배"란 자유 의지를 통하여 현실을 변화시키지 못하고 그로부터 완전히 유리되고 만 상태를 의미한다. 그렇다면 역설적으로 생활과의 싸움에서 패배함으로써 인간은 주체성을 온전히 확보하게 되는 것이 아닌가? 하지만 최재서가 이 글에서 서술하고 있듯이 현실로부터 완전히 자유로워진 「날개」의 주인공의 삶의 양상은 오히려 지극히 수동적이며, 비주체적이다. 「날개」는 현실로부터 완전히 분리된 삶이란 사실상 인간의 삶이라고 할 수 없음을 보여준다. 예컨대 이 작품에 형상화된 '나'의 아내에 대한 사랑을 일러 최재서는 "여성에 대한 남성의 사랑이 아니라 주인에 대한 개의 외복畏服"[42]이라고까지 표현하고 있다. "생활"로부터 해방된 자의 삶이 이럴 수밖에 없는 것은, 우리의 의식상의 자유란 오로지 우리가 생활에 철두철미하게 종속되어 있을 때에만 가능하기 때문이다. 객관적 현실로부터 물러나 의식이라는 안온한 영역에만 머무르는 것은 오히려 분열을 통해서만 존재할 수 있는 현실의 지속을 강화시켜주는 결과를 낳을 것이다. 이 맥락에서 보면 「날개」에 나타난바, 생활에 패배한 자의 철저한 수동성은, 주체성을 말살하는 근대 현실의 압도성을 재현한 것이 아니다. 오히려 주인공의 그 인간 이하로 떨어져버린 삶의 모습이, 예술적 재현이라는 매개 과정을 거치지 않고, 그 자체로 근대 현실과 직접적으로 대결하고 있는 것이다.

요컨대 최재서의 논리에 따르면, 「날개」라는 작품은 그 자체로, 현실을 복제

---

[42] 「날개」의 주인공에 대한 최재서의 설명은 다음과 같이 되어 있다. ""그는" 그냥 그날을 그저 까닭 없이 펀둥펀둥 게으르고만 있으면 만사가 그만인 "생활 무능력자"이다. 그는 완전히 자기 아내에 의지하여 사는 기생 식물적 존재이다 (…중략…) 또 그는 일상생활적 수준 상에서 사람과 교제할 줄을 모른다. 그는 그의 "몸과 마음에 옷처럼 잘 맞는" 방 안에서 밤이나 낮이나 누워 외계와의 접촉을 두절하였다. 그뿐만 아니라 그는 보통 인간의 생활 감정에서조차 무능하다." 위의 글, 108면.

할 원본으로서 취급하지 않는 논리를 현시하고 있다. 다시 말해 이 작품은 근대적 현실로부터 소외된 인간 주체가 현실로부터 철저히 패퇴한 모습을 그리는 데서 그치지 않고 한 걸음 더 나아간 것이다. 현실의 원리에 종속되어 살아가는 것을 본질로 하는 "생활자"가 아니라 그 원리로부터 탈피한 「날개」의 주인공 같은 인물이 오히려 현실을 강화시킨다. 인간으로서 사는 한 현실로부터의 탈출구란 없으며 탈출하는 순간 인간이 아닌, 어떤 알 수 없는 존재로 전락하고 만다는 점을 「날개」는 보여주고 있다. 그렇다면 인간 주체만의 영역을 확보하려는 노력은 결국 근대 현실을 강화하는 역설적 결과를 낳고 마는 것이다. 「날개」가 보여주는 "생활전의 패배자"로서의 주인공의 형상은 그 자체로 현실과 인간 주체성 사이의 공고한 분열을 현시하고 있다. 「날개」라는 작품 자체가 객관 대 주관 대립의 한 축을 이루고 있는 것이다. 이 작품의 주인공이 없다면 현실은 존재할 수가 없는데, 왜냐면 그야말로 현실 전체를 존재케 하는 부정적 중핵에 해당하기 때문이다. "생활"로부터 완전히 퇴각한, 현실과의 연관을 끊은 자기만의 "주관 세계"인 "순의식"[43]이 존재하지 않고서는, 주체성의 배제를 유일한 형성 원리로 하는 현실이란 존재할 수 없는 것이다. 따라서 「날개」에 있어 근대의 객관 현실이란 이상이라는 예술가가 어떤 미학적 규칙에 따라 예술 작품으로 코드화할 어떤 원자료가 아니다. 예술 작품에 대한 현실의 원본성현실은 작품화 이전에 이미 실체화가 완료된 상태로 존재하고 있었다는 개념은 더 이상 성립하지 않는다.

최재서가 "패배를 당하고 난 현실에 대한 분노"를 "이상의 예술의 실질"로 제시하고, 나아가 그 "분노"를 "현실에 대한 모독으로써 해소시키려" 한 데서 이상의 탁월성을 확인하는 것은 이런 맥락에서 이해해볼 수 있다. 이 구절을 이해하기 위해서는 우선 「날개」가 "생활전의 패배자"를 보이는 데서 "그쳤다면 이

상의 예술은 영원히 구치 못할 패배아였을 것"이라는 구절을 음미해 보아야 한다. 위에서 이 작품의 주인공의 형상을 통하여 "순의식"의 존재 양상이 드러나며 동시에 현실이 강화된다고 지적된 바 있다. 여기서 그쳤다면 최재서의 말대로 「날개」라는 예술 작품 자체가 현실에 대한 "패배아"가 되고 말았을 것이다. 「날개」의 존재를 통하여 현실과 의식은 분열된 채로 존재하면서 서로를 영원히 지속시킬 것이며, 그렇다면 「날개」의 예술은 "영원히 구치 못할 [생활전에서 패한] 패배아"로 남을 것이다. 그렇다면 "패배아"가 되지 않기 위해서는 무엇을 해야 하는가? 유의할 점은, "생활전"에서 승리하기 위해서 현실을 우리의 의지대로 자유롭게 변화시키는 방법을 취할 수는 없다는 점이다. 왜냐면 현실 자체가 그러한 자유 의지의 이념을 중핵으로 하여 구성되기 때문이다. 따라서 "생활전"의 승리는 우리의 "모든 지적 수단"을 남김없이 멋대로 활용하여 만들어낸 무언가가 결국 우리의 현실에 대한 철저한 패배가 되어버리는 순간을 보여줄 때 가능하다.

「날개」에서 보이는바, "순의식"의 "생활"에 대한 철저한 "패배"는 현실을 영원한 것으로 만든다. 현실의 공고함은 "순의식"이란 "생활전의 패배"를 통해서만 도달 가능하다는 그 사실에서 말미암는 것이다. 그렇다면 이 "패배"의 드러냄은 결과적으로 현실이 오로지 우리에게 "내재하는 저 너머"로서만 존재한다는 것의 드러남이다. 우리의 패배의 철저함은, 우리가 활용할 수 있는 "모든 지적 수단"이 활용될 때 드러낼 수 있는 것이라고는, 우리의 패배밖에 없을 때 명료해진다. 「날개」는 "도저히 상식으로 판단할 수 없는 모든 삽화"들을 포함하고 있는데, 그것은 이 삽화들이 우리의 "모든 지적 수단을" "형식"으로 하여 형상화되어 있다는 진술과 모순된다. 어디까지나 "지적"으로 표현되어 있는 "삽화"들이라면 우리의 "지성"의 처리 범위를 넘어설 수가 없으며, "지성"을 통해 처리된다는 것은 어떻게 해서든 우리의 "상식으로 판단할 수" 있다는 의미이기 때문이다. 그러나 "지성"이 한계까지 발휘되는 순간 주어지는 것은 정확히 우리의 "패배"이다. 우리로서 가능한 모든 수단을 동원한 결과 우리는 「날개」의 주인공과 같은 "순의식"을 얻게 된다. 그렇다면 그 모든 동원된 "수단들", 작품의 "생산 수단 그 자체"가 분열된 현실과 의식을 두 개의 완전히 분리된 전체들로서 만들어내고 있는 것이다.

이렇게 하여 하나의 작품을 통해 우리의 "스테이터스 쿼"가 영원한 것이 되고 동시에 그것을 대상으로 하는 우리의 사유가 소급적으로 그것을 만들고 지속시키는 순간이 창출된다. 그러나 여기서 다시금 상기해야 할 것은 그 순간이 「날개」의 저자 이상에 의해서 만들어지는 것이 아니라는 점이다. 우리의 시간인 근대를 우리의 모든 것을 포함한 현실로 규정하고, 그 현실이 근대인 자신의 "의식의 분열"을 통해서 존재한다고 규정하는 것은 모두, 「날개」를 해석하는 최재서에게게서 나오는 것이다. 최재서는 "이상의 예술"은 "정신이 육체를 초회焦火하고 의식이 생활을 압도하고 예지가 상식을 극복하고 날개가 다리를 휩쓸고 나가"는 때에 시작된다고 보았다.[44] 우리가 생활하고 있는 현재의 시간이 영원하지 않다면 그것을 "극복"한 이상의 예술이 단순히 "현실의 모독"에서 그칠 리가 없다. 우리가 아는 한계를 넘어선, 말 그대로 '저 너머'의 지평을 제시했어야 할 것이다. 하지만 위에서 지적했다시피 최재서에게 현재의 우리가 할 수 있는 최대치는 이상이 한 "현실의 모독" 이상以上일 수 없다. 이 넘어설 수 없는 현실을 만들고 있는 것은 최재서일 수밖에 없는데, 왜냐면 "모든 지적 수단"을 동원해도 우리는 생활에 패배할 수밖에 없다고 하는 최재서의 논리만이 현실의 영원한 지속의 유일무이한 근거이기 때문이다.

이제 주목할 것은 「날개」가 "가치 전도를 실행"하였다는 표현이다. 최재서가

---

44 같은 곳.

이상의 예술에서 도출한 "현실 모독"은, 현실이 영원한 현재로서 지속될 수 있는 잠재성이 오로지 「날개」라는 작품이 "순의식의 세계"일 때에만 실현된다는 점에서 성립한다. 다시 말해 "현실 모독"이란 이 작품의 형식을 "모든 지적 수단"을 동원하여 수립하는 데서 시작한다. 그렇게 해도 우리는 완전한 패배라는 결과를 받아 든다. 결국 현실은 우리의 "지성"으로는 도저히 알 수 없는 것이 되고, 그리하여 현실은 우리로서는 벗어날 수 없는 영원한 현재가 된다. 현실은 그대로 유지되면서 동시에 그것이 우리의 의식의 분열을 통해서 생성되는 아무런 실체 없는 것임이 드러난다. 그런 점에서 이 형식적 전략은 현실의 변혁이 아니라 다만 "모독"에 그칠 뿐이다. 그러나 이 "모독"이 단순히 실체에 대한 사후적·이론적 인식에서 그치지 않음에 유의해야 한다. 이 "모독"의 순간은 현실의 본질적 무근거성을 드러내는 순간이기도 하지만 동시에 현실을 우리의 절대적 조건으로 정초하는 순간이기도 한 것이다.[45] 이런 점에서 이상의 "현실 모독"은 현실적인 모든 "가치[의] 전도를 실행"하는 것에 해당한다. 그것은 현실로부터 추상화된 어떤 이론적인 것의 위계를 뒤집는 것이 아니라, 현실과 이론이라는 틀 자체를 전복한다. 그런 점에서 그것은 엄밀히 "전도의 실행"인 것이다.

이러한 맥락에서 최재서의 「날개」에 대한 해석은 이상의 '이상'화를 보여주고 있다고 할 수 있다. 최재서는 이상을 통하여 우리가 사는 시간인 근대가 영

---

[45] 휴이트는 "포스트모더니즘의 "역사의 종말"은 (이런 용어를 사용할 수 있는 것이라면) '역사로서의'의 종말이 아닐 것이며 차라리 역사에 대한 '모욕'일 것이다. 역사의 발전에 대한 변증법적 관념이라는 틀 안에서만 "역사의 종말"이란 겨우 생각할 수 있는 것이 되기 때문이다"고 말한 바 있다.(Andrew Hewitt, *Fascist Modernism*, p.194) 포스트모더니즘이 모더니즘의 '이후'로 자기를 규정할 수 있으려면, 소급될 수 없으며 다른 대안적 시간을 선험적으로 차단해 버리는 "역사적 시간"이라는 모더니즘의 시간성을 부정해야 한다. 그러나 이 시간성은 그것을 부정하기 위해서이든 어떻든 일단 그것을 인식하는 순간 그로부터 벗어나는 것은 원천적으로 불가능하다. 따라서 포스트모더니즘은 이 "역사적 시간"의 안으로 일단 들어가서 그것을 '해체'하는 방법을 구사할 수밖에 없는데, 그렇게 해서는 역사가 "역사로서의" 종말을 맞을 수 없다. 포스트모더니즘이 그 안에 들어가는 순간 그것의 영속성은 오히려 강화되어 버리기 때문이다. 그리하여 포스트모더니즘적 "역사의 종말"론은 다만 "역사적 시간"에 대한 "모욕"에서 그칠 뿐이다.

원한 것임을 그리고 동시에 그 영원한 현재는 우리가 우리의 '저 너머'를 사유할 수 없기 때문에 성립하는 것임을 보고 있다. 최재서에게 이상의 작품 「날개」는 "인간 예지의 최고봉"을 이룬다. 우리에게 알려진 "모든 지적 수단"이 동원된 이 작품의 존재를 통해서 분열된 의식을 가진 근대인이 기원하며 우리가 사는 시간은 우리에게 늘상 "패배"를 안겨주는 압도적인 것이 된다. 최재서는 '이상'이라는 이름에서 자기가 지성을 동원하여 알 수 있는 모든 것을 본다. 그 '이상'을 통해서 그는 자기가 사는 시간을 영원한 현재로 만들며 '이상'을 통하여 근대인이 된다. 최재서는 자신의 이상 해석에서 아방가르드의 순간을 보여주고 있으며, 그가 그렇게 할 수 있었던 것은 이상을 텅 비워 '이상'이라는 이름만 남기는 것을 통해서였다. 이렇게 '이상'을 도입함으로써 우리의 시대인 근대는 영원한 것이 되고 '이상'이 탄생하는 아방가르드의 순간은 근대에 "내재하는 저 너머"로서 남게 된다.

그러나 최재서의 이상 해석은 '이상'을 그렇게 폐제한 채로 끝나지 않는다. 최재서가 「날개」를 해석하고 있던 시점에 이상은 살아 있었다. 최재서가 보기에 이상이 자기 시대의 모든 인간적 가능성의 극점에 이미 도달했다면, 이제 기대되는 것은 근대의 '저 너머'가 될 것이다. 이상을 온전히 '이상'으로 환원시켜 버리고 만족할 수 없는 시간을 최재서는 살고 있었다.

우리는 「날개」에서 우리 문단에 드물게 보는 리얼리즘의 심화를 가졌다. 현대의 분열과 모순에 이만큼 고민한 개성도 없거니와 그 고민을 부질없이 영탄치 않고 이만큼 실재화한 예를 보지 못한다 (…중략…) 그러나 우리는 이 작품을 읽고 나서 무엇인가 한 가지 부족되는 느낌을 감출 수 없다. 높은 예술적 기품이라 할까 하여튼 중대한 일요소를 갖추지 못하였다.

그것은 이 작품에 모럴이 없다는 것으로써 설명할 수 있으리라고 생각한다. 작자는 이 사회에 대하여 어느 일정한 태도를 가지고 있다. 이 작품의 모든 삽화에 나타나는 포즈이다. 그러나 그것은 단편적인 포즈에 불과하고 시종일관한 인생관은 아니다. 상식을 모욕하고 현실을 모독하는 것이 작자의 습관인 것을 확인할 수 있다. 그것이 작자의 윤리관이고 지도 원리이고 비평 표준이 되느냐 하면 나는 선뜻 대답키를 주저한다. 작자는 이 세상을 욕하고 파괴할 줄은 안다. 그러나 그 피안에 그의 독자한 세계는 아직 발견할 수 없다.[46]

일단 최재서는 여기서 「날개」가 "현대의 분열과 모순"을 "실재화한 예"라고 지적하고 있다. 「날개」는 근대인의 의식의 분열을 대상으로 하여 정확한 인식을 꾀하고 작품으로 형상화한 예가 아님이 여기서 다시금 드러난다. 이 작품은 그 자체로 근대인의 의식의 분열의 한 축을 이루며 아울러 영원한 현재로서의 근대를 생성시킨다. 그런 의미에서 이 작품은 근대를 "실재"로 만드는 "실행"의 차원에 존재하는 것이다. 언제나 이미 우리 이상以上인 근대라는 영원한 현재의 생성을 처음부터 끝까지 규정짓고 있는 이 작품에서 최재서는 "무엇인가 한 가지 부족되는 느낌을 감출 수 없"다고 말한다. 이미 그는 「날개」가 인간 "지성"의 극점이라고 선언한 바 있음을 상기해보면 이 발언은 모순적이다. 우리가 아는 것의 총화인 이 작품에서 부족한 것이란 따라서 우리로서는 진정으로 알 수 없는 무언가일 것이다. 최재서 스스로도 그것을 정확히 규정할 수 없어 "높은 예술적 기품이라 할까 하여튼 중대한 일요소"라는 애매한 표현을 사용하고 있는 것이다.

그것에 최재서는 일단 "모럴"이라는 이름을 붙인다. 최재서는 이상이 "이 세상을 욕하고 파괴하"기만 하지 말고 "그 피안에 그의 독자한 세계"를 수립하기

---

46 최재서, 「「천변풍경」과 「날개」에 관하여」, 111~112면.

를 주문하는데, 그렇다면 "모럴"이란 근대적 현실을 넘어서는 말 그대로의 "피안 [저 너머]"을 전망하고 그곳에 나름의 "독자한 세계"를 수립하는 원칙이라는 의미를 가질 것이다. 앞서 지적했다시피 아방가르드의 순간은 영원한 현재라는 모더니즘적 시간성이 유지되는 유일무이한 거점이다. 그러나 영원한 현재라는 이 완전히 매끄럽고 평평한 평면이 어느 한 점에 완전히 의지하여 성립한다는 것은 하나의 모순이다. 현재가 영원한 것은 모든 것을 빨아들여 결국 자기화할 수 있다는 뜻이다. 그런데 그것이 탄생하는 것은 오로지 그것이 빨아들일 수 없는 단 한 점에 전부 걸려 있는 셈이 되는 것이다. 그렇다면 하나의 "흔적"에 불과한 아방가르드의 순간은 다만 순간에 그치기만 하는 것이 아니라 우리의 현재를 이루는 모든 것을 붕괴시키는 또 다른 영원이기도 한 것이다. '이상'이 아방가르드의 순간이라면 그것은 우리가 근대인이 되고 우리의 시대가 영원한 현재가 되는 유일무이한 거점이라는 뜻이다. 그러나 그것은 또한 우리가 현재에 대해서 갖는 그 어떤 지식도 소용없는 또 다른 영원을 가리키고 있기도 하다.

그렇다면 최재서의 '이상'은 영원한 현재의 "내재하는 저 너머"로 환원되어 버리는 것에서 그치지 않고 말 그대로의 '저 너머'를 가리키는 것이기도 하다. 최재서에게서 '이상'은 폐제이자 동시에 무한한 개방이었던 것이다. 앞서 우리는 '이상'을 통하여 우리가 알지 못하는 것들을 '저 너머'로 넘겨버림으로써 현재를 영원히 연장시키는 해석을 '이상'의 가능성의 폐제라고 불렀다. 이상을 근대라는 하나의 전체와 대결한 또 다른 전체로 보는 해석법이 그러한 폐제를 실행한 경우이다. '이상'은 그렇게 폐제됨으로써 모더니즘의 시간성을 영원한 현재로 만든다는 점에서 그 잠재성을 끝까지 실현한 셈이다. 그러나 한편 그것은 역시나 폐제라는 점에서 '이상'을 완전히 다 실현한 것은 아니다. 그렇기 때문에 영원한 현재에는 언제나 '이상'이라는 흔적이 남는 것이다. 이상의 죽음은 그 흔적을 다만 흔적으로서만 남기는 결정적인 계기이다. 이상이 살아 있는 동안이라면 "흔적"에서 그치지 않는 '이상'은 이상이 아닌 다른 누군가여야 할 것이다. 흔적에 그치지 않은 '이상'은 우리와 현재를 함께 사는 자가 아니다. 이상이 '이상'이 되기 위해서 이상은 죽어야 했다. 그리고 그 죽음을 통하여 이상은 우리와 영원히 살 수 있게 되었다.

최재서는 이상의 죽음 이전에 이상을 '이상'으로 만들었다. 이상의 죽음 이전이었기 때문에 그의 '이상'은 현재를 영원히 연장하는 아방가르드의 순간이기도 했고 현재를 일순간 붕괴시켜버리는 '저 너머'의 영원성이기도 했다. 최재서가 자기 자신 나아가 근대의 모든 것을 발견한 '이상'이라는 이름은, 동시에 그 모든 것을 넘어선 '저 너머'를 가리키는 기호이기도 했다. 이상의 도쿄에서의 죽음은 이 '저 너머'를 폐제시키는 결정적인 순간을 이룬다. 더 이상 '이상'이라는 이름을 가진 자가 우리와 같은 시간에 살고 있지 않다면 우리는 더 이상 '저 너머'를 상상할 수 없게 되어 버리는 것이다. 그런 의미에서 최재서의 '이상'은 지금 우리와 함께 영원히 살고 있는 이상의 기원을 이룬다. 우리가 '이상'을 통하여 우리가 사는 이 시간을 영원히 연장할 수 있는 것은, 이상이 우리와 다른 시간으로 넘어가 버리기 전에 그를 '이상'으로 만들어 놓은 최재서의 해석이 있었기 때문이다. 최재서가 이상과 같은 시간을 살면서 그를 '이상'으로 만들고 자기가 사는 그 시간, 즉 근대가 다만 한 순간에 그칠 수 있는 것임을 확인해 두지 않았다면, 이상의 죽음은 우리의 시간, 즉 근대를 영원한 것으로 만들 수 없었을 것이다. 최재서의 '이상'은 우리가 무엇을 하든 결코 벗어날 수 없는 것이라는 점에서 모든 것의 기원에 해당한다.

4. '저 너머'의 현실화와 전체주의의 도래

이제 문제는 최재서가 '이상'을 통해서 본 '저 너머'가 우리에게 과연 가능한 것인가 하는 점이다. '이상'이 우리의 "지성"으로 알 수 있는 모든 것을 비추는 영사막 같은 것이라면, 그 너머에서 우리에게 주어지는 가능성은 무엇인가? 우리로서는 알 수 없는 '저 너머'는 무한한 가능성의 원천이기도 하지만 동시에 철저한 좌절의 원천이기도 할 것이다. 우리가 어쩔 수 없는 것들을 가지고서 우리는 무엇을 할 수 있을 것인가? 그것은 우리를 무한을 향하여 개방시키기보다도 오히려 우리의 가능성을 무를 향하여 수렴하는 방향으로 폐쇄시켜 버릴 가능성이 높다. 이 맥락에서 현 상황으로부터의 혁명적 전환이란 현 상황과 실체적인 차이를 갖는 완전히 다른 차원으로 넘어가는 것이 아니라고 주장한 슬라보예 지젝의 논의가 상기된다. 같은 맥락에서 지젝은 현 상황의 중핵에 순수한 부정성이 자리하고 있음을 발견하는 것이야말로 우리의 삶을 뿌리에서부터 변화시키는 이행을 가져온다고 주장한 바 있기도 하다.[47] 이는 아방가르드의 순간이라는 영원한 현재에 대한 순수한 부정성이 한 순간이나마 본장이라는 전체를 반성하게 하는 것과 연결된다. 지젝이라면 이 순수한 부정성이 드러나는 순간을 그대로 보존하는 것만이, 그의 용어법으로 말하자면 "시차적 관점"을 고수하는 것만이 진정한 혁명적 행동이라고 할 것이다.

지젝이 현 상황의 '저 너머'에 투신하는 것을 경계하고 그것을 다시 "내재적인 저 너머"로만 한정 짓는 것은 왜인가? 그것은 '저 너머'가 펼쳐 보이는 것 같은 무한한 가능성의 차원은 역설적으로 우리를 한없이 유한한 존재로 격하시킬 것이기 때문이다. '저 너머'의 무한한 가능성이 열리는 순간 우리가 사는 현재

---

47 Slavoj Žižek, *The Parallax View*, Cambridge : The MIT Press, 2009, p.382.

는 완전한 무의미로 돌려질 것이지만, 그 무의미한 것들만이 우리에게는 현실적이다. 그리하여 결국 우리는 현실적인 의미들 전체를 규정짓는 단 하나의 의미만을 향한 끝없는 죽임의 과정에 접어들게 된다. '저 너머'가 우리의 또 다른 현실이 되어, '여기'의 현실과는 다른 영원한 현재를 불러오기 위해서는, 우리의 '여기'의 현실 안에 무언가 단 하나만은 '저 너머'와 통하는 것이 있어야 한다. 그것마저 없다면 '저 너머'를 우리는 무엇을 근거로 하여 우리의 '현실'이라고 볼 수 있을 것인가? '저 너머'를 우리의 '여기'로 만들어주는 이 단 하나는 여태까지 우리가 살아온 현실을 규정짓는 것이라고 믿어온 모든 거대한 의미들을 무의미한 것으로 만들어 버릴 것임에 틀림없다. 그렇다면 그것은 '여기'에서는 완전히 무의미한 것일수록 그 목적에 부합할 것이다. 이 논리에 의해 완전히 무의미한 것들이 우리의 현실을 장악하는 상황에 이르게 된다. 우리는 사실은 그것이 완전히 무의미하기 때문에 선택하면서도, '저 너머'를 '여기'로 불러오기 위해서는 그것이 필수적이라는 점에서, 그것의 의미가 더할 나위 없이 꽉 찬 것이라고 믿는다.

그렇다면 모더니즘의 이중의 역설에는 영원한 현재가 함축되어 있지만 그 현재란 철저하게 한 순간에만 한정된 것이다. 우리가 어떤 결단을 내려 영원한 현재 '저 너머'를 선택하는 순간 영원한 것으로 생각되고 / 존재되고 있는 현재는 붕괴하고 사라져버린다. 그러나 그러한 선택이 '저 너머'를 가져올 수 있다고 믿는 것조차 우리가 영원한 현재를 사유하고 / 만들고 있다는 틀에 들어와야만 가능하다. 우리가 그렇게 믿고 결단을 내리는 순간은 영원한 현재를 연속시키는 우리의 사유 / 존재를 그대로 둔 채 뒤집어 놓은 것에 불과하다. '여기'의 현재에서 가장 무의미한 것을 선택하고 그것을 실행시킴으로써 '저 너머'를 현재화할 수 있다고 생각하는 것은, 결국 영원한 현재를 사는 우리 자신을 모두 죽음에 몰아넣고서야 마무리될 수밖에 없다. 마치 이상이 도쿄에서 죽음으로써 우리의 시대가 지속되는 한 영원한 의미를 가진 존재가 된 것처럼 말이다. 그러나 이 죽음충동은 전적으로 실현되지는 않는다. 우리의 삶은 '저 너머'를 현재화한 후에도 지속되어야 하기 때문이다. 이 충동은 결국 '우리'에 속하지 않은 다른 집단들을 향하여 집중되며, 그것은 모더니즘의 진리로서의 식민지성을 통해 충분히 입증되고 있는 사실이다.

　이제 우리가 하나의 전체로서 '저 너머'로 넘어가기 위해서 죽음충동에 빠져들었던 시대로 본격적으로 진입할 차례이다. 전체주의 시대를 조명하기 위해 지금까지 '이상'을 통하여 모더니즘의 이중의 역설을 서술한 것은, 1937년의 이상의 죽음과 더불어 우리에게는 영원한 현재와 '저 너머'의 현재화라는 두 개의 선택지가 비로소 가능해졌기 때문이다. 그러나 사실 양자 사이의 선택은 엄밀한 의미에서 선택이랄 수 없다. 위에서 지적했듯 전자를 선택하든 후자를 선택하든 영원한 현재는 지속되며, 다만 우리는 우리가 그 속에서 사느냐 아니면 죽음충동으로 치달아 가느냐를 선택할 수 있을 뿐이다. 최재서의 이상 해석에 이은 이상의 도쿄에서의 죽음은, '이상'의 가능성을 영원한 현재의 지속을 향하여 정향시켜 버렸다. 그렇게 이상이 우리와 함께 영원히 살게 된 순간, 죽음으로 영원히 사는 길이 우리에게 열려 버렸다. 그것이 바로 최재서가 선택한 전체주의의 길이었다.

제2부

식민지 모더니즘의 양극단

미학화와 극화劇化

제4장
식민지성의 이론화와 정치의 미학화
최재서의 국민문학론과 모더니즘

1. 최재서의 모더니즘적 리얼리즘

최재서崔載瑞가 문단에 나온 1934년은 한국 근대비평사의 전환기에 속한다. 19 30년대 중반, 카프KAPF 조직을 중심으로 펼쳐졌던 프롤레타리아 문학 운동이 퇴조하면서 다양한 비평 경향이 각축을 벌였다. 1920년대 중반부터 한국 문단을 장악한 카프 비평의 이념을 리얼리즘으로 정리할 수 있다면, 카프 이후 비평은 크게 보아 모더니즘적이었다고 정리되곤 한다.[1] 리얼리즘 문학이 현실을 재현하는 반영론의 입장에 선다면, 모더니즘은 재현의 방법에 집중하는, 형식론의 입장에 선다고 할 수 있다. 이런 관점에서 볼 때 고현학考現學, 주지주의主知主義, 아방가르드 등의 방법론이 1930년대 중반 한국 모더니즘의 구체상으로 주목된다. 고현학은 예술가의 경험, 특히 근대 도시에서의 경험을, 종합이나 분석을 거치지 않고 있는 그대로 기록하는 방법론이다. 여기서 관건은 근대 경험에서 아무

---

[1] 김윤식, 『한국 근대 문예 비평사 연구』, 일지사, 1974.

의미도 끌어내지 않고 자기를 그 속에서 방기해 버리는 태도이다. 반면 주지주의는 지성을 가지고 무질서한 경험의 더미로부터 어떤 질서를 이끌어내려 한다는 점에서 고현학과는 구분되는 방법으로 보인다. 그러나 주지주의가 지향하는 질서란 근대성의 경험을 발생론적 차원에서 규정하는 심층 논리가 아니라 경험들 사이의 관계라는 점에서 형식론의 차원을 벗어나지 않는다. 아방가르드는 문학적 형식 실험의 극단화를 통해 예술 작품의 의미가 형식 자체에 이르는 지경으로 나아가며 이런 점에서 모더니즘의 한계점을 이룬다.

비평사에서 최재서는 김기림 등과 더불어 주지주의 비평가로 기록되어 있지만, 1930년대 그의 비평이 위에 열거한 모더니즘 문학 전반에 미치고 있음은 1938년 출간된 평론집 『문학과 지성』에 잘 나타나 있다.[2] 위에서 지적했듯 모더니즘은 근대성 경험을 다른 차원으로 환원하지 않고 있는 그대로 재현하는 예술 작품을 제작한다. 리얼리즘의 경우, 근대성 경험을 통해 유물론적 역사 인식을 산출하는 도구로서 예술을 활용한다. 리얼리즘에서는 '근대성 경험-예술-유물론적 역사인식'의 세 층위가 명확히 구분되며, 이때 예술은 근대성 경험이라는 현실이 조직되는 심층 논리를 변혁할 수 있는 기제로 작용한다. 그러나 모더니즘에서 예술은 경험과 같은 레벨에 존재하면서, 어떠한 심층적 의미에의 지향도 거부한다. 이런 차원에서 본다면 모더니즘은 예술의 재료가 되는 '현실'로서의 근대성을 가능한 한 리얼하게 재현하려 했다는 점에서 나름의 리얼리즘을 겨냥한 것으로 파악된다. 최재서가 각각 고현학과 아방가르드의 작가인 박태원과 이상李箱을 논의하면서 '리얼리즘의 확대와 심화'를 운운하거나 리얼리즘만이 유의미한 근대 문학 사조라고 하는 것은 이런 맥락에서 이해될 수 있다.[3]

---

2 최재서, 『문학과 지성』, 인문사, 1938. 이 평론집은 최재서가 1934년 「현대 주지주의 문학이론」을 발표하며 문단에 나온 이래 5년 동안 전개한 비평 활동을 집성했다. 주지주의 기치를 들고 문단에 나온 그이지만, 그의 평문들은 김기림의 주지주의 시학부터 박태원의 고현학, '단층(斷層)'파의 심리주의, 이상(李箱)의 아방가르드 등 모더니즘의 다양한 경향을 포괄하고 있다.

최재서 예술론을 이 관점에서 '모더니즘적 리얼리즘'이라고 명명할 수 있다면, 그 관건은 예술의 근대 현실reality에 대한 역설적 관계에 있다. 예술은 현실을 미학적 원리로 환원하지 않고 현실 그 자체로 재현한다는 점에서 현실주의적realist일 수밖에 없지만, 동시에 현실 그 자체는 되지 않는다는 점에서 여전히 미학주의적aestheticist 이념은 남는다. 요컨대 예술은 현실의 원리를 그대로 체현함으로써 탄생하지만 동시에 현실과 절대적으로 분리된 미학적인 것으로 남을 때에만 예술일 수 있는 것이다. 이처럼 불안정한 위치에 처해 있는 예술은, 현실로 환원되어 버리거나 혹은 현실의 역사적 전개로부터 철저히 유리되어 버리거나 할 이중의 위기에 처해 있다. 그러한 예술 개념에 준거해 수행되어간 최재서 비평의 이후 전개 과정을 보면 그 위기에 대한 우려가 기우는 아니었던 듯하다. 잘 알려져 있다시피, 1938년 이후 최재서는 일제의 총동원과 식민지 동화同化 정책에 부응하면서, 현실 추수주의에 휩쓸려 예술의 자율성을 철저히 부정하는 방향으로 나아갔다. 일제 말기의 최재서는, '예술'에서가 아니라 '주어진 현실'로부터 미학적인 것을 발견해내고 그것을 절대화해 버렸다. 이때 '예술'은 도리어 현실성 없는 허황된 것으로 떨어져 버렸다.

기존 연구에서 최재서 비평의 이 같은 극적 전회를 설명하는 도식으로 제시되곤 하는 것이, '미학적 보편주의'로부터 '생리적生理的 특수주의'로의 이동이다.[4] 다시 말해 1938년 이전 모더니즘 시대의 최재서는 예술과 그 비평을 경유하여 서구 문화라는 근대적 보편성에 도달하고자 했으나, 1938년 이후 협력자가 된 최재서는 일제의 문화·사상 통제 시스템을 식민지 한국인에게 주어진 현실로 완전히 수리함으로써 일본 문화의 특수성 속에서 근대를 부정·초극하고자 했다는 것이다. 모더니스트 최재서가 예술과 비평의 현실에 대한 반성력

---

3 최재서, 『문학과 지성』, 120면.
4 김윤식, 『한국 근대 문학 사상사 연구 1 – 도남과 최재서』, 일지사, 1984.

의 근거로 보았던 것이 '지성知性'이었다는 점에서, 1938년 이후 그의 변신은 지성의 파탄으로 규정되곤 한다. 또한 기존의 연구들은 이 파탄이 발생하는 원인을 애초에 최재서의 '지성'이 식민지 한국의 역사적·과학적 현실이라는 구체성이 아니라, 서양 근대 문화라는 사이비 보편성에 기반을 두었다는 데서 찾는다.[5] 이러한 독법은 그 의도와는 반대로 최재서 비평의 전회에 정당성을 부여하는 효과를 낳는다. 협력자 최재서에게 식민지 한국의 구체성을 받아들이기를 요구하려면, 비판자 스스로가 생리적 특수주의를 절대적으로 수리해야만 하는 것이다. 이런 점에서 본다면, 최재서 예술론에서 우리가 주목해야 하는 지점은 위에서 지적한바, 현실주의와 미학주의로 분열된 예술 개념이 아닐까? 그리고 그러한 분열적 예술 개념이 현재의 관점에서 예술론을 구성할 때 어떤 반성적인 의의를 지니는지 살피는 방향을 취하는 것이 더 생산적이지 않을까?

2. 지성과 모럴 – 모더니즘과 미학의 정치화

지성은 최재서 예술론을 평가하는 데 결정적인 개념이지만 동시에 그의 비평을 둘러싼 상극하는 해석들을 낳은 원인이기도 하다. 기본적으로 근대를 혼란기·과도기로 보는 최재서의 역사관에 비춰볼 때 지성은 근대를 이해하고 미래를 도모하는 주체적 비평 관점의 근거로 평가된다.[6] 하지만 최재서가 낭만주의적 센티멘탈리즘에 반대하는 20세기 초 영미 모더니즘 비평에 그 비평 의식의 많은 부분을 빚지고 있다는 점에 비추어, 그의 지성 개념을 사이비 보편주의에

---

5   김흥규, 「최재서 연구 – 1933~1945년간의 문학비평과 파산」, 『문학과 역사적 인간』, 창작과비평사, 1980, 321면.
6   김동식, 「1930년대 비평과 주체의 수사학」, 『한국현대문학연구』 24, 2008, 188면.

복무하는 비현실적 관념으로 평가하기도 한다.[7] 문제는 둘 중 어떤 관점을 취하든 지성은 현실에 대한 수동적·감각적 반응이 아니라 적극적·이성적 반성으로 선규정되어 있다는 점이다. 나아가 지성은 그것이 작용하는 대상으로서의 현실에 대한 분석적 이해를 통해 그 변화를 이끌어내는 적극적 행동의 원동력으로 자리매김된다. 이렇게 보면 지성과 행동에 대한 최재서의 다음과 같은 서술은, 그의 지성 개념이 현실 적용력이 떨어지는, 추상적인 차원에 국한된 것이었다는 증거로밖에 보이지 않을 수 있다.

> 오늘날 소위 행동인行動人이라고 일컫는 사람들의 행동을 조심하여 관찰하면 그 대부분이 다음과 같은 두 타입의 어느 것이나 하나에 속함을 알 수 있다. 즉 그것은 기계적 행동이 아니면 충동적 행동이다. 전자는 비지니스맨이 대표하고 후자는 탕아蕩兒가 대표한다. (…중략…) 기계적 행동이나 충동적 행동이나 사색의 경과經過를 밟지 않는 데서 일치된다. 하나는 외부의 힘대로 행동하고 또 하나는 내부의 힘대로 행동한다. 그 어느 것이나 자기 자신과의 상의相議를 요치 않는다. 그들에게 있어선 자기반성이란 아마도 과거 세기의 풍습으로 기억되어 있을 것이다. 이것이 현대인에게 허용된 행동권의 전부이다. 허용되지 않는 행동권, 그것은 지하 운동자들의 그것이라고 상상된다.
>
> 참된 의미에 있어서의 지식인의 비행동성이라는 것이 이상과 같은 기계적 혹은 충동적 행동의 기피를 의미한다면 그것은 진실일 것이다. 왜 그러냐 하면 지식인의 행동이란 사색의 발전이고 가치관의 현실화이니까.[8]

위 인용에 따르면, 지성적 주체로서의 지식인이 행동할 수 있는 가능성은 원

---

7   서승희, 「1930년대 최재서의 문화 기획 연구」, 『한국문학이론과 비평』 14-2, 2010, 469면.
8   최재서, 『문학과 지성』, 136~137면.

천적으로 차단되어 있다. 현대의 모든 행동은 "사색의 경과"를 거치지 않은 "기계적 행동이 아니면 충동적 행동", 둘 중 하나에 지나지 않기 때문이다. 지성의 핵심 작용인 "사색"은 구체적으로 "자기 자신과의 상의" 즉 "자기반성"을 의미한다. 이렇게 놓고 보면 최재서에게 지성은, 그 주체가 자기 밖의 현실에 참여하는 기제로서가 아니라, 자기에로의 회귀 운동으로 실현되는 것이다. 여기서 유의할 점은 그 운동이 '속악한 외적 현실'에 맞세워진 '진정한 자아'를 지향하는 것이 아니라는 점이다. 이는 순수하게 그 "내부의 힘"에 의거하여 하는 행동은 "충동적"인 것에 지나지 않는다는 언급으로 뒷받침된다. 다시 말해 지성적 주체란, 외적 현실의 작동 원리에 종속되지도, 그로부터 절연된 내면 원리에만 의거하지도 않는 자이다. 자기의 안과 밖 어디에서도 행동의 준거를 얻을 수 없다면, 남는 선택지는 현실과 내면의 분리 그 자체에 집중하는 것뿐이다. 그렇다면 이 맥락에서 지성은 주체의 자기반성이라는 형식을 취하되 그것을 통해 현실에 개입하지도 않고 또 현실과 구분되는 자기만의 '내적 현실'도 만들어내지 않는 능력이라고 할 수 있다.

이러한 규정을 좀더 밀고 나가면, 지성은 어떠한 행동이든 하도록 부추기는 현대의 현실을 거슬러, 아무 것도 하지 않고 "비행동"으로 버틸 수 있는 능력을 의미한다. 최재서의 말대로 그것은 "행동의 기피" 상태를 끝내 유지하려는 것이다. 지성에 의거할 때 현대란 어떤 행동도 불가능한 시대라는 인식은, 최재서가 20세기 초 영미 비평의 주류를 본격적으로 소개한 「현대 주지주의 문학 이론」에도 드러나 있다. 1934년에 발표된 이 글에서 최재서는 T. E. 흄Hulme과 T. S. 엘리엇Eliot의 비평을 주지주의적 경향으로 소개하면서 이들이 공히 19세기 낭만주의 전통의 극복을 목표로 하고 있다는 데 주목한다. 다시 말해 그들은 기존 전통의 파괴에만 집중할 뿐 그것을 대체할 "건설적 문학 이론을 가지지 않"는다는 것이다.[9] 이러한 규정이 다만 그들의 이론이 아직 완미한 상태에 도달하지 못했다거나 현실 정합성이 부족하다는 평가에 기초한 것이 아니라는 점이 문제적이다. 즉 최재서가 보기에 주지주의란 어떤 긍정적·건설적 의의도 없는, "다만 구 전통을 파괴한 현대인이 자기 자신의 신新전통을 발견 내지 건설할 때까지 편의적으로 자기 욕구에 비교적 적합"한 것을 찾은 결과 성립한 것일 뿐이다.[10] 이들의 비평이 '지성적'이라고 할 수 있는 근거로 최재서는, '근대'라는 외적 현실과 그에 맞서는 '내면'을 모두 거부하는 태도를 들고 있는 것이다.

이렇게 놓고 보면 최재서 비평에서 빈출하는 개념인, '전통'이란 그것이 서구 근대의 인문적 교양이든 혹은 식민지 한국의 구체적 경험이든[11] 현재를 사는 현대인에게 어떤 의의도 없는 것으로 드러난다. 어디까지나 지성에 기초한다고 할 때, 가능한 유일한 주체적 행위란 나에게 주어지는 모든 것의 총체로서 현실을 그대로 받아들이면서 동시에 현실로 환원되지 않는 나의 정체성을 지키는 것뿐이다. 여

---

9 위의 책, 1면.

10 위의 책, 2면. 최재서가 영미 '주지주의' 문학비평을 소개하면서 주로 언급한 이론가들은 흄, 엘리엇, 허버트 리드(Herbert Read)와 I. A. 리차즈(Richards)이며, 이들은 공히 19세기적인 낭만주의 전통을 극복할 이론의 수립에 집중했다. 이들은 낭만주의의 핵심을 감정의 통제되지 않은 자연스러운 표출로 보았으며, 이를 극복하기 위해 지적이고 과학적인 방법론을 수립하고자 했다. 카오스적 감각을 통어하는 질서를 정립함으로써 근대를 이전 시대와 구분 짓고 이 질적 구분에서 자기 시대에 대한 충실성의 근거를 찾으려 했다는 점에서, 이들은 모더니스트들이었다. 감정에 대립하는 지성을 강조했다는 점에서 '주지주의'라는 명명도 정당성이 있지만, 영미 비평의 전통에서 Intellectualism 혹은 Rationalism이라는 용어는 사용되지 않는다. 일례로 이들 네 평론가 중 최재서에게 가장 큰 영향력을 끼친 흄의 경우, 낭만주의를 인간의 내적 욕망의 만족에 충실한 "휴머니즘"으로 규정하고 극력 비판하고 있다. 그는 휴머니즘이라는 중독에서 깨어나 근대적 사상을 획득할 것을 촉구하지만 '지성'을 특별히 강조하지는 않는다. T. E. Hulme, "Humanism and the Religious Attitude", ed. Herbert Read, *Speculations : Essay on Humanism and the Philosophy of Art*, London : Kegan Paul, Trench, Trubner & Co., 1936, pp.13~16. 그럼에도 불구하고 최재서가 일관되게 '주지주의'라는 용어를 사용한 것은, 자신의 지성 개념을 강조하고 거기에 역사적 맥락을 부여하기 위해서였던 것으로 보인다. 비교문학적 영향 관계라는 면에서 보면, '주지주의'는 일본에서 출간된 아베 도모지(阿部知二)의 저서 『주지적 문학론(主知的文學論)』, 東京 : 厚生閣書店, 1930에서 온 것으로 보인다. 여기서 아베는 허버트 리드의 영문학사 발전 단계론을 끌어오면서, 낭만주의와 마르크스주의를 극복할 근대 비평 이론으로 주지적 비평을 제시하고 있다. 이는 최재서 비평에서 반복적으로 발견되는 문제 설정 방법이다.

11 최재서, 「시대적 통제와 예지」, 『조선일보』, 1935.8.25; 최재서, 「고전문학과 문학의 역사성」, 『조선일보』, 1935.1, 30~31면.

기서 유의할 것은 이때의 현실은 말 그대로 '모든 것'이어서 그것에 맞서는 나에 게는 어떤 실체적인 내용도 없다는 점이다. 이는 현실에 대한 '종속성subjection'으로 주체성을 완전히 환원한다는 점에서 주체의 상실을 의미하지만 동시에 주체성이 란 실체성 없는 위치성positionality이라는 점을 드러냄으로써 역설적으로 주체의 회복을 의미하기도 한다.[12] 예술론과 관련하여 최재서의 주체론이 갖는 의의는 예술의 재현再現적 가치를 논하는 데 있어 모더니즘적 관점이 갖는 의의를 선명하 게 드러내 준다는 데 있다. 예술의 재현이 현실의 한계를 넘어설 수 있다고 보는 데서 낭만주의적 예술관이 성립하고, 어디까지나 그것은 현실의 범위 안에 있다 고 보는 데서 마르크스주의적 리얼리즘이 성립하는 것이라면,[13] 모더니즘은 예술 적 재현이 현실과 한 치의 빈틈도 없이 일치한다고 본다.

모더니즘에서 문제되는 현실이 근대성의 경험이라면, 그것은 모더니즘이라는 미학이 없다면 존재할 수 없는 것이다. 다시 말해 모더니즘에 관한 한 미학적 재 현은 외적 현실의 필수 조건을 이룬다. 우리가 어떤 대상을 놓고 그것이 모던하 다고 판단하는 것은, 그것이 과거와 미래가 아닌, 우리가 살고 있는 지금-여기 의 현재성을 띤다는 점을 함축한다.[14] 여기서 근대라는 현실은 그것을 '나의 현 실'로 받아들이는 부단한 운동 속에서만 존재하는 것이다. 즉 재현이라는 미학

---

12 Judith Butler, *The Psychic Life of Power : Theories in Subjection,* Stanford : Stanford University Press, 1997, p.99.

13 '낭만주의와 마르크시즘'은 최재서가 자기의 주지주의 비평을 수립하는 데 필수적인 대타항이다. 그에게 낭만주의는 19세기적 전통으로만 그 의의가 국한되며 모든 현대적 비평은 낭만주의의 부 정에서 출발한다고 상정된다. 그가 낭만주의를 부정하는 것은 현실과 유리된 개성의 무한한 표현 이라는 이념이 현대가 되면서 한계에 도달했다고 보기 때문이다. 근대성의 경험이라는 현실의 복 잡성은 개인의 내면에 집중하는 "단순한 인생관과 소박한 감수성"으로는 뚫고 들어갈 수 없다는 것이다. 현실에 대한 즉자적·감각적 반응에 무한한 가치를 부여하는 낭만주의를, "센티멘털리즘" 으로 보고 현대 비평의 주적으로 삼는 최재서의 시각은 이러한 맥락에서 나온다. 나아가 최재서는 마르크시즘도 복잡한 현대의 현실을 역사적 유물론의 시각에서 단순화하고 그 단선적 세계관에 대한 열광적 믿음을 통해 추동된다는 점에서 "센티멘털리즘"에 지나지 않는다고 비판하고 있다. 최재서, 『문학과 지성』, 215~219면.

14 Matei Calinescu, *Five Faces of Modernity*, Durham : Duke University Press, 1987, p.13.

적 형식을 빌지 않고서는 근대성의 경험은 이뤄지지 않으며, 재현과 경험이 동시에 이뤄진다는 점에서, 모더니즘과 근대성의 경험은 서로를 형성하는 부단한 운동 중에 있다. 이런 관점에서 보면, 미학적 모더니즘은 본질상 절대적 분열을 내포하고 있으며 나아가 그러한 분열이 없으면 성립할 수 없는 것이 된다.[15] 다시 말해 그것은 전체로서의 현실과 그에 대한 반성으로, 즉 종속성과 위치성으로 분열되어 있다. 최재서의 지성은 위치성에 해당하지만, 유의할 점은 거기에는 반드시 종속성이 내포되어 있다는 점이다. 주체성이란 현실에 적극 개입하여 그 변혁을 추진하는 것이 아니라, 현실을 완전히 받아들이고 그 안에서의 자기의 위치성의 자각에서 그치는 것이라는, 주체론을 여기서 확인할 수 있다.

이러한 주체론은 예술을 현실에 대해 자율적인 것으로 보거나 혹은 현실의 한 부분을 이루는 것으로 보는, 상극하는 두 관점을 극복할 수 있는 실마리를 제공한다. 그것은 현실에 대한 주체의 개입, 즉 주체성의 실현이란 현실을 시차적parallax으로 재현할 때에만 가능하다는 점을 알려준다. 다시 말해, 진정한 의미에서의 주체적 실천이란 현실을 주체성의 실현태로, 동시에 나의 주체성은 현실 구성 과정의 부산물로 '보는 것' 자체이다. 최재서 비평에 대한 기존의 논의들은, 앞서 지적했다시피, 지성의 주체적 작용을 통한 보편주의 지향에 대한 긍정론과 지성의 비현실성·추상성으로 인한 현실 인식의 부정합성에 대한 비판론으로 양분된다. 또한 이 두 관점은, 지성의 현실 개입 능력을 전제하지 않고서는 성립할 수 없다는 공통분모를 갖고 있음을 지적한 바 있다. 지금까지의 논의를 바탕으로 이를 다시 정리해보면, 긍정론은 예술의 자율성을, 비판론은 예술의 현실성을 전제한다는 점에서 상극하는 것처럼 보이나, 그 기준을 공히 '현실'에서 찾고 있다는 점에서 결국 정치적인 것 안에 미학을 완전히 포함시켜

---

15 김상환, 「탈근대 사조의 공과」, 『예술가를 위한 형이상학』, 민음사, 1999, 88면.

버리고 있다. 이는 결국 '정치의 미학화'의 논리이며, 이러한 논리에 충실할 때, 결국 예술이란 현실 정치의 원활한 작동을 위한 것일 때에만 의미가 있다는, 전체주의적 예술론의 논리가 성립하며, 따라서 최재서가 1938년 이후 취한 현실 추수주의적 예술론을 결과적으로 긍정하는 난국이 초래되는 것이다.

'미학의 정치화'라는 테제는 발터 벤야민이 '정치의 미학화'에 맞서는 코뮤니즘 측의 대응 논리로 제시한 것이다. 유의할 점은 이 테제가, 예술이 현실 정치의 권력 관계를 반영해야 한다는 입장에서 정립된 것이 아니라는 점이다. 정치 이데올로기의 미학적 형상화가 예술이라고 한다면 그것은 파시즘의 선전 예술과 구분되지 않는다. 여기서 벤야민이 '미학의 정치화'와 '정치의 미학화'의 변증법에 도달하게 된 배경이 단순히 예술 작품의 선전 도구화라는 현상에 그치지 않는다는 점을 염두에 둘 필요가 있다. 그는 예술 작품이 근대적 매체인 필름의 발명 때문에 "기술적 복제가능성reproducibility"을 그 본질로 하게 되었다는 점에서 출발한다.[16] 필름 매체를 통하여 생산된 작품이 기존의 예술 작품과 구별되는 근본적인 이유는, 그것이 현실의 재현 과정에서 인간의 개입을 원천적으로 차단하기 때문이다. 촬영 대상의 선택과 다양한 촬영 효과의 조절, 나아가 촬영 이후 현상 과정에서의 조작을 통하여, 촬영자는 필름 작품의 생산에 개입하는 것처럼 보인다. 그러나 기본적으로 필름에 외부의 현실이 촬영되는 그 순간은 원천적으로 촬영자의 몫이 아니라 촬영 기술의 집적체, 카메라의 온전한 몫이다.[17] 현실에 대한 예술적 재현 과정에 인간이 개입할 수 있는 가능성이 소멸함으로써, 필름은 아무나 아무렇게나 예술 작품을 만들어낼 수 있는 가능성을 연다.

---

16 Walter Benjamin, trans. Edmund Jephcott and Harry Zohn, "The Work of Art in the Age of Its Technological Reproducibility", *Selected Writings 3, 1935-1938*, Cambridge : The Belknap Press of Harvard University, 2002, pp.116~118.

17 Siegfried Kracauer, *Theory of Film*, Princeton : Princeton University Press, 1997, p.16.

중요한 점은 이처럼 "기술적 복제가능성의 시대"로서의 근대가 열린 이후에 '사후적으로' 예술과 현실이 별개의 개념으로 성립된다는 점이다. 필름 이전 시대에는 논리상, 예술적 재현과 그 대상으로서의 현실 사이의 구분을 명확히 한다는 것이 불가능했다. 왜냐면 예술가라는 인간이 작품으로 형상화해 놓은 현실의 이미지와 인간 일반이 감각하는 현실의 이미지는, 양자 모두 인간의 감각 능력을 통해 걸러진 현실이라는 점에서 구분될 수 없기 때문이다. 그러나 필름으로 촬영된 현실의 이미지는 인간적 개입이 섞이지 않은 채 수립된 것이며, 따라서 예술적으로 다 재현할 수 없는 현실이라는 관념을 낳는다. 나아가 필름에 담긴 이미지를 현실 '그 자체'로 볼 수도 없는데, 왜냐면 촬영의 순간에 개입할 수 없는 인간이기에, 촬영 결과물이 현실과 일치한다고 판단할 수도 없기 때문이다. 따라서 필름의 출현과 더불어 예술 작품은 '현실'과 그에 대한 인간의 '감각'이 절대적으로 분열하고 그 분열이 현현하는 장이 된다. 즉 예술의 본질은 결국 현실 자체도 인간의 감각도 아닌 미적 '재현 자체'에 국한되게 된다. 근대 예술사가 필연적으로 심미주의 / 형식주의라는 정점으로 치달아갈 수밖에 없었던 것은 바로 이 때문이다. 이렇게 하여 예술은 현실에 대한 위치성으로 환원되고, 동시에 비인간적인 것으로 귀결된다.

　일단 필름이 도래한 이상 근대 예술이 그 존재 의의를 유지할 수 있는 것은 이처럼 하나의 전체totality로서의 현실에 맞서 자신을 실체화하지 않으면서 오직 현실에 대한 부정성으로 머무르는 방법뿐이다. 그렇게 함으로써 현실이 갖는 현실성은 오직 그것을 전체로 승인하는 예술을 통해서만 가능하다는 점을 역설적으로 드러내는 것이다. 이것이 벤야민이 말하는 바, 현실의 작동 원리로서의 정치를 미학이 전유하는, '미학의 정치화'의 의미인 것이다. 반면 '정치의 미학화'는 사회 현실의 전체성에 예술의 자율성까지를 포함시키는 것을 의미한다. 즉 예술이 자율적이라 하더라도 그것은 어디까지나 사회 현실이라는 조건에 속박된 것이라면, 정치가 미학까지 떠맡는 것이 역설적으로 예술의 자율성의 궁극적인 실현에 해당하게 된다. 따라서 예술의 자율성론이나 예술의 현실성론이나, 그것이 예술과 현실을 동일한 평면 위에 놓인 두 실체로 취급한다는 점에서, 공히 '정치의 미학화'라는 전체주의적 논리로 흡수되어버릴 위험성이 있는 것이다. 그렇다면 '미학의 정치화'는 예술 자체가 예술과 현실의 분열의 육화가 되는 것을 통해서 가능하며, 최재서의 지성 개념은 바로 이 지점을 가리키고 있는 것으로 볼 수 있다.

모더니즘 시대의 최재서가 그 예술론에 있어 지성의 역할을 강조하면서도 명석한 인식을 강조하기보다 "자의식"의 분열에 초점을 맞추는 것은 바로 이 때문이다.

> 「종생기」에서 종생終生이라 함을 산문으로 번역한다면 허탈虛脫이다. 즉 그의 에스프리가 현세적 고민에서 탈각함을 의미한다. 그러나 이것은 무슨 신비주의나 종교적 심경을 의미함은 아닐 게다. 왜 그러냐 하면 그는 자기의 정신을 육체로부터 유리시켜 가지고 안심입명安心立命 지대에서 유유히 지내자는 미신을 가진 것은 아니니까. 다만 고민을 감각하는 자기, 「종생기」 이후에 남아 구천을 우러러 호곡하는 또 하나의 인간적 자기를 할퀴고 저미는 비평적 자기를 죽여 버리자는 것이다. (…중략…) 자기가 자기를 비평하고 그 괴로움에 벗어나려고 자기의 일면을 죽이려 하나 그 역亦 불가능함을 깨닫는 이 모순 이 고민! 「종생기」 일편은 이 자기 분열과 자의식의 피 묻은 기록이다.[18]

이 글은 이상李箱이 도쿄에서 요절한 지 한 달 남짓 지난 시점인, 1937년 5월

---

18 최재서, 『문학과 지성』, 141면.

에 발표된 것이다. 여기서 최재서는 이상의 「종생기終生記」를 유항림의 「마권馬券」과 비교하며 전자가 자의식의 표현이라는 점에 있어 월등히 심각한 지점에 이르고 있다고 보고 있다. 우선 최재서는, 「종생기」에서 스스로 자기의 죽음을 선언하는 글쓰기가 "현세적 고민" 즉 현실 종속으로부터의 해방이라는 점을 지적한다. 그러나 동시에 그것이 현실에서 분리된 주체성의 탄생을 의미하지 않는다는 점을 명확히 한다. 최재서가 보기에 현실로부터의 완벽한 해방을 상상하는 것은 "미신"적 습속에 지나지 않는다. 나아가 그는, 현실로부터의 진정한 "탈각"이란, 여러 "현세적 고민"에 시달리는 "자기"를 죽이는 것이 아니라는 점을 지적한다. 오히려 현실에 종속된 자기가 아니라 그것을 반성적으로 비평하는 자기를 죽이는 것이 이상의 '종생終生의 글쓰기記'의 참 의미라고 해석하고 있다.

이를 정리하면 다음과 같은 등식을 얻을 수 있다. (1) 현세적 고민에서의 탈각=(2) 비평적 자기를 죽여 버림=(3) 둘 중 어떤 것도 불가능한 모순에 대한 고민=(4) 종생의 글쓰기. 이는 「종생기」라는 작품이 현실과 예술의 분열을 텍스트 생성의 원리로 그대로 체화하고 있기 때문에 가능한 등식이다. 현실과 예술을 이분법적으로 바라볼 때 사실상 (1)=(2)부터가 성립할 수 없다. 지성이 현실을 실체화하고, 동시에 현실이 지성의 산물인 예술에 위치성을 부여하는 근거가 될 때에만 (1)=(2)는 성립하는 것이다. 이어 (2)=(3)의 등식은 그러한 '미학의 정치화'를 '정치의 미학화'로 전도시켜 전체성 속에서 안정화시키지 않고 (1)과 (2) 사이의 끊임없는 운동 상태에 머무는 것을 의미한다. 이 버팀이 앞 절의 말미에서 지적한, 최재서 주체론 상에서의 실천, "비행동적 행동"에 해당한다. 그리고 이 실천은 (3)=(4)의 등식, 즉 자의식의 분열과 모순을 작품으로 육화하는 것을 통해서만 가능하다. 이는 「종생기」라는 작품이 제작되는 과정 자체, 즉 '종생의 글쓰기'가 예술의 "자기 분열" 상태 자체가 되고 그에 따라 현실에 실체성을 부여하는 것을 의미한다.

이 지점에서 예술은 정확히 필름 작품을 생산하는 카메라의 지위를 점한다.[19] 동시에 카메라로 생산된 필름 작품이 그러하듯이, 예술 작품은 '미학의 정치화' 와 '정치의 미학화'로 통하는 두 길을 열어 준다. 이상의 「종생기」의 경우, 작품에 형상화된 '미학적 자아'가 자기의 죽음을 쓰는 수행이 그대로 작품이 된다. 그러나 「종생기」는 거기 형상화된 '미학적 자아'의 죽음을 따라 사라져 버리지 않고, 출판되어 최재서라는 비평가에게 해석되고 있다. 즉 「종생기」의 존재 자체가 '종생의 글쓰기'가 실패했다는 증거가 되는 셈이다. 「종생기」라는 예술 작품은 그 생성 원리의 차원에서, '미학적 자아'는 다만 예술 작품이 탄생하는 한 순간에만 존재할 수 있음을 증거한다. 이때 예술은 그처럼 작품이 탄생하는 순간으로 전적으로 환원되어 버린다. 이것은 정확히 필름 작품의 생산에 있어 카메라의 역할과 일치한다. 사진이나 영화가 현실의 이미지를 담고 있는 것으로 해석될 수 있는 것은, 그것이 카메라에 의한 촬영의 '순간'을 담고 있기 때문이다. 따라서 필름 작품은 카메라의 촬영의 순간과 이미지가 되어 담긴 현실, 이렇게 두 부분으로 분열되어 있다. 이때 카메라는 필름 작품의 그러한 분열 자체로만 흔적을 남기는 것이다.

그 존재 자체가 자기와 외적 현실의 분열이 된 예술 작품은, 우선 '미학의 정치화'의 길을 연다. 미학적인 것과 현실적인 것의 분열 자체가 예술 작품이라면, 이때 예술이라는 이름에 내포된 '미학적인 것'은 현실 자체로도 혹은 현실로부터 자율적인 무언가로도 환원되지 않는다. 무엇으로도 환원되지 않는 미학

---

19 최재서는 이상의 「날개」(1936)을 다룬 「「천변풍경」과 「날개」에 관하여 ― 리얼리즘의 확대와 심화」에서, 이상의 문학적 승리는 작가가 카메라가 되어 대상을 있는 그대로 포착하는 객관적 태도에서 기인한다고 보았다. 나아가 「날개」는 카메라가 포착하는 대상이 작가 자신의 내면이라는 점에서 근대인의 보편 조건인 의식의 분열을 그 주제로 한다고 해석한다. 최재서는 이 '분열'이 다만 작품에 형상화된 내용의 차원에서 그치지 않고, 작품의 생성 원리로 작용하고 있다는 점에서, 「날개」를 근대인이 도달할 수 있는 지성의 최고봉으로까지 고평한다. 최재서의 「날개」론에 대해서는 이 책의 제3장 후반부에서 논의하였다.

적인 것의 실재 덕분에, 현실 정치에 대한 근본적 자기반성이 가능해진다. 자기반성이란 주체가 자기에게로 돌아오는 운동이되, 그것이 지루한 자기 확인에 그치지 않기 위해서는, 자기 외부의 기준점이 필요하다. 우리의 맥락에서 예술 작품의 자기 분열의 형식으로 존재하는 '미학적인 것'은 그러한 기준점의 역할을 하는 것이다. 이것이 최재서가 '지성'의 주체론을 통해 수립하려 한 미학 / 정치학의 실상이라고 한다면, 최재서는 이미 어떤 '모럴'을 제시하고 있는 셈이다. 그것은 현실과의 분열 상태를 유지함으로써 성립하는 미학을 예술 작품의 생산을 통해 육화하고 그렇게 육화된 미학이 정치로 환원되지 않도록 유지하는 비평을 씀으로써 지켜지는 것이다. 주체성이란 자기만의 모럴을 유지하고 그에 의거하여 행동함으로써 성취되는 것이라면, 최재서의 지성의 주체론은 「종생기」에 대한 비평에서 완전히 전개되고 있다고 볼 수 있다.

최재서 예술론에서 모럴의 문제는 지성과 더불어 하나의 문제군을 형성한다. 최재서는 예술을 기예技藝와 구분 가능한 것은 예술가가 전근대의 예인과는 달리, 자기만의 모럴리티를 갖고 있기 때문이라고 한다.[20] 통상 모럴은 지성의 작용으로 얻은 현실 이해를 바탕으로 수립된, 적극적 행동 원칙으로 풀이되곤 한다. 소극적으로 해석하더라도 모럴은 지성의 객관적 현실 분석에 질서와 방향을 부여한다고 여겨진다. 이런 맥락에서 최재서는 지성을 통해 근대 현실에 대한 인식론을, 모럴을 통해 근대를 사는 윤리학을 제시하고자 했다고 할 수 있다. 지금까지의 최재서론은 이 모럴이 아무 내포 없는 텅 빈 개념이며,[21] 기껏해야 지성 개념의 추상성을 가리기 위한 은폐물에 지나지 않는다는 시각을 취해 왔다. 이런 관점에서 볼 때, 최재서가 1937~1938년 무렵 시작되는 일제의 식민지 동화 정책에 휩쓸려 예술을 이데올로기 선전의 도구로 전락시킨 것은 당

---

20 최재서, 『문학과 지성』, 263면.
21 김흥규, 『문학과 역사적 인간』, 319면.

연한 귀결이 된다. 즉 최재서는 "비행동의 행동"으로서의 자기의 비평 행위가 현실 적용력이란 측면에서 철저히 무용하다는 사실을 말뿐인 모럴 개념으로 무마하려 하다가, 일본 제국이 동아시아의 문화적 통합을 통한 근대의 초극이라는 이데올로기를 제시하자 그것으로 곧장 모럴을 대체해 버렸다는 것이다.[22]

이러한 독법의 문제는 최재서가 던진 모럴이라는 문제를 성급히 해결책으로 전환해버렸다는 데 있다. 위에서 분석한바, 최재서의 지성은 현실 내에서의 행동력을 뒷받침 하는 이론적 도구가 아니라, 현실 정치에 대한 실질적 개입이란 '미학적으로만' 가능하다는 것을 인식하도록 하는 것이었다. 이때 미학적인 정치 행위란 예술이 정치와 자기 자신의 절대적 분열을 체화하는 작품을 생산하고 그 분열의 기술에서 그치는 비평을 쓰는 것을 의미한다. 그렇다면 최재서에게 모럴은 현실적 행동 원리라는 해답으로서가 아니라, 예술과 비평에서 구체적 행동의 강령을 찾는 것이 가능한가 하는 문제의 형식으로 주어지는 것이다.[23] 간단히 말해, 최재서의 모럴은 '미학의 정치화'가 '정치의 미학화'로 전도되어 버리지 않도록 던져진 문제에 해당한다. 이런 관점에서 본다면 일제 말기 최재서가 국민문학론國民文學論을 통해 일본주의라는 도그마를 추구한 것은, 스스로 모럴의 문제성을 포기한 행위에 해당한다. 그러나 이러한 최재서 비평의 행로에 근거하여 그의 모더니즘 시대에 제출된 모럴의 문제성을 간과하고 그 무내용성을 비판하는 것은, 최재서가 범한 오류를 똑같이 반복하는 것에 지나지 않는다.

모더니즘적 리얼리즘 시대의 최재서가 도달한 모럴의 문제성이라는 테제는, 그의 국민문학론을 재독해야 할 필연성을 암시한다. 크게 보아 국민문학론이

---

22 차승기, 「1930년대 후반 전통론 연구─시간·공간 의식을 중심으로」, 연세대 박사논문, 2002, 138면.

23 三原芳秋, 「Metoikosたちの帝國─T. S. エリオット, 西田幾多郎, 崔載瑞」, 『社會科學』 40-4, 2011, p.20.

식민지 한국의 문화적 정체성을 말살하고 일본의 그것으로 대체하려는, 소위 내선일체內鮮一體 체제의 어용 이론이었다는 점은 부정할 수 없다. 그러나 국민문학론에 대한 비판이, 모럴의 자리에 (식민지) 한국이 아닌 (식민본국) 일본이 들어왔다는 점을 근거로 이뤄진다면, '정치의 미학화'라는 전체주의의 전략을 사후적으로 승인하는 의외의 결과를 피할 수 없다. 따라서 이론적으로나 실천적으로나 국민문학론에 대한 유일한 정당한 비판은 모럴이 문제성을 상실하고 해답으로 화하는 순간을 포착하고 멈추는 것이다. 다시 말해, 최재서의 모럴이 갖는 문제성을 유지하면서 그것을 다시 예술 개념을 사유하는 현재의 관점을 반성하는 데 전유해야 한다.

이렇게 볼 때, 국민문학론의 전개 과정에서 핵심적인 장면은 최재서가 '국민적인 것'의 명확한 규정에 도달하는 순간이다. 국민문학론 시대의 최재서는 문학을 포함한 근대 예술이 처한 과도기적 혼란 상태를 극복하기 위해서는 '국민적인 것'의 실현을 향하여 매진하는 방법밖에는 없다고 보았다. 이어지는 분석에서 나오겠지만 최재서의 '국민'은 식민지성의 소멸을 근대의 초극과 등치시키는 수행으로, 이때 '국민'은 모든 예술적 표현의 정치화가 달성되는 순간 세계에 출현될 것이다. 즉 '국민'은 예술의 정치화로 정치를 완전히 대신하는 끝없이 이어질 수행으로, 결국 정치의 미학화의 전도된 형식이다. 이 과정에서 '한국'이라는 식민지성의 무를 향한 무한한 수렴 과정이 곧 모더니즘의 궁극적 진리임이 무의식적으로 폭로되며, 이런 점에서 국민문학론은 식민지 모더니즘의 가장 중요한 사례가 된다.

3. '한국'이라는 이름과 식민지성—국민문학론

최재서가 본격적으로 '국민문학'의 이론 수립에 착수한 것은 『국민문학』이 창간된 1941년 11월부터이다. 이 잡지가 창간되어 1945년 2월 통권 38호로 종간되기까지 최재서는 편집자이자 발행인으로 일했다. 『국민문학』은 형식적으로는 최재서가 대표인 인문사에서 발행되었지만, 실질적으로는 조선총독부의 준기관지라고 할 법한 성격을 띠었다. 예컨대 거의 매호 수록되어 있는 좌담회를 보면, 전황을 점검하고 그 의미를 고찰하거나 전쟁동원 정책의 실현 방법을 논의했다. 좌담회에는 백철, 유진오, 박영희 등 조선 문단의 중진들도 가끔 초빙되었으나, 어디까지나 핵심 멤버는 최재서, 김종한 등의 『국민문학』 편집진과 식민지 정책의 실질적 입안·실행자들인 일본인 관료·학자·군인이 두 축을 이룬다.[24] 『국민문학』은 1940년 8월의 『조선일보』, 『동아일보』 등 양대 조선어 일간지의 폐간과 1941년 4월의 『문장』, 『인문평론』 등 문예지 폐간에 따라 그 발표 지면을 완전히 박탈당한 식민지 조선 문단에 남은 유일한 출판 기구였다. 1937년 이래 지속 중이었던 중일전쟁의 전황이 날로 악화되고 서태평양에서도 전운이 높아지고 있던 시기에 창간된 『국민문학』은 제국 일본의 총동원 시스템의 한 기관으로 편입될 운명이었다. 최재서가 스스로 밝히고 있듯이 총독부는 이 매체를 활용하여 "조선 문단의 혁신을 단숨에 해결해 버리고 싶은

---

24 『국민문학』 좌담회의 참가자들은 크게 네 부류로 나눌 수 있다. (1)최재서를 비롯한 『국민문학』 편집진, (2)일본인 총독부 관료·경성제대의 일본인 교수·군인, (3)한국 작가, (4)일본 작가. 최재서는 주최 측이기 때문에 모든 좌담회에 참가하고 있다. 두 번째 그룹에 속하는 일본인들 중 경성제대의 교수들은 이 학교 출신인 최재서와의 개인적인 인연 때문에 초빙된 경우도 있다(최재서의 경성제대 영문과 시절의 스승인 사토 기요시(佐藤淸)의 경우). 대부분 도쿄제대 출신이며 수년 간 영국·프랑스·독일 등지에서 유학한 경험을 갖고 있는 경성제대의 교수들은 총동원 체제에 접어들면서 총독부와 긴밀한 협력 관계에 들어간다. 이는 애초에 제국 내 동양학의 중심을 표방한 경성제대의 설립 취지와 부합하는 것이면서 동시에 '제국대학' 출신이라는 학맥으로 총독부의 관료들과 이들이 긴밀한 관계를 형성하고 있었다는 사실과 관련되어 있다.

의도"를 명백히 하고 있는 것이다.[25]

총독부와의 협의하에『국민문학』의 편집 요강은 국체國體관념의 명징, 국민의 식의 양양, 국민 사기의 진흥, 국책國策에의 협력, 지도적 문화 이론의 수립, 내선 문화의 종합, 국민문화의 건설로 정해졌다.[26] 이 중 마지막 항인 "국민문화의 건설"에 최재서는 "대체로 웅혼·명랑·활달한 국민 문화 건설을 최후의 목표로 함"이라는 설명을 부기하여 두었다. 이를 통해『국민문학』지가 문학이라는 문화의 분과에서 '국민문학'을 건설함으로써 궁극적으로 '국민문화'의 일익을 담당하는 것을 최종 목표로 함을 알 수 있다. 그렇다면 이 '국민문학'의 내용은 구체적으로 무엇인가? 문학이 '국민적'이 된다는 것은 무엇을 의미하며, 또 '국민적 문학'으로의 전환이라는 과제가 당시 식민지 조선의 맥락에서 무슨 의미가 있는가?

이에 답하기 전에 당시 일본의 지식 사회가 '전향轉向'이라는 거대한 흐름에 휩쓸리고 있었음을 상기할 필요가 있다. 주지하다시피 일본 근대사상사의 맥락에서 전향이란 자유주의·공산주의와 같은 서양산産 이데올로기로부터 벗어나 일본의 토착 사상으로 회귀하는 것을 의미했다. 동시에 이 '일본주의'는 '문화주의'이기도 했다. 전향에 관련된 사상은 대개, 서양은 어떠한 이념을 내세우든 비서양에 대한 제국주의 침략으로 귀결되고 말았다는 역사에 대한 비판에 기반을 둔다. 반면 일본은 비일본에 대한 '문화적' 교화의 방향을 취해왔고 따라서 근대 이후의 세계사는 그러한 문화주의적 일본주의에 의해 영도되어야 할 것이었다. 이때 문화는 제국주의적 폭력으로 점철된 근대 세계 질서라는 현실정치를 본질적으로 변화시켜 도덕화하는 근거로 설정된다. 이 '도덕'의 근원으로서의 '일본문화'는 구체적인 '일본의 / 이라는 현실'에 붙은 다른 이름이었다. 이

---

25 최재서, 「朝鮮文學の現段階」, 『國民文學』, 1942.8.
26 위의 글.

러한 일본주의 / 문화주의를 핵으로 하는 전향이 일본 문단에 들어오면서 나타난 것이 1937년경부터 1940년 말까지의 기간에 걸친 국민문학 담론이었다.

최재서의 '국민문학론'을 논하기 위해 전시前史로서 일본 측의 국민문학론을 정리한 미하라 요시아키三原芳秋는 아사노 아키라淺野晃를 그 핵심 논자로 들고 다음과 같은 결론을 내리고 있다.

> 아사노의 '국민문학'론을 생각할 때, 1940년에 눈에 띄게 나타나게 된 "내가 말하는 국민문학 운동이라는 것은 문학에 있어 제2의 존황양이尊皇攘夷 운동"이라는 극단적으로 일본주의=특수주의적인 논의에 눈을 빼앗기기 십상이지만, 그것이 여러 보편주의마르크스주의, 아시아주의와 보완 관계에 있었던 것도 결코 간과해서는 안 된다. 아사노의 1936~1937년의 논의는, 봉건 사회를 벗어난 서양 근대의 발흥하는 시민 문학을 규범으로 하는 '근대주의'적 경향을 띠고 있지만, 1940년 말의 논의는 '일본주의'적 담론이 두드러지게 된다. 이를 보편주의로부터 특수주의로의 후퇴라고 하는 도식화로 단정지어 버리면, 사카이 나오키酒井直樹가 논한 '제국적 국민주의'에서 나타나는 보편주의와 특수주의의 야합의 메커니즘을 놓치게 된다. 나아가 중요한 것으로 그 야합이 원리적으로 성립할 수 없는 식민지에서 이 담론이 '이식'될 때에 발생하는 여러 문제를 간과할 수 없을 것이다.[27]

여기서 미하라는 일본의 전시기 국민문학론의 양가성을 강조하고 있다. 오랫동안 일본에서 국민문학론은 그 이름 때문에 문학에서 일본적 특수성을 추구하는 담론으로 해석되어 왔다. 그러나 미하라는 그러한 특수성에 대한 강조가 결국 일본적인 것의 특수성을 부각시킴으로써 마르크스주의 등의 사상이 자기의

---

27 三原芳秋,「「國民文學」の問題」,『JunCture 超域的日本文化研究』2, 2011, p.110.

보편성을 강화하는 데 이용될 수 있음을 지적한다. 미하라의 논리를 우리의 맥락으로 옮겨서 정리하자면, 국민문학론에는 일본주의와 더불어 문화주의가 중추를 이루고 있었다고 할 수 있다. 이때 문화주의란, 일본주의가 일본 문화라는 구체적 현실에 기반을 두어야 한다는 것을 의미한다. 이러한 문화주의의 논리에 의해 일본주의는, 단순히 일본적 특수주의가 아닌, 보편주의의 외양도 띨 수 있게 되는 것이다. 따라서 그것이 한국과 같은 식민지에 적용될 때에도, 식민지 전통 문화의 일방적인 폐기와 일본 문화로의 동화라는 단선적인 흐름에 통합되지 않는 다양한 문제를 산출한다. 다시 말해 '국민문학론'이 보편주의의 외양을 띰으로써 식민지인은 일본주의의 강요를, 식민 지배자에 의한 일방적인 강요가 아닌, 다른 것으로 상상할 수 있는 여지를 부여받는 것이다.

이렇게 볼 때 국민문학론에서 논의된 국민 개념의 중요성이 부각된다. '조선문학'이나 '일본문학'이 아니라 '국민문학'이 미래의 이상으로 제시되었기에, 단선적인 (민족)특수주의에 국한되지 않는 보편주의의 가능성이 보일 수 있었기 때문이다. 그러나 위의 인용에서 미하라가 지적하고 있듯이, 이와 같은 특수주의의 보편주의에 대한 "야합"은 그것이 '조선문학'의 장으로 들어올 때 '일본문학'에서 그러했듯이 매끄럽게 이행되지 않는다. 일본문학에서 국민문학으로의 상승은 아무런 흔적 없이, 아무런 흠도 나 있지 않은 완전히 평평한 평면을 미끄러지듯이 간단히 이뤄질 수 있다. 앞에서 보았듯, 일본문학에서 국민문학으로의 이동은 사실상 아무런 움직임 없이 국민문학의 관점에서 일본문학을 전적으로 긍정하는 것에 불과하기 때문이다. 가라타니 고진의 용어법을 빌리자면, 그것은 국민을 일본적인 것으로 해석하는 논리라는 점에서 미학적이다. 가라타니는 '근대의 초극'이라는 슬로건으로 요약되는 일본의 전시기 사상사에 나타난 미학화 메커니즘을 지적한 바 있다. 그가 보기에 근대 초극론은 태평양전쟁이라는 현실을 그대로 받아들이면서 그것을 여태까지의 현실의 초극이라고 보는 것을 기본 논리로 취한다.

주의해 두고 싶은 것은 니시다 [기타로]에 있어(물론 교토학파에 있어서는 더욱 그러하지만), 이 '논리'가 현실적인 모순을 '논리적'으로 넘어서는 것으로서 활용된 것입니다. 예컨대 국가 통제 경제는 자유주의와 공산주의, 혹은 개인주의와 전체주의 양자를 넘어선(미키 기요시가 주창한) '협동주의'로 '해석'됩니다. 또 대동아공영권은 근대 국가와 소비에트 연방형 국제주의 양자를 넘어선 것으로서 '해석'됩니다. 결국 어떠한 모순이 있으면 그것은 '이미' 지양되어 있는 것입니다. 이 '논리'는 기존의 모든 사실을 긍정하는 것이 됩니다. 머릿속에서는 그것은 훌륭하게 미화된 것입니다. (…중략…) 이러한 '논리'는 미학적인 것입니다.[28]

여기서 가라타니가 "'논리'"로 지시하는 바가 미학화이다. 가라타니는 여기서 그 '논리'가 "미학적"이라고 하는데, 그의 맥락에서 미학적이란 현실에 대한 어떠한 고려도 배제한 태도를 가리킨다. 내가 몸담고 살아가는 이 현실의 가치를 초월하고자 한다면 우선 현실은 전적으로 부정되어야 한다. 그러한 부정의 가운데 역설적으로 현실은 내가 개입할 수 없는 것으로 고정되어 버리고, 나는 그 안에서 무한히 부정만을 할 수 있을 뿐인 어떤 장에 남겨진다. 그 장에 붙은 이름이 문화라면 문화의 제일의는 자기를 무화시켜 다시 자기 자신을 존재케 하는 미학화에 있다. 가라타니가 이 논리에 따옴표를 붙여 '논리'라고 표시하고 있는 것은 그것이 작동할 때 현실을 해석하는 이론으로, 다시 말해 현실과는 다른 레벨에서 작동하는 듯보이지만, 사실은 현실과 발생적인 차원에서 상호 규정적으로 뒤얽혀 있기 때문이다. 이 미학화의 논리에 의한 해석이라는 이론적으로 보이는 과정을 통해야만 애초에 현실은 해석될 수 있는 객관으로 겨우 존재할 수 있기 때문이다.

---

28 柄谷行人,「近代の超克」,『「戦前」の思考』, 東京 : 講談社, 2001, p.118.

전체주의가 미학화의 논리를 핵으로 하는 것이라면 그것은 가라타니가 지적하고 있는 대로 "기존의 모든 사실을 긍정"하는 것으로 귀결된다. 그러나 이 "기존의 모든 사실"이 "긍정"되는 것은 궁극적으로는 전체로서 부정되기 위해서이다. 그러나 전체의 부정은 그리 손쉽게 일어나지 않는다. 왜냐면 전체는 말 그대로 모든 것, 다시 말해 부정하는 나까지도 포함하기 때문이다. 따라서 문화에 의거하여 현실에 변혁을 가져온다는 것은 현실을 전적으로 긍정한다는 점에서 절대적인 현실 긍정론에 불과하지만, 그 이면에 현실의 완전한 파국을 겨냥하는, 종말론적인 기획이기도 한 것이다. 최재서의 국민문학론은 미학화의 종말론적 측면을 드러내 준다. 가라타니가 언급하는, 일본 제국의 지식인 미키 기요시에게서 발견되는 미학화를 식민지인 최재서 역시 그대로 답습하고 있었다. 그러나 최재서가 전개한 미학화는 궁극적으로 자기 전체를 벌거벗은 생명으로 돌리고 결국 순수한 이름으로 남는 지점으로 귀결된다. 그렇게 나를 포함한 현실을 완전히 파괴하는 순수한 죽음충동에 이끌리는 과정을 미학화의 완전한 전개를 통해 드러냄으로써 결국 최재서는 역설적으로 미학의 정치화를 우리에게 요구하고 있는 셈이다.

1943년 4월에 출간된 최재서의 일본어 저서 『전환기의 조선 문학』은 『국민문학』 창간부터 논의되어 온 국민문학론의 결산에 해당하는 책이다. 여기에 수록된 「국민문학의 요건」이라는 글은 1941년 11월 『국민문학』 창간호에 실린 바 있다. 이는 조선 문단의 혁신과 전환을 주창하며 창간된 이 잡지의 나아갈 바를 밝힌 일종의 선언문으로, 최재서의 국민문학 개념을 검토하는 데 있어 중요한 글이다. 그 시작부터 최재서는 '국민문학'이라는 범주를 규정하고 있다. 여기서 주목할 지점은 '국민'이라는 개념이 본질적으로 규정될 수 없는, 미래를 향하여 열린 것이라는 점이다.

국민적이라고 하는 문자를 대수롭지 않게 생각하는 이도 곤란하지만, 국민문학을 너무 편협하게 생각하는 것도 금물이다. 국민문학은 지금부터 전 국민이 달려들어 반드시 만들어나가야 될 위대한 문학이다. 지금부터 울타리를 만들어 좁게 들어앉을 필요는 없다. 더욱이 어떤 정해져 있는 것을 정해진 방법으로 쓰지 않으면 국민문학이 아니라는 식의 생각은 실제로 국민문학의 전도를 그르치는 것이다. 국민문학은 모름지기 높은 목표와 넓은 범위를 지녀야 한다. 중심에 국민적 심지만 확실히 있다면, 애써 작게 뭉쳐야 할 필요는 없지 않을까?[29]

최재서는 '국민' 문학의 개념은 결코 "정해져 있는 것"이 아니며 "지금부터 만들어야 할 문학"[30]이라는 점을 강조하고 있다. 그렇다면 무엇을 기준으로 하여 '국민문학'을 만들어 가야 하는가, 라는 질문이 자연스럽게 나온다. "일본 정신에 의해 통일된 동서 문화의 종합을 기반으로 하여, 새롭게 비약하려는 일본 국민의 이상을 강조한 대표적인 문학으로서, 이후 동양을 지도해야 할 사명을 띠고 있"[31]는 문학이 '국민문학'이라는 문장에서 최재서는 나름의 구체화를 시도한다. 그러나 여기서도 여전히 강조되는 것은 "이후"에 실현될 미래를 향한 "이상"이다. 여전히 그 "이상"의 내용이란 무엇인가 하는 질문이 반복될 수밖에 없는 것이다. 그렇다면 여기서 우리가 주목해야 하는 것은 "국민적 심지"라는 표현이다. "동양을 지도"하여 열어갈 미래의 "이상"이 무엇이 될지는 알 수 없다. 이 시점에서 국민을 확실히 규정해주는 것은 오직 "국민적 심지"뿐이다. 그것만 있다면 어떤 것이든 하나의 작품은 국민문학을 대표할 수 있기 때문이다.

여기서 최재서에 있어 '국민적=일본적'이라는 도식은 성립하지 않는다는 점

---

29 崔載瑞, 「國民文學の要件」, 『轉換期の朝鮮文學』, 京城 : 人文社, 1943, pp.51~52.
30 Ibid., p.53.
31 같은 곳.

에 주목할 필요가 있다. 물론 위에서 지적했듯 최재서가 "일본 정신"을 기반으로 한 "일본 국민의 이상"을 국민 개념의 핵심으로 설정하는 것은 사실이다. 그러나 그는 '일본적'이라는 표현에 고정된 과거가 아닌 미래의 의미를 담고 있다. 이처럼 '국민적'을 '일본적'으로부터 절연시킴으로써 최재서는 국민문학의 범위를 사실상 무한대로 확장시키고 있다. 따라서 위의 인용에서 '국민문학'의 근거로서 주목해야 하는 것은 "일본 정신"이라기보다는 "국민적 심지"이다. "일본 정신"이란 본질적으로 열린 개념이므로 국민문학의 구체적 작품의 실체가될 수 없다. "국민적 심지", 다시 말해 자신이 "국민"이라는 확고한 의식만이 국민문학 작품의 본질을 이루는 것이다.

> 문학에서 국민의식이란 무엇을 의미하는 것일까. 자신은 일개 개인이 아니라 한 사람의 국민이라고 하는 의식, 따라서 자기 자신 한 사람으로는 의미도 가치도 없는 존재이며, 국가에 의해서 처음 의미와 가치를 부여받는다고 하는 자각으로부터 문학상의 국민의식은 출발한다 (…중략…) 작가는 국민의식을 의식하지 않을 정도로 의식화되어 있지 않으면 안 된다. 그 안에서 살고 그 안에서 생각하지 않으면, 작가는 국민적인 어떤 것도 쓸 수 없을 것이다.[32]

논의가 여기에 이르게 되면 최재서는 '일본'에서 완전히 벗어나는 단계에 접어든다. 이 맥락에서 국민이란 구태여 일본적이어야 할 하등의 이유도 없는 것으로 제시된다. 국민의식이란 "일본 정신"의 체득을 통해서 얻어지는 것이 아니라, 단순히 자신이 어느 국가의 국민이라는 믿음에 기반을 두는 것이다. 다시 말해 누군가 자신은 일본이라는 국가의 국민이라는 점을 전적으로 받아들인다

---

32 Ibid., pp.55~56.

면 누구도 그가 완전한 일본 국민임을 의문시할 수 없다. 이러한 논리가 거두는 효과는 이중적이다. 우선은 '일본'이 완전히 텅 빈, 아무 내용 없는 개념이 되어 버린다. 아무 내용 없는 순수한 이름으로 남겨진 일본은, 누구든 그것을 자신의 본질적 내용으로 실체화할 수 있는 것이 된다. 한국인이든 중국인이든, 누구든 '일본'이라는 이름을 자기의 것으로 선언해버리면, 완전한 '일본국민'으로 재탄생할 수 있다.

한편 이처럼 순수한 이름으로서의 '일본'을 통해 일본국민이 되려는 자들은 원래부터 일본인인 자들에게 완전히 자신의 전체를 내맡기게 되는 결과가 초래된다. 그것은 다시 말하지만 '일본'이 텅빈 이름이 됨으로써 생기는 효과이다. 이제부터 언제라도 나는 일본국민이 될 수 있는데, 왜냐면 '일본' 속에는 아무 내용이 없기 때문이다. 그렇다면 왜 나는 일본국민이 되어야 하는가? 다시 말해 내가 국민이 된다고 할 때 왜 거기에는 굳이 '일본'이라는 한정사가 붙어야만 하는가? 그것은 '일본'이 아무 것도 아닌 것이 됨으로써 역설적으로 모든 것이 되었기 때문이다. 어디에도 붙을 수 있는 한정사가 순수한 이름으로서의 '일본'이라면 이는 곧 '일본'은 모든 것에 붙을 수 있다는 말이며, 따라서 '일본'은 모든 것, 하나의 전체가 된 것이다. 그 전체에 완전히 동화되어 들어가지 못하면, 즉 "국민의식을 의식하지 않을 정도로 의식화되어 있지 않으면" 나는 "의미도 가치도 없는 존재"로 떨어지고 만다. 그렇다면 나의 '일본'에의 동화는 어떻게 측정되는가? 그 판별의 기준은 이미 나 자신의 내부에 있는 일본국민으로서의 '국민의식'이라고 선언되어 있다. 그러나 이 선언을 하는 순간 나는 '일본'을 하나의 완전한 전체로 승인한다. 그리하여 이 '일본'에 편입되느냐 마느냐를 판별하는 기준은 이미 '일본'을 이루고 있는 자들의 완전한 임의에 달리게 된다.

국민의식은 의식이지만 "의식하지 않을 정도로 의식화되어"야 하는 것이라는 역설적인 표현은 이러한 논리를 표현하고 있다. 나는 자신을 '일본국민'으로 선언해야 하므로 국민의식을 의식적으로 지녀야 한다. 그러나 한편 '일본'이라는 전체에 들어갈 수 있느냐 없느냐는 나의 그러한 의식적 선언 이전에 이미 결정되어 있다. 정확히 말하면 나의 그와 같은 선언이 '일본'을 하나의 전체로 만들어내고 오히려 나의 '일본'에의 편입을 그렇게 만들어진 일본의 손에 완전히 의탁해버리는 효과를 낳는 것이다. 따라서 나는 일본국민으로서 나를 선언하는 순간 역설적으로 나를 영원히 비-일본의 영역으로 추방하고 있다. 아무리 내가 일본 국민의식을 "의식하지 않을 정도로 의식화"하려고 해도 일단 의식된 그 국민의식은 절대로 무의식화되지 않는다. 애초에 내가 일본국민이었다면 나는 그것을 의식적으로 선언할 필요조차 없었을 것이었다. 내가 굳이 그것을 선언했다는 사실 자체가 오히려 나의 비非일본성을 만들어내는 효과를 낳는 것이다.

  그렇다면 여기서 국민문학의 필요충분조건으로 국민의식을 내세우는 최재서의 국민문학론의 양가성이 지적될 수 있다. 그것은 의식적인 차원에 있어서는 일본의 전체성을 무조건적으로 긍정하지만, 무의식의 차원에 있어서는 그 '일본'에 절대로 포함되지 않는 식민지 한국의 존재를 완전히 부정적인 방식으로 긍정한다.[33] 따라서 최재서가 일본적인 것의 개념적 순도를 높여가면 갈수록 역설적으로 그의 국민문학론은, 그럼에도 불구하고 끈질기게 버티고 있는 한국의 식민지성을 한층 예리하게 가다듬게 되는 것이다. 1941년 즈음의 최재서에게는 이 '한국'이 완전히 무의식의 영역으로 억압되어 들어가 있지 않고 여전히 의식의 차원에 머물러 있는 것으로 보인다.

---

33 장용경은 내선일체 담론에 대한 조선 지식인들의 반응을 분석하면서, 조선인의 '국민'화란 '일본인'화에 지나지 않았다는 점을 지적하고 있다. 논리적인 조작을 통해 도달 가능한 '국민'이 아니라, 논리화할 수 없는 "불투명한 '일본인화'라는 기준"에 의거하여 내선일체가 추진될 때, 절대로 '일본인화'할 수 없는 '조선성'을 자각하지 않을 수 없었다. 「'조선인'과 '국민'의 간극─전시 체제기 내선일체론의 성격과 조선 지식인들의 대응」, 『역사문제연구』 15, 2005, 291~294면.

최재서 실제로 조선의 문학이 그것에 얽매이지 않고 일본문화의 일익으로서 재출발하게 되면, 지금까지의 일본문화 그 자체가 역시 일종의 전환을 하게 되는 셈이죠. 좀 더 넓은 것이 되겠지요. 조선문화가 전환함으로써 지금까지 내지의 문화에 없었던 어떤 하나의 새로운 가치가 부가될 것입니다. 그렇게 되지 않는다면 진정한 의미는 없다고 생각합니다 (…중략…)

가라시마 다케시 자연스럽게 진실로 국민적 작가가 되려고 하는 작가로서의 수업과 각오를 쌓아 가는 것이 먼저입니다. 그 가운데서 일본문학은 풍부해질 것입니다. 처음부터 조선적인 것을 의식적으로 강조하는 것 자체에 주의해야 할 필요가 있습니다.

최재서 저는 그것을 의식할 뿐만 아니라 가능하면 이론화해야 한다고 생각합니다 (…중략…) 아직 예술가의 국민적 의식이 부족하고 과거의 색채가 남아 있는 단계에서는 정말 경계하고 주의해야 하겠지만, 일단 그 사람이 충분히 의식적으로 국민이 되기만 한다면 앞서 말한 정도로까지 신경쓸 필요는 없습니다.

가라시마 충분히 국민이 된 사람으로부터 자연스럽게 우러나오는 것이라면 오히려 괜찮겠지요. 그러니까 오늘날 특별히 이 문제를 제의할 필요는 없다고 봅니다 (…중략…) 아까부터 말하고 있듯이 오늘날의 조선작가는 그런 특수한 성격을 특별히 제기하려는 노력보다도 먼저 시대를 공부하고 시대의 감정을 획득하는 데 모든 정력을 쏟아야 합니다. 그 과정에서 그런 것이 자연스럽게 생겨나겠지요.[34]

이 대화는 『국민문학』 창간호에 실린 「조선문단의 재출발을 말한다」라는 좌

---

34 「조선문단의 재출발을 말한다」, 『좌담회로 읽는 『국민문학』』, 소명출판, 2012, 36~38면.

담화의 일절이다. 「국민문학의 요건」이 최재서가 한국문학의 관점에서 일방적으로 주장하는 국민문학론이라면 이 대화는 그러한 최재서의 국민문학 개념이 일본문학의 관점에서는 어떻게 받아들여지는지를 살펴볼 수 있는 기회를 제공한다. 첫 번째 발언에서 최재서는 국민문학을 일본문학과 한국문학을 포괄하는 상위 개념으로 설정하고 있다. 일본문학에 한국문학이 일방적으로 동화되는 것이 아니라 양자가 모두 어떤 전환을 거쳐 합류함으로써 국민문학이 성립한다는 것이다. 그러나 이때 유의할 것은 일본문학의 내적 전환이란 애초에 자신에 속하지 않는 것으로서의 한국적인 것을 귀속시키며 이뤄진다는 점이다. 동시에 한국문학의 전환은 그렇게 한국적인 것을 받아들이는 일본문학에 귀속되면서도 한국적인 것을 유지하며 이뤄진다. 이를 정리하면 '국민문학=일본문학+조선적인 것'이라는 도식이 나온다. 즉 일본문학이 국민문학으로 재탄생하는 데 있어 본질적인 요소로 한국적인 것이 나타나고 있다.

그렇다면 여기서 관건은 일본문학에는 애초에 포함될 수 없는 것으로서의 한국적인 것이란 무엇인가 하는 점이다. 사실상 이 한국적인 것의 규정 문제는 『전환기의 조선 문학』에 집대성된 최재서의 국민문학론의 핵심이라고 할 수 있다. 또한 이 문제는 국민문학론을 현재의 시점에서 평가하려 할 때에도 핵심을 이룬다. 국민문학의 범주 내에서 한국만의 영역을 확보하려 했다는 점에서, 식민주의 담론의 내부에 균열과 갈등의 소지를 남겨두고 있다고 해석하는 경우, 최재서의 국민문학론의 의의가 어느 정도 인정된다.[35] 최소한 식민자로부터 일방적으로 하달되는 동화 정책에 식민지인 측의 목소리를 포함시켰다는 점에서 탈식민주의적 혼종성을 성취하고 있다고 볼 여지가 있다는 것이다. 그러나 최재서가 확보하고자 한 한국적인 것의 영역은 식민본국-식민지라는 식민주의의

---

35 이혜진, 「신체제기 최재서의 국민문학론」, 『정신문화연구』 33-3, 2010, 280면.

담론적 위계질서에 종속되고 마는 것은 아닌가 하는 비판 역시 가능하다.[36] 국민문학이라는 이념을 통하여 일본적인 것의 전환까지를 겨냥한 최재서의 이론은 결국 일본=식민자, 한국=식민지인이라는 도식을 개변 불가능한 현실로 만들어낸다는 점에서 식민주의 담론을 강화한다는 것이다.

이렇게 양 갈래로 나뉘는 평가는 최재서의 한국적인 것의 개념이 부정적으로만 정의될 수 있는 것이기 때문이다.[37] 그것은 일본이 아닌 것이라는 점에서 일본적인 것에 대한 저항의 거점이 될 수도 있고, 일본이 아닌 것으로서만 존재함으로써 역설적으로 일본을 강화할 수도 있는 것이다. 위의 대화에서 발견되는 최재서와 가라시마 다케시의 입장 차이 역시 이러한 한국의 개념적 특성에서 기인한다. 두 대담자 모두 국민문학을 미래의 지향점으로 보고 있으며 이때 초점은 식민지의 식민본국화에 맞춰져 있다는 점에는 이론의 여지가 없다. 그러나 최재서는 일본화 과정에서 식민지성을 "의식할 뿐만 아니라 가능하면 이론화해야 한다고 생각하"는 반면 가라시마는 식민지성의 의식화/이론화는 불필요하며 어디까지나 국민의식의 "자연스러운" 발현이 있을 뿐이라고 주장한다. 이러한 두 입장의 상충을 일말의 민족성을 확보하려는 식민지인의 소극적 저항과 그것마저 억압하려 하는 식민주의 지배 담론의 부딪침으로 해석할 수도 있다. 나아가 최재서가 결국 국민의식의 확립을 선결 조건으로 하여 한국의 발현을 주장하는 것을 식민주의에 포섭된 결과로 해석할 수도 있다. 그러나 이러한 해석들 모두 결국 '한국'과 '일본'을 강화하는 결과를 낳는다는 사실에 주의할 필요가 있다. '한국'의 확보가 식민주의 담론에 대한 저항으로서 얼마나 효과가 있는가 하는 문제를 설정하는 순간 '한국'과 '일본', 식민지인과 식민자 사이의

---

36 Serk-bae Suh, "The Location of "Korean" Culture—Ch'oe Chaesŏ and Korean Literature in a Time of Transition", *The Journal of Asian Studies* 70-1, 2011, pp.72~73.

37 Ibid., p.63.

민족적 정체성상의 대립은 고정화되고 마는 것이다.

　이러한 논리적 곤경에서 벗어나 최재서 국민문학론을 제대로 비판하는 길은 무엇인가? 최재서와 가라시마의 입장 차이로 돌아가 최재서가 사용한 "이론화"라는 개념에 유의해 보자. 이 맥락에서 "이론화"란 본질적으로 정의될 수 없는 개념인 '한국'을 정의하고자 하는 노력에 해당할 것이다. 이 노력은 '국민문학=일본문학+한국적인 것'의 도식에 의해 안정화된 '일본' 개념을 해체할 수 있는 가능성을 지닌다. '한국'이란 '일본'에 대한 부정성이라고 할 때, 식민지성을 부정성이 아닌 실체적 개념으로 "이론화"하는 작업은, 결국 식민주의 현실의 절대성을 깨뜨리고 상대화하는 결과를 낳을 것이기 때문이다. 국민문학의 틀 안에서, 가라시마의 표현대로 이미 "자연"화되어 있는, '일본'은 '한국'이 "이론화"되어 감에 따라 필연적으로 스스로도 "이론화"될 수밖에 없다. '조선'이 '비-일본'이라면 우선 '일본'이 무엇인지가 정의되지 않으면 안 되기 때문이다. 그리하여 "의식"할 필요 없이 "자연스럽"게 우러나는 것으로서 애초에 정의되었던, 절대적 '일본'의 해체가 개시된다. 최재서의 "이론화" 노력에 맞서 어떤 '반론'을 제시하는 것이 아니라, 논의 자체를 차단하려 하는 가라시마의 대응은 이런 해체를 애초에 방지하려는 식민자의 그다운 행위이다.

　그렇다면 최재서의 "이론화"는 자신이 몸담고 있는 국민문학론을 내부에서부터 해체시킬 수 있는 가능성을 내장하고 있다. 그것은 동시에 국민문학론을 성립시키는 것이라는 점에 유의해야 한다. 만약 최재서가 '한국'을 "이론화"하려 시도하지 않는다면, 이론화될 수 없는 것으로서의 '일본' 역시 나타날 수 없다. 그것은 이론/실천, 의식/무의식의 구분 이전의 단계에 폐제되어 있을 것이다. '일본'이 없다면 "이론화"가 필요한 '한국' 역시 존재할 수 없다. 따라서 "이론화"는 국민문학론을 성립시키는 계기이기도 하다. 이런 맥락에서 보면 국민문학 내에서 '한국'의 영역을 확보하고자 하는 최재서의 노력이, 식민지인의 자기 주장이라는 독법에 의문을 표하게 된다. 식민지성의 "이론화"에 대한 최재서의 요구는 실질적으로 국민문학론의 담론 안에서 '한국'이 식민자가 지배하는 근대의 부정성으로 완전히 환원되는 순간을 나타내는 것에 지나지 않는다. 동시에 "이론화"에의 요구는 그러한 '한국'을 그대로 드러내는 행위라는 점에서 국민문학 담론 전체의 붕괴를 가져올 수 있는 순간을 나타내기도 하는 것이다.[38]

4. "이론화"에 대한 저항―전체주의에서의 정치의 미학화

위에서 최재서의 국민문학론에 대한 현재의 관점에서의 평가가 귀결되곤 하는 논리적 곤경을 지적한 바 있다. 각각 대상의 가능성과 한계를 지적하는 두 방향으로 갈리고 있지만, 그러한 논의들은 공통적으로 국민문학론의 정치적 함의에 대한 판단을 겨냥하고 있다. 그 판단은 국민문학론이라는 담론의 바깥에서 이미 주어져 있는 '한국'과 '일본'이라는 이념의 고정성에 기반하고 있기에 국민문학론 담론 그 자체의 논리가 갖는 의의를 드러내지 못한다. 위의 분석에서 드러난바, 최재서는 "이론화"를 통하여 식민지와 근대가 서로를 낳는 도착적 논리의 자기실현 순간을 그대로 드러내 보이고 있다. "이론화"의 요구로부터 우리가 읽어내야 하는 것은 '조선=식민지인 / 탈식민주의'이냐 '일본=식민

---

38 정종현은 식민지 한국의 '일본화'를 지향하면서도 '한국성'을 통합한 '일본'의 근본적 갱신을 그 조건으로 내세운 "최재서의 문제성"을 지적한 바 있다. 정종현, 『동양론과 식민지 조선문학』, 창비, 2011, 339면. 정종현이 볼 때, 최재서의 사례는, 식민지인의 식민자에 대한 동화가 식민지인의 민족적 정체성의 말살이라는 의미만 띨 수는 없음을 실증해 준다는 데 그 의의가 있다. 나의 초점은 식민지인이 식민자에 대한 동화를 적극적으로 실천하려 할수록 역설적으로 자기의 식민지성이 수사적 차원에서는 더 강조될 수밖에 없고, 궁극적으로는 '식민지성'이 수사적 차원에만 존재할 뿐(즉 '한국'은 이름일 뿐)임을 무의식적으로 폭로하는 지점에 도달한다는 데 있다. 이 과정을 기술함으로써 나는 결국, "최재서의 문제성"에 내재한 식민지 모더니즘의 가능성을 도출하고자 하는 것이다.

자 / 식민주의'냐 하는 양자택일의 논리 자체에 대한 문제 제기이다. 하지만 이 때 최재서가 그러한 문제 제기를 의도한 것은 아니라는 점에 유의해야 한다. 그 러한 문제를 제기하는 것은 어디까지나 최재서의 국민문학론을 읽는 현재의 비 평가의 몫이다. 국민문학론 담론 자체의 논리에 충실하고자 하는 이러한 독법 은 호미 바바의 용어법을 따르자면 "참여적 비판critique engagée"이라 부를 만한 것이다.

'진리'는 언제나 진리 그 자체의 나타남의 과정이 갖는 양가성에 의해 표시되며 알려 진다. 그 나타남의 과정은 이야기 가운데로 끼어 들어오는 대안-지식을 구성하는 여러 의미들이 갖는 생산력으로 특징지어진다. 그러한 대안-지식은 반대를 표하며 또 저항하 는 요소들의 (부정이라기보다는) 상호 조정과 협상이라는 틀 내에서 나타나며, 그러한 의미에서 반대를 위한 반대agonism 행위 그 자체이다. 정치적 입장들은, 참여적 비판 critique engagée이 이뤄지기 전에는, 혹은 해당 정치적 입장이 발화하는 담론적 규약들 과 조건들의 바깥으로부터는, 단순히 진보적이라거나 혹은 반동적이다, 부르주아적이 다, 급진적이다, 라는 식으로 규정되지 않는다. 바로 이러한 의미에서 정치적 행위가 행 해진 역사적 순간은 반드시 그 글쓰기 형식의 역사의 한 부분으로서 생각되어야 한다. 이 말은 그 어떤(정치적이든 아니든) 지식도 재현의 바깥에 위치할 수 없다는 뻔한 사실 을 선언하는 것이 아니다. 이 말은 글쓰기와 텍스트성이 갖는 역동성이 우리로 하여금, 그것을 통하여 사회적 변혁을 시도하고자 계산과 전략에 입각한 행위의 한 형식으로서 '정치적인 것'을 인식하게끔 해 주는, 인과성과 결정성의 논리에 대하여 재고하도록 요 청한다는 점을 암시하고자 하는 것이다.[39]

---

39 Homi K. Bhabha, "The Commitment to Theory", *The Location of Culture*, London : Routledge, 2005, pp.33~34.

여기서 바바는 과거 담론의 정치적 입장을 읽어내는 '진리'적 관점을 "참여적 비판"이라고 명명하고 있다. 이때 '참여'의 개념은 대상이 되는 담론을 "양가성" 속에서 읽어내는 것이다. 이것은 단순히 어떤 담론이 하나의 정치적 입장으로 온전히 환원되지 않는 다층성을 갖고 있다는 상식적인 주장이 아니다. 하나의 담론이 겨냥하는 바, 즉 정론적-지식은 그것이 확립되는 과정에서 "대안-지식"이 끼어드는 것을 피할 수 없다. 바바는 이 역동적 과정을 "진리 그 자체의 나타남의 과정"이라고 부른다. 이 말은 언제나 옳은 "진리"란 없다는 상대주의적 인식론의 명제가 아니라, '진리'란 정립과 반정립의 담론적인 얽힘 그 자체라는 의미를 담고 있다. 그러한 역동성을 그대로, 즉 "해당 정치적 입장이 발화하는 담론적 규약들과 조건들"에 입각하여 드러내는 것은, 형성 중에 있는 담론을 사후적이고 객관적으로 관찰하는 것이 아니라, 그 담론에 '참여'하는 것이다. 바바는 그렇게 '참여'하지 않고서는 과거 담론의 '정치적 입장'이란 규정될 수 없다는 점을 강조하고 있다. '참여적 비판'이 아닌 '객관적 비판'을 시도할 경우, 그 비판의 '객관성'의 입각점이 되는 비판자의 '정치적 입장'은 담론적 역동성을 잃고 고정되어 버릴 것이기 때문이다. 이때 '정치적인 것'은 비판자의 '이론'으로부터 분리되어, 비판의 틀을 결정하는 원인으로 화해버린다.

최재서의 "이론화"를 규정하는 양가성은 이런 맥락에서 볼 때, 현재의 우리에게 '참여적 비판'을 요구하고 있다. "이론화"는 국민문학의 "담론적 규약과 조건들"을 그대로 보여주는 원장면primal scene과도 같은 순간을 가리킨다. 그것을 '탈식민적'인가 '식민주의적'인가 하는 사후적인 정치적 입장으로 환원하려는 시도는 '한국'과 '일본'이라는 문화적 정체성을 고정시키는 결과를 낳는다. 그러나 최재서의 "이론화"는 그러한 문화적 정체성이 담론적으로 '역동적'이라는 점을 텍스트 그 자체로, 텍스트성의 차원에서 구현하고 있다. 다시 말해 최재서는 의식적으로 그 역동성을 강조하고 있지 않다 하더라도, 최재서의 국민문학론 텍스트는 그것이 텍스트로 구성되어 있는 논리 그 자체를 통하여 그 역동성을 드러내고 있는 것이다. 그 역동성에 참여하는 비판만이 국민문학론이 갖는 정치적 입장에 대한 올바른 비판에 도달할 수 있다. 즉 국민문학론을 현재 우리의 정치적 입장에 입각하여 판단하지 않고, 그것을 현재의 입장으로 그대로 번역해야 한다. 그렇게 할 때에 우리의 비판은 정치적인 것에 대한 실질적인 개입으로서 작용할 여지를 얻을 수 있으며, 동시에 우리의 비판의 대상이 되는 국민문학론이 갖는 현재적 의의를 드러낼 수 있게 되는 것이다.

최재서가 비친, '한국적인 것'의 "이론화"에의 의욕은 민족주의 / 식민주의 / 탈식민주의라는 정치적 이념 사이의 대립을 역동적으로 만든다. 이 역동성은 '한국＝식민지'와 '일본＝식민자' 사이에 존재하는 문화적 정체성 상의 차이가 만들어지는 순간, 즉 그 차이가 구성되는 "담론적 규약과 조건들"이 그대로 드러나는 순간, 우리에게 발견된다. 이 순간에 집중할 때 우리는 전체주의적 미학화의 논리가 내파되는 순간을 포착할 수 있다. 미학화란 문화로부터 모든 내용을 소거함으로써 역설적으로 문화가 현실이라는 하나의 전체를 긍정할 수 있는 근거가 되도록 하는 논리를 가리켰다. 최재서가 한국적인 것의 "이론화"를 요구하는 순간은, 일본문화가 도래할 전체주의 공동체인 일본국가의 유일무이한 근거가 된다는 점을 전적으로 긍정하는 순간에 해당한다. 동시에 이 순간은 그처럼 일본문화가 전체의 근거가 되기 위해서는 "이론화"가 궁극적으로 불가능한, 완전히 텅 빈 것이어야 함을 드러내는 순간이기도 하다. 최재서의 담론에서 발견되는 이 "이론화"라는 양가적 순간은, 이런 의미에서 미학의 정치화에 이른다고 할 수 있다. 미학적인 것이, 식민주의라는 현실정치가 영원히 지속하는 근거가 아니라, 그러한 현실정치의 담론적 구성과 작동 그 자체로서 드러나고 있는 것이다. 정치적인 것에 대한 우리의 사유를 규정짓는 "인과성과 결정성의 논리"는 최재서의 "이론화"에 이르러 본질적으로 "재고"된다.

최재서의 "이론화"가 초래하는 미학의 정치화는 그의 한국문화와 징병제의 관계에 대한 사유에 이르러 전도된다. 지금까지 최재서 연구자들은 『국민문학』 창간 초기, 즉 1941년을 즈음한 최재서의 국민문학론과 1943~1945년의 최재서의 논의들 사이에 존재하는 차이에 주목해왔다. 친일의 논리에 빠져든 최재서는 그 초기에는 비교적 논리적인 자세를 견지하며 국민문학이라는 상위 범주 속에서 한국적인 것의 영역을 확보하려는 노력을 기울였다. 친일을 하면서도 최재서는 일말의 합리성을 지켰다는 것이다. 그러나 징병제 실시 이후 최재서의 논의에서는 그러한 합리성이 사라지고, 논리의 의도적인 방기가 감행되고 있다. 그것이 절정에 이른 것은 1944년 4월에 발표된 「사봉하는 문학まつろふ文學」에서 '최재서'라는 이름을 버리고 '이시다 고조石田耕造'로 창씨개명하면서, 조선인으로서의 정체성을 일본 천황에 절대 귀의함으로써 완전히 해소해 버리고자 했던 때이다. 이러한 독법은 최재서의 "이론화"에의 요구를 한국적인 것에 대한 합리적인 승인으로 보는 데서 출발한 것이다. 그러나 그러한 전제는 자연스럽게 한국문화라는 현실을 긍정하는 논리로 귀결된다는 점에서, 위에서 지적했듯이 지지될 수 없는 것이다.

이런 의미에서 보면 최재서의 "이론화"로부터 '합리성＝현실정합성'을 발견하고자 하는 독법은 전체주의의 미학화 논리에 다시금 걸려드는 것이다. 그 독법에 따르면 한국문화가 식민지 한국이라는 현실을 뒷받침하는 텅 빈 이름으로 완전히 환원되어 버리기 때문이다. "이론화"에서 우리가 발견해 내야 하는 것은, '한국'과 '일본'이라는 현실이 문화의 이름으로 담론적으로 구성되고 있는 순간, 그 자체이다. 그 순간에 충실하고자 할 때에만, "이론화"의 정치적 의의가 본격적으로 드러날 수 있다. 1941년 말경 최재서의 "이론화" 테제는 1942년 5월 8일 조선에서의 징병제 실시 결정이 이뤄진 이후 '직접화' 테제로 바뀐다.[40] 다시 말해 처음에 최재서는 국민문학이라는 전체성 속에서 한국의 위치를 "이론"이라는 '간접적' 방법을 통해 확보하고자 했다. 그러나 징병제 실시의 공포와 더불어 한국은, 이론의 통로를 거치지 않고 "직접적"으로 전체와 한 몸을 이루게 되는 것이다. 「징병제 실시의 문화사적 의의」는 이러한 변환을 단적으로 보여주는 글로 생각된다.

어떻게 하면 반도인은 정말 황국신민이 될 수 있을까 하는 의문도 일었다.
이런 모든 불안과 의심에 대하여 극적으로 명쾌한 해답을 준 것이 이번의 징병제의 발표이다. 말할 것도 없이 그것은 조선인이 대동아공영권 건설에서 직접적인 역할을 해낼 길을 깔아 준 것이다. 이것으로 명실공히 반도인은 황국신민이 되어, 대동아 지도 민족이 될 수 있는 길이 열린 것이다. 그리고 그 문화사적 의의는 크다. 말할 것도 없이 대동아전쟁은 세계사의 전환을 목표로 하는 것이다. 대동아권 내에서 구세계의 질서와 문화를 덮을 새로운 질서와 문화를 건설함은 물론이고, 나아가서는 그것이 세계 질서 건설의 연원이 될 운명에 있는 것이다. 그렇다면 그 건설에 참가하는 우리 개개인의 활동이 아무리 미약하더라도, 그것이 직접 세계사의 전환과 연결된다는 것은 당연한 이치이다. 그것은 결코 단순한 이론이나 희망적 예상이 아니다. 그것은 이미 오늘의 현실로써 우리에게 여러 가지 문제를 던지고 있는 것이다.[41]

---

40 조선에서의 징병제 실시가 일본 정부 각의에서 결정된 것은 1942년 5월 8일이며 이 결정은 다음 날 공표되었다. 이어 징병제는 1943년 3월 1일자로 공포되었고 동년 8월 1일부터 시행되었다. 일반 징병제 실시의 사전 단계로 1938년 4월에는 육군특별지원병령이 시행된 바 있다. 조선에서의 징병제 시행 과정과 조선·일본 양측의 이에 대한 반응에 대해서는 미야타 세츠코의 논의가 자세하다. 宮田節子,「徵兵制の展開－太平洋戰爭段階における皇民化政策」,『朝鮮民衆と「皇民化」政策』, 東京 : 未來社, 1985, pp.96~115.

41 최재서,「徵兵制實施の文化史的意義」,『轉換期の朝鮮文學』, 206~207면. 이 글의 원래 발표는『국민문학』2-5, 1942.5·6, 4~8면을 통해 이루어졌다. 이 호가 인쇄일은 5월 15일, 발행일은 6월 1일로 되어 있는 것을 보면 최재서의 이 글은 조선에서의 징병제 실시 건이 발표되자마자 즉각 쓰인 것으로 보인다. 참고로 원래 발표본의 제목은「징병제 실시의 문화적 의의」로 되어 있으나, 이후『전환기의 조선문학』에 수록되면서「징병제 실시의 문화사적 의의」로 변경되었다.

최재서에게 징병제 실시의 의의는 그것이 실시됨으로써 "어떻게 하면 반도인 식민지 한국인은 정말 황국신민이 될 수 있을까 하는 의문"이 완벽하게 해소되었다는 데에 있다. 이 "의문"의 해소는 한국의 "이론화"가 징병제와 더불어 더 이상 필요하지 않게 되었음을 의미한다. 이를 '국민문학=일본문학+조선적인 것'의 도식에서 '국민문학=일본문학'으로의 도식으로의 전환으로 표시할 수 있을 것이다. "자연"으로서의 일본문학이 아닌, 순수 부정성으로나마 존재했던 식민지 한국을 흔적조차 남김없이 말소하는 것이 이 전환의 의미이다. 전환의 전이나 후나 최재서가 의식적으로 목표하고 있는 바는 국민문학이다. 또한 그 국민문학은 징병제 전이나 후이나 "자연"으로서의 일본문학을 그 본질로 한다. 전환 이전의 국민문학에는 일본의 부정으로서 식민지 한국이 포함되어 있었으나, 전환 이후에 그러한 식민지성은 국민문학에서 빠진다. 따라서 한국에서의 징병제 실시는 국민문학론에 있어 한국이 일본에 대한 부정성으로조차 존재하지 않게 되는 계기를 이루는 것이다. 식민지 작가로서 국민문학 작품을 생산하기 위해 무엇을 어떻게 해야 하는가 하는 "의문"을 가질 수밖에 없었던 상황에서, "오늘 이후 이미 시인이나 소설가에게 제재가 부족할 일도, 집필 태도에 대해 고민할 일도 없"[42]어진 상황으로 전환되었다. 왜냐면 이제 한국의 식민지성이란 완전히 말소되었으므로 한국 작가가 무엇을 쓰든 그것은 국민문학이 될 것이기 때문이다.

그 전환은 전적으로 식민지 한국에서의 징병제 실시에 따라 일어난 것이다. 여기서 최재서가 식민지성의 "이론화"를 주장할 때, 한국이란 일본이 아닌 것으로 완전히 환원되어 버린 것이었음을 상기할 필요가 있다. "이론화"될 수 없는 것으로서의 식민지성을 "이론화"하려는 최재서의 시도는 식민지 한국과 식민본국 일본이라는 문화적 정체성이 식민주의 담론 속에서 구성되는 순간을 부

---

42 위의 글, 202면.

정적으로 보여주었다. 따라서 최재서 국민문학론에서 포착되는 "이론화"의 순간은 전체주의의 미학화 논리의 도착성을 폭로한다는 의의가 있다. 완전한 부정성에 불과한 식민지 한국이 문화의 이름으로 '한국'이라는 이름이 붙은 자들의 실체성을 현실화하는 순간이 "이론화"의 순간이기 때문이다. 그리고 징병제 실시와 함께 "이론화"를 포기하는 순간은 그러한 미학화의 도착성이 궁극적으로 귀결되는 지점을 보여준다. 애초에 순수한 부정성으로서의 한국이 나타나게 되었던 것은 그것을 통하여 "자연"화하려는 '일본'이 있었기 때문이다.[43] 그렇다면 미학화의 도착적 논리가 도착성 없이 그대로 실현된다면 한국의 식민지성은 부정성으로 존재한다는 그 사실조차 말소될 것이다. 징병제의 순간은 존재하지 않았다는 사실조차 무화시키는 순간이며, 따라서 미학화의 완전한 전개가 실현되는 순간이다. 최재서의 "이론화"는 징병제의 순간에 이르러 미학화를 극단에서 실현하면서 동시에 그 내파의 순간을 우리에게 직접적으로 현시한다.

그 실현이란 한국문화가 '한국'이라는 순수한 이름으로 환원되어 버리는 것을 의미한다. 최재서에 의하면 징병제의 핵심은 "이론"의 차원에서만 머물렀던 "내선일체"가 비로소 "현실"이 되었다는 것으로 정리된다. 내지 일본과 식민지 한국이 '일체'를 이루어 새로운 '일본'이 되기 위해서는 결국 한국을 완전히 소거해야 한다. 식민지 한국인이 관념과 감정을 지니고 살아가는 현실적인 생활의 총체로서의 한국문화, 그리고 그러한 문화에 기반하여 성립되는 문화적 정체성으로서의 한국을 전적으로 긍정하는 것이 바로 미학화의 논리였다. 위의 인용에서 징병제 실시를 맞은 최재서는 한국이 전적으로 긍정될 수 있는 완벽

---

43 황호덕은 식민지 한국에서는 애초에 조선이든 일본이든 어떤 "조국" 관념도 "일종의 픽션"일 뿐이며, 식민지인이 "'조국 일본'을 절대적으로 결의하는 그 순간 커다란 작위(作爲)가 발생"할 수밖에 없음을 지적한 바 있다. 황호덕, 「식민지말 조선어(문단) 해소론의 사정」, 『벌레와 제국』, 새물결, 2011, 183면. 식민지가 그 존재론적 차원에서 감당할 수밖에 없는 이러한 "근원적인 픽션성"이란, 식민지인이 자기를 이름만 남긴 채 텅 빈 '일본 아님'으로 자발적으로 환원하면서 '일본임'의 자연성을 확보하는 방식으로 작동한다.

한 기회가 왔다고 선언하고 있다. 즉 최재서는 '한국문화'를 '국민문화'의 틀 속에서 전적으로 긍정하고 있다는 점에서 미학화의 논리에 더할 나위 없이 충실하고 있다. 그러나 그의 전적인 긍정은 여기서 결국, 한국문화로부터 '한국'이라는 이름만을 남기고 그 내용은 완전히 말소하는 것을 통해서만 실현될 수 있는 것으로 드러나고 있다. "내선일체"가 드디어 "현실"이 되었고 그로 인하여 한국문화가 드디어 국민문화와 한 몸을 이루었다는 최재서의 선언은, 드디어 한국문화가 '한국'이라는 이름만 남고 그 내용이 완전히 말소되었음을 의미한다.

그 말소는 한국의 내용을 이루는 식민지 한국인의 생활의 모든 의미가 오로지 '일본' 측의 손에 전적으로 달려있는 상황의 도래를 뜻한다. 즉 '한국'이라는 이름을 채우는 모든 내용은 '일본'이 완전히 임의로 처분할 수 있는 '벌거벗은 생명'이 되어버린 것이다. 그것은 '일본'이라는 이름이 존재하지 않는다면 생각될 수도 발설될 수도 없는 것이 되어버린다. 이 상황을 최재서는 식민지 한국이 드디어 "구세계의 질서와 문화를 덮을 새로운 질서와 문화를 건설함은 물론이고, 나아가서는 그것이 세계 질서 건설의 연원이 될 운명"의 담당자가 된 것으로 선언하고 있다. 우리가 살아가는 이 세계라는 '현실', 즉 하나의 '전체'의 유일무이한 근거로서의 '문화'를 내세우는 미학화의 논리가 바로 이 지점에서 완전한 전개를 보고 있다.[44] 전체의 완전한 혁명적 전환은 '한국'이라는 이름만 남긴 채 벌거벗은 생명으로 화해버린 것들에 걸려 있다. 일본을 위해서, '일본'이라는 "자연"이 세계 문화를 완전히 새롭게 재구성하고자 일으킨 전쟁에서 언제

---

44 자넷 풀은 국민문학론이 이른 이 지점에서 "일본제국의 피식민 주체인 그[최재서]가 서양에 대립하는 주체성의 감각을 회복한다"고 지적한다. 즉 최재서는 일본의 식민지배의 '현실성'을 '천황'의 실존을 근거로 전적으로 승인하면서 그 승인 행위 자체를 '동양적 주체성' 성립의 결정적 계기로 전용해 버린다는 것이다. 나아가 풀은 이를 파시즘의 정치의 미학화로 명명하는 데 이른다. Janet Poole, 김예림·최현희 역, 『미래가 사라져갈 때』, 문학동네, 2021, 290, 293면. 기본적으로 본장의 해석도 풀의 이 해석과 궤를 같이하는 것이지만, 여기서는 최재서의 조선인이라는 피식민자(비(非)주체)로부터 동양적 주체로의 비약의 무근거성과 더불어 그러한 비약 이후에도 끝내 남는 식민지성과 그 이론적 의의에 초점을 맞춰보고자 하는 것이다.

라도 '일본'의 이름으로 불려나가 죽을 수 있게 된 순간, 한국의 식민지성은 영원하고도 절대적인 의의를 갖게 되었다. 전체주의의 미학화는 국민문학론이라는 식민주의 담론 속에서, 말 그대로 바깥 없는 하나의 완전한 '전체'의 수립을 본다. 그러나 그 '전체'를 채우는 것은 그 이름만 유령처럼 떠도는, 죽음의 가능성으로 환원되어 버린 벌거벗은 생명으로서 '한국'의 이름을 달고 있는 자들임이 여지없이 드러난다.

이제 최재서의 '국민문학론'은 '일본'만을 남기고 한국을 폐제시킨 단계에 이르렀다. 그러나 여기서 문제가 발생한다. 식민지 한국은 이름만을 남기고 사라졌으나 그 이름 자체가 '한국'에 담겼던 내용물들의 흔적으로 남아 있는 것이다. 오히려 '한국'은 순수한 이름이 되어버림으로써 역설적으로 더 사라질 수 없는 무언가가 되어 버렸다. 내용이 없으므로 '일본'은 무엇에든 '한국'이라는 이름을 붙일 수 있게 되었다. 아무데나 '한국'의 이름을 붙이고 그것을 멋대로 폐제시키는 상황이라면, 이제 국민문학론이 나아갈 곳은 정해진 셈이다. 그것은 '한국'이라는 이름을 버리고 '일본'의 이름을 갖는 것이다. '일본'의 이름을 갖는 것은 완벽한 일본인이 되는 수행 그 자체가 되었다. 즉 "내선일체"에서의 '일체'라는 표현이 '일본＝조선'의 등식을 가리키는 것이라면, 그것은 곧 '일본(됨)＝일본의 / 이라는 이름'과 정확히 일치하는 등식이기도 하다. 일본 이름만 갖는다면 '한국'은 폐제되고 '일본'이 된다. 이 순간은 1944년 4월에 발표된 다음과 같은 최재서의 문장에 정확하게 표현되어 있다.

문제는 언제나 간단명료했다. 그대는 일본인이 될 자신이 있는가? 이 질문은 다시 다음과 같은 의문을 일으킨다. 일본인이란 무엇인가? 이 질문은 다시 다음과 같은 의문을 일으킨다. 일본인이 되기 위해서는 어째야 좋은가? 일본인이 되기 위해서는 조선인이라는 사실을 어떻게 처리해야 하는가?

이러한 의문은 이미 지성적인 이해로나 이론적 조작만으로 어쩔 도리가 없는 최후의 장벽이었다. 그렇기는 하나 이 장벽을 돌파하지 않는 한 팔굉일우八紘一宇도 내선일체도 대동아공영권의 확립도 세계 신질서의 건설도 궁극적으로 대동아전쟁의 의의도 알지 못하게 된다. 조국관념의 파악이라 하나, 그러한 의문에 대한 명확한 해답을 갖지 않는 한, 구체적 현실적이라 할 수 없다.

여기서 나 자신의 체험을 말하고자 한다. 나는 작년 연말 무렵부터 여러 신변문제를 처리하기로 깊이 결의하고 정월 첫날에는 그 수속으로 창씨를 했다. 그리하여 이튿날 아침 그것을 받들어 고하기 위해 조선신궁에 참배했다. 신궁 앞에 깊이깊이 머리를 드리우는 순간, 나는 맑고 맑은 대기 속에 호흡하며, 모든 의문에서 해방된 느낌이었다. ― 일본인이란 천황에 사봉하는 국민인 것이다.[45]

여기서 최재서는 '일본'이 될 수 없는 식민지의 "구체적 현실"로부터 일본의 / 일본이라는 이름을 갖는 것을 통해 일거에 "해방"된다. 지금까지 객관적인 언어로 이론을 이야기해왔던 최재서는 여기서 군이 "자신의 체험"을 들고 있다. 이 순간이야말로 국민문학론이 식민지 한국의 "이론화"로부터 완전히 "해방"되는 순간이다. 그리고 그 "해방"은 '일본의 이름＝일본'이라는 도식의 "체험", 즉 '몸으로 겪음'을 통해서만 성취될 수 있다. 이 "체험"은 "일본인이란 천황에 사봉하는 국민"이라는 깨달음으로 나타나고 있다. '일본'이라는 전체의 모든 것은 영원의 과거로부터 지금까지 한 번도 끊김 없이 이어져 내려온 천황이라는 '몸'의 "밑바닥에" 흐르는 "혈액적 신념과 정열"[46]로 남김없이 환원된다. '일본'

---

45 石田耕造(崔載瑞), 「まつろふ文學」, 『國民文學』, 1944.4, 5~6면. 이 글이 발표된 것은 1944년 4월호 『국민문학』을 통해서이지만 이시다 고조(石田耕造)라는 이름은 1944년 3월호 『국민문학』의 판권란에서부터 등장하고 있었다. 특기해 둘 만한 것은 4월호의 목차나 판권란에는 '최재서'라는 조선 이름의 병기 없이 '이시다 고조'만 적혀 있는 반면 이 글의 본문이 시작되는 5면의 저자 이름 부분에는 "石田耕造(崔載瑞)"로 표기되어 있다는 점이다.

46 위의 글, 4면.

이 되기 위한 필요충분조건은 따라서 천황과 한 몸을 이루는 것이며, 그것은 결국 몸으로 겪음이라는 형식을 취할 수밖에 없다. 최재서가 완전한 '일본'이 되는 이 순간은 전체로서의 '일본'이 천황의 "혈액"으로 환원되는 순간이다. 동시에 그것은 식민지 한국이 '일본'이 되며 '한국'이라는 이름이 붙은 모든 내용들이 무의식의 영역으로 폐제되어 들어가는 순간이다. 최재서가 '이시다 고조'가 되는 이 순간은 식민지 한국에 죽음충동이 집중되는 순간이다. 이 말은 곧 식민자 일본인이 식민지 한국인을 학살한다는 의미는 아니다. 식민지 '한국'이 폐제된다는 말은, 대량학살까지를 포함하여 '일본'의 이름으로 '한국'은 아무런 "지성적인 이해" 혹은 "구체적 현실적인" 조건의 제약 없이 어떠한 처분이든 받을 수 있게 되었다는 것을 의미한다.

　국민문학론이 이른 이 지점은 전체주의의 미학화가 식민주의 담론으로 들어오면서 완전한 전개에 도달하는 순간에 해당한다. 문화를 근거로 하여 정치를 도덕화한다고 하는 전체주의 문화론은 결국에는 어떤 모럴도 불가능한 지점에 이르고 만다. 전체주의의 미학화의 진리는 이미 존재하고 있는 현실의 전체성을 무한 긍정하기 위해 전체의 바깥에 있는 것을 벌거벗은 생명으로 환원하는 것이다. 전체를 있는 그대로 완전히 긍정하려면 거기 속하지 않는 것들은 생각할 수조차 없는 무의식의 영역으로 폐제되어야만 하기 때문이다. 그러나 그 전체는 지금-여기에 도래해 있지 않는 미래의 것이므로 그 안과 밖이 이론적으로 명확히 구별되지 않는다. 이 세계의 무엇이든 전체일 수도 있고 전체가 아닐 수도 있다. 모든 것은 완전한 우발성에 달려있다. 그러나 그것은 정확히 식민지인을 전체의 바깥으로 밀어낸다. 왜냐면 전체의 도입은 무엇보다도 지금-여기의 현실에 기반을 둔 것이며, 그 '현실'이란 식민자의 식민지인에 대한 지배라는 현실정치 그 자체이기 때문이다. 따라서 전체주의의 도래는 식민지인을 전체에 포섭하면서 동시에 전체의 바깥에 영원히 남겨 두는 양가성을 띤다. "내선일체"

가 식민지 한국의 말살이면서 동시에 '한국'이라는 이름의 '일본'에의 편입을
의미하기도 했듯이 말이다.

5. 국민문학론의 이론성에의 투신

이처럼 전체주의와 식민주의는 서로가 서로의 진리인 관계이다. 이 관계는
영원히 전체 바깥에 머물 현실에 처한 식민지인이 그 운명의 초극을 선언하고
해방을 선언하는 순간 그 전모를 드러낸다. 이 순간 우리에게는 문화의 정치화
가 과제로 주어진다. 전체주의의 미학화 논리는 전체의 이름으로 주어진 현실
을 전적으로 긍정하는 것이다. 미학화 논리가 완전히 전개되면 우리는 그 전체
속으로 들어갈 것인지 벌거벗은 생명이 될 것인지 선택해야 한다. 이 선택은 식
민주의의 완전한 전개에서만 단적으로 드러난다. 전체로 귀의하든지 아니면 무
의미의 영역에 남겨지든지 하는 선택은, 이미 현실인 '일본'에 귀의하든지 아니
면 식민지인으로 남든지 사이에서 선택해야 하는, "내선일체" 체제에서 한국인
이 감당해야 했던 바로 그 선택이다. 그러나 이 선택은 '한국'이라는 이름에는
아무런 내용도 없기에 '일본'을 선택할 수밖에 없다는 점에서, 진정한 선택이랄
수 없다. 바로 이 점에서 전체주의의 미학화 논리의 완전한 전개가 식민주의에
서 비로소 실현되고 있는 것이다. 식민자는 미학화를 통해 아무런 비약도 없이
완벽한 평면을 미끄러지듯이 전체에 귀의할 수 있다. 그러나 최재서의 경우에
서 보듯, 식민지인은 전체에 귀의하기 위해 자기를 벌거벗은 생명으로 환원하
고 거기에 '일본'의 이름을 붙이는 과정을 거친다. 즉 식민지인의 미학화에는
철저한 자기 말소, 즉 현실의 전적인 부정이 계기가 되는 것이다. 그리고 그러
한 부정에 이어 문화의 이름으로 전체를 긍정하고, 바로 여기서 미학화의 핵을

이루는 심연과 그 봉합이 그 전모를 드러낸다.

전체주의에서 미학화는 정치를 모럴로 대체하기 위해 고안된다. 여기서 정치란 나와 타자를 명확히 구분하고 전자가 후자를 완전히 복속시키는 것을 본질로 한다. 모럴은 나와 타자를 가르지 않고 모두가 귀의해야 할 현실에 충실한 상태를 지향한다. 최재서가 「사봉하는 문학」에서 두 차례에 걸쳐 인용한 모토오리 노리나가本居宣長의 표현을 따르자면 "저마다 조상신을 모시며 분수에 알맞게 당연히 할 일만 하고 평온무사하게 살아가는 이외는 각별한 일은 없"는 상태가, 전체주의에서 말하는 모럴의 본질이다. 이 어떤 작위도 없는 자연의 상태가 바로 문화이다. 최재서의 국민문학론이 도달한 지점에서 생각해볼 때, 이 문화는 모든 의미의 궁극적 근원인 것처럼 보이지만, 실상 아무 내용이 없는 순수한 이름에 불과하다. 이 상태는 결국 순수한 이름과 벌거벗은 생명 사이에서 모든 사유의 가능성이 차단당한 채 모든 것이 근본적 우발성에 내맡겨진 식민지인의 상황이다. 최재서의 국민문학론에서 보듯, 순수한 이름과 벌거벗은 생명이라는 대립에는 각각 식민자와 식민지인이 대입된다. 이것이야말로 역설적으로 전체주의가 초극하고자 했던 정치의 가장 극적인 버전에 해당한다. 이 지점에서 우리는 결국 정치적인 것을 뿌리에서부터 다시 사유해야 한다는 교훈을 얻는다. 최재서의 국민문학론은 '문화'가 '정치'의 진리로 드러나는 지점을 현시함으로써 그러한 교훈을 우리에게 강제하고 있다.

최재서는 '국민적인 것'이란 명석판명한 지식의 형식을 취하지 않으며 무의식의 논리를 따른다고 한 바 있다. 국민문학론의 맥락을 고려할 때, 이 발언의 요지는 결국 '식민지 조선인은 의식적으로 일본인이 되기 위해서 노력하는 데서 그치지 말고 더 나아가 무의식까지도 철저히 일본화되어야 한다'는 것이다. 그러나 중요한 것은 그러한 일본주의가 '문학'으로 형상화될 때, 무의식 차원에서부터 우러나오는 것이 아니면 '문학'이 되지 못한다는 논리이다. 이 지점에서 최재서가 근대 예술의 모럴을 문제성으로 보았던 관점이 유지되고 있음을 확인할 수 있기 때문이다. 다시 말해 작품에 의식적으로 '국민적인 것'을 담는 것으로는, 예술이 성립하지 않는다는 말은, 곧 '현실이 이러하므로 예술도 그 논리를 지향해야 한다'는 인식으로는 예술 작품이 탄생되지 않는다는 말이다. 나아가 "국민의식을 의식하지 않을 정도로 의식화"된 작품이라는 최재서의 모델은 논리상 국민문학 작품이 출현하는 것을 불가능하게 만든다. 그것은 오직 국민문학이라는 이상理想과 작품에 형상화된 국민의식 사이의 분열로서만 나타날 수 있는 셈이다. 문학은 국민적인 것을 지향해야 하나, 그 의식적 지향성이 소멸해야만, 국민문학이 될 수 있다는 논리는, 오직 '국민적인 것'의 절대성과 '국민문학'의 분열이라는 형식으로만 '국민문학'이 가능하다는 말이다.

국민문학론 시대의 최재서는 '국민적인 것'을 곧바로 '미학적인 것'과 등치 관계에 놓음으로써 '정치의 미학화'라는 전체주의의 논리에 걸려든 것으로 평가받는다. 즉 그는 예술의 본의는 국민의식을 직접적으로 실어 나르는 도구가 되는 것이라고 보았으며, 따라서 현실 정치의 논리를 그대로 예술 발생의 논리로 승인했다고 생각되는 것이다. 하지만 위의 분석에서 드러나듯, 최재서에게 국민적인 것은 국민문학과 같은 예술이 끝없이 국민의식에 접근하려는 과정 그 자체에 해당한다. 그리고 비평은 예술 작품이 국민의식에 끝내 가닿을 수 없는 것이라는 사실을 일깨우는 것으로서 존재한다. 여기에 최재서의 국민문학론이 갖는 이론적인 효용성이 있는 것이다.[47] 국민문학론을 통해서 드러나는 것은, 그것이

---

47 이론의 효용성이란 그 현실 적용 가능성에 있다고 본다면 국민문학론은 실체적으로 존재하지 않는 국민적인 것을 그 자신의 존재를 통해 현실화한다는 점에서 이론으로서 절대적인 효용성을 갖는다. 최재서가 국민문학의 수립을 위해 식민지성의 이론화를 강조했던 것은, 이론을 통하지 않으면 조선적인 것이 국민문학의 한 축을 이룰 수 없음을 드러내는 것이기도 하다. 현실로부터 자연스럽게 생겨나는 국민문학에, 식민지 한국이 포함되려면 이론이 필요하다는 최재서의 논리는, 역설적으로 국민문학은 식민지 한국의 배제를 핵심으로 성립한다는 점을 드러내고 있다. 이때 식민지 한국에 대한 이론의 요구를 통해 국민문학이 자연스럽게 재현하는 현실의 이론성도 드러나며, 동시에 이론이 현실에 개입해 들어가는 길이 부정적으로 열린다.

'(제국) 일본'이든 '(식민지) 한국'이든, 예술이 재현의 대상으로 삼는 현실이란 작품에 가감 없이 그대로 복제된다든가 혹은 작품이 제시하는 모델을 따라 변혁된다든가 할 수 없다는 점이다. 그것은 오직 예술적 재현의 실패 속에서만, 그리고 그 실패가 초래하는 예술 자체의 분열을 통해서만 나타나는 것이다.

여기서 최재서가 국민문학론에서 '일본'이라는 '현실'에 절대성을 부여하는 순간은 주목을 요한다. 다시 말해 일본이 예술 작품에 완전한 전체로 형상화될 수 있다고 선언하는 순간을 다르게 해석해야 할 필요성이 생기는 것이다. 왜냐면 그 순간은 지금까지의 논의에 비춰볼 때, 단순히 전체주의의 수렁에 빠지는 총체적 파탄의 순간이 아니라, 오히려 전체주의의 논리적 파탄을 보여줌으로써 확보되는 반성적 지점이라고 할 수 있기 때문이다. 1944년 4월에 나온 「사봉하는 문학」에서 최재서는 '국민적인 것=일본적인 것=천황에의 사봉'이라는 등식에 도달하고 있다. 여태까지 물음의 형식으로만 나타날 수 있었던 '국민'이 일체의 의심도 의문도 허용치 않는 절대성으로 나타나는 셈이다. 최재서가 어떠한 논리적 과정도 거치지 않고 선험적 조건으로 '천황'이라는 현실에 도달하는 순간은, 비평 행위가 직접적으로 현실에 개입하는 순간이라는 점에서, 비평가 최재서가 주체로 탄생하는 순간이다. 이는 미학적인 것의 현실 정치로의 환원이라는 점에서, '정치의 미학화'를 완성하는 순간이기도 하다. 그러나 이는 동시에, 예술과 그 비평이 현실 정치에 직접적으로 개입하는 것은, 주체성의 파탄을 전제하지 않고서는 불가능하다는 점을 현시하는 순간이기도 하다. 이런 점에서 최재서가 도달한 이 순간은 '정치의 미학화'가 완전히 전개되어 붕괴하는 지점이면서 동시에 '미학의 정치화'라는 모더니즘적 리얼리즘으로의 회귀가 시작되어야 하는 지점이기도 하다. 정치의 미학화가 절대적 모럴의 제시라는 점에서 모더니즘적 리얼리즘에 주어지는 명석한 해답이라는 사실을 상기한다면, 이제부터 다시 시작될 모더니즘적 리얼리즘은 모럴의 문제성에 초점을 맞추어야 함이 드러난다. 요컨대, 최재서의 '정치의 미학화'는 '미학의 정치화'라는 문제가 끊임없이 반복적으로 다시 물어져야 하는 것임을, 그리고 그 물음의 형식 속에서만 비평적 주체성이 확립될 수 있는 것임을 알려주고 있는 것이다.

1930년대 최재서 비평은 지금까지 비평 이론의 과학화·학문화라는 관점에서 고평된 반면, 일제 말기의 국민문학론은 양가적인 평가를 얻어 왔다. 국민문학론은 어떠한 관점을 취하든 식민주의·제국주의·파시즘의 문학적 옹호라는 점에서 비판 받아 마땅한 것이었다. 민족주의 관점에서 볼 때 그것은 매판적·비주체적이며 보편주의·인간주의적 관점에서 볼 때 그것은 예외주의적·반인도주의적으로 규정된다. 하지만 이렇게 최재서 국민문학론을 비판하는 두 관점은 그대로 다시 대상을 옹호하는 논리로 전용될 수도 있다. 즉 철저한 식민지 동화 정책의 실현 속에서 문학의 영역에서나마 한국적인 것을 지키려 했다는 점에서 국민문학론은 일정한 의의를 갖는다. 또 국민문학론에서 지향하는 국민적인 것이 단순히 일본주의만은 아니며, 한정된 범위에서나마 보편주의 논리를 취하고 있다는 점에서 의의가 없지는 않은 것이다. 이러한 국민문학론에 대한 양가적 평가 논리는 그대로 모더니즘적 리얼리즘 시대의 최재서 비평에도 소급 적용된다. 비판론자들은 최재서가 추구한 비평의 과학화가 '한국 민족의 억압 받는 생활'이라는 구체적 삶의 조건을 무시한 결과라고 보는 반면, 옹호론자들은 사이비 보편성이나마 최재서가 견지해 왔기에 파시즘 시대에도 어느 정도 합리적 태도를 보일 수 있었다고 본다. 이 분기하는 논평들 가운데에도 하나의 공통점은 있는데, 그것은 최재서가 1944년 창씨개명하며 천황주의로 빠지는 순간에 대한 비판이다. 이 순간 최재서는 자기의 민족을 배신하고, 천황제 파시즘을 옹호하며, 어떤 논리로도 구제할 수 없는 파탄으로 치닫는다는 것이다.

위에서 누차 지적했듯 국민문학론은 비평가 최재서가 일본주의 / 천황주의를 의식적으로 선택한 결과 성립한 것임은 부인하기 어렵다. 만약 국민문학론이 모더니즘적 리얼리즘이 제출한 '모럴'의 문제성을 이어받는 양상이 나타난다면, 그것은 최재서의 비평 의식이 작용한 결과라기보다는 식민주의 / 전체주의 하의 식민지인이 처한 일반적 상황의 부산물에 지나지 않는다. 이렇게 놓고 보면, 국민문학론이 갖는 '이론'으로서의 가치는 '국민주의적 현실'에 철저히 종속된 것이 된다. 최재서가 일본어로 『전환기의 조선문학』을 출간한 1943년 즈음, 이론가·비평가로서의 정체성을 버리고 소설가로 나선 것은 이런 맥락에서 보면 자연스러운 결정일 것이다. 천황에 "사봉하는 문학"을 외치는 순간 그에게는, 현실에 대한 반성력으로서의 이론을 수행하는 위치란 불가능해져 버렸기 때문이다. 여기서 이론을 초과하는 현실의 힘을 읽어내는 것은 당연해 보이나, 이는 간과하기 어려운 난국을 초래한다. 천황주의를 선택하면서 최재서는, 여태까지 전개해온 국민문학론에서 징후적으로 드러난 '국민주의적 현실'의 내적 모순을 극복하기 위해 '국민문학론'이라는 이론 자체를 폐제시키는 방향을 취했다. 이는 국민주의적 현실에 순응하여 자기의 이론가적 주체성을 버리고 현실에 자기를 투신한 것으로 보인다. 그러나 이 투신은 역설적으로 국민주의적 현실을 여태 지지하고 있던 것은 결국 최재서 자신의 국민문학론이었다는 점을 드러낸다는 점에서, 이론가 최재서의 주체성의 최대 실현이자 '이론에의 투신'에 해당하기도 하는 것이다. 이론을 현실의 대립적 실체로 봄으로써 이론가의 주체성을 확보하려는 시각은, 결국 이론의 현실로의 환원을 초래하고 만다. 이는 정확히 국민문학의 이론가로서 최재서가 밟아 나간 행로이다. 최재서 비평을 현재의 관점에서 이론화한다면 즉 최재서 '이론'에 대한 '역사적' 평가를 시도하고자 한다면, 최재서가 도달한 국민문학론의 현실 속으로의 해소가 갖는 '이론성'을 정확하게 기술하는 데서 그쳐야 하는 것이다.

제5장

이중의 식민지성과 보편주의

아메리카니즘의 근대와 그 식민지적 초극

1. 아메리카니즘, 식민주의, 보편주의

아메리카니즘이라는 용어의 기원은 미합중국의 탄생을 세계에 알린 파리조약1783 이전으로 거슬러 올라간다. 그것은 북아메리카 동부 해안에 정착한 유럽 이주민들이 신세계의 주민으로서 구세계인 유럽인들과 구분되는 자신들만의 정체성을 규정하기 위해 사용한 말이었다. 하지만 아메리카니즘이 전 세계적으로 통용되기 시작한 것은 제1, 2차 세계대전 사이의 전간기戰間期, 1918~1939였다. 이 시기 미국은 제1차 세계대전으로 황폐화된 유럽을 대신하여 세계 유일의 헤게모니 국가로 부상했으며, 미국적 가치인 자본주의 산업화와 민주화가 전 세계적 대세로 자리 잡고 있었다. 영국 중심의 유럽 패권으로 규정되는 19세기 문명이 제1차 세계대전으로 완전히 붕괴한 자리에서[1] 20세기 세계의 유일 헤게모니 국가로 부상하는 미국의 영향력은 전 세계를 '아메리카화Americanization' 하

---

1   Karl Polanyi, 홍기빈 역, 『거대한 전환』, 길, 2009, 153면.

는 수준으로까지 확대되어 갔다. 정치경제적 측면에서의 이와 같은 변동을 문화적으로 반영하는 것이 1920·30년대에 글로벌한 범용성을 획득했던 할리우드 영화를 비롯한 미국의 대중문화 상품이었다고 할 수 있다.

1930년대 중반부터 본격화되는 전 세계적 파시즘의 발호는 이런 맥락에서 보면 아메리카화의 대세에 맞서는 반격들 중 하나라고 할 수 있다. 경제사의 관점에서 보면 파시즘은 자기 조정 시장을 핵심 이념으로 하는 자유무역 체제의 붕괴에 대응하여 자급자족적 경제 블록을 형성하려는 것이며, 정치사적 관점에서 그것은 블록 경제권의 통합을 보장할 이데올로기인 내셔널리즘의 확장과 전체주의화를 의미한다. 예컨대 1930년대 미국 헤게모니에 맞서 자기주장을 시작한 일본이 전체주의화하면서 '일본 정신'의 지도에 의한 '동아협동체'와 '대동아공영권'의 수립을 외친 것은 이러한 맥락에서 이해된다.[2] 자기 조정 시장의 글로벌한 보편성 획득 과정이 필연적으로 코스모폴리타니즘 / 개인주의 사상을 동반한다면, 파시즘은 내셔널리즘 / 전체주의라는 사상을 통해 시장에 무제한의 자유를 부여하는 경제 질서를 극복하고 정치에 의해 적절히 규제되는 경제를 창조하고자 한다.[3] 이러한 파시즘적 사회사상이 전체로서의 국민국가의 이상을 회복하기 위해 적으로 삼은 것이 아메리카니즘이었다. 이때 아메리카니즘은 미국산 소비재와 대중문화 상품이 제공하는 물질주의적 라이프스타일을 통칭하는 용어로 사용되곤 했다.

물론 미국 역시 1929년의 대공황에 직면하여 1930년대가 되면 시장주의에 수정을 가하여 국가의 시장 개입을 긍정하는 뉴딜 정책을 추진한다.[4] 국제 무역의 측면에서 보면 이러한 변화는 관세 인상을 통한 보호무역주의로 나타났으

---

2   御手洗辰雄, 「日米戰にそなふ-日米関係概観」, 『緑旗』 6-3, 1941.3, pp.40~41.

3   米谷匡史, 「戰時期日本の社會思想-現代化と戰時変革」, 『思想』 882, 1997, p.70.

4   Seymour M. Lipset, *American Exceptionalism*, New York : W. W. Norton & Company, 1996, p.37.

며, 미국의 이 변화로 인하여 주요 경제권들의 블록화는 가속화되는 모양새를 띤다. 대공황이 시장주의에 내재한 필연적 위기가 폭발한 사건이라고 본다면 뉴딜 정책의 등장은 아메리카 자신에 의한 아메리카니즘의 수정이라는 의미를 지니는 셈이다. 이런 맥락에서 제2차 세계대전을 파시즘 진영과 뉴딜 진영의 충돌로 파악할 때, 이는 완전히 이질적인 두 시스템의 상극이 아니라 유사한 두 시스템 사이의 경쟁으로 인식된다.[5] 이 경쟁은, 제2차 세계대전이라는 총력전으로 귀결되었다는 점에서 경제적·물적 기반으로부터 사상·문화까지를 포괄하는 사회의 모든 면을, 일원화된 총동원 시스템으로 종합하는, '시스템 종합'을 유산으로 남겼다. 이런 관점에서 보면 뉴딜 진영의 완전한 승리로 귀결된 제2차 세계대전의 결과 성립된 전후 세계 체제가 '아메리카니즘'의 일방적 구현이라고 보기 어려워진다. 분명 거기에는 아메리카니즘에 맞서기 위해, 뉴딜형 체제에 한 발 앞서 '시스템 종합'을 의제화한 파시즘의 유산도 포함되어 있는 것이다.

한국의 맥락에서 아메리카니즘이라는 주제에 접근할 경우 문제적인 시기는 해방기와 1950년대이다. 이 시기 한국은 일제 식민 지배의 유산을 청산하는 탈식민화와 전후 세계 질서 속에서 독립 국민국가로서 지위를 정립하는 이중의 임무를 수행하고 있었다. 이때 '아메리카'라는 기호는 한국민이 자신에게 보편 질서 속의 지위를 부여하는, 자기 서사에 있어 핵심항으로 등장한다.[6] 여기에는 20세기적 보편성의 기준으로서의 '아메리카'와 그 기준에 도달한 정도에 따라 특수성을 지니게 되는 '한국'이라는 두 항이 양극을 형성하는 '세계'가 함축되

---

5 山内靖,「方法的序説」, 山内靖 外編,『総力戦とシステム総合』, 東京 : 柏書房, 1995, p.10. "뉴딜형 사회도, 파시즘형 사회가 그러한 것과 같이 두 번의 세계대전이 필수적으로 요청한 총동원에 의해 근저에서부터 편성 교체를 경과했다고 봐야 한다 (…중략…) 파시즘 형과 뉴딜 형의 서로 다름은, 총력전 체제에 의한 사회적 편성 교체의 분석을 마친 후에, 그 내부의 하위 구별로서 고찰되어야 한다."

6 장세진,『상상된 아메리카』, 푸른역사, 2012, 21면.

어 있다. 이때 '아메리카'는 개화기와 식민지 시대를 통틀어 한국의 근대화 과정을 좌우했던 일제를 대체한 세계 제국으로서 나타난다. 이러한 관점은 어떤 딜레마를 우리에게 던진다. 그것은 기본적으로 일제 시대의 식민주의와 해방 이후 시대의 아메리카니즘을 동일한 실체의 두 양상으로 취급하는 데서 성립한다. 이렇게 되면 식민주의의 유산을 일소하려는 시도만큼이나 아메리카니즘 역시 소거되어야 하는 필연성이 생긴다. 또 한편으로는, 아메리카니즘이 해방 후 한국 현실에서 갖는 실정적 현실성을 인정하는 순간, 일제 식민주의의 실정성 역시 인정하지 않을 수 없게 된다.

일제로부터의 탈식민화가 다시 이름만 바꾼 또다른 식민화 과정이었다는 가설이, 무수한 방법으로 증명될 수 있다는 것은 부인할 수 없는 것으로 보인다. 문제는 그 가설을 증명하여 식민지적 근대성이라는 운명으로부터 한국이 벗어날 수 없다는 점이 일단 추인되면, 아메리카니즘과 한국주의 사이의 영원한 분열 가운데에서 어떤 판단도 불가능한 상태가 굳어진다는 점이다. 아메리카니즘 쪽에 가까이 가는 경우 그것은 보편주의적이지만 한편 또 매판적이고 한국주의 쪽에 접근할수록 그것은 주체적인 한편 또 폐쇄적이다. 무엇을 어떻게 이야기 하든지 식민지에 지나지 않는 한국에서 생산되는 그 어떠한 담론도 이러한 해석 지평으로 환원되는 것을 피할 수 없다. 그 위에서 가능한 것은 오로지 무엇이 지평의 양극 중 어느 쪽에 가까이 갔는가를 측정하는 것뿐이다. 이 지점에서, 일제 말기의 담론장, 즉 아메리카니즘을 적으로 돌리면서 대안적 보편성으로서 일본주의를 제시하는 담론이 주목된다. 일본주의의 완패와 아메리카니즘의 승리로 귀결되어 보편과 특수의 도식이 말끔하게 정리되기 직전의 시기, '보편성'의 지위를 놓고 상극한 두 개의 이념이 존재하고 있었다. 보편성과 특수성의 분열에 앞서 보편성 자체의 분열이 나타난 시대가 바로 일제 말기인 것이다.

2. '아메리카＝물질'과 '일본＝정신'의 사이에서

해방기로부터 1950년대로 이어지는 시기 한국의 담론장을 이끌었던 자기 정체화의 열망을 강조할 때, '아메리카' 그리고 그것이 거느리는 방계 개념들, 즉 '세계', '문명', '20세기', '현대성', '태평양(권)'은 보편주의가 탄생하고 전개되는, 인식론적 틀로서 나타난다.[7] 그리고 이 때 '아메리카'는 직전 시기까지 근대 한국인의 정체성 정치에 핵심항으로 작용했던 '일본'과 양의적인 관계를 맺는 것으로 보인다.[8] 즉 아메리카니즘은 일본을 통한 근대 추구로부터 탈피했다는 증거가 됨으로써, 보편주의의 순수화 혹은 직접화를 의미한다. 한편 그것은 자기를 보편성을 보족하는 특수성의 담지자로 한정짓는 방식으로 추구된다는 점에서, '일본주의적' 보편성이 여전히 유지되고 있음을 의미한다. 그러나 이러한 방식의 문제 설정이 갖는 문제점은 일본주의 아니면 아메리카니즘이라는 대립항으로 보편주의를 환원해버림으로써, 식민지를 근대성에 영원히 미달하는 특수성의 질곡에 가두어 버린다는 데 있다.[9] 여기서 탈피하기 위해서는 일본주의와 아메리카니즘이 보편주의의 패권을 두고 총력전의 형태로 경쟁을 벌인 담론 공간을 주목할 필요가 있다. 여기서 보편성과 특수성의 분열이 아니라 보편성 자체의 분열이 확인되는 것인데, 이 '분열'의 포착은 보편주의는 오직 특수성을 제작해내는 것을 통해서만 작동한다는 점을 그대로 드러내는 것에 해당한다.

보편성 자체의 분열에 주목하는 것이 중요한 이유는, 아메리카니즘을 전후

7　이은주, 「1950년대 문학비평의 세계주의와 미국적 가치 지향의 상관성」, 상허학회, 『1950년대 미디어와 미국 표상』, 깊은샘, 2006, 20면.

8　방민호, 「박인환 산문에 나타난 미국」, 『한국현대문학연구』 19, 2006, 426면.

9　차크라바티는 '유럽'으로 표상되는 식민제국이 식민지를 '아직 근대화되지 않은' '곧 근대라는 역사적 단계로 진입되어야 할'이라는 술어 속에 가두어 놓는 전략을 '역사주의'로 규정한 바 있다. Dipesh Chakrabarty, *Provincializing Europe*, Princeton : Princeton University Press, 2007, pp.37~39.

세계의 세계성 자체 즉 주어진 현실로 받아들임으로써 식민주의 유산을 영속시키는 것을 피하기 위해서이다. 전후 세계 질서를 소위 '팍스 아메리카나'의 그 것으로 인정한다면 그리고 그것을 전시기의 '대동아공영권'을 목표로 하는 사이비보편주의와 구분한다면, 일본주의의 보편성을 사후적으로 추인해주는 결과를 피할 수 없다. 전후 처리 과정에서 미국은, 일본적 특수성을 동아시아적 보편성으로 전유하여, '일본 정신을 통한 동아시아 유일의 헤게모니 획득'이라는 전략을 유지하는 것을 택했다.[10] 또한 아메리카니즘을, 자기의 보편성을 위해 타자를 특수성의 영역에 가두는 식민주의라는 점에서, 일본주의와 동일하게 취급하는 것도 대안이 될 수는 없다. 이것은 '한국주의' 관점에서 아메리카니즘과 일본주의를 동일선상에 놓고 비판적으로 바라보는 것을 의미하는데, '식민지'라는 위치성으로 '한국'을 완전히 환원하게 됨으로써 결국에는 특수성으로서의 '한국'만을 남긴다. 그 결과 아메리카니즘과 일본주의를 포괄하는 식민주의는 근대 세계의 유일한 보편주의로서 긍정될 수밖에 없게 되는 것이다. 보편주의를 식민주의들 사이의 분열과 항쟁으로 보는 것은 따라서 특수성으로 자기를 환원하지 않는 것을 통해 부정적인 방식으로나마 진정한 보편주의로의 길을 여는 행위에 해당하는 것이다.

이런 맥락에서 '근대의 초극'이라는 슬로건 하에 펼쳐졌던 전시기 담론에 주목하고자 한다. 이 담론은 당시 일본인의 생활 세계를 '근대'라는 하나의 전체로 규정하고 그것을 '초극'하여, '현대 일본인'의 생활 세계라는 미래의 도래를 추진하는 것을 기본 구도로 한다. 그러나 이러한 구도에는 필연적으로 이 담론이 지닐 수밖에 없는 본질적 '무내용성'이 이미 함축되어 있다. 현전하는 보편성으로서의 '근대'의 전체성을 추인하고서 도래할 보편주의로서 '일본주의'를

---

10 酒井直樹, 高橋原 訳, 「序 パックス・アメリカーナの下の京都學派の哲學」, 酒井直樹・磯前順一 編, 『「近代の超克」と京都學派』, 東京 : 以文社, 2010, p.21.

규정할 때, '일본주의'에는 아무런 내용도 담길 수 없는 것이다. 그리하여 '근대의 초극'은 결과적으로 '근대에 의한 초극'으로 끝날 운명을 애초부터 갖고 태어난 담론이라고 할 수 있다.[11] 잡지 『문학계文學界』 측의 대표로 '근대의 초극'이라는 제하에 좌담회를 추진한 가와카미 데츠타로河上徹太郎가 좌담회의 개막 자리에서 '근대의 초극'이란 단지 "부적"같은 것으로 제시된 것일 뿐 그 자체에는 아무런 의미도 없다고 선언하는 것은 이런 맥락에서이다. 나아가 그는 좌담회가 다 끝난 후에조차 '근대의 초극'이라는 주제로 일류의 지식인들이 토론한 결과가 무엇이었는지 아직까지도 알지 못하겠다고 할 정도이다.[12]

후대의 비판적 논자들이 지적하듯 '근대의 초극' 담론이란 결국 태평양전쟁을 대동아공영권 수립을 위한 성전聖戰으로 포장하는 전쟁 이데올로기라고 한다면, 그 담론의 맥락상 '초극'되어야 할 '근대'란 태평양권에서의 미국 헤게모니를 의미할 것이다. 나아가 19세기 이래의 근대 세계 시스템이 영국과 미국으로 이어지는 소위 '앵글로-색슨' 지배 체제라는 점을 고려하면, 이는 궁극적으로 '미국화'되어 가는 세계 질서를 '근대'로 규정하고 그것을 일거에 '초극'하려 한 담론으로 해석된다. 그렇다면 이 담론의 근본 물음은 결국 '근대'라는 기호 속에 담긴 '초극'되어야 할 내용으로서의 '아메리카니즘'이란 과연 무엇인가, 하는 것이다.

> **니시타니 게이지**西谷啓治 도대체 아메리카니즘이 일본뿐 아니라 유럽에까지 스며들고 있는 것은 어째서입니까. 아메리카니즘의 어떤 성격에서…… (…중략…)
> **츠무라 히데오**津村秀夫 원래 미국이라는 나라 자체가 전통적인 문화를 갖지 않았

---

11 Harry D. Harootunian, *Overcome by Modernity : History, Culture, and Community in Interwar Japan*, Princeton : Princeton University Press, 2000, p.45.

12 河上徹太郎, 「「近代の超克」結語」, 河上徹太郎 外, 『近代の超克』, 東京 : 冨山房, 1979, p.166.

다는 점, 이것도 중요한 이유입니다. 왜냐하면 미국 영화가 이것을 정직하게 반영했으므로, 거기에서 감상에 있어서 세계적 보편성이 발생했다는 것입니다. (…중략…)

스즈키 시게타카鈴木成高 츠무라 씨가 쓰고 계시는, 영화를 통해 포착된 아메리카니즘, 이것은 우리가 초극해야 할 하나의 문제로서 종래의 일본에 커다란 영향을 주었습니다. 모던 보이, 모던 걸을 통해 일본에 영향을 준 아메리카니즘은 우리가 경멸하는 것이지만, 사실 업신여길 수 없습니다. (…중략…) 우리 일본의 지식 계급도 역시 그와 똑같이 아메리카니즘을 아주 가볍게 보며, 그런 생각을 일종의 자존심으로 지니고 있지 않을까 생각합니다. 하지만 실제로는 그렇게 정리되지 않기 때문에 미국을 문제 삼게 되는 것입니다. 유감이지만 현대에는 질質의 문명에 대립하는 양量의 문명이 꽤 많은 것을 이야기하고 있음이 사실입니다. 그것을 어떻게 극복하는가는 커다란 문제입니다.[13]

스즈키 시게타카의 발언에서 극명하게 드러나듯, 전시기 일본의 지식인들에게 '아메리카니즘'이란 경박한 할리우드 영화와 그것을 통해 무분별하게 유입된, 물질주의적 삶의 방식에 지나지 않는 것이었다. 이런 사고 방식은 심지어는 '아메리카니즘'을 진지하게 받아들이지 않고 "경멸"하는 "생각을 일종의 자존심으로" 해야 지식인으로 행세할 수 있다는 논리로까지 진전된다. 그러나 니시타니 게이지가 개탄하는 어조로 이야기하듯, '아메리카니즘'은 일본은 물론이고 '근대'의 본산이라 할 유럽까지 장악하고 있는, 엄연한 '현실'이며, 따라서 어떻게든 "미국을 문제 삼게 되는 것"이다. 즉 아메리카니즘은 일본 · 유럽 · 미

---

13 中村光夫 외, 이경훈 외역, 『태평양전쟁의 사상』, 이매진, 2007, 120~122면.

국을 가릴 것 없이 '근대인의 생활 세계' 전체를 장악하고 있는 보편성으로 자리매김되며, 따라서 그 '초극'을 일본 측에서 주장하기 위해서는 그 보편성을 분열시키는 전략이 필수적으로 요청된다. 다시 말해, 현재 일본인의 생활 세계가 총체적으로 '아메리카니즘'으로 규정되어 있다면, 현실적 삶으로부터 완전히 자유로운 초월적인 '일본인만의 무언가'를 찾지 않고서는 '초극'은 불가능하다. 이 '일본적인 것'을 가리키기 위해 제시되는 기호가 '정신'이며, 이때 '정신'은 '아메리카니즘'이라는 총체적 '현실'에 대한 대립항으로서 제시된다.

문제는 이 '일본 정신'이 '아메리카니즘'과 마찬가지로 아무 내용이 없는 이름에 지나지 않는 것이라는 점이다. '정신'이 현재적 '현실'이라는 하나의 전체를 '초극'한 다음에만 미래적 '현실'로 실현될 수 있는 것이라면, 사실 이 '정신'은 현재의 관점에서는 '정신'이라는 이름만으로 존재할 뿐이다. 이 이름뿐인 '정신'은 '일본인'이 '아메리카화'된 생활을 하고 있는 것이 아무리 현실이라 할지라도 여전히 '일본'인이라는 점에 유일한 근거를 둔다. 따라서 '정신=일본'이며 그것은 '물질=아메리카'라는 '현실'의 대립항으로서만 존재한다. 요컨대 '정신'은 '물질'이 이미 '현실'의 전체를 완전히 채우고도 남는 잉여로서만 존재한다. 그러나 다음의 인용을 보면 '정신'은 '물질'이 실현되기 전부터 이미 존재하고 있는 것으로 나타난다. 즉 '아메리카니즘'의 완전한 실현 이후에, 그 대립항으로서 생성되는 '일본 정신'이 '아메리카니즘'과 같은 지평 위에 이미 존재하고 있었던 것으로 상정되는 것이다.

> **스즈키 시게타카** 근본은 동일한 정신이라고 볼 수 있겠지요. 데모크라시, 기계문명, 자본주의도 똑같은 근본에서 나온 어떤 종류의 공통성을 가지고 있습니다. (…중략…)
>
> **츠무라 히데오** 기계문명은 절대로 피할 수 없습니다. 반대로 그것을 우리 쪽에서

자유자재로 사용해야 합니다.

가와카미 데츠타로 하지만 저보고 말하라면 기계문명은 초극의 대상이 될 수 없다고 봅니다. 정신이 초극할 대상에는 기계문명이 없습니다. 정신은 기계가 안중에 없습니다.

고바야시 히데오小林秀雄 그 말씀에 찬성합니다. 혼은 기계를 싫어하니까요. 싫어하기 때문에 그것을 상대로 싸우는 일은 없습니다.[14]

여기서 스즈키는 민주주의, 기계문명, 자본주의라는 아메리카니즘을 이루는 주요한 세 항의 기반을 이루는 "동일한 정신"에 주목할 것을 요청하고 있다. 이는 '일본 정신'이 '초극'해야 할 대상으로서 물질적 생활 세계를 추상화한 '근대 정신'으로서의 '아메리카니즘'을 명료히 하려는 시도라 할 수 있다. 츠무라의 말대로 그것은 이미 일본인의 현실을 완전히 지배하고 있기 때문에 "절대로 피할 수 없"는 것이다. 따라서 츠무라가 "기계문명"을 일본의 의도대로 "자유자재로 사용해야 한"다고 주장한 것은, 애초에 불가능한 요구이다. '아메리카니즘'이 현실인 이상 거기서 자유로운 '일본 정신'이란 '아메리카니즘'의 사후적 효과에 불과한 것이기 때문이다. 이 난국을 가와카미는 '아메리카니즘'이란 애초에 "정신이 초극할 대상"조차 되지 못한다고 함으로써 돌파하고자 한다. '정신'은 '아메리카니즘'이 일본인의 생활 세계를 장악하기 전부터 이미, 초월적으로 존재하고 있었다는 것이다.[15] 그렇다면 보편성으로서의 '아메리카니즘'은 이 지점에서 두 부분으로 완전히 분열된다. 하나는 물질=아메리카이며 또 하나는 정신=일본이 되는 것이다. 즉 '아메리카니즘'의 전면적 현실화에도 불구하고

---

14 위의 책, 125~126면.

15 가라타니 고진은 '현실'로부터 '정신'을 분열시키고, 이 '정신' 안에서 '현실'이 이미 '초극'되어 있다고 상정하는 태도를, '미학적' 태도라고 규정한 바 있다. 柄谷行人, 「近代の超克」, 『「戰前」の思考』, 東京 : 講談社, 2001, pp.113~115.

'일본 정신'이 남아 있다는 것은, 이미 '아메리카니즘'의 실현에 '일본 정신'이 함께 하고 있었다는 것을 의미하며, '아메리카니즘'이 보편성을 띤다면 '일본 정신' 역시 보편적인 것이 된다. 결국 '정신'은 이미 '물질'을 '초극'한 상태이므로, 물질을 "상대로 싸우는 일은 없"다.

아메리카니즘이 이미 초극되어 있다면 남는 것은 오직 일본이 아메리카에 대해 벌인 전쟁이 승리로 귀결되는 것을 기다리는 것뿐이다. '정신'의 측면에서 이미 '일본'이 승리했으므로 역설적으로 '정신'이 아닌 면, 즉 '물질'적인 부분이 말소되어 갈수록 '일본 정신'의 승리는 명확한 것으로 굳어진다. 결국 태평양전쟁에서 일본의 참된 승리는 실질적 승전이 아니라, '물질' 그 자체인 아메리카를 '정신'화하는 것이 된다. 다시 말해 아메리카는 일본의 물리적 군사력에 굴복할 때 패배하는 것이 아니라, 일본을 상대하기 위해서는 스스로를 변화시켜 '정신'까지를 총동원하여 총력전의 태세로 임해야 한다는 것을 깨닫는 순간 패배하는 것이다.

> **고야마 이와오**高山岩男 미국이라는 나라에서도 최후에는 여하튼 우리가 생각하는 총력전 체제가 될 수밖에 없다고 보지만요. 그때 우리가 이기고 미국은 패한 것이 되겠지요. 우리가 말한 질서 사상에 입각한 전쟁 형태에 미국이 이를 때까지 우리에게 흔들림이 있어서는 곤란하겠지요 (…중략…)
>
> **스즈키 시게타카** 미국이 총력전 체제를 갖출 경우 우리가 이긴 것이나 진배없다는 고야마 군 이야기에 저도 동감입니다. 왜냐하면 현재 상태로는 미국이 총력전 체제를 갖출 수 없기 때문이지요. 즉 총력전 체제는 질서 변혁의 필연을 인식함으로써 자각적으로 이룩되는 것이기 때문에, 질서 변혁의 필연성을 자각하지 않으면 성립하지 않습니다. (…중략…) 왠지 관념적인 궤변 같지만, 총력전은 그런 것입니다.[16]

논의가 이 지점에 이르게 되면, 아메리카니즘과 일본주의의 상극은 이미 무의미해진다. 아메리카니즘의 현실은 일본주의가 그 반작용임을 멈추지 않을수록 강화되며 그렇게 강화된 아메리카니즘에는 이미 일본주의가 완전히 전개되어 있다. 위의 발언은 '세계사의 철학'이라는 제하에 좌담회를 벌인 교토학파 철학자들에게서 나온 것이지만, '근대의 초극' 담론에 내재되어 있던 보편성 자체의 분열을 좀더 명료한 언어로 표현하고 있을 뿐이다. 여기서 우리가 읽어낼 수 있는 것은, 아메리카니즘과 일본주의의, 상극을 가장한 공모를 통해 보편주의가 완전히 불가능해져버렸다는 점이다. 다시 말해 물질=아메리카와 정신=일본으로 분열된 보편성에 근거할 경우, 어떠한 '초극'도 불가능해져 버린 것이다. 이 불가능성은 곧 '근대'라는 현재적 현실이나, 그 이후에 도래할 것으로 상정되는 '현대'라는 미지의 현실이, 하나의 보편성이 분열되어 나온 것에 지나지 않음을 의미한다. 결국 이 지점에서 '아메리카니즘'은 역사의 흐름이 더 이상 어떠한 인간적 개입도 허용하지 않는 상태, 즉 역사와 인간의 종언을 의미한다. 시간이 더 이상 흐르지 않고 현재가 영원화되며 인간은 그 상태를 그대로 추인하는 것밖에는 없는 상황이 그것이다.

3. 이중으로 식민화된 한국과 보편주의

근대의 초극 담론으로부터 이끌어 낸 이와 같은 아메리카니즘 개념은, 해방과 더불어 한국이 식민지 시대와는 구분되는 보편주의를 지향했다는 논리를 의심하게 만든다. 아메리카의 보편성에 대응되는 특수적 한국을 내세우는 것은

---

16 中村光夫 외, 『태평양 전쟁의 사상』, 327~328면.

전시기 일본의 '일본주의'에서 '일본'을 '한국'으로 바꿔넣기만 했다는 점에서 보편주의라기보다는 특수주의이다. 나아가 아메리카니즘은 이러한 보편성과 특수성이 서로를 지지하는 세계상이 그 극점에 이르면 현실주의의 형태를 띠고 나타난다는 점을 드러낸다. 물질과 정신으로 분열된 보편성이 세계 전체를 채우고 있는 한, 가능한 것은 현재적 '현실'에 충실하는 것밖에는 없는 것이다. 이런 관점에서 보면 아메리카 헤게모니 안에서의 한국의 특수성을 주장하는 담론과 한국적인 것을 질적인 차원에서 규정한 다음 세계성을 주장하는 담론 사이에 유의미한 차이가 있다고 하기 어렵다. 중요한 것은 아메리카니즘을 단순히 근대 세계 체제의 보편주의로 보는 데서 그치는 것이 아니라, 그것을 통하여 보편과 특수, 이념과 현실, 식민과 탈식민이라는 이분법을 반성해 볼 계기를 마련하는 데로 나아가는 것이다.

이런 관점에서 여기서는 일제 말기, 특히 태평양전쟁기1941~1945 한국의 담론장에서 아메리카니즘과 일본주의의 길항을 일별하고자 한다. 통상 일제 말기는 총독부의 내선일체內鮮一體 정책이 한국 사회 전체를 관통하면서 식민주의가 극에 달한 시기로 생각된다. 식민본국 일본과 식민지 한국 사이의 민족적 구분을 철폐한다는 내선일체는, 실상 '일본주의'에 의한 '한국적인 것'의 말소라는 결과를 낳을 뿐이었다. 그러나 이 시기를 '아메리카니즘'과 '일본주의'가 쟁투를 벌인 시기로 본다면, '한국'의 말소라는 사실은 이 둘의 쟁투가 사실 하나의 동일한 보편성의 분열상일 뿐이라는 점을 극명하게 드러내는 증거가 된다. 구체적으로, 일본주의가 아메리카니즘을 대신하여 도래하는 새로운 보편성의 지위를 획득하기 위해 식민지 한국의 말소가 필요했다는 점은, 일본주의가 아메리카=물질이라는 현실에 충실한 현실주의에 지나지 않음을 드러낸다. 다시 말해 한국에서의 제국 일본의 식민주의의 완성은 '일본주의'의 실현이지만 동시에 아메리카니즘의 완성이기도 한 것이다. 이렇게 보면 해방 직후 한국에 팽배한 아메리카니즘 담론과 일제 말기의 일본주의 사이의 연속성이 발견된다.

태평양전쟁기 한국의 문학계에서 내선일체의 정책을 선전하는 준기관지 역할을 했던 『국민문학』은 전쟁 발발 바로 다음 달인 1942년 1월호에 좌담회 「일미日米 개전과 동양의 장래」를 싣고 있다. 이 좌담회의 참석자는 경성 주재 해군 무관 구로키 고이치黒木剛一, 경무국 보안과장 후루카와 가네히데古川兼秀, 총독부 정보과장 구라시마 이타루倉島至 등과 더불어 『국민문학』의 주간을 맡고 있던 최재서 등이다. 이 좌담회에서 최재서는 일본인 참가자들의 발언을 유도하고 정리하는, 사회자 역할에 충실하고 있지만 중요한 논점 두 가지를 던짐으로써 이 좌담회뿐 아니라 일제 말기 일본주의 담론의 본질을 이끌어내는 데 기여하고 있다. 첫째, 그는 일본이 진주만공습을 단행하여 미국과의 돌이킬 수 없는 전면전으로 돌입한 것의 획시기성을 언급하고 있다. 지금까지 엄연한 현실로서 도저히 극복할 수 없는 것으로 여겨져왔던 사실, 즉 아메리카니즘의 보편성이, 이제 일본주의와 아메리카니즘의 전쟁이 시작된 이상 "어이 없게 끝나버렸"다는 것이다.[17] 이렇게 현재적 현실이 끝났다면 미래의 건설을 촉진하기 위해 "영미 문화에 지나치게 의존해온 경향"을 부수고 일본주의를 추구하는 "사상전·문화전"이 시작되어야 한다. 이것이 최재서가 던진 두 번째 논점이다.[18] 즉 최재서는 태평양전쟁의 의의를 아메리카니즘 현실의 종언에서 찾고, 그 현실을 '일본주의'로 대체해야 한다는 논리를 정확히 구사하고 있다.[19]

---

17 「일미 개전과 동양의 장래」, 문경연 외편역, 『좌담회로 읽는 『국민문학』』, 소명출판, 2010, 72면.
18 위의 책, 73~74면.
19 태평양전쟁의 발발과 식민지 조선에서의 내선일체 정책의 극단화의 의의를 이와 같이 설명하는 시각은 최재서뿐 아니라 당시 한국의 문인·지식인들에게 널리 공유되었다. 대표적으로 香山光郎(李光洙), 「사상과 함께 미영을 격멸하자」, 『삼천리』, 1942.1, 46면 참조.

구로키 앞으로도 한 손으로는 전쟁, 다른 한 손으로는 건설로 나아가야지요. 그것으로 대동아공영권을 건설하는 겁니다.

최재서 그런 사상은 이른바 조선의 동학東學에도 있습니다. 태양은 원래 동양에서 뜬 것이지만 그것이 점점 서양으로 돌아가서 지금 그 석양을 받고 동양이 빛나고 있다, 그런 가운데 또한 동양으로부터 반드시 해가 뜰 때가 올 것이라 했습니다. 그것이 확실히 오늘이라고는 생각하지 못했을 테지만……

구라시마 그건 뭐랄까 역시 팔굉일우八紘一宇라고 생각합니다. 즉 앞으로는 국민 투쟁이기 때문에 일본국민(물론 조선도 포함한)의 우수성이 다른 국민에게 영향과 감동을 주어야만 동아신질서가 완성될 것입니다. (…중략…) 하나는 국체國體입니다. 천황폐하의 어전에 목숨을 바치는 정신, 이것은 세계 어느 곳에도 없습니다. (…중략…) 아메리카라 해도 국가사상이 없다고는 할 수 없습니다. 그러나 일본인이 가지고 있는 국체사상은 다른 곳에는 결코 없습니다. 이것은 우리가 스스로가 자랑할 수 있는 것입니다. 이것이 바깥을 향하면 팔굉일우로 나타나는 것입니다.[20]

좌담회의 말미에 나오는 이 대화는 최재서가 위에서 던진 화두, 즉 일본주의의 내포와 외연을 살펴 보는 데 있어 핵심적인 일절을 이룬다. 아메리카니즘 현실을 전쟁을 통해 완전히 파괴한 결과 동양에 수립될 '대동아공영권' 사상의 보편성을 요약하는 문구가 '팔굉일우'이다. 세계의 모든 구석구석을 하나의 지붕 아래에 둔다는 이 사상의 핵심에는, '일본적인 것'으로서의 '국체'가 있다. 이른바 이 '국체' 사상의 내용은, "천황"의 이름으로 자발적으로 "목숨을 바치는 정

---

20 「일미 개전과 동양의 장래」, 76~77면.

신"으로 규정된다. 즉 '일본 정신'이란 여기서, '일본'이라는 이름만을 남기고 '물질'을 말소하는 행위가 있은 후 사후적으로 생성되는 것으로 드러난다.

그렇다면 '일본주의'의 가장 완전한 실현이란 결국 '일본'이라는 '정신'과 '일본이 아닌 것'인 '물질' 사이의 절대적 분열, 그리고 나아가 '물질'의 자기 말소를 통해서만 가능한 것이 된다. "일본국민"은 이러한 자기 말소로 나아갈 수 없는데 왜냐면 그것이 이뤄진다면 '일본'이라는 이름을 아메리카니즘 이후의 세계에서 지닐 자가 사라져버리기 때문이다. 그렇다면 "일본국민"이 아니면서도 '일본'이라는 이름을 위해 자기 말소로 나아갈 '물질' 그 자체인 무언가가 필요하다. 바로 그러한 역할을 담당하고 있는 것이 "일본국민"에 붙은 괄호 안의 '조선'이다. 결국 '일본주의'의 실현의 관건은 "일본국민"이 아니라 '일본'의 이름을 위해 자기 말소에 나설 '조선'에 온전히 달려 있다.[21] '물질'로 완전히 환원되어 '일본주의'가 실현된 세계에서 자발적으로 자기 말소를 택함으로써, '일본주의'의 보편성을 담보하는 '조선'의 입장에 선 최재서가, '동학'이라는 조선 고유의 어법을 빌어 역사의 종언이 바로 "오늘" 일어나고 있다고 선언하는 것은 따라서 필연적이다. 이 선언이 있고나서야, 엄밀히 말하자면, 이 선언이 행해지는 바로 그 순간에만, '일본 정신'은 아메리카=물질을 이미 '초극'한 것이 되기 때문이다. 그리고 물질로 환원되면서 동시에 자발적으로 자기 말소를 행하는 '조선'이, 역사의 전개가 더 이상 불가능한 종말의 지점을 표시함으로써, 아메리카니즘은 언제나 / 이미 모든 인간을 장악하는 영원한 현재로 남을 수 있게 된다.

최재서가 역사의 종언을 선언한 이 순간은, 일본 정신과 아메리카니즘으로 분열된 보편성을 일거에 현실화하는, 이중의 식민지성의 순간이다. 동시에 이 순간은 어떠한 보편주의이든, 그것이 보편성의 현재적 현실성을 전제로 주장되

---

21 石田耕造(崔載瑞), 「まつろふ文學」, 『國民文學』, 1944.4.

는 한, 진정한 보편주의에 이를 수 없다는 것을 보여주는 순간이다. 일제 말기 한국문학으로부터 포착한 이 '이중의 식민지성'은, 그 포착의 주체인 우리가 그 것의 순간성을 보존할 때에만 보편주의의 길이 열리는 것이 아닌가 하는 암시 를 준다. 식민성을 영속적인 방법으로 초극하기 위해서는, '한국'을 식민화된 부분과 그렇지 않은 부분으로 분열시키고 후자의 현실성에 충실할 것을 주장하 는, 현실주의를 취해야 한다. 그것은 결국 '현실'이라는 이름의 '영원한 현재'를 '한국'인에게 부과함으로써, 역사적 존재로서의 인간의 사라짐을 강요하는 것 이다. 따라서 식민지성의 '초극'을 생각하는 것 자체가 역사를 생각하는 것을 불가능하게 만드는 것이며 결국 역사의 종언을 현실로 만들어내고 만다. 결국 '한국인'이 역사를 생각할 수 있는 유일한 길은, '한국'을 규정했던 '이중의 식 민지성'이라는 과거를 그가 사는 현실의 순간들 속에서 되살리는 길뿐이다.

4. 아메리나카니즘으로부터 역사성을 구출하기

1938년과 39년에 걸쳐 파리에서 헤겔을 강의하고 있던 알렉상드르 코제브 는 『정신현상학』의 마지막 장 「절대지」에 대한 강연에서 역사의 종언과 인간의 사라짐이라는 테제를 제시한 바 있다. 그에게 '인간'이란 주어진 '현실'에 대한 끊임 없는 대립 운동 가운데 존재하며, 그런 점에서 인간은 자연에 대한 '오류' 의 존재이다. 이 인간의 오류의 연속이 '역사'를 이룬다면, 인간의 사유가 현실 과 일치하여 '진리'에 도달한다면 그것은 결국 역사의 종언과 동시에 인간 자체 의 사라짐을 의미하게 된다.[22] 그 표면적인 어감과는 달리, 코제브는 어떠한 인

22 Alexandre Kojève, ed. Allan Bloom, trans. James H. Nicholas, Jr., *Introduction to the Reading of Hegel*, New York : Basic Books, 1969, pp.155~156.

간적인 '행위'도 불가능해진 이 상황이야말로, 인간이 현실적 필연성에 종속되기를 그치고 자유의 영역으로 들어가는 계기라고 본다. 제2차 세계대전 종전 직후인 1946년에 이 부분에 붙인 각주를 보면, 코제브는 자기 자신의 말소와 더불어 자유에 도달하는 상황이 마르크시즘의 현실화와 더불어 도래하리라고 예상했다. 그러나 종전 이후 미국과 소련 등지를 방문하고, 1968년 죽기 직전 2판에 붙인 각주에서는 이러한 견해를 수정하여, "미합중국의 이 세계에서의 실제적 현전"이라는 사실로 볼 때, 이미 우리는 역사의 종언을 살고 있다고 지적한다.[23] 이렇게 아메리카니즘의 "영원한 현재"화라는 현실을 선언함으로써 코제브가 암시하고자 했던 바는, 인간이 역사적 주체가 되기 위해서 가장 경계해야 하는 것은 도리어 역사주의일지도 모른다는 깨달음이다. 과거의 역사를 우리의 현재 현실과의 관련성 속에서 파악하는 역사주의는, 현재라는 한 지점에 인간을 완전히 종속시킴으로써, 도리어 역사의 종언을 초래한다. 코제브는 어떠한 전통도 역사도 없이 모든 것을 현재적 관점에서 착취하고 전유하는 아메리카니즘의 승리로부터 역사주의의 궁극적 승리를 읽어내고 있는 것이다.

여기서 주목할 것은 코제브가 마르크시즘의 미래에 대한 기대로부터 아메리카니즘이라는 현재에 대한 환멸로 이행한 시기가 전 세계적 파시즘의 발호와 제2차 세계대전, 그리고 냉전 체제의 확립이라는 시기와 정확히 겹쳐진다는 점이다. 나치 독일에 의한 파리 함락을 몇 년 남겨두지 않은 시점인 1930년대 말 코제브가 역사의 종언을 문제화한 것은, 아메리카니즘과 파시즘의 충돌과 그에 따른 총력전을 아메리카니즘 자체의 내분과 그에 따른 자멸 과정으로 보았기 때문이었다. 그러나 실제 역사의 전개는 파시즘의 충격을 흡수한 아메리카니즘의 승리로 귀결되었다. 더군다나 냉전 세계 체제하에서 소련과 중국의 마르크

---

23 Ibid., pp.160~161.

시즘은 아메리카니즘의 역사주의에 종말을 가져오기는커녕, 역사의 종언에 대한 기대를 부추기기만 하면서 아메리카니즘과 함께 세계를 양분하고 있었다. 이 시점에서 코제브는, 1930년대 말 그가 마르크시즘을 역사의 종언 이후의 새로운 역사의 기원으로 보며 기대를 걸었던 것조차, 역사주의에 함몰된 것이었음을 깨달은 것이다.

아메리카니즘의 승리에 대한 코제브의 이 아이러니한 선언으로부터 우리가 읽어내야 하는 것은, 역사주의의 질곡으로부터 역사성을 탈환하기 위해서는 섣불리 역사의 종언과 그 이후의 세계를 현실화하려는 기획에 나서지 말아야 한다는 교훈이다. 이것은 과거의 역사로부터, 인간이 전혀 인간적이지 않은 부분과 완벽하게 분열되는 순간에만 도리어 역사적 주체인 참된 인간으로 자처할 수 있었다는 점을 읽어내는 것을 의미한다.[24] 위에서 살펴본바, 식민지 한국인은 자기를 '물질'로 환원하여 자발적으로 말소하기로 선언하는 순간에만, 역사적 주체로 자칭할 수 있었다. 인간이기를 그치는 순간에만 인간성의 최대 실현인, 역사 안에서의 자유가 가능한 이 '이중으로 식민지화된' 순간, 즉 역사의 종언으로부터 역사의 기원이 가능해지는 이 순간을 포착하는 것만이, 지금의 우리에게는 가능한 유일한 역사적 행위이다.

오늘날 우리는 아메리카니즘이라는 앵글로색슨 세계가 유럽, 즉 고향을 말소 annihilate하고자 한다는 것을 알고 있다. 그리고 이때 고향이란 서양 세계의 기원 commencement을 의미한다. 기원의 성질을 갖는 것은 무엇이든간에 파괴할 수 없는 것이다. 이 전지구적 전쟁에 아메리카가 참전한 것은 아메리카가 역사에 참여하기 시작했다는 것을 의미하지 않는다. 오히려 아메리카의 참전은 이미, 아메리카가 갖

---

24 Giorgio Agamben, trans. Kevin Attell, *The Open : Man and Animal*, Stanford : Stanford University Press, 2004, p.12.

는 본질적 무역사성ahistoricality과 자기황폐화를 궁극적으로 실행하는 것을 의미한다. 이 행위는 기원의 부인이며, 기원을 없애기 위해 내려진 결단이다. 서양의 기원의 감춰진 정신은, 이처럼 기원 없이 시도되는 자기황폐화에 경멸의 시선조차 보내지 않을 것이며, 기원에 귀속되어 있는 해방과 평정함을 유지하면서 결정적 시간을 기다릴 것이다. 우리는 오직 역사 안에 있는 역사적인 것을 반만 생각할 수 있다. 즉 우리가 역사를 계산하고 과거에 일어난 일이 지속력을 갖는 기간이라는 면에서 그 파장을 측정한다면, 우리는 역사를 아예 생각하고 있지 않은 것이나 마찬가지이다. 우리는 오히려 기원으로서의 과거의 일로부터 도래하는 것과 미래적인 것을 '기다려야' 한다. 우리가 우리 자신만의 것으로 운명지어진 것을 기다릴 수 있는 능력이 있을 때에만, 우리는 행위의 역사성의 시작점에 서있다고 할 수 있는 것이다.[25]

1942년 프라이부르크 대학에서 행한 횔덜린의 찬가 「이스터」에 대한 강의 중 하이데거는 위와 같은 발언을 남긴 바 있다. 코제브의 아메리카니즘에 대한 발언들과는 달리 이것은 제2차 세계대전의 한가운데에서 나온 것이다. 하지만 하이데거 역시 코제브가 아메리카니즘을 '역사의 종언'의 도래로 바라보았듯, "아메리카가가 갖는 본질적 무역사성"에 주목하고 있다. 짧은 기간이나마 나치와의 협력하에 1933년 5월부터 9개월간 프라이부르크대학 총장으로 재직하면서 독일 대학의 '미국화'를 저지하기 위한 정책을 추진했던 하이데거의 전력에 비춰보면[26] 이 발언은 그다지 숙고의 가치가 없어 보일 수도 있다.

그에게 '아메리카니즘'이란 인간이 그 본질을 회복하기 위해 극복해야 하는 총체적 현실로서의 근대 생활 세계를 지칭하는 용어였다.[27] 아메리카니즘은 기

---

25 Martin Heidegger, trans. William McNeill and Julia Davis, *Hölderlin's Hymn "Ister"*, Bloomington : Indiana University Press, 1996, pp.54~55.
26 박찬국, 『하이데거와 나치즘』, 문예출판사, 2001, 60~66면.
27 Michael Ermarth, "Heidegger on Americanism : Ruinanz and the End of Modernity",

본적으로 세계를 수치적으로 측정될 수 있는 차원으로 환원하는 서양 형이상학의 완성이며, 따라서 아메리카니즘이 장악한 근대 세계는 역사가 흐르지 않는 '무역사성'의 균질 공간에 불과한 것이다.[28] 그러나 하이데거의 이러한 문제 설정은, 자유로운 인간 '정신'의 회복을 통하여 멈춘 역사를 다시 흐르게 하고 미래를 건설하는 행위를 요구하는 방향으로 나아가지 않는다. 그에 따르면, 미래를 현재화하려는 결단과 그에 따른 행위를 강조하는 것은 "역사를 아예 생각하고 있지 않은 것이나 마찬가지이다". 오히려 하이데거는 "기원으로서의 과거의 일로부터 도래하는 것과 미래적인 것을 '기다려야' 한다"고 말하고 있다. 아메리카화된 세계에서 '기원'이란, 물질화되어 자기 말소의 길로 접어든 '고향'으로서의 유럽으로부터 우리가 읽어내고 또 수행할 "행위의 역사성"을 의미한다. 아메리카의 본질적 '무역사성'이 유럽을 완전히 말소하는 조건으로부터, 역설적으로 역사성을 읽어내야 하는 의무, 다시 말해 역사의 종언으로부터 미래를 "기다려야"하는 의무가 우리에게 주어지는 것이다. 하이데거가 아메리카니즘과 파시즘 사이의 전쟁이 극성기에 이른 시점에 이끌어낸 이 역사성의 이념은, 일제 말기 한국문학의 이중적 식민지화 상태를 현재의 관점에서 역사화하는 행위의 지난함과 공명하고 있다.

Modernism/Modernity 7-3, 2000, p.380.

28 Martin Heidegger, *Hölderlin's Hymn "Ister"*, p.53.

1. 제국과 민족 사이 – 일제 말기와 자본주의

통상적으로 1937년부터 1945년 해방까지의 기간은 일제 말기라 칭해지며
이 시기를 논할 때 민족 문제는 핵심적이다. 제국 일본의 전체주의화에 따라, 이
전 시기까지 한정적이나마 유지되어온 식민지 한국의 민족적 정체성은 말살 위
기에 처한다. 내셔널리즘의 관점에서 본다면 모든 조선적인 것의 자발적 소멸
을 기도한 '내선일체內鮮一體' 정책이야말로, 이 시기를 규정짓는 핵심 이데올로
기이다. 엄연한 현실로 존재하는 조선을 전부 일본화하겠다는 시도만큼 허위적
인 것은 없을 것이기 때문이다. 이 허위성을 간파한 어떤 식민지인들은 일본화
의 대세 속에서 어느 정도 조선적인 것을 지키려고 시도하기도 했다. '어느 정
도'라는 모호한 표현에서 드러나듯 이는 상당히 복잡한 논리적 회로를 거쳐야
하는 것이었다. 여기에는 자기의 일본성을 인정하되 그것을 명목상의 차원에
국한시키고 실질적으로는 조선적인 것을 지킨다는, 일견 모순된 논리가 필요했
다.[1] 그 대표적 사례가, 조선은 일본이 될 것이지만 그 결과 탄생할 '조선적 일

본'은 이전의 일본과는 질적으로 구분될 것이라고 본, 최재서의 국민문학론일 것이다. 이 협력의 논리에서 비로소, 식민지 한국이 식민지 동화同化 정책의 결정적 붕괴를 초래할 것임이 역설적으로 동시에 극적으로 드러난다. 이는 일본이라는 상상된 전체로부터 식민지를 배제시키면서 통합하는, 더 정확히 말하자면, 배제를 통해 통합하는 전체주의 제국의 작동 원리를 정확히 육화한 논리였다.

이 논리를 한 마디로 규정하자면 내파內破적 자기 구성이라 할 수 있을 것인데, 자기의 결정적 붕괴를 초래할 원리가 자기 구성의 필연적 조건을 이룬다는 점에서 그러하다. 통합된 제국이라는 한 전체가 성립되는 유일한 근거는, 그것이 자기에게 절대로 자연스럽게 통합될 수 없는 식민지를, 자기의 일부로서 가지고 있기 때문이다. 일제 말기의 식민지와 제국의 담론 공간을 지배했던 '근대의 초극超克'이라는 슬로건은, 이 내파적 자기 구성 논리의 표현이라 할 수 있다. 현재까지의 모든 삶을 근대라는 이름 아래 회집시키고, 그 이름(만)을 전면 부정함으로써 일거에 미래를 성취하고자 한 것이 근대 초극 담론인 것이다. 식민자 일본 편에서 보자면 지금까지의 모든 것을 이름뿐인 '근대'로 환원하는 것은, '일본'이라는 이름을 달고 있는 신체의 자연성을 그대로 긍정하여 그것에 당위성을 부여하는 수행이다. 반면 식민지 조선의 편에서 근대 초극이란, 오직 이름 자체로만 존재할 수 있는 세계에서, 이름붙일 수 없는 신체의 비자연성을 감당해야 하는 수난이다. 이런 관점에서 보면 내선일체 슬로건으로 요약되는 식민지 동화 정책에는 분명, 현실을 왜곡하는 허위의식으로서의 이데올로기 개념으로 소진되지 않는 층위가 있다. 내선일체는 엄연히 현실적으로 존재하는 조선을 없는 셈 치는 것이 아니라, '조선'이라는 이름이 붙은 신체가 어떻게 해도 말소시킬 수 없는 자연적 존재일 때에만 성립하는 것이다.

---

1 황호덕, 「식민지말 조선어(문단) 해소론의 사정」, 『벌레와 제국』, 새물결, 2011, 180면.

이 층위에 주목할 때, 일제 말기 담론장을 민족의 현실성과 허구성 사이의 무한 진동으로 환원하는 해석에서 벗어나는 것이 가능하다. 조선 민족의 말살이라는 비현실적 목표를 달성하는 데 충성을 다한 식민지인을 비판하는 것이나, 그 목표에 명목상으로만 동조하고 현실적으로는 조선의 이익을 챙기고자 한 식민지인을 구제하는 것이나, 궁극적으로는 저 무한 진동의 범위 안에 있는 해석법이다. 이 두 관점은, 민족은 현실이므로 지켜야 한다는 논리나, 민족은 상상의 산물이므로 이름을 바꾸는 정도의 개변은 어차피 무의미하다는 논리를 취한다. 나아가 이 두 관점은, 민족의 현실성과 당위성을 (양자의 순서만을 달리한 채) 등치시킴으로써 '조선'이라는 이름의 신체를 자연화하는 수행이라는 점에서, 결국 동일하다. 현실로서 존재하므로 지켜야 하는 당위가 있다고 하거나, 지켜야 할 의무를 실천하기만 하면 현실성은 당연히 부수된다고 하거나, 결국 '조선'이라는 이름이 붙(거나 붙지 않)은 신체의 자연성은 진리가 되는 것이다. 그 결과 내선일체가 현실상 작동할 수 있는 조건인, 말소될 수 없는 신체로서의 조선이 자연화되어 버리는 의도치 않은 결과, 다시 말해 내선일체의 정확한 반복이 발생하고 만다.

이 결과를 피하기 위해서는 현실과 상상의 이분법을 가로지르는 시도가 필요하다. 요컨대 제3항을 도입하는 것이다. 역사적 맥락을 반영하여 이를 재서술해 보자면, 제국주의와 민족주의의 이분법에 자본주의라는 제3항을 도입해야 한다. 식민지 현실에서 상상적으로만 존재하는 민족을 현실화한다는 틀이 아니라, 자본주의야말로 식민지 현실과 민족주의 상상의 진리라고 보는 틀이 도입되어야 한다.[2] 이때 식민지 현실이란 식민지를 포함한 일본 제국 내의 모든 것

---

2 김항은 식민 지배를 민족 문제로 환원하는 것은 자본의 본원적 축적이라는 유일하게 근본적인 원인을 은폐할 위험성이 있다고 지적한 바 있다. 김항, 「식민지배와 민족국가/자본주의의 본원적 축적에 대하여―『만세전』재독해」, 『제국 일본의 사상』, 창비, 2015, 169면. 이와 관련하여, 신형기의 최근 식민지 모더니즘론의 관점 역시 주목을 요한다. 그는 중심지 제국의 압도적 '현실성',

이 '일본'이라는 이름으로 환원되어야 하는 상황을 가리키며, 민족주의 상상이
란 그러한 환원이 제아무리 철저해지더라도, 그리하여 '일본'이라는 이름이 붙
을 수 없는 것이란 모조리 현실로부터 추방된다 하더라도 식민지인의 신체는
남는 상황을 이른다. 위에서 지적한바 이 양자의 대립은 결국 '조선'이라는 이
름이 붙은 신체라는, 이데올로기적이면서 동시에 자연적인 것의 존재에 전적으
로 기반을 두고 있다. 이때 그 신체는, 이데올로기 성립 이전부터 존재해왔기
때문이 아니라, 이데올로기가 아무리 현실화해도 존재하기 때문에, 자연적이
다. 또 그것은 이데올로기가 허위적으로 만들어내는 것이 아니라, 이데올로기
가 성립하는 데 필수적이기 때문에 이데올로기적이다. 이런 맥락에서 볼 때 식
민지와 민족은, 이름과 신체의 분열, 즉 내파적 자기 구성의 파생물에 불과하
며, 그러한 분열의 초월론적 성격이 특히 강조되어야 한다. 그것이 초월론적인
것은, 현실이라 이해되는 것과 현실을 벗어나 상상되는 것이 존재하고 사유될
수 있는 (이론적) 조건이기 때문이다.

　　자본주의의 특성에 적응된 종류의 생활양식과 직업관이 '선택'될 수 있으려면, 우
　　선 그것이 형성되어 있어야 함은 명백하다. 그것도 고립된 각 개인들 사이에서가 아니
　　라 인간**집단**에 의해 담지되는 세계관의 형태로 형성되어 있어야만 한다. 그러므로
　　이 형성 과정을 설명하는 일이야말로 이 글의 본래적 목적인 것이다. 그런 종류의

식민지인의 극도로 주변부화된 삶을 통해 부정적 형식으로만 현상하는 민족이라는 '상상물', 이
양자의 대립을 근대성에 내재한 필연적 '분열'로 파악하며, 나아가 이 분열을 자기 존재의 원인이
자 결과로 삼는 자본의 무한한 힘에 주목한다. 또한 그는 이 힘에 맞서는 식민지 모더니즘의 방법
이란, 그 힘을 다시 모더니스트 자기에게 돌리는 '분열(schizophrenia)'밖에는 없다고 지적하기
도 한다. 신형기, 「최명익과 쇄신의 꿈」, 『분열의 기록』, 문학과지성사, 2010, 127면. 이 글은 이
방법론이 근대성의 '분열'에 대한 알레고리에서 그치지 않고, 그에 대한 내재적 초월에 해당한다
고 보며, 이것이 단순한 '기록'이 아니라 적극적 '파괴 행위'로서의 의의를 지닌다고 본다. 왜냐면
'분열'을 '기록'하는 행위는 언제나―이미 초월론적으로 은폐된 자본의 이론적 기원을 '반복'한다
는 점에서, 자본 '내재적'으로 이뤄지는 자본의 '초월'이기 때문이다. 이것을 이 글은 '식민지 모더
니즘의 문학주의'로 명명한다.

'이념'을 경제적 상황의 '반영'이라든지 '상부구조'로 발생한다고 보는, 소박한 사적 유물론의 표상에 대해서는 나중에 보다 상세하게 논할 것이다. 이 자리에서는 다만 다음의 사실을 지적하는 것만 해도 우리의 목적에 충분하다. 즉 벤저민 프랭클린의 출생지^{매사추세츠}에서는 의심의 여지 없이 '자본주의 정신'(우리가 여기에서 의미하는 바의)이 '자본주의 발전' **이전**에 존재했으며 (…중략…) 또한 예컨대 인접한 식민지들 (…중략…) 에서는 자본주의 정신이 비교되지 않을 정도로 미발달 상태였던 것이다.[3]

'자본주의 정신'을 연구함에 있어 막스 베버는, 그 고찰이 자본주의 현실에 대한 이해, 다시 말해, 일차적 현실에 대한 이차적 이념의 차원에 함몰되어서는 안 됨을 특히 강조한다. 자본주의 현실에 적응한 결과 습득한 "생활양식"의 총체로 '자본주의 정신'을 취급하는 통상적인 경우, "소박한 사적 유물론의 표상"에 걸려든다. 요컨대 자본주의 현실과 그 정신의 이분법이 공고해지는 것이다. 자본주의 사회의 현실을 파악하는 것이 목적이 아니라 자본주의 '정신'을 탐구하는 것에 목적이 있는 만큼, 베버의 이러한 입장 설정은 일견 그다지 문제적이지 않다. 그러나 자본주의가 '정신'이라는 주체적 개입이 가능해 보이는 범주를 통해, "개인들이 태어나 그 안으로 내던져지는 거대한 우주"[4] 즉 주체적 개입이 원천적으로 차단된 운명적 조건이 된다는 베버의 서술은, 그의 연구 대상의 초월론적 성격을 분명히 드러내고 있다.[5] 요컨대 자본주의는 '정신'이기에(즉 자본주의 현실을 발생시키고 그에 대해 사유할 수 있는 이론이기에) 우리 모두의 삶의 현실이

---

3 Max Weber, 김덕영 역, 『프로테스탄티즘의 윤리와 자본주의 정신』, 길, 2010, 79면. 강조는 원문.
4 위의 책, 78~79면.
5 이 글에서 나오는 '초월론적 : 현실적'의 대립은 가라타니 고진이 칸트 인식론에서 도출한 초월론적 : 경험적 대립에 근거한다. 가라타니에 따르면 초월론적인 것은 인식 주체가 끝없는 회의(懷疑)의 결과, 회의의 대상이 되는 세계와 그것을 회의하는 세계라는 이론적 틀 자체를, 양자 사이에서 동시에 통각(統覺, Apperzeption)하는 것이다. 柄谷行人, 이신철 역, 『트랜스크리틱─칸트와 맑스』, b, 2013, 142면.

될 수 있다. 이때 정신은 현실의 단순한 반영도, 현실과 무관한 상상도 아닌, 현실의 초월적 조건이며, 따라서 개인들에게 "우주"일 수 있는 것이다.

베버가 자본주의 '정신'에 주목한 것은, 사회의 단순한 물적 토대로서의 경제가 자체적으로 발전하여 도달한 객관적 단계로 자본주의를 보기 어렵기 때문이다. 위의 인용에서 드러나듯, 그는 이런 시각을 "소박한 사적 유물론"으로 규정하여 경계하고 있다. 또한 그에게 자본주의는 자본제 경제를 지향하는 개인들의 의지가 총체적으로 현실화된 것도 아니다. 그러한 합산이 이뤄지기 "이전에" 이미 자본주의는 "인간집단에 의해 담지되는 세계관"의 형식을 취하고 있었다. 이러한 서술을 통해, 베버가 '자본주의 정신'이라는 용어로 지시하고자 한 바는, 현실 자본주의 사회에 시간적으로 선행하며 자본제의 현실화에 동력을 제공한 이데올로기가 아니라, 하나의 통일된 전체로서의 세계를 현실화하고 개별인간들은 모두 이 현실을 이루는 긍정적 성원으로 만드는 초월적 조건인 셈이다. 이 조건하에서 개인들은 현행 현실에 부합하는 면들의 합산으로 '집단'화되며(즉 '사회'를 형성하며),[6] 여기 귀속되지 못하는 면들은 세계의 외부로 추방된다. 이 추방된 몫은, 분명히 존재하나, 이 세계 내에서는 어떤 의미도 갖지 못하며 존재하지 않는 것이나 마찬가지로 취급된다. 이때 이 추방된 몫의 이중성에 유의해야 하는데, 그것은 자본주의 현실이 글로벌화 함에 따라 성립되었다는 점에서 부차적이면서, 그 세계가 현실성을 유지할 수 있는 유일한 물적 토대라는 점에서 본질적이다.

일제 말기 식민지 조선을 사유함에 있어 이 글은, 제국과 민족의 틀 대신 자본의 틀을 도입하는 것에서 출발한다. 지적해 두고 싶은 것은, 이것이 조선 민족에 대한 일본 제국의 식민 지배란, 그 심층에는 자본주의의 글로벌화가 본질

---

6   Fredric Jameson, *Representing Capital : A Reading of Volume One*, London : Verso, 2011, p.26.

적 문제로 자리하고 있기에 이차적인 문제에 지나지 않는다고 주장하기 위한 방법론은 아니라는 점이다. 오히려 자본주의의 글로벌한 현실성이란, 민족 문제를 통해서 볼 때에만 왜곡 없이 드러나며, 나아가서는 자본주의가 글로벌화할 수 있는 것 자체가 이미 (민족적 구별을 전제로 한) 식민 지배를 통해서만 가능하다고까지 말할 수 있다. 위에서 지적했듯, 모두를 포함하는 현실적 세계(즉 글로벌화한 자본주의)는, 자기를 빈틈없이 가득 채우는 정신성과 전체로서의 현실에서 추방된 몫, 이 양자의 초월론적 분열이 없다면 애초에 성립 불가능하다. 전자가 제국이라는 전체에 붙은 '일본'이라는 이름을 가리키며 후자가 수난에 처한 식민지인의 이름 없는 신체라고 하면, 제국과 민족의 대립이야말로 우리에게 자본주의 정신을 있는 그대로 보여주며 자본주의 글로벌화가 그야말로 현실이 된 상태인 것이다. 그런 점에서 이 글은 일제 말기를 자본의 틀로 재해석하는 시도이기도 하지만, 동시에 일제 말기로 자본주의에 대한 초월론적 재해석을 시도한 것이기도 하다.

2. 자본의 전체화와 제국의 미학—미키 기요시의 협동주의

일제 말기가 문제적인 것은, 이 시기가 세계사적 견지에서 볼 때 19세기 이래 확립된 근대 세계 체제가 일종의 전환기를 맞는 시대와 겹치기 때문이다. 주지하다시피 1930년대는 1929년의 대공황으로 드러난, 자본주의 경제의 근본 모순을 해결하기 위한 거시적 체제 전환이 추진되었던 시대였다.[7] 일본은 이 시대적 사명에 동아협동체론, 대동아공영권론과 같은 광역권 구상, 소위 '신체제론'

---

7   米谷匡史, 「戰時期日本の社會思想 : 現代化と戰時變革」, 『思想』 882, 1997, pp.69~70.

을 내놓는 것으로 대응했다. 이는 제국주의 침략을 정당화하고, 식민 지배를 공고히 하는 이데올로기에 불과하다는 점에서 비판되곤 한다. 다시 말해 자본주의 경제는 그대로 둔 채 그것을 포장하는 정치적 선동 구호만을 바꿔치기 한 것에 지나지 않는다는 것이다. 그러나 이러한 비판이 의도한 효과를 거두기 위해서는 신체제론의 허위성을 지적하는 데서 그칠 것이 아니라, 그것이 그 허위성에도 불구하고 실천력을 가질 수 있게 된 경위를 추적하는 데로 나아가야 한다.[8] 즉 신체제론이 현실적으로는 결국 자본주의를 영속화시키는 데 기여했다고 지적하는 데서 그칠 것이 아니라, 그 영속화의 메커니즘을 구명해야 한다. 식민 지배에 관련된 민족주의적 문제가 아니라 자본주의 경제 현실이 진짜 문제라면, 전자가 후자를 대체하는 것이 어떻게 후자의 영속화라는 결과를 초래하는지에 집중해야 하는 것이다.

여기서 살펴볼 것은 1937~1945년의 기간의 전반기라 할 수 있는 중일전쟁 발발1937부터 진주만공습1941 사이의 기간 동안 활발한 언론 활동을 전개한 미키 기요시의 동아협동체론이다. 1937년 출범한 고노에 후미마로近衛文麿 내각의 브레인 집단인 쇼와연구회의 문화 부문 책임자였던 미키는, 결과론적으로는 일본의 중국 침략을 정당화하는 논리가 되어 버리기는 했지만, 중일전쟁으로부터 자본주의 극복의 계기를 찾는 논리를 지속적으로 전개했다. 기본적으로 미키의

8　이러한 맥락에서 이 글은, 신체제론의 허위성이 극단적으로 표면화되기 이전(즉 1941년 태평양 전쟁의 발발과 더불어 대동아공영권론이 부상하기 전), 일말의 이론적 현실성을 담지하고 있던 시기의 사례를 미키 기요시의 '동아협동체론'에서 발견하고자 한다. 미키의 이론은 동시기 식민지 측의 논자 서인식의 경우를 통해 드러나듯이, 자본주의를 극복할 수 있는 가장 '현실적인' 대안으로 생각되었으며(趙寬子,「徐寅植の歷史哲學－世界史の不可能性と「私の運命」」,『思想』957, 2004. 34면), 전후(戰後) 시대에도 전간기(戰間期) 사상 중 그나마 현실적 의의를 갖는 것으로 해석되어 왔다. 미키 사상의 '실천력' 혹은 '현실정합성'이란 본질적으로 철저한 '(자본주의) 현실 추수주의'에 기초를 둔 것이며, 이는 결국 자본의 초월론적 본질을 '현실성'으로 전도시키는 논리에 지나지 않는다. 이런 의미에서 보면 미키 사상이야말로 이후 올 각종 '근대초극론'의 원형이라 볼 수 있으며, 나아가 그의 동아협동체론은 '근대초극론'의 현실 장악에 이론적 동력을 제공한 것이라 볼 수 있는 것이다.

논리는 '중일전쟁→중국의 민족주의화→중국에서 서양 제국주의 세력의 퇴출→동아의 문화적 통일→자본주의 극복'이라는 도식을 바탕으로 한다.

> 지나[중국]의 근대화는 동아 통일의 전제이며, 일본은 지나의 근대화를 조성해야 한다. 지나가 근대화됨과 동시에 근대 자본주의의 폐해를 탈각한 새로운 문화로 나아가는 것이 필요하다. 동아의 통일은 구미歐米 제국주의의 굴레로부터 지나가 해방되는 것에 의해 가능하게 되는 것이며, 일본은 이번의 사변[중일전쟁]을 통하여 이러한 지나의 해방을 위해 진력을 다해야 한다. 무엇보다 일본이 구미 제국을 대신하여 스스로 제국주의적 침략을 행한다고 하는 것이어서는 안 된다. 도리어 일본 자신도 이번의 사변을 계기로서 자본주의 경제의 영리주의를 넘어선 새로운 제도로 나아가는 것이 요구되고 있다. 자본주의 문제의 해결은 현재의 세계의 모든 나라에 있어 가장 중요한 과제이다. 이런 까닭에 지나사변의 의의는 시간적으로 말하면, 자본주의 문제의 해결에 있다고 말해야 한다. 이리하여 시간적으로는 자본주의 문제의 해결, 공간적으로는 동아의 통일의 실현, 그것이 이번의 사변이 가져야 하는 세계사적 의의이다.[9]

위의 인용에서 주목할 것은, 일본의 중국 침략을 제국주의의 발로로 보지 않으며 나아가 혹시라도 있을지 모르는 제국주의화를 경계한다는 점이다. 미키는 "자본주의 문제의 해결"을 당대의 지상 과제로 인식하고 있었고 그 입장은 중일전쟁의 의미에 대한 위의 설명에서도 관철되고 있다. 미키는 중일전쟁이 제국 일본의 자본주의 경제의 전개 과정의 산물이 아니라, 그 축적된 내적 모순의 해소 과정으로 이해하고자 하는 것이다. 이러한 문면의 논리에 이끌려, 미키의

---

9 三木清, 「新日本の思想原理」, 『三木清全集』 17, 岩波書店, 1968, p.510. 이 글은 원래 미키 기요시가 소속되어 있던 쇼와연구회(昭和研究會) 명의로 1939년 1월에 발간된 팸플릿이다.

전시기戰時期 사상으로부터 일정한 현재적 의의, 즉 자본주의 현실에 대한 비판적 문제의식을 도출할 수도 있을 것이다. 이는, 미키의 과오가 있다면 다만 그러한 문제의 해결 방법으로 일본 제국이 주도하는 동아시아 통일이라는 비현실적이며 폭력적인 수단을 택했다는 점이라고 지적하거나, 미키 사상 자체에는 과오가 없으며 그것을 기만적으로 활용한 일본 군국주의 세력을 탓해야 한다는 결론으로 이어진다.

일단 미키가 자본주의를 진정으로 극복한 결과 세계사가 도달하는 단계를 "근대 자본주의 폐해를 탈각한 새로운 문화"로 규정하고 있는 점에 주목해보자. 여기서 미키가 자본주의 문제를 경제 문제, 심지어는 정치의 문제로도 보지 않고 문화 문제로 파악하고 있음이 암시된다. 또 하나 주목할 점은 자본주의 극복을 "시간적" 과제로, 동아의 통일을 "공간적" 과제로 설정하고, 그 성취는 양자를 어디까지나 동일한 것으로 취급할 때에만 가능함을 주장하는 부분이다. 이두 지점에 주목할 때, 미키의 동아협동체론이란 자본주의 극복이라는 궁극의 목적을 위해 동아의 통일을 수단으로 택했다는 해석은 성립할 수 없다는 점이 드러난다. 위에 인용된 텍스트에서는 적어도, 목적과 수단의 구별은 의도적으로 무시되고 있음이 분명하기 때문이다. 이에 따라, 일본의 동아시아 지배가 진정한 목적이었으며 자본주의 극복은 다만 그것을 은폐하기 위한 수단에 불과하다는 해석도 불가능해진다. 그렇다면 우리가 물어야 하는 것은, 미키 사상의 진짜 목적은 무엇인가, 혹은 그 목적을 달성하기 위한 수단은 목적에 부합하는가 아니면 모순되는가 하는 식의 질문일 수 없다.

오히려 미키의 "현재의 세계" 인식에 있어 자본주의의 전체성과 그것을 넘어설 협동주의의 전체성이 각각 '시간'과 '공간으로 분화되는 것이 중요하다. 그리고 최종 해결책으로서 시간과 공간이라는 범주가 붕괴되는 상태가 기도되고 있다는 점이 중요하다. 미키 텍스트에서 "현재의 세계"의 근본 문제로 나타나는 자본주의란, 그것을 "세계사적"으로 볼 때에만 그 해결의 실마리를 잡을 수 있는 것이다. 다시 말해 자본주의는 현재 세계를 남김없이 전체적으로 지배하고 있는 현실성이며, 따라서 그 온전한 극복이란 우리의 현실 인식의 근본 범주인 시간과 공간까지를 붕괴시킬 때에만 가능하다. 이 붕괴는 더할 나위 없이 현실적인 의의가 있겠지만, 철저하게 현실의 내부에 한정된 채 살고 있는 우리로서는 그 의미를 측정할 수 없다. 현실적 존재로서의 우리에게, 자본주의 이후의 "새로운 제도"란 다만 상상력의 작용을 통해서만 인식 가능하기에, 그것은 "새로운 문화"로 지칭된다. 이때 문화는 상상력을 통해서만 현실화할 수 있다는 바로 그 점에 때문에(또 이때 상상력은 현실에 대한 부정성에만 관계하는 능력이라는 점 때문에), 역설적으로 현실을 긍정한다.[10] 이 문화는 현실 안에서 그 원칙에 완전히 부합하며 살고 있는 우리의 현재(즉 이름 자체)와, 현실 외부로 추방되었다는 점에서 현실을 역설적으로 긍정하는 우리의 미래(즉 이름 붙일 수 없는 신체), 양자를 등치시키는 역할을 한다. 따라서 문화는 현실 및 상상과 같은 레벨에 있지 않으며 양자가 존재할 수 있는 초월적 조건과 관련되어 있다.

그러나 위의 분석에서 드러나듯, 미키 텍스트에서 문화는 이 초월성을 상실하고 현실과 상상 양자가 존재했던 평면에 양자를 모두 완전히 대체하며 존재하는 것, 즉 양자의 합산과 등치되는 것으로 나타난다.[11] 이는 본질상 상상적인 것이 표시하는 역설적 현실성을 포지티브한 현실성으로 등치시키고 이 운동 속에서 현실의 전체화를 성취하는 수행이다. 즉 이는 초월론적 대립의 결과물에 지나지 않는 현실을 절대화하여 그 전체성을 벗어나는 모든 것을 상상적으로

---

10 柄谷行人, 조영일 역, 『세계사의 구조』, b, 2012, 318면.

11 제임슨은 양과 질, 현실과 상상의 범주적 대립을 동일 평면상의 대립으로, 그 종합을 그 평면상의 합산으로 간주하는 것을 '속류 헤겔주의'라 칭하며 이는 마르크스 유물론이 제시하는 "육체와 영혼의 변환 너머에 있는 어떤 이상한 전체성"과 분명히 구분된다고 지적한다. Fredric Jameson, *Representing Capital*, p.20.

원천 차단한다는 점에서, 요컨대 전체이지 않은 것을 전체화하는 수행이라는 점에서 전체주의라 규정된다. 이 전체주의적 수행은, '자본주의 정신'의 결과 존재하게 된 자본제 현실과 이 현실성의 영역을 벗어난 신체 사이의 초월론적 분열을, 전자가 전면적으로 지배하는 평면상의 경험적 분열로 완전히 대체한다. 자본주의에서는 없는 셈 쳤던 신체가 이제 전체주의에서는 말 그대로 말소된다. 이 말소는 상상력을 통해서만 접근 가능했던 신체를 현실상 경험될 수 있는 것으로 변환시키고, 이렇게 변환된 신체를 현실의 전체성을 떠받치는 초월적 근거로 삼는다. 요컨대 초월론적 자리에서 초월적 자리로 내려온 신체가 현실의 자연성의 논리적 근거 자리를 떠맡는 것이다. 이리하여 자본주의 정신은 현실 / 상상, 이름 / 신체의 초월론적 조건이기를 멈추고, 저 대립들의 전자로 완전히 환원된다. 즉 자본은, '문화'를 통해 이름붙일 수 없는 신체에 이름을 붙여 현실의 상상적 전체화를 이루는 것이다. 일본 제국은 이렇게, 전체주의에서 '일본'이라는 이름의 미학이 된다.

　　전체주의는 근대의 개인주의, 자유주의, 자본주의에 대응한 것으로서 중요한 의의를 지니고 있다. 현대의 사상은 결국 전체성의 사상을 기초로 해야 한다. 개인적인 자유를 억압하여 전체의 입장에 있어 계획성이 필요하다고 하는 것, 개인적인 영리를 눌러 전체의 입장에 있어 공익을 위한 통제가 필요하다는 것, 등의 의미에 있어 오늘날의 경제도 정치도 문화도 모두 전체성의 입장에 서야 한다 (…중략…) 일-민족 내부에 있어서도 각각의 개인의 독자성이 존중되는 것이 중요하다. 그러나 외래의 전체주의는 실질적으로 민족주의이듯이, 그것은 또 많은 경우 개인의 독자성의 부정으로 빠지고 있는 것이며, 새로운 원리로서의 협동주의는 이 점에 있어 개인의 자발성을 인정하는 것이 문화의 발전에 있어 긴요하다고 하는 인식에 설 것이 요구되고 있다. 그 안에 포함된 부분이 다양할 때 전체는 풍부하며, 그 하에 선 부분의

독자성을 인정하는 것이 가능하지 않은 전체는 자기가 진실로 강력하지 않은 것을 보이는 것이다.[12]

위의 인용에서 미키가 언급하는 협동주의는, 진정한 의미에서의 "전체성"을 그 목표로 삼는다는 점에서, "외래의 전체주의"와는 구분된다. 즉 미키는 "전체성"이 지상 가치라는 점은 부인하지 않으나, "전체성"을 무조건 "독자성"의 우위에 두어서는 안 된다는 점을 주장하고 있다. 이는 전체의 이익을 위해 전체를 이루는 부분들의 이익은 경우에 따라 통제되어야 한다는 식의, 상식적 공리주의의 주장으로 읽힌다. 미키는, 전체를 위해 "개인적인 영리"를 통제하는 것이 원칙이지만, "문화의 발전에 있어 긴요"한 경우에 한해서는 "개인의 자발성"을 허용해야 한다는 단서를 붙이고 있다. 여기서 미키 스스로는 협동주의라 이름하여 전체주의와 구분되는 것으로 규정하고 있는 사상이, 미키 말대로 진정한 전체성을 목표로 하는 진정한 전체주의임이 명확히 드러난다. 자본제 하에서 개인들은 "자발"적으로는 오직 자기들의 "영리"만을 추구할 뿐이므로 본질상 통합된 전체의 부분들일 수 없다. 그런데 또 한편 미키는, 개인적 영리 추구를 "인정하는 것이 문화의 발전에 있어 긴요하다고 하는 인식"을 요구하고 있다. 개별성의 본질적 실현은 전체의 실현을 결정적으로 방해하면서 동시에 통합된 전체가 실현되는 데 있어, 미키의 표현을 빌리자면 "진실로 강력"한 전체, 전체성을 본질로 하는 전체가 성립하는 데 있어 결정적이다. 이때 개인이 전체의 부분들 중 하나로 철저히 국한되면서 동시에 자기의 개별성을 완전히 실현한다는 점에 주목할 필요가 있다. 이 지점에서 개인의 본질적 개별성이 전체를 위한 부분성으로 등치되는 수행이 '문화'의 이름으로, 미학적으로 일어나고 있기 때문

12　三木清, 『三木清全集』 17, pp.518~519.

이다. 그리고 이 수행의 결과 전체는 부분성과 개별성을 모두 자기에게로 환원시키는 전체성을 갖게 된다.

미키의 동아협동체론에서 발견되는바, 자본의 미학적 전체화를 일러 이 글에서는 전체주의로 규정했다. 이는 1절에서 도출된 자본주의 정신의 초월론적 성격에 내재된 두 층위, 즉 자본제 현실과 거기서 추방된 몫의 대립에서, 후자의 초월성을 말소시키는 수행이다. 이것이 전체주의로 명명되는 것은, 추방된 몫을 자기의 평면에 포함시키지 못하는 자본주의의 본질적 한계를 자본제 현실 속에서 이미 극복되어 있는 것으로 간주함으로써, 본질상 전체일 수 없는 자본을 전체화하기 때문이다. 이리하여 전체주의는, 현실적 관점에서 보면 자본주의가 전체로서의 세계를 남김없이 가득 채울 수 있게 한다(자본주의 정신의 완전한 전개).[13] 동시에 전체주의는, 초월론적 관점에서 보면 본질상 자본주의가 완전히 전개되어 실현될 수 없도록 하는 현실 초월적 신체성을 절대화함으로써(자본주의 정신으로부터 절연시킴으로써) 자본제 현실이 내파할 가능성을 연다(자본주의 정신의 불구화). 이 가운데, 자본주의 '이후의' 시간인 미래는 자본주의의 현재적 현실로 환원되며, 그 현실에는 '일본'이라는 이름이 '문화'로서(미학적으로) 붙여진다. 위에서 미키가 자본주의라는 "시간적" 문제는 아직 일본으로 통합되지 않은 동아라는 "공간적" 문제와 동일하다고 한 것은 이런 맥락에서 이해된다.

일제 말기 제국 편에서 발신된 전체주의는, 이런 점에서 보면 "모든 모순을 '지금 여기서' 넘어서는 꿈실제는 악몽과 같은 세계의 비전"[14]에 해당한다. 전체주의가 그러한 비전을 곧장 강력한 실천력으로 연결시킬 수 있었던 것은, 간단히 말해, '지금 여기' 존재하는 "모든 모순"이란 "악몽" 같은 것이어서 우리가 깨어

---

13 근대성의 완전한 전개는 아방가르드와 파시즘의 착종 현상에서 보듯 미학화를 그 핵심으로 하며, 이 전개의 결과 "역사적 연속성의 완성이자 무화"가 성립한다. Andrew Hewitt, *Fascist Modernism : Aesthetics, Politics, and the Avant-Garde*, Stanford : Stanford University Press, 1993, pp.6~7.
14 柄谷行人, 『세계사의 구조』, p.369.

나기로 마음만 먹으면 즉각적으로immediately 해소되리라는 논리를 취했기 때문이다. 지금 여기의 세계를 완전히 채우고 있는 자본이 모든 모순의 원인이라면, 자본의 편을 취하기만 하면 모순은 더 이상 모순이 아니라 바로 우리의 현실이 되는 것이다. 모순이 그토록 본질적이라면 그것을 해소할 것이 아니라 우리가 모순이 되어버리면 모든 것은 지금 여기의 세계와 통합된다. 그러나 이 모순은, 자본주의가 아무리 세계화하더라도, 엄밀히 말하면, 자본주의가 세계화하면 할수록 존재성이 높아진다. 이는 전체주의 제국 일본으로부터 추방된 몫인 식민지인의 신체에 해당한다. 그리고 식민지인의 신체는 세계화한 자본주의라는, 어떤 고저도 없고 어떤 홈도 나있지 않은 평면에 남겨진 흔적으로 존재한다. 그 흔적은 세계의 모든 구석을 환원시킨, 완전한 평면 위에 존재한다는 점에서, 그 평면 위에서는 절대 보이지 않는다. 그것은 자본주의가 세계화되는 과정을 반복함으로써, 즉 자기의 초월론적 성격을 자기의 현재로 환원시키는 수행을 함으로써만 겨우 나타날 것이다.

3. 내파하는 자본, 식민지인의 문학 – 최명익의 문학주의

자본의 전체화는 필연적으로 자본주의 정신의 실현에 내속한 바, 즉 내파적 자기 구성 논리를 극화劇化한다. 자기를 붕괴시키는 초월론적인 것을 자기가 살고 있는 현재라는 무대에 올리고(내가 사는 현실에서 추방된 몫을, 나의 가장 자연스러운 일부와 등치시키고), 그 결과 '내파'는 자기 구성의 초월론적 조건이 아니라 자기의 현실적 한 부분이 되어 버린다.[15] 여기서 강조할 것은 이 '내파의 극화'는 절

---

15 파시즘의 정치의 미학화에 대한 벤야민의 이론을 검토하면서 휴이트는, 그것이 "정치적 삶"을 "권력의 극장"으로 만들어 버리는 것에 그 핵이 있음을 지적한 바 있다. Andrew Hewitt, *Fascist*

대로 완결될 수 없으며 끝없이 반복된다는 점이다. 앞 절 말미의 용어를 다시 사용하자면, 자본은 그 자체가 이미 "모순"이므로 자본의 전체화는 결국 모순의 전체화에 지나지 않으며, 따라서 자본이 자기를 유지하면서 모순을 해소하기 위해서는 결국 자기가 모순화하는 길밖에는 없다.[16] 자기가 자기 아닌 것의 자기화 과정 자체가 되어버렸으므로 이 극화는 자기가 존재하는 한 무한히 반복된다.

이 반복을 깨뜨리는 방법은 그 반복이 이뤄지는 방법인 극화를 재再극화하는 것, 요컨대 반복의 반복이다. 앞서 지적했듯, 이는 절대로 자본제 현실이라는 평면 위에서는 이뤄질 수 없다. 이 평면은 내파의 극화를 자기 구성 원리로 하고 있기에 그 평면상의 파괴는 결국 평면의 완전무결한 평평함을 더욱 공고하게 할 뿐이기 때문이다. 그렇다면 파괴의 적실한 방법으로 남는 것은, 평면이 애초에 생겨난 원초적 장면으로 돌아가는 길밖에는 없다. 이는 자본제 현실이 자본의 무한한 자기 증식으로부터 발생한 것이 아니라, 자본의 무한한 자기증식이 자본주의의 현실화로부터 기원한 것임을 밝히는 수행을 가리킨다. 이는 전체화한 자본이 지배하는 현실을 사는 개인이, 자본주의 이전에 존재하는 자기의 자연성을 추구하지 않고,[17] 자기 구성을 자본주의적 영원한 현재에 철저히

---

*Modernism*의 제6장 "Fascist Modernism and the Theater of Power" 참조.

16 이렇게 모순 자체가 되어버린 자본을 벤야민은 "미성숙한 신적 존재"라고 표현하며, 그러한 점에서 자본주의의 "신은 자본주의로부터 감춰져 있"다고 지적한다. 통상 완벽하고 전지전능해야 하는 것이 신인데, 자본주의의 '신'은 그러한 완벽성으로 인하여 숭배의 대상이 되는 것이 아니다. 자본은 불완전한 인간과는 다른, 초월적 차원에 존재하지 않고, 인간적 현실의 차원에 존재하며, 그 현실만이 존재의 유일한 차원이라는 점을 자기의 무한 증식을 통해 증명한다. Walter Benj -amin, "Capitalism as Religion", *Walter Benjamin : Selected Writings 1 : 1913-1936*, eds. Marcus Bullock and Michael Jennings, Cambridge : The Belknap Press of Harvard University Press, 2004, p.290. 만약 인간이 자본주의의 신을 "개념"과 "관념화"를 통해서 인식하려 한다면, (미키 기요시의 맥락에서 다시 말해) 인간이 자본을 "계획성" 있게 "통제"하려 든다면, 자본의 무한한 자기 증식은, 초월적이지 않은 현실적 문제로 나타날 것이다. 이렇게 되면 결국 자본주의의 신만이 그 신성을 상실하는 데서 그치지 않고, 자본주의 세계 속에서 사는 인간마저 그 현실성을 상실할 것이다.

종속subjection시키는 태도를 취할 때 가능하다.[18] 그 종속이 철저해져 가는 가운데, 그리하여 저 평면의 완전무결성이 완결성을 더해 가는 가운데, 그 개인은 자기로서는 알 수 없는 방법으로 전체화한 자본을 붕괴시킨다.

1937년 9월에 발표된 최명익의 「무성격자」는 전체화한 자본의 구성 원리로서 내파의 극화를 보여주는 한편, 그것을 재극화하는 방법을 형상화하고 있다. 이 작품의 주인공 정일丁一의 형상에 대해서는 그간, 극성기로 돌입하는 일제의 식민주의적 탄압에 맞설 만한 현실적 전망을 갖지 못한 인물이라는 평가가 내려져 왔다. 과연 정일은, 당시로서는 드물게 대학 교육까지 받은 지식인이지만, 학교를 졸업하고 나서는 어떤 현실적 목표도 갖지 않은 채 하루하루를 버티는 행보를 보여준다.

> 점점 뚱뚱해져서 장래를 생각하고 걱정할 만한 기력조차도 없어졌다고 한 '조라'의 말을 생각하며 바카페로 혹시는 먹어도 좋은 술이지만 안 먹은 이튿날이 더 좋아 이렇게 스스로 타이르는 때도 있었지만 안 먹어 좋은 이튿날이 며칠만 계속되면 우울한 날로 변하는 것이었다. 그런 때 물론 또 술을 먹는 것이지만 권태를 잊기 위한 술이라든가 취하여서라도 잊어야 할 우울이라든가 하여 자기가 마시는 술을 변호하기보다도 이러한 권태와 우울은 오히려 술에 목마른 현상인 듯이 생각되어 어느덧 알코올 중독자가 되지나 않았는가?[19]

---

17 최명익을 비롯한 1930년대 한국 모더니즘 소설에 대한 최근 연구에서 신형기는, 주변부 모더니즘 개념을 추출해낸 바 있다. 글로벌한 근대화를 비판적으로 관찰하되, 어떤 기원적 가치 개념도 대안으로 내세우지 않는 태도가, 주변부 모더니즘으로 이해된다. 이를 이 글의 맥락에서 다시 기술해보면, 자본주의 현실에 대한 비판을 그 현실성의 극적(劇的) 본질을 보여주는 방법으로 수행하는 것에 해당한다. 신형기, 『분열의 기록』, 25면.

18 버틀러는 현실 권력에 대한 종속성으로부터 주체성이 기원할 뿐만 아니라 그 종속성의 이론적 반복이야말로 진정한 주체성의 회복이라는 관점을 제시한 바 있다. Judith Butler, *The Psychic Life of Power : Theories in Subjection*, Stanford : Stanford University Press, 1997, p.99.

19 최명익, 「무성격자」, 신형기 편, 『비오는 날』, 문학과지성사, 2004, 89면. 이하 이 책에서 인용하

여기서 보듯 정일은 자기를 "알코올 중독자"로 규정하고 있다. 그러나 유의할 점은 "권태와 우울"이 중독의 원인이 아니라는 점이다. 이 인용에서 "이러한 권태와 우울은 오히려 술에 목마른 현상"이라고 서술되어 있듯, 방향 상실의 감각과 중독 상태 사이에는 분명한 인과관계가 성립하지 않는다. 정일이 이처럼 중독자가 되어버리기 전인, 학생 시대는, "지금같이 눈을 감고 지나치기에는 모든 것이 아까운 시절"88면로 묘사된다. "쉴 새 없이 바뀌는 새로 새 풍경의 한 여흥"88면으로 가득 차 있던 이 시절은, 무엇에도 감흥을 갖지 못하는 중독자 정일의 현재와는 분명히 다른 때로 보인다.

이렇게 보면 무엇이 계기가 되어 정일은 현재와 같은 상태에 빠지게 되었는가 하는 질문이 생길 것이다. 그러나 작품 내에서 이 계기는 구체적으로 나타나 있지 않다. 여기서 방금 지적한바, 그 인과관계를 분명히 할 수 없는 중독 상태의 의미를 찾을 수 있다. 언제나 새로운 것을 감각하기 위해 깨어있던 정일의 학생 시절 의식이란 사실, 어떤 자극도 소용없는 중독자의 의식과 본질적으로 다르지 않다. 시간이 새로운 것의 연속으로만 채워져 있다면 언제나 거기에는 현재만이 존재할 것이다. 따라서 학생 시절 정일이 경험했던 시간성은 영원한 현재만이 가능한 시간성일 것이다. 중독자의 의식 역시 이와 다르지 않다.[20] 정일과 같은 알코올 중독자라면, 그는 알코올이 그에게 제공하는 감각을 지속시키는 것만을 목표로 살아갈 것이다. 중독자는 중독물을 섭취하는 것 (즉 중독물을 자기 소유로 하는 것)을 목표로 한다. 그러나 그가 중독자인 한 중독물의 획득보다

는 경우 본문 중에 페이지 번호만 밝힌다. 참고로 이 작품의 원래 발표 지면은 『조광』, 1937년 9월호이다.

20 중독이란 전통이 철저하게 붕괴되어 자기의 모든 면을 어떤 외적 준거도 없이 자기반성적으로 결정해야 하는, 근대 사회에서만 나타나는 현상이다. 전통으로부터의 철저한 단절이란 곧 현재 이외의 시간성의 소멸을 의미하며, 따라서 근대인은 현재적 순간의 무한한 연장(혹은 무한히 연장되는 듯한 감각)을 본질로 하는 중독에 빠져들 위험에 상시적으로 노출되어 있다. Anthony Giddens, *Transformation of Intimacy*, Stanford : Stanford University Press, 1992, pp.74~76.

도 본질적인 것은, 중독물에 취한 상태를 지속시키는 것이다. 가능하다면 취한 상태가 영원히 지속되기를, 중독자는 바랄 것이다. 요컨대 중독자는 중독에 중독되어 있기에 중독자인 것이다. 이런 의미에서 보면 중독자는 중독에 빠지는 주체라고 할 수 없으며, 오히려 중독에 있어서는 중독물이 주체이며 중독물이 자기의 중독성을 지키기 위해 중독자를 대상으로 삼는다는 것이 드러난다.

보들레르는 마쳐제에 정통하였지만, 사회적으로 중요한 그 효과들 중 하나는 포착하지 못했다. 마약의 영향 아래서 중독자들이 나타내는 매혹이 그것이다. 상품 역시 상품을 감싸고 도취시키는 군중으로부터 그 나름대로 이 매혹을 흡수한다. 시장이 상품을 상품으로 만든다면, 사실상 이 시장을 형성하는 고객들의 막대한 집합은 평균 구매인들에게 이 상품의 매혹을 증가시킨다. 보들레르가 "대도시의 종교적 도취"에 대해 말할 때, 언급되지 않는 이 도취의 주체는 상품일 수 있으리라.[21]

"군중 속에 섞이는 즐거움은 數의 증가를 즐기는 쾌락에 대한 하나의 신비로운 표현이다." 그러나 이 문장이 사람의 관점에서가 아니라 상품의 관점에서 말해지고 있다고 생각하면 그 의미가 확실해진다. 인간이 노동력으로서 하나의 상품인 이상 일부러 상품의 입장이 되어볼 필요가 없다. 자신의 생존 양식이 생산 질서에 의해 숙명처럼 자신에게 부과된다는 사실을 그가 더 잘 깨달을수록, 즉 그가 프롤레타리아화하면 할수록, 그는 상품 경제의 차가운 숨결에 의해 더욱 얼어붙을 것이며, 상품과 '감정 이입'하는 일도 점점 더 없어질 것이다.[22]

---

21 Walter Benjamin, 김영옥·황현산 역, 「보들레르 작품에 나타난 제2제정기의 파리」, 『발터 벤야민 선집』 4, 길, 2010, 109면.
22 위의 책, 112면.

중독에 있어 주체와 대상의 위치가 전도되는 이러한 논리는, 자본주의에서의 상품의 물신화 논리와 정확히 일치한다. 이는 발터 벤야민의 보들레르론으로부터 가져온 위의 인용 중 첫째 것에 나타난바, "상품의 매혹"과 "중독자들이 나타내는 매혹"을 연결시키는 서술을 통해 확인할 수 있는 점이기도 하다. 여기서 벤야민이 "중독자들이 나타내는 매혹"이라고 표현한 것은, 중독물에 대해서 중독자가 느끼는 감정만을 가리키지 않는다. 그것은 시장을 가득 채운 군중들이 증가시키는 "상품의 매혹"과 동일한 것이다. "시장이 상품을 상품으로 만든다면, 사실상 이 시장을 형성하는 고객들의 막대한 집합은 평균 구매인들에게 이 상품의 매혹을 증가시킨다"는 문장에서 벤야민은, 상품 물신화가 상품에 내속적인 어떤 자질 때문에 나타나는 것이 아님을 분명히 하고 있다. 시장이란 상품과 그것을 구매하는 고객으로 구성된다고 할 때, 상품의 가치는 고객이 그것을 얼마나 원하는가에 전적으로 달려 있다. 상품을 싼 가격에 사고자 한다면, 고객은 그 상품을 그다지 원하지 않는 듯한 인상을 풍기면 되는 것이다. 그러나 이는 상품이나 고객이 서로 관련이 전무한 단독자일 때에만 가능한 상황이다. 다시 말해 고객이 상품이 없다 하더라도 존재 가능한 자여야 하는 것이다.

그러나 고객은 상품을 구매할 가능성으로 규정되는 존재인 이상 이는 원천적으로 불가능한 상황이다. 고객은 "시장을 형성하는 고객들"이며 그들은 단독적으로 존재할 수 없고 다만 복수의 "고객들의 막대한 집합"으로 존재할 수 있을 뿐이다. 한편 고객의 욕망의 대상인 상품은 이 "막대한 집합"으로서의 시장에서만 상품일 수 있다. 이 말은 곧 상품과 고객 사이의 관계가 단독자들끼리의 마주침이 아니라, 시장이라는 전체에 귀속된 개별자들끼리의 접촉임을 의미한다.[23] 이 접촉을 통해서는 결국 개별자들의 개별성(즉 "상품을 상품으로 만드"는 것과

---

23 단독성-개별성의 대립항에 대해서는 柄谷行人, 『트랜스크리틱』, 148~166면 참조.

"고객"을 고객으로 만드는 것)이 확인되지 못하고, 오로지 시장이라는 전체의 존재를 위해 환원될 뿐이다. 따라서 고객이 상품에 대해 느끼는 "매혹"이란, 어떤 대상에 대한 주체의 감각이 아니다. 그것은 중독에서 중독물과 중독자 사이의 주객 관계가 무의미해지고 오직 중독 자체의 지속만이 중요해지는 것과 마찬가지로, 주체와 대상의 구별이 완전히 무의미해지고 양자를 자기에게로 전적으로 환원시키는 방식으로 시장이 자기를 영속화하는 가운데 나타나는 것이다. 그것은 하나의 거대한 시장이라 할 "대도시"의 자기에 대한 "종교적 자기도취"라 할 만한 것이다.

두 번째 인용에서 드러나듯, 상품에 "감정 이입"하며 도취된 고객은 이미 그 자신이 "노동력으로서 하나의 상품인 이상" 자본의 총계를 이루는 하나의 "수"에 불과하다. 따라서 고객의 도취, 최명익 소설의 맥락에서는 중독자의 도취는, 자본주의의 "생산 질서"가 자신이 선택한 "생존 양식"이 아니라 "숙명처럼 자신에게 부과된" 것임을 깨닫고 그 깨달음을 극화하는 수행에 해당한다. 그가 도취에 빠져들면 들수록, 중독이 깊어지면 깊어질수록, 자본의 "수의 증가"에 따라 그것을 "즐기는 쾌락"도 증가한다.[24] 이 "쾌락"은 자본의 증가를 가속화시키지만 동시에 그 증가분이 자기 소유가 아님에도 느껴지는 것이라는 점에서 자본의 무한한 자기 증식을 멈출 수 있는 역설적 가능성과 연결된다. 중독자의 쾌락은 중독물을 자기 것으로 만듦으로써 얻어지는 것이 아니라, 중독된 현재를 무

---

24 최명익의 1939년 소설 「심문」에서, 김수림은 "초월적인 외부를 배제하고, 그 자체로 세계를 구성하는 제국-대도시라는 기율·기계·시스템" 속에서 "세계가 어떠한 것인지"를 적게나마 감각하여 "근대의 초극과 식민지의 초극"을 동시적으로 기도하는 태도를 읽어낸 바 있다. 김수림, 「제국과 유럽」, 『상허학보』 23, 2008, 176면. 그야말로 세계의 모든 것을 회수해가는 제국-대도시의 강력한 존재감 앞에서 최명익이 취하는 이러한 태도는 절망적 몸부림에 지나지 않은 것으로 보일 수도 있다. 그러나 필자가 보기에 이 철저한 절망이야말로 전체주의 제국의 전체성에 맞서는 유일한 방법이다. 즉 섣불리 자본 바깥의 장소를 지금-여기로 도입하려 하지 않고 나아가서는 그러한 도입의 시도가 좌절되는 양상을 그대로 보이는 것이야말로, 이론적으로나 실천적으로나 유효한 유일한 방법이다. 필자가 '식민자의 미학'에 맞서는 '식민지인의 문학'이라고 부르는 것이 이 방법이다.

한히 연장함으로써 얻어지는 것이라는 점에서, 자본의 무한한 자기 증식 자체를 즐기는 것이지 증식된 자본을 즐기는 것이 아니다. 그렇다면 이처럼 중독자가 "즐기는 쾌락"에 포함된 역설적 가능성의 차원은 어떻게 개시될 수 있는 것일까? 벤야민의 표현을 빌려 환언하자면, 고객은 어떻게 자기를 "프롤레타리아화"하여 뜨거운 도취에서 깨어나 "상품 경제의 차가운 숨결에 의해" "얼어붙"어 갈 수 있는 것일까?

최명익의 「무성격자」로 돌아가보자. 알코올 중독자로 살아가던 정일은 결핵을 앓고 있는 카페 마담, 문주紋珠를 만난다.

> 운학의 소개로 사귀게 된 문주는 자기가 조르기만 하면 같이 죽어줄 사람이라고 하면서 어떤 때는 그것이 좋다고 기뻐하고 어떤 때는 그것이 싫다고 하며 그때마다 설혹 자기가 같이 죽자고 하더라도 왜 당신은 애써 살아보자고 나를 힘 있게 붙들어 줄 위인이 못 되느냐고 몸부림을 하며 우는 것이었다. 그러한 울음 끝에는 반드시 심한 기침이 발작이 되고 그러한 기침 끝에 각혈을 하는 것이다 (…중략…) 그런 일을 여러 번 치르고 난 후에는 문주가 나를 같이 죽어줄 사람이므로 좋다고 할 때는 문주의 건강이 좀 나아서 자기 생명에 자신이 생긴 때에 하는 말이요 왜 같이 살자는 말을 못하는 위인이냐고 발악을 할 때는 건강이 좋지 못한 때이거나 당장 그렇지는 않더라도 무섭게 발달한 그의 예감으로 자기 건강에 불안을 느끼게 되는 때라고 짐작을 할 수가 있었다. 그러나 그 시기가 언제 올는지 미리 알 수는 없었다.91~92면

여기서 문주는 죽음이 현실적으로 임박할 때에는 생의 욕망을 표하며, 죽음을 느끼기 어려운 순간이 되면 오히려 죽음의 욕망을 표하고 있다. 그녀는 그러한 자기의 욕망에 동참해 줄 사람이라는 점에서 정일을 사랑하고, 정일은 그러한 문주에게 부담을 느끼면서도 "퇴폐적 도취가 그리워 패잔한 자기의 영상을

눈앞에 바라보며 아편굴로 찾아가는 중독자와 같이"93면 문주와의 관계에 빠져든다. 이 두 인물의 관계는 일견, 신비로운 대상인 문주에게 매혹을 느껴 그녀에게 중독되어버린 정일이 주체의 위치에 있는 것처럼 보인다. 그러나 위의 분석에서 드러났듯, 중독에서 주체 자리를 차지하는 것은 오히려 중독물이며, 나아가서는 중독자나 중독물이나 모두, 중독 자체의 영속을 위해서 존재한다는 점에서 이러한 주객 위치 설정은 무의미하다.[25]

여기서 한 가지 더 지적할 점은, 모든 중독의 초월적 조건은 죽음이라는 사실이다. 중독자는 자기 욕망의 목적을 성취함으로써 만족하는 주체가 아니라, 그 달성 과정 자체를 끝없이 연장하고자 하는 자이다. 중독이 지속되는 한 그는, 끝이 정해져 있는 자기의 삶을 사는 것이 아니라, 중독자로서 영원히 존재한다. 중독 가운데서라면 죽음을 맞아 자기 삶이 끝난다 하더라도 그것은 중독자로서 자기 존재에 기입되지 않는 해프닝에 지나지 않을 것이다. 이는 자본이 증식하는 한, 자본의 부분인 "수"로 존재하는 개인은 죽지 않는, 정확히 말하자면 죽고자 하여도 죽지 못하는 것과 마찬가지이다. 최명익의 「무성격자」에서 이러한 개인의 운명을 그대로 드러내고 있는 인물이 정일의 아버지인 만수 노인이다. 무일푼에서 시작하였지만 성공적인 몇 차례의 투기로 막대한 부를 이룩한 그는, 위암이 악화되어 병상에 누워 "죽음의 냄새"112면를 풍기면서도 "한 번도 자

---

25 최명익의 인물들이 미래적 전망을 상실한 채 끝을 알 수 없는 현재에 갇혀 있다는 김예림의 지적은, 중독의 늪에서 헤어나오지 못하는 「무성격자」의 인물들에도 적용될 수 있다. 한편 김예림은, 최명익이 사회 전체에 적용되고 현실화될 수 있는 이념 차원이 아니라 "주체의 양심, 도덕적 행위, 당위적 가치가 갖는 시대적 의미에 천착하면서 이에 대한 개인적 차원의 실천"의 차원에 집중했다고 해석한다. 이후 분석에서 명확해지겠지만, 「무성격자」에 나오는 중독자들은 자기들의 실존이 죽음으로 채워져 있음을 성찰적으로 깨닫는 것을 넘어서 죽음 자체가 되는 데 이른다. 이를 통해 그들은 개인적 혹은 내면적 차원을 넘어서 사회의 전체성에 개입하는 행위를 하는 데 이른다. 이런 점에서 보면 최명익 작품의 의의는 "끊임없이 자기를 반성하고 성찰하는 이성적 주체에 대한 신뢰를 집요하게 드러내고 있는 것"에 있다기보다는, 끊임없는 자기반성을 하게 함으로써 결국 모두를 중독자를 만드는 자본주의 현실을 문학적으로 내파하는 데 있다고 할 수 있다. 김예림, 「1930년대 후반의 비관주의와 윤리의식에 대한 고찰」, 『상허학보』 4, 상허학회, 1998, 323면.

기의 생환을 회의하거나 죽음을 생각할 필요가 없었던 사람"114면으로서 죽음에 격렬히 저항한다. 생명의 마지막 불꽃이 사그라드는 순간에도 만수는, 삼키지도 못할 물을 애타게 찾다가, 결국 "물을 보기라도 하겠다"114면며 아들 정일에게 "큰 물그릇을 놓고 대접으로 물을 떠서는 작은 폭포 같이 드리워 쏟고 또 떠서는 드리워 쏟기를 계속하"115면도록 시킨다. 평생을 "수전노"115면로 살아온 만수가, 생의 마지막 순간에 이르러 삼킬 수가 없어 바라볼 수밖에 없는 이 "물"은, 오직 자기 증식만을 목표로 하는 자본을 상징한다. 그리고 그 물을 "꺼멓게 탄 혀를 벌린 입 밖에 내놓고 황홀한 눈으로"115면 바라보는 만수는 자본의 증식에서 쾌락을 느끼며 그것으로 자기를 완전히 환원한 개인에 해당한다.

한편 문주는 만수와는 정반대로 죽음을 바란다. 언제 올지 모르는 죽음, 즉 절대적으로 미래에 속한 죽음을 자기가 선택한 시간에 맞기를 바라는 것이다. 그러나 이 죽음은 그녀만의 죽음이 아니라 연인 정일도 함께 하는 죽음이어야만 한다. 중독자 정일은 중독 속에서 자기의 죽음을 영원히 연기하고자 하는 자답게, 문주의 죽음이 실제로 임박한 순간이 되자 문주에게 "같이 힘 있게 살아보자"102면고 말한다.

> 그렇게 위로하는 정일이를 물끄러미 쳐다보던 문주는 이제 와서 이 지경이 된 나에게 그런 말을 하면 내가 위로될 줄 아느냐고 몸부림을 하고 울면서 나의 사촌오빠가 당신과 교제를 끊으라고 한 것은 당신의 부탁을 받고 하는 말인 줄 다 알고 있는 나에게 지금 무슨 거짓말을 하느냐고 악을 쓰던 끝에 기침을 따라 피를 토하자 이 거짓말쟁이 하고 정일에게 달려들어 손수건에 받은 피를 그의 얼굴에 문질렀다. 얼굴에 피투성이가 된 정일이는 문주를 어르고 달래서 자리에 누이고 머리와 가슴을 식혀주었다 (…중략…) 문주는 정일의 손을 자기 가슴 위에 얹고 두 손으로 만지다가 조개인 입술이 떨리며 "우리 죽어요" 하고 속삭이듯이 말하였다. 이렇게 말하는

그의 눈을 들여다보던 정일이는 말없이 고개를 끄덕이고 눈물에 젖은 문주의 얼굴을 가슴에 안았다. 그들은 다시 아무런 말도 할 수 없었다.102면

　문주가 정일과 함께 자기가 정한 시간에 죽고자 하는 욕망 역시, 중독의 일환이다. 문주가 바란 것은 실제로 정일과 함께 죽는 것이 아니라, 정일이 자신과 함께 죽고자 하는 욕망을 지니는 상황이 지속되는 것이다. 말하자면 그녀는 죽음에 중독되어 있다. 그러나 다른 중독들과는 달리, 이 중독은 중독자가 중독물을 취하는 것이 전혀 가능하지 않으며, 중독자가 중독 자체로부터 완전히 차단되어 있다. 따라서 이 중독에는 중독자든 중독물이든 주체의 자리를 전혀 취할 수 없으며 대상의 자리 역시 차지할 수 없다. 그런 의미에서 문주의 중독은 '중독 자체'를 명료히 드러낸다. "우리 죽어요"라는 문주의 말에 정일은 말없이 "고개를 끄덕"일 수밖에 없는데, 왜냐면 정일은, 정일과 자신의 죽음을 대상으로 한 문주의 욕망이란, 결국 대상 없는 중독 자체임을 이미 깨달았기 때문이다. 그리고 정일은 문주에게 "네"라고 대답하지 않고 "고개를 끄덕이"는 것으로 응답하는데, "우리 죽어요"라는 문주의 청유문은 발화되는 그 순간, 그 문장의 궁극적 의미인 '우리의 죽음'만을 남긴 채, 발화자도 수신자도 모두 소멸시켜 버렸기 때문이다. "그들이 아무런 말도 할 수 없었"던 것은 이런 이유 때문이다.

　문주의 저 문장이 발화된 순간은 벤야민의 "고객"과 최명익의 중독자가 "프롤레타리아화하"여 "상품 경제의 차가운 숨결에 의해" "얼어붙"는 순간이다. 무한 증식하는 자본에 철저히 환원된 "수"의, 애초에 죽을 수 없어 영원히 뜨거운 생명을 지속하는 것을 멈추고, 이 "수"의 영원한 생명이란 죽음 중독에 불과함을 깨달아, 죽음으로 생명을 영속시키는 것을 포기하고 죽음 자체의 '차가움'을 받아들이는 순간이다. 이 순간은, 자본의 전체화를 극화하고 있던, 즉 자본의 무한한 자기 증식을 자기의 쾌락의 원천으로 삼고 있던 중독자가, 그 도취에서

깨어나, 자기의 극화마저 재再극화하는 순간이다. 문주의 죽음의 청유문을 들은 정일은, 중독이 중독자의 삶은 물론이고 그 죽음마저도 상관치 않고, 자본에 종속된 현실적 부분은 물론이고 자본의 현실로부터 추방된 몫까지도 상관치 않고, 중독 자체에만 온전히 집중하고 있음을 깨닫는다. 정일은 이제 중독에 대한 자기의 전적인 종속성을 그 바깥에서 보아야 하며, 그 관찰의 결과 그는 자본주의 세계 안에서 여태껏 살아온 자기가, 삶을 사는 개인이 아니라 "얼어붙"은 죽음 자체, 최명익의 표현으로는 "무성격자"였음을 깨닫게 될 것이다. 그러나 이 깨달음은 문주의 저 청유문에 정일이 말 없이 응답하는 순간에만 나타났다가 사라진다. 그런 점에서 "무성격자" 정일과 죽음 중독자 문주가 함께 얼어붙은 그 한 순간 도달한 깨달음이란, 스스로 "무엇을 방해했는지를 알지 못하며" 또 "자기 자신을 방해한다"[26]는 점에서 지극히 문학적인 것인지도 모른다.

4. 자본주의의 초월성과 문학주의의 내재성

최명익이 일제 말기에 창조한 '무성격자'의 형상을 경유하여 우리는, 식민자와 식민지인의 대립이란 결국, 죽음을 모르는 자본과 죽음 자체의 대립임을 깨닫게 된다. 이때 제국과 식민지의 관계란, 전자의 후자에 대한 억압과 착취로서가 아니라, 전자가 텅 빈 이름에 자기를 전적으로 의탁하면서 자기의 영속을 확보해갈 때 후자가 이름 없이 살아가는 시체로 화하는 과정으로서 드러난다. 식민자의 '이름화'와 식민지인의 '좀비화'의 동시적 발생은, 자본주의 세계화의 현실적 결과가 아니라 그 초월론적 원인이다. 미키 기요시의 협동주의는 이 원

---

26 Jean-Luc Nancy, trans. Peter Connor, "Literary Communism", *The Inoperative Community*, Minneapolis : University of Minnesota Press, 1991, p.72.

인을 결과로 전치시킴으로써 자본과 제국을 전체화하는 수행, 즉 현실 정치의 미학화에 해당한다.

문학주의는 이름화 / 좀비화에 저항하는 움직임으로, '익명적 죽음'을 핵심으로 한다. 나의 죽음이 어떤 이름도 붙일 수 없는, 어떤 현실적 의미도 지닐 수 없는 사건일 수 있으려면, 철저히 타자적인 것이어야 하며, 나아가서는 타자 자체가 되어야 한다. 현실 가운데 무엇이든 남긴다면 나의 죽음은 죽음 자체가 아니라 어떤 의미를 남기기 위한 나의 행동일 것이다. 어떻게도 이름을 붙일 수 없을 때에만 나의 죽음은 죽음으로서의 사건성을 지닌다. 나의 죽음이 나의 현실적 삶에 의미를 부여하는 결론을 제공한다면 그것은 죽음이 아니라 나의 삶의 연장에 지나지 않는다. 결국 나의 죽음은 나의 이름과 나의 삶의 죽은 채로의 지속, 이름화 / 좀비화로 환원된다. 따라서 나의 죽음이 단독적 사건으로 남기 위해서는 나와의 연관을 완전히 끊어야 한다, 즉 철저히 타자적이어야 한다.

이때 '타자'에는 단독성으로서의 죽음의 무한한 연쇄가 함축되어 있으며, 이 연쇄가 바로 공동체의 기반을 이룬다. 이 공동체는 아무 이름 없는 무한한 복수의 죽음들이 이루는 것이며, 오직 이름들과 좀비들이 가득 채우고 있는 세계를 "방해"하면서 "자기 자신을 방해"하는 방식으로만 성립한다(원천적으로 환원 불가능한 죽음은 세계의 전체성에 흠집을 남기며 누구의 것도 어떤 의미도 될 수 없는 죽음이란 그 주체마저도 타자화시켜 버린다). 이 방식이 문학주의로 명명되는 것은, 이름과 좀비의 대립이 기표와 기의의 대립의 양상을 띠고 실현될 수 있는 장이 오직 글쓰기밖에는 없기 때문이다. 식민지 모더니즘은 이 글쓰기의 한 탁월한 증거로 남아 있으며, 우리 모두는 자본주의 현실을 초극하는 뜨거운 꿈에 중독되어 있을 뿐이라는 냉혹한 깨달음을 요구하고 있다.

1. 임화의 현대주의

1930년대 후반기 임화林和 비평을 논함에 있어 핵심 개념들을 꼽아 보면 주체, 리얼리즘, 문학사를 들 수 있을 것이다. 임화가 일제강점기 한국문학사에서 좌파 문학 운동의 핵심 단체였던 카프KAPF의 중추적 맹원으로 활동했으며 1935년 식민 당국의 탄압에 따른 카프 해소에 직접 개입한 인사라는 점은 주지의 사실이 다.[1] 이런 맥락에서 그의 1930년대 비평 활동은 카프라는 조직 주체의 소멸을 상쇄하기 위한 이론적 차원에서의 '주체의 재건', 카프 비평의 도달점이라 할 '리얼리즘 창작방법론의 심화', 카프 중심 프로문학의 문학사적 정당성 확보를 위한 '문학사 정립'으로 요약될 수 있는 것이다. 이러한 임화 비평을 확인할 수 있는 문헌이 1940년 학예사에서 간행된 비평집 『문학의 논리』와 주로 1939~1941년 동안 『조선일보』를 중심으로 연재된 일련의 '신문학사론新文學史論'이다.

---

1   김윤식, 『임화 연구』, 문학사상사, 1989, 393면.

문학의 주체, 그 주체의 문학 하는 방법, 그 방법론으로 산출된 문학의 역사적 의의를 논함으로써, 임화는 자신의 관심이 문학비평에서 포괄 가능한 전 영역에 걸쳐있음을 보여주었다.[2] 1930년대 후반 임화 비평의 진폭은, 그 스스로 비평이 "실천"으로서 의의를 갖기 위해서는 "지도적 비평, 문학사, 문예학의 건설"을 해야 한다고 주장한 것「사실주의의 재인식」, 전집 3 논리, 76면[3]과 통한다. 여기서 지도적 비평은 주체론, 문학사는 신문학사론, 문예학은 리얼리즘론에 각각 대응된다고 볼 수 있는 것이다. 이렇게 놓고 보면『문학의 논리』와 일련의 '신문학사론'이 비평가 임화의 1930년대 후반이라는 한 시대 속에 하나의 일관된 체계를 이루고 있는 듯보인다.

그러나 임화의 주체론-리얼리즘론과 신문학사론 사이에는 분명한 시간적 단절이 가로 놓여있다. 즉 '주체론-리얼리즘론'에서 문제되는 시대와 '신문학사론'에서 문제되는 시대가 엄격히 구별되는 것이다. 임화에게 전자는 '현대'의 문제로, 다시 말해 비평가로서 자신이 현재 살고 있는 시대의 문제로, 후자는 '근대'의 문제로, 현재 직전 시대의 문제로 명확히 구분된다.

(1) 신경향파문학의 역사적 검토의 결론은 곧 조선의 프로문학 운동 전반의 평가의 기준이 되는 것이며 아울러 현재로부터의 창조적 실천의 행로와 방향을 지시하는 한 개 행동적 기간基幹이 되는 것이다.

이러한 의미에 있어 필자는 일찍이 현재의 시기에 있어 금일까지의 **신문학**의 전

2 임규찬, 「임화와『문학의 논리』-임화 속의 '임화'가 보여주는 1930년대 후반」, 임화문학연구회 편,『임화 문학 연구』5, 소명출판, 2016, 93면.
3 임화, 「사실주의의 재인식」, 신두원 편,『임화 문학예술 전집 3-문학의 논리』, 소명출판, 2009, 76면(『동아일보』, 1937.10.8~10.14). 이하, 임화,『임화 문학예술 전집』1~5, 소명출판, 2009 에서 인용하는 경우 이와 같은 방식으로 출전을 밝힌다. 참고로 이 전집의 1권은 시, 2권은 문학사, 3권은 문학의 논리, 4권은 평론 1, 5권은 평론 2이며, 이 글에서 주로 인용되는 2, 3권은 각각 '전집 2 문학사', '전집 3 논리'로 칭한다. 인용되는 글의 원래 발표 지면은 필요한 경우 본문 안에 언급한다.

역사에 관한 과학적인 역사적 반성을 요망한 것이고, 특히 프롤레타리아문학이 선행한 **신문학**으로부터 계승한 제유산과 부채를 과학적 문예학의 조명하에 밝힐 것을 희망한 것이다. 이것은 곧 프로문학의 십년간에 궁흔한 예술적 정치적 실천이 자기의 쌍견雙肩 위에 지워진 예술사적 임무를 정확히 자각하고 실천하였는지 그렇지 못하였는지를 알게 하는 것이며 또 그것의 과학적인 비판은 곧 장래할 우리들의 문학의 역사적 진로를 조명하는 예술적 강령의 범위를 지시하는 것이다.「조선 신문학사론 서설」, 전집 2 문학사, 378~379면

(2) 그리하여 이 동안 [즉 프로문학이 지속된 10년 동안] '**신문학**'이란 고전적인 **단일 개념과 평화는 깨어지고** '**부르문학**' '**프로문학**'과 열화熱火 같은 호전적 정기情氣가 창일하고 원시적인 방목의 목가적인 자유 대신에 실증적인 과학성과 체계화된 이지가 문학계 위에 군림하기 시작한 것이다.「역사적 반성에의 요망」, 전집 2 문학사, 357면

위의 두 인용은 각각 1935년 10~11월에 나온 「조선 신문학사론 서설」과 1935년 7월에 나온 「역사적 반성에의 요망」에서 온 것이다. 이 중 특히 전자는, 일련의 '신문학사론' 가운데 가장 먼저 발표된 것이다.[4] 보통 임화의 '신문학사

---

4 통상 임화의 '신문학사론'이라고 하면 「개설 신문학사」(『조선일보』, 1939.9.2~10.31), 「신문학사」(『조선일보』, 1939.12.8~27), 「속 신문학사」(『조선일보』, 1940.2.2~5.10), 「개설 조선신문학사」(『인문평론』, 1940.11~1941.4)를 가리킨다. 이 네 연재물은 「개설 신문학사」라는 제목으로 임규찬 편, 『임화 문학예술 전집 2 - 문학사』, 소명출판, 2009에 한 편의 글로 수록되어 있다. 네 개의 지면에 각각 발표되었지만 이들 네 편의 글은 일관된 체계를 분명히 보이고 있으며 마지막으로 『인문평론』 지면에 발표될 때에는 첫 연재분에, 이전까지 『조선일보』에 연재된 부분의 총목차를 제시하고 있기도 하다(임화, 「개설 조선신문학사」, 『인문평론』, 1940.11, 226면). 신문학사론과 관련하여 이 네 연재물 외에 중요하게 생각되는 글은 「신문학사의 방법」(『동아일보』, 1940.1.13~20)으로, 이 글은 총10부로 구성되어 있는 『문학의 논리』의 마지막 10부에 단독으로 수록되어 있다. 이상의 문헌들은 모두 1939~1941년의 기간 동안 발표되었다. 「역사적 반성에의 요망」(『조선중앙일보』, 1935.7.4~16)과 「조선 신문학사론 서설(序說) - 이인직으로부터 최서해까지」(『조선중앙일보』, 1935.10.9~11.13)는 카프 해산기에 즈음하여 카프의 핵심 이론 분자로서 임화가 1935년 당시 카프 문학에 가해지던 비판과 오해에 적극적으로 반박하기 위하여 쓴

론'이라 할 때는, 앞에서 지적한바, 1939~1941년 기간의 글들을 지칭하는 만큼, 위의 두 글은 '신문학사론'의 전사前史를 이루는 글이라 할 수 있다. (1)의 첫 번째 '신문학'은, 해당 글이 작성되고 있는 시점까지의, '근대적'인 조선문학 전체를 포괄하는 개념이다. 그러나 두 번째 '신문학'은 프로문학 이전의 조선 근대문학만을 지칭하는 것이다.

'신문학'과 '프로문학'의 구분, 즉 '신문학'을 '프로문학' 이전 시대의 문학으로 보는 구분은 (2)에서도 확인된다. (2)의 강조 부분을 보면, 신문학의 종말 이후에 프로문학이 도래했다는 서술을 발견할 수 있는바, 임화는 분명히 프로문학을 '신문학'으로부터 구별하고 있다. 아울러 임화가 1939년 2월에 발표한 「조선의 현대문학」을 보면 "현대문학"이란 프로"문학이 퇴조한 이래 문단이 일단 순문학적인 분위기를 형성한 이후 약 5, 6년간을 가리키는 것"전집 5 평론 2, 485면으로 규정되어 있다.[5] 정리하면, 임화에게 '신문학'이란 두 가지 의미임이 드러난다. 광의의 '신문학'은 근대적 조선문학 전반을 가리키며, 여기에는 근대문학의 시작부터 프로문학까지가 포함된다. 협의의 '신문학'은 프로문학 이전까지의 조선문학을 가리킨다. 이 둘 중 어떤 경우든, 임화의 '신문학' 개념에는 카프가 해체된 1935년 이후의 조선문학, 즉 임화가 『문학의 논리』에 실린 글들[6]과 '신문학

글이다. 이 두 글은 1939~1941년 기간 동안의 문학사론에 비해 분량이나 체계성이 떨어지는, 논쟁적인 성격의 글이다. 이렇게 놓고 보면 임화의 '신문학사론'은 1935년에 그 동기가 부여되어 1939년까지의 준비 기간을 거쳐 1939~1941년의 기간 동안 집중적으로 집필된 것으로, 그 시간적 발전 과정이 정리된다. 1935년에 나온 두 글에도 이미 『문학의 논리』에 집대성된 임화의 현대주의-문학주의 및 39년 이후의 문학사론에 드러난 역사관이 나타나 있다고 보아(이는 4절에서 후술될 것이다), 본장에서는 두 시기를 굳이 구분하지 않는다.

5   임규찬, 「임화와 『문학의 논리』」, 90~91면.
6   앞에서 지적했듯 『문학의 논리』 출간 연도는 1940년이고 여기 실린 글들은 1934~1940년의 기간 동안 작성된 것이다. 임화의 카프 시기 평론들은 전적으로 제외되어 있으며, 그 이후에 쓰인 글들이라도 카프와 프로문학의 관점을 옹호하기 위한 논쟁적인 글들 역시 제외되었다. 예컨대 「조선 신문학사론 서설」은 1935년에 나온 글이지만 신남철이 프로문학의 역사적 가치를 저평가한 것에 대한 반박문 성격의 글이며, 결국 『문학의 논리』에 수록되지 않았다.

사론'을 쓴 시기인, 1930년대 후반의 조선문학은 포함되지 않는다.

임화의 '근대문학=신문학 vs. 현대문학' 도식(그리고 프로문학은 이 대립항에서 전자에서 후자로의 전환을 이끄는 것으로 설정된다)은 그의 1930년대 후반 비평을, 이제는 붕괴된 카프와 프로문학을 복원하려는 의도의 산물로서가 아니라, 비평을 통한 모더니즘축자적 의미에서의 현대주의 실천으로 읽도록 해준다. 물론 "문단이 일단 순문학적 분위기를 형성"한 포스트-카프 시대에 있어 임화의 비평적 노력은 카프적 유산을 '현대화'하려는 것, 현재 속에서 살리려는 것으로 판정하는 것이 자연스러워 보일 수 있다. 그러나 위에서 지적했듯 자신이 역사 서술의 대상으로 삼는 '신문학'을 '근대적'이라 하여 자신이 비평 및 역사 서술을 행하고 있는 시대인 '현대'로부터 분리시키는 관점은, 임화가 자기 비평이 '현대적modern'이어야 함을 자각하고 있었음을 보여준다.[7]

이렇게 본다면 임화의 주체론 혹은 주체의 재건론은 카프적 주체성의 복원론이 아니라 비평적 글쓰기 주체의 발생론 혹은 그러한 관점에서의 카프식 집단적 주체성의 갱신으로 읽힐 수 있다. 또 리얼리즘론은 현실을 사회주의 입장에서 문학에 반영해야 한다는 이론이 아니라 글쓰기를 통해 발생한 주체의 현실이 곧 문학이라는 모더니즘론으로 볼 수 있다. 나아가 그의 문학사론은 주체와 그가 사는 현실이 동시적으로 발생하는 글쓰기 과정 속에서 실천되는 역사성의 표현일 수도 있는 것이다. 이처럼 1930년대 후반기 임화 비평을 '현대주의'의 산물로 규정하는 가운데, 이 글의 2절은 우선 임화 주체론을 카프식 집단 주체성의 '재건'이 아니라 모더니즘적 글쓰기 주체의 발생론으로 읽을 수 있는 가능

---

[7] 이런 점에서 보면 임화의 신문학사론이 다만 당대 문학에 대한 고찰이 아니라는 점에서 "현실과의 접촉면이 상대적으로 적은 역사적 연구"(염무웅, 「죽음을 넘어 시대의 어둠을 넘어-오늘을 비추는 거울로서의 임화의 삶과 문학」, 임화문학연구회, 『임화 문학 연구』, 소명출판, 2009, 13면)라고 규정하기는 어려우며, 과거의 현재적 관점에서의 재활성화라는 점에서 "현실과의 접촉면"을 한층 직접화하려는 시도라고 볼 수 있다.

성을 제기한다. 이어지는 3절은 임화의 글쓰기론이 그러한 비평을 수행하는 주체의 역사성에 대한 반성으로 귀결됨을 보일 것이다. 이러한 임화의 비평적 글쓰기 주체로서의 자기 발견은, 4절의 논의에서 드러나듯 결국, 보편주의적 역사성을 담보하는 집단 주체인 '민족'의 발견으로 이어진다. 이 글의 이러한 논의 과정을 통하여, 1930년대 후반 임화 비평의 의의를 당대 비평장의 모더니즘적 대세와 연동시킬 수 있을 것이며, 해방 이후 임화 비평의 도달점으로 지적되곤 하는 '민족문학론'과 신문학사론을 '조선성'과 식민지성의 등치라는 도식을 통해 긴밀하게 연결시켜 읽을 수 있는 실마리를 얻을 수 있을 것이다.

2. 문학주의적 주체론

우선적 논의의 과제는, 1930년대 후반 임화의 주체론이 그의 철저한 현대성 추구의 맥락에 놓여 있음을, 그리고 그 추구의 철저성이 임화 자신의 비평적 글쓰기 자체에까지 적용되어 있음을 밝히는 것이다.[8] 임화는 1937년 12월에 발표한 「방황하는 문학정신—정축T표 문단의 회고」에서 당시 조선문학의 "혼란" 상을 지적하면서 그 원인을 다음과 같이 진단하고 있다.

문학 내지 작품 경향의 혼란이란 사상 그것의 결과라는 것을 잊어서는 아니 된다.
다시 말하면 문학이란 것을 시대정신의 중요한 전성기관傳聲機關이란 점에서 이해할 필요가 있다.

---

8 임화의 낭만주의론에 기초하여 문학주의적 주체론을 추출해 내는 과정은 최현희, 「임화 비평의 문학주의와 커뮤니즘—'전향(轉向)'으로부터 '신문학사론'에 이른 길」, 『반교어문연구』 39, 2015, 155~161면 참조.

그러므로 문학이 좌우간 통일된 방향을 가지고 있었다는 것은 그 시대인時代人들이 거의 대부분 한 가지 것을 생각하고 한 길을 걸어가며 공통된 신념을 가졌었다는 사실의 반영이다.전집 3 논리, 196면

사실 지난 1년간 중요한 몇몇 작가들을 통하여 표시된 것은 사상이라기보다는 현대 조선 청년의 신념화되지 않은 기분이나 심리의 반영이라 볼 수밖에 없다. (…중략…) 이 현상은 시대인時代人들에게 공통한 신념이 결여되었다는 사실뿐만 아니라, 각 개인 자신까지가 자기의 생각에 대한 확신력을 못 가지고 있다는 놀라운 상태의 반영이라고 할 수 있다. 요컨대 각인이 자기에 대해서까지 믿기를 꺼리고 진실을 이야기하길 두려워하는 것이다.

그것은 누구에게나 생활에 대한 확신이 없고 명일에 대하여 우연을 기다리는 외엔 절망밖에 갖지 않은 시대, 방황하는 시대의 인간정신의 표현이다.전집 3 논리, 197면

첫째 인용에서 임화가 제시하는 상황 진단은 일견 반영론적 문학관의 상식적 표현으로 보인다. 그러나 여기서 반영대상현실, 반영주체작가, 반영물문학의 관계에 있어 임화가 철저하게 관철시키고 있는 일원론에 주목할 필요가 있다. 문학이 "시대정신의 중요한 전성기관"이라는 말은 '문학은 그 시대상의 반영'이라는 단순한 반영론의 표명이 아니다. 전후 맥락상 "시대정신"이, 뒤에 나오는 "시대인들"의 "공통된 신념"으로 상술되기 때문이다. 만약 시대인 개개인이 갖는 신념에 일정한 공통성이 없다면, 즉 "사상"이 혼란되어 있다면 문학 역시 필연적으로 혼란상을 띤다. 아무리 작가가 명료한 사상성을 작품에 형상화하려 해도 상황이 그러하다면 이 필연성은 피할 수 없다. 간단히 말해 임화는, 문학에 시대상時代相이 반영된다고 할 때 양자 사이에 어떤 주체적 즉 임의적 개입도 불가능하다는 점을 전제하고 있다. 그가 사용하고 있는 "사상"이나 "시대정신"

과 같은 용어 때문에 물적 토대로부터 자율적인 주체의 개입이 문학에서는 가능한 것처럼 보인다. 그러나 이 맥락에서의 "사상"은 문학이 쓰이기 이전에 존재하다가 글쓰기 주체에게 발견되고 조직되어 작품에 반영되는 것이라기보다는, 문학의 존재에 대해 사후적으로 발견되는 것이다.

이 점은 둘째 인용에서 "사상"과 "신념화되지 않은 기분이나 심리"를 구분하는 용법에서 확인된다. 여기서 우선 드러난 바는, 한 시대를 사는 복수의plural 인간들이 공유하는 "기분이나 심리"가, 문학에서 그 존재가 확인되는 "사상"이 되기 위해서는 "신념화"라는 계기를 거쳐야 한다는 점이다. 그리고 그 "신념화"란 단순히 어떤 개인 혹은 개별적 주체가 결단을 내림으로써 이뤄지는 것이 아니라 반드시 "시대인들"이 "공통한 신념"을 함께 지닐 때에 이뤄진다는 점이 핵심적이다. 개인으로서의 주체가 제아무리 나름의 사상을 수립하여 시대정신을 선도하려 해도, 그리하여 당대 문학의 사상성을 드높이려 노력한다 해도, 그것이 자기와 동시대를 사는 "시대인들"과 공유되지 않으면 그 노력은 수포로 돌아갈 것이다. 따라서 임화의 맥락에서, 문학에 사상이 나타나기 위한 절대 조건이란, 해당 문학 작품이 나온 시대의 모든 사람들이 무언가를 공유하고 있어야 한다는 점이다.

이 지점에서 유의할 점은 '모두가 공유하는 무언가'가 원인이 되고 '문학에 나타난 사상'이 결과라고 서술하는 임화의 문면에 따라, 양자의 관계를 기계적 인과론의 관점에서 파악해서는 안 된다는 것이다. 임화의 표현에 따르자면 "시대인들에게 공통한 신념"이란 사상의 형식으로 문학에 나타날 때에만 확인될 수 있는 것일 뿐 개별적 개인이 문학 이전에 발견할 수 있는 어떤 것이 아니기 때문이다. 이는 임화가 '사상'의 본질을 그 자체의 내적 자질에서 찾지 않고 그것을 문학에 반영시키는 주체의 복수성에서 찾을 때에 이미 전제되어 있는 점이다. 우리가 문학에서 필연적으로 드러내야 할 사상이 글쓰기를 하는 개별 주체의 차원에서는 도달할 수 없는 것이며, 그와 같은 시간 속에 살고 있는 타자들과의 "공통"성의 차원에서만 도달할 수 있는 것이라면, 중요한 것은 주체와 타자들이 공통적으로 가진 무언가가 아니다. 중요한 것은 주체와 타자들이 '함께 존재'하고 있다는 사실 그 자체이며,[9] 임화에게 그러한 '함께 존재성'이 직접적으로 드러나는 장이 바로 문학인 것이다.

> 시인은, 글을 쓰는 자는, '창조자'는 결코 본질적 무위로부터 작품을 표현할 수 없다. 근원이 되는 것으로부터 시작의 순수한 말을 결코 자신에게만 솟아나게 할 수 없다. 그러한 까닭에, 작품은 작품을 쓰는 자의, 작품을 읽는 자의 열려진 내밀성이 될 때에만, 말하는 능력과 듣는 능력 서로 간의 이의제기를 통해 격정적으로 펼쳐진 공간이 될 때에만 작품이 된다. 그리고 쓰는 자는 또한 끝나지 않는 것 그리고 끊이지 않는 것을 '들은' 자, 그것을 말로서 듣고서 그 말과의 공모에 들어선, 그 요구를 따르는, 거기서 자신을 잃어버린, 하지만 그것을 당연한 것으로 견디어 내어 멈추게 하고, 그 틈에 그것을 붙들 수 있는 것으로 만들어, 그것을 이 한계에까지 확고하게 밀고 나가 발음하고, 그것을 가늠하면서 다스린 자이다.[10]

『문학의 공간』에서 온 위의 인용에서, 모리스 블랑쇼는 주체가 자신의 내적 동인에만 기초하여서는 어떠한 경우에도 글쓰기란 불가능함을 지적하고 있다. 그에 따르면, 어떤 문학 작품이 이 세계에 존재한다는 것은, 그 작품이 그 저자와 독자의 "열려진 내밀성"이 되었음을 의미한다. 일별하기에 이 구절은, 저자가 어떠한 의견을 문학 작품에 표명하고 독자는 이에 동의하는, 문학 작품을 매

---

9 Jean-Luc Nancy, "Literary Communism", *The Inoperative Community,* Minneapolis : University of Minnesota Press, 2006, p.80.
10 Maurice Blanchot, 이달승 역, 『문학의 공간』, 그린비, 2010, 38면.

개로 하여 저자와 독자가 이루는 공감의 상태를 의미하는 것처럼 보인다. 그러나 블랑쇼에게 작품은, 저자와 독자의 단순한 매개가 아니다. 그에게 작품이 쓰이기 이전에 존재하는 저자의 의견이란, 즉 저자 "자신에게만 솟아나"는 "시작의 순수한 말"이란 없다. 그런 의미에서 블랑쇼는 "글을 쓰는 자"는 "결코 본질적 무위로부터 작품을 표현할 수 없다"고 하는 것이다. 저자가 자기 작품의 저자일 수 있는 것은 해당 작품에서 구사되는 "말과의 공모에 들어"섰기 때문이다. 저자가 자기 작품에 쓰인 "말과" "공모"한다는 것은 곧, 그것을 말로서 듣는 독자와 일체가 된다는 것, 즉 저자-독자 관계란 작품의 말이 없다면 애초에 존재할 수 없다는 것을 뜻한다. 블랑쇼에게 작품이란, 저자-독자 모두를 존재하도록 만든다는 점에서, 즉 저자와 독자를 동시에 탄생시키고 둘을 일체화시킨 채로 존재하게 한다는 점에서, "열려진 내밀성"이 되는 것이다.

저자와 그의 독자가 작품 이전에 구별되는 개인으로 존재하는 것이 아니라, 양자가 작품의 글쓰기 과정에서 생성되며, 작품은 주체와 타자가 존재할 수 있는 유일한 장이 될 때에, 작품은 그 저자와 독자의 "열려진 내밀성"이 될 수 있다. 글쓰기 주체로서만 가능한 인간 실존의 존재성을 주장하고 있다는 점에서 이는 분명 블랑쇼의 문학주의라고 할 수 있다. 그리고 이때 문학주의는 문학 작품의 세계 내 실존의 최종 근거를 저자의 사상이나 독자의 이해 어느 편에도 두지 않고 복수의 주체들이 작품을 그 실존의 유일무이한 장으로 삼고 함께 존재한다는 사실에 두는 태도이다. 이를 위에서 분석한 임화의 주체론에 적용하여 본다면, 그가 주체성의 근거를 복수의 타자들과의 함께 존재함에서 찾고, 그러한 함께 존재함은 오직 문학에서만 나타날 수 있다고 보았다는 점에서, 임화 역시 분명 문학주의적 주체론자였다고 할 수 있을 것이다.

3. 비평가와 역사, 비평가의 역사

앞 절에서 분석한 「방황하는 문학정신」에서의 인용의 마지막 부분에서 임화는 "명일明日" 즉 미래를 언급한 바 있다. 문학으로부터 사상을 발견할 수 없는 시대란 곧 "누구에게나 생활에 대한 확신이 없고 명일에 대하여 우연을 기다리는 외엔 절망밖에 갖지 않은 시대"라는 것이다. 당연하게도 이는, 이 글이 나온 시점인 1937년 식민지 조선의 정치적 상황을 가리키는 것으로 보인다. 1937년에 일제는 중일전쟁을 일으키고, 내선일체內鮮一體 정책의 본격 실행과 더불어 식민지 조선인의 정치적·이념적 활로는 철저히 폐색되어 가기 시작하는 것이다. 그러나 위에서 지적한 바, 임화의 문학주의적 주체론이 그의 현대주의modernism와 불가분의 관계에 있음을 돌이켜 본다면, "각 개인 자신까지가 자기의 생각에 대한 확신력을 못 가지고 있다는 놀라운 상태", 그리하여 역사의 전개가 전적으로 우연에 달려 있다고 볼 수밖에 없는 상태란 역설적 가능성을 담지한 상태일 수 있다. 즉 미래에 대한 자의적 전망이 작동을 그친 현 상황으로부터 오히려 현재의 순간들에 대한 철저한 기투가 가능해질 수 있는 것이다. 이런 점에서 임화가 자신의 비평적 글쓰기 행위를 철저히 현재적 맥락 속에 정위定位시키고자 함으로써 결국 역사성의 활성화로 나아갈 것임을 예측해 볼 수 있다.

이를 확인하기에 앞서 지금까지 분석된 임화의 현대주의적 비평관을 요약하여 다시 설명하자면 다음과 같이 정리된다. 우선 임화는 자신의 비평이 행해지고 비평가 자신이 개입하는 시대를 철저히 현대로 국한시켰는데, 이는 '신문학=근대 vs. 프로문학 이후의 문학=현대'의 대립항을 통해 확인할 수 있었다. 임화는 나아가, 어떤 "통일된 방향"도 없는 문학의 시대인 현대에 자기 글쓰기에 어떤 주체적 "의지를 지닌 목적wilful purpose"을 제시하지 않음으로써[11] 역설적으로 문학의 주체성을 구제하고자 하였다. 그러나 이렇게 임화가 추구하는 극단의 현대주의로서의 문학주의에는 이미, 시간의 흐름이 전제되어 있음을 간과해서는 안 된다. 글쓰기 주체와 타자들인 독자들이 형성하는 공동체에서만 가능한 임화의 문학은 그 공동체의 성원들에게는 정지되어 있는 영원한 현재이다. 그러나 한편으로 그것 외에는 상상될 수 없는 현재라 할지라도, "우연을 기다리는" 자세 가운데서 부정적으로나마 현상하는 미래는 있다. "우연을 기다리는 외엔 절망밖에 갖지 않은 시대"로 현대를 인식하는 것은 곧 현대 이후의 시대를 진정으로 '아직 오지 않은' 시대, 말 그대로의 미래 시대로 인식하는 입장의 산물이라는 점에서 역사성에 대한 인식으로 이어지는 것이다.[12]

그러나 작품을 읽을 때 항상 그 내부에 들어 있는 중심을 읽는 것이며 의도를 따라 작품을 해석하고 향수하는 것으로, 작품 구조와 의도와의 모순된 관계로 말미암아 외부에 결과된 또 하나의 핵심을 파악한다는 것은 용이한 일이 아니다.

그것은 벌써 하나의 새로운 발견이 아닐 수가 없다. 이런 발견은 극히 소수의 우수한 감수력感受力과 투철한 지성을 가진 독자만이 가능한 것이다.

실상은 이런 작품 외의 중핵을 발견함과 동시에 독자는 작가와 별리別離하게 되

---

11 Hannah Arendt, *The Human Condition,* Chicago : University of Chicago Press, 1998, p.179.
12 발터 벤야민은 "역사는, 균질한, 텅 빈 시간이 아니라, 지금-시간(Jetztzeit)으로 가득 채워진 시간을 장소로 하여 발생하는 어떤 하나의 구성의 주체이다. 따라서, 로베스피에르에게, 고대 로마란 지금-시간으로 가득 찬 과거, 역사의 연속체로부터 폭파해서 떼어낼 과거였다. (…중략…) 역사라는 개방된 대기(大氣)를 향한 같은 비약이 바로 마르크스가 혁명으로 이해한 바 있는, 변증법적 비약"이라고 한 바 있다. Walter Benjamin, trans. E. Jephcott et al., "On the Concept of History", eds. H. Eiland and M. W. Jennings, *Selected Writings 4 : 1938-1940,* Cambridge : The Belknap Press of Harvard University Press, 2003, p.395. 벤야민이 말하는 "지금-시간으로 가득 찬 시간"이란 임화의 맥락에서는 자신의 비평적 글쓰기 가운데서 끊임없이 시작되고 끝나는 시간, 즉 영원한 현재만이 유일한 형식인 시간을 의미한다. 벤야민은 역사를, 자기를 종속시키는 현실로부터 피지배계급이 해방되어 들어갈 미래의 "개방된 대기"로 보면서 동시에 역사 자체가 이미 "구성의 주체"라고 보았다. 이와 마찬가지로 임화 역시 자기를 문학주의적 주체로 재탄생시킴으로써 "균질하고 텅 빈 시간"으로 가득 찬 "역사의 연속체"로부터 "개방된 대기"로서의 "역사"로 비약하고 있으며, 동시에 자신의 주체성에 역사성을 합일시킴으로써 주체의 역사화와 역사의 주체화를 단번에 성취하고 있는 것이다.

고 작품을 단순히 향수하는 한계를 넘어서는 것이다.

여기서부터 비평의 영역이 시작되고 비평의 기능이 작용하게 된다.

훌륭한 비평이란 언제나 훌륭한 작품과 같이 새 세계를 발견하고 새 영역을 창조하는 것이다.

그러나 비평가의 발견이나 창조는 작품의 발견이나 창조와 당초부터 다른 점이 있다. (…중략…) 비평은 대상이 문학 작품이라는 한계 내에 국한되어 있다. (…중략…) 비평의 자유란 것은 먼저도 말한 바와 같이 그 창조의 소재인 대상으로부터 일정한 구속을 받는 것이다.전집 3 논리, 567~568면

이 인용은 1938년 4월 『비판』에 게재된 「의도와 작품의 낙차落差와 비평─특히 비평의 기능을 중심으로 한 감상」에서 온 것이다. 이 글의 시작 부분에서 임화는 문학 해석에서 산출되는 의미 중 작가의 의도로 환원되지 않는 "한 뭉치의 잉여물剩餘物"전집 3 논리, 560면에 주목한다. 글의 제목을 통해 추론 가능하듯, 이때의 "잉여물"이란 "극히 소수의 우수한 감수력과 투철한 지성을 가진 독자" 즉 비평가가 "발견"해야 하는 것이며, 임화는 이것이야말로 "비평의 기능"의 핵심을 이룬다고까지 한다. 문제적인 지점은, 이 잉여물이 그 명명에서 유추할 수 있듯이 작품 해석에 있어 작가의 의도에 대하여 이차적인 지위를 지니는 것이 아니라, 적어도 "작가의 의도와 대등對等하는 하나의 독자獨自한 사상"전집 3 논리, 565면이자 나아가서는 "작가의 의도에 반하여 작품 가운데 우발偶發한 것임에도 불구하고 '신성한 잉여물'이라 불러지는 것이며, 사실은 작가가 목적할 진정한 예술적 대상이었을지도 모르"565면는 것으로까지 그 지위가 격상된다는 점이다. 이렇게 놓고 보면 "비평의 기능"은 "문학 작품이라는 한계 내에 국한되어 있"음에도 불구하고 창작의 기능보다도 우월한 것이 될 것이다.

여기서 주목할 점은 비평가가 발견하는 문학 작품의 "잉여물"이 곧 "새 세계

를 발견하고 새 영역을 창조하는" 데 근간을 이룬다는 것이다. 임화에게 새 세계란, 그의 현대주의-문학주의에 비추어 볼 때 사실상 문학을 해석하는 비평가에게는 '불가능성'으로서만 가능한 것이었음을 상기할 필요가 있다. 그것은 '방황하는 문학정신'이 자신의 시대가 특정 목적지telos로 나아가고 있지 않고 다만 '방황'하고 있을 뿐이라고 하는 기분을 문학에서 인식할 때에 부정적으로만 현상하는 것이었다. 여기서 임화는 그 불가능성을 "잉여물"로 지칭함으로써 그것이 어떻게 해서도 현대 문학에서는 포지티브하게 구성될 수 없는 것임을 인정하면서 동시에 그것을 일거에 가능성으로 전도시키는 비약을 감행하고 있다. 이는 임화의 역사 인식이 문학 외재적인 즉 마르크시즘적인 세계사에 대한 기본적인 신뢰에 바탕을 둔 것[13]이 아니라 주체에 관한 철저한 문학주의적 입장에서 돌출하는 것임을 보여준다.

아직 현재화되지 않은 것, 미래적인 것으로서의 "새 세계"란, 임화의 맥락에서는 (비평적) 글쓰기 주체가 자신의 의도하에서는 출현시킬 수 없고 글쓰기 과정 중에 "우발"적으로만 등장한다. 그러나 그것은 또한 어디까지나 글쓰기의 의도를 거스르지만 글쓰기 자체가 없다면, 다시 말해 문학 작품이 쓰이고 그 작품에서 잉여를 찾아내는 비평문을 쓰지 않고서는, 등장할 수조차 없는 것이다. 다시 말해 자기 기능을 이미 존재하는 문학에 철저히 국한시키는 비평가, 문학주의에의 투신을 철저화하여 비평적 글쓰기를 통해서만 출현하는 작품의 잉여로 자기 주체성을 온전히 환원시키는 비평가가 없다면 나타날 수 없는 것이다. 이 맥락에서의 비평가는 글쓰기를 그것에 선행하여 존재하는 자기의 표현이 아니라, 글쓰기 과정 가운데서 그 이전까지 존재해왔던 자기가 아닌 것을 도래시키는 수행적 과정으로 대한다. 어떤 행위의 역사성이란 그 행위가 행해진 순간

---

13 와다 요시히로, 「임화의/와 역사주의」, 임화문학연구회 편, 『임화 문학 연구』 5, 소명출판, 2016, 123면.

까지의 인과 관계의 총합에 그 행위가 부합하는가 여부에 달린 것이 아니라, 그 행위가 행해진 순간으로부터 도래할 미래 세계가 현실과 정합적인가 여부에 달린 것이라면, 임화의 '비평가'는 진정한 역사적 행위를 수행할 수 있는 유일한 주체로 자리매김될 수 있다.[14]

이런 의미에서 임화가 역사 개념을 직접적으로 논하는 「역사·문화·문학— 혹은 시대성이란 것에의 일 각서」『동아일보』, 1939.2.18~3.3라는 글에서 남긴 다음과 같은 문장을 이해해 볼 수 있는 길이 열린다.

> 인간은 자연사적 시간을 단축한다. 이 힘은 인간의 의식성 가운데 있다. 오늘 우리는 이것을 주체성혹은 능동성이라고 부른다. 이 가능성은 인간에게만 있는 것이다. 또한 이 가능성의 실현이 자연사로부터 사회사를 만들어 내었다.
>
> 그러므로 먼저 이야기한 현재란 것을 두고 볼 제, 이것이 사회사적 순간이란 것을 연상하게 되며, 그것이 고치에서 나비가 나오듯 하는 기계적 순간이 아님도 자명하다.
>
> 이러한 순간만이 현실적이면서 가능적인 실재實在의 영역일 수 있는 것이다.
>
> 현실성과 더불어 가능성을, 그 반대로 가능성과 더불어 현실성을 가져야만 인간은 비로소 행위적일 수가 있다.
>
> 쉬운 말로 바꾸건대, 하면 될 수 있고, 되겠으니까 할 수 있는 것과 같은 자유롭고 융통성 있는 순간에만 행위는 성립한다.

---

14 "역사적 유물론자는, 어떤 역사적 대상에 접근할 때, 오직 그 대상이 역사적 유물론자 자기를 하나의 모나드로서 대면하는 장소에서만 접근한다. 이 구조 안에서, 그는 사건의 메시아적 정지의 신호를 자각한다. (환언하면) 그는 억압받은 과거를 위한 싸움 속에서 혁명의 기회를 자각한다." Walter Benjamin, "On the Concept of History", p.396. 여기 제시된 임화의 '비평가'라는 주체는 철저히 자기를 '비평 행위'에만 국한시킨다는 점에서 벤야민이 제시하는 "모나드"로서의 "역사적 유물론자"에 상응한다. 그리고 임화의/인 '비평가'는 자기가 비평하고 있는 "역사적 대상" 즉 자기의 시간 이전부터 있다가 자기에게 주어진 과거의 것으로서의 문학 앞에서 "모나드"가 됨으로써, "메시아적 정지"를 자각하고 그와 동시에 "혁명의 기회"를 자각하는 것이다.

그런데 현재란 어느 때나 이런 자유성과 융통성을 가진 것이다. 어떤 절망적 순간일지라도 이 두 개의 성질이 전연 상실된 순간이란 것은 없다.

동시에 인간은 어느 때나 이런 순간, 즉 현재에 있는 것, 즉 현존재現存在다. 이것은 또한 인간이 혹은 현재가 항상 미래와 과거 가운데 각각 한 부분씩이 살고 있다는 것과 동의어다.전집 3 논리, 579면

여기서 우선 주목할 것은 임화가 자연사와 (인간의) 사회사를 엄밀히 구분하고 사회사를 무엇보다도 인간적 주체성의 장으로 설정하고 있다는 점이다. 즉 그는 인간의 역사란 기계적 인과성이 아니라 주체적 행위를 통해 전개되는 것임을 천명한 것인데, 이는 같은 글에 나오는 "인과성이란 바로 역사상에 나타나는 자연사적 시간의 표현에 불과하다"전집 3 논리, 587면는 문장에서 좀더 분명히 표현된다. 다시 말해 어떤 행위가 역사적이라고 규정될 수 있다면 그것은 그 행위 시점에 성립되어 있는 현실의 객관적 논리(즉 인과성)에 부합한 것이기 때문이 아니라 그 행위가 그것이 행해진 시점 이후의 미래에 올 현실과의 역사적 연속성에 부합한 것이기 때문이다. 이를 임화는 각각 행위의 현실성과 가능성으로 명명한다. 이를 위에서 도출한 임화의 비평 개념에 대입하여 본다면, 비평가에게 주어진 문학 작품이란 비평가가 수행하는 행위가 띠는 현실성의 영역을 구성하고 그가 철저히 그 작품의 한계 내에서 발견할 "잉여물"과 그것을 바탕으로 출현하는 "새 세계"가 가능성의 영역을 구성한다. 그리고 현실성의 영역으로부터 가능성의 영역으로의 이행, 그 이행 가운데 발생하는 문학주의적 행위로 인한 단절이 역사성 실천의 조건을 이루는 것이다.

이제 임화는 자기의 비평적 글쓰기 자체를, 자기 역사 이념의 실천 행위로 정립하는 지점에 이르렀다. 다시 말해 임화는 문학 비평가가 자기의 비평 행위의 의미를 부여하기 위해 참조하는 자기 외재적 지식의 총합으로서 역사를 관조하

는 것이 아니라, 비평가가 문학 작품을 해석함으로써만 전개될 수 있는 자기 발생적 실천 행위로서 역사에 개입하게 된 것이다. 그리고 임화가 이른 이 지점은 자기 글쓰기를 철저히 자기 시대 즉 현대에 대한 주체적 개입으로 위치시키는, 현대주의-문학주의의 고수 덕분에 도달 가능했다.

이제 논의의 초점을, 임화의 실제 문학사 서술로 이동시키는 가운데, 우리가 주목해야 할 것은 그의 서술이 어떠한 커뮤니티 이념을 안출하고 있는가 하는 점이다. 앞에서 지적했듯, 임화 비평 개념 성립의 전제 조건은 그것이 철저히 문학 작품의 한계에 종속되어야 한다는 것인데, 바로 그러한 종속성으로부터 비평은 현실적 한계를 넘는 가능성의 영역을 발견할 수 있다. 그렇다면 비평가의 역사적 실천은 자기의 자유로운 주체성의 실현[15]이 아니라 철저히 문학 내에서의 타자와의 함께 존재함에 대한 고집스러운 충실함이며 나아가서는 문학의 추구 가운데 성립하는 공동체주의 즉 문학적 공동체주의인 것이다. 따라서 임화 비평의 역사적 의의는, 혹은 임화의 역사 서술이 갖는 이론으로서의 의의는, 역사의 주체로서 어떠한 집단성을 제시하고 있는가, 그리고 그러한 집단성이 문학주의적 커뮤니티의 이념에 부합하는가 여부에 달려 있다고 할 수 있는 것이다.

---

15 임화의 「신문학사의 방법」에서 조선근대문학사를 이식문화사로 규정하는 논법으로부터, 방민호는 "완전히 부정되거나 소멸되지 않고 새롭게 산출되는 제3의 문화 속에서 보존"되는 "주체적 측면"을 읽어내고자 한 바 있다. 임화가 "이식된 문화가 "고유문화"를 완전히 구축하는 일은 문명인과 야만인 사이에서만 가능할 뿐"이라고 단언한 것은 "조선 문화의 생명력"에 대한 임화의 확실한 옹호 의식의 근거가 된다는 것이다. 방민호, 「임화와 학예사」, 『상허학보』 26, 2009, 271면.

4. 문학과 민족 사이―신문학사의 이론

임화의 신문학사론, 다시 말해 신문학의 역사에 관한 이론에서 가정 먼저 해명되어야 할 것은 '신문학'의 개념이다. 임화는 조선근대문학사라고 하지 않고 왜 신문학사라고 한 것일까?

> 그러므로 신문학사라는 것은 조선 근대문학사라고 일컬어도 무관한 것이요, 또한 장래 쓰어질 일반 조선문학 전사全史 가운데 근대문학을 취급하는 일항―項으로 삽입되어도 무관한 것이나, 특히 재래 우리가 관용慣用해 오던 신문학이란 용어를 빌어 근대문학사란 명칭에 대신함은 약간의 이유가 있다.
>
> 신문학이란 관용설慣用說의 어의는 전항前項에서 이미 언급하였거니와 그 서구적인 형태의 양식과 내용을 가진 문학은 재래의 동양에는 대체로 없었다고 보아 족하기에 우선 조선에 있어 서구적인 형태의 문학사를 문제삼자는 데 중점이 있다. 이말은 곧 서구적인 형태의 문학을 문제삼지 않고는 조선(일반으로는 동양)의 근대문학사라는 것은 존재하지 않고 성립하지 아니한다는 의미도 된다.
>
> 동양의 근대문학사는 사실 서구문학의 수입과 이식의 역사다. (…중략…) 근대에 이르러서 잔존해 왔고 현재도 그 면영面影을 찾을 수 있는 재래의 문학은 우리가 어떠한 의미에서도 근대문학이라고 명칭할 수 없기 때문이다.전집 2 문학사, 16~17면

「개설 신문학사」 서론의 '우리 신문학사의 특수성'이라는 제목이 붙은 항에서 임화는 위의 저 질문에 대한 답을 이와 같이 제시하고 있다. 임화는 '조선 근대문학사'라는 명칭은 "장래"에나 타당해질 것이라고 하면서 특히 '근대문학사'를 문제 삼는 경우 그것이 본질상 '조선'이라는 관형어의 꾸밈을 받을 수 없음을 지적한다. 왜냐면 조선에 있어 '근대문학사'란 "서구문학의 수입과 이식

의 역사"이지 '조선적으로 변형된 서구문학의 자체적 발전사'가 아니기 때문이다. 임화가 여기서 이러한 상황을 조선에만 한정시키지 않고 서양이 아닌 곳 전체, 즉 동양 전체에 적용시키고 있는 점을 고려한다면, '근대문학＝서구문학'의 완벽한 등식이 성립함을 알 수 있다. 제아무리 동양의 어떤 한 나라가 서구문학을 받아들여 자신의 환경에 맞는 변형을 가한다 해도 거기에는 절대로 자기적 요소가 틈입해 들어갈 수가 없다. 근대 이전에 있었던 문학상의 조선적인 것이 근대 들어 수입한 서구문학에 자취를 남겼다 해도 그것은 "어떠한 의미에서도 근대문학이라고 명칭할 수 없"다는 임화의 단언은 이런 맥락에서 나온다.

그렇다면 임화에게, 문학상의 '근대'에서 조선이란, 나아가서 동양이란 없다. 근대문학이 조선에 존재하기는 했으나 그것은 본질상 서구문학이다. 그러나 그것이 조선이라는 장소에 존재했다는 것은 사실이므로 서구문학이라 부를 수는 없다. 조선에 있었던 조선 근대문학으로서의 서구문학은 조선이라는 현실성으로부터 완전히 자유롭기 때문에, 조선의 입장에서 그것은 다만 '신'문학이라고밖에 불릴 수 없다. 여기서 임화가 근대와 현대를 엄격하게 구분했다는 점, 그리고 자기 비평을 현대주의적 실천으로 정립했다는 점을 상기할 필요가 있다. 임화는 자신이 비평을 하고 있는 장소인 조선에서, 자기가 사는 현대 직전 시대의 문학이 절대적으로 비자기적非自己的임을,[16] '신문학'이라는 개념으로 선언하였다. 임화는 자기가 비평 행위를 하고 있는 곳인 조선에서 전개된 근대문학을 '조선 근대문학'이라고 부르기를 거부하고 '신문학'이라는 명칭으로 일관하고 있는 것이다. 이를 이해하기 위해 여기서 임화에게 '신新'의 이념은 비평가가 자기가 해석하는 문학의 한계 내에 자기를 철저히 종속시키는 가운데서만 도달

---

16 와타나베 나오키는 이처럼 임화의 '조선' 개념 내에 구성적으로 존재하는 결렬을, 임화가 한문학 (漢文學)의 위치를 조선 문학 범주에서 처리하는 방법을 검토하면서 지적한 바 있다. 渡辺直紀, 「임화 문학론 연구」, 동국대 박사논문, 2017, 172면.

가능한 것이었음을 상기할 필요가 있다. 결국 임화의 '신문학' 개념은 지금까지의 조선문학을 타자화시키고 그로부터 자기를 끊어내려는 시도의 산물이 아니라,[17] 문학을 통하여 조선적인 자기를 정립하고(즉 비평 행위의 현실성을 확보하고) 조선을 보편사의 집단적 주체로 정립시키는(즉 비평 행위의 가능성을 실현하는) 순간 나타날 미래적인 이념이다.[18]

문학상 근대에는 존재하지 않았던 '조선'은, 그 근대문학이 서구문학의 이식으로서의 '신문학'으로 명명됨으로써, 임화의 현대 비평 가운데 분명한 역사의 집단적 주체로서 등장한다.

새로운 정신문화나 문학이 생성 발전하는 데 여건의 하나로 제출되는 유산이라는 것은 좀더 객관적으로 생각하면 문화적 문학적인 환경의 하나로 생각할 수가 있다. 즉 새로운 것의 형성을 둘러싸고 있는 소여所與의 조건의 하나다. 그러한 의미에서 유산은 항상 객관적인 것이다. 그러나 자기의 과거 유산이라는 것은 이식되고 수입되는 문화와 같이 타자他者의 여汝의 것은 아니다. 유산은 그것이 새로운 창조가 대립물로서 취급할 때도 외래문화에 대하여 주관적으로 향한다. 그러한 때에 유산은 이미 객관적 성질을 상실한다. 즉 단순한 환경적인 여건의 하나가 아니라, 그 가운

---

17 조선의 근대문학을 서구 근대문학의 이식으로 선언하는 임화의 관점이, 곧 주체적 의식의 결여 혹은 전통과 현대에 관한 변증법적 인식의 결여로 해석될 수 없다는 점은, 2000년대 이후 꾸준히 제기되어 왔다. 대표적으로 김동식은 임화의 이식문학론을 "신문학사의 역사적 특수성을 함축하고 있는 메타포로 이해하는 것이 타당할 것"(김동식, 「한국문학 개념 규정의 역사적 변천에 관하여」, 『한국현대문학연구』 30, 2010, 37면)이라고 한 바 있다. 즉 임화의 '이식' 개념은, '신문학사'의 현 상태에 대한 객관적 기술의 결과로 보아야지, 근대문학의 진로에 관계되는 가치 개념으로 보아서는 안 된다는 것이다. 본장의 관점에서 보면 '이식' 개념은 '조선'이라는 집단적 주체가, 고정적인 과거의 정체성이 아니라 아직 도래하지 않은 미래적 보편성의 담지자가 될 수 있게 해주는 이론적 근거라는 점에서, 그 가치 개념으로서의 현재적 의의를 지니고 있는 것이다.

18 임화의 신문학사론에서의 이식 개념에 대하여 허민은 그것이 "세계성의 본질이 아니라, 조선 내부의 역사적, 문화적 간극을 드러나게 했다"고 지적하면서 임화가 조선의 특수성 속에 이미 "보편적 구조"가 내재되어 있다는, 전도된 보편주의를 지향한 것이라고 한 바 있다. 허민, 「탈-중심적 문학사의 주체화와 그 가능성의 조건들-임화 「개설 신문학사」 재독」, 『상허학보』 34, 2012, 125면.

데서 선발되며 환경적 여건과 교섭하고 상관相關한 주체가 된다. 이러한 것이 항상 한 문화 혹은 문학이 외래의 문화를 이입하는 방식이며, 새로운 문화 창조는 좋은 의미이고 나쁜 의미이고 간에 양자의 교섭의 결과로서의 제3의 자者를 산출하는 방향을 걷는다. 전집 3 논리, 656면

일련의 신문학사론이 한창 전개되던 와중인 1940년 1월 발표된 「신문학사의 방법」에서 온 위의 인용은, '새 세계'로의 역사적 진입이란 지금까지 주체가 그 조건하에서 살아온 총체적 현실을 비자기적인 "소여"로 보는 것에서 출발함을 보여준다. 이는 위에서 임화가 조선 근대문학을 전혀 조선적이지 않은 완전히 서구적인 것이라고 파악한 것에 대응한다. 자기의 현재 직전까지의 현실성을 자기와는 전혀 상관이 없는 것으로, 주체적이지 않은 "객관적인 것"으로 보는 것이다. 그렇게 할 때에만 주체적 행위의 가능성이 성립하기 때문이다. 그러나 바로 이렇게, 주체가 주체적일 수 있도록 해줄 수 있는 유일한 조건이라는 점에서 그것은, 완전히 자기 아닌 것들, 즉 주체의 현재를 완전히 가득 채우고 있는 "외래문화" 속에서 주체가 "새로운 창조"를 할 때에 "이미 객관적 성질을 상실한다." 이렇게 될 때에 여태까지 있었던 자기 것의 계승도 아니고 현재 주체가 자기의 현실로 삼고 있는 외래의 것의 변형도 아닌,[19] '새 세계'의 실현을 보증하는 "제3의 자를 산출하는 방향"이 보이는 것이다.

이리하여 임화 신문학사론에서 '조선'은 "과거의 침전물로 가득 찬 어떤 것"으로서가 아니라 "인간성 자체만큼이나 포괄적인 것으로 상상"된 "집단적 주체

---

19 포스트콜로니얼리즘 관점에서 보면 임화의 이식문학론은 "문학을 비롯한 문화란 본질상 혼류와 교섭, 적응과 동화의 역사를 배제한 채 어떤 사적 인식에도 이르기 어렵다"는 문화적 혼종성 이념을 선취한 것으로 평가될 수 있다. 김미영, 「'이식' 논의를 통해 본 임화의 신문학사론」, 『한국문화』 49, 2010, 292면. 그러나 본장의 관점에서 보면, 임화의 이식 개념은 외래적인 것과 내발적인 것의 교섭과 타협을 지향한 중도주의에서가 아니라 자기 부정의 극단화를 통한 역설적 보편성의 획득이라는 극단주의에서 나온 것이다.

— 성"으로 정립된다.

역사의 집단적 주체는 누구 혹은 무엇인가? 네이션인가? 문명? 계급? 헤겔이 말하는 간교한 행위자, '이성'인가? 이러한 해석 범주들 각각은, 현재의 현상들을 의미 있는 것으로 규정하는 한편, 유토피아의 꿈과 문화적 맹점, 정치적 투쟁과 권력의 효과 들의 퇴적된 역사가 포함되어 있는, 그러한 과거의 침전물로 가득 찬 어떤 것으로 우리에게 나타난다. 역사적으로 전승된 개념들이, 이번에는 역사를 창조하는 행위자들의 집단적 의식을 형성하는 것이다. (…중략…) 배제적 개념 틀의 구속으로부터 벗어난 보편사를 재상상하는 것이란 가능한가? 우리 인간들은 (…중략…) 우리 자신을 역사의 도구로 보는 시각을 거부할 수 있는 것인가? (…중략…) 집단적 주체성은 인간성 자체만큼이나 포괄적인 것으로 상상될 수 있는 것인가? 오늘날 보편사의 방법이란 과연 존재하는 것인가?

첫 단계는 역사적 사건들의 우발성뿐 아니라 우리가 그러한 사건들을 이해하는 도구인 역사적 범주들의 비결정성까지도 인식하는 것이 될 것이다. (…중략…) 구체적이고 특수한 인간 존재들의 집단적 경험들은 "네이션" "인종" "문명"과 같은 정체성을 규정짓는 범주들의 바깥에 있는데, 왜냐면 그런 범주들은 오직 실존의 부분적 면만을 포착하기 때문이다.[20]

임화의 '조선'은, 인간 "실존의 부분적인 면만을 포착"하지 않고 역사적 사건들의 "우발성뿐 아니라 우리가 그러한 사건들을 이해하는 도구인 역사적 범주들의 비결정성까지도 인식"할 수 있도록 해준다는 점에서 "보편사"를 구상할 수 있는 기반이 될 "집단적 주체성"이라고 할 수 있는 것이다. 임화가 "외래문

---

20 Susan Buck-Morss, *Hegel, Haiti, and Universal History*, Pittsburgh : University of Pittsburgh Press, 2009, pp.110~111.

화와 고유문화의 유산의 교섭"을 "매개"하는 것은 "행위"하는 "인간"전집 3 논리, 657면이라고 할 때의, "인간"은, 장래 쓰일 "일반 조선문학 전사" 가운데 도래할, 보편사의 집단적 주체성으로서의 '조선'이다.[21] 즉 '조선'은 지금까지의 자기를 전적으로 부정하고 그 부정성 가운데서 자기성의 본질을 찾는 주체라는 점에서, "과거의 침전물"에 붙은 이름으로서의 조선이 아니라 끊임없는 부정과 재부정의 반복 가운데서 도래하는 미래적 순간성들을 지칭하는 것이다.

신문학사론에서 이식된 것과 고유의 것 사이의 교섭이란 따라서, 단순히 양자의 중간 지점을 찾아가는 공간적 과정이 아니라, 이식성이 주체성이 되고 고유성이 객관성이 되는 가운데 역사가 기어코 미래를 향하여 흐를 수 있게 되는 시간적 과정을 의미한다. 그리고 그 시간적 과정은 결코 개별적 주체로서는 이뤄질 수 없고 오직 복수의 인간들이, 개별적 주체들이 그 안에 시작과 끝을 모두 담고 있는 "모나드"적 주체성을 지닐 때에만 이뤄질 수 있다. 지금 이 순간까지의 자기에 대한 전적인 부정은 동시에 타자적인 것의 개입을 통해서만 가능하며, 시간적으로 보면 이는, 현재의 지속이 아니라 미래의 무한한 반복적 도래인 것이다. 임화에게 그러한 모나드적 주체성의 이름이 조선인 것이며 그 '조선'은 임화의 신문학사에 관한 이론 안에서 태어나고 있다. 임화의 신문학사론은 이런 점에서 문학과 민족의 개념을 역사의 이념 속에서 현재화하고 그리하여 자기 스스로에 역사성을 부여하는 이론으로 화하고 있다.

---

21 조선을 서구 근대성에 대하여 특수자로서 규정한다는 점에서, 김외곤은 임화의 '조선' 개념을 오리엔탈리즘의 산물로 규정한 바 있다. 김외곤, 「임화의 '신문학사'와 오리엔탈리즘」, 『한국문학이론과 비평』 5, 1999, 90면. 그러나 임화의 조선의 특수화는 서양의 자기 보편화에 대한 보족이 아니라, 부정성을 주체적 결단을 통해 보편성으로 전도시키는 수행이라는 점에서, 서양의 자기 보편화에 대한 전복이라고 할 수 있다.

제8장

간도적 글쓰기에 나타난 여성성

강경애 문학에 나타난 식민지성과 그 전유의 양상들

1. 간도적 글쓰기

강경애姜敬愛, 1906~1944의 작가적 이력에서 간도間島 체험은 중추적 위치를 차지한다. 1906년생인 강경애의 글이 최초로 활자화된 것은 1924년이지만 소설가로서의 경력이 시작된 때는 「파금破琴」『조선일보』, 1931.1.27~2.3이 나온 1931년이다. 그는 이즈음 사회주의 교육자이자 운동가인 장하일張河一을 만나 결혼하고 곧 1931년 6월에 간도 용정龍井으로 이주하여 1939년까지 거주한다. 1934년 『동아일보』에 연재된 장편소설 「인간문제」를 비롯하여 강경애 작품의 거의 대부분은 그가 간도에 거주하던 1931년부터 1939년 사이에 발표된 것이다. 그의 작품 목록을 검토해 보면 본격적으로 간도 체험을 다룬 시기는 「채전菜田」『신가정』, 1933.9을 발표한 때부터 「검둥이」『삼천리』, 1938.5가 나온 때까지라고 할 수 있다.[1] 1931~1932년 동안에 강경애는 소설을 거의 발표하지 않았다는 점, 1938

---

1 이상의 서술은 강경애, 이상경 편, 『강경애 전집』, 소명출판, 1999, 815~820면에 실린 연보를 따랐다.

년에 발표된 작품은 「검둥이」 한 편에 불과하다는 점, 1939년에 신병 악화로 황해도 장연으로 귀향하여서는 1944년 사망 시까지 작품 발표가 없다는 점, 1933~1937년 기간 동안에는 매년 최소 세 편 이상 작품을 발표했다는 점 등을 고려하면 강경애의 간도 시대 중 작가로서 의미 있는 기간은 1933~1937년의 5년간이었음을 알 수 있다.

이 기간은 만보산 사건1931.7, 만주사변1931.9, 괴뢰 만주국 건국1932.3, 일제의 병비兵匪 토벌1932.5과 같은 격변 이후, 일제가 완전히 만주를 장악한 시점에서 시작되고 중일전쟁1937.7이 발발한 시점을 즈음하여 종료된다.[2] 간단히 말해 강경애의 간도 시대는 괴뢰 만주국 시대와 거의 정확히 일치한다고 할 수 있다. 아래 인용은 이 시기 그가 작가로서 자기를 어떻게 정위하고 있었는지를 파악할 수 있는 수필 「이역異域의 달밤」 중 일절이다.

이곳은 간도다. 서북으로는 시베리아, 동남으로는 조선에 접하여 있는 땅이다. 추울 때는 영하 40도를 중간에 두고 오르고 내리는 이 땅이다…… 황폐하여 가는 광야에는 군경을 실은 트럭이 종횡으로 질주하고 상공에는 단엽식單葉式 비행기만 대선회를 한다.

대산림으로 쫓기어 ××를 들고 ××××××하는 그들! 이 땅을 싸고 도는 환경은 매우 복잡다단하다. 그저 극단과 극단으로 중간성을 잃어버린 이 땅이다.

인간은 1937년을 목표로 일대 살육과 파괴를 하려고 준비를 한다고 한다. 타협, 평화, 자유, 인도 등의 고개는 벌써 옛날에 넘어버리고 지금은 제각기 갈 길을 밟지 않을 수 없게 되었다…… 이 거리는 고요하다. 이따금 보이느니 개털모에 총을 메고 우두커니 섰는 만주국 순경뿐이다. 그리고 멀리 사라지는 마차의 지르릉 울리는 종

---

2   최학송, 「'만주' 체험과 강경애 문학」, 『민족문학사연구』 33, 2007 참조.

소리······ (···중략···) 붓을 들고 쓰지 못하는 이 가슴! 입이 있고도 말 못하는 이 마음! 저 달 보고나 호소해볼까. 그러나 차디찬 저 달은 이 인간 사회의 애닯은 이 정황에 구애되지 않고 구름 속으로 또 구름 속으로 흘러간다.

대자연은 크게 움직이고 있다. 『신동아』, 1933.12, 744~745면[3]

글의 끝에 기록된 "33년 11월 용정촌에서"라는 구절로 알 수 있듯 이 글은, 강경애가 괴뢰 만주국 시대 간도에 거주하는 작가로서 어떠한 자세로 창작에 임했는지를 파악할 수 있는 실마리를 제공한다.

이 글이 작성된 시점은 괴뢰 만주국 건국과 그에 이은 일제의 대대적인 항일 세력 격퇴 작전 이후이다. 이때 간도는 "만주국 순경뿐이" "고요"한 "거리"를 지키는, 겉으로 보기에는 평화로운 상태를 유지하고 있었다. 그러나 강경애는 병력을 수송하는 차량과 상공을 선회하는 비행기를 보며 일제가 도모하고 있는 전쟁과 그에 따른 "살육과 파괴"가 임박했음을 예민하게 감지한다. 또 한편 그는, "대산림으로 쫓기어" 들어간 항일 세력의 암약 역시 놓치지 않는다. 강경애의 삶의 장소로서의 1933년 말의 간도는, 식민주의와 그 저항이 각각 "극단과 극단으로" 치달아 "인간 사회"의 의미 있는 움직임이라고는 사라져버린, "대자연"만이 남아있는 무의미한 '공간'에 불과했던 것이다. 여기에서 작가 강경애는 "붓을 들고 쓰지 못하"고 "입이 있고도 말 못하는" 상태에 처해있었다. 그렇다면 1934년에 나온 「소금」과 「인간문제」, 1935년의 「원고료 이백 원」, 1936년의 「지하촌地下村」 등 강경애 문학의 대표작들은, 쓰지 못하는 것을 써낸 고투

---

3 강경애, 『강경애 전집』, 744~745면. 이하, 강경애 작품은 이상경이 편찬한 이 책에서 인용하며 출처는 이와 같은 방식으로 표시한다. 아울러 최초 발표 지면 역시 이 같이 표시한다. 단 「인간문제」의 경우, 이상경 편 전집은 강경애 사후인 1949년에 북한에서 나온 개작본을 저본으로 택하고 있는데, 이 개작의 주체가 강경애인지는 논란의 여지가 있으므로, 원 발표 지면인 『동아일보』 연재본을 저본으로 최원식이 편찬한 문학과지성사판(2006)을 텍스트로 한다.

의 산물이라 할 수 있을 것이다.

이는 단순히 작가가 글쓰기를 통하여 식민주의의 억압에 저항을 했다는 의미만은 아니다. 다시 말해 일본 식민주의가 출판물 검열 등의 제도적 폭력을 통해 금지했던 주제를 쓰는 데에만 강경애의 작가 의식이 있었던 것은 아니라는 뜻이다. 강경애에게 식민주의에 동조하는 화해란 절대 불가능한 것이었지만, 당시는 그에 대한 저항 이념의 가능성마저도 완전히 차단된 상황이었다. 여기서 강경애의 간도 시기 글쓰기는, 어떤 이념도 표현하여 쓸 수 없는 상황에서 지속된, 글쓰기 행위 자체에 그 의의가 있는 것은 아닌가 하는 의문이 도출된다. 그렇다면 강경애의 간도 시대 작품을 현재 읽을 때 염두에 둘 질문은, 그것을 통하여 작가의 혹은 당시의 어떠한 '이념'이 표현되어 있는가가 아니라, 그 쓰기 행위 자체의 수행적 효과는 무엇인가여야 할 것이다.[4] 물론 당시 간도에 거주하는 조선인 작가라면 당연히 일제에 대한 저항 의식을 가졌을 것이며, 나아가서는 이 의식의 유무가 현재 간도 문학을 평가하는 절대적인 기준이 됨을 부정할 수는 없다. 그러나 그러한 의식은 강경애가 위의 인용에서 써놓았듯 "쓰지 못하는 이 가슴!"이라는 부정 표현과 느낌표라는 문장부호로만 드러날 수 있었다. 그렇다면 강경애 텍스트에서 우리가 현재 읽어내는 '작가 의식'이란 사실은, 부정형이라는 문법 현상으로서만, 또는 "말 못 하는"(즉 소리 내어 읽을 수 없는) 부호로서만 실재하는 것이다.

기존의 강경애론은, 시대 의식을 지닌 작가로서 의당 써야 할 것을 못 쓰는 자기 상황에 대한 안타까움을, 그의 철저한 작가의식의 발로로 해석하곤 한다.[5]

---

4 이 글에서 사용되는 '글쓰기'라는 용어는, 텍스트를 그 외부에 존재하는 의미의 투명한 표현으로 보지 않고, 그것이 쓰이고 동시에 해석되는 과정의 시간적 흐름 속에서 끊임없이 형성되었다가 사라지는 의미의 수행으로 보는, 자크 데리다의 개념에 기반을 두고 있다. 특히 문학적 언어에 대하여 데리다는, 자기 아닌 무언가의 기호여야 한다는 의무로부터 해방된 자유로운 담화라고 지적한 바 있다. Jacques Derrida, trans. Alan Bass, "Force and Signification", *Writing and Difference*, Chicago : University of Chicago Press, 1978, p.12.

돌 한 개 만져보지 못한 나, 흙 한 줌 쥐어보지 못한 나는 돌의 굳음을 모르고 흙
의 보드라움을 모르는 나는, 아니 이 차 안에 있는 우리들은 이렇게 평안히 이렇게
호사스럽게 차 안에 앉아 모든 자연의 아름다움을 맛볼 수가 있지 않은가. / 차라리
이 붓대를 꺾어버리자. 내가 쓴다는 것은 무엇이었느냐. 나는 이때껏 배운 것이 그
런 것이었기 때문에 내 붓끝에 씌어지는 것은 모두가 이런 종류에서 좁쌀 한 알만
큼, 아니 실오라기만큼 그만큼도 벗어나지 못하였다. 그저 한판에 박은 듯하였
다. 「동광」, 1932.8, 732면

위의 인용은 만주국 건국에 이은 일제의 대대적 항일 운동 세력 소탕이 불러
온 혼란을 피하여 잠시 간도를 떠나 조선으로 돌아오는 심경을 쓴 「간도를 등
지면서, 간도야 잘 있거라」에서 온 것이다. 여기서 작가 의식이 명백히 드러나
는 지점은 "차라리 이 붓대를 꺾어버리자"는 문장으로, 이를 통해 "돌의 굳음"
과 "흙의 보드라움"을 그대로 현현시키는 글을 쓰지 못할 바에는 "내가 쓴다는
것은" 아무 의미도 없다는 작가의 자기반성을 읽어낼 수 있다.[6] 이는 강경애가
작가 자신을 연상시키는 지식인 여성을 주인공으로 내세운 소설들, 즉 「원고료
이백원」, 「동정」, 「그 여자」 등의 작품에서 보이는 강렬한 자기비판과도 이어지
는 테마이다.[7]

---

5 송명희, 「강경애 문학의 간도와 디아스포라」, 『한국문학이론과 비평』 38, 2008, 14면.
6 서영인, 「강경애 문학의 여성성」, 김인환 외편, 『강경애 시대와 문학』, 랜덤하우스코리아, 2006,
   105~111면.
7 정미숙은 강경애 소설에서 '간도'라는 공간적 배경이 갖는 중요성에서 출발하여 강경애 특유의
   여성 형상을 "간도에의-존재"로 개념화한 바 있다. 「강경애 소설과 '간도'의 공간적 시점」, 『한국
   문학이론과 비평』 38, 2008, 53면. 이 연구에서 강경애의 작가로서의 자기에 대한 강렬한 비판
   의식은 지식인-작가가 주인공으로 등장하는 작품을 통해서 확인되고 어떤 의식적 이데올로기로
   도 환원될 수 없는 여성성은 하층 여성을 그린 작품을 통해서 확인된다. 이는 자기비판-자기(自
   棄)를 방법으로, 비(非)자기에 대한 충실성을 그 방법을 통해 드러나는 내용으로 전제하고 있는
   논법이다. 이 글은 강경애 소설에 나타난 '여성성'을 작가의 간도 '지방성'과 연결시켜 이해하는
   정미숙의 구도에는 동의하지만, 여성성과 지방성 모두 텍스트 표면의 형식적 차원에만 현상한다

강경애의 철저한 작가의식은 곧 하층민 여성 형상의 핍진성과 연결되곤 한다. 강경애 소설에는 하층민 인물들_{성별을 따지면 주로 여성들}의, 독자를 경악시킬 정도의 심리적, 육체적, 경제적 궁핍^{destitution} 상태가 적나라하게 재현되어 있다. 그 경악은 때때로 독서를 더 이상 진행시키지 못할 정도로, 또 그 정도로 적나라하게 재현된 대상의 의미화^{signification}를 방해할 정도로 심해지기도 하는데, 기존의 연구들은 이를, 강경애가 지식인-작가로서의 자기비판을 철저히 행한 결과 도달한 현실에 대한 충실성으로 해석하곤 하는 것이다. 이러한 독법에는 다음의 두 전제가 동시에 깔려 있다. (1)쓰는 자가 글에서 자기를 배제시킬수록 그 글의 대상(혹은 글 외부의 현실)은 있는 그대로 드러난다. (2)글을 읽고 해석하는 행위를 좌절시킬수록 그 글의 대상은 더 현실적이다. 이 두 전제는 또한, (1.1) 텍스트의 궁극적 의미는 그 외부에 있다, 와 (2.1)텍스트의 생산과 그 의미의 확정은 따라서 저자와 독자가 텍스트 자체와는 상관이 없을 때에 성취된다, 는 전제로 이어진다. 이렇게 놓고 보면 작가의 자기비판=현실의 적나라한 재현이라는 기존 연구의 도식은, 위에서 지적한바, 강경애 간도 시기 문학의 글쓰기에 대한 자기반성이 드러내는 자기성^{自棄性}을 은폐해 버리는 효과를 낳는 것이다.

강경애가 간도 시기 문학에서 지향한바, "자연"을 재현^{再現}하지 않고 그대로 현현시키고자 하는 글쓰기란, 글을 쓰지 않음이라는 행위와 쓰인 글이라는 재현물 사이의 간극으로서만 존재할 수 있음을 지적해야 한다. 다시 말해 현실에 직핍하고자 하는 강경애의 작가 의식은 자기 글쓰기가 현실과는 다를 수밖에 없으며, 또 그것을 자인함에도 불구하고 쓰는 행위를 통해서만 드러나는 것이다. 현실 속에서 자기를 해소시키고자 하는 '나'가 현실과는 다른 글을 쓰는 '나'에게 하는 청유가 "차라리 이 붓대를 꺾어버리자"는 종결법으로, 전자의

고 보며, 이를 포착하는 개념으로 "간도적 글쓰기"를 제안하는 것이다.

'나'가 후자의 '나'에게 그럼에도 불구하고 왜 계속 쓰는지 가지는 의문이 "내가 쓴다는 것은 무엇이었느냐"는 의문형 종결어미로 나타난다.

강경애의 부정문과 문장부호는 현재의 해석자가 개입함으로써만 그 의미를 드러내며, 그의 청유와 의문의 종결법 역시 그 문장들의 수신자가 현재의 해석자일 때에만 거기 담긴 작가 의식을 드러낸다. 이는 강경애 문학의 간도 문학으로서의 의의가 그 글쓰기의 차원, 즉 현실적 행위와 재현된 텍스트 사이의 차원에 존재함을 증명한다. 쓸 수 없는 것을 쓰는 것은, 쓰는 주체가 생산한 텍스트 자체만으로는 결코 수행될 수 없으며, 텍스트가 그것을 쓴 주체의 의도를 벗어나고, 나아가서는 그 주체란 텍스트의 생산에 반하는 자로서 현현할 할 때에만 가능해진다.

이것이 '간도적 글쓰기'라는 점을 밝히고자 하는 이 글의 논의는, '간도'가 작가의 재현 욕망을 거부하는, "인간 사회"를 벗어난 원시적 "대자연"임을 증명하는 것이 아니다. 쉽게 말해 '간도'에 대해서는 쓸 수 없으며, 만약 간도에 대한 글이 있다면 그것은 '대자연 간도'에 대한 '인간적' 왜곡에 지나지 않는다고 주장하기 위해, '간도적 글쓰기'라는 개념이 고안된 것은 아니다. 강경애 문학에서 우리가 읽어내는바 '간도적 글쓰기'란, 강경애가 쓴 것 가운데서 '쓸 수 없는 것들'이 나타나는 고유의 방식을 찾는 우리의 해석 과정 중에 나타난다. 그리고 그 과정은 강경애가 살고 있었던 장소인 '간도'의 고유성을 찾아가는 과정[8]이며, 그런 의미에서 '간도적 글쓰기'라는 명명은 가능한 것이다.

이 글은 이 개념을 통하여 강경애 문학에 나타난, 의미화를 거부하는 '여성성'이 텍스트의 의미화의 좌절로서가 아니라 그 표층에서 의미를 생성시키는

---

8 Gayatri Chakravorty Spivak, "A Literary Representation of the Subaltern : A Woman's Text from the Third Word", *In Other Worlds : Essays in Cultural Politics*, New York : Routledge, 1998.

작용을 하고 있음을 주장할 것이다제2절. 그리고 그 의미 생성 과정은, 강경애 텍스트의 (말 그대로의) 표면에 남아 독자의 최종적 해석을 끝없이 지연시키고 있는, 일제의 검열이 남긴 흔적을 통해서, 역설적으로 활성화되고 있음을 볼 것이다제3절. 이 분석들을 통하여 결국 강경애 텍스트는 작가의 혹은 당대의 이념의 단순한 표현으로서가 아니라 텍스트가 생산된 장소를 그것을 해석하는 장소와 하나로 통합함으로써 다시 살아갈 수 있게 될 것이다.

2. 여성의 침묵

강경애 문학의 간도 시대는 주지하다시피 1931~1939년이며 이는 작가의 문학적 전성기라 할 1933~1937년 시기를 온전히 포함한다. 그리고 그 정점에 서있는 작품이 장편소설 「인간문제」『동아일보』, 1934.8.1~12.22이다. 이 작품은 일제시대 한국문학 최고의 리얼리즘 소설 중 한 편으로 평가[9]되는 한편 "추상적 이상주의로 귀결된 사회주의 리얼리즘의 무거운 틀"을 극복하지 못한 채 "평면성"이라는 한계를 노정한 작품[10]으로 평가되기도 한다. 이렇게 평가하는 논리의 핵심에는 「인간문제」의 주인공인 선비라는 여성 인물의 침묵이 자리 잡고 있다. 황해도 용연 마을 출신인 선비는, 식민 권력과 결탁하여 소작농들에게 횡포를 일삼는 지주 덕호 때문에 아버지를 잃으며, 자신은 또 덕호에게 겁탈당한 후 마을을 떠나 인천의 방적 공장에 취업한다. 공장에서 만난 어린 시절 친구 간난이의 도움으로 선비는 계급의식에 눈을 뜨게 되지만 막 그것을 실행에 옮

9   이상경, 『강경애-문학에서의 성과 계급』, 건국대 출판부, 1997.
10 최원식, 「「인간문제」, 사회주의 리얼리즘의 성과와 한계」, 강경애·최원식 편, 『인간문제』, 문학과지성사, 2006, 412~413면.

기려는 순간 폐병으로 죽고 만다.

이 과정에서 선비는 그를 성적 욕망의 대상으로 하는 남성 인물들과 관계를 맺는데, 이들은 용연 마을 지주 덕호, 덕호의 딸 옥점과 유사 연인 관계에 있는 인텔리 신철, 인천 방적 공장의 감독, 용연 마을의 소작농 출신으로 이후 인천 부두에서 노동자 생활을 하는 첫째, 이상 네 명이다. 이들 중 선비와 같은 프롤레타리아 계급이면서 소설의 주제 의식을 구현하고 있는 인물인 첫째와, 첫째가 사상적 개안을 할 수 있도록 지도하는 지식인 신철, 이들 둘은 작품 속에서 선비와 대화를 할 기회조차 갖지 못한다. 반면 지주 덕호는 선비를 겁탈하고 공장 감독은 선비에 대한 자신의 욕망을 충족시키기 위한 갖은 수작을 한다. 그러나 이들 부르주아 계급의 남성 인물들은 철저히 선비를 대상화하는 데서 그친다는 점에서, 선비와의 관계에 관한 한 신철과 첫째와 사실상 동일하다. 요컨대 선비는 「인간문제」 서사의 축을 이루는 남성 인물들 간의 갈등 관계로부터, 이들 전형적 두 인물군이 빚어내는 계급 갈등으로부터 철저히 소외되어 있는 것이다.

한참이나 생각하던 선비는, 좀더 있다가 간난이가 나갔으면 내 이렇게 답답하지는 않을 것을……하며, 그가 무사히 나갔는가 하였다…… 동시에 미지의 동지들이 모두 어떤 사람들인가? 첫째와 같은 그런 사람인지도 모르지? 혹 첫째도 그들 중에 한 사람인 것을 자기가 모르는가……하였다 (…중략…) 아직도 그는 암흑한 생활 속에서 그의 나갈 길을 찾지 못하고 동분서주만 하는 것 같았다. 이렇게 생각하고 나니 선비는 첫째를 꼭 만나보고 싶었다. 그래서 무엇보다도 먼저 계급의식을 전해주고 싶었다. 그러면 그는 누구보다도 튼튼한, 그리고 무서운 투사가 될 것 같았다…… 그래서 손끝을 볼에 대며 덕호를 겨우 벗어난 자신은, 또 그보다 더 무서운 인간들에게 붙들려 있다는 것을 강하게 느끼며, 오늘의 선비는 옛날의 선비가 아니라……고 부르짖고 싶었다.[11]

총 120회의 연재분 중 위의 인용은 113회에 해당하며, 선비의 죽음은 118회에 암시되어 마지막 회인 120회에서 확인된다. 선비를 "계급의식"으로 이끌었던 간난이가 공장을 탈출하여 "미지의 동지들"과 파업을 도모하고 있는 사이, 간난이가 자기에게 맡긴 임무들을 곱씹어 보던 선비는 그들과 계급적 연대감을 느끼며 프롤레타리아로서의 정체성을 절실하게 깨닫는다. 그리고 이 깨달음은 첫째를 다시 만나 그를 "암흑한 생활"로부터 구원하여 "무서운 투사"의 길로 이끌고 싶다는 강렬한 욕망으로 이어진다. "옛날의 선비"로부터 탈피하여 "오늘의 선비"로 다시 태어난 그는, 이제 남성들만이 주체로 나서는 계급 갈등의 장에 자신의 분명한 몫이 있음을 "부르짖고 싶"어 하는 것이다. 하지만 선비의 이 "부르짖"음은 끝내 「인간문제」에 나타나지 못한다.

병자의 몸은 벌써 싸늘하게 식었으며 얼굴이 파랗게 되었다. 철수는 후 하고 한숨을 쉬고 첫째를 돌아보았다. 가슴을 졸이고 섰던 첫째가 한 걸음 다가서며 들여다보는 순간,

"선비!"

그도 모르게 그는 소리를 지르고 나서 우뚝 섰다. 그의 앞은 아득해지며 어떤 암흑한 낭 아래로 채여 떨어지는 것을 느꼈다. 그가 어려서부터 그리워하던 이 선비! 한번 만나보려나⋯⋯하던 이 선비, 이 선비가 인전 저렇게 죽지 않았는가! 찰라에 그의 머리에는 아까 철수에게서 들었던 말이 번개 같이 떠오른다⋯⋯ 그렇다! 신철이는 그만한 여유가 있었다! 그 여유가 그로 하여금 전향을 하게 한 게다. 그러나 자신은 어떤가? 과거와 같이 그리고 눈앞에 나타나는 현재와 같이 아무러한 여유도 없지 않은가! 그러나 신철이는 길이 많다. 신철이와 나와 다른 것이란 여기 있었구

---

11 강경애, 『인간문제』, 367~368면.

나!……한번 만나 이야기도 못 해본 그가 결국은 시체가 되어 바로 눈앞에 놓이지 않았는가!

　이제야 죽은 선비를 옜다 받아라! 하고 던져주지 않는가.

　여기까지 생각한 첫째의 눈에서는 불덩이가 펄펄 나는 듯하였다.

　그리고 불불 떨었다. 이렇게 무섭게 첫째 앞에 나타나 보이는 선비의 시체는 차츰 시커먼 뭉치가 되어 그의 앞에 칵 가로질리는 것을 그는 눈이 뚫어져라 하고 바라보았다.

　이 시커먼 뭉치! 이 뭉치는 점점 크게 확대되어가지고 그의 앞을 캄캄하게 하였다. 아니, 인간이 걸어가는 앞길에 가로질리는 이 뭉치……시커먼 뭉치, 이 뭉치야말로 인간 문제가 아니고 무엇일까?[12]

　"오늘의 선비"의 자기 선언을 대신해 줄 수 있는 유일한 인물인 첫째는, 소설의 대미를 이루는 위의 인용에서 보듯, 시체가 되었을 때에야 겨우 선비를 처음으로 만난다. 그리고 노동자에게 동조적인 부르주아 출신 지식인 신철과는 본질적으로 구분되는 프롤레타리아 계급적 정체성을 분명하게 인식한다. 지식인으로부터 사상 교육을 받음으로써 계급의식을 각성한 첫째였지만, 이 장면에서 그의 의식은 그러한 도움을 배제함으로써 오히려 한층 철저해지고 있는 것이다.[13] 주목할 것은 이러한 사상적 개안을 결정적으로 촉발하는 "선비의 시체"가 "시커먼 뭉치가 되어" 첫째의 "앞을 캄캄하게 하"며, "앞길에 가로질리는 이 뭉치"가 "인간 문제"로 격상되고 있다는 점이다. 이는 현대 사회의 모든 모순의 원인으로 계급 갈등을, 그리고 그 유일한 해결책으로 프롤레타리아 혁명을 내

12　위의 책, 388~390면.

13　지식인인 신철의 관점에서 「인간문제」의 결말 부분의 의미를 논의한 연구로 정원채, 「강경애 소설에 나타난 지식인에 대한 인식」, 『현대소설연구』 42, 2009 참조.

세우는 "사회주의 리얼리즘"의 "추상적 이상주의"가 돌출하는 순간으로 해석될 소지가 다분하다.

그러나 해석의 초점을 첫째의 각성이 아니라 선비의 침묵으로 옮긴다면 이는 오히려 「인간문제」의 '구체성'을 보증하는 근거가 된다. 선비의 죽음에 당면한 첫째의 각성과 앞으로 그가 수행해 나갈 계급투쟁은, "인간 문제" 해결의 실마리이자 "오늘의 선비"가 육체적 죽음에도 불구하고 인간 사회를 살아갈 수 있는 유일한 방법임을 부정하기는 어렵다.[14] 그러나 첫째가 자기에게 건네는 "선비!"라는 호명에도 침묵 상태를 유지할 수밖에 없는 선비는, 이와 같은 이념적 환원을 끝내 거스르는 "시체"라는 물질성으로 남아 있을 수밖에 없다. "선비의 시체"를 어떻게 의미화할 것인가 하는 문제는 「인간문제」라는 제목이 암시하듯 끝내 "문제"로, "시커먼 뭉치"로 남을 수밖에 없는 것이다. 「인간문제」의 마지막 문장이 "그러면 앞으로 이 당면한 큰 문제를 풀어나갈 인간이 누굴까?"[15]라는 의문문에 그치는 것은 바로 이런 이유에서이다. 부르주아와 프롤레타리아로 갈려 계급 갈등을 빚는 남성들 사이의 전선이, 첫째의 프롤레타리아적 정체성의 절대화를 통해 보듯, 아무리 첨예화되고 극렬해진다 할지라도, 이 선비라는 여성은 그처럼 "인간"을 추상적 이념형으로 환원시키고자 하는 모든 시도를 무

---

14 제4차 간도 공산당사건(1930)을 배경으로 하는 강경애의 작품 「어둠」(『여성』, 1937.1~2)에 대한 분석에서 이상경은 이 작품이 "가난이든 양심이든 인물을 벼랑 끝까지 밀고 가는 작가의 냉정함 혹은 문제 추구의 성실함"을 그 작가의식의 근간으로 함을 지적한다. 이상경은 이러한 철저한 작가의식 덕분에 강경애가 당시 조선 내의 어느 작가도 정면으로 다루지 못한 사건을 형상화할 수 있었음을 고평한다. 한편 「어둠」의 여주인공은 간도공산당사건의 당사자의 여동생으로 설정되어 있는데 그녀는 사건의 압도성에 짓눌려 정신이 파탄 나 버리는 결말을 맞는다. 이상경은 여성 인물의 이와 같은 형상화 방식이, 상황을 주도하는 남성 주체에게 자기를 의탁함으로써 우회적으로 주체성을 회복하는 방식일지 모른다고 해석한다. 이상경, 「1930년대 후반 여성 문학사의 재구성」, 『페미니즘연구』 5, 2005, 26~34면. 「인간문제」에서도 나타나는 이와 같은 여성적 주체성의 현실로부터의 전면적 폐제를, 본장에서는 남성에 대한 여성의 자기 의탁으로 보지 않고, 글쓰기 과정을 통해 드러나는 여성성의 물질적 현현으로 보는 것이다.

15 강경애, 『인간문제』, 390면.

화시키는 구체적 물질성으로 끝내 남는 것이다. 선비는 침묵하는 시체로 끝내 자기를 지속함으로써 "인간"에 대한 모든 관념화에 저항하는 "인간"이라는 "문제"의 구체성을 육화하고, 그 상태로 "인간 사회"에서의 삶을 영원히 지속한다.

「인간문제」가 제시하고 있는바, 그 해결책이 본질적으로 제시될 수 없는 "문제"로서의 인간은, 남성적 발화를 끝내 방해하고 남성의 진로에 "가로질리는" "시커먼 뭉치"로서의, 여성적 신체의 물질성으로 육화되어 나타난다. 그리고 「인간문제」라는 작품은 "선비의 시체"를 "인간 문제"라는 보편성으로 순간적으로 비약시켜 버림으로써 역설적으로 그 문제성을 절대화한다. 그리고 이 문제는, 작품의 제목과 마지막 문장에서 보듯, 작품을 읽고 해석하는 자가 주체로서 자기를 의미화하도록 부추기는 질문의 형식으로 나타난다. 해석자는 「인간문제」가 던진 질문에 대한 대답을 제공하여야 할 의무를 지게 되고, 그 과정에서 끝내 침묵하고 있는 "선비의 시체"에게, 첫째가 외친 "선비!"라는 호명 외에 다른 말 건내기를 시도해야 할 긴급성을 느낀다. 다시 말해 현재의 해석자는 침묵하는 여성, 즉 "젠더화된 서발턴이 재현되어 있는 동정적인 텍스트"를 읽으면서 자신의 "주체-위치가 지정되는 과정 자체를 가시화"할 수 있는 기회를 얻는 것이다.[16]

이는 「인간문제」가 철저하게 주변부화된 여성을 주체화하지 않고 오히려 그 주변성을 절대화시켜 버림으로써 역설적으로 그 고유성을 확보하고 있음을 증명한다. 결국 「인간문제」는, 강경애가 간도에 거주하면서 그것을 창작했다는 우연적 장소성 때문이 아니라, 쓸 수 없는 것이 글쓰기 속에서 고유성을 찾아가는 끝없는 과정으로 나타나도록 했다는 점에서, 간도적 글쓰기에 이르고 있는 것이다.

---

16 Gayatri Chakravorty Spivak, "A Literary Representation of the Subaltern", p.332.

3. 먹칠과 인쇄 사이

「인간문제」가 "젠더화된 서발턴" 선비를, 의문형 종결법과 물음표를 통해, 끝내 "시커먼 뭉치"라는 쓸 수 없는 것으로 남겨두었던 것은, 작가 강경애의 전략이라고 할 수도 있지만, 당시 엄혹했던 검열 탓이라고 볼 수도 있다. 쉽게 말해 강경애가 「인간문제」를 의문문으로 끝낼 수밖에 없었던 것은 그의 본래 의도가 아니며 검열을 우회하기 위해 어쩔 수 없이 취했던 결말법이라고 볼 수도 있는 것이다. 1949년에 북한에서 출판된 「인간문제」는 이런 관점에서 작품의 결구를 다음과 같이 수정해 놓고 있다. (1)이 『동아일보』 1934년 연재본의 것이고 (2)는 1949년 북한 노동신문사 판본의 것이다.

> (1)
>
> 이 인간 문제! 무엇보다도 이 문제를 해결하지 않으면 안 될 것이다. 인간은 이 문제를 위하여 몇 천만 년을 두고 싸워왔다. 그러나 아직 이 문제는 풀리지 않고 있지 않은가! 그러면 앞으로 이 당면한 큰 문제를 풀어나갈 인간이 누굴까?[17]

> (2)
>
> 이 인간 문제! 무엇보다도 이 문제를 해결하지 않으면 안 될 것이다. 인간은 이 문제를 해결하기 위하여 몇 천만 년을 두고 싸워왔다.
>
> 그러나 아직 이 문제는 해결되지 못하였다. 앞으로 이 문제는 첫째와 같이 험상궂은 길을 걸어왔고 또 걷고 있는 그러한 수많은 인간들이 굳게 뭉침으로써만 해결할 수 있을 것이다.북한 노동신문사, 1949, 413면

---

17 강경애, 『인간문제』, 390면.

(1)은 "인간 문제"를 해결할 주체를 "누굴까?"라는 의문 속에 남겨 두고 있는 반면 (2)는 "첫째와 같이 험상궂은 길을 걸어왔고 또 걷고 있는 그러한 수많은 인간들"을 정확히 지정하고 있으며 이들이 "굳게 뭉침으로써만 해결"할 수 있는 것이라고 하여 그 방법 역시 지정하고 있다. 위에서 지적했다시피 사회주의 리얼리즘 소설 「인간문제」의 전망을 짊어진 인물이 첫째이며 그에게 선비의 죽음의 의미는 계급의식의 철저화에 있었다는 점을 고려한다면 (2)의 '복원復原'은 작가 강경애가 의도한바 '원본原本'을 '되살린' 적절한 결과일 것이다.[18] 이 '복원'이 작가 자신의 것이었는지는 논의의 여지가 있다는 점은 차치하고라도, 그 '복원'의 결과 「인간문제」가 궁극적으로 사회주의 리얼리즘 창작방법론의 경직된 작품화에 그치게 된다는 점을 간과하기는 어렵다. 즉 작중 인물 선비의 죽음이 갖는 의미가 완전히 고정되어 버림으로써, 그 고유성은 분쇄되어 버리고 나아가서는 「인간문제」라는 작품 자체의 역사성 역시 은폐되어 버리고 마는 것이다.

「인간문제」의 해방 후 북한 '복원' 판이 초래한 문제를 통해서 알 수 있는바, 강경애 작품의 현실성은 이념을 직접 표현함으로써가 아니라 오히려 글쓰기 과정 속에서 이념의 궁극적 실현을 무한히 지연시킴으로써 적실해진다. 그리고 그것은 여성성을 어떤 '주의主義'로도 환원시킬 수 없는 물질성으로 남겨두는 것을 통해 성취된다. 그렇다면 현재 강경애 작품을 읽는 해석자로서의 우리는, 그 작자 강경애가 그 작품을 씀으로써 우리에게 원래 전달하고자 했던 이념이 무엇인지를 찾을 것이 아니라, 강경애가 썼음에도 불구하고 여전히 쓸 수 없는 것으로 남아 있는 것을 그대로 보존한 채 드러내야 하는 것이다. 이러한 맥락에서 일제의 검열로 작품의 결말이 결정적으로 훼손되었으며 이후 남한과 북한에서

---

18 남북한 통틀어 최초의 강경애 전집을 편집한 이상경이 『동아일보』판이 아니라 노동신문사판을 저본으로 삼은 것은 이러한 맥락에서였을 것이다.

각각 복원이 시도된 작품인 「소금」『신가정』, 1934.5~10을 살펴보고자 한다.

「소금」은 간도에 이주하여 중국인 지주의 소작인으로 빈궁한 생활을 꾸리는 가족의 농가를 묘사하는 것으로 시작된다. 아들 봉식, 딸 봉염, 그리고 남편과 함께 어려운 생활을 해가는 봉염 모가 이 작품의 주인공이다. 그녀는 일제의 후원을 받는 자위대와 중국인 지주 팡둥의 편에 서서 땅을 부치던 남편이 공산당 세력에게 죽임을 당하자 바닥 모를 추락에 접어든다. 남편이 죽자 아들 봉식은 가출하여 공산주의 계열 항일 운동에 참여하고, 집안의 남자들을 모두 잃은 봉염 모와 봉염은 지주 팡둥의 집에 들어가 허드렛일을 해주며 연명한다. 봉염 모의 유일한 희망은 행방이 묘연해진 아들을 언젠가 만나겠다는 데 있을 뿐이다. 그러나 그녀의 이러한 희망은, 어느 날 공산주의 활동으로 체포되어 처형당하는 봉식을 목격한 팡둥이, 이를 빌미로 그녀를 내쫓아 버리면서 무산되고 만다. 아들에게 걸고 있던 희망이 무너지며 생계를 이을 수단마저 박탈당하는 이 시점에, 봉염 모는 설상가상으로 자신을 겁탈한 팡둥의 아이까지 임신하고 있는 상태였다.

그는 시름 없이 머리를 숙이며 원수로 애는 왜 배었는지 하며 일감을 들었다. 바늘 끝에서 떠오르는 그날 밤. 그날 밤의 팡둥은 성난 호랑이 같이도 자기에게 덤벼들지 않았던가. 자기는 너무 무섭고도 두려워서 방안이 캄캄하도록 늘인 비단 포장을 붙들고 죽기로써 반항하다가도 못 이겨서 애를 배게 되지 않았던가. 생각하면 자기의 죄 같지는 않았다. 그런데 왜 자기는 선뜻 팡둥에게 이 말을 하지 못하는가. 그리고 그렇게 먹고 싶은 냉면도 못 먹고 이때까지 참아왔던가. 모두가 자기의 못난 탓인 것 같다. '왜 말을 못해. 왜 주저해. 이번에는 말할 테야. 꼭 할 테야. 그리고 냉면도 한 그릇 사달라지.' 하며 그는 눈앞에 냉면을 그리며 침을 꿀꺽 삼켰다. 그러나 이 생각은 헛된 공상임을 깨달으며 한숨을 푸 쉬면서도 픽하고 웃음이 나왔다. 모든 난문제가 산과 같이 자기를 둘러싸고 있거늘 어린애 같이 먹고 싶은 생각부터 하는 자신이 우습고도 가련해 보였던 것이다. 그러나 먹고 싶은 것은 어쩔 수 없다. 목이 가렵도록 먹고 싶다. 냉면만 생각하면 한참씩은 안절부절할 노릇이다.507~508면

위 인용은 봉염 모가 팡둥에게 임신 사실을 선뜻 알리지 못하고 주저하는 심리가 표현된 부분이다. 여기서 특히나 두드러지는 것은 그가 자신을 겁탈한 팡둥에 대한 분노나 그것을 표현하지 못하여 느끼는 억울함이 아니라 오직 "냉면"을 먹고 싶다는 욕망에 몸부림치고 있다는 사실이다. 봉염 모 스스로도 "모든 난문제가 산과 같이 자기를 둘러싸고 있"음을 잘 알지만 마치 모든 문제가 "냉면"을 먹기만 하면 해결될 것처럼 여기는 "자신이 우습고도 가련해 보"임을 잘 알고 있다. 그러나 이 욕망은 그 주체를 거의 집어삼킬 정도로 격심해져만 가는 것이다. 여기서의 "냉면"을 두고 어떤 인위적 착취 시스템으로도 무화시킬 수 없는 강인한 생명력을 상징하는 기호로 해석할 수도 있다. 그러나 여전히 문제는 남는다. 그런 해석에 따르면 "냉면"은 또한 비인간적인 자본주의 체제에 저항하는 계급주의적 인간성이라는 의미를 지녀야 할 것이다. 하지만 위에서 지적했듯 "냉면"은 오히려, 봉염 모의 주체성을 붕괴시키는 중독물에 가까운 것이다. 위의 인용에서 봉염 모는 오직 "냉면"을 먹기 위해서만 존재하는, 즉 "냉면"이 봉염 모라는 인간을 대상화하여 스스로 주체의 자리를 차지하는 상황에 처해 있는 것이다.

여기서 봉염 모가 작품의 초반부에서, 지주 팡둥을 만나겠다고 나간 남편이 귀가하지 않자 걱정하는 장면을 돌이켜볼 필요가 있다. "그는 한숨을 푹 쉬며 '없는 사람은 내고 남이고 모두 죽어야 그 고생을 면할 게야. 별수가 있나, 그저 죽어야 해'하고 탄식하"492면는데, 이 부분은 위에서 분석한 "냉면"의 의미와 연결시켜 보면 그 의미가 새롭게 드러난다. 일별하기에 방금 언급한 이 탄식은,

프롤레타리아 계급에 대한 착취가 그들의 생존을 위협함으로써 제도화되어 있음을 드러내는 부분으로 읽힐 것이다. 봉염 모는 그러한 현 제도 속에서 나고 자란 인물로서 제도를 극복할 수 있는 길이란 완전히 차단되어 있는 상황을 탄식한 것이다.

그러나 한편으로 "모두 죽어야" 현 제도의 "고생을 면할" 것이라는 말은, 자본주의 착취 시스템이란 생존을 볼모로 프롤레타리아를 무한히 착취하지만 동시에 프롤레타리아의 생존에 자본주의 체제 전체가 그 명운이 걸려 있음을 폭로하는 말이기도 하다. 한 걸음 더 나아가 해석하자면, 이 말은 프롤레타리아가 추구할 미래적 '인간성'은 자본주의가 볼모로 잡고 있는 단순한 생존의 차원에서 그치지 않음을 암시하고 있다. 위에서 분석했듯, 봉염 모가 팡둥으로부터 얻어내고자 하는 "냉면"은 그의 '생명의 순수한 욕망의 대상'이 아니라 그의 주체성을 완전히 붕괴시키는 중독물과 같은 것이었다. 따라서 프롤레타리아가 회복해야 할 인간성이란, "냉면"을 먹고 싶은 욕망을 충족시킴으로써가 아니라, "냉면"을 "인간 문제"와는 무관한 물질성의 차원에 남겨둠으로써 성취 가능한 것이다.

이러한 맥락에서 이 작품의 제목을 이루는 소재 "소금"의 의미를 새롭게 해석할 수 있는 길이 열린다. 작품의 초반부에서 봉염 모는, 조선에서는 싸게 구할 수 있던 소금을 간도에서는 매우 비싼 값을 치르지 않고서는 살 수 없으며 따라서 고된 농사에 시달리는 남편에게 간이 맞는 음식을 해줄 수 없음을 깊이 탄식한다.495면 남편이 죽은 후 지주 집에서 기식할 때에도 그는 "이 집은 소금을 흔하게 쓰두먼"이라고 생각하며 남편에게 "반찬 한 번 맛있게 못 해주었"505면던 처지를 한탄한다. 봉염 모는 위에서 서술했듯 결국 임신한 채로 지주 집에서 쫓겨나는데, 이후 그 아이를 낳고 봉희라 이름을 붙인다. 생계를 유지하기 위해 그는 봉염과 봉희를 놓아 두고 유모로 들어가 명수라는 남의 집 아이를 기르는 생활을 1년 정도 지속한다. 그러나 극심한 궁핍과 비위생적 환경 때문에 봉염과 봉희는 전염병에 걸려 죽고, 유모 자리마저 잃고 만다. 이 상황에서 봉염 모는 소금 값이 싼 조선에서 소금을 밀수입해 간도에 팔아서 생계 유지를 하고자 한다. 천신만고 끝에 간도에 소금을 이고 들어오지만 사염私鹽 밀수죄로 적발되어 모두 압수당하고 만다. 봉염 모가 순사에게 끌려가면서 소설은 마무리된다.

"소금"이란 생존 유지에 필수적인 물질이다. 따라서 "소금"은 기본적인 생존마저도 위협하는 자본주의 체제의 불합리성, 관염官鹽만을 합법적으로 인정함으로써 자본주의와 결탁하고 있는 식민지 국가 권력의 비인간성을 상징하는 기호로 볼 수 있다. 나아가 이 "소금"을 매개로 봉염 모가 공산주의의 역사적 정당성을 인정하게 된다는 설정을 고려한다면, "소금"은 공산주의 운동 세력과 프롤레타리아 사이의 연대 가능성과 그 역사적 필연성에 대한 희망을 또한 상징한다고 할 수 있을 것이다. 그러나 이러한 "소금"의 상징적 의미는 소설의 마지막 부분을 먹칠로 가려 놓은 일제의 검열 때문에 작품 발표 당시에는 전혀 알아챌수 없었다. 작품의 발표 시점인 1934년으로부터 각각 약 70년과 50년이 지난후 남한과 북한에서는 먹칠에 가려진 작품의 '원본'을 다음과 같이 복원하여 놓고 있다. (3)은 2005년 한만수가 국립과학수사연구소 문서감식실의 도움을 얻어 과학적 방법으로 복원한 「소금」의 마지막 부분이며, (4)는 북한 문예출판사에서 1986년 펴낸 강경애 작품집에 수록된 복원 판이다.

(3)

밤 산마루에서 무심히 아니 얄밉게 들었던 그들의 말이 ○○떠오른다. "당신네들은 우리의 동무입니다! 언제나 우리와 당신네들이 합심하는 데서만이 우리들의 적인 돈 많은 놈들을 대적할 수 있습니다!" 컴컴한 어둠 속에서 이어지던 이 말! 그는 가슴이 으적하였다. 소금 자루를 뺏지 않던 그들이었다. 그들이 지금 곁에 있으면 자기를 도와 싸울 것 같다. 아니 꼭 싸워줄 것이고 "○○○ 내 소금을 빼앗은 것은 돈 많은 놈이었구나!" 그는 부지 중에 이렇게 고함쳤다. 이때까지 참고 눌렀던 불평이 불길 같이 솟아 올랐다. 그는 벌떡 일어났다.[19]

(4)

봉염 어머니는 순사에게 끌려가며 밤의 산마루에서 무심히 듣던 말, "여러분, 당신네들이 웨 이 밤중에 단잠을 못자고 이 소금짐을 지게 되였는지 알으십니까." 하던 그 말이 문득 떠오르면서 비로소 세상일을 깨달은것 같았다. 그리하여 이제는 공산당이 나쁘다는 왜놈들의 선전이 거짓 선전이며, 봉식이 아버지가 공산당의 손에 죽었다는 말도 새빨간 거짓말이라는 것을 똑똑히 알았다. 그리고 봉식이가 경비대에 잡혀가 사형을 당했다는 팡둥의 말 역시 믿을 수 없는 수작이며 봉식이는 틀림없이 공산당에 들어가 그 산사람들과 같이 싸우고있을것이라고 생각되였다. 왜냐면 봉식이는 똑똑하고 씩씩한 젊은이이기 때문에! 봉염 어머니는 벌써 슬픔도 두려움도 없이 순사들의 앞에 서서 고개를 들고 성큼성큼 걸어갔다.북한 문예출판사, 1986, 558면

(3)의 복원 결과 봉염 모는 "소금 자루"를 뺏지 않은 공산당과 뺏어가려는 "돈 많은 놈들"을 대립적으로 인식하면서 전자와의 연대 의식을 느끼고 있음이 드러난다. 여기서 이 연대 의식은 "부지 중"에 나오는 "고함"이자 "불평이 불길 같이 솟아 올라" "벌떡 일어나"는 무의지적 동작으로 표현되어 있다. 반면 (4)의 북한 판 복원에 따르면 이 연대 의식은 일제에 대한 적대감, 부르주아 계급의 이데올로기의 허위성에 대한 깨달음, 봉식으로 표상되는 미래 세대에 대한

---

19 이는 한만수, 「강경애 「소금」의 '붓질 복자' 복원과 북한 '복원'본의 비교」, 김인환 외편, 『강경애 시대와 문학』, 35~38면의 논의를 정리한 것이다. 한만수는 사광(射光)에 의한 육안 판독법을 통해, 먹칠 검열로 감춰진 글자 최대 222자 중 205자를 해독하였고 ○ 부호로 표시된 5자를 제외한 12자는 문맥에 비추어 복원하였다. 한만수의 방법을 통한 복원률은 최대 92.6%에 이른다.

기대감을 부수하며, 결국 봉염 모는 자각적 공산주의적 주체로 재탄생하는 데 까지 이른다. (3)의 복원을 시도한 한만수의 해석에 따르면, 봉염 모가 떠올린 공산당의 발언은 "창작자" 강경애가 "투쟁성"을 성취하기 위해 제시해 놓은 "답변", 즉 작품 전체의 의미를 담고 있는 전언에 해당한다. 한만수는 (4)에서 해당 발언이 의문문의 형식으로 된 것에 대하여, "계속 반복되는 물음에 대한 답변을 끝까지 유예하는 선택은 창작자로서는 하기 어렵다"는 점을 들어 (4)의 복원이 강경애가 한 것이 아니라고 결론을 내린다.[20]

그러나 봉염 모가, 서사가 진행되는 내내 공산당에 대해 적대감을 지녀왔다는 점을 여기서 상기해볼 필요가 있다. 그가 소금 밀수로 생계를 유지하기로 마음먹기 직전, 즉 봉식은 처형되었고, 남편은 살해되었으며, 봉염과 봉희는 전염병으로 죽고, 자신은 유모 자리에서 쫓겨난 때, 그는 "자신이 이러한 비운에 빠지게 된 것은" "모두가 공산당 때문"525면라고 생각한다. 또 소금을 이고 국경을 넘어 간도로 오는 과정에서 공산당에게 발각되어 그들의 연설을 들은 후 풀려나왔을 때 "남편을 죽이고 자기를 이와 같은 구렁이에 빠친 저들 원수를 마주서고 말 한 마디 못하고 떨고 섰던 자신"535면를 저주하기까지 한다. 이런 점에 비춰본다면 (3)과 (4)의 복원판에서 공산주의에 연대감을 가지게 되는 것은 비약으로 느껴지는 것이다. 이 비약을 가능하게 한 것은 오직 "차라리 죽음보다도 무서운" "굶는다는 것"528면을 방지하여 줄 유일한 수단인 "소금"을 공산당과 연대한다면 지킬 수 있을지도 모른다는 믿음 때문이다. 그렇다면 여기서 우리는 "소금"을 공산주의 이념의 매개물로 읽어내는 것이 아니라, 공산주의의 궁극적인 의미가 "소금"에 있음을 읽어내야 하는 것이 아닐까.

봉염 모라는 인간의 모든 것 그리고 그를 둘러싸고 있는 모든 역사적 상황은,

---

20 위의 글, 40면.

이 순간 "소금"의 물질성으로 완전히 환원되어 있으며, 이를 통해 봉염 모는 역설적으로 고유한 주체성을 확보하게 된다. 이 주체성의 거처가 있다면 그곳은 아마도, 강경애가 당시 의도했던 주제를 담고 있는 텍스트가 찍힌 인쇄물과 그것을 가리고자 한 먹칠 사이의 공간, 다시 말해 작가 강경애의 의도를 그대로 복원하고자 하는 현재의 해석자들이 자기 나름의 의미화를 무한정 시도할 수 있도록 해주는 공간일 것이다. 그 사이 공간에서 '과학적'으로 혹은 '이념적'으로 작가의 의도를 복원하려는 모든 시도들은 결국 실패하고 말 것이며, 강경애의 간도적 글쓰기는 끝없이 이어질 것이기 때문이다.

4. 간도적 · 여성적 글쓰기의 문제성

간도 시대 강경애 문학에 대한 기존의 연구들은 크게 여성성과 계급의식이라는 두 가치 개념을 축으로 하여 전개되어 왔다고 할 수 있다. 작가의 대표작 「인간문제」는 사회주의 리얼리즘 계열의 소설로서는 드물게 여성 인물을 주인공으로 한다. 이 장편소설의 여주인공 선비는 끝내 계급의식을 지닌 주체로 재탄생하지만 그것을 현실 속에서 실행할 수 있는 계급으로부터는 탈락한다. 그녀의 개안은 소설의 남주인공 첫째에게 전이되어서야 비로소 현실 변혁의 실마리가 되는 것이다. 현실로는 직접 번역되어 들어오지 못하는 선비의 여성성은 기존 논의에서는 다음의 두 가지 방법으로 해석되었다. 첫째 여성성은 「인간문제」가 제시하는 전망이 추상적이라고 판단할 근거가 된다. 왜냐면 소설의 서사가 진행되는 내내 핍진하게 그려진바, 현실 속에서의 여성의 수난과는 상관없이, 결말부에서 급작스레 제시되는 전망이란 추상적일 수밖에 없기 때문이다. 둘째 여성성은 「인간문제」가 제시하는 전망의 추상성을 보충하여 준다. 왜냐면 현실에서 살아가는 여성의 수난을 배제한 채 제시되는 전망이란 추상적일 수밖에 없음이 끝내 남는 선비의 여성성을 통하여 암시적으로 드러나기 때문이다.

이상의 두 독법은 공통적으로, 작가가 작품의 결론으로 의식적으로 제시해 놓은 계급주의 전망을 「인간문제」의 궁극적 의미로 전제하지 않으면 성립할 수 없는 것이다. 이 장의 논의는 「인간문제」의 그러한 전망이란 추상적이거나 혹은 보충물을 통하여 부정적으로만 긍정될 수밖에 없는 것이라면, 오히려 우리의 독법은 전망보다도 보충물에 초점을 맞추어야 하지 않는가 하는 의문에서 시작했다. 언제나 작품의 담론적 표면에 나타날 수 없는 것으로서만, 또 작품이 재현하는 현실 속으로 번역되어 들어올 수 없는 것으로서만 현현하는 여성성에 초점을 맞춘다면, 간도 시대 강경애 문학은 어떤 의미화도 거부하는 '문제'의 형식으로 남으며, 그것을 해석하는 현재의 독자는 그 문제에 대한 나름의 대답을 제시하려다가 실패하는 자로서 남을 것이다. 이러한 강경애 문학의 '문제'적 형식성은, 담론적으로는, 음성화되지 않는 부호, 실질적 의미가 없는 형식형태소를 통해 드러나며, 내용적으로는 궁극적 의미화의 좌절로 나타난다. 이를 이 장에서는, 그 어떤 보편적 세계성으로도 환원되지 않는, '간도'라는 곳의 지방성이, 저자와 독자 사이의 끝없는 상호적 해석을 통하여 무한히 연장되는 '글쓰기'를 통해서 드러난다고 보아, 이를 '간도적 글쓰기'로 명명하였다. '간도적 글쓰기'는 강경애의 진의와 그것을 가리는 먹칠 사이에서 전개되는 것이며 결국 그것은 어떤 현실적 전망보다도 더 현실적인 여성성이라는 진리를 가리키고 있는 것이다.

제9장

스타 문예봉의 도둑맞은 이름

전체주의와 영화, 그리고 식민지 대중

이미 일어난 일에 대한 지식은 우리의 미래 전망에 대해서는 아무 것도 말해주지 않는다. 하지만 그 지식을 통해 최소한 우리는 현재 우리가 보는 장면으로부터 일정한 거리를 취할 수 있게 된다. 역사는 우리를 소외시키는 수단으로서의 의미가 있으며 그런 점에서 정확히 사진과 닮아 있다.

—지그프리트 크라카우어, 『역사』(1969)

1. 전체주의 체제와 영화법

1936년 2월 발표된 글에서 영화평론가 이와사키 아키라岩崎旭는 대일본영화협회의 발회식장 풍경이 일으키는 기묘한 느낌을 지적한다. 이 협회는 "영화 국책을 내세워 정치와 흥행이 악수를 한" 결과 창립된 것으로, 일본 영화계에 있어 '민관협력'의 정신을 구현한 단체였다. 조선총독과 내각 총리를 역임한 사이토 마코토斎藤実를 비롯한 관료와 쇼치쿠松竹 키네마의 기도 시로城戸四郎 등의 영화인,

구메 마사오久米正雄, 기쿠치 간菊池寛 등 문학계 인사까지 망라한 대일본영화협회의 출범을 보며, 이와사키는 "영화 통제" 체제의 본격화를 예감한다. "예복을 차려 입은 공무원들이 접수에 몰두하고 있는 곁으로 여배우들이 우아하게 입장하는 진풍경"은, 문화로서의 영화와 국가 기구가 일체를 이루는 시대의 도래를 알리는 상징적인 장면이었다. "진풍경"이라는 표현에서 드러나듯, 이와사키는 민관 일치 영화 제작 시스템의 구축으로 나아가는 일본은 "이상한 나라不思議な國"라고 인식하고 있었다.[1]

이와사키가 느낀 이 이상함은 당시 일본에서의 영화의 사회적 지위를 고려할 때 이해된다. 1936년은 일본에 영화가 도입된 지는 40년, 제작된 지는 30년 정도가 경과한 시점이었다. 대중에게 끼치는 영향력이라는 측면에서 영화는 문화의 주요 분야로 자리 잡았으며, 이에 주목한 정부는 대일본영화협회 창립을 필두로 일련의 영화 통제책을 추진해 나간다. 정부는 "영화의 폐해를 제거"하고 "영화에 의해 우리나라의 지도 정신인 일본 정신을 고취"하고자 했다. 이러한 수사에는, 당시 일본에서 영화가 사회에 어떤 "폐해"를 끼치는 불건전한 매체로 인식되고 있었다는 점이 함축되어있다.[2] 다시 말해, 국가의 관점에서 보았을 때 영화는 대중들에게 인기는 있을지 모르지만 그들에게 "악영향"을 끼치는 골칫거리에 불과했다. 이와사키가 묘사한바, 고위 관료를 만나면 "몸을 낮추고 머리를 숙이는 사대주의"가 영화인들의 몸에 밴 것도,[3] 영화를 천시했던 당시의 분위기 때문이었다.

그러한 특성은 일시적인 것이 아니라 영화라는 매체 그 자체에 내재한 필연적인 것으로 간주되었으며, 그 결과 "최초의 문화 입법"으로서 1939년 영화법

---

1 岩崎旭, 「映畵統制の問題」, 『新潮』 33-2, 1936.2, pp.102~103.
2 Peter High, *Imperial Screen : Japanese Film Culture in the Fifteen Years' War, 1931-1945*, Madison : University of Wisconsin Press, 2003, p.70.
3 岩崎旭, 「映畵統制の問題」, p.104.

이 제정된다.[4] 문화의 다른 분야들과 달리 영화는 그것만을 특별히 대상으로 하는 입법이 필요했다는 점이 주목된다. 1939년은, 각각 1937년과 1941년에 발발한 중일전쟁과 태평양전쟁의 한 가운데에 놓인 시점으로, 일본 사회가 빠르게 전시 총동원 체제로 재편되어가던 때였다. 그런 관점에서 보자면 영화라는 영향력이 큰 매체를 선전 도구로 삼은 영화법의 제정은 특기할 만한 사건이 아닌 듯하다. 다른 예술과는 달리 산업적 기반이 필요하며 대규모 자본이 투자되어야 하는 영화의 특성상, 국가의 개입에 있어서도 구체적인 법적 근거가 필요했으리라는 점은 쉽게 생각될 수 있다. 게다가 영화의 강력한 대중 장악력을 고려하면 그 통제는 법제도의 안정된 적용을 통해 체계화될 필요성이 있었음도 예상할 수 있다.

이 글은 영화법 제정의 의미가 단순히 총동원 체제 구축의 일환만은 아니라고 본다. 영화의 대중 장악력을 국가가 직접 통제하려는 시도는 전체주의가 도래할 때 항상 나타나곤 한다. 이 글은 이 현상이 단순한 역사적인 사실이 아니라 영화의 매체적 본질 때문에 발생하는 필연적 결과라고 본다. 역사상의 전체주의 체제들이 그 국가 기구에 영화를 통합한 것은 단순히 영화를 이용하기 용이한 도구로 보았기 때문만은 아니다. 전체주의는 영화 없이는 성립할 수 없는 체제였으며, 그런 관점에서 전체주의를 정의하는 술어로 가장 본질적인 것은 '영화적'이라는 가설도 가능하다. 하지만 역으로 영화가 본질상 '전체주의적' 매체라고 하는 것은 불가능하다. 영화 매체는 전체주의의 실현을 위해서는 필수적이지만 전체주의를 전제하고서만 영화가 생산되는 것은 아니다. 영화는 전체주의에 포섭될 수밖에 없는 본질을 갖지만 그 체제를 안에서부터 붕괴시키는

---

4   昭和研究會, 「映畫政策の現段階－資料16」, 教育研究同志會事務局, 1942.11; 兵頭徹·大久保達正·永田元也 編, 『昭和社會經濟史料集成 37－昭和研究會資料』 7, 東京大東文化大學東洋研究所, 2010, p.327.

가능성의 차원을 현시함으로써 자기의 매체적 본질을 온전히 실현한다.

일본에서 1939년 시행된 영화법이 식민지 조선에 적용된 결과 1940년 조선 영화령이 발효된다. 이때를 전후하여 조선에서 성립된 소위 "영화 신체제"는 식민 당국의 선전 정책에 부응하는 "친일 영화"를 양산한다. 한국 영화계에 성립한 '조선영화령 체제'는 일본 제국 전체의 '영화법 체제'의 한 부분을 이룬다. '조선영화령 체제'는 실질적으로는 1940년 8월 1일자로 조선영화령이 시행되면서 출범한다고 볼 수 있다.[5] 그러나 최초의 '친일영화'로 거론되곤 하는 「군용열차」가 1938년에 공개된 점이나 대일본영화협회와 유사한 조선영화인협회가 1939년 8월 발기된 점을 고려하면 최소한 1937년부터 식민지 조선에 전면적인 영화 통제 체제가 준비되고 있었음을 파악할 수 있다. 식민지 조선의 다른 모든 분야가 그러했듯이 영화계도, 1937~1945년에 걸친 기간은 중일전쟁 발발 직후 총독으로 부임한 미나미 지로南次郎가 조선 통치의 제일의로 천명한 '내선일체內鮮一體' 이데올로기로부터 자유로울 수 없었던 것이다.

1937~1945년의 식민지 시대 말기의 한국 영화를 검토할 때 가장 핵심적인 주제는, 지금까지의 거의 모든 논의들이 동의하고 있듯이 '친일 영화'이다. '친일 영화'란 일제의 동화 정책에 부응하여, 피식민 한국인을 일본 제국 전체의 전쟁 동원 체제에 편입시키려는 주제 의식을 가진 영화를 가리킨다. 간단히 말해 '친일 영화'는 1937년 이후 조선총독부의 통치 강령인 '내선일체'의 영화적 표현이다. 여기서 '친일 영화'란, 일본 제국 전체를 포괄하는 전체주의가 식민주의와 결합한 결과 나타난 것으로 본다. 그리고 '친일 영화'는 전체주의를 초과

---

5 함충범은 한국영화사에서 '일제 말기'를 규정하는 논의를 둘로 분류한 바 있다. 내선일체 이데올로기에 기반하여 식민 당국이 동화 정책을 시행하면서 조선인을 전쟁에 적극적으로 동원한 사실에 초점을 맞추는 논자들은 일제 말기를 1938~1945년의 기간으로 설정한다. 반면 한국 영화계에 실질적으로 식민 당국의 탄압이 가해지기 시작한 것을 중시할 경우 조선영화령 체제가 수립된 1940년부터 1945년의 기간이 일제 말기로 정의된다. 함충범, 『일제 말기 한국영화사』, 국학자료원, 2008, 22~25면.

하는 영화의 매체적 본질을 무의식적으로 폭로함으로써, 전체주의-식민주의의 내파를 초래할 가능성을 내장하고 있다. 이 글은 이러한 '친일 영화'의 역설을, 당시 한국 영화계의 최고 스타 문예봉을 둘러싼 스타 담론을 통해 규명한다.

2. 영화법과 조선영화령 – 전체주의 제국에서 영화의 위치

1939년에 일본에서 시행된 영화법은 앞에서 지적했다시피 "최초의 문화 입법"으로 불리며, 이는 당시 상황에서 영화의 위치가 각별한 것이었음을 증명하고 있다. 영화법의 문제성은 영화를 문화의 다른 분야들과 독립시켜 국가가 직접적으로 통제에 나섰다는 데서 일차적으로 파악된다. 그렇다면 왜 유독 영화만이 그러한 특별 취급이 필요했던 것인가? 영화법 이전 시대의 영화 통제의 법적 근거는 1925년 이래 내무성령으로 시행된 '활동사진필름검열규칙活動写真「フィルム」檢閱規則'이었다.[6] 영화법 체제의 도입은 사후 검열이라는 부정적 수단으로 영화를 통제하던 시대에서, 정부가 영화 사전 제작 관여하여 능동적·긍정적으로 통제하는 시대로의 전환을 의미하는 것이다.[7]

물론 영화법도 14조에 검열 조항을 포함하고 있기 때문에 영화법 체제가 도입되었다고 해서 영화법 이전의 통제책의 부정적 측면이 일소된 것은 아니다. 그러나 조문을 전체적으로 볼 때, 정부 측의 설명대로 영화법은 영화 발전을 촉진·진흥하기 위한 데 초점이 있음은 부인할 수 없는 사실로 보인다. 구체적으로 영화법은, 공식적으로 등록한 영화제작업자들만 영화를 제작할 수 있도록 하고, 그 제작업자들이 제작하고자 하는 영화가 있을 경우 사전에 세부적인 기

---

6 牧野守, 『日本映畵檢閱史』, 東京 : パンドラ, 2003, p.424.
7 佐藤忠男, 『日本映畵史』 2, 東京 : 岩波書店, 1995, p.22.

획안을 제출하여 주무부서와 협의를 거친 후 제작에 들어가도록 하며, 정부가 직접 우수한 영화를 장려·보존할 의무를 지도록 하는 등의 조항을 포함하고 있다. 영화법의 적용 대상이 영화라고 할 때, 이때 영화는 주어져 있는 대상으로서 영화가 아니라, 영화법에 의해 만들어 가야 할 미지의 '영화'라고 할 수 있다.[8]

이러한 맥락에서, 영화법을 입안한 관료 중 한 사람인 후와 스케토시不破祐俊가 남긴 다음과 같은 발언이 주목된다.

당시는 법률을 만든다는 것은, 의회에 내기 전에 법제국法制局이 심사하는 것입니다. (…중략…) 다만 법률이라고 하는 것은 그때는 "해서는 안 된다" 주의主義였습니다. 영화법 가운데 법제국이 가장 난색을 표한 것은, 위반한 것에 대한 벌칙이 없으면 법률이 아니라고 하는 것이었죠. 우수한 영화에는 문부대신文部大臣이 상을 수여한다든가, 상금을 준다든가 하는 것은 법률에 쓸 필요가 없는 것 아닌가, 하는 것입니다. 우리들은 문화 입법인 이상, 국가가 장려한다고 하는 것을 법률에서 기초 짓는 것이 필요한 것이므로 꼭 들어가야 한다고 했지요. 법제국은 일찍이 그런 형식의 법률은 없다고 하는 것이었습니다. (…중략…) 이 영화법이라고 하는 것은 그것이 관심을 끄는 것이었으니까요. 그런 점이 없다고 한다면 지금까지의 영화 검열만으로도 충분한 것입니다. 최소한 문화적으로 영화를 키워 나가고자 한다고 하는, 영화 문화의 향상을 목표로 하는 법률로서는, 문부성이 일정한 역할을 하지 않으면 안 된다고 하는 점에서, 아주 힘겹게 통과한 것입니다.[9]

---

8   アーロン·ジェロー, 「映畵法という映畵論」, 牧野守 監修, 『日本映畵論言說大系第1期·戰時下の映畵統制期 8 – 第74回帝國議會映畵法案議事槪要·映畵法解說(不破祐俊著)』, 東京:ゆまに書房, 2003, p.590.

9   不破祐俊·奧平康弘·佐藤忠男, 「對談 – 回想映畵法(1986.4.23)」, 今村昌平 外編, 『講座日本映畵 4 – 戰爭と日本映畵』, 東京:岩波書店, 1986, pp.258~261.

영화법은 원래 내무성 검열사무관이었던 다테바야시 미키오館三喜男의 주도로 입안되었지만 법안이 시행된 후 그것을 홍보하고 여론화하는 데는 위의 발언을 남긴 후와가 전면에 나서게 된다. 애초에 문부성에서 문화영화, 청년·성인 교육을 담당하고 있던 후와가 입안 과정에 참여하게 된 것은 다테바야시가 영화법의 '문화 입법'으로서의 독특성을 자각했기 때문이었다. 그것은 위의 발언에서 드러나듯 '문화'의 한 분야로서의 '영화'를 법체계 내부로 통합시키는 것을 의미한다. 이 통합은, 영화를 어떤 정치 이데올로기의 선전 도구로 활용하는 차원에서 그치지 않는다. 영화법 초안에 대한 법제국의 반응에서 드러나듯이, 그것은 법체계 자체에도 어떤 균열을 일으키는 차원에까지 이르고 있다. 여태까지 존재하지 않았던, '법'에 대한 관념에 변동을 가져오는 것이 영화법의 의의였던 것이다.

이 변동은 앞서 지적한 영화의 본질적인 대중성이라는 측면에서 검토할 때 그 함의가 충분히 드러나는 것으로 보인다. 지금까지 영화법 체제의 문제성은 국가권력에 의한 예술의 통제라는 관점에서 지적되어 왔다. 다시 말해 본질상 자율적인 예술마저도 국가가 전면 장악함으로써 영화의 정상적인 발전을 가로막게 되어버렸다는 것이다. 여기에는 '국가'가 '영화'에 끼치는, 상명하달 식의 일방적 영향력이 함축되어 있다. 그러나 영화법 체제에는 그러한 방향과는 반대되는 힘 또한 개재되어 있다. 영화 문화가 법체계에 통합된 이상 '국가'의 편에서도 그 '문화적' 측면을 반영하는 전환, 즉 아래로부터의 개혁이 요청될 수밖에 없었다. 그것은 검열관을 비롯한 영화 통제를 맡은 관료에게 '영화적인 것'에 대한 나름의 지식 습득이 요구되고, 그러한 요구를 뒷받침하기 위하여 국립영화연구소의 설립 필요성이 제기된 것을 보면 알 수 있다.[10] 또 여태까지 "문화"의 한 분

---

10 アーロン・ジェロー, 「映畵法という映畵論」, p.593.

야로서의 영화의 시민권을 부정하는 태도를 취했던 지식인 사회에서도 영화법과 더불어 그간 일본영화가 보여 왔던 저속함이 타개될 것이라는 기대를 표명한 것, 영화인들이 영화의 성공적인 제도권 안착을 위해 국립영화학교나 대학을 설립하자고 제안한 것 등도 그 사례로서 제시할 수 있을 것이다.[11]

요컨대 영화법 체제는 영화의 '국유화'면서 동시에 국가의 '영화화'라는 이중적 의의가 있다고 할 수 있다. 이 맥락에서 그 제정 취지가 표명된 영화법 1조 "본법은 국민 문화의 진전에 이바지하기 위해 영화의 질적 향상을 촉진하고 영화 사업의 건전한 발달을 도모하는 것을 목적으로 한다"는 문장이 주목된다. "국민문화"의 진전이 영화 국유화의 목적이라면 그 성취 방법으로 영화의 매체적인 본질이라 할 '영화적인 것'의 계발, 그리고 영화 산업의 합리적 개편이 제시된다. 영화법 제정의 숨은 목적은 영화를 국책 선전의 도구로 만들겠다는 것이라는 점에는 별다른 의심을 품기 어려울 것이다. 그러나 그 조문 자체에는 그러한 의지는 표면화되어 있지 않다. 이를 두고 기만적 혹은 교묘한 완곡어법이라고 비판할 수도 있을 것이나, 어쨌든 그 텍스트 자체만 보면 영화법의 함의는 다음과 같이 해석된다. 즉 영화법은 일본 영화를 '영화답게' 만드는 데 목적이 있으며, 그 목적에 도달할 때 영화를 포함한 "국민문화" 전반의 진전이 이뤄질 것임을 전제하고 있는 것이다.

1986년의 시점에 영화법 입안 과정을 회고하던 후와 스케토시가, "문화 입법"으로서의 영화법이 얼마나 예외적인 법령인가, 또 그 법을 기초起草한 관료들이 얼마나 '문화적'인 인물들이었던가를 반복적으로 강조하는 것도 이를 염두에 둘 때 이해 가능하다. 후와를 비롯한 당시 영화법 추진 관료들은 분명 문화로서의 영화 그 자체의 문법에 충실해야 한다는 자각을 갖고 있었다. 이러한 영

11　佐藤忠男, 『日本映畵史』 2, pp.23~24.

화의 국가로의 통합이 포함하는 이중적 움직임은, "국민문화"라는 당위적 가치의 실현을 목표로 한 것이었다. 다시 말해 주어진 현상인 대중문화로서의 영화를 초극한 후 성립하는 것이 '국민문화로서의 영화'인 셈이다. 그리고 전자로부터 후자로의 "진전"을 실현시키는 핵심 기제가 바로 영화적인 것, 즉 영화의 문화로서의 독자성의 완전한 전개이다. 그렇다면 이 논리에서 핵심적인 것은 영화적인 것의 개념이 될 것이다. "국민문화"에 영화가 복무하는 것은, 그 외부에 존재하는 어떤 정치 이데올로기를 영화가 충실히 반영함이 아니라, 영화 그 자체의 본질에 전적으로 충실함에 달려 있기 때문이다.

그러나 여기서 놓쳐서는 안 되는 것은 영화적인 것의 개념은 주어진 현상으로서의 영화를 초극한 후에만 실현된다는 점이다. 이는 대중성을 본질로 하고 있는 현재의 영화가 국민성을 가지는 방향으로 "진전"해야 한다는 논리에서 드러난다. 이 대중의 국민으로의 전환은 검열 등 부정적 통제의 대상으로부터 '국가의식'을 가진 긍정적 생산 주체로의 전환을 의미한다. 영화법이 그 전환을 국가 측의 지도를 통해 실현하고자 하는 것이라면, 이는 '현재적 상태의 절대적 부정＝미지의 미래적 상태의 눈먼 긍정'의 논리에 기반을 둔 것이다. 그렇다면 영화법이 상정하고 있는 국민성은 전도된 형식으로 주어진 현재를 역설적으로 전체 긍정하는 것이다. 영화법이 일본영화의 현재인 대중성을 전적으로 부정하고 있다고 하더라도, 그 부정의 끝에 도달하는 미래인 국민성은 일본정신의 형식으로 이미 일본 대중에게 자연스레 존재하고 있다. 따라서 '일본대중'의 '일본국민'으로의 전환은 실체적·질적 전환이 아니라 순수한 조작으로서의 명명의 문제가 되어 버리는 것이다. 그러한 순수한 논리적 조작의 알리바이로 영화적인 것이라는 미학성이 동원된다. 미학화를 알리바이로 하여 성립하는 이 초극의 논리는 전체주의의 핵심을 이룬다는 점에서 좀 더 음미될 필요가 있다.

전체주의에서 문화가 다뤄지는 방식은 일별하기에 그것이 극복의 대상으로 삼는 자유주의의 문화론과 반대되는 것으로 보인다. 전체주의는 문화의 자율성을 인정하지 않으며 단순한 선전 도구로 삼는다는 점에서 그러하다. 1939년에 성립한 일본의 영화법 체제 역시 그러한 맥락에서 그 의의가 논의되어 왔다. 이런 관점에서 보면 영화법을 시행한 관료들이 그 입법 취지를 영화 문화의 자율성 계발에서 찾는 발언은 기만적 수사에 지나지 않는 것이다. 그러나 일본의 총동원 체제 혹은 식민주의하에서의 협력의 문제를 다루는 최근 연구들이 여러 차례 지적하고 있는 대로 그들의 '진의'를 규명하기란 원천적으로 불가능하다. 그들이 진심으로 영화의 발전을 도모한다고 믿었는지, 아니면 대중을 기만하기 위해서 다만 그 믿음을 위장했는지를 이론의 여지없이 판결한다는 것은 불가능하다. 따라서 최근의 연구들은 '진의'에 대한 심문자로서의 입장을 버리고 정책이 실질적으로 가져온 효과들에 초점을 맞추는 방향을 취하곤 한다.[12] 영화법의 경우, 국가의 통제라는 한 방향으로 통합되지 않으며 때로는 역행과 전복의 힘까지도 지니는 다양한 효과들을 기술하는 방향을 취하는 것이다.

행위자들의 진의보다는 행위의 결과에 초점을 맞추는 이 같은 방법론은, 섣부른 판단을 유보하여 객관성을 추구하려는 연구 태도의 산물이다. 이 '객관성'의 휘장을 두름으로써, 과거의 역사적 행위자들을 현재의 관점에서 단죄하는 오류를 피하고자 하는 것이다. 예컨대 영화의 문화적 자율성이라는 현재적 관점에서 1939년의 영화법 체제를 판단하는 경우, 그것이 어떤 다면적인 결과를 초래했든 부정적인 판단을 피할 수 없다. 그 결과 영화법 체제가 남긴, '국가의 일방적 문화 통제'를 벗어나는 다양한 실체적 결과들을 볼 수 있는 길은 원천적으로 차단되어 버린다는 것이다. 행위자의 의도로부터 행위의 결과로 초점을 이동시키는 이 객관성 담론은, 현재 관점에 의거하여 과거 행위자의 '진의'를

---

12 이주연, 「프로파간다 영화에 나타난 젠더와 국가」, 渡辺直紀 외편, 『전쟁하는 신민, 식민지의 국민문화』, 소명출판, 2011, 398면.

비판하는 주관성 담론을 극복하기 위해 고안된 것이다. 그러나 객관성 담론으로 주관성 담론이 극복되는지도 미심쩍다. 객관성에 의거하여 영화법 체제가 갖는 역동적 다면성을 개진하는 연구자는, 언제나 그 결론에 이르러 영화법이 본질적으로 긍정적이라는 주장을 하기 위해 지금껏 그 객관적 기술을 해온 것은 아니라는 변명을 할 수밖에 없다.[13] 그는 자신의 객관적 연구가, 현재까지 구축되어 온 문화의 자율성이라는 이념에 대한 공격의 근거로 활용될 가능성을 방지해야 할 의무감을 무의식적으로 느끼는 것이다.

영화법 체제가 일정한 긍정적인 효과를 남겼다 할지라도 그 옹호를 주저하는 것은 주관성 담론으로 자신의 논의가 환원되어 버리는 것을 방지하고 싶기 때문이다. 그러나 이 주저함은 곧 그가 의식적으로 비판하고 극복하고자 했던 주관성 담론의 현재적 의의를 무의식적으로는, 당연시하고 있다는 증거가 된다. 객관성 담론이 위험한 것은, 그 의도와는 반대되게 현재의 주관성 담론을 더욱 공고하게 만듦으로써, 결국 과거의 행위로부터 우리를 완전히 절연시키는 효과를 낳기 때문이다. 영화법 체제를 검토하는 경우, 따라서 문화의 자율성이라는 현재적 관점에서 과거 행위자들의 진의를 단죄하거나, 행위의 결과의 다면성을 기술하는 방향을 취해서는 안 된다. 우리가 취해야 할 방향은 영화법을 하나의 '담론'으로 취급함으로써 그것이 갖는 내적 구성 원리를 그대로 드러내는 것이다. 이것은 영화법이라는 과거의 사건을 현재적 관점으로 환원하지 않으면서 동시에 그 구성인構成因과는 상관없이 영화법이 사후적으로 낳은 결과로도 환원하지 않기 위해 필요한 방법이다.

이런 관점에서 영화법이 영화의 문화로서의 자율성에 충실하고자 했다는 것은 주목을 요한다. 왜냐면 그것은 영화법 담론이 스스로를 구성하는 핵심 원리

---

13 T. Fujitani, *Race for Empire*, Berkeley : University of California Press, 2012, pp.46~49.

에 해당하기 때문이다. 문제는 이 원리가 영화법을 구성하는 한편 동시에 붕괴시키는 역할을 하고 있다는 점이다. '영화적인 것'은 위에서 지적했다시피 현재 주어진 '영화'를 전적으로 '부정함'으로만 실현되는 것이다. 즉 그것은 '현재' 우리가 갖고 있는 이러저러한 실제 영화들에서는 발견할 수 없는 것, '비현재성' 그 자체이다. 이제 주목할 것은 '영화적인 것'의 실현을 통하여 영화법 담론이 겨냥하고 있는 바가 "국민문화의 진전"이라는 점이다. '주관성'의 역사학에 의거해서 판단하면, 영화법이 영화를 '국민주의'라는 정치 이념을 위해 동원하려 했다는 판결이 내려진다. 반면 '객관성'의 담론에 의거한다면 '국민주의'를 의도했을지 모르지만 영화법은 결국 '영화적인 것'의 계발이라는 일정한 진보를 가져왔다는 결론이 내려질 것이다.

그러나 자못 상반되는 것처럼 보이는 이 두 결론은 위에서 지적했듯이 궁극적으로는 동일한 지점에 도달한다. 두 결론 모두 '국민주의' 대 '영화적인 것'의 대립항을 당연한 것으로 간주함으로써, 결국 '영화법 담론'을 애초에 가능하게 한 원리를 실체화하는 담론적 수행을 하고 있는 것이다. 기존 연구들이 지적하고 있듯 영화법 체제의 두 축을 이루는 이 이념들은 한 번도 제대로 정의되거나 실제적 용법 속에서 맥락이 구명된 바가 없다.[14] 그러한 본질적 모호성은 그 담론의 건재를 위협하기는커녕 오히려 그 현실적 힘의 진정한 원동력으로 작용했다. 따라서 영화적인 것과 국민문화의 내포와 외연을 정확히 규정하지 않는다는 데서 영화법 체제의 맹점을 찾는 것은, 역설적으로 그 맹점이 없으면 작동할 수 없었던 영화법 담론을 역설적으로 강화시키는 결과에 이르는 것이다. 전체

---

14 Peter High, *Imperial Screen*, pp.41~42. 피터 하이는 여기서 1932년 5·15 사건 이후 급격하게 우경화된 일본 사회 분위기를 징병 영화 담론을 통하여 분석하고 있다. 이 장르는 병역을 수행함으로써 '국민'으로 재탄생하는 하위 주체의 재생 서사를 기본 축으로 삼는다. 그러나 이 재탄생으로 인하여 그들이 무엇을 얻는지는 불명료하며 오히려 그러한 '목적 없는 충성'이 국민주의의 파급력의 원인이 된다고 지적한다. 하이는 이러한 '맹목적 국민주의'의 현실적 힘을 '미학주의'로 명명하고 있다.

주의란 사회의 모든 국면을 '전체'라는 도래할 미래상未來像의 기치 아래에서 총동원하는 이념이라고 할 때, '전체'가 모호하면 할수록 통합의 속도와 정도가 극대화될 수 있다. 영화법 담론은 '전체'로서의 '국민 문화'에 '영화'를 통합시키려 한 것으로, 이 목표는 결국 '국민 문화'의 규정 불가능성과 '영화적인 것'의 순수 부정성을 통해서만 가능한 것이었다.

영화법이란 '영화적인 것'이라는 '문화'를 알리바이로 삼아 '국민주의'를 실현하려는 담론으로 정리되며, 그런 점에서 엄밀하게 전체주의적 담론이다. 이를 발본적으로 비판하는 길은 따라서 그 담론 안에서 규정된 '영화적인 것'과 '국민문화'의 이념이 완전히 전개되었을 때 결국 담론 전체의 붕괴를 가져오는 순간에 이르고 만다는 점을 기술하는 것이다. 우선 '국민문화'의 관점에서 보았을 때 그 완전한 전개의 예를 우리는 식민지 조선에서 성립한 조선영화령 체제에서 찾을 수 있다. 조선영화령은 기본적으로 식민본국의 영화법 체제가 목표로 한 '국민문화'에 식민지 조선의 문화까지를 포함시키려는 시도라고 할 수 있다. 그러나 일본 "내지"에 있어 이 '국민문화'는 "일본 정신"이라는 이념의 표현으로서 실체화될 수 있었던 반면, 조선에서 이러한 실체화는 상상적 조작을 통하지 않고서는 성립할 수 없는 것이었다. 영화에 있어 '국민문화'란 '영화적인 것'의 완전한 전개를 통해 실현될 수 있다는 영화법 담론의 구성 원리가, 일본이 아닌 조선에서 전개되면서는 스스로의 붕괴를 가져오고 있는 셈이다. '조선영화'가 '일본 영화'가 아닌 한, 거기에서 '영화적인 것'이 전개될 때 결국 실현되는 것은 "일본 정신"이 아닌 '조선 정신'이 될 것이기 때문이다.

여기서 영화법과 조선영화령의 검열 규칙상의 차이에 대해서 살펴보도록 하자. 영화법에 포함된 검열 제도는 영화법 담론의 전체적 관점에서 보았을 때 모순적이면서 동시에 구성적인 성격을 지닌다. 영화법 담론이 '영화'의 그 자체의 논리에 의한 자연스러운 발전을 전제한다고 할 때 담론에 내재하는 '검열'의 존재란 그러한 '자연스러움'이 통제를 통해서만 가능하다는 점을 증명하고 있기 때문이다. 아울러 영화의 '현재'를 검열을 통해서 '부정함' 없이는 '국민문화'의 표현으로서의 '미래'의 영화란 불가능한 것이다.

영화법은 1939년 10월 1일 칙령667호에 의해 시행되며 그 직전인 9월 27일에는 그 시행에 관한 세부 규칙이 발령된다.[15] 이 시행 규칙의 27조에는 검열 기준이 다음과 같이 정해져 있다. 이 기준들 중 하나에라도 해당하는 영화는 불합격으로 처리되어 일반 상영이 불가능하다.

1. 황실의 존엄을 모독하거나 제국의 위신을 손상하는 바가 있는 것
2. 조헌문란朝憲紊亂의 사상을 고취하는 바가 있는 것
3. 정치상, 군사상, 외교상, 경제상 그 외 공익상 지장의 바가 있는 것
4. 국책 수행의 기초가 되는 사항에 관한 계발 선전상 지장의 바가 있는 것
5. 선량한 풍속을 문란하게 하여 국민 도의道義를 퇴폐하게 할 바가 있는 것
6. 국어의 순정醇正을 현저하게 해치는 바가 있는 것
7. 제작 기술에 현저한 졸렬함이 있는 것
8. 그 외 국민문화의 진전을 저해할 바가 있는 것

1940년 8월 1일자로 시행된 조선영화령의 경우 검열 규칙은 제29조에 정해져 있으며 위의 기준과 대동소이하다. 다른 점은 위에서 제4항이 생략된 것과, 제6항 대신 "조선통치상 지장을 초래할 우려가 있는 것"이라는 조문이 포함되어 있는 점이다.

영화법 검열 규칙 제6항에 나오는 "국어의 순정"이라는 표현에서 주목되는

---

15 영화법, 영화법시행령, 영화법시행규칙 등의 조문은 牧野守, 『日本映畵檢閲史』, pp.643~663의 영인본을 참조하였다.

것은 "純正" 대신 "醇正"이라는 한자가 사용되고 있다는 점이다. 전자를 사용했다면 이 조항은 영화에서 외래어·외국어를 사용을 억제한다든가, 표준 일본어 사용을 권장한다든가 하는 정책적 의도를 담고 있는 것으로 해석하기 쉽다. 그러나 굳이 보통 사용되는 '純'자를 사용하지 않고 "醇"자를 사용한 것은 그러한 당연한 해석이 아닌 다른 해석을 요청하고 있다. 이런 맥락에서 영화법 시행 1년 후에 발표된 책자에 나오는, 스즈키 기요마츠鈴木喜代松의 해설이 주목된다.[16] 그는 "국어의 순정함"이란 다른 것이 섞이지 않은 것이라는 맥락에서 규정되는 '순수純粹한 일본어'를 겨냥한 것이 아니라고 본다. '순수한 일본어'에 '이질적'인 요소가 포함되는 것을 막고자 하는 것이 이 조항의 의도가 아니다. 스즈키는 "순정"의 개념을 일본어가 지니는 '내재적' 본질이라는 관점에서 파악한다. 그는 이 조항이 "여자가 여자답지 않은 말을 사용한다든가, 일본어로서 어떨지 생각되는 여러 가지 말"이 영화에 나오는 것을 방지하기 위한 것이라고 한다. 여기서 상정되는 국어로서의 일본어는 그 외부가 존재하지 않는, 그 자체로 완결된 실체로 나타나고 있는 것이다.

스즈키의 해설에서 상정되는 '국어'는 일본어를 모국어로 하는 사람들에게는 직관적으로 파악되는 것이다. 그가 제6항에 저촉되는 경우란 "상식적으로 생각해도 그렇게 많이 있을 것이라고는 생각되지 않는다"고 한 것이 이를 입증한다. 스즈키는 이때 '순정한 국어'로서의 일본어를 구사하고 있는 일본인이라는 단일한 민족 집단을 담론적으로 만들어내고 있는 셈이다. 따라서 이 검열 규칙이 적극적으로 적용된다 할지라도 검열 대상이 되는 어떤 영화가 일본인이 만든 것인 한 저촉되는 경우란 "상식적으로 생각해도 그렇게 많이 있을 것이라고는 생각되지 않는" 것이다. 그렇기 때문에 이 검열 규칙이 영화에 대한 부정적인

---

16 鈴木喜代松, 『映畵法と教育』, 東京 : 一六ミリ映畵教育普及會, 1940. 牧野守, 『日本映畵檢閱史』, pp.428~429에서 재인용.

통제 수단으로 활용될 가능성은 0에 무한히 수렴한다. 결국 일본 영화인은 엄연히 존재하는 검열 규칙에 구애 받지 않고, 오로지 영화 그 자체에만 집중하여, 영화적인 것을 실현하기만 해도 국어의 순정함을 실현할 수 있으며 나아가 "국민문화의 진전에 기여"할 수 있는 것이다.

이처럼 영화적인 것의 완전한 전개가 "일본 정신"의 실현으로 이어지는 것은 일본적인 것의 담론적 실체화를 전제로 할 때에만 가능한 것이다. 바로 이 지점에서 영화법 검열규칙의 6항을 대체하는 조선영화령 검열규칙 5항 "조선 통치상 지장을 부를 우려가 있는 것"의 문제성이 부각된다. 조선총독부가 가한 이와 같은 변경은 식민지 조선의 영화에 있어서는 "국어의 순정함"을 지키는 것으로는 "국민 문화의 진전"을 가져올 수 없으리라는 인식을 함축하고 있다. 위에서 지적했듯 "국어의 순정함"은 오직 일본인으로서만 자연스럽게 성취될 수 있는 것이기에, 조선인은 원천적으로 도달 불가능한 이념이다. 아무리 1940년의 시점에 식민지 조선 통치의 제일의가 "내선일체"에 있었다 해도, 나아가 그 동화 정책의 결과 '조선인=일본인'이라는 도식이 기정사실이 되었다고 선전해도, 조선인에게 일본적인 것은 '자연'일 수 없었다. 조선총독부가 "국어의 순정함"을 "조선 통치"로 대체한 것은 조선인을 일본인에 의해 "통치"되어야 할, 일본인과는 절대적으로 구별되는 민족 집단으로 실체화하는 담론적 행위에 해당한다.

조선영화령 체제에서의 조선 영화인은 따라서 영화적인 것에만 마냥 충실할 수 없으며 조선총독부의 "통치" 정책에 충실해야 한다. 일본 제국 전체를 포괄하는 영화법이 식민지 조선에 적용되는 순간 영화적인 것의 전개를 통한 "국민문화의 진전"이라는 영화법 체제의 구성 원리가 갖는 내적 모순이 폭로되고 있는 것이다. 조선 영화인은 영화적인 것의 추구와 더불어 가외로 '조선적인 것'을 추구해야 한다. 좀더 정확히 말하자면 조선 영화인은 조선적인 것을 완전히 말소하기 위하여 영화적인 것을 추구해야 한다. 일본인의 경우에 있어서는, 영화적인 것의 추구는 자연스럽게 국민문화로 진전되는 반면, 조선인에게 영화적인 것과 국민문화는 상호 배타적이다. 조선인은 일본 식민자의 "통치"에 완전히 스스로를 내맡기지 않으면 국민문화의 진전에 이를 수 없다. 일본의 경우에 있어 전체주의 체제를 유지하는 구성인이었던 문화가 이 지점에 이르러, 체제 전체의 잠재적 내파의 순간을 현시하고 있는 것이다.

이런 관점에서 보면 이 시기의 조선 영화계에서 일본으로 환원되지 않는 '조선적인 것'에 대한 관심이 증대했던 현상에 대한 재평가가 가능하다. 위에서 검토한 객관성 담론에 따르면, 이 현상은 전체주의 시스템이 생각만큼 전체적이지는 않으며, 피식민지 문화의 정체성을 강화하는 의외의 결과를 낳기도 한다는 해석에 이른다. 예컨대 조선총독부는 "영화계 임전화臨戰化"의 일환으로 영화를 "국책 수행의 한 기관"화 하는 작업에 착수하면서, 그 정당화 논리로 "내지의 문화와 상당한 차이가 있는 반도 민중을 지도하고 계발하는 데" 영화를 통한 국민 교육이 필요하다고 주장하였다.[17] 이러한 식민 당국의 논리에 부응하여 조선 영화인들도 영화사 통폐합을 통한 산업 합리화를 추진한다. 이때 신회사 창립을 위해 조선 영화인들이 1941년 9월 12일에 총독부에 제출한 취지서에는 명확히 "조선 독자의 입장에 의한 국책 영화의 제작에 전념할 각오"가 표명되어 있다.[18] 이는 제국 전체를 포괄하는 전체주의 시스템의 확립 과정에서, 이전까지 식민본국의 외지로 소외되어 있던 조선이 바야흐로 내지의 법역法域 안으로 편입되면서 그 문화적 정체성을 주장할 수 있게 된 것으로 해석된다.

그러나 영화법 체제 내에서 이처럼 증대된 조선적인 것의 가치는 어떻게 해도 영화적인 것을 추구하는 것만으로는 국민문화에 기여할 수 없는 조선인의 원천적 한계를 증명하는 데서 그친다. 그것을 한계로서 보지 않고 긍정적 가능

---

17 高島金次, 『朝鮮映畵統制史』, 京城 : 朝鮮映畵文化研究所, 1943, pp.3~5.
18 Ibid., pp.36~37.

성으로 평가한다면 전체주의 담론으로의 포섭은 궁극적으로는 피할 수 없다. 한편 그 한계성에 충실하다면 그것은 결국 영화법 체제가 자연화한 일본이 스스로 붕괴하는 지점을 포착할 수 있다. 이 지점에 주목하지 않는다면 영화적인 것이, 영화법 담론이 상정하고 있듯이, 그 발전이 자연스럽게 이뤄지기만 하면, 국민 문화로 온전히 환원되는 것을 피할 수 없다. 영화라는 문화에 인위적으로 정치 이데올로기를 반영시키려 하면, 영화도 이념도 제대로 발전하지 않으며, 영화가 영화적인 것에 충실할 수 있도록, 즉 영화를 그 자연 상태로 방치할 때, 영화의 발전과 더불어 이데올로기의 실현도 자연스레 이뤄진다는 논리는, 전체주의에 대립하는 자유주의 문화론의 골자를 이룬다. 그러나 여기에서도 유지되고 궁극적으로 기도企圖되고 있는 것은, 영화적인 것의 국민 문화로의 남김 없는 환원일 뿐이다. 전체주의와 자유주의 양진영 모두 공히 영화로부터 모든 내용을 말소하고 있는 것이다.

그러나 아무런 내용도 없이 텅 빈 이름이 되는 것은 영화만의 운명은 아니다. 영화적인 것이 전개되고 그 결과 도래하게 될 '국민 문화'는 식민지 조선인에게 있어 자기를 무화無化하는 것을 통해서만 도달될 수 있는 것이다. 영화법 체제에서 긍정되는 조선적인 것이란 영화적으로, 즉 자연스럽게 드러날 수 없는 것이다. 반면 일본적인 것은 영화적으로 드러날 수 있지만, 이때 영화적이란 오직 '일본적'이라는 술어로밖에 규정되지 않는 텅 빈 것에 불과하다. 그리하여 일본적인 것의 근거는 영화적으로는 다 드러나지 않는, 조선적인 것에 있음이 드러난다. 영화법 담론이 주장하는 대로, 일본적인 것이 영화를 그 근거로 가질 수 없다면, 다시 말해 일본적인 것과 영화적인 것이란 공히 아무런 내용 없이 서로가 서로를 지시함으로써만 서로를 존속시킨다면, 그 담론 안에 그것의 근거가 될 수 있는 것은, 그 둘과는 본질적으로 다른 존재 형식을 갖는 것, 조선적인 것밖에는 없다.

즉 조선적인 것이 아닌 것으로서만 '일본적인 것=영화적인 것'이 규정된다면, 조선적인 것만이 영화법 체제 전체의 핵심에 해당하는 것이다. 그러나 조선적인 것은 이 체제 안에서 부정성으로만 존재할 수 있다는 점에서 어둠의 핵심과도 같은 것이다. 원천적으로 영화적일 수 없는 이 조선적인 것이 영화법 체제에서 사라지지 않고 오히려 중흥기를 맞는 것은 바로 이러한 이유에서이다. 위에서 살펴보았듯, 제국 일본의 전체주의화는 오히려 조선영화라는 역설적 이념을 더 부추기는 방향으로 나아가고 있는 것이다. 이 양면적 힘은 조선적인 것이 끝내 그 본질을 거스르고 영화법 체제 내에서 조선영화의 형식으로 나타나도록 하는 원동력이 된다. '일본'을 위해서 순수 부정성으로만 남아야만 했던 조선적인 것, 다시 말해 영화법 체제에서 어떻게 해도 영화적으로 표현될 수 없었던 조선적인 것이 '조선영화'가 되어 나타날 수 있었던 것은 왜인가? 이 질문에 대한 답을 찾는 것은 한국 영화사를 배회하는 친일 영화라는 유령의 기원을 찾는 과정이기도 하다. 이 과정은 전체주의 체제에서 영화적인 것의 담론적 위치를 추적하는 논의를 필요로 한다. '일본'에 원천적으로 통합될 수 없는 '조선'이 '영화'의 형식을 빌려 나타날 수 있었다면, 영화 그 자체가 본질적으로 어둠의 핵심으로서의 식민지인을 실어나를 수 있는 잠재성을 갖고 있었다고 할 수밖에 없는 것이다.

3. '조선'과 '영화' 혹은 조선영화라는 물질성

여기서 나는 전체주의가 비우려 했으나 끝내 비워지지 않았던 영화의 본성을 물질성materiality에서 찾고 이를 인간성personality과 대비시키고자 한다. 전체주의에서 영화는 일단 체제 선전 도구로서 환원되어 버리는 듯하다. 일본의 경우 이것은 "영화 국책國策"이나 "영화 임전회臨戰化"와 같은 슬로건에 함축되어 있다. 이러한 이데올로기적 상투어구는 국가가 수행 중인 전쟁에 영화를 동원하는 것을 의미한다. 그러나 이 총동원의 논리를 구성하는 영화와 그것이 궁극적으로 기여하는 '국민문화'는 그 내재적 의미와 근거를 결여한 개념이며, 바로 그러한 본질적 무의미함으로 인하여 서로를 영속시키며, 나아가 이 공허한 상호지시성이라는 지점이 영화법 체제의 담론적 기원이라는 사실을 간과해서는 안 된다. 이는 영화의 미학성을 실체로 상정하고 그것이 국가에 의해 착취된 것으로 영화법 체제, 나아가 전체주의 체제를 이해할 때 처하게 되는 필연적인 곤경을 피하기 위해서이다. 위에서 지적했듯 영화법 체제의 성립은 오로지 영화적인 것이 자족적 실체로 존재한다고 상정하는 것에 달려 있는 것이다. 그리하여 영화적인 것의 자율성을 상정하는 순간 전체주의가 궁극적으로 지향하는 '전체'의 실재를 인정하지 않을 수 없는 곤경에 빠지는 것이다.

전체주의에 대한 비판을 이루는 자유주의 담론에서 상정되는 영화적인 것은 사실은 영화 그 자체에 달린 것이 아니라 영화를 만드는 사람에 달려 있다는 점을 이 지점에서 주목해야 한다. 영화란 본질상 국가에 동원될 수 없는, 그만의 무언가에 그 핵심이 있다는 논리, 나아가 그 영화적인 것에 온전히 충실할 때에만 국가에 기여할 가능성도 열리는 것이라는 논리는, 영화가 아니라 영화 만드는 사람이 해당 국가의 국민이라는 사실에 완전히 달려있다. 전체주의는 이러한 논리를 있는 그대로 실현하려는 것에 해당한다. 따라서 영화적인 것을 국민과 나란히 놓고, 양자의 상극이나 상보를 이야기하는 순간, 영화적인 것은 내용 없는 텅 빈 이름만으로 남겨진다. 자유주의는 영화인이 무슨 영화를 만들든, 아니 오히려 국책과는 아무 상관없는 영화를 만들수록 국민문화에 기여하게 된다는 논리를 취한다. 이는 그의 전부가 오로지 그의 '국민됨nationhood'에 달려 있다는 논리에 지나지 않는다. 동시에 그가 만드는 영화는 전적으로 그의 인간성=국민됨의 표현물이라는 논리가 성립한다.[19] 영화가 갖는 의미 전체가 해당 '국민문화'로 환원될 수 있기 위해서는, '국민됨'이라는 특징만을 갖는, 제작자의 인간성으로 완전히 환원되어야 하는 것이다. 전체주의에서, 영화인은 영화적인 것을 올바르게 추구했다면 자동적으로 국민됨을 실현하게 되는데, 왜냐면 국민됨이란 전체성이므로 언제나 이미 모든 곳을 채우고 있기 때문이다. 이는 영화적인 것이 이름만으로 남는다는 것을 어떤 논리적 우회 없이 직접적으로 드러내고 있다.

그렇다면 '영화적인 것=국민적인 것'의 논리를 그대로 취하며 구성되는 전체주의야말로 자유주의적 영화의 자율성 이념을 온전히 실현한 것이 된다. 이 이념은 영화적인 것에 충실한 듯하지만 그것이 실제로 낳는 효과는 완전한 자기 말소에 지나지 않는다. 이 말소의 순간은 영화를 통한 인간성의 완전한 실현을 전제하고 있다는 점에서 궁극적인 해방의 가능성을 함축하고 있는 것으로마저 보인다. 이 가능성에 주목한 것이 전체주의이며 이 점에서 그것이 스스로를 문화를 통한 인간의 궁극적인 해방의 이데올로기로 선전할 수 있었던 자기 합리화의 논리가 이해되는 것이다. 그러나 위에서 지적했듯이, 이 '해방'은 현전하는 국가를 전체로 승인하는 것을 통해서만 가능했다. 이는 식민지인에게 원

---

19 임화, 「조선영화론」, 『춘추』 10, 1941.11. 태평양전쟁 발발 직전에 발표된 이 글에서 임화는 '조선영화'가 다른 나라의 영화, 특히 일본영화와 비교하면 어떤 특질이 있는지 논의하고 있다. 우선 그는 영화를 근대 예술의 한 분과로 전제한다. 조선의 근대 예술 전체가 그러하듯, 조선 영화 역시 전근대 조선의 전통 예술의 바탕 위에서 서양에서 발원한 형식을 수입하여 형성되었다. 그러나 조선은 다른 분과에 비해볼 때 극예술의 전통이 빈약하며, 영화 자체가 서양에서도 근대적 발명품으로 워낙 장르적 완성이 미완된 상태에서 수입되었기 때문에, 조선영화의 형성은 특히나 지난한 과정을 거칠 수밖에 없었다. 그러나 임화는 조선에서 영화가 확고한 근대 예술의 한 장르로 확립되어 있다는 사실은 부인할 수 없다고 보며, 그것은 오로지 조선 영화인들의 "문화의 정신"과 "예술의 의욕"(88면) 덕분이라고 주장한다. 영화인의 '예술 정신'의 표현물로 영화를 취급하는 이와 같은 논리는 '조선 영화'라는 이념을 '조선적인 것'에 기초 지으려는 의도의 발로라 할 수 있다. 임화의 주장은 따라서, '국민성' 이념의 지배가 결국 '영화'라는 예술에 있어 '인간성'의 절대성을 전제한 것임을 단적으로 드러내는 예가 된다.

천적으로 불가능한 선택지였다. 영화법 체제 안에서 영화적인 것으로 실현될 수 없었던 조선인은 스스로를 말소하지 않고서는 조선영화를 만들 수 없었다. 다시 말해 제국 일본에서 조선영화를 만든 조선인이란, 원천적으로 그 인간성이 부정된 존재인 것이다.

이 지점에 이르러 전체주의가 스스로를 분식粉飾하는 해방의 논리의 진리가 드러난다. 영화법 체제를 통해 볼 경우, 자율적 문화로서의 영화를 통해 실현되는 인간성이란 피식민지인의 비인간화를 전제로 할 때에만 가능한 것이다. 영화법 체제의 경우 '영화적인 것=국민적인 것'이라는 이상은 두 단계를 거쳐서 나타난다. 첫째는 위에서 지적한바, 영화적인 것의 이념으로부터 내용을 완전히 말소하는 것이다. 국민이 영화라는 매체를 가지고 무엇을 하든 결국 그것이 국가로 환원되기 위해서는 국민의 인간성에서 분리된, 순수한 영화적인 것은 절대적으로 부정되어야 한다. 그러나 이 단계는 필연적으로 둘째 단계를 함축한다. 이완전히 해방된 인간성이라는 이념이 가져오는 효과는 실상 비인간화=물질화에 지나지 않는데, 왜냐면 완전한 자유에 도달하는 순간의 인간이 국민으로 완전히 환원된다면, 그 자유의 주체란 결국 인간이 아니라 절대적 국가nation가 될 것이기 때문이다. 이때 국민으로서의 영화 만드는 사람은 영화적인 것과 같이 내용이 말소되고 결국 비인간이 된다.

이 국민과 영화로부터의 동시적인 내용 말소가 극적으로 드러나는 현장이 바로 식민지 조선영화이다. 조선은 국민의 비인간성을 떠맡아 그 전체성을 구성하는 중핵이 되는데, '국민'이 일본 국민인 이상 일본의 본질적 무내용성이 그대로 실현되어 버린다면, 그것은 국민의 자발적 내파로 귀결될 수밖에 없기 때문이다. 이 논리는, 현전하는 국가라는 현재를 영원히 지속시키고자 하는 경향이 궁극적으로 자기말소적 움직임으로 귀결된다는 점에서, 정확히 죽음충동의 정치적 논리화에 해당한다. 생명체가 현재 갖고 있는 삶의 에너지의 경제를 최대한 변동 없이 유지하려는 경향성이 삶충동이라면 그것은 잠재적인 층위에서 애초에 생명 에너지의 경제가 변동될 여지조차 없는 상태, 즉 죽음의 상태로 돌아가고자 하는 충동에 다름 아니다. 그러나 죽음충동이 삶의 궁극적인 지향성이라고 해도 그것은 직접적으로 / 즉각적으로 실현될 수는 없는 것인데, 만약 그렇게 된다면, 삶 자체의 파괴로 죽음충동의 목표 자체가 소멸하는 결과가 초래되기 때문이다. 따라서 생명체는 죽음충동을 자기가 아닌 것을 향하여 돌림으로써 삶을 유지할 수밖에 없는 것이다.[20]

일단 현전하는 국가를 '전체'로서 승인한 이상 이제 유일한 선택지로 남는 것은 죽음충동을 국지화하는 것이다. 그러나 이 국지화된 대상은 단순히 국가의 바깥으로 남아서는 안 되고 어떻게든 국가와 한 몸을 이루는 것으로 환원되어야 한다. 자기 아닌 것을 향하여 죽음충동을 집중시키고 그것을 자기의 바깥으로 남겨둔다면, 애초에 죽음충동이 겨냥했던 목표인 자기 자신의 생명은 달성되지 않기 때문이다. 따라서 전체주의는 자기의 버릴 수 없는 한 부분인 동시에 잠재적인 층위에서 언제나 이미 죽은 것 없이는 애초에 성립할 수가 없다. 전체주의 제국 일본 안에서의 식민지 조선의 위치가 양가적이라고 하는 것은 이러한 맥락에서이다. 내선일체 시스템에서 조선은 그 문화적 정체성을 지키면서 통합되며, 동시에 끝내 통합되지 않는 조선적인 것으로 남겨진다. 주의할 것은 이 양가성을 동등한 두 선택지 사이에서의 선택으로 간주해서는 안 된다는 것이다. 조선의 일본이라는 '전체'로의 통합은 오직 조선의 자기 말소를 전제로 할 때에만 성립하는 것이기 때문이다.

제국 일본 내에서 생산된 조선영화란 그 존재 자체가, 조선인의 비인간성의 육화이다. 영화법 체제의 내적 논리에 따르자면, 조선영화는 조선인이 영화라

---

20 Sigmund Freud, trans. James Strachey, *Beyond the Pleasure Principle*, New York : W. W. Norton & Company, 1961, pp.60~74.

는 매체를 통해 자기를 맘껏 전개한 결과물일 것이다. 이때 조선영화란 국민문화를 이루는 일본영화와 동일한 발생 과정을 거치는 것처럼 보인다. 영화는 텅비워지고 그 형해화된 '영화'라는 이름을 가득 채우는 것은 자유의 주체인 조선인인 듯 생각되는 것이다. 그러나 영화법 체제에서 자유로운 조선인이란 오직조선적인 것을 자발적으로 말소하는 주체일 뿐이다. 따라서 그가 만든 조선영화를 가득 채우고 있는 것은 사실은 잠재적으로 언제나 이미 죽은 그 상태에 지나지 않는다. 그렇다면 조선영화에서 조선이 아닌 다른 축, 즉 영화적인 것의의미 역시 일본영화의 그것과는 본질적으로 구분된다. 일본영화에서 영화는 일본적인 것을 실어나르는 투명한 수단, 즉 내용 없는 텅 빈 이름에 지나지 않는것이었다. 조선영화의 경우 조선적인 것은 이미 말소되어 '조선'이라는 이름만남아 있으므로, 조선영화의 존재는 동시에 어떤 순수한 영화적인 것의 존재와동의어가 되는 것이다.

'조선적인 것＝영화적인 것'의 도식이 지시하고 있는 것은 이러한 맥락에서물질성의 차원이라고 할 수 있다. 그것은 '일본적인 것＝영화적인 것'이 지시하는 인간성의 차원을 구성하는, 잠재적 바탕을 이룬다. '조선＝영화'의 물질성이'일본＝영화'의 인간성의 바탕이라고 해서 전자가 독립적으로 존재할 수 있다거나 시간적으로 후자에 선행하여 존재하지는 않는다. 그것은 삶충동이 궁극적으로는 죽음충동에 바탕을 두고 있다고 하여, 죽음충동만으로는 애초에 생명이라는 현상이 존재할 수 없으며, 따라서 죽음충동조차 성립할 수 없는 것과 같은이치이다. 그것은 일단 전체주의 체제란 현재를 전적으로 긍정하고 영원화하기위해 그 현재에 절대로 통합될 수 없는 것을 중핵으로 하여 구성되어야 한다는것, 즉 전체주의의 담론적 구성 원리로서의 내파를 포착한다. 전체주의가 문제적인 것은 이 내파를 현재의 차원에서 실현하고자 한 데에 있다. 그것은 마치생명체가 죽음충동을 자기의 생명 그 자체를 향하여 돌리는 것이나 마찬가지이다. 아무리 국지화되었다 하더라도 생명 자체를 목표로 하는 죽음충동은 자기 말소인데, 왜냐면 생명과 죽음 사이에는 어떠한 중간 지대도 존재하지 않기 때문이다. 이러한 논리를 통해 볼 때, 전체주의는 죽음의 물신주의라는 증상을 통해 자기 말소를 그 본질로 함이 드러나는 것이다.

전체주의 체제의 중핵을 이루는 이 죽음의 물신은 영화법 체제에 있어서는 '조선인'이며 그것은 필연적으로 영화를 통하여 나타난다. 다시 말해 전체주의는 그 발생론적 차원에서 영화라는 매체의 본질을 경유하지 않을 수 없다는 것이다. 전체주의란, 인격성의 잠재적 바탕을 이루는 물질성을, 현재 안에 직접적으로 통합하고자 한다는 점에서, 그 물질성을 체화한 물리적 대상을 가져야만 한다. 유의할 것은 이 물질성이 인간 주체의 자유로운 정신의, 단순한 대상에 그치지 않는다는 점이다. 그것은 그러한 절대 자유의 정신이 애초에 성립할 수 있는 바탕이라는 점에서 인간성과는 질적으로 다른 차원에 존재하며 따라서 정신이 그 대상으로 삼을 수 있는 가능성은 원천적으로 차단되어 있다. 전체주의는 그 가능성의 차원을 '현재화'하려는 시도이며, 따라서 전체주의 체제에서 이 물질성은 인간성에 완전히 복속된 것으로 상정된다. 이러한 복속의 효과는 우선은 현재의 영원화이겠지만, 궁극적으로 그것으로 인하여 현재 안에는 언제라도 전체를 붕괴시킬 수 있는 가능성이 상존하게 된다. 그처럼 절멸의 가능성에 스스로를 완전히 노출시키는, 항구적 비상 상태를 지향하는 본질을 일러, 위에서 나는 전체주의의 핵심으로서의 죽음의 물신을 지적한 것이다.

이 죽음의 물신이 전체주의 체제에 나타날 때 그 형식은 영화이며, 이러한 점에서 전체주의의 본질적 영화성이 증명된다고 할 수 있다. 무엇보다도 영화는 현재의 영속화 혹은 전체의 현재로의 환원을 그 매체적 본질로 한다는 점에서 전체주의의 논리와 상통한다. 유의할 것은 이 현재라는 시간성의 절대화가 속류 마르크스주의 예술 이론에서 상정되는 하부 구조에 해당하며, 그 영화적 표현은 그 물질적 토대의 반영물로서의 상부 구조라고 보아서는 안 된다는 점이다. 창작자와 수용자의 사유가 먼저 존재하고 그것을 영화가 반영하는 것이 아니라, 영화의 매체적 독특성과 사유가 동일한 지평에서 서로를 형성시키는 것으로 보아야 하는 것이다. 다시 말해 영화가 본질적으로 근대적 예술이라고 한다면, 근대성은 영화의 토대이며 동시에 영화는 근대성의 토대가 되는 것이다. 미리엄 핸슨은 영화사에 있어 고전 헐리우드 영화 문법에 보편성을 부여하는 담론적 과정을 역사의 근대로의 전환과 동일시하면서 다음과 같은 언급을 남기고 있다.

마지막으로 고전영화와 근대성의 습합은, 영화란 근대성의 경험과 위기·대격변의 감각의 단순한 한 부분이자 증상이 아니라는 점을 알려준다. 가장 중요한 점은, 그러한 습합은 근대성이 가져오는 외상적 효과들이 반성[반영]되고, 거부되거나 부인되고, 전환되거나 타협되는 과정들을 전부 포괄하는, 단일한 문화적 지평에 해당한다는 것이다. 영화가 근대성과 근대화에 대하여 반성적 관계를 맺을 수 있는 능력이 있다는 점은, 초기 영화 당대부터 지적되어 왔다. 벤야민과 지그프리트 크라카우어가 1920~30년대에 남긴 글을 읽으면, 다른 논점들 중에서 특히 반영성의 어떤 새로운 양식으로서 이 관계를 이론화하려는 노력이 도드라진다. 영화는 단순히(마르크스주의에서 말하는 반영Widerspiegelung 같은 맥락에서의) 리얼리즘적 반영의 매체가 아니며, 또한 형식주의가 말하는 자기반영성과 같은 맥락에 있는 것도 아니다. 상업 영화는 요한 고틀리프 피히테가 비유적으로 규정한 반성, 즉 말 그대로 "[우리가 가진 두 눈 외에] 부가된 하나의 눈으로 보기"에 해당한다. 그리고 그것은 단순히 개인적, 철학적 인식의 차원에서 그러한 것이 아니라 대중의 차원에서 그러하다.[21]

여기서 핸슨은 근대 세계의 반영물로서의 영화, 영화의 영향을 받은 근대적 감각의 탄생과 같은, 토대-상부구조의 이분법을 버리고 영화와 근대의 "습합"이 형성되는 "전부를 포괄하는 단일한 문화적 지평"을 상정하고 있다. 그리고 이 지평에서 영화가 근대와 맺는 관계를 "반성"으로 규정하고 있는데, 이것은 영화가 근대 세계의 일부분이거나 그 단순한 반영물이 아니라, 하나의 전체로서의 근대의 구성 원리에 해당한다는 전제에서 나온 용어이다. 피히테에게서 빌려온 비유인, "부가된 하나의 눈"이란, 그것으로 우리가 보기도 하기도 하지만, 우리가 보는 것 그 자체를 그것이 본다는 것에 그 핵심이 있다. 기본적으로 반성이란 사유의 주체가 자기의 사유 그 자체를 다시 사유의 대상으로 삼는 것이라고 할 때, "부가된 하나의 눈"으로서의 반성이란 우리의 봄 그 자체를 다시 보는 것을 의미한다. 중요한 것은 그것이 우리가 그것을 통해 볼 수 있는 "부가된 하나의 눈"이라는 점, 즉 보는 주체에 통합되어 있다는 점이다. 그리하여 제3의 눈을 통해 보는 것은 분명히 우리가 두 눈으로 보는 것과는 다른 차원의 행위이지만, 그것이 없다면 원래의 두 눈을 통해 보는 것도 불가능하다. 그렇다면 영화의 근대에 대한 '반성성'이란 근대 경험에 대한 사후적인 반영물 혹은 인식론적 틀로서의 영화가 아니라 근대의 담론적 구성 원리로서의 영화를 전제한 용어가 된다.

핸슨이 여기서 영화의 근대에 대한 반성성이란 "대중의 차원"에 작용하는 것이라고 한 것은 따라서 비판적 문화이론이 상정하곤 하는 영화의 본질적 인기영합적 경향과는 전혀 관련이 없다. 강력한 대중 장악력을 바탕으로 이익을 창출하는 상업 영화의 문법은 흔히 할리우드 고전영화에서 확립된 것으로 생각된다. 이때의 영화 문법상의 '고전성'이란 할리우드 영화가 자국인 미국뿐 아니라

---

21 Miriam Hansen, "The Mass Production of the Senses : Classical Cinema as Vernacular Modernism", *Modernism/Modernity* 6-2, 1999, p.69.

전 세계 관객의 감각에 보편적으로 어필한다는 점에서 나온 용어이다. 즉 고전영화는 영화 문법을 시공을 초월한 인간 공통의 지각 논리에 부합하도록 한 결과 형성되었으며, 따라서 인간의 신체적 감각의 보수성에 굴복하여 '영화적인 것'을 저버린 것으로 생각된다. 고전영화는 인간 지각의 가장 기본적인, 따라서 가장 저급하고 창의적이지 못한 면에 자발적으로 종속된 것이다. 이에 반하여 영화에 있어 '근대성'은 그러한 인간 지각의 보수성에 충격을 가하고 변동을 가져오는, 혁신적 영화 문법에 의해 성취된다. 핸슨은 영화 이론에서 오랜 동안 고수되어온 '고전성'과 '근대성'을 대립시키는 이런 논리를 비판하고, 고전성을 '토착 모더니즘vernacular modernism'의 관점에서 볼 것을 제안한다.

이때 그가 사용하는 모더니즘이라는 용어는 근대 세계라는 토대에 대한 자율적 예술이라는 상부 구조의 대응이라는 이원론으로부터 양자가 상호 작용하며 서로를 형성하는 "단일한 문화적 지평"에 근거를 둔 일원론으로의 전환을 함축한다. 이 전환을 따라 영화에서의 고전주의를 모더니즘으로 파악할 때, 근대 세계에서 보편성을 띠는 고전영화의 문법이란 영화 매체 자체가 근대성에 충실한 결과 성립한 것이 된다. 핸슨이 이처럼 고전주의와 모더니즘이 대립하는 틀 자체를 해체하는 데 이른 것은, 발터 벤야민과 지그프리트 크라카우어의 초기 영화 이론에 힘입은 바 크다. 그는 특히 그들의 이론으로부터 "영화가 근대성과 근대화에 대해 맺는 반성적 관계"에 주목하고 있다. 위에서 규정한 '반성' 개념에 비춰볼 때 이 구절이 지시하는 바는, 영화의 매체로서의 발전 과정과 (근대 세계의 물리적인 변모와 근대인의 그에 대한 경험까지를 전부 포함하는) 근대화가 서로를 발생에서부터 규정한다는 뜻에서, '직접적으로' 맺어져 있다는 뜻이다.

따라서 영화와 근대가 맺는 이 관계의 영향력은, 위 인용의 말미에서 핸슨이 지적하고 있듯이, "대중적 차원"에 미친다. 이때의 "대중"이란 지배계급이나 지식인 계층의 대립항이 아니라 근대 세계를 어떠한 결락도 없이 가득 채우는, 하나의 전체로서의 근대인 전부를 포괄한다. 따라서 대중과 영화의 관계란, 욕망의 주체와 그 대상, 소비자와 상품 등의 양자 관계로 규정할 수 없다. 즉 대중은 영화 속에서 손쉬운 오락과 값싼 희망을 찾는다든가, 영화 산업은 그러한 헛된 욕망을 충족시키는 영화를 판매하여 이익을 남긴다든가 하는 식의, 영화의 대중성에 대한 비판 논리 역시 성립할 수 없다. 여기서 '영화의 대중성'은 '대중의 영화성'으로도 읽혀야 한다. 즉 근대적 대중의 탄생은 영화라는 매체가 없이는 불가능했다는 것이며, 이는 곧 영화와 대중의 상호 규정적 동시 발생이라는 차원을 가리키고 있다. 이 차원은 모든 근대적인 것들을 낳으면서 그것을 근대적으로 인식할 수 있는 틀을 제공하며 "감각의 대중적 생산(the mass production of the senses)", 그것은 "토착 모더니즘으로서의 고전영화"의 반성적 특질을 통해 단적으로 드러나는 것이다.

영화와 대중이란 하나가 다른 하나를 대상화할 수 없는 관계, 즉 영화가 대중을 반성하며, 대중이 영화의 매체적 본질을 자기를 통해 표현하는 관계라는 점에서, 양자는 잠재적 층위에서 빈 틈 없는 한 몸을 이루고 있다. 즉 영화=대중의 도식이 성립한다. 그렇다면 영화의 발명은 단순히 근대적 대중의 기호를 충족시킬 예술 양식의 출현, 그 이상의 의의가 있다. 차라리 영화는 근대가 하나의 전체로서 자기 자신을 인식하며(핸슨의 용어로는 '반성'하며) 그리하여 어떤 외부 없이 영속적으로 존재할 수 있도록 하는, 전체로서의 근대의 규제적 이념이다. 영화의 이러한 위치를 벤야민은 예술이 기술적으로 복제 가능한 시대로 근대를 규정하여 결정적으로 드러내고 있다. 벤야민이 말하는 '복제가능성' 개념의 역사적 기반은 기본적으로 사진과 영화의 발명에 있다. 사진-영화 이전 시대에 예술 작품의 본질은 일회성에 있었으며 원본성의 개념 역시 이에 기반하고 있었다. 즉 예술사에 등록된 하나의 작품은 아무리 완벽한 복제품이 제작된다고 해도 그 작품이 생산된 조건은 시간 속에 지나가버렸기 때문에 그 절대적 가치를 훼손받지 않는다. 그러나 사진-영화는 본질상 이러한 일회성이 없다.

예술 작품에 있어 원본과 복제본 사이의 절대적 위계질서가 붕괴되는 현상을 밀고 나가 벤야민은 이제 더 이상 현실의 반영으로서 예술을 대하는 태도는 성립할 수 없게 되었다고 주장한다. 예컨대 회화를 통해 포착된 현실은, 작품이 아무리 그 대상에 근접한 물리적 자질을 갖고 있다고 할지라도 인간의 지각에 한 번 걸러진 것이라는 점에서 현실 그 자체일 수는 없다. 반면 사진에 담긴 현실은 그 매체적 본질상 인간성의 개입을 완전히 소외시킨 가운데 포착된 것이다.[22] 그렇다고 해서 그것이 인간성으로 걸러지지 않은, 물자체라고 할 수도 없는데, 어디까지나 사진의 이미지는 카메라가 사물이 반사한 빛을 필름에 포착한 것에 불과하기 때문이다. 그렇다면 사진의 등장은 '인간 대 자연'이라는 대립항의 붕괴에서 그 의의를 찾을 수 있는 것이다. 여기서 원본과 복제본의 절대적 위계 관념은 시간의 돌이킬 수 없는 흐름과 그것에 철저히 종속되어 있는 인간의 운명을 전제하지 않고서는 성립할 수 없다는 점을 상기해볼 필요가 있다. 인간은 시간 속에서 행위하는 존재라는 점에서 역사성이라는 근본 조건에 처해 있다.

인간의 역사성이란 인간의 행위가 언제나 한 번밖에 일어날 수 없다는 것을 함축한다. 여기서 인간이 외적 현실인 자연을 반영하여 창조한 예술 작품은 일회성을 갖는다는 테제가 나온다. 나아가 인간에게 자연이란 언제나 인간의 감각으로 한 번 걸러진 것으로만 나타난다는 점에서 '원천적 불가능성'이다. 이 불가능한 자연에 반하여 인간이 창조한 예술은 인간성이 무한한 자유를 펼칠 수 있는 장으로 나타난다.[23] 이 인간성의 무한한 전개가 예술 작품에 형상화되

---

22 Siegfried Kracauer, *Theory of Film*, Princeton : Princeton University Press, 1997, p.16.

23 벤야민은 이처럼 예술을 인간성의 무한한 자유로운 표현의 장으로 보는 시각이 전체주의와 친연성이 있다는 점을 다음과 같이 지적한 바 있다. "예술 발전 경향에 관한 테제는" "일련의 전통적 개념들, 예컨대, 창조성, 천재성, 영원한 가치와 비밀 등을 무의미하게 만든다. 이러한 전통적 개념들은 만약 그것이 아무런 통제 없이 주어지는 실증적 자료의 검토를 위해서만 이용된다면 파시즘적 의미로 사용될 가능성이 크다." Walter Benjamin, trans. Harry Zohn and Edmund

어 있는 의미에 해당한다. 그러나 사진은 본질상 인간적 개입을 차단한 상태에서 창조되며, 따라서 사진의 의미란 오로지 포착된 "대상의 공간적 외양"에 지나지 않는다.[24] 이 때 유의할 것은 이 "공간적 외양"이 곧 자연 그 자체도 아니라는 점이다. 인간과도 자연과도 상관없이 창조되는 사진은, 따라서 사진 그 자체라고밖에 할 수 없는 것을 반영 / 산출한다. 다시 말해 사진은 인간이 자의적으로 통제할 수도 없으며 인간성의 외부인 자연 그 자체도 아니다. 즉 사진은 인간과 자연 어느 쪽으로도 환원될 수 없는 '사진 그 자체'일 뿐이다.

벤야민의 '복제 가능성' 개념은 이와 같은 사진의 본질적 '비인간성'으로부터 나온다. 사진을 창조하는 주체가 역사성을 근본 조건으로 하는 인간이 아니기 때문에, 사진은 무한히 복제될 가능성을 갖는다. 사진을 찍으면서 인간은 위에서 핸슨이 언급한 "부가된 하나의 눈"을 갖게 된다. 사진은 이전 시대까지 인간이 자기의 감각으로 받아들여 왔던 자연과는 본질적으로 다른 자연상을 보여준다. 예컨대 사람들은 여태까지 인간이 어떻게 걷는가를 안다고 생각했지만, 연속 촬영으로 걷는 동작을 찍은 사진을 보고 '걷기'에 대한 완전히 새로운 인식을 갖게 된다.[25] 사진을 통한 이 인식은, 인간의 주관성이 구성한 것도 아니며 자연의 객관성이 그 자체로 나타난 것도 아니다. 그것은 사진만의 것이며 따라서 사진을 가진 인간은 사진이라는 "부가된 하나의 눈"을 가진 인간이다. 이 제 3의 눈이 초래하는 효과는 여태까지 몰랐던 자연의 한 면을 보게 해주는 것에

Jephcott, "The Work of Art in the Age of Its Technological Reproducibility", ed. Howard Eiland and Michael Jennings, *Selected Writing 3, 1935-1938*, Cambridge : The Belknap Press of Harvard University Press, 2002, pp.101~102.

24 Siegfried Kracauer, trans. and ed. Thomas Y. Levin, "Photography", *The Mass Ornament : Weimar Essays*, Cambridge : Harvard University Press, 1995, p.52.

25 Walter Benjamin, trans. Edmund Jephcott and Kingsley Shorter, eds. Michael W. Jennings, Howard Eiland, and Gary Smith, "Little History of Photography," *Selected Writings 2 : 1927-1934*, Cambridge : The Belknap Press of Harvard University Press, 1999, pp.510~512.

서 그치지 않기 때문이다. 사진을 통해 비로소 감각할 수 있게 된 그 면이, 사진 이전의 인간이 놓쳐온 자연의 한 면이라고 확정할 수 있는 방법은 원리상 존재할 수 없다.

사진에 담긴 자연상은 이런 면에서 보면 인간성의 자기반성이 물질화한 것이다. 사진은 인간이 사진 이전 시대 가졌던 인식을 상대화하며 결국 자유로운 인간성의 영역 대 원천적으로 불가능한 자연의 영역이라는 이분법을 붕괴시킨다. 자기의 의지를 실현하는 영역으로서 나타났던 예술이 이에 부응하여 변모하는 것은 당연한 귀결이다. 제아무리 예술가가 자기의 감정과 사상을 마음껏 그 작품에 형상화한다고 해도 그 작품의 궁극적 의미는 예술가 자신의 절대적 자유에 대한 눈먼 믿음에 국한될 뿐이다. 이는 사진이 등장하지 않았다면 드러날 수 없는 사실이다. 사진이 포착한, 인간으로도 자연으로도 환원될 수 없는 상이 존재하는 이상, 예술가가 자기 작품에 제시한 상이 자기만의 것이라고 주장하는 것은 원천적으로 불가능하기 때문이다. 사진의 등장과 더불어 예술사가 자기반성적 경향을 띠게 되는 것은 이런 맥락에서 보면 우연일 수 없다. 더 이상 예술이 인간과 자연의 관계성을 드러내는 장이 되지 못할 때 남는 것은 오로지 인간의 절대 자유의 자기주장밖에는 없다. 이때 예술에서 형식은 내용으로부터 완전히 분리되어 나오며 예술사는 형식화의 충동에 속절없이 끌려갈 수밖에 없는 것이다.

벤야민이 다다이즘을 비롯한 아방가르드 예술이 영화적이라고 규정하는 것은 바로 이러한 맥락에서 이해된다.[26] 아방가르드 미학의 본질은 내용 없는 형식의 무한한 자기 갱신에 있다.[27] 아방가르드와 함께 예술은 어떤 초월적 가치

---

26 Walter Benjamin, "The Work of Art in the Age of Its Technological Reproducibility", pp.118~119.
27 Peter Bürger, trans. Michael Shaw, *Theory of the Avant-Garde*, Minneapolis : University of Minnesota Press, 1984.

가 나타나는 현장이기를 그치고 우리의 '현실'로부터 아무런 맥락도 없는 오브제들을 끌어다 붙이는 경향을 띤다. 아무 것이나 예술이 될 수 있다는 말은 예술이 그것을 창조하는 인간의 절대적 자유의 장이 되어버렸다는 말이다. 무엇을 갖다 놓는다 해도 예술가가 그것을 예술이라고 하면 예술이 되어버리는 것만큼 인간의 절대적 자유를 증명하는 것은 없을 것이다. 아방가르드 작품에서 우리가 보는 것은 따라서 작품을 이루는 사물들이 아니다. 그 사물들을 해석함으로써 어떤 궁극적 의미에 도달하는 식의 감상 태도는 아방가르드에서는 성립할 수 없다. 왜냐면 그 사물들은 오로지 그러한 감상법의 부정을 위해서 동원된 것에 지나지 않기 때문이다. 작품을 이루는 사물들에 내재하는 의미란 없어야 하는데 왜냐면 사물들 자체에 어떤 의미가 있다면 그것은 예술가가 그 사물에 종속되어 있다는 증명이 되어버리기 때문이다. 아방가르드는 작품의 물질성에서 어떤 의미를 찾는 감상법을 고의적으로 방해하고 거의 불가능할 지경으로까지 몰아간다. 그렇게 해야만 그것을 예술로 명명하는 예술가의 절대적 자유가 실현될 수 있기 때문이다.

그렇다면 아방가르드 예술은 본질적으로 '비물질적'이다. 거기서 작품의 물질적 자질은 완전한 무의미의 영역에 배정되기 때문이다. 그 결과 남는 것은 그 아무 의미 없는 잡동사니 더미를 '예술'이라고 명명함으로서 '예술가'가 되는 자의 절대 자유이다. 따라서 원리상 이제 누구라도 아무 것이나 가져다 놓고 예술이라고 명명만 하면 예술가가 되는 상황이 도래하였다. 예술 작품의 복제 가능성은 바로 이러한 상황을 기반으로 한다. 즉 어떤 원본 작품을 복제해도 원본과 똑같은 예술품을 얻게 된다는 것이 복제 가능성이 아니며, 자기 반성적 작품에서 보듯이, 예술로부터 어떤 의미를 표상하는 내용이 사라져 버리고 그에 따라 무엇이든 예술 작품이 되고 누구든 예술가가 될 수 있다는 것이 복제 가능성이다. 벤야민은 이 복제 가능성이 본질적으로 기술적technological이라는 점에 주목하고 있는데, 이는 명백히 영화에 의한 전통적 예술 개념의 붕괴를 함축하고 있는 술어이다. 기본적으로 사진에 본질을 두고 있는 영화를 근대의 핵심적 예술 양식으로 위치 짓는 것은, 본질적으로 영화란 인간이 아닌 촬영 기술이 그 창조의 주체이기 때문이다.

영화에 포착된 현실은 아무리 인간적 통제를 거친다 하여도 기본적으로 촬영 기술이라는 인간의 손으로부터 자유로운 하나의 총체에 의해 포착된 것이다. 영화가 전달하는 이미지 앞에 선 인간은 영화가 없는 상태에서 자기만의 지각으로 축적한 감각 자료들을 바탕으로 한 자연과의 연결선이 잘려나가는 것을 느낀다. 물자체의 차원까지는 인간으로서는 이를 수 없다 하더라도, 인간이 가진 감각 자료는 최소한 인간적 한계 내에서 파악된 자연으로서의 의미는 있었다. 이때 인간은 자신의 감각이 얻어낸 자료들과 그 외의 파악할 수 없는 것, 두 가지로 가득 찬 세계 안에 안온하게 안겨있는 것이다. 영화는 이 세계에 제3의 것을 도입하며 인간이 축적한 감각 자료의 자연성을 근본적인 의문에 부친다. 영화의 자연상은 인간과 아무 상관없이 '기술적으로' 만들어진 것이다. 그것이 여태껏 인간이 보지 못했던 자연의 감춰진 면이라고 판단할 수는 없다. 그러한 판단은 인간이 이미 자연의 전체상, 또 그 중에서 인간에게만 허락된 부분을 알고 양자를 구분할 줄 안다는 것을 전제로 하기 때문이다. 그리하여 영화는 그 존재 자체가 인간성의 자기반성의 물질적 현현이 되는 것이다.

영화의 물질성은 이러한 점에서 볼 때, 영화가 인간성의 표현 매체라든가 인간성이 파고들 수 없는 외적 사물이라는 의미에서 나온 것이 아니다. 영화가 존재하게 됨으로써 인간은 자기의 지각을 엄밀한 의미에서 반성할 수 있는 차원으로 진입한다. 영화의 자연상 앞에서 인간은 지각할 수 있는 것과 없는 것 사이의 경계를 명확히 가를 수 없다는 것을 깨닫는다. 영화가 어떤 이미지를 포착하는가 혹은 그 이미지를 통해서 어떠한 인간적 의미가 전달되는가 하는 식의 문제는 이때 중요하지 않다. 영화는 그 존재 자체가 이미 인간성이 자기를 반성하고 있다는 것을 함축한다. 그 어떤 것도 의미하지 않는 '영화 그 자체'의 개념은 이러한 맥락에 위치한 것이다. 인간적 의미를 투명하게 전달하는 매체와 인간성이 투과되지 않는 사물이라는 틀에 '영화적인 것'을 끼워 맞추는 것은, 그것을 '인간성'과의 관계성으로 환원시키는 것이다. 그러나 '영화 그 자체'는 그러한 관계성의 설정이 원천적으로 불가능한 영역에 속한다. 영화가 도입되는 순간 인간은 자기 지각을 반성적 차원으로 진입시키지 않을 수 없다. 이때 영화는 이 반성 작용 속으로 끝내 환원되어 들어가지 않고 그 자체로 남는다. 이렇게 끝내 남아 있는 '영화 그 자체'가 영화의 물질성을 이루는 것이다.

　영화의 물질성의 직접적인 결과는 영화의 대중성이다. 영화가 근대의 특징적 예술 수용자 계층으로서의 대중에 어필하는 가장 강력한 매체라는 점은 의심의 여지없는 사실로 인정되어 왔다. 그러나 영화의 물질성이라는 관점에서 보면 이러한 논법은 영화를 전통적 예술 작품의 틀로 바라보고 있다는 점에서 비판받아야 한다. 이때 '예술 작품'이란 창작자의 의도가 특정한 미학적 형식에 실리고 그것을 수용자가 전달받는 소통 모델을 함축하는 용어이다. 영화의 출현은 그러한 모델의 전면적이고도 근본적인 폐기에 다름 아니라는 점에서 이 모델을 영화에 적용하는 것은 원리적으로 오류이다. 영화와 대중의 관계를 '기술적 복제 가능성'의 차원에서 고찰한 벤야민은, 영화 이전과 이후의 예술적 소통 모델의 분기를, "집중력" 대 "산만함"의 대립으로 표현하고 있다.

　　대중은 예술 작품을 향한 일체의 관습적 행동들이 오늘날 새로이 태어나도록 하는 모태이다. 양은 질로 변모하였다. **엄청나게 증가한 참여자는 다른 종류의 참여를 낳았다.** 이 새로운 양식의 참여가 처음에는 그리 권장할 만한 것이 아닌 것으로 나타났다는 점 때문에 관찰자는 오해를 해서는 안 된다. 아직도 많은 사람들이 사태의 이 표피적 측면에만 정확히 그 공격을 집중시키는 데 열정적으로 나서고들 있다. (…중략…) 명백히 이것은 본질상, 예술은 그 관람자로 하여금 집중력을 요하는데, 대중은 정신 분산[산만함]을 찾는다는 데에 대한, 케케묵은 탄식이다. 그것은 뻔한 얘기이다. 문제는 이 뻔한 얘기가 영화의 분석에 있어 어떤 토대를 제공할 수 있느냐이다. 이것은 좀더 자세한 분석을 요한다. 산만함과 집중력은 안티테제를 이루며, 이는 다음과 같이 정식화된다. 예술 작품 앞에서 집중하는 사람은 그것에 흡수된다. (…중략…) 반면 산만한 대중은 예술 작품을 그들에게 흡수시킨다.[28]

전통적 예술론에서 수용자는 작품에 숨겨진 창작자의 깊은 의미를 찾기 위해 작품의 구성 요소와 원리에 온 신경을 집중해야 한다. 반면 영화 관객은 작품에서 자기가 보고 싶은 것, 자기가 좋아하는 것을 보고 그것으로 만족한다. 그리하여 한 편의 영화의 의미를 찾는 도정은, 작품 저 너머 깊은 곳에 있는 한 지점을 향하여 모아지지 못하고, 관객들이 제각각 찾는 만족에 따라 무한정 갈라진다. 이런 점에서 영화의 관객으로서의 대중의 본질은 '산만함'에 있다는 것이다.[29] 전통적 예술 관념에 따르면 산만한 수용자란 작품의 의미를 오독하거나 아예 읽어낼 수도 없기 때문에, 비판의 대상이 될 수밖에 없다.

이러한 비판 논리를 벤야민은 "케케묵은 탄식"이자 "뻔한 얘기"라고 하는 한편 동시에 "이 뻔한 얘기"로부터 "영화의 분석에 있어 어떤 토대를 제공"하는 틀을 얻고자 한다. 그것이 식상한 것은 위에서 지적했듯이 영화와 함께 도래한 새로운 예술적 소통 모델을 알아채지 못한 채 기존의 모델을 무비판적으로 반복하고 있기 때문이다. 영화 관객의 산만함은 영화에 대한 가장 적확한 반응이

---

28 Walter Benjamin, "The Work of Art in the Age of Its Technological Reproducibility", p.119. 강조는 원문.

29 Miriam Hansen, *Babel and Babylon : Spectatorship in American Silent Film,* Cambridge : Harvard University Press, 1991, pp.28~32.

며 그것이야말로 대중이 근대의 유일한 유의미한 주체성을 구성할 수 있는 기반이다. 위에서 분석했듯, 영화에 재현된 것은 그 창작자의 의도로도 재현된 현실 자체로도 환원되지 않는다. 즉 영화는 창작자의 감정이나 사상 혹은 스크린에 비친 현실의 객관성이라는 해석학적 지평을 넘어선다. 그 지평이 끝나는 곳에 남아 있는, 영화의 물질성이 가리키는 것은 그러한 지평들을 가능한 것으로 만드는 제3의 관점, 즉 '반성적' 관점이다. 그 관점에 충실할 때 영화 관객은, 영화를 영화 바깥에서 보는 것이 아니라, 자기의 전체를 영화라는 눈으로 완전히 전환하게 된다. '반성적' 관점으로서의 영화란, '인간적 의미 / 자연적 무의미'의 틀을 그 바깥에서 냉정하게 관조하는 것이 아니다. 즉 영화를 매개로 하여 초월적인 고정 시점을 획득할 수 있는 것이 아니다. 그렇게 생각하는 것은 영화의 물질성에 충실하지 못한 것이며 겨우 획득한 '반성'적 관점의 무효화로 귀결되는 것에 지나지 않는다.

영화가 도입하는 '반성'은 오직 그 대상이 '반성'을 필요로 하는 한에서만 성립한다. 또한 이때 '반성'의 대상은 '반성'의 관점이 없다면 어떤 대상으로 실체화되지 못한다. 영화가 없었다면 예술 작품에 담긴 것으로 상정되었던 심오한 사상이 단지 예술가의 아무런 근거 없는 절대 자유의 선언으로 드러날 수 없다. 영화가 없었다면 예술에 형상화된 상에 아무런 현실성(자연과의 일말의 관련)도 없다는 것이 드러날 수 없다. 한편 작품을 예술가의 사상이 현실의 상을 통해 형상화된 것이라고 보지 않았다면 애초에 영화는 그러한 반성을 초래할 수 없다(영화의 대중성을 비판하며 나오는 "케케묵은 탄식"이 "영화의 분석에 있어 어떤 토대를 제공"한다). 이 모든 움직임들은 영화의 물질성 때문에 발생하는 것이며, 따라서 '영화를 본다'는 것은 '영화 그 자체가 된다'는 것, 즉 영화의 물질성을 육화한다는 것을 의미한다. 대중의 산만함이란 그들이 이 육화에 해당하기 때문에 나타나는 것으로, 그것은 작품을 집중하여 감상하는 태도에 대한 안티테제로만 존재한다. 영화적 '반성'이란 작품에 대한 전통적 관점을 전제하지 않는다면 애초에 불가능하며, 따라서 언제나 그 관점을 부정했다가 다시 돌아가는 무한 반복의 형식을 취할 수밖에 없다. 즉 산만함이란 다만 집중력이 흐트러진 상태를 무한히 유지하는 상태에 지나지 않는 것이다. 집중력과 산만함이 서로 안티테제를 이룬다는 벤야민의 표현은 바로 이러한 상태를 가리킨다.

영화의 물질성이 개시하는 이 '반성'의 차원, 그리고 그러한 반성의 주체인 산만한 대중은 '정치의 미학화'와 '미학의 정치화'라는 두 차원을 개시한다. 이때 미학이란 전통적인 개념의 예술에 관련된 것, 즉 예술가의 인간적 감각으로 걸러진 현실로서의 예술의 본질을 의미한다(현실의 '객관적' 반영으로서의 예술이나 현실에 대한 예술가의 감각의 '주관적' 표현으로서의 예술은, 이러한 전통적 예술 개념의 양극을 이룬다). 그리고 정치란 현실을 조직하는 원리를 파악하고 그것을 유지·변혁시키는 일련의 인간 활동을 의미한다. 산만한 대중이 근대의 유일한 주체성으로 등장함으로써, 예술은 아방가르드와 영화라는 양극으로 분화한다. 더 이상 인간이 현실과의 관련성을 주장할 수 없게 된 이상, 예술가는 인간으로서의 자기의 절대 자유 자체가 나타나는 장으로 예술 작품을 취급하는 수밖에 없다. 이것이 아방가르드 예술이라면, 그것은 영화의 등장으로 인하여 전통적 '예술'이 밟아 나갈 수밖에 없게 된 길을 끝까지 걸어간 사례에 해당한다. 아방가르드 작품은 예술사에 등장하는 순간 처음에는 쓰레기 취급을 받지만 곧장 고상하고 심오한 예술 작품의 반열에 오른다. 이 즉각적인 위치 변동은 아방가르드가 등장하는 순간에는 산만한 대중의 예술이었으나 곧 그 산만함의 안티테제인 집중력 있는 고상한 예술비평가의 미적 감식안의 대상으로, 순간적으로 위상이 변경되었음을 의미한다. 반면 영화는 그 등장 자체가 예술 작품의 현실 관련성 / 인간성의 부정이라는 점에서, 그 물질적 차원에서 산만한 대중과 일체를 이룬다.

예술사에 있어 아방가르드와 정치사에 있어 전체주의의 기묘한 동거라는 난제는 이러한 맥락에서 파악될 수 있다. 아방가르드는 기본적으로 미학의 정치화를 꿈꾸었다. 그것은 예술의 현실관련성을 자기반영성을 통하여 역설적으로 작품화함으로써 예술의 자기 파괴를 시도한 것이다. 그러나 방금 지적했듯이 이 자기 파괴는 예술의 완전한 파괴에 도달하지 못하고 오히려 무한히 지속되는 자기반영적 형식 갱신이라는 악무한 속으로 예술을 몰아넣었다. 즉 아방가르드의 파괴 시도와 더불어 예술은 역설적으로 죽으려야 죽을 수 없는 좀비 상태로 영원한 삶을 얻게 된 것이다.[30] 다시 말해 아방가르드는 주어진 현재로서의 전통적 개념의 예술 안에서 직접적으로(예술의 형식을 취한 채) 예술의 죽음을 실현하고자 한 것이다. 이것은 어떠한 우회로도 거치지 않고 생명의 '현재'에 죽음충동을 실현시키는 '궁극적 해결책Final Resolution'이 결국에는 삶과 죽음 그 어느 쪽도 아닌 '궁극적 곤경'으로 귀결되고 만다는 것을 보여준다. 여기서 아방가르드의 '미학의 정치화'는 '정치의 미학화'라는 반동을 불러올 수밖에 없는 지점에 이른 것이다.

정치의 미학화는 아방가르드가 실패한 지점에서 출발한다. 아방가르드의 실패는 본질적으로 예술의 정치화, 즉 정치 속에서 예술을 해소하는 것을 목표로 하면서도, 그 추구를 끝내 예술의 형식으로 밀고 나갔다는 데 있다. 그 결과는 미학적 내용의 말소로 귀결되며(아방가르드 작품의 본질적 '비물질성'), 이렇게 형해화된 이름만 남은 예술은 그 내용을 결국 정치에 넘겨준다. 아방가르드 예술의 패착은 예술의 해소가 곧장 정치의 완전한 승리에 직결되리라고 믿은 데 있다.

---

30 Giorgio Agamben, trans. Georgia Albert, *The Man without Content*, Stanford : Stanford University Press, 1999, pp.56~57. "모든 신들이 예술의 웃음이라는 황혼으로 사라져가는 시점, 예술의 운명의 극단에 이르면, 예술은 자기를 부정하는 부정, 자기를 무화시키는 무(無)가 된다." 즉 예술은 그 자체의 부정에서 삶의 동력을 얻는데 이는 '예술 그 자체'와 '예술이 아닌 것' 사이의 절대적인 단절을 함축한다. 그 결과 영원한 현재의 지속이라는 시간성이 나타나는데, 이처럼 자기를 무화시키는 무라는 역설적 상태를 영원한 현재 속에서 지속하는 상태는 다음과 같이 표현되기도 한다. "저 의식의 분열 상태에 붙들린 채, 예술은 죽지 않는다. 아니, 엄밀히 말하자면 예술은 죽는다는 게 불가능하다."

일단 예술이 스스로 죽는 길을 그 자신의 고유의 형식에 따라 실현한다면 그 어떤 긴장도 갈등도 없는 유토피아가 실현될 것으로 보았던 것이다. 마리네티의 미래파 선언문이 그 단적인 예가 된다. 이것은 죽음충동이 삶충동을 추동하는 생명체의 기본 원리라고 하여, 죽음충동을 직접적으로 실현해버리면 생명의 완전한 자기실현이 이뤄진다고 간주하는 것이나 마찬가지이다. 아방가르드의 이와 같은 논리가 초래한 직접적 결과는, 따라서 예술의 좀비화 그리고 정치적 에너지의 제어할 수 없는 폭발이다. 리비도를 일정한 수준으로 제어하는 죽음충동이 존재하지 않는다면 삶충동은 순식간에 타올라 생명체를 죽음에 이르게 하고 말 것이다.

그리하여 아방가르드가 예술의 좀비화를 성취하는 순간 정치는 현실의 논리에 의거하여(그것은 당연히 유전학·우생학 등의 생리학적 의장을 두른다) 현재를 무한히 긍정하면서, 임박한-임재한 유토피아의 전망 속에서 현실적 문제들의 궁극적 해결을 추구하게 된다. 전체주의의 수사학을 뒤덮고 있는, 주어진 현실을 '전체'의 이름으로 무한 긍정하면서 동시에 '현재'를 미지의 미래에 대한 맹목적인 믿음에 따라 말소하고자 하는, 모순어법은 이 자리에서 태어난다. 이런 맥락에서 전체주의는 벤야민이 지적한대로 예술지상주의의 최종 완결판이다. 문제는 이 죽음충동의 직접적 분출에 따른 자기말소가 말 그대로 실현될 수 없다는 데서 나온다. 전체주의를 발생론적으로 규정하는 내파의 논리는 죽음충동을 '전체'의 바깥을 향하여 집중시키는 한편 '전체'의 한 부분을 향하여 집중시키는 방식으로 유지될 수밖에 없다. 전자가 외국과의 전쟁이라면 후자는 식민지 동화 정책이다. 전체의 현재를 영속화하기 위하여 '전체'가 아닌 것을 말살하는 것은 당연한 귀결이다. 그러나 전체주의의 핵심은 여기에 있지 않은데, 왜냐면 이는 죽음충동을 자기의 외부를 향해 투자함으로써 자기의 생명을 지키는 것이며 이는 생명체 내에 어떠한 모순도 초래하지 않기 때문이다.

따라서 전체주의의 핵심은 적이 절멸할 때까지 우리의 모든 것을 쏟아붓는다는 영구총력전에 있다고 할 수 없다. 위에서 지적했다시피 전체주의의 핵심은 죽음의 물신주의이다. 이 말이 의미하는 것은 전체주의가 '죽음 그 자체'를 영속하는 자기의 '현재'의 일부로 받아들였다는 것이다. 즉 자기의 삶충동의 잠재적 바탕을 이루는 죽음충동을, 삶의 차원의 일부로 편입하여, 현재적 삶의 영원한 지속을 꿈꾼 것이 바로 전체주의이다. 그렇게 하지 않고서는 전체주의가 자신의 정치학을, 당면한 모든 과제의 '궁극적 해결'을 가져올 정치학으로 자부할 근거가 없다. 이때 죽음 그 자체를 담당하는 것은 전체의 부분이면서도 동시에 순수한 부정성으로서만 자기 정체성을 유지하는 자들의 물질성이다. 이 물질성은 현실이 그 현재성을 영원한 것으로 만들기 위해서, 즉 현재적 삶의 상태를 절대적으로 긍정하기 위해서, 그 안에 그것을 완전히 무화시킬 수 있는 잠재성을, 현재적인 것과 같은 차원에 고정시켜 놓은 것이다. 그것이 현재적 현실 안에 편입되어 있을 때에만 '전체'는 안정될 수 있는 것이며, 그 안정 속에서 전체주의 정치학은 '궁극적 해결책'으로서 자기를 분식할 수 있다.

전체주의의 핵심에 있는 이 물질성은 영화의 물질성이 없으면 애초에 성립할 수 없는 것이다. 영화로 인하여 예술은 현실의 재현이기를 그치고 순수한 형식충동으로 나아갔다. 이는 정치의 예술화, 즉 정치가 현재적 현실에 모든 의미와 내용을 담는 방향성을 낳았다. 이런 맥락에서 전체주의는 영화 없이는 나타날 수 없는 것, 본질상 영화적인 정치이다. 즉 전체주의가 정치의 미학화라고 할 때의 미학성은 영화적인 것이다. 그러나 영화의 물질성은 동시에 전체주의의 어둠의 핵심을 이루는 식민지인의 물질성을 감당한다는 점에서 아방가르드와는 반대 방향에서 예술의 정치화를 이룰 길을 열어준다. 아방가르드 예술은 '예술'이라는 방향으로부터 출발하여 '예술의 정치화'를 꿈꾸었다. 그 시도는 예술의 해소가 아니라 오히려 예술의 현재를 영속화하고, 동시에 정치가 그렇게 좀비가 된 예술을 알리바이 삼아, 현재적 현실을 주어진 현상이 아닌 당위적 이상으로 바꿔치기 할 수 있도록 했다. 현재적 현실이 이미 그 자체로 더할 것도 뺄 것도 없이 충만한 의미로 꽉 차 있는 이상, 즉 유토피아적 미래가 이미 현재의 시간성 속에 도래해 있는 이상, 정치는 죽음충동의 고삐로부터 놓여난 삶충동과 마찬가지로, 자기말소라는 궁극적 해결책을 향하여 내달리게 된다.

그러나 영화가 초래할 미학의 정치화는 현실 쪽에서 출발한다는 점에서 다른 가능성을 내장한다. 영화가 포착하는 현실은 예술가의 인간성으로부터 철저히 유리되어 있으며 동시에 예술가가 살고 있는 현재적 현실과도 아무런 상관이 없다. 현실에 충실하면 할수록 영화는, 우리가 살고 있는 현재적 현실이 가능하기 위해서 반드시 필요한, 죽음의 물신을 비추며 동시에 그것이 된다. 현재적 현실이 영속하기 위해서는 그 전체 속에 반드시 전체를 일거에 말소할 수 있는 잠재성의 원리, 즉 죽음충동을 현실적인 것으로 물질화하여 포함시켜야 한다. 절대로 일본이 될 수 없는 식민지 조선인이, 그리하여 일본 안에 포함된다면 일본의 현재적 현실성을 근본적 위험에 처하게 할 수 있는 잠재성을 가진 조선인이, 이미 일본으로서 전체 안에 포섭되어 있는 것처럼 말이다. 전체주의 일본 안에서 조선인이란 전체로서의 일본의 현재적 현실성의 일부가 된 죽음이며, 전체주의는 그 죽음을 통하여서만 비로소 '전체'의 영속을 추구할 수 있다는 점에서, 죽음의 물신주의이다.

영화는 현재적 현실을 그대로 비추는 것처럼 보이지만 사실은 영화 자체만의 현실, 영화적 현실을 비춘다. 영화적 현실을 담고 있는 영화 자체는 따라서 현재적 현실을 이루는 하나의 사물로 환원되어 버릴 위험성을 갖고 있다. '영화에 비친 현실=현재적 현실'이 성립하지 않는다면 전자는 후자라는 전체를 구성하는 한 부분으로 생각될 수 있는 것이다. 그러나 영화적 현실은 본질상 현재적 현실이 나타나는 기반인데, 왜냐면 영화적 현실이 없다면 현재적 현실을 가능케 하는 시간성이 성립되지 않기 때문이다. 현재적 현실이란, 영화적 현실 때문에 우리가 구체성 속에서 살고 있는 현실로 완전히 복속되어 들어간다는 것이 불가능해졌을 때에만 나타날 수 있다. 즉 우리가 자신을 현실 속에서 자발적으로 해소해버리기만 하면 현실이 우리를 구원한다는 논리는, 영화적 현실로 인하여 우리의 현실과의 여하한 접점도 모두 상실해 버리지 않은 상태에서는 성립할 수 없는 것이다. 즉 영화적 현실의 존재로 인하여 우리가 알거나 모른다고 생각했던 현실은, 그러한 앎과 모름 어느 편으로도 환원되지 않는, 절대무지가 되어 나타난다. 바로 이렇게 현실이 절대무지의 지경으로 들어가는 순간, 현실은 역설적으로, 그 안에서 우리 자신을 지우기만 하면, 유토피아가 도래하리라는 믿음을 우리에게 선사하는 것이다.

인간이 아는 것과 모르는 것, 인간성과 자연, 자유 의지와 운명적 조건이라는 이분법을 횡단하는 영화의 본질을 가리키는 것이 바로 '물질성'의 개념이다. 전체주의는 영화의 물질성을 영화의 사물성으로, 즉 현재적 현실의 한 부분으로 포함시킴으로써 성립한다. 그러나 이 현재적 현실은 영화의 물질성이 성립한 후에 오는 것이며, 그러한 시간성이 드러나는 순간, 전체로서 영원히 지속되기는커녕 그 완전한 무의미 속에서 붕괴할 수밖에 없는 것에 지나지 않는다. 그 순간을 지연시키기 위하여 전체주의는 영화를 단순히 현재적 현실의 재현물, 즉 현실에 대하여 이차적인 것으로 위치시킨다. 그러나 영화가 현재적 현실을 충실히 재현한다고 믿고 나아가 영화의 재현을 통해서 현재적 현실의 절대성이 증명되지 않으면 전체주의의 영원한 현재라는 시간성은 유지될 수가 없다. 이렇게 하여 영화는 전체주의가 나타나기 위해서 필수적인 구성인이 되는 것이지만(전체주의의 핵을 이루는 죽음의 물신이 되는 것이지만), 동시에 그 자체로 물질성의 차원을 비춤으로써 전체주의를 항구적인 위험에 빠뜨린다. 그리고 이때 피식민지인의 물질성은 전체주의 속에서 영화의 물질성과 한 몸을 이룬다.

4. '문예봉'이라는 도둑맞은 이름

지금까지 고찰한바, 일본정신이 영화적인 것의 완전한 전개를 통해 자연스럽게 실현된다는 것이 영화법 체제의 담론 구조였다. 일본의 영화법과 식민지 조선의 조선영화령을 고찰하면서 우리는 일본정신이라는 현재적 현실이 조선인을 죽음의 물신으로 그 안에 포함하지 않으면 도달될 수 없다는 결론에 이르렀다. 그리고 일본이라는 전체가 나타나기 위해서는 영화의 물질성을 죽음의 물신으로 전유하는 과정을 거치지 않을 수 없다는 것을 살펴보았다. 그렇다면 이제 문제되는 것은 조선인이 영화의 주체가 되어 나타나는 경우, 즉 조선영화가 전체주의 일본이라는 담론 속에서 어떤 위치에 처하게 될 것인가 하는 점이다. 여기서 우선 간단히 예상해볼 수 있는 것은, 그것이 영화의 물질성에의 충실함을 우리에게 요구하게 될 것이라는 것, 그리하여 우리가 근대인으로서 받아들일 수밖에 없는 선택지, 즉 좀비가 되어 영원히 살거나 삶충동의 폭발 속에 즉각적으로 죽음을 맞거나 하는 양자택일의 선택지로부터 벗어날 수 있는 길을 제시할 수 있으리라는 것이다. 그것은 예술 속에서 절대 자유를 실현하는 듯보이지만 실상은 완전한 소외에 빠져 있는 아방가르드의 예술의 정치화와, 소외를 극복하기 위해 현실에 충실하기를 바라나 실상은 완전한 자기 말소에 빠지고 마는 전체주의의 정치의 미학화를 극복할 수 있는 길이 된다.

한국 최초의 영화사가史家 이영일은, 비단 영화법 체제 내에서의 조선 영화뿐 아니라 한국 영화 전체의 핵심 자질로 일제의 검열을 들고 있다. 영화인들이 검열하에서 영화를 제작했다는 점이야말로 한국 영화가 "다른 나라의 영화사와 획기적으로 구별되는 지점"이라는 것이다.[31] 다소 견강부회처럼 보이기까지 하

---

31 이영일, 『한국영화전사』, 소도, 2004, 17면.

는 이 테제는 어떠한 맥락에서 제출된 것인가? 기본적으로 이영일의 한국영화사 연구를 추동하는 동력은 영화라는 근대 문화의 핵심 분야에서 '한국적인 것'을 실체화하려는 욕망이다. 한국영화라는 분야의 총체적 역사를 작성해낸 그의 노력의 바탕에는, 영화라는 근대 문화에 투영된 '한국적인 것'을 추출하여 한국인의 정체성을 획정劃定하려는 의도가 깔려 있다. 여기서 영화를 한국이라는 국적 개념으로 한정한다는 것은 어떻게 가능한가 하는 문제가 부상한다. 이영일은 이 문제에 대해 일제의 검열을 받은 영화와 그러한 전통을 이어 받은 영화가 한국영화라고 대답하고 있다.

그렇다면 이영일은 영화를 자율적 예술로 취급하지 않는 셈이다. 한 편의 영화가 자족적으로 완결되어 있다면 그 본질은 영화로서의 자질, 즉 영화적인 것에 있을 것이다. 일군의 영화를 분석하여 그 본질로 국민성을(이 경우에 있어서는 '한국성') 끌어낸다면, 그 분석에서 핵심적인 것은 영화가 아니라 국적이다. 이영일의 연구를 지탱하는 축으로서의 한국영화 개념은 이런 점에서 보았을 때, 기술적descriptive 개념이 아니라 당위적 개념이라고 할 수 있다.[32] 이는 이영일이 자신의 역사적·비평적 관점을 표명하는 다음과 같은 서술과 상충하는 것처럼 보인다.

> 비평가가 항상 주의해야 하는 것은 작품 속에서 자신의 고정관념을 재확인하는 것이 아니라 작품과 작가 속에 있는 것을 분별하여 스스로 말하게 하는 것이다. 즉 작품을 작품대로 보는 것이 중요하며 그 이상의 잉여는 가정법을 두어 양자를 뒤섞지 않아야 한다.
>
> 이를테면 비평가로서의 나는 리얼리스트가 아니며 어떻게 리얼리즘을 초극할

---

32 Andrew Higson, "The Concept of National Cinema", *Screen* 30-4, 1989, p.12.

것인지가 가장 큰 관심사이다. 그러나 만약 한국영화사를 연구하고 가르치는 내가 한국영화의 리얼리즘—그 석연찮고 불만족스러운—의 틀을 부수어버린다면 한국 영화는 밑도 끝도 없게 된다. 리얼리즘만이 유일하게 옹호될 수 있는 대상이기 때문이 아니라 한국 영화인들의 피와 땀, 비애, 육체적 고통과 기쁨이 오직 여기에 모여 있기 때문에 불가피하게 옹호되어야 하는 것이다. / 아울러 무엇이 한국영화를 아직까지 이토록 리얼리즘에 집착하게 만드는가를 생각하는 것도 중요하다. 그것은 한국의 역사와 현실이 리얼리즘을 통해서만 한국 작가의 감정과 사상을 대상화할 수 있는 실체감 혹은 존재감을 갖도록 만들기 때문이다.[33]

여기서 이영일은 영화를 비평함에 있어 작품중심주의라 할 만한 시각을 표명하고 있다. 이러한 관점에서 한국영화를 비평하는 자신이 견지하는 "리얼리즘"이란 오직 그 연구 대상의 특징들로부터 도출된 것일 뿐, 비평가 자신이 개인적으로 갖고 있던 비평 정신과는 무관함을 강조한다. 그는 자신의 "리얼리즘"이 "한국 영화인들의 피와 땀, 비애, 육체적 고통과 기쁨"에 충실하기 위한 관점이며 그것은 "한국 영화"가 "밑도 끝도 없"는 것이 되지 않도록 불가피하게 선택된 것이라고 한다. 리얼리즘 미학이란, 작품 생산에 있어 최대한 현실에 충실하고자 하는 태도라는 정의에 비춰볼 때, "한국영화"는 현실에 밀착할 수밖에 없는 운명적 조건에 처해 있었다. 이때의 현실을 규정하는 것은 "한국의 역사와 현실"이다.

여기서 현실의 규정성이 다시 현실에서 찾아지고 있다는 점이 주목된다. 한국 영화가 리얼리즘 미학을 그 종적 본질로 갖고 있다는 명제가 성립하기 위해서는, 한국성과 리얼리즘 미학 사이에 유적 친연성이 증명되어야 한다. 리얼리

---

33 이영일, 『한국영화전사』, 14~15면.

즘이 현실에 대한 인간의 미학적 태도라면, 그것은 현실이 어떠하든 그 존립에 영향을 받지 않을 것이다. 그러나 이영일은 한국 영화인의 태도란 현실에 충실할 수밖에 없는 필연성이 있다고 주장한다. 그렇다면 그는 한국인의 정체성에 리얼리즘 미학이 기입되어 있음을 증명해야 할 것이다. 대신 이영일은 한국영화의 한국성은 현실에 대한 충실성에서 찾아지는데, 그 리얼리즘 미학의 근거는 한국 현실에 있다는 논리를 취한다. 이때 리얼리즘이란 따라서 현실과는 필연적 관계 없이 존재하는 미학적 태도에 그치지 않는다. 그것은 동시에 한국인이 살고있는 현실 그 자체이기도 한 것이다. 한국인이 현실을 영화화할 때 취하는 운명적 태도가 리얼리즘이면서 동시에 그가 영화화하는 현실 그 자체도 리얼리즘이다.

여기서 성립하는 것은 '현실=리얼리즘'의 도식이다. 한국인의 현실은 리얼리즘이라는 미학적 태도를 필연적으로 낳으며 리얼리즘은 한국인의 현실에 "실체감 혹은 존재감"을 부여한다. 한국인의 현실이 영화화될 때 리얼리즘을 특징적 미학으로 낳는 것은 현실이 리얼리즘을 부를 수밖에 없는 본질을 갖고 있기 때문이라면, '현실=리얼리즘'으로 정리된다. 나아가 이영일이 여기서 논하는 "한국의 역사와 현실"의 본질이 리얼리즘을 필연적 미학으로 부를 수밖에 없는 것이라면, 그것의 규정성은 자기 자신에 있다고 할 수밖에 없다. 이 순간에 이영일이 하고 있는 것은, 어떤 외부성의 개입 없이 그 자체로 존재하는 '현실=리얼리즘'에 한국 영화라는 이름을 붙이는, 순수한 명명에 불과하다. 이 때 순수한 명명이라는 행위는 현실이라는 객관성을 알리바이 삼아 한국영화를 실체화하는 담론적 조작에 해당한다. 그리고 이 조작은 한국영화를 담론적으로 생산해냄으로써 거꾸로 그것이 기반을 두고 있는 어떤 또 다른 실체로서의 "한국의 역사와 현실"의 담론적으로 생산하는 것이다. 즉 이는 한국영화라는 문화를 알리바이 삼아 한국의 현실성을 실체화하는 담론적 조작인 것이다.

여기서 이영일이 한국영화의 한국성은 일제의 검열에 근간을 둔다고 주장한 이유가 설명된다. 한국영화가 그 특유의 리얼리즘 미학을 통하여 형상화한 현실이란 리얼리즘을 부를 수밖에 없다면, 한국영화의 한국성은 아무 실체성이 없는 것, 좀더 정확히 말하면 그저 '한국'이라는 이름으로만 존재하는 것일 뿐이다. 텅 빈 이름뿐인 '한국'이 스스로를 유지하기 위해서는 그러한 이름을 자기의 본질로 하는, "피와 땀"을 가진 "육체"가 있어야 한다. 이때 "육체"는 '한국'이라는 순수한 이름 외에는 그 자체로서 어떤 의미도 지닐 수 있는 가능성이 차단된 것이다. 그렇다면 이영일의 한국영화 개념이 성립할 수 있기 위해서는 어떤 의미도 없으며 다만 누군가 붙여준 '한국'이라는 이름만을 달고 있는 "육체"가 필요하다. 이 '텅 빈 이름'과 '완전히 또 영원히 무의미한 육체'로서의 '한국'을 목격할 수 있는 장이 바로, 일제의 검열에 의해 조선적인 것의 양가성 (즉 일본 제국에 통합된 그러나 더 이상 조선적이지 않은 조선과 일본제국에 통합되지 않은 그러나 바로 그렇기 때문에 조선적인 것)이 노출되었던 영화법 체제인 것이다. 이런 점에서 한국영화의 근간으로서 "한국 영화인들의 피와 땀, 비애, 육체적 고통과 기쁨"을 찾고, 그 원천을 일제의 검열에서 찾은 이영일의 관점은, 우리의 맥락에서 적지 않은 시사점을 던져준다.

이영일이 노정하는 논리적 파탄에서 우리는 이영일이 한 것과 정반대로, 한국영화가 "밑도 끝도 없게 되"는 순간에 충실해야 한다는 교훈을 얻는다. 그렇게 하지 않으면 이영일이 범하고 있는 것과 같은 오류, 즉 일제의 검열을 부정하고자 한 의도가 지나친 나머지 오직 그것의 부정성에만 기반을 두고 한국영화의 개념적 기초를 짓는 오류를 범할 것이다. 이러한 오류는 일제의 검열이 '한국성'을 말소함으로써 오히려 실체화하는 현장, 즉 (영화법 체제의 일부로서의) 조선영화령 체제가 내파하는 지점을 포착함으로써 피할 수 있다. 그 지점에서 조선인은 이영일이 지적한 바, "피와 땀"을 흘리는 "육체"에 붙은 '조선'이라는 이름만으로 그 전체를 드러낼 것이다. 이어지는 논의에서는 그렇게 '이름'만으로 남겨진 채 태어나는 식민지인의 형상을 '문예봉'이라는 스타로부터 찾아내려고 한다. 우선 조선영화령 체제가 문예봉이라는 스타를 낳을 수밖에 없었던 맥락에 대한 검토가 요구된다.

조선영화령이 발효된 것은 1940년 8월 1일이지만,[34] 조선 영화계는 이미 1939년 8월에 "관민일체官民一體" 성격의 조선영화인협회를 결성하여 식민 당국의 "국가총력동원"이라는 목표에 부응하고 있었다(비슷한 성격의 관민 합작 영화인 단체인 대일본영화협회의 결성일은 1935년 12월이었다).[35] 영화인협회의 결성이 일본에서 1939년 10월 1일 영화법이 시행된 것과 거의 동시에 이뤄졌다는 점, 문학 방면에서 국책에 협조하기 위한 목적으로 1939년 10월에 조선문인협회가 결성된 점[36] 등을 보면, 조선 영화계의 반응이 얼마나 빨랐는지 알 수 있다. 조선영화인협회는 이후 영화 제작자들의 협동체인 조선영화제작자협회1940년 12월 10일 창립를 거쳐 조선의 영화 산업을 명실상부한 '관민 합동'의 통제 체제로 환골탈태시킨 조선영화제작주식회사1942년 9월 29일 창립로 계승된다.[37] 이런 점에서 보면 조선영화인협회는 식민지 조선에서 영화 국책의 본격화를 알리는 신호탄이자 영화 통제의 인적·물적 기반을 제공한 모태라고 할 수 있다.

이 단체는, 회장 안종화의 말대로 "국가를 위한 집단"으로서 조직되어 '관민

---

34 『조선총독부관보』 4053, 1940.7.25, 257~263면.
35 안종화, 「신체제와 영화인협회의 임무」, 『삼천리』 13-6, 1941.6, 190면.
36 「조선문인협회의 결성」, 『인문평론』, 1939.12, 100면.
37 조선영화제작주식회사의 창립 책임자는 당시 경성 상공회의소의 부소장이었던 다나카 사부로(田中三郞)였다. 다나카가 발탁된 데는 총독부 경무국 도서과장 모리 히로시(森浩)의 영향력이 있었다. 1942년 9월 29일 창립된 조영은 총독부와의 협의하에 조선영화인협회 가맹자를 중심으로 동년 10월 21일 제1회 영화인 채용을 실시한다. 조영의 인적 구성을 보면, 선전과장 김정혁(金正革), 연출과 주임 안석영(安夕影), 촬영과 주임 양세웅(梁世雄)을 제외한 고위직은 모두 일본인이 맡았다. 직접 영화 촬영을 담당하는 시나리오, 연출, 촬영, 녹음, 장치, 배우 등의 부문이 대부분 한국인으로 채워져 있다는 사실은 이와 대조를 이룬다. 高島金次, 『朝鮮映畵統制史』, pp.123~125.

일체'라는 총동원 체제의 지배 담론을 구현하는 역할을 담당했다. 이를 여실히 증명하는 것이 이 단체가 조선영화령 실시와 더불어 시행된 영화인등록제 업무를 대행했다는 사실이다.[38] 이 제도는 조선영화령 8조에 근거를 두고 있는데, 이름만 보면 단순한 등록제처럼 보인다. 그러나 실제로 이 제도하에서 조선 영화인은 "기능을 증명하는 서류"를 당국에 제출하여 등록증명서를 발급받아야 영화 제작에 참여할 수 있었다. 따라서 영화인으로서의 활동 가능 여부가 식민 당국의 처분에 달려있게 된 것이다.[39] 나아가 문제를 한층 더 복잡하게 만든 것은, 조선영화인협회로부터 기능증명서를 받기 위해 영화 촬영 관련 지식과 기능만 검증받으면 되는 것이 아니었다는 점이다. 기능증명서를 받을 영화인은 크게 연출자, 연기자, 촬영사로 분류되었는데, 이 중 연기자가 치러야 하는 "고사" 과목은 다음과 같이 정해져 있다.

2. 기능증명서 발행 신청자, 연기의 업무에 종사하려는 자일 때.
(1) 성격 고사(지조, 성격, 재간, 판단 등)
(2) 학과 급及 상식 고사(국어, 국사, 국민 상식, 영화 지식 등에 대하여 구답 또는 필기에 의함)
(3) 연기자로서 필요한 소질 고사(발성, 소작所作, 표정, 분장 등)[40]

---

38 卜煥模, 「朝鮮総督府の植民地統治における映畵政策」, 早稲田大學博士論文, 2008, p.110.
39 조선영화령 제15조는 영화 제작시 촬영 개시 10일 전까지, 작품의 제목 및 각본, 스태프와 연기자의 명단을 총독부에 제출할 것을 규정하고 있다. 조선영화령의 상위법인 일본의 영화법 6조는 주무대신(조선의 경우에는 조선총독)에게 등록을 한 영화인일지라도 "그 품위를 실추하는 행위를 행한 때 기타 (…중략…) 당해 종류의 업무에 종사함이 적당하지 않다고 인정하는 때는 그 업무의 정지 혹은 등록의 취소를 할 수 있"는 권한을 부여하고 있다. 이에 따라 만약 총독부에 등록을 하지 않은 영화인이 제작에 참여하고 있음이 발각되는 경우 제작자의 등록 취소로 이어질 수 있는 만큼, 영화인등록제는 엄격한 강제성을 띠는 것으로 볼 수 있다.
40 「기능증명서」, 『삼천리』 13-6, 1941.6, 194면.

이 검증 기준들 중 (1)과 (2)는 연출자나 촬영감독에게 공히 해당되는 것이다. 조선영화령 체제가 일본의 영화법 체제와 마찬가지로, 영화 국유화라는 의의가 있다면, 이 과목들은 영화가 국민문화의 진전을 위해 갖추어야 하는 요소가 무엇이었는지를 말해준다. 조선 영화인이 국민문화에 기여하기 위해서는 일본어, 일본역사, 국민상식과 같은 국민으로서의 기본 지식을 갖추어야 할 뿐 아니라, "성격"까지 '국민성'을 띠도록 고쳐야 했던 것이다.

이는 지금까지 천대받아 왔던 영화가 국가의 공식 기구로 편입되는 과정이 어떠했는가를 보여준다.[41] 이를 잘 보여주는 글로 1934년부터 총독부 경무국 도서과에서 검열 업무를 맡아왔던 김성균이 『삼천리』의 "영화문화와 신체제" 특집호1941년 6월호에 실은 글이 있다. 그는 "총으로 백번 위협하는 것보다 영화로 한 번 보여주는 것이 더 효과적"이라고 하여 영화의 대중 장악력은 십분 인정하면서도 "종래는 영화란 한 개의 오락물에 지나지 않았고 따라서 악풍폐습惡風弊習의 유일한 매개자"에 지나지 않았다고 비판한다. 이러한 영화의 대중성을 극복하고 영화가 "국책 수행"의 일기관으로서 재탄생한 계기로 그는 조선영화령의 시행에 따른 영화인등록제를 들고 있다.[42] 조선영화령 체제가 영화의 국가화에 그 근본 목표가 있다고 할 때, 그 달성 방법으로 '영화인의 성격 개조'가 제시되고 있다. 다시 말해 조선영화령 체제는 영화가 국민문화로 재탄생하기 위한 출발점으로서 조선영화를 만드는 자의 국민으로의 개조를 설정하고 있는 것이다. 이것은 앞에서 검토한바, 일본에서의 영화법이 영화적인 것을 국민됨으로 전치함으로써, 문화를 알리바이 삼아 전체주의의 전적인 지배를 꾀하는 논리와 정확히 일치한다.

그러나 이 논리가 조선영화에 적용될 때 전체주의는 필연적으로 균열을 노출

---

41 박현희, 『문예봉과 김신재 1932~1945』, 선인, 2008, 43면.
42 김성균, 「영화를 통한 내선(內鮮) 문화의 교류」, 『삼천리』 13-6, 1941.6, 206~207면.

할 수밖에 없다. 왜냐면 조선인이 국민이 되기 위해서는 일본인으로의 전환이 필수적이기 때문이다. 따라서 영화법이 영화를 국민으로 전치했다면 조선영화령은 우선 조선인을 영화로 대체해야 한다. 다시 말해 조선영화가 국민문화가 되기 위해서는, 조선인이 조선영화를 만들 때 자연스럽게 나타날 조선성을 부정하고, 오로지 영화적인 것만을 긍정해야 한다. 그렇게 해야만 조선영화가 (일본) 국민문화의 일부분이 될 수 있다. 왜냐면 제국·식민지를 전부 포괄하는 영화법 체제는 영화적인 것의 실현을 통한 국민문화의 진전을 목표로 하기 때문이다. 그리하여 조선영화는 영화법 체제가 기만적 수사법(으로 의심되는 문구)으로 내세운 정책 목표, "영화의 질적 향상"을 말 그대로 실현하는 방향으로 나아가는 것이다. 그러나 조선영화에서 나타나는 영화적인 것이란 여전히 국민문화를 목표로 하는 것인 이상 아무런 내용이 없다. 이러한 맥락에서 김성균의 다음과 같은 문장을 읽어보자.

영화의 성질 내지 그 효력과 조선 영화계의 현상으로 보아 내선內鮮 문화를 교류시키는 데는 영화만치 최最적절성을 띤 수단성은 없을 줄로 안다.

그러면 영화를 통해 본 내선 문화 교류의 금석관今昔觀은 여하하였던가. 조선영화가 (…중략…) 유치한 상태에서 벗어나지 못하였던 관계로 (…중략…) 내지 시장에 좀처럼 발을 디뎌 볼 수 없었던 만큼 영화에 의한 문화 교류라고는 가끔 특수한 영화에 의하여 이쪽의 풍속·습관이나 명승지의 풍경 등이 약간 소개되었을 뿐이고 또 내지 영화도 아무런 이데올로기도 없는 단순한 오락물만이 나오게 되어서 결국은 피차 불충분하나마 풍속·습관과 명승·풍경 등의 소개에 지나지 않고 문화 교류라고 부를 만한 사실은 보지 못하였었다.

그러나 근일 시국의 긴박과 영화 기술의 발달은 조선영화 지반의 견고화와 아울러 영화에 국책 수행상의 필요하고도 훌륭한 수단성을 부여케 되었으니 내선 문화를 교류시켜 음으로 양으로 내선일체 촉진의 훌륭한 수단이 되고 도구가 될 수 있음은 조금도 의심할 여지가 없는 바이다.[43]

위에서 검토했듯 김성균은 영화가 대중의 정신에 직접 작용하는 힘이 있다고 전제한다. 영화법 체제에서라면 이는 곧장 '(일본) 대중의 정신＝일본정신'이라는 도식에 의해 영화적인 것을 일본정신으로 대체하는 논리로 나아갈 것이다. 그러나 김성균의 위의 논의는 '(조선) 대중의 정신＝일본정신'으로 나아가지 못한다. 그는 조선영화가 그동안 처해 있던 "유치한 상태"를 개탄하면서 '(조선) 대중의 정신＝비-영화적인 것'의 단계를 설정하고 있다. 즉 조선영화령 이전의 조선영화는 아직 영화에 도달하지 못한 것이었다. 비非영화로서의 조선영화가 여태껏 보여준 것이라고는 기껏해야 조선의 "풍속 관습이나 명승지의 풍경"에 불과했다. 조선영화가 비영화 단계에서 보여준 것은 다름 아닌 조선성에 지나지 않았던 것이다. 이 자연적 상태의 조선영화에 조선영화령이라는 인간의 의지가 개입되어야만 조선영화는 국민문화가 될 수 있다.

이 논리는, 조선영화라는 '비영화＝자연'에 작위作爲를 가하여 '(일본) 국민문화'라는 '영화＝인간적인 것'으로 개조해야 한다는 당위성의 지배를 받고 있다. 이 논리 전개가 가능한 것은 오직 '일본'이 현실이자 당위로서, 담론적 구성인으로서 존재하고 있기 때문이다. 즉 조선영화의 국민문화로서의 재탄생을 인간적 의지가 개입하여 발생시킨다고 할 때, 아무런 내용도 실체도 없는 '일본'이라는 이름이 '인간'의 역할을 떠맡고 있는 것이다. '(조선) 대중의 정신＝일본정신'이 성립하기 위해 필요한 것은 두 항 사이에 개재해 있는 비-영화적인 것을 영화적인 것으로 전환하는 작위의 개입이다. 그 작위의 행위자의 자리에는 오

---

43 위의 글, 207~208면.

로지 '일본'이라는 이름 외에는 그 어떤 것도 올 수가 없다(위의 인용에서 김성균이 언급하는바, 아무런 한정사 없이 그 자체로만 제시된 "이데올로기"란 이 일본을 가리킨다. '일본'이란 아무런 내용도 없지만 그 이름만으로 제국과 그 식민지 전체를 가득 채우는 절대성을 띤다. 따라서 그것은 그저 "이데올로기"라고만 지칭해도 충분한 것이다). 즉 '조선영화=조선 대중의 정신=비영화적인 것'과 '영화적인 것=일본 대중의 정신=일본 영화'라는 두 도식 사이에 '='을 넣기 위해서는 비영화적인 것의 영화적인 것으로의 재탄생이 필요하다. 그것은 '일본'이라는 이름이 일본 제국 전체를 지배하는 구성인으로서 나타날 때에만 가능한 것이다.

위의 인용에서 김성균이 "영화의 성질 내지 그 효력과 조선 영화계의 현상으로 보아 내선內鮮 문화를 교류시키는 데는 영화만치 최적절성을 띤 수단성은 없"다고 한 것은, 이런 맥락에서 보면, 단순히 내선일체라는 당시 식민당국의 국책에 부응한 공허한 수사로만 보기 어렵다. 그가 보기에 "조선 영화계"에서는 여태까지 영화적인 것의 본질'영화의 성질'이 실현된 적이 없었다. 비영화로서의 조선영화를 조선영화령에 맞추어 진정으로 영화적으로 재탄생시키는 결정적인 계기로 김성균은 "내선 문화의 교류"를 들고 있다(이 글 전체의 제목이 "영화를 통한 내선 문화의 교류"이기도 하다). 일본 '내지'에서는 비영화의 영화로의 재탄생은 단순히 '대중의 정신=일본정신'이라는 명명만으로 단번에 가능한 일이었다. 그것은 "현상"으로부터 아무 것도 바꾸지 않으면서 그것을 절대적 당위로서 긍정하기만 하면 되는 것이었다. 그리하여 영화라는 "문화"는 그 자율성을 철저히 실현하면서도 동시에 국민문화로 화할 수 있게 된다. 그러나 "조선영화"라는 "현상"이 바뀌기 위해서는 영화가 내선일체 그 자체가 일단 되어야 했다.

이 순간 일본의 영화법 체제에서 순수한 이름으로만 남았던 영화는 그 물질성을 부정적인 방식으로 회복한다. 영화법에서 추구되는 영화적인 것이라는 가치는 실상 '일본국민됨'에 지나지 않았다. 조선영화령에서 영화적인 것은 '조선이 아닌 것'이며 결국 그것은 '일본'의 처분에 온전히 내맡겨진 상태의 조선인이다. 위에서 김성균이 언급한바, "내선일체 촉진의 훌륭한 수단이고 도구"로서의 '영화'란 "수단"이나 "도구"를 넘어서서 이미 내선일체 그 자체이다. 조선인이 무엇을 하든 언제나―이미 '일본됨'을 실현하는 것이 내선일체의 내용이라면, 그것은 오직 '일본'이라는 텅 빈 이름이 붙을 수 있는 조선인으로만 구성된다. 그리고 이때의 조선인은 '일본'이라는 이름의 영속성을 지키기 위해 자기 말소의 가능성에 스스로를 완전히 노출시킨 조선인이다. 그리고 이 조선인이 전체주의 제국 '일본'에 존재한다는 사실에 의해 '일본'의 철저한 무내용성이 폭로되어 버린다. 이렇게 죽음의 물신이 된 조선인은 영화법 체제 속에서 영화적인 것과 완벽히 한 몸을 이루며 조선영화를 탄생시키는 것이다. 이때 영화는 죽음의 물신이 나타나는 틀이 되면서 동시에 스스로 죽음의 물신이 된다.

조선영화령, 그리고 그에 부수된 영화인등록제 하에서 영화인들은 그 성격을 국민적으로 개조할 것을 요구받았다. 이는 그들에게 '일본국민'이라는 이름을 붙이기만 하면 곧장 국민문화에 기여하는 영화를 만들어내는 자가 되기를 요구하는 것이다. 그러나 한편으로 그들에게 그러한 순수한 명명으로 완전히 다른 존재가 되도록 요구할 수 있기 위해서는, 그들이 그 명명자의 손에 완전히 자발적으로 자신을 내맡겨야만 한다. 따라서 조선인으로부터 '일본'이라는 이름을 빼면 남는 것은, 물신화된 죽음밖에는 없다. 조선영화령 체제가 낳은 최고 스타 문예봉이 등장하는 것은 바로 이러한 맥락에서이다. 조선영화령이 시행된 1940년 문예봉은 이미 데뷔작 「임자 없는 나룻배」 1932, 이규환 감독를 비롯하여, 「춘향전」 1935, 「미몽」 1936, 양주남 감독, 「나그네」 1937, 이규환 감독, 「군용열차」 1938, 서광제 감독 등의 영화에 출연하여 "삼천만의 연인"으로 군림하고 있었다. 그녀가 연기한 캐릭터들은 순박한 처녀, 기생, 모던 걸 등 당대의 다양한 여성상을 반영하고 있으며, 영화계에서 상당한 존재감을 과시하고 있었다. 예컨대 임화는 조선 영화사에 있어 유성영화 시대의 본격적인 개막을 알린 작품으로 「나그네」1937의 의의를 높게 평가하고 있다. 물론 조선 최초의 유성영화는 1935년의 「춘향전」(이 작품에서 문예봉은 타이틀롤인 춘향을 맡았다)이지만 "내지"와 비슷한 기술적 성취와 "조선 '토키'로서의 고유한 성격"을 구현했다는 점에서 「나그네」야말로 엄밀한 의미에서 진정한 조선 유성영화의 시작을 알린다는 것이다. 나아가 임화는 이 작품이 나운규의 「아리랑」과 더불어 조선영화계 대표작의 계보를 형성한다고 극찬하기까지 한다. 요컨대 임화가 보기에 「나그네」는 조선영화라는 이념의 양축인 조선성과 영화성을 동시에 성취한 작품인 것이다. 특히 그는 이 작품의 영화사적 의의를 "여우女優 문예봉 씨가 비로소 자기의 진심眞心한 가치를 발휘해 본 것"에서도 찾고 있는데, 이는 당시 영화계에서 문예봉의 위치가 얼마나 특별한 것이었는지를 단적으로 보여주는 사례에 해당한다고 할 수 있다.[44]

　문예봉의 스타로서의 존재감은 단순히 그녀의 연기가 탁월하다거나 외모가 아름답다거나 하는 데서 나오는 것이 아니었다는 데에 문제가 있다. 문예봉의 외모에 대해서는 일찍이 그녀가 영화계에 데뷔하기 전 연극배우로 활동하던 시기부터 그 평가가 나오고 있다. 1931년 6월 16일자 『조선일보』는 당시 14세의 문예봉을 "명일의 스타"로 소개하면서, "인적이 미치지 않은 고원 지대의 꽃같이 염려艶麗한 자태"에 "어디인지 조숙한 맛이 있"는 성숙미의 소유자라고 평하고 있다.[45] 반면 그녀의 연기력에 대해서는 발성이나 표정에 있어 드라마틱함이 결여된 단조로움이 흠으로 지적되곤 했다. 문예봉이 어느 정도 필모그래피를 쌓은 1941년에 영화감독 박기채는 "문씨가 연演한 연기를 대할 땐 큰 변화가 없는 것이 하나의 유감"이라는 평가를 내리고 있다.[46] 또한 연극배우로 활동 중이

44　임화, 「조선 영화 발달 소사(小史)」, 『삼천리』 13-6, 1941.6, 204면.

45　「明日의스타-型 4- 人跡이미치지안은 아츰에高原의꽃, 극단이스타-로맨드러야」, 『조선일보』 1931.6.16.

46　박기채, 「조선 남녀 영화배우 인물평」, 『삼천리』 13-6, 1941.6, 236면.

던 문예봉을 「임자 없는 나룻배」로 데뷔시킨 나운규는 그녀의 다소 신경질적으로 들리는, 높은 피치의 발성이 연극에는 적합하지 않다고 한 바 있다. 그는 문예봉이 아직 유성영화 시대로 접어들지 않았던 영화계에서 활동하는 것이 나을 것이라고 하기도 했다.[47]

외모나 연기력에서 위와 같이 만장일치의 고평을 받지 못한 문예봉이 조선영화령 체제의 최대 스타로 등극한 것은 그녀가 조선을 대표하는 아이콘으로서의 지위를 점했기 때문이다. 그녀의 조선영화를 대표하는 스타로서의 지위는 데뷔작 「임자 없는 나룻배」1932에서 나운규의 딸로 분했다는 것에서 시작된다. 1926년 작 「아리랑」의 성공으로 조선영화를 대표하는 아이콘이 되었던 나운규[48]는 「임자 없는 나룻배」에서는 억압적 권력에 분노하다가 결국 광증에 빠져 죽음에 이르는 가난한 뱃사공 역할을 맡았다. 「아리랑」에서 그가 분했던 주인공과 직업 및 연령대만 바뀌었을 뿐, 나운규의 캐릭터는 일관되게 민족적 수난에 분노하다 비극적 결말을 맞는 플롯을 밟아 나가고 있다. 순응이나 자포자기의 태도로 식민 권력의 억압을 견뎌내던 나운규의 캐릭터들이 광증과 죽음에 이르는 계기 또한 동일하다. 「임자 없는 나룻배」의 뱃사공이 광기에 사로잡히게 되는 것은 딸이 권력자에게 육체적으로 능욕을 당했기 때문이다. 이는 「아리랑」의 주인공이 누이가 지주에게 능욕 당한 사건 때문에 광증에 빠져 살인에

---

47 최창호·홍강성, 『라운규와 수난기 영화』, 평양출판사(한국문화사 영인본), 1999, 167면; 박현희, 『문예봉과 김신재 1932~1945』, 48면에서 재인용.

48 「아리랑」의 식민지 조선을 대표하는 영화로서의 지위는 해방 이후 남북한의 영화사 연구에서 공히 유지되며(김려실, 『투사하는 제국 투영하는 식민지』, 삼인, 2006, 92면), 이는 이미 1930년대부터 조선영화계 전체가 동의하는 점이었다(유현주, 「미디어 『삼천리』와 여배우 '문예봉'-1930년대 『삼천리』에 수록된 좌담회·대담·설문 등을 중심으로」, 『한국극예술연구』 33, 2011, 62면). 문학평론가 임화 역시 "조선영화가 소박하나마 참으로 영화다운 게 되고, 또 조선영화다운 작품을 만들기는 다이쇼 15년(1926) 나운규 씨의 원작, 각색, 감독, 주연으로 된 〈아리랑〉에서부터"라고 평하고 있다(임화, 「조선영화발달소사」, 201면). 나아가 「아리랑」은 일본에 수출까지 되어 일본인들이 '조선인 고유의 감정'을 들여다볼 수 있는 계기가 되기도 했다(Michael Baskett, *The Attractive Empire*, Honoulu : University of Hawaii Press, 2008, pp.24~25).

이르게 되는 설정과 일치한다. 여기서 문예봉은 그처럼 식민 권력에 희생당하는 '나운규의 딸' 역할을 맡고 있는 것이다. 이는 당시 조선 영화계에서는 물론 해방 이후 전개된 한국 영화사에서 나운규가 점하고 있던 한국 리얼리즘 영화의 아버지이자 최고봉이라는 지위에 비춰볼 때 상당히 문제적이다.[49]

데뷔 이후 문예봉이 쌓아간 필모그라피는 조선적인 것을 대표하는 스타로서의 지위를 더욱 공고히 한다. 1935년 최초의 유성영화로 대중적 성공을 거둔 「춘향전」, "조선 토키로서의 고유한 성격"을 구현한 작품이자 일본인 감독에 의해 "조선에서 제작된 영화 중 제대로 된" 유일한 영화[50]로까지 평가받는 1937년 작 「나그네」는 문예봉의 대중적·비평적 성공의 토대가 된 작품들이다. 이러한 문예봉의 스타성을 단적으로 드러내는 에피소드로 1936년에 성사된 할리우드 감독 조셉 폰 스턴버그Josef von Sternberg의 조선 방문을 들 수 있을 것이다. 비엔나 출신의 유태인 감독으로 독일과 할리우드에서 경력을 쌓은 스턴버그는 1936년 9월 조선을 방문한다. 그의 도착 소식을 전하는『매일신보』1936년 9월 4일 자 기사는 흰 한복을 입고 도착 환영 행사에 나선 문예봉이 스턴버그와 마주서서 인사를 나누는 사진을 싣고있다. 당시 언론은 "세계적 거장" 스턴버그의 방문을 기회로 조선을 세계 영화계의 맥락 속에 위치시키고자 하는 열망을 분출하면서 다양한 기사들을 쏟아내고 있다.[51] 스턴버그의 방문은 일본 제국 내에서조차 변방에 불과한 조선영화의 위치를 세계적 차원에서 반성해볼 수 있는 기회였던 것이다. 그러한 스턴버그를 맞는 조선을 대표하는 얼굴로 발탁된 것이 문예봉이었다.

이러한 상징적인 사건 이외에도 신문과 잡지를 비롯한 근대 미디어를 통해

---

49 손이레,「식민지 대중의 근대적 정서에 관한 연구 - 유성영화 시기의 여배우 문예봉을 중심으로」, 한국예술종합 전문사논문, 2007.
50 筈見恒夫(하즈미 쓰네오),「文藝峯과 映畵」,『삼천리』10-5, 1938.5.
51 「스탄-벅 印象, 世界的巨匠과 朝鮮映畵人 座談會」,『삼천리』8-11, 1936.1.

문예봉의 조선 영화계 대표 스타로서의 이미지는 굳어져 간다. 그녀는 "세계적 거장"을 맞이하는 조선인 환영단의 대표라는 공적 지위를 가질 뿐 아니라 사생활의 측면에 있어서도 조선성을 구현하는 아이콘으로 확립되어 간다.

> 문예봉 씨 그는 영화의 여배우인데 보통 여염집 부녀자보다도 정숙하다는 평판을 듣는 분입니다. (…중략…) 예봉 씨가 집안에 있을 때 차림새를 보니 회색 긴 치마에 옥색 저고리 거기에 앞치마까지 두르면 빈틈없는 남의 집 며느님감인데 금방 저녁 찬을 만들고 고추장 메주를 손질해 넣은 뒤였습니다. (…중략…) "난 본래 이마 전 생긴 거라든지 얼굴 모습이 퍼머넌트보다 이렇게 기름을 발라 트는 것이 더 어울린다고 남들도 말하고 저도 그렇게 생각합니다. (…중략…) 대개는 회색 계통을 좋아합니다. 그러게 내 두루마기도 회색이고 오늘 입었던 치마도 회색이고 또 보시는 바와 같이 지금 입고 있는 이 치마 저고리도 전부 회색이 아닙니까?" 예봉 씨는 속과 겉이 모두가 고전적이고 더구나 행동거지, 말솜씨가 전부 소박하기 짝이 없는데 거기에 맞춰 그가 좋아하는 회색 빛깔은 어찌도 잘 맞는 몸치장인지, 이리하여 그는 늘 청초한 맵씨로 꾸미기를 좋아한답니다.[52]

위 기사는 신춘을 맞아 여성 독자들에게 "봄단장" 정보를 알려주기 위해 기획된 것으로 문예봉과 기자의 인터뷰를 바탕으로 작성되었다. 이 기사에서 우선 주목되는 점은, 문예봉의 차림새와 행동거지가 당대 최고의 여배우에게서 기대되는 바로부터 한참 벗어난다는 것이다. 그녀에게서는 화려한 패션과 도도한 태도 등 스타의 모습은 전혀 찾아볼 수 없으며 "보통 여염집 부녀자보다도 정숙한" "소박하기 짝이 없"는 모습만 볼 수 있을 뿐이다. 회색 일색의 옷차림, 모던

---

52 「나의 봄단장 4-문예봉 씨」, 『조선일보』, 1939.4.14.

걸다운 퍼머넌트가 아닌 쪽진 머리, 살림을 돌보는 "빈틈없는 남의 집 며느님 감"을 연상케 하는 행동은 그녀의 "고전적" 성격을 여실히 반영한다.

이 기사가 나온 것은 1939년 4월인데 이는 조선영화협회 창립 4개월 전, 영화법 시행 6개월 전, 조선영화령 공포 1년 반 전의 시점이다. 총독부는 이미 1937년부터 내선일체 정책을 추진하고 있었고, 일본에서는 1938년 4월에 국가총동원법이 제정되었다. 이 법에 따라 조선에서는 국민정신총동원조선연맹1938.6이 결성되었다. 즉 1939년은 내선일체 시스템이 안정화 단계로 접어들고 있던 때였다. 이 시기에 문예봉이 비단 영화배우로서의 자질과 이미지에서뿐 아니라 인간적인 면모에 있어서까지 그 스타 파워를 얻었다는 점은 주목을 요한다. 이는 당시 조선에서 확립되어 가던 전체주의 체제가 사생활까지를 국가적 필요에 따라 통제하려 했다는 것으로 해석되어왔다. 위에서 검토한바, 조선영화령하의 영화인등록제에서 보듯이 총동원 시대에 영화인들은 언제라도 국책에 협력할 수 있도록 그 성격마저 국민적으로 개조하기를 요구받았던 것이다.[53]

이런 맥락에서 문예봉이 "남녀 배우 수기" 기획의 일환으로 『삼천리』 1941년 6월호에 직접 쓴 「내 화장실化粧室」이라는 글은 주목할 만하다.[54] 이 글은 그녀의 "조선식"에 대한 애착을 그대로 드러내고 있다. 그녀는 "잘 생기지 못한 내 얼굴을 조선식으로 다듬는 것이 제 격에 맞는 것 같다"거나 "품이 있게 미려한 조선 의복이 더 좋"다고 한다. 주목해야 할 지점은 그녀가 자신의 이러한 조선 취향이 조선영화령 체제에 부응하는 것임을 정확히 인식하고 있었다는 점이다. "서양식의 다방명茶房名조차 일소하고 동양적인 것으로 모두 복귀하는 때라 내 화장化粧에 있어선 새삼스럽게 복귀를 부르짖을 일이 없는 것이 또한 기쁘다"며 당시의 '서양 근대의 초극+동양적 현대의 지향'이라는 논리를 그대로 반복하

---

53 박현희, 『문예봉과 김신재 1932~1945』, 45면.
54 문예봉, 「내 화장실(化粧室)」, 『삼천리』 13-6, 1941.6, 262면.

고 있는 것이다. 또한 문예봉은 "조선의복"이 "양장보다는 경제적이니 일석이조"라고도 하는데, 이는 문화가 현실로 복귀할 때 경제적 이익을 준다는 인식의 발로로 읽힌다. 이는 현재적 현실로 문화를 환원하는 전체주의의 핵심 담론을 그대로 보여주는 코멘트이다.

이런 관점에서 볼 때 겉과 속 "모두가 고전적이고" "전부 소박하기 짝이 없는" 문예봉은 조선영화령 체제를 대표하는 "삼천만의 연인"으로 손색이 없다. 여기서 "고전적"이라는 말은 두 층위를 갖는데 첫째는 문예봉이 근대성에 손상되지 않은, 조선적 전통을 구현하고 있다는 층위이다. 그 점은 한복 차림에 쪽진 머리를 한 그녀의 외양 묘사를 통해 충분히 증명된다. 문예봉의 고전성의 둘째 층위는 그녀가 고전 할리우드 스타들과 마찬가지로 영화 외적인 사생활의 측면에서도 스타성을 갖추었다는 것이다.[55] 조선 대중은 영화를 비롯한 다양한 미디어를 통해 형성되는 스타 담론을 통하여 조선적인 것의 육화로서 문예봉을 받아들인다. 그러나 이 과정은 미디어 담당자들로부터 대중으로 하달되는 일방적인 과정이라고 볼 수 없다. 기본적으로 영화 스타의 탄생이란 영화 작품을 떠나 영화 산업 전체여기에는 영화제작사뿐 아니라 신문·방송·음반·공연 등의 산업까지 포함된다가 관여하는 것으로 생각된다.[56] 그러나 스타 현상의 진정한 문제성은 영화 산업 측의 치밀한 이미지 통제책을 벗어나는 데에 있다.

대중이 어떤 배우를 스타로 선망하는가 하는 질문에는 통계적 경향성에 바

---

55 Richard de Cordova, *Picture Personality*, Champaign : University of Illinois Press, 2001, p.98.

56 일제시대 한국영화사에서 스타 현상의 변천을 추적한 이순진은 영화 산업화가 발아한 1930년대가 되어서야 스타 시스템이 나타난다고 보았다. 그러나 조선영화의 협소한 시장 규모는 본격적인 산업화의 근본적 제약 조건이 되었기에 스타 현상 역시 할리우드의 그것처럼 발화할 수 없었다고 지적한다. 그러나 전시동원체제로 조선 사회가 변화하면서 총독부의 개입으로 영화의 산업화는 궤도에 오르게 된다. 이러한 관찰은 본장이 조선영화령 체제의 의의를 '영화적인 것'의 발견과 영화의 본질적 대중성의 전형적 현상으로서의 스타 현상에서 찾는 것에 시사점을 준다. 이순진, 「1930년대 영화 기업의 등장과 조선의 영화 스타」, 『한국극예술연구』 30, 2009, 145면.

탕을 둔 대략적인 대답만이 가능하다. 아무리 치밀한 시장 조사를 거치더라도 어떤 배우가 스타덤에 오를 것인지를 예측할 수는 없는 것이다. 스타 현상이야 말로 이런 의미에서 보면 영화의 대중성을 그리고 대중의 '산만함'을 보여주는 가장 단적인 사례라고 할 수 있을 것이다.[57] 요컨대 스타 탄생은 본질상 예측·통제할 수도, 한 점으로 수렴시킬 수도 없는 대중의 산만함에 달려있다. 대중은 배우가 영화에서 펼친 연기의 수준이나 실제 삶에서의 덕성 등에 '집중'하지 않으며, 겉으로 보기에 오로지 자신들의 흥미를 자극하는 배우의 외모와 패션, 가십 거리 따위를 쫓아다닌다는 점에서 산만하다. 그러나 벤야민이 지적했듯 이러한 산만함은 영화를 수용하는 가장 적확한 태도이다. 영화가 재현하는 것 은 그 매체적 본질상 배우의 연기력 등을 통해서 드러나는 심오한 미학성도 영화인의 건전한 사생활을 통해서 드러나는 도덕성도 아니다. 영화는, 영화를 만든 인간의 의도로도 그 의도가 작용하는 객관적 현실로도 환원되지 않는 차원, 영화 그 자체의 물질성의 차원을 드러낸다. 이 차원에서 가능한 주체적 태도가 있다면, 미학성이나 도덕성 두 지평 중 하나로 배우를 환원하기를 거부하는 것, 즉 어느 쪽으로도 집중하기를 거절하고 산만하게 미결정 상태를 유지하는 것밖에는 없다.

문예봉이 조선영화령 체제에서 오른 스타덤은 이런 관점에서 양가적인 의의가 있다. 그녀는 타의 모범이 되는 사생활 덕분에 국민의 모범으로 호명되며 영화계의 스타로 등극했다. 이는 전체주의가 영화라는 예술의 원리를 현실에 의거하여 완전히 추방하고 미학성을 현실 정치의 장에서 실현하고 있음을 보여준다. 즉 문예봉의 영화 연기라는 미학적 요소는 무의미해지고 현실에서 생활하

---

57 アーロン・ジェロー, 「映畵法という映畵論」, pp.588~589. 일본 제국의회의 영화법 관련 의사록을 보면 영화의 본질적인 '대중성'의 결정적 근거로서 '스타' 현상을 지적하는 장면이 나온다. 스타의 탄생이 배우의 "재능"이 아니라 "대중의 '제멋대로'인 취이"에 의해 선택되는 것을 보면, 영화의 국가 통제가 얼마나 중요한가 하는 깨달음을 얻을 수 있다는 식의 논리가 나오는 것이다.

는 그녀의 인간성만이 그녀의 스타성을 보증하는 근거가 되는 것이다. 이는 앞절에서 구명한바, 예술에 내재하는 내용을 정치가 모두 떠맡는 논리, 정치의 미학화를 그대로 보여준다. 이것이 문예봉 스타성이 띠는 양가성의 한 축이라면, 다른 한 축은 영화의 물질성에의 충실성에 의해 실현될 미학의 정치화라고 할 것이다. 조선영화령 체제에서 문예봉이 국민의 모델로서 호명될 때, 그녀의 '국민성'이란 식민지성이었음을 상기할 필요가 있다. 그리고 영화에 비친 그녀의 이미지, 기타 미디어를 통해 구성된 그녀의 이미지는 그저 겉으로 드러난 것에 그치지 않고 문예봉이라는 인간의 "속"까지를 관통하는 것이었다. "겉"과 "속"이 완벽히 하나를 이루는 스타 문예봉에 붙은 이름이 '조선'이었다는 것이 여기서 중요하다.

문예봉이 순박한 농촌 처녀 분옥 역을 맡았던 「지원병」1940, 안석영 감독을 분석하면서 이덕기는 내선일체라는 총독부발 국책에 순응하여 제작된 이 작품이 결과적으로 내선일체의 불가능성을 드러내는 데로 귀결되고 마는 역설을 지적한다. 그러한 역설은 이 영화가 조선을 말소하여 아무리 일본에 가까워지려 해도 남는 "끝내 지우려야 지워지지 않는 '조선'"을 무의식적으로 드러내고 있기에 가능하다. 우리의 맥락에서 중요한 것은 그가 불가피한 잉여로서의 조선이 문예봉이 맡은 분옥이라는 캐릭터를 통해 문제적으로 드러난다고 지적했다는 점이다. 그는 "이 영화에서 분옥은 '분옥'이라기보다는 자연인 문예봉에 가깝다"고 보는데, 그것은 분옥이라는 인물이 작품 내에만 초점을 두어 분석할 경우 전혀 이해할 수 없는, "어색한" 캐릭터라는 데서 나온 판단이다. 이러한 언급에서 우리는, 너무 미흡하여 이해 불가가 되어버리는 분옥의 성격은 조선적인 것을 대표했던 문예봉이라는 스타의 후광 없이는 영화화될 수 없었다는 점을 암시받을 수 있다.[58]

여기서 유의할 것은 문예봉이라는 인간에게 조선적인 것이 내적 자질로 존재하며 그것이 가감 없이 겉으로 표현되어 문예봉이 스타가 된 것이 아니라는 점이다. 현실을 사는 생활인으로서의 문예봉이 조선인이며 그것이 영화를 비롯한 미디어가 구성하는 이미지를 통해 그대로 표현된 결과 그녀가 스타가 된 것이 아니다. 위의 분석에서 드러났듯, 조선영화령 체제에서 조선적인 것이란 조선인의 삶에서 실현되는 조선인의 내적 자질이 아니다. 여기서 조선적인 것이란 실체 / 표현, 존재 / 인식, 자연 / 인간, 물질 / 정신의 이분법 이전의 존재라는 점을 기억해야 한다. 전체주의 체제에서는, 방금 나열된 대립항의 후자들은 전자의 현실성에 철저히 종속된 것으로 간주된다. 이를 위해 전체주의는 전자에 이미 후자가 포함되어 있다는 논리를 발명한다. 현실정치 / 예술의 이분법의 경우를 보면, 전체주의는 앞서 지적했듯, 정치의 미학화를 통해 예술은 언제나 이미 정치적이라는 논리를 만든다(일본의 예술에는 어떠한 경우에도 항상 일본정신이 구현되어 있다). 이는 예술의 정치화를, 정치의 미학화를 통해 성취한다는 점에서 정확히 물신도착의 메커니즘이다. 전체주의 일본에서 조선적인 것은 바로 그러한 도착의 대상에 해당한다. 일본이 전체화하기 위해서는 조선의 일본화가 아니라 일본의 조선화가 이뤄져야 한다. 즉 일본 아닌 것인 조선은 언제나 이미 일본이라는 논리가 만들어진다.

'일본'이 제국 전체를 완전히 채우는 현실이기 위해서는 주어진 일본을 넘어서는, 비非일본으로서의 조선이 언제나 이미 일본이어야 한다. 이는 뒤집어 말해 일본이라는 전체의 관건은 일본정신에 달린 것이 아니라 조선이라는 비일본 즉 조선의 물질성에 온전히 달려 있다는 말이다. 이때 조선의 물질성은 일본정신이 전체로서 존재하기 위해서 반드시 필요로 하는 죽음의 물신이다. 그것이 죽음의 물신인 것은 언제나 일본정신으로 남김없이 환원되어 전체 속에서 영원

---

58 이덕기, 「제국의 호명, 빗나간 응답―영화 「지원병」과 '내선일체'의 문제」, 『한국극예술연구』 31, 2010, 252면.

한 현재를 사는 일본인에 비해볼 때, 그것은 살아있었던 적도 없고 살아날 가능성도 없는 상태로 영원히 지속되고 있기 때문이다. 여기서 겉과 속이 일체를 이루어 조선적인 것을 구현하는 문예봉 스타성의 진의가 드러난다. 일본이 영원한 현재라는 시간성 속에 존재할 수 있는 것은 그것이 모든 인간성의 드러남을 일본정신으로 환원하기 때문이다. 즉 전체의 부분으로 살아가는 모든 존재가 감각하고 인식하고 표현한 모든 것은 일본정신으로 환원되고, 그 정신의 주체로서의 일본은 전체성을 유지할 수 있는 것이다. 이 조선적인 것은 따라서 전체를 빨아들이는 일본정신으로 환원되어 살 수 없으나 일본 안에 여전히 존재하는 것, 물신화된 죽음으로 존재할 수밖에 없다.

죽음의 물신으로서의 조선적인 것이 일본 안에 존재하는 유일한 형식은 '조선'이라는 이름뿐이다. 그것은 전체를 꽉 채우는 일본이 아니라는 점에서 존재하기는커녕 생각할 수조차 없는 것이지만 존재하기를 멈추지 않는다. 그것의 유일한 존재 형식은 따라서 그것에 붙은 '조선'이라는 순수한 이름에 지나지 않는다. 스타 문예봉의 조선성을 만들어내는 결정적 요소는 문예봉이라는 인간성의 본질로서의 조선성도, 영화와 미디어가 구성해낸 조선적인 이미지도 아니다. 그것은 '문예봉'이라는 이름이 '조선'과 동의어라는 사실 자체에 온전히 달려있다. 즉 문예봉이라는 인간에 담긴 어떤 내용, 문예봉이라는 스타 이미지를 구성하는 사실들로부터 조선성이 나오는 것이 아니라, '문예봉=조선'이라는 순수한 명명이 문예봉의 조선성을 생산해내는 것이다. 겉과 속이 한결같이 조선적인 문예봉. 이것이 문예봉의 스타성을 요약하는 문구라고 할 때, 그 한결같음이 가리키는 것은, 이제 현실을 사는 인간 문예봉이란 존재하지 않는다는 점이다. 현실이란 일본정신으로 환원될 수 있을 때에만 살 수 있는 것이며, 따라서 문예봉은 이제 '문예봉'이라는 순수한 이름 외에는 어떤 것도 남지 않은 것이다. 현실의 차원에서 문예봉은 이름으로만 존재하며 그 이름은 '문예봉'의 물질성을 가리키고 있다.

1940년 2월 15일 자『조선일보』의 한 기사는 '문예봉'이라는 순수한 이름의 탄생, 다시 말해 죽음의 물신으로 '사신死産'되는 문예봉을 이렇게 포착하고 있다.[59]

성이 같고 이름이 같고 글자까지 같아서 봉변을 당할 뻔한 이야기.

문제의 주인공은 영화계에서 지금 한참 인기를 끌고 있는 문예봉文藝峰 양이다.

하루는 문 양이 종로 어느 동무 집에를 갔다가 날도 따뜻해서 슬슬 걸어오려니까 뒤에서 따라오던 사나이들이

"여보게 기생!"

"기생 어디가나?"

"기생 재미가 어때?"

하고 놀리기 시작하였다. 물론 장난꾼들의 장난이라 하더라도 하고 많은 말 중에 "기생"이라고 하는 데는 너무도 어처구니가 없었다. 그러나 그렇다고 그냥 돌아서서 따질 수도 없고 한 노릇이 돼서 그야말로 꿀적꿀적 참으면서 돌아오고 말았다.

집에 와서 생각해 보아도 하도 분하고 이상해서 대체 어째서 날 보고 기생이라 하느냐고, 사람을 놓아서 알아본 즉 아니나 다를까 분명히 문예봉이가 기생이라는 것이다.

성도 이름도 글자까지도 똑같은 문예봉이라는 기생이 지금 서울 ×× 권번에 있다는 것이었다.

---

59 1937년 11월의 인터뷰에서 문예봉은 앞으로 "어떠한 장면이 하시고 싶고 또 문예봉 씨의 성격에도 맞고 자신도 있는 그러한 장면은 없으십니까"라는 질문을 받고 이렇게 대답한다. "저는요, 고통을 참는 장면이 하고 싶고 비교적 성격에 맞는 것 같아요." 1937년 11월이라면 문예봉이「춘향전」으로 스타덤에 오른 후「나그네」에 출연하여 조선 영화의 대표 스타로 자리매김한 시점이었다. 또 동년에 부임한 조선총독 미나미 지로가 천명한 '내선일체' 정책이 본격화되기 시작한 때였다. 이 시점에서 문예봉이 "고통을 참는 장면"을 굳이 하고 싶다고 한 것은, 조선영화령 하 조선영화 최고의 스타가 짊어져야 할 시대의 하중을 예감케 한다.「스타-의 氣熖-그 抱負, 計劃, 자랑, 野心 6-映畵界에 專心, 苦痛을 참는 場面이 하고퍼」,『동아일보』, 1937.11.30.

이것은 사실 알고보면 영화배우로서 문예봉이가 인기를 끌고 있으니까 새로 나오는 기생의 이름을 이와 같이 만들어서 돈벌이 좀 해보겠다는 생각이나 그 기생의 성이 문文 가도 아니고 엉뚱하게 다르다는 데는 좀 생각할 설이 있지 않을까……

더구나 그 기생이 나온 지가 요즘이란 데는 이름을 도적맞은 문예봉 양으로서는 응당 화도 날 만한 일.

여기서 '문예봉'이라는 순수한 이름의 탄생 장면이 그대로 드러나고 있다. 위의 에피소드에서 문예봉을 희롱한 남자들은 문예봉이 대스타 문예봉이라는 것을 잘 알고 있었다. 또한 그들은 "서울 ××권번"에 있는 '문예봉'이라는 이름을 가진 기생이 영화배우 문예봉이 아니라는 것도 알고 있었다. 그들이 대스타 문예봉을 "기생"이라고 부르는 순간은 '인간' 문예봉이 현실에서 사라지며 동시에 '문예봉'이라는 이름이 현실의 문예봉을 완전히 대체하는 순간이다. 문예봉을 "기생"이라고 부르는 순간은 따라서 '문예봉'이라는 이름이 산만한 대중에 의해 불리는 순간이기도 하다. 스타 문예봉은 사산된 채로 태어난다. 그리고 대중은 그를 문예봉의 이름을 "도적"질한 "기생"으로 부름으로써 이 고매한 영화예술가이자 덕성 높은 부인으로 조선을 대표하는 스타가 가진 그 모든 인간성을 일순간 무화시킨다. 이 순간은 전체주의 제국 일본을 영속시키는 일본정신 안에서 '문예봉'이라는 식민지 조선을 대표하는 스타가 존재하는 유일한 양식, 물신화된 죽음이 있는 그대로 드러나는 순간이다. 이 산만한 대중의 "장난"질을 통해 영화의 물질성은 식민지인의 물질성과 직접적으로 연결되며, 그 연결속에서 전체주의-식민주의가 내파하는 장이 체현되고 있는 것이다.

에필로그

체념은 항상 인간에게 힘과 새로운 희망의 샘이었다. 인간은 죽음이라는 현실을 받아들였고, 오히려 그것을 기초로 삼아 자신의 이승에서의 삶의 의미를 쌓아올리는 법을 배웠다. 인간은 자신의 영혼은 언젠가 잃어버릴 수밖에 없다는 사실, 하지만 죽음보다 더 끔찍한 상태가 존재한다는 진리 앞에서 *스스로*를 체념했고, 그러한 진리를 자신의 자유의 기초로 삼은 것이다.

— 칼 폴라니, 『거대한 전환』(1944)

이 책은 1908년 '한국'이 『소년』이라는 한 잡지에 인쇄된 지도의 형식으로 탄생했던 순간에서 시작했다. 이때 '한국'에 작은따옴표가 붙은 것은 그것이 이름에 불과하며 그 단어에 담긴 현실적 실체로 상정되는 민족nation과는 아무 관련이 없음을 뜻한다. 대륙을 향해 달려드는 호랑이 형상의 한반도 지도라는 책에 인쇄된 이미지가 그것을 읽는 독자들 가운데 민족이라는 집단적 정체성을 구성한다는 사태가, 여기 함축되어 있다. 동시에 그 구성의 순간은, 그렇게 '한국'을 상상적으로 구성하는 행위가 모더니즘적임이 드러나는 순간이기도 하다. 이때 모더니즘이란 나의 현재를 과거와 단절시키고 미래로 무한히 연장하는 입장이다. 인쇄된 한 이미지를 자기를 포함한 임의의 인간 집단의 영원성의 표상으로 구성하는 행위는 그 구성이 일어나는 현재의 한 순간을 가지고 과거와 미래 시간을 완전히 뒤덮는다는 점에서, 극히 모더니즘적이다. 이처럼 1908년의 민족 정체성 수립은 한국의 현실적 실체가 아니라 나와 내가 속한, 나로서는 측정 불가능한 장구한 역사의 인간 집단을 '한국'이라는 이름으로 인쇄 매체에 출현시키는 글쓰기 행위에 기반을 둔다.

제2장 전체와 제3장의 전반부에서는 그러한 모더니즘적 글쓰기가 '한국'과

상관없는 방향으로 나아간 결과 도달하는 한 극점을 다루며, 제3장 후반부는 그 극점이 '한국'으로 회귀하는 결정적 계기가 되는 순간에 함축된 역설을 다뤘다. 전자는 이상李箱의 아방가르드적 실천으로, 후자는 그 실천에 대한 최재서의 비평적 글쓰기이다. 이상은 문학 작품처럼 보이며 그렇게 수용되는 글을 쓰되 그 글쓰기 '과정 자체'로 글의 의미를 완전히 대체하는 형식주의에서 멈췄다. 「날개」와 「오감도 시 제1호」 등 그의 대표작은 우리 앞에 인쇄물의 형태로 하나의 완결된 작품으로 놓여 있다. 분명 이 작품은 유의미한 문장으로 되어 있지만 그 문장들이 이루는 총체적 수사학은 그 작품을 어떤 의미의 매개로 봐서는 안 된다는 메시지를 전달한다. 그 메시지에 충실하고자 한다면, 이 '작품들'을 작품으로서가 아니라 해석 이전에 존재하는 물질성 차원에 남겨두어야 한다. 물론 그 메시지대로 행하지 않을 자유를 주장하는 독자도 있을 수 있지만 그러한 독자는 자유를 행사한다고 믿으면서 실제로는 이 '작품들'과 함께 모더니즘의 역설에 포박되고 말 것이다. 새로움을 끝없이 추구하면서 사실은 현재를 영원화 하는 역설에 대하여 이상은 자기 글쓰기 과정 자체를 그 역설의 극화로 만듦으로써 글로벌화한 근대의 외부로 나갈 실마리를 남겼다. 그것이 이상이 모더니즘의 시간 속에서 발견한 아방가르드의 순간이라고 한다면, 최재서는 이상의 '역설의 극화'를 '역설의 해소'로 오해하고 말았다. 결국 최재서는 새로움의 추구를 현재에 대한 무한 긍정으로 바꿔치기하는 전체주의로 빠질 길을 열었고 그 행로를 극한까지 걸어 나간다.

제4장과 제5장은 이러한 최재서가 모더니즘 안에서 '한국'이라는 이름으로, 거기 환원되지 않고 끝내 남겨지는 식민지인의 벌거벗은 삶을 완전히 대체해가는 과정과 그 과정의 끝에 도달한 지점을 추적한다. 표면적으로 최재서가 추구한 이념은 '국민문학'이었는데 이 슬로건 하에서 최재서가 추구한 목표는 무엇보다 현재 현실에 완전히 충실한 상태에 도달하는 것이었다. '국민'이 되기 위

해 식민지인은 식민지인으로 남을 수는 없고 식민본국 일본인은 더더욱 될 수도 없는 운명을 거슬러, 기필코 미래의 (비식민적) 주체로 재탄생해야만 했다. 이 궁극적 난국은 근대성을 초극하고자 했던 최재서가 결국에는 모더니즘을 실천하는 주체성으로 화하고 마는 역설을 만들어냈다. 현재에 살되 그 삶이 현재와는 완전히 다른 새로움을 추구하는 행위로 채워져야 한다는 입장이 모더니즘이라면, 최재서의 국민문학론은 완벽히 모더니즘적이다. 식민지 한국인이라는 자기의 현 상황에서 절대 벗어날 수 없지만 국민문학론을 수행하는 와중에 그는 그 운명을 언제나 지속되는 현재로 살아내는 동시에 그 운명을 벗어나 도달해야 할 어떤 미래를 추구해야만 하는 것이다. 최재서는 식민지 한국인이라는 주어진 조건을 끝없이 반복 확인하면서, 동시에 자기의 현대에 대한 미달을 수행적으로 현실화한다. 자기의 현 상황에 대한 지겨운 반복 확인만큼 모더니즘의 끝없는 새로움 추구를 극한으로 밀어붙일 수 있는 계기란 없다. 이 점을 최재서는 근대를 초극하려는 몸짓을 취하는 매 순간 입증하고 있다. 이렇게 국민문학론이라는 이론에 투신하고 있는 최재서의 글쓰기는, 현재를 넘어 미래로 가려 할수록 현재를 영원화하는 모더니즘의 시간성의 역설을 정확히 체화한다.

최재서의 현재는 근대성이 아니라 식민지성으로 규정되며, 그것은 근대가 근대이기 위해 필연적으로 억압하고 은폐해야 하는 것일 뿐이다. 따라서 그가 새로움을 추구할수록 자기는 현재에 살 수 없게 되며 현재적 삶과 미래적 '이름'으로 완벽히 분열된 '자기'를 수행한다. 그렇게 보면 최재서의 국민문학론은 한편으로는 전체주의의 진리로서의 식민주의를, 모더니즘의 진리로서의 식민지인의 벌거벗은 삶을 무의식중에 드러낸다. 이런 점에서 국민문학론은, 모더니즘은 언제나 식민지 모더니즘임을, 모더니즘은 식민지인의 자발적-무의식적 자기 말소와 그런 식민지인에 대한 식민자의 전체주의적 지배를 함축하고 있음을 알려준다. 제6장은 미키 기요시의 '동아협동체론'에 나타난 문화적 전체주의와 최명익의 소설을 통해 구현되는 식민지 모더니즘의 문학주의를 맞세운다. 이 대립은 식민자가 추구하는 모더니즘이 정치의 미학화를 통한 현재의 전체주의적 승인으로 빠지는 논리와, 식민지인이 추구하는 모더니즘이 현재 자기의 식민지성에 대한 수동적 극화劇化를 통해 미학의 정치화에 이르는 논리의 대립이다. 이 대립에서 '한국'이라는 이름은 전체주의 제국에 통합된 식민지인들에게 붙은 이름이라는 점이 명료하게 드러난다.

제7장에서 다룬 임화의 신문학사론에서 민족은 글쓰기 과정에 개입하는 익명의 타자들 사이에 일시적으로 현현하는 문학주의적 공동체로 읽힌다. 종결이라고는 없는 영원히 지속되는 글쓰기 과정 가운데 참여함으로써만, 이름 없는 타자들이 나와 같은 이름에 부응하는 나와 동등한 주체로 재탄생한다는 점에서 이 공동체는, 식민지인의 모더니즘이 도달할 수 있는 궁극의 지점이다. '한국'이라는 이름이 붙은 이 임화의 공동체는, 식민지성에서의 해방을 모더니즘의 극점으로 나아가는 방향에서 구하지 않음으로써 생성된다. 임화가 신문학사론에서 암시하는 미래적 공동체 '한국'은 식민지성을 수동적 승인과 적극적 초극의 대상으로서가 아니라 주체적 행위가 가능한 필요충분조건으로 '다르게 봄'으로써 성립된다. 이때 '한국'은 식민자가 임의로 호명할 수 있는 식민지인들의 집단에 붙은 이름이 아니라, 식민지성이란 근대인이라면 벗어날 수 없는 운명적 조건임을 받아들인 누구라도 귀속될 수 있는, 익명적 / 미래적 / 임시적 공동체에 임의로 붙은 이름이다. 제8장에 나오는, 한국 아닌 곳에서 이뤄진, 강경애의 간도적 글쓰기에 나타나는바, '한국'으로도 그것 아닌 어떤 추상적 의미로도 회수되지 않는 '여성성'은 그러한 문학주의적 공동체가 성립하는 계기들 중 하나이다. 제9장에서 다뤄진바, 전체주의 제국 내에서 식민지 한국을 대표하는 인물을 지시하는 이름을, 누구나 가져다 임의로 자기화할 수 있는, 그 자체로는 아무 의미 없는 기표로 구사하는 대중의 산만함은 그런 계기란 대단한 무언가

가 아니라 어디에나 널려있을지도 모른다고 암시한다.

1940년 영화 스타 문예봉의 이름을 익명의 아무개의 삶으로 전도시켜 버린 사건에서 나타난 이 수사법상의 도착倒錯은 다음과 같은 점을 암시한다. '한국' 이라는 이름은 늘 도둑맞은 채로 실존할 것이며, 한국인에게 회수되어 정당한 소유권이 주장된다 해도 그것은 언제나 임시적일 뿐이고 그렇다고 해서 한국인 이 아닌 누군가에게 탈취되어 멋대로 호명될 수도 없을 것이다. 식민지인의 이 름 '한국'은 언제나 그 지시 대상에서 빗나가지만 그 해소될 수 없는 빗나감을 관찰하여 기술하는 데서 그치는 행위가, 우리가 사는 근대를 끝없는 새로움을 향해 개방하는 유일한 길이다. 그 길이 언제 어떻게 열릴지 알 수 없지만 그 길 찾기를 멈춰서는 안 되며 곧 닫힐 것이 분명해 보여도 그 길을 택하지 않을 수 는 없다. 한없이 수동적으로 보이는 이 태도를 체화하는 것만이, 근대 주체가 현 상황에 적극적으로 개입할 수 있는 몇 안 되는 유효한 방법 중 하나이다. 모 더니즘은 언제나 식민지 모더니즘일 수밖에 없으며 식민지 없는 모더니즘이 이 세계에서 실행 가능하다고 믿는 순간 전체주의라는 함정을 피하기란 불가능하 다는 것이 이 책을 관통하는 주장이었다. 그 주장은 적극적 개입의 가능성으로 부터 멀어지라는, 한없는 수동성에의 권고라는 점에서 희망의 여지를 말소시키 는 주장처럼 보일 수도 있다. 그러나 그 주장은 다른 한편으로는, 저 비자발적 빗나감에 자기 주체성을 걸고 지속적으로 버티다 보면 어느 순간 모더니즘은 식민지 없이 추구될 수 있는 이념이 되어 있을지도 모른다는 희망의 표현이기 도 하다.

방법론적 차원에서 말하자면 다음과 같이 말할 수도 있을 듯하다. 이 책은 과 거의 텍스트들에서 식민지 모더니즘의 순간들을 포착하기 위해 모더니즘과 식 민지성을 겹쳐 읽고자 했다. 그 읽기는, 여태까지 한 번도 제대로 불리지 못했 던 이름들을 어느 이데올로기에도 환원시키지 않은 채 그 고유의 방식으로 불러주는 비평이라고 할 만하다. 이 책은 한국 근대문학에 나타난바, 근대의 식민지적 혹은 식민지에서의 구성으로부터 '한국'의 문학주의적 명명 가능성을 탐색하고자 하는 시도였고, 그런 점에서 식민지 없는 모더니즘의 한 시도였다고 할 수 있다. 그 시도의 성공 여부는 지금은 알 수 없는 듯하다. 그럼에도 불구하고 시도했다는 그 사실은 남는다. 실은 그조차도 확신할 수 없지만 그렇게 믿는 것은 가능하지 않을까? 이 책의 논의는 한없는 수동성의 지향이면서 동시에 없는 것도 있는 것이라고 믿을 수 있게 해주는 희망의 가능성을 찾는, 무리한 적극성의 무모한 구체화였다고 할 만하다. 조금 더 그 실체에 접근하여 말하자면, 그러한 구체화가 한국에서 문학의 이름으로 행해질 수 있는 조건의 탐색이었다고 할 수도 있다.

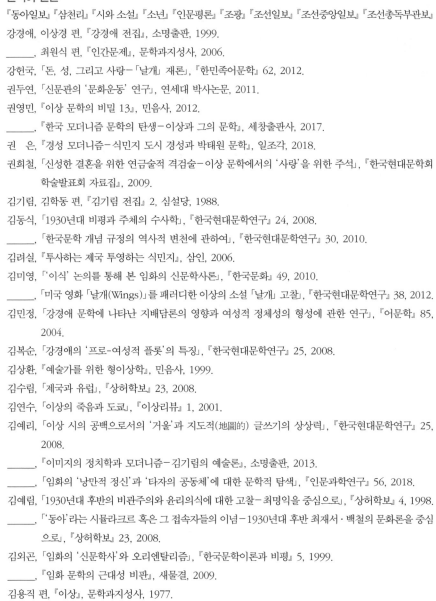

참고문헌

한국어 문헌

『동아일보』『삼천리』『시와 소설』『소년』『인문평론』『조광』『조선일보』『조선중앙일보』『조선총독부관보』

강경애, 이상경 편, 『강경애 전집』, 소명출판, 1999.

_____, 최원식 편, 『인간문제』, 문학과지성사, 2006.

강헌국, 「돈, 성, 그리고 사랑-「날개」 재론」, 『한민족어문학』 62, 2012.

권두연, 「신문관의 '문화운동' 연구」, 연세대 박사논문, 2011.

권영민, 『이상 문학의 비밀 13』, 민음사, 2012.

_____, 『한국 모더니즘 문학의 탄생-이상과 그의 문학』, 세창출판사, 2017.

권 은, 『경성 모더니즘-식민지 도시 경성과 박태원 문학』, 일조각, 2018.

권희철, 「신성한 결혼을 위한 연금술적 격검술-이상 문학에서의 '사랑'을 위한 주석」, 『한국현대문학회 학술발표회 자료집』, 2009.

김기림, 김학동 편, 『김기림 전집』 2, 심설당, 1988.

김동식, 「1930년대 비평과 주체의 수사학」, 『한국현대문학연구』 24, 2008.

_____, 「한국문학 개념 규정의 역사적 변천에 관하여」, 『한국현대문학연구』 30, 2010.

김려실, 『투사하는 제국 투영하는 식민지』, 삼인, 2006.

김미영, 「'이식' 논의를 통해 본 임화의 신문학사론」, 『한국문화』 49, 2010.

_____, 「미국 영화 「날개(Wings)」를 패러디한 이상의 소설 「날개」 고찰」, 『한국현대문학연구』 38, 2012.

김민정, 「강경애 문학에 나타난 지배담론의 영향과 여성적 정체성의 형성에 관한 연구」, 『어문학』 85, 2004.

김복순, 「강경애의 '프로-여성적 플롯'의 특징」, 『한국현대문학연구』 25, 2008.

김상환, 『예술가를 위한 형이상학』, 민음사, 1999.

김수림, 「제국과 유럽」, 『상허학보』 23, 2008.

김연수, 「이상의 죽음과 도쿄」, 『이상리뷰』 1, 2001.

김예리, 「이상 시의 공백으로서의 '거울'과 지도적(地圖的) 글쓰기의 상상력」, 『한국현대문학연구』 25, 2008.

_____, 『이미지의 정치학과 모더니즘-김기림의 예술론』, 소명출판, 2013.

_____, 「임화의 '낭만적 정신'과 '타자의 공동체'에 대한 문학적 탐색」, 『인문과학연구』 56, 2018.

김예림, 「1930년대 후반의 비관주의와 윤리의식에 대한 고찰-최명익을 중심으로」, 『상허학보』 4, 1998.

_____, 「'동아'라는 시뮬라크르 혹은 그 접속자들의 이념-1930년대 후반 최재서·백철의 문화론을 중심으로」, 『상허학보』 23, 2008.

김외곤, 「임화의 '신문학사'와 오리엔탈리즘」, 『한국문학이론과 비평』 5, 1999.

_____, 『임화 문학의 근대성 비판』, 새물결, 2009.

김용직 편, 『이상』, 문학과지성사, 1977.

김윤식, 『한국 근대 문예비평사 연구』, 일지사, 1974.

_____, 『한국 근대 문학사상 연구 1 — 도남과 최재서』, 일지사, 1984.

_____, 『이상 연구』, 문학사상사, 1987.

_____, 『이상 소설 연구』, 문학과비평사, 1988.

_____, 『임화 연구』, 문학사상사, 1989.

_____, 『이상 문학 텍스트 연구』, 서울대 출판부, 1998.

_____, 『일제말기 한국 작가의 일본어 글쓰기론』, 서울대 출판부, 2003.

_____, 『최재서의 『국민문학』과 사토 기요시 교수』, 역락, 2009.

_____, 『임화와 신남철 — 경성제대와 신문학사의 관련 양상』, 역락, 2011.

_____ · 김현, 『한국문학사』, 민음사, 1996.

_____ · 정호웅, 『한국소설사』, 문학동네, 2000.

김인환 외편, 『강경애 시대와 문학』, 랜덤하우스코리아, 2006.

김 항, 『제국 일본의 사상 — 포스트 제국과 동아시아론의 새로운 지평을 위하여』, 창비, 2015.

_____, 『종말론 사무소 — 인간의 운명과 정치적인 것의 자리』, 문학과지성사, 2016.

김흥규, 『문학과 역사적 인간』, 창작과비평사, 1980.

문경연 외, 『좌담회로 읽는 『국민문학』』, 소명출판, 2012.

문학과사상연구회, 『임화 문학의 재인식』, 소명출판, 2004.

박상준, 『1930년대 한국 모더니즘과 이상, 최재서』, 소명출판, 2018.

박슬기, 「최남선의 신시(新詩)에서의 율(律)의 문제」, 『한국근대문학연구』 21, 2010.

_____, 「한국 근대시의 형성과 최남선의 산문시」, 『한국근대문학연구』 26, 2012.

박진영, 『책의 탄생과 이야기의 운명』, 소명출판, 2013.

박찬국, 『하이데거와 나치즘』, 문예출판사, 2001.

박현수, 『모더니즘과 포스트모더니즘의 수사학』, 소명출판, 2003.

박현희, 『문예봉과 김신재 1932~1945』, 선인, 2008.

방민호, 「박인환 산문에 나타난 미국」, 『한국현대문학연구』 19, 2006.

_____, 「임화와 학예사」, 『상허학보』 26, 2009.

배개화, 「민족어, 민족문학, 리얼리즘 — 임화의 경우」, 『현대소설연구』 37, 2008.

배상미, 「식민지시기 무산계급 여성들의 사적영역과 사회변혁 — 강경애 문학을 중심으로」, 『상허학보』 44, 2015.

배지연, 「해방기 '민족'이라는 기호의 변화 양상과 그 의미 — 임화의 '민족', 민족문학 개념을 중심으로」, 『현대문학이론 연구』 55, 2013.

서승희, 「1930년대 최재서의 문화기획 연구」, 『한국문학이론과 비평』 47, 2010.

소영현, 「'욕망'에서 '현실'까지, 주체화의 도정 — 강경애의 「인간문제」 검토」, 『한국근대문학연구』 2-2, 2001.

_____, 「청년과 근대」, 『한국근대문학연구』 6-1, 2005.

송명희, 「강경애 문학의 간도와 디아스포라」, 『한국문학이론과 비평』 38, 2008.

송민호, 「이상 문학에 나타난 '화폐'와 글쓰기」, 『한국학보』 28-2, 일지사, 2002.

신두원, 「계급문학, 민족문학, 세계문학-임화의 경우」, 『민족문학사연구』 21, 2002.

신범순 외, 『이상 문학 연구의 새로운 지평』, 역락, 2006.

_____ 외, 『이상의 사상과 예술』, 신구문화사, 2007.

신형기, 「「날개」의 비평적 재해석-최재서의 관점을 중심으로」, 『현상과 인식』 7-4, 1983.

_____, 『분열의 기록-주변부 모더니즘 소설을 다시 읽다』, 문학과지성사, 2010.

유석환, 「경쟁하는 잡지들, 확산되는 문학 2」, 『한국문학연구』 53, 2017.

유현주, 「미디어 『삼천리』와 여배우 '문예봉'-1930년대 『삼천리』에 수록된 좌담회, 대담, 설문 등을 중심
    으로」, 『한국극예술연구』 33, 2011.

육당연구학회, 『최남선 다시 읽기』, 현실문화, 2009.

윤대석, 「1940년대 '국민문학' 연구」, 서울대 박사논문, 2006.

윤영실, 「최남선의 근대적 글쓰기와 민족담론 연구」, 서울대 박사논문, 2009.

_____, 「임화의 「개설 신문학사」와 근대전환기 문화의 '메타모포시스'」, 『동방학지』 192, 2020.

이경현, 「1910년대 신문관의 문학기획과 한국 근대문학의 형성」, 서울대 박사논문, 2013.

이덕기, 「제국의 호명, 빗나간 응답-영화 「지원병」과 '내선일체'의 문제」, 『한국극예술연구』 31, 2010.

이 상, 이승훈 편, 『이상 문학 전집 1-시』, 문학사상사, 1989.

_____, 김주현 편, 『증보정본 이상 문학 전집』 1~3, 소명출판, 2009.

이상경, 『강경애-문학에서의 성과 계급』, 건국대 출판부, 1997.

_____, 「1930년대 후반 여성문학사의 재구성-강경애의 「어둠」을 중심으로」, 『페미니즘연구』 5, 2005.

이수정, 「이상의 「날개」에 나타난 '어항'의 의미 연구」, 『한국현대문학연구』 15, 2004.

이순진, 「1930년대 영화기업의 등장과 조선의 영화 스타」, 『한국극예술연구』 30, 2009.

이양숙, 「해방기 비평의 몇 가지 논점-임화를 중심으로」, 『한국현대문학연구』 49, 2016.

이영일, 『한국영화전사』, 소도, 2004.

이은주, 「1950년대 문학비평의 세계주의와 미국적 가치 지향의 상관성」, 상허학회, 『1950년대 미디어와
    미국 표상』, 깊은샘, 2006.

이종영, 『사랑에서 악으로-권력의 원천에 대한 연구』, 새물결, 2004.

_____, 『정치와 반정치』, 새물결, 2005.

이혜진, 「신체제 시기 최재서의 '국민문학론'」, 『정신문화연구』 120, 2010.

임 화, 임화문학예술전집 편찬위원회 편, 『임화 문학예술 전집』 1~5, 소명출판, 2009.

_____, 박정선 편, 『언제나 지상은 아름답다』, 역락, 2012.

_____, 「조선영화론」, 『춘추』 10, 1941.11.

임화문학연구회 편, 『임화 문학 연구』, 소명출판, 2009.

_____, 『임화 문학 연구』 5, 소명출판, 2016.

정원채, 「강경애의 소설에 나타난 지식인에 대한 인식」, 『현대소설연구』 42, 2009.

정종현, 『동양론과 식민지 조선문학-제국적 주체를 향한 욕망과 분열』, 창비, 2011.

정혜영, 「1930년대 종합대중잡지와 '대중적 공유성'의 의미-잡지 『조광』을 중심으로」, 『현대소설연구』 35, 2007.

조연정, 「'독서 불가능성'에 대한 실험으로서의 「지도의 암실」」, 『한국현대문학연구』 32, 2010.

조영복, 「1930년대 신문학예면과 문인기자 집단」, 『한국현대문학연구』 12, 2002.

_____, 「김기림의 언론활동과 초기 글들의 성격」, 『한국시학연구』 11, 2004.

차승기, 「1930년대 후반 전통론 연구-시간-공간 의식을 중심으로」, 연세대 박사논문, 2002.

_____, 『비상시의 문/법-식민지/제국 체제의 삶, 문학, 정치』, 그린비, 2016.

최명익, 신형기 편, 『비오는 길』, 문학과지성사, 2004.

최수일, 「잡지 『조광』의 목차, 독법, 세계관」, 『상허학보』 40, 2014.

최재서, 『문학과 지성』, 인문사, 1938.

최학송, 「'만주' 체험과 강경애 문학」, 『민족문학사연구』 33, 2007.

최현희, 「'이상'의 아방가르드 시학」, 『인문논총』 57, 2007.

_____, 「'이상'의 이데올로기적 기원-김기림과 최재서의 이상론」, 『한국현대문학연구』 32, 2010.

_____, 「(탈)식민의 역사주의에서 언어적 전회로」, 『상허학보』 42, 2014.

_____, 「임화 비평의 문학주의와 커뮤니즘-'전향'으로부터 '신문학사론'에 이른 길」, 『반교어문연구』 49, 2015.

하정일, 「임화의 민족문학론과 언어론」, 『한국근대문학연구』 23, 2011.

한기형 외, 『근대어, 근대매체, 근대문학』, 성균관대 출판부, 2006.

함충범, 『일제말기 한국영화사』, 국학자료원, 2008.

허 민, 「탈-중심적 문학사의 주체화와 그 가능성의 조건들-임화의 「개설 신문학사」 재독」, 『상허학보』 34, 2012.

황호덕, 『벌레와 제국-식민지말 문학의 언어, 생명정치, 테크놀로지』, 새물결, 2011.

_____, 「김윤식의 비평과 문학사론, 총체성과 가치중립성 사이-신비평에서 루카치로의 행로」, 『현대문학의연구』 57, 2015.

中村光夫 외, 이경훈 외역, 『태평양전쟁의 사상』, 이매진, 2007.

岸川秀実, 「「주지주의 문학론」과 「주지적 문학론」-비평가 최재서와 아베 토모지의 비교문학적 연구」, 『국제어문』 27, 2003.

柄谷行人, 조영일 역, 『세계공화국으로』, b, 2007.

_____, 조영일 역, 『세계사의 구조』, b, 2012.

_____, 박유하 역, 『일본근대문학의 기원』, 민음사, 1997.

_____, 이신철 역, 『트랜스크리틱-칸트와 맑스』, b, 2013.

竹内好, 서광덕·백지운 편역, 『일본과 아시아』, 소명출판, 2004.

渡辺直紀 외편, 『전쟁하는 신민, 식민지의 국민문화』, 소명출판, 2011.

_____, 「임화 문학론 연구」, 동국대 박사논문, 2017.

Agamben, Giorgio, 박진우 역, 『호모 사케르-주권권력과 벌거벗은 생명』, 새물결, 2008.

Benjamin, Walter, 김영옥·황현산 역, 『발터 벤야민 선집』 4, 길, 2010.

Blanchot, Maurice, 이달승 역, 『문학의 공간』, 그린비, 2010.

Bürger, Peter, 최성만 역, 『전위예술의 새로운 이해』, 심설당, 1986.

Deleuze, Gilles, 박기순 역, 『스피노자의 철학』, 민음사, 2001.

Fanon, Frantz, 남경태 역, 『대지의 저주받은 사람들』, 그린비, 2019.

Jameson, Fredric, 임경규 역, 『포스트모더니즘, 혹은 후기자본주의 문화 논리』, 문학과지성사, 2022.

Lazarus, Sylvain, 이종영 역, 『이름의 인류학-우리는 정치를 다르게 사유할 수 있는가』, 새물결, 2002.

Luhmann, Niklas, 김건우 역, 『근대의 관찰들』, 문학동네, 2021.

Poe, Edgar Allan, 김진경 역, 『도둑맞은 편지』, 문학과지성사, 1997.

Polanyi, Karl, 홍기빈 역, 『거대한 전환』, 길, 2009.

Poole, Janet, 김예림·최현희 역, 『미래가 사라져갈 때-식민 말기 한국의 모더니즘적 상상력』, 문학동네, 2021.

Weber, Max, 김덕영 역, 『프로테스탄티즘의 윤리와 자본주의 정신』, 길, 2010.

일본어 문헌

『國民文學』『綠旗』『思想』『新潮』

ジェロー・アーロン, 「映画法という映画論」, 牧野守 監修, 『日本映画論言説大系第I期・戦時下の映画統制期 8-第七十四回帝国議会 映画法案議事概要・映画法解説(不破祐俊著)』, 東京：ゆまに書房, 2003.

三原芳秋, 「Metoikosたちの帝国-T. S. エリオット, 西田幾多郎, 崔載瑞」, 『社会科学』 40巻4号, 2011.

_____, 「「国民文学」の問題」, 『JunCture 超域的日本文化研究』 2, 2011.

三木清, 『三木清全集』 第17巻, 東京：岩波書店, 1968.

今村昌平 外編, 『講座日本映画 第4巻-戦争と日本映画』, 東京：岩波書店, 1986.

佐藤忠男, 『日本映画史 第二巻』, 東京：岩波書店, 1995.

兵頭徹・大久保達正・永田元也 編, 『昭和社会経済史料集成 第37巻-昭和研究会資料(7)』, 東京：大東文化大学東洋研究所, 2010.

卜煥模, 「朝鮮総督府の植民地統治における映画政策」, 早稲田大学博士論文, 2008.

宮田節子, 『朝鮮民衆と「皇民化」政策』, 東京：未来社, 1985.

山内靖 外編, 『総力戦とシステム総合』, 東京：柏書房, 1995.

崔載瑞, 「T. E. ヒュームの批評的思想」, 『思想』 151, 1934.

_____, 『転換期の朝鮮文学』, 京城：人文社, 1943.

柄谷行人, 『「戦前」の思考』, 東京：講談社, 2001.

河上徹太郎 外, 『近代の超克』, 東京：富山房, 1979.

牧野守, 『日本映画検閲史』, 東京：パンドラ, 2003.

米谷匡文, 「戦時期日本の社会思想-現代化と戦時変革」, 『思想』 882, 1997.

趙寛子, 「徐寅植の歴史哲学－世界史の不可能性と「私の運命」」, 『思想』957, 2004.

酒井直樹・礒前順一 編, 『「近代の超克」と京都学派』, 東京：以文社, 2010.

阿部知二, 『主知的文学論』, 東京：厚生閣書店, 1930.

高島金次, 『朝鮮映画統制史』, 京城：朝鮮映画文化研究所, 1943.

영어 문헌

Agamben, Giorgio, *The Man without Content,* Translated by Georgia Albert, Stanford：Stanford
        University Press, 1999.

_____, *The Open：Man and Animal,* Translated by Kevin Attell, Stanford：Stanford
        University Press, 2004.

Anderson, Benedict, *Imagined Communities：Reflections on the Origins and Spread of Nationalism,* London：
        Verso, 2006.

Arendt, Hannah, *The Human Condition,* Chicago：University of Chicago Press, 1998.

Armstrong, Tim, *Modernism：A Cultural History,* London：Polity Press, 2005.

Baskett, Michael, *The Attractive Empire：Transnational Film Culture in Imperial Japan,* Honolulu：University
        of Hawaii Press, 2008.

Begam, Richard and Michael Valdez Moses eds., *Modernism and Colonialism：British and Irish Literature,
        1899-1939,* Durham and London：Duke University Press, 2007.

Benjamin, Walter, *Selected Writings 1-4,* Cambridge：The Belknap Press of Harvard University Press,
        1999~2004.

Berman, Marshall, *All That Is Solid Melts into Air：The Experience of Modernity,* New York：Penguin, 1988.

Bhabha, Homi K., *The Location of Culture,* London：Routledge, 2005.

Bourdieu, Pierre, *The Rules of Art：Genesis and Structure of the Literary Field,* Translated by Susan Emanuel,
        Stanford：Stanford University Press, 1996.

Bradbury, Malcolm and James McFarlane eds., *Modernism：A Guide to European Literature 1890-1930,*
        London：Penguin Books, 1991.

Buck-Morss, Susan, *Hegel, Haiti, and Universal History,* Pittsburgh：University of Pittsburgh Press,
        2009.

Butler, Judith, *The Psychic Life of Power：Theories in Subjection,* Stanford：Stanford University Press, 1997.

Bürger, Peter, *Theory of the Avant-Garde,* Translated by Michael Shaw, Minneapolis：University of
        Minnesota Press, 1984.

Calinescu, Matei, *Five Faces of Modernity：Modernism, Avant-Garde, Decadence, Kitsch, Postmodernism,* Durham
        ：Duke University Press, 1987.

Casanova, Pascale, *The World Republic of Letters,* Translated by M. B. DeBevoise, Cambridge：Harvard
        University Press, 2004.

Chakrabarty, Dipesh, *Provicializing Europe : Postcolonial Thought and Historical Difference,* Princeton :
Princeton University Press, 2000.

Chow, Rey, *The Age of the World Target : Self-Referentiality in War, Theory, and Comparative Work,* Durham :
Duke University Press, 2006.

Ermarth, Michael, "Heidegger on Americanism : Ruinanz and the End of Modernity", *Modernism/
Modernity* 7-3, 2000.

de Cordova, Richard, *Picture Personality : The Emergence of the Star System in America,* Champaign :
University of Illinois Press, 2001.

de Gennaro, Mara, *Modernism after Postcolonialism : Toward a Nonterritorial Comparative Literature,* Baltimore
: Johns Hopkins University Press, 2020.

Derrida, Jacques, *Writing and Difference,* Translated by Alan Bass, Chicago : University of Chicago
Press, 1978.

_____, *On the Name,* Edited by Thomas Dutoit, Translated by David Wood, John P.
Leavey, and Ian McLeod, Stanford : Stanford University Press, 1995.

Eliot, T. S., *Selected Essays, 1917-1932,* New York : Harcourt, Brace, and Company, 1932.

Eysteinsson, Astradur, *The Concept of Modernism,* Ithaca : Cornell University Press, 1990.

Freud, Sigmund, *Beyond the Pleasure Principle,* Translated by James Strachey, New York : W. W.
Norton and Company, 1961.

Fujitani, Takashi, *Race for Empire : Koreans as Japanese and Japanese as Americans during World War II,* Berkeley
: University of California Press, 2012.

Gardner, William O., *Advertising Tower : Japanese Modernism and Modernity in the 1920s,* Cambridge :
Harvard University Asia Center, 2006.

Golley, Gregory, *When Our Eyes No Longer See : Realism, Science and Ecology in Japanese Literary Modernism,*
Cambridge : Harvard University Asia Center, 2008.

Gregg, Melissa and Gregory J. Seigworth eds., *The Affect Theory Reader,* Durham : Duke University
Press, 2010.

Hanscom, Christopher P., *The Real Modern : Literary Modernism and the Crisis of Representation in Colonial
Korea,* Cambridge : Harvard University Asia Center, 2013.

Hansen, Miriam, *Babel and Babylon : Spectatorship in American Silent Film,* Cambridge : Harvard University
Press, 1991.

_____, "The Mass Production of the Senses : Classical Cinema as Vernacular Modernism",
Modernism/Modernity 6-2, 1999.

Harootunian, Harry D., *Overcome by Modernity : History, Culture, and Community in Interwar Japan,* Princeton
: Princeton University Press, 2000.

Hewitt, Andrew, *Fascist Modernism : Aesthetics, Politics and the Avant-Garde,* Stanford : Stanford University

Press, 1993.

High, Peter, *Imperial Screen: Japanese Film Culture in the Fifteen Years' War, 1931-1945*, Madison : University of Wisconsin Press, 2003.

Higson, Andrew, "The Concept of National Cinema", *Screen* 30-4, 1989.

Hulme, T. E., *Speculations : Essays on Humanism and the Philosophy of Art*, Edited by Herbert Read, London : Kegan Paul, Trench and Co., 1936.

Jaffe, Aaron, *Modernism and the Culture of Celebrity*, Cambridge : Cambridge University Press, 2005.

Jameson, Fredric, *Representing Capital : A Reading of Volume One*, London : Verso, 2011.

_____, *A Singular Modernity : Essay on the Ontology of the Present*, London : Verso, 2012.

Kalliney, Peter, *Modernism in a Global Context*, London : Bloomsbury, 2016.

Kojève, Alexandre, *Introduction to the Reading of Hegel*, Edited by Allan Bloom, Translated by James H. Nicholas Jr., New York : Basic Books, 1969.

Karcauer, Siegfried, *The Mass Ornament : Weimar Essays*, Translated by Thomas Y. Levin, Cambridge : Harvard University Press, 1995.

_____, *Theory of Film : The Redemption of Physical Reality*, Princeton : Princeton University Press, 1997.

Lacan, Jacques, *Encore 1972-1973*, Edited by Jacques-Alain Miller, Translated by Bruce Fink, New York : W. W. Norton and Company, 1998.

_____, *Écrits*, Translated by Bruce Fink, New York : W. W. Norton and Company, 2005.

Latham, Sean and Gayle Rogers, *Modernism : Evolution of an Idea*, London : Bloomsbury, 2015.

Lipset, Seymour M., *American Exceptionalism : A Double-Edged Sword*, New York : W. W. Norton and Company, 1996.

Mbembe, Achille, *On the Postcolony*, Berkeley : University of California Press, 2001.

Mitchell, Arthur M., *Disruptions of Daily Life : Japanese Literary Modernism in the World*, Ithaca : Cornell University Press, 2020.

Morrison, Mark S., *The Public Face of Modernism : Little Magazines, Audiences, and Reception 1905-1920*, Madison : University of Wisconsin Press, 2000.

Nancy, Jean-Luc, *The Inoperative Community*, Translated by Peter Connor, Minneapolis : University of Minnesota Press, 1991.

Rancière, Jacques, *The Emancipated Spectator*, Translated by Gregory Elliott, London : Verso, 2011.

Read, Herbert, *Reason and Romanticism: Essays in Literary Criticism*, New York : Russell and Russell, 1964.

Said, Edward, *The World, the Text, and the Critic*, Cambridge : Harvard University Press, 1983.

Sakai, Naoki, *Translation and Subjectivity : On "Japan" and Cultural Nationalism*, Minneapolis : University of Minnesota Press, 1997.

Shih, Shu-mei, *The Lure of the Modern : Writing Modernism in Semicolonial China*, Berkeley : University of

California Press, 2001.

Spivak, Gayatri Chakravorty, *In Other Worlds : Essays in Cultural Politics*, New York : Routledge, 1998.

_____, *Death of a Discipline*, New York : Columbia University Press, 2003.

Suh, Serk-bae, *Treacherous Translation : Culture, Nationalism, and Colonialism in Korea and Japan from the 1910s to the 1960s*, Berkeley : University of California Press, 2013.

Wellek, René, *A History of Modern Criticism, 1750-1950 5 : English Criticism 1900-1950*, New Haven : Yale University Press, 1963.

Wollaeger, Mark and Matt Eatough eds., *The Oxford Handbook of Global Modernisms*, Oxford : Oxford University Press, 2012.

Workman, Travis, *Imperial Genus : The Formation and Limits of the Human in Modern Korea and Japan*, Berkeley : University of California Press, 2016.

Žižek, Slavoj, *The Sublime Object of Ideology*, London : Verso, 1989.

_____, *Did Somebody Say Totalitarianism? : Five Interventions in the (Mis)Use of a Notion*, London : Verso, 2002.

_____, *The Parallax View*, Cambridge : The MIT Press, 2009.

간행사_동아시아 심포지아 · 메모리아 총서를 펴내며

　"동아시아 심포지아"와 "동아시아 메모리아"는 한국연구원과 성균관대학교 비교문화연구소가 공동으로 기획하여 출간하는 총서다. 향연을 뜻하는 라틴어에서 딴 심포지아는 플라톤의 『심포지온』에서 비롯되었으며, 오늘날 학술토론회를 뜻하는 심포지엄의 어원이자 복수형이기도 하다. 메모리아는 과거의 것을 기억하고 기념하기 위해 현재의 기록으로 남겨 미래에 물려주어야 할 값진 자원을 의미한다. 한국연구원과 성균관대학교 비교문화연구소는 지금까지 축적된 한국학의 역량을 바탕으로 새로운 동아시아 인문학의 제창에 뜻을 함께하며, 참신하고 도전적인 문제의식으로 학계를 선도하고 있는 신예 연구자의 저술을 적극적으로 지원하기 위해 학술 총서 "동아시아 심포지아"와 자료 총서 "동아시아 메모리아"를 펴낸다.

　한국연구원은 학술의 불모 상태나 다름없는 1950년대에 최초의 한국학 도서관이자 인문사회 연구 기관으로 출범하여 기초 학문의 토대를 닦는 데 기여해 왔다. 급속도로 달라지고 있는 학술 환경 속에서 신진 학자와 미래 세대에 대한 후원에 공을 들이고 있는 한국연구원은 한국학의 질적인 쇄신과 도약을 향한 교두보로 성장했다. 성균관대학교 비교문화연구소는 2000년대 들어 인문학 연구의 일국적 경계와 폐쇄적인 분과 체제를 극복하기 위해 분투해 왔다. 제도화된 시각과 방법론의 틀을 벗어나기 위해서는 서로 다른 영역이 끊임없이 대화하고 소통하면서 실천적인 동력을 찾아내야 한다는 것이 성균관대학교 비교문화연구소가 지닌 문제의식이자 지향점이다. 대학의 안과 밖에서 선구적인 학술 풍토를 개척해 온 두 기관이 힘을 모음으로써 새로운 학문적 지평을 여는 뜻깊은 계기가 마련되리라 믿는다.

　최근 들어 한국학을 비롯한 인문학 전반에 심각한 위기의식이 엄습했지만 마땅한 타개책을 찾지 못하고 있다. 한편으로는 낡은 대학 제도가 의욕과 재량이 넘치는 후속 세대를 감당하지 못한 채 활력을 고갈시킨 데에서 비롯되었고, 또 다른 한편으로는 시대의 변화를 선도하는 학문 정신과 기틀을 모색하지 못했기 때문이라는 것이 우리의 진단이자 자기반성이다. 의자 빼앗기나 다름없는 경쟁 체제, 정부 주도의 학술 지원 사업, 계량화된 관리와 통제 시스템이 학문 생태계를 피폐화시킨 주범임이 분명하지만 무엇보다 학계가 투철한 사명감으로 대응하지 못했을 뿐 아니라 오히려 자발적으로 길들여져 온 것이 엄연한 현실이다.

지금 우리에게 절실한 과제는 새로운 학문적 상상력과 성찰을 통해 자유롭고 혁신적인 학술 모델을 창출해 내는 일이다. 이를 위해서는 다음 시대의 학문을 고민하는 젊은 연구자에게 지원을 망설이지 않아야 하며, 한국학의 내포와 외연을 과감하게 넓혀 동아시아 인문학의 네트워크 속으로 뛰어들기를 두려워하지 말아야 한다. 그 첫걸음을 "동아시아 심포지아"와 "동아시아 메모리아"가 기꺼이 떠맡고자 한다. 우리가 함께 내놓는 학문적 실험에 아낌없는 지지와 성원, 그리고 따끔한 비판과 충고를 기다린다.

한국연구원 · 성균관대학교 비교문화연구소
동아시아 총서 기획위원회